JE SUIS UNE IMMORTELLE

Julie Kagawa

Je suis une IMMORTELLE

DARKISS

Collection : DARKISS

Titre original :
THE IMMORTAL RULES

Traduction de l'américain par MARYLINE BEURY

DARKISS® est une marque déposée par le groupe Harlequin

Réalisation graphique couverture : T. SAUVAGE

83-85 boulevard Vincent-Auriol, 75646 PARIS CEDEX 13.
Service Lectrices — Tél. : 01 45 82 47 47
www.harlequin.fr

ISBN 978-2-2802-8567-4 — ISSN 2109-7631

Loi n° 49-956 du 16 juillet 1949 sur les publications destinées à la jeunesse.

HUMAINE

1

Les non-enregistrés, on les pendait dans l'ancienne zone des entrepôts. Des exécutions publiques, auxquelles tout le monde pouvait assister.

Ils étaient trois, cette fois : deux garçons et une fille. Noyée parmi la foule, je ne parvenais pas à détourner d'eux mon regard, malgré l'horreur que m'inspiraient les potences. Le plus vieux devait avoir dans les dix-sept ans, mon âge… Il était maigre, avec de grands yeux effrayés et de longs cheveux bruns et gras qui lui retombaient sur les épaules. Les deux autres étaient encore plus jeunes, peut-être quatorze et quinze ans. Des cheveux d'un blond filasse identique ; sans doute un frère et une sœur. Je ne les connaissais pas ; ils n'étaient pas de mon groupe. Mais on voyait à leur apparence qu'ils étaient des non-enregistrés eux aussi : faméliques, en haillons, avec le regard fou d'un animal traqué. C'était fini pour eux. Le piège s'était refermé. Les chasseurs les avaient attrapés, et ils ne pouvaient plus s'échapper. Leur peur, je la connaissais par cœur. Les yeux fixés sur eux, je sentis un grand froid me saisir, contaminée que j'étais par leur désespoir.

Au bord de la plate-forme, un larbin se pavanait comme s'il les avait personnellement capturés. Il faisait les cent pas tout en les désignant du doigt, égrenant la liste de leurs crimes, ses yeux pâles scintillant de triomphe.

— Agression d'un citoyen de la Cité Intérieure, vol, violation de propriété et résistance aux forces de l'ordre. Ces criminels ont tenté de dérober des aliments de première catégorie dans les entrepôts privés de la Cité. C'est un crime envers vous, et, pire encore, un crime envers nos Maîtres bienveillants !

Rengaine archi-connue… Tout ce charabia ne parvenait cependant pas à masquer le fait que ces « criminels » avaient simplement fait ce que tous les non-enregistrés étaient obligés de faire pour survivre. Mais au moins, nous autres humains non-enregistrés n'étions pas marqués dans notre chair du signe de nos Maîtres vampires, du sceau qui indiquait qui vous étiez, où vous viviez et à qui vous apparteniez. Mesure qui visait, officiellement, à assurer notre sécurité et à répertorier le nombre exact d'individus évoluant dans la Cité, pour une meilleure gestion des stocks alimentaires. C'était « pour notre bien ». Bien sûr ! Ils pouvaient appeler ça comme ils voulaient, ce n'était rien de plus qu'une manière de réduire en esclavage leur bétail humain. Guère mieux qu'un collier de fer autour du cou.

C'était un combat permanent pour survivre, lorsque vous étiez un non-enregistré, mais l'avantage, c'est que vous *n'existiez pas*. Absent des registres, vous étiez un fantôme. Et fantôme, vous échappiez aux saignées mensuelles, ces cérémonies barbares au cours desquelles des larbins humains en tenues blanches immaculées vous collaient un tube dans les veines et siphonnaient votre sang, à destination des Maîtres. Quiconque manquait une ou deux saignées ne tardait pas à recevoir la visite des gardes ; il se voyait alors contraint de donner le sang en retard, jusqu'à se retrouver comme une outre vide sur le pavé. D'une manière ou d'une autre, les vampires finissaient toujours par obtenir leur ration de sang.

Les non-enregistrés, eux, passaient entre les mailles du filet. Pas de marque, pas de trace dans le système ; pas de trace dans le système, pas de laisse pour tirer sur eux. On aurait pu penser que ce statut ferait de nombreux émules. Malheureusement, cette liberté avait un prix. Et pas des moindres… Les humains enregistrés bénéficiaient pour manger de tickets-repas. Nous autres, non. Et comme les vampires contrôlaient toute la nourriture disponible au sein de la Cité, s'alimenter était un problème crucial.

Nous faisions donc ce que ceux qui ont faim font depuis la nuit des temps : nous mendiions, nous volions surtout. Nous récoltions la moindre miette de nourriture pour rester en vie. Dans la Bordure, le cercle périphérique de la ville des vampires, la nourriture était rare, même pour les enregistrés. Les camions d'approvisionnement ne venaient que deux fois par mois, lourdement gardés. Quand ils s'en approchaient trop près, même les citoyens enregistrés se faisaient molester. Alors inutile de dire que, sans la marque du Prince gravée sur votre peau, vous ne pouviez vous attendre à la moindre miséricorde le jour où vous vous faisiez prendre en train de voler de la nourriture.

Une leçon que j'avais vite comprise et vite retenue. Hélas, pas ces trois-là !

— Deux cents grammes de soja, deux pommes de terre, une demi-livre de pain…, énumérait le larbin, pendant que la foule fixait les potences avec une fascination morbide.

Je m'éloignai de la plate-forme, le cœur empli de rage et de dégoût. Les êtres de son acabit étaient pires encore que les suceurs de sang ! Traîtres à leur espèce, ils avaient *choisi* de servir les vampires, et vendaient leurs frères humains pour la sécurité et le confort que cela leur assurait. Tout le monde les détestait. Et en même temps, tout le monde les jalousait.

— Les règles concernant les citoyens non enregistrés sont claires…

Le larbin bomba le torse et détacha ses mots pour mieux soigner leur effet :

— En vertu de l'article vingt-deux, alinéa quarante-six de la loi de New Covington, tout humain dépourvu de la marque de protection du Prince et surpris en train de voler dans l'enceinte de la Cité sera pendu par le cou jusqu'à ce que mort s'ensuive. Les accusés souhaitent-ils dire un dernier mot ?

J'entendis des voix étouffées, et le plus âgé des voleurs insulta le larbin en lui criant d'aller s'adonner à une certaine pratique. Dernier baroud d'honneur qui le soulageait peut-être mais n'allait pas le tirer d'affaire. C'était cuit pour lui. Je comprenais son besoin de faire de la résistance jusqu'au dernier instant, mais il aurait été préférable pour lui de ne pas se faire attraper. *Toujours se ménager une porte de sortie* ; tel était le premier commandement des non-enregistrés. *Fais ce que tu veux — déteste les vampires, méprise les larbins — mais ne te fais jamais attraper.* J'accélérai le pas pour m'extraire complètement de la foule.

Le bruit sec de trappes qui s'ouvraient vint soudain blesser mes tympans, écrasant la rumeur de l'assistance.

Puis ce fut le silence, inquiétant comme un animal tapi guettant sa future proie. Je résistai à la tentation de me retourner, de regarder par-dessus mon épaule. Ignorant le nœud qui me serrait l'estomac, je bifurquai dès que je le pus pour mettre un mur entre les potences et moi, et ne plus être tentée de regarder en arrière.

La vie est somme toute plutôt simple dans la Bordure, à l'instar des gens qui y vivent et que l'on assimile souvent à des rats. Ils n'ont pas à travailler, malgré la présence çà et là de quelques « comptoirs commerciaux », des endroits où les gens collectent des objets trouvés pour en faire du troc. Ils n'ont pas à lire non plus, et pour cause : il est absolument interdit de posséder des livres. Aucune tâche ne les requiert donc, mis à part le fait de trouver à se nourrir, de se vêtir, et de rafistoler le trou, la boîte ou le taudis qui leur sert d'abri pour se protéger des intempéries.

L'objectif secret de presque tous les Borduriens est d'intégrer un jour la Cité Intérieure, de franchir les murs qui séparent le monde civilisé des déchets humains, et de rejoindre la ville étincelante dont les hautes tours ont échappé à l'anéantissement. Tout le monde connaît quelqu'un qui connaît quelqu'un qui a rejoint la Cité — un esprit brillant ou une grande beauté, quelqu'un de trop unique pour rester parmi nous, la lie, le rebut. Le bruit court que les vampires « élèvent » des humains en cachette, façonnent des enfants pour en faire de parfaits esclaves, entièrement dévoués à leurs maîtres. Cependant, étant donné que personne de ceux qui sont entrés dans la Cité n'en est jamais ressorti — excepté les larbins et leurs gardiens, mais eux ne parlent pas —, nul ne sait réellement ce qu'il s'y passe.

De quoi attiser bien des rumeurs…

— Tu as entendu ? me demanda Stick comme je le rejoignais aux grillages qui marquaient la limite de notre territoire.

De l'autre côté de la clôture, ce que ma bande et moi appelions notre maison : un vieux bâtiment massif construit sur un terrain herbeux jonché d'éclats de verre brisé. Lucas, le chef de notre bande, disait que c'était autrefois une « école », c'est-à-dire un lieu où des gamins comme nous se rassemblaient chaque jour en grand nombre pour apprendre des choses. Mais c'était *avant*. Avant que les vampires n'aient tout dévasté. Avant que nous n'existions.

L'endroit, avec ses trois niveaux, constituait encore un refuge pour la bande de crève-la-faim que nous formions. Un bien piètre refuge, mais nous n'avions que celui-là. Les murs de brique commençaient à s'écrouler, le toit s'était partiellement effondré, les couloirs étaient pleins de moisissures et de gravats. Des corridors carbonisés, des pièces vides et sombres, froides et humides la plupart du temps, et chaque année voyait l'ensemble se détériorer davantage. Malgré tout, c'était notre chez-nous, notre seul havre de sécurité, et nous protégions cet endroit avec une détermination farouche.

— Entendu quoi ? demandai-je alors que nous passions par le trou du portail rouillé et marchions entre les hautes herbes.

— Gracie a été emmenée la nuit dernière. Il paraît qu'un vampire cherchait à agrandir son harem et qu'il l'a prise.

— Quoi ? Qui t'a dit ça ?

— Kyle et Travis.

— Et tu les crois ? Ils se payent ta tête, Stick. Ils veulent juste te faire peur.

Kyle et Travis appartenaient à une bande rivale de non-enregistrés. Habituellement, nous évitions de nous chercher des noises ; mais cette histoire m'avait tout l'air d'une pure invention destinée à nous faire fuir.

Stick me suivit sur le terrain, telle une ombre aux yeux clairs effarouchés. Son vrai nom était Stephen, mais plus personne ne l'appelait ainsi. Il était bien plus grand que moi — ce qui n'était pas bien difficile étant donné ma petite taille —, bâti comme un épouvantail, les cheveux décolorés et les yeux timides. Il parvenait à survivre dans la rue, mais tout juste.

— Ils ne sont pas les seuls à en parler, insista-t-il. Cooper dit qu'il a entendu Gracie crier à quelques encablures d'ici. Alors, qu'est-ce que tu en dis ?

— Si c'est vrai, j'en dis qu'elle a été vraiment stupide de se balader autour de la Cité pendant la nuit, et qu'elle s'est probablement fait dévorer !

— Allie ! s'indigna Stick.

— Quoi ?

Nous nous penchâmes pour pénétrer dans le bâtiment par un trou dans la porte. Quelques casiers rouillés étaient disposés le long d'un mur, certains encore fonctionnels, la plupart cabossés et cassés. Je me dirigeai vers un de ceux qui étaient en état et l'ouvris dans un grincement.

— Les vampires ne restent pas tout le temps dans leurs précieuses tours. Ils sortent parfois chasser de la chair fraîche. Tout le monde sait ça, Allie…

Je saisis la brosse que j'y gardais, au dos de laquelle

était collé un bout de miroir — le seul que nous avions. J'y contemplai mon reflet : celui d'une fille au visage sale, aux cheveux raides et noirs, aux « yeux de fouine », comme disait Rat. Au moins n'avais-je pas les dents d'un rongeur.

Je passai la brosse dans mes cheveux avec des grimaces. Stick me fixait, l'air horrifié et désapprobateur.

— Pas la peine de me regarder comme ça, Stephen ! Reconnais que si tu traînes dehors après le coucher du soleil et que tu te fais harponner par un suceur de sang, c'est entièrement de ta faute, non ?

Je rangeai la brosse et refermai bruyamment le casier.

— Gracie se croyait à l'abri parce qu'elle est enregistrée et que son frère garde le Mur. Eh bien, c'est la preuve qu'elle se trompait lourdement ! C'est toujours quand on se croit en sécurité qu'ils vous tombent dessus.

— Marc est assez chamboulé, commenta Stick d'un ton presque affligé. Gracie était sa seule famille depuis la mort de leurs parents.

— Ce n'est pas notre problème !

J'avais un peu honte de dire ça, mais c'était la vérité. Dans la Bordure, on se préoccupait de soi et de sa famille proche, point final. Personnellement, je ne me souciais que de moi, de Stick et du reste de notre petite bande. Ma famille, c'était eux. Je ne pouvais pas me préoccuper des difficultés de tous les habitants de la Bordure. J'en avais déjà suffisamment toute seule, merci bien !

— Peut-être..., commença Stick d'un ton hésitant. Peut-être qu'elle est plus heureuse maintenant. Peut-être que c'est une bonne chose d'être emmené dans la Cité. Les vampires prendront plus soin d'elle, tu ne crois pas ?

Je le fixai, abasourdie.

Stick, ce sont des vampires ! Des monstres ! Nous sommes des esclaves pour eux, et de la nourriture. Que peut-on espérer de sangsues, à part qu'elles nous sucent le sang ?

Je fis semblant de ne pas avoir entendu et ne relevai pas. Lui dire ce que je pensais vraiment n'aurait fait que l'éprouver davantage.

Nous nous engageâmes dans le bâtiment en évitant les gravats et le verre brisé.

— Où sont les autres ? demandai-je.

Stick ne répondit pas. Morose, il avançait en traînant les pieds, et shootait dans des morceaux de pierre ou de plâtre presque à chaque pas. J'avais envie de lui donner des claques. Marc était un type bien, d'accord… Il avait beau être enregistré, il ne nous traitait pas comme de la vermine, et nous adressait même parfois la parole au cours de ses rondes le long du Mur. Stick avait un petit faible pour sa sœur, Gracie, même s'il ne serait jamais passé à l'acte avec elle. Mais c'était *moi* qui partageais presque toute ma nourriture avec lui, puisqu'il était trop effrayé pour faire les poubelles tout seul, l'ingrat… De toute façon, même si je l'avais voulu, je n'aurais pas pu m'occuper de tout le monde. Il le savait très bien.

— Lucas n'est pas encore revenu, marmonna-t-il enfin.

Nous étions arrivés devant ma chambre, l'une des nombreuses salles vides distribuées par un long couloir. Ça faisait plusieurs années que je l'occupais, et je l'avais arrangée de mon mieux. Des sacs plastiques recouvraient les fenêtres cassées, me préservant de la pluie et de l'humidité. Un vieux matelas avec une couverture et un oreiller était posé dans un coin. J'étais même parvenue à dégoter une table pliante, deux chaises et une étagère de plastique pour y ranger les petites choses que je souhaitais garder. Je m'étais organisé une jolie petite tanière, et le summum du luxe était que ma porte pouvait encore se verrouiller de l'intérieur ; j'avais donc mon intimité si je le désirais.

— Et Rat, où est-il ? demandai-je encore en poussant ma porte.

Elle s'ouvrit dans un grincement, faisant sursauter un garçon efflanqué aux cheveux bruns qui n'avait rien à faire là.

— Rat ! hurlai-je en m'engouffrant dans la pièce. Qu'est-ce que tu fous dans ma chambre ? Tu cherches un truc à voler, c'est ça ?

C'était *mon* espace, *mon* territoire. Il n'avait pas le droit d'être là !

Il poussa un juron, laissant voir une dent de devant qui dépassait comme un croc, ce qui lui donnait l'air de faire la grimace en permanence.

Dans sa main crasseuse, je reconnus instantanément un vieux livre abîmé que j'avais lu et relu des dizaines de fois. C'était un conte fantastique, l'histoire de quatre enfants qui pénétraient dans un placard magique et se retrouvaient dans un monde étrange et nouveau. L'idée d'un pays magique rempli d'animaux qui parlent avait beau me faire sourire, il m'arrivait parfois, en mon for intérieur, de rêver qu'il existait une telle porte secrète, susceptible de nous emmener loin d'ici.

— Qu'est-ce que c'est que ce truc ? demanda Rat en brandissant le livre.

Pris la main dans le sac, il choisissait l'offensive.

— Pourquoi est-ce que tu gardes des ordures de ce genre ici ? Comme si tu savais lire !

Il jeta l'ouvrage par terre.

— Tu sais ce que les vampires feraient, s'ils le découvraient ? Et Lucas, il est au courant de ta petite collection de saletés ?

— Ça ne te regarde pas ! C'est ma chambre, ici, et je garde ce que je veux ! Maintenant disparais, avant que je dise à Lucas de te virer à coups de pied.

Rat ricana, comme si ma menace était une bonne blague. Son intégration au groupe était récente, quelques mois à peine. Il avait déclaré venir d'un autre secteur et avoir été banni de son ancienne bande, sans jamais expliquer pourquoi. Je le soupçonnais de n'être qu'un sale menteur et un voleur. Lucas n'aurait pas envisagé de l'accueillir si nous n'avions pas perdu deux de nos membres l'hiver précédent. Patrick et Geoffrey, deux frères téméraires jusqu'à l'absurde, qui se vantaient que les vampires ne les attraperaient jamais. Ils étaient trop rapides, prétendaient-ils. Et ils connaissaient le réseau de tunnels comme leur poche. Ils se croyaient invincibles. Ils se trompaient. Une nuit, ils sont partis en quête de nourriture, comme à l'accoutumée… et ne sont jamais revenus.

Rat donna un coup de pied dans le livre et avança vers moi d'un pas menaçant jusqu'à me toiser de près et m'envoyer son haleine fétide à la figure.

— Je trouve que tu as une bien grande gueule, Allie… Mais tu ferais bien de te méfier ! Lucas ne sera pas toujours là pour te protéger. Tiens-le-toi pour dit.

Il se pencha un peu plus vers moi.

— Maintenant, dégage de ma vue avant que je t'en colle une qui t'enverra voler à l'autre bout de la pièce ! Ce serait moche pour toi de te mettre à pleurnicher devant ton copain, pas vrai ?

Il essaya de me bousculer. J'esquivai, et rassemblai toutes mes forces pour lui envoyer mon poing dans la figure.

Il poussa un cri de douleur, et tituba en arrière, les mains plaquées sur le visage. Derrière moi, Stick glapit. Rat se rua alors maladroitement sur moi. Je l'évitai de justesse ; emporté par son élan, il percuta le mur de plein fouet. Sa tête résonna lourdement contre le plâtre.

— Maintenant, sors de ma chambre !

Etourdi par le choc, il glissa le long du mur, laissant une trace rouge sur le plâtre. Stick s'était réfugié dans un coin, et se cachait derrière la table.

— Sors d'ici et n'y remets jamais les pieds, Rat ! Si jamais je t'y revois, je te promets que tu devras manger de la paille jusqu'à la fin de tes jours !

Rat se releva péniblement. Il s'essuya le nez, maugréa une insulte et sortit, chancelant, en renversant une chaise au passage.

Je claquai la porte et la verrouillai derrière lui.

— Quel fumier ! Menteur et voleur, avec ça ! Ouille…

Je m'étais ouvert une jointure sur la dent de Rat, et le sang commençait à couler abondamment.

— Super ! J'espère que je ne vais pas attraper une saloperie…

— Il va être furieux, commenta Stick en sortant de sa cachette, le visage blême.

— Et alors ? Qu'il ose tenter quoi que ce soit, et je lui fracasse le nez pour de bon.

J'attrapai un morceau de tissu sur l'étagère et le pressai sur ma plaie.

— J'en ai assez de ses manières. Ce n'est pas parce qu'il est plus grand qu'il peut faire ce qui lui chante. Ça lui pendait au nez depuis un moment.

— Il risque de s'en prendre à *moi*, maintenant, dit Stick d'un ton accusateur, comme si je n'avais pas été assez prudente, comme si je n'avais pas pensé aux conséquences que mon geste pourrait avoir pour lui.

— Eh bien, dans ce cas, mets-lui un bon coup de pied dans les tibias et dis-lui de se barrer ! répondis-je, agacée.

Je jetai le tissu souillé sur l'étagère et ramassai précautionneusement mon livre. Sa couverture avait été arrachée et la première page déchirée, mais à part ça, il semblait intact.

— Rat s'en prend à toi parce que tu te laisses faire, Stick. Défends-toi, et il te fichera la paix.

Il ne répondit rien et se mura dans le silence. Je ravalai mon irritation. Il ne riposterait pas. Il ferait ce qu'il avait toujours fait : courir me chercher en espérant que je l'aide. Je m'agenouillai en soupirant à côté d'une boîte en plastique qui était normalement dissimulée sous un vieux drap, mais Rat l'avait arraché et lancé dans un coin, cherchant probablement de la nourriture ou des choses à voler. Apparemment, son contenu était intact.

C'étaient des livres pour moitié, certains en format poche, comme celui que j'avais entre les mains, d'autres dans une édition plus robuste. Certains étaient moisis, d'autres à moitié carbonisés. Je les connaissais tous de A à Z. Ils étaient ce que je possédais de plus précieux et de plus secret au monde. Si les vampires apprenaient l'existence de cette collection, ils nous tueraient tous sur-le-champ et feraient raser le bâtiment. Mais pour moi, le jeu en valait la chandelle. Les vampires avaient interdit les livres dans la Bordure, ils les avaient méthodiquement éliminés à leur arrivée, et je savais pourquoi.

Parce que chaque livre témoignait de l'existence d'un autre monde ; un monde antérieur à celui-ci, où les humains ne vivaient pas dans la peur des vampires, des murs et des monstres de la nuit. Un monde où ils étaient libres. Où *nous* étions libres…

Je remis délicatement le livre à sa place, et mon regard se posa sur un autre ouvrage fatigué, grignoté par la moisissure à un angle. Il était plus grand que les autres. C'était un album pour enfants. Des animaux aux couleurs vives dansaient sur la couverture.

Je parcourus sa surface du bout des doigts.

Maman…

Stick s'était rapproché et regardait maintenant par-dessus mon épaule.

— Est-ce que Rat t'a pris quelque chose ? demanda-t-il doucement.

— Non.

Je refermai le couvercle pour cacher mes trésors.

— Mais tu ferais bien d'aller vérifier ta chambre, toi aussi. Et de rendre tout ce que tu aurais emprunté récemment, au cas où…

— Je n'ai rien emprunté depuis des mois, se défendit Stick, l'air effrayé et offusqué par ma remarque.

Je réprimai une remarque cinglante. Il y avait peu de temps encore, avant que Rat n'intègre la bande, il m'était souvent arrivé de trouver Stick dans sa chambre, recroquevillé contre le mur, un de mes livres à la main, totalement absorbé par sa lecture. C'était moi qui lui avais appris à lire. Des heures longues et pénibles, assis tous les deux sur mon matelas, à revenir encore et encore sur les lettres, les sons et les mots. Il lui avait fallu un certain temps pour apprendre, mais une fois que ce fut fait, la lecture devint son moyen favori d'échapper à tout ce qui se trouvait de l'autre côté de sa porte.

Puis Patrick l'avait informé de ce que les vampires faisaient aux Borduriens qui savaient lire, et il ne voulut plus toucher un seul livre. Tout ce temps, tout ce travail pour rien… Ça m'énervait à un point incroyable, que Stick ait trop peur des vampires pour oser apprendre quoi que ce soit de nouveau. J'avais aussi proposé à Lucas de lui apprendre à lire, mais ça ne l'intéressait absolument pas. Quant à Rat…

Ma colère n'était pas uniquement due à la peur de Stick ou à l'ignorance de Lucas. Je voulais qu'ils apprennent, qu'ils progressent, parce que c'était justement un privilège que les vampires nous avaient enlevé. Ils apprenaient à lire à leurs larbins et aux esclaves, mais faisaient tout pour maintenir dans l'ignorance le reste de la population. Ils voulaient faire de nous des animaux passifs et décérébrés. Si les gens venaient à savoir comment était la vie *avant*, combien de temps faudrait-il pour qu'ils se rebellent et reprennent leurs droits ?

Peut-être était-ce mon rêve secret, ça… Mais je ne pouvais pas forcer les autres à désirer apprendre. Ce qui ne m'empêchait pas d'essayer.

Stick recula comme je me redressais pour remettre le drap en place sur la boîte.

— Tu crois qu'il a trouvé l'autre endroit ? demanda-t-il. Il faudrait peut-être vérifier aussi.

Je coulai vers lui un regard résigné.

— Tu as faim ? C'est ce que tu essaies de me dire ?

Il haussa les épaules, une lueur d'espoir dans les yeux.

— Pas toi ?

Je me dirigeai alors vers mon matelas et le soulevai

pour accéder aux planches amovibles cachées dessous. Je les écartai ensuite pour scruter la cavité obscure.

— Bon Dieu ! marmonnai-je en tâtonnant à l'intérieur du petit espace.

Il ne restait pas grand-chose : un bout de pain rassis, deux cacahuètes et une patate qui commençait à avoir des yeux. C'était certainement ce que Rat cherchait : ma réserve secrète. Nous en avions tous une quelque part.

Les non-enregistrés ne se volaient jamais entre eux. Du moins n'étions-nous pas censés le faire. Telle était la règle tacite. Mais au fond, nous étions tous des voleurs, et la faim poussait les gens à des actes désespérés. Je n'avais pas survécu tout ce temps en étant naïve. La seule personne qui connaissait l'existence de ce trou était Stick, et je lui faisais entièrement confiance. Il n'aurait pas risqué tout ce qu'il possédait en me volant.

— C'est la misère, chuchotai-je en secouant la tête. Et ils serrent de plus en plus la vis, là-bas. Plus personne ne revend ses tickets de rationnement, quel que soit le prix.

Le ventre creux — sensation hélas familière —, je replaçai les lattes du plancher et partageai le bout de pain avec Stick. Je n'étais jamais complètement rassasiée, mais la sensation de faim était particulièrement aiguë en cet instant. Je n'avais rien mangé depuis la veille au soir. Ma tournée des poubelles du matin n'avait rien donné. Après plusieurs heures de quête, je n'en étais revenue qu'avec une coupure à la main et l'estomac vide. Ma descente du côté des pièges à rats du vieux Thompson ne s'était pas révélée plus concluante ; soit les rats du coin devenaient plus malins, soit l'espèce était en voie d'extinction à force. Je m'étais glissée sous les barrières barbelées du jardin aérien de la veuve

Tanner après avoir escaladé les escaliers de secours, pour découvrir qu'elle avait déjà procédé à une récolte méticuleuse. J'avais ensuite fouillé les bennes à ordures derrière l'échoppe de chez Hurley. Parfois, bien que très rarement, on y trouvait un morceau de pain tellement moisi que même les rats n'y touchaient pas, un sac de germes de soja à moitié pourris ou une pomme de terre flétrie. Je n'étais pas difficile. Mon estomac s'était habitué à supporter presque tout, même les choses les plus dégoûtantes. Insectes, rongeurs, pain moisi, l'important était peu ou prou que ça se mange. J'étais capable d'ingérer beaucoup de choses intolérables pour d'autres ; mais aujourd'hui, il semblait bien que la chance n'était pas à mes côtés.

Et pas question de continuer la chasse à la nourriture après une exécution. La présence massive de larbins dans la Bordure rendait tout le monde nerveux. Je ne voulais pas risquer de me faire prendre pour vol avec autant de gardes dans le coin.

Les poubelles de mon territoire habituel ne m'étaient plus d'aucun secours. J'en avais épuisé toutes les ressources, et les enregistrés commençaient à connaître mes méthodes. Me rendre dans d'autres secteurs n'aurait servi à rien, la majeure partie de la Bordure avait été mise à sac depuis longtemps. Dans cette zone remplie de crève-la-faim, il ne restait plus rien. Si nous voulions manger, j'allais donc devoir m'aventurer plus loin.

Quitter la ville.

La matinée touchait déjà à sa fin. L'après-midi ne durait pas bien longtemps ; je n'aurais que quelques heures devant moi pour trouver de la nourriture, une fois franchi le Mur. Si je ne rentrais pas avant le coucher du soleil, la traque changerait de camp. Dès que la lumière quittait le ciel, c'était *leur* heure. Celle des Maîtres. Des vampires.

J'ai encore le temps, songeai-je en me livrant à un rapide calcul mental. *C'est une assez belle journée. Je peux passer sous le Mur, fouiller les ruines et être revenue avant la nuit.*

— Où vas-tu ? me demanda Stick lorsque j'ouvris ma porte.

J'avançai dans le couloir en guettant la présence éventuelle de Rat dans les parages.

— Allie, attends ! Où vas-tu ? Emmène-moi avec toi. Je peux te donner un coup de main.

— Non, Stick.

Je me tournai vers lui et secouai la tête.

— Je ne vais pas aux endroits habituels, cette fois. Il y a trop de gardes partout. Je vais essayer les ruines.

Il tressaillit.

— Quoi ? Tu sors de la ville ?

— Je serai de retour avant la tombée de la nuit. Ne t'inquiète pas.

— Mais, s'ils t'attrapent…

— Ils ne m'attraperont pas.

Je m'adossai au mur et lui adressai un sourire en coin.

— Comment le pourraient-ils ? Ils ne savent même pas que ces tunnels existent !

— J'ai l'impression d'entendre Patrick et Geoffrey.

Je sursautai, piquée au vif.

— Tu y vas un peu fort, là, non ?

Il haussa les épaules, et je croisai les bras, l'air hostile.

— Si c'est vraiment ce que tu penses, ce n'est peut-être plus la peine que je partage ce que je trouverai avec toi. Peut-être que tu devrais chercher toi-même ta bouffe, pour changer.

— Pardon Allie, fit-il avec un petit sourire d'excuse.

Je m'inquiète pour toi, c'est tout. Tu me promets de revenir ?

— Tu le sais très bien.

— O.K.

Il fit demi-tour et se replongea dans l'obscurité du couloir.

— Bonne chance, alors.

Etait-ce un effet de mon imagination ? Je crus sentir dans son intonation qu'il souhaitait plutôt que j'aie des ennuis. Non, c'était idiot… Stick avait besoin de moi. J'étais sa seule amie. Et il n'était pas rancunier au point de me souhaiter du mal, juste parce j'avais suggéré que Gracie était en partie responsable de ce qui lui était arrivé.

Je balayai cette pensée dérangeante de mon esprit tout en traversant le terrain jusqu'à la barrière et les rues de la Cité. Puis je me faufilai par le grillage. L'heure n'était pas à me préoccuper des états d'âme de Stick. Ma priorité, c'était de trouver de quoi nous maintenir tous deux en vie.

Le soleil dardait au-dessus des grands immeubles squelettiques, inondant les rues de lumière. *Reste donc là encore un moment*, pensai-je en contemplant le ciel. *Encore quelques heures comme ça, ce serait parfait. Tu peux même totalement arrêter de bouger, si tu veux.*

Comme par esprit de contradiction, l'astre du jour parut alors descendre dans le ciel, pour aller se cacher derrière un nuage. Les ombres s'allongèrent d'un coup, dessinant des doigts avides sur le sol. Je frémis, et m'élançai dans les rues.

2

Les gens vous diront qu'il est impossible de quitter New Covington, que le Mur Extérieur est infranchissable, que personne ne peut entrer ou sortir de la Cité à sa guise.

Les gens ont tort.

La Bordure est une immense jungle de béton ; avec des vallées de verre brisé et de fer rouillé, pleines de squelettes géants envahis par les plantes grimpantes, la décomposition et la corrosion. A l'exception du centre-ville, où les hautes tours des vampires scintillent d'un éclat sombre, les structures alentour paraissent décrépites, creuses, proches de l'effondrement. Sous la ligne d'horizon crénelée, et avec peu d'humains pour faire le travail nécessaire, la nature reprend ses droits. Les carcasses rouillées de ce qui était autrefois des voitures sont clairsemées dans les rues, enveloppées de végétation. Arbres et plantes grimpantes poussent à travers les trottoirs, parfois les toits, triomphant de l'asphalte et de l'acier. Même certains gratte-ciel ont fini par succomber aux outrages du temps, et par s'écrouler dans un tumulte de poussière, de béton et de verre brisé. D'autres bâtiments n'en finissaient pas de succomber, si bien qu'en pénétrant à l'intérieur on les entendait grincer et craquer au-dessus de soi sans savoir si leur effondrement surviendrait dans des décennies, ou dans les secondes à venir.

La Cité entière tombait en ruines. Mais il ne servait à rien d'y penser, puisqu'on ne pouvait rien y faire.

En tout état de cause, ce qui me préoccupait *moi*, plus que tout, c'était d'éviter les vampires, de ne pas me faire attraper, et de trouver assez à manger pour vivre un jour de plus.

Quelques fois, comme aujourd'hui, cette quête nécessitait des mesures radicales. Ce que je m'apprêtais à faire était extrêmement risqué ; mais si je n'étais pas prête à prendre des risques, je n'aurais pas fait partie des non-enregistrés, pas vrai ?

La Bordure était divisée en plusieurs sections — des « secteurs », comme ils disaient —, tous bien clôturés afin de contrôler plus facilement les flux de nourriture et de population. Encore une mesure mise en place « pour notre protection ». Mais une cage reste une cage. A ma connaissance, il existait cinq ou six secteurs formant un demi-cercle autour de la Cité Intérieure. Nous étions dans le secteur 4. Si j'étais porteuse d'un tatouage, il comporterait des informations du genre : *Allison Sekemoto, résidente n° 7229, Secteur 4, New Covington. Propriété du Prince Salazar.* Le Prince était en théorie propriétaire de tous les humains de la ville, mais ses officiers possédaient eux aussi des harems et des esclaves — des esclaves de sang. Les Borduriens, eux — du moins ceux qui étaient enregistrés — constituaient une « propriété commune ». En clair : n'importe quel vampire pouvait en faire ce qu'il voulait.

Personne dans la Bordure ne paraissait gêné par son tatouage. Nate, l'un des assistants au comptoir commercial de Hurley, n'avait pas encore renoncé à me convaincre de me faire enregistrer, arguant que le tatouage n'était pas douloureux et que les saignées n'avaient rien de bien méchant, une fois qu'on s'y était habitué. Il ne comprenait pas pourquoi je me montrais aussi opposée au système. Ce n'était pas tant le tatouage ou les saignées que j'exécrais le plus, mais le côté « Propriété de… » Je n'appartenais à personne. Si ces maudits suceurs de sang me voulaient, ils devraient d'abord m'attraper. Et je ne comptais pas leur simplifier la tâche !

Les barrières entre secteurs n'étaient pas infranchissables : de simples grillages renforcés de fil barbelé. Un rideau d'acier qui courait sur des dizaines de kilomètres, et n'était pas bien gardé. Des gardes étaient postés uniquement aux grilles de chaque secteur, là où les camions de ravitaillement entraient et sortaient de la Cité Intérieure. Apparemment, les vampires se fichaient pas mal que quelques têtes de leur bétail se baladent d'un secteur à l'autre. La majeure partie des forces de sécurité était concentrée sur la protection du Mur Extérieur, toutes les nuits.

Il fallait bien admettre que ce Mur Extérieur était impressionnant. Avec ses dix mètres de hauteur et ses deux mètres d'épaisseur, ce monstre de fer, d'acier et de béton surplombait le périmètre de la Bordure tout autour de la Cité. Il n'était percé que d'un seul accès, constitué de deux grandes portes de fer barrées de l'intérieur par des poutres métalliques si lourdes que trois hommes étaient nécessaires pour les manipuler. Elles ne donnaient pas sur mon secteur, mais je les avais vues s'ouvrir une fois, lors d'une de mes lointaines tournées poubelles. Des projecteurs étaient accrochés au Mur tous les cinquante mètres, scrutant le sol tels d'énormes yeux. Par-delà ces fortifications se trouvait la « zone de la mort », une bande de terre rase criblée de tranchées, de barbelés acérés, de trous hérissés de pics et de mines. Tout ce dispositif ne répondait qu'à un seul objectif : éloigner les enragés. Redouté et détesté dans tout New Covington, car il nous rappelait que nous y étions piégés comme des rats, il était aussi vénéré. Car personne ne pouvait survivre dans les ruines qui s'étendaient au-delà de la Cité, surtout après la tombée de la nuit. Les vampires eux-mêmes n'aimaient pas s'y aventurer. Car de l'autre côté, la nuit appartenait aux enragés. Aucune personne saine d'esprit ne passait par-dessus le Mur, sous peine d'être abattue, ou mise en pièces dans cette zone de la mort.

Une main contre le mur, je me frayai un chemin entre les hautes herbes qui poussaient dans le fossé, essayant d'éviter les flaques et les éclats de verre. Cela faisait un moment que je n'étais pas venue à cet endroit, et la végétation avait recouvert toute trace de passage. Je dépassai un tas de pierres en ignorant les ossements éparpillés à sa base, et comptai dix pas avant de m'arrêter et de m'agenouiller.

J'écartai les herbes en prenant soin de ne pas laisser une empreinte trop marquée de mon passage. Dès que les vampires avaient vent d'une éventuelle issue pour sortir de leur ville, ils passaient l'intégralité de la Bordure au peigne fin jusqu'à la trouver et la sceller. Non qu'ils se soucient particulièrement du sort réservé à ceux qui se risquaient à sortir ; à part des ruines abandonnées, la vie sauvage et les enragés, il n'y avait rien derrière le Mur Extérieur. Seulement, les sorties étaient également des entrées, et de temps à autre, il arrivait qu'un enragé parvienne à se faufiler dans la Cité. C'était alors le chaos jusqu'à ce que l'intrus soit tué et l'entrée localisée puis scellée. Mais celle que je connaissais avait pour le moment échappé à leur vigilance.

Une fois écartées, les herbes révélèrent un cercle de métal noir encastré dans la terre. Il était incroyablement lourd, mais j'avais une barre métallique pour faire levier. Je laissai le couvercle retomber dans l'herbe et plongeai les yeux dans le long et étroit conduit. Une échelle de métal rouillée était fixée dans le tube de ciment, et s'enfonçait dans le noir.

Je regardai autour de moi pour m'assurer que personne ne m'avait vue, et commençai à descendre. Je n'étais jamais tranquille à l'idée de laisser l'entrée du tunnel ouverte, mais le couvercle était trop lourd pour que je puisse le remettre en place depuis l'intérieur. Les hautes herbes le dissimulaient efficacement, et personne n'avait découvert cette voie jusqu'à ce jour.

Malgré tout, je n'avais pas de temps à perdre.

J'atterris sur le sol, de ciment lui aussi, et attendis que mes yeux s'habituent à l'obscurité. Je glissai la main dans la poche de mon blouson et la refermai sur mes deux objets les plus précieux : un briquet encore à moitié rempli de carburant, et mon canif. J'avais trouvé le briquet lors d'une précédente excursion dans les ruines, et je possédais ce couteau depuis des années. Des objets dont je ne me séparais jamais.

Les tunnels empestaient. Les anciens, ceux qui avaient été enfants avant le grand fléau, prétendaient que les déchets de la ville circulaient autrefois par ce réseau de tuyaux souterrains, au lieu d'être recueillis dans des récipients qu'on vidait dans des trous couverts, comme aujourd'hui. Si c'était exact, ça expliquait à coup sûr cette odeur infecte. A moins d'un mètre de moi, le rebord solide disparaissait sous une eau noire qui gouttait lentement. Un énorme rat, presque de la taille de certains chats errants que j'apercevais en surface, détala soudain dans l'ombre, me rappelant pourquoi j'étais là.

Je jetai un dernier regard vers la lucarne donnant sur le ciel — encore ensoleillé — et m'enfonçai dans le boyau.

Beaucoup de gens croyaient que les enragés se cachaient sous terre, dans des crevasses ou des tunnels à l'abandon, où ils dormaient le jour pour en sortir la nuit. Personnellement, je n'avais jamais rencontré le moindre enragé dans ces tunnels. Pas même en train de dormir. Ce qui ne voulait rien dire. En surface, personne n'avait jamais vu d'homme-taupe, et pourtant, tout le monde avait entendu parler de ces humains maladifs et allergiques à la lumière qui vous saisissaient les chevilles par les égouts pluviaux et vous y entraînaient pour vous dévorer. Je n'avais jamais vu d'homme-taupe non plus, mais il existait des centaines, voire des milliers, de tunnels que je n'avais pas explorés — et je n'avais d'ailleurs pas l'intention de le faire. Mon but, lorsque je m'aventurais dans ce monde obscur et nauséabond, était juste de franchir le Mur et de remonter à la lumière du soleil le plus vite possible.

Par chance, je connaissais bien cette portion du

labyrinthe. Elle n'était pas totalement noire. Les rayons du soleil s'infiltraient par les grilles des égouts pluviaux, formant des petites barres de couleur dans cet univers gris. A certains endroits cependant, il me fallait traverser des zones d'un noir d'encre, et je devais allumer mon briquet pour avancer. Mais les lieux, à force, m'étaient devenus familiers, et comme je savais où j'allais, je n'avais pas peur.

J'arrivai enfin au dernier tube de ciment, plus étroit, qui débouchait à l'air libre, dans un fossé recouvert d'herbes folles. Je rampai pour le traverser. L'avantage d'être maigre ! J'essorai mes vêtements, d'où s'échappa une eau tiède et fétide et me relevai prudemment, en jetant des coups d'œil à la ronde.

Derrière une rangée de toits décrépits, passé le champ funeste de la zone de la mort, se dressait le Mur Extérieur, dans toute sa sinistre splendeur. Pour une raison qui m'échappait, je lui trouvais un aspect étrange, vu de ce côté-ci. Le soleil brillait entre les tours de la Cité Intérieure et réfléchissait ses rayons sur leurs surfaces miroitées. J'avais quelques heures de jour devant moi, mais je ne devais pas perdre de temps.

Les restes de l'ancienne banlieue s'étendaient devant moi, en un tapis vert-de-gris. Je sautai hors du fossé et m'engageai dans les ruines d'une civilisation désormais éteinte.

Y faire mon marché était une entreprise délicate. Il y existait d'immenses magasins remplis de nourriture, de vêtements et de toutes sortes d'autres choses utiles. Ils étaient gigantesques, et facilement identifiables grâce à leurs vastes espaces de parking. Mais ces endroits n'avaient plus rien à offrir ; ils avaient été les premiers à être pillés quand les temps étaient devenus difficiles. Presque soixante ans après le grand fléau, on n'y trouvait plus que des murs croulants et des rayons vides. Il en était de même pour les plus petits magasins d'alimentation et les stations-service. Il n'y restait plus rien. J'avais cru au début y trouver des trésors ; j'en étais revenue les mains vides chaque fois.

Cependant, il en allait autrement des habitations individuelles, alignées en rangées de pavillons délabrés le long des rues désertes. L'espèce humaine aime faire des réserves, c'est bien connu… Qu'il se soit agi à l'époque de faire simplement du stock, de prévoyance ou de paranoïa, le fait est que les maisons des particuliers s'étaient révélées bien intéressantes. Cachée dans les caves ou enfouie dans les placards, on y dénichait encore de la nourriture.

C'est pourquoi je pénétrai avec espoir dans la cinquième ou sixième habitation de la rue — une construction à deux niveaux aux fenêtres cassées, presque engloutie sous le lierre et les hautes herbes. Le toit et une partie de l'étage s'étaient écroulés, laissant passer les rayons de lumière entre les poutres en décomposition. L'air était saturé d'une odeur de moisi, de poussière et de végétal, et la maison semblait retenir son souffle sous mes pas.

Je cherchai d'abord la cuisine, en ouvris tous les placards et les tiroirs. Je vérifiai même le contenu du vieux réfrigérateur. Rien. Quelques fourchettes rouillées, une boîte de conserve vide, une tasse ébréchée. Uniquement du déjà-vu. Dans une chambre, les armoires étaient vides, les cintres éparpillés, et des morceaux de miroir jonchaient le sol. Draps et couvertures avaient disparu du lit. Une tache sombre maculait un côté du matelas. Je ne perdis pas de temps à me demander ce que c'était. Dans ces cas-là, on ne réfléchissait pas. On passait son chemin.

Dans la seconde chambre, moins ravagée que la première, un vieux lit d'enfant occupait un angle. Les araignées en avaient fait leur terrain de jeu. Je passai à côté en évitant de regarder entre les barreaux, pour me diriger vers les étagères accrochées au mur. Une lampe abîmée y était posée, sous laquelle je repérai une forme familière recouverte de poussière.

Je m'en saisis, et balayai d'une main la pellicule opaque qui me cachait la couverture : *Bonne nuit, la lune*. Je souris tristement. Je n'étais pas venue chercher des livres, il ne fallait pas que je l'oublie. Si je rentrais avec au lieu de rapporter quelque chose à manger, Lucas serait furieux. Et nous nous disputerions encore une fois.

Peut-être étais-je trop sévère envers lui, mais il était tellement terre à terre ! Il se souciait davantage de sa survie que de développer la moindre compétence, inutile à ses yeux. Mais son entêtement ne me décourageait pas. Si je parvenais à lui apprendre à lire, et qu'ensuite, tous les deux, nous apprenions à d'autres… Qui sait ? Cela suffirait peut-être à initier… une réaction. Un mouvement… un espoir… Il y avait forcément *quelque chose* de mieux à attendre de notre existence qu'une survie de cloportes !

Pleine d'une détermination renouvelée, je glissai le livre sous mon bras et m'apprêtai à poursuivre mon exploration. C'est alors qu'un petit bruit me fit tressaillir.

Il y avait quelqu'un dans la maison !

Avec mille précautions, je reposai le livre sur l'étagère

sans laisser de trace visible dans la poussière, espérant être en mesure de revenir le chercher plus tard…

Je glissai une main dans ma poche, y attrapai mon couteau et me retournai lentement. Je voyais des ombres bouger dans la faible lueur du salon ; un bruit de pas légers. J'ouvris mon canif et reculai pour me coller au mur, le cœur battant. Une forme sombre fit halte devant l'encadrement de la porte. Une respiration lente et laborieuse se fit entendre. Je retins mon souffle, prête à tout et en même temps incapable d'anticiper ce qui allait arriver.

C'était une biche…

Je sentis ma gorge et mon ventre se dénouer instantanément, mais je ne baissai pas la garde pour autant. Il n'était pas rare de voir des animaux sauvages au sein des ruines, même si je ne comprenais pas trop ce qu'une biche pouvait bien faire dans une maison. Je laissai échapper un soupir, et la biche sursauta. Elle tourna la tête dans ma direction, les oreilles frémissantes, comme si elle ne distinguait pas vraiment ce qui se trouvait là.

Mon estomac gronda et, l'espace d'un instant, je me vis fondre sur elle et lui planter ma lame dans le cou. On ne trouvait quasiment jamais de viande dans la Bordure. Les souris et les rats étaient très recherchés, et j'avais même vu des batailles sanglantes se livrer juste pour un pigeon mort. Quelques chiens et chats sauvages y erraient, mais ils étaient farouches et agressifs. Il valait mieux les éviter si l'on ne voulait pas risquer une morsure porteuse d'infection. Les gardes étaient autorisés à tirer sur tout animal errant dans les rues, et ils ne s'en privaient pas. Mais pour nous autres, la viande restait une denrée extrêmement rare.

Une biche entière, coupée en lanières et séchée, voilà qui nourrirait ma bande pendant un mois entier ! Je pourrais aussi en échanger des morceaux contre des tickets-repas, des couvertures, de nouveaux vêtements, tout ce qu'il me plairait. Le simple fait d'y penser fit de nouveau rugir mon estomac, et je me mis en position d'attaque, prête à bondir. L'animal allait sûrement décamper dès que je bougerais, mais cela valait le coup d'essayer.

A ce moment-là, la biche se tourna tout à fait vers moi, et je vis de minces filets de sang couler de ses yeux, tachant le sol de petites gouttes rouges. Je comprenais mieux maintenant pourquoi elle n'avait pas peur. Pourquoi elle m'avait suivie à l'intérieur et me regardait avec le regard vitreux d'un prédateur. Elle s'était fait mordre par un enragé. Morsure dont les effets entraînaient la folie.

J'inspirai et expirai plusieurs fois lentement pour me calmer et ne pas céder à la panique. J'étais en mauvaise posture. La biche bloquait la porte, et je ne pouvais pas passer sans risquer une attaque. Cependant, ses yeux n'étaient pas totalement blancs, ce qui indiquait que la maladie en était encore au stade précoce. Peut-être avais-je une chance de sortir sans me faire piétiner à mort.

Elle grogna et secoua la tête, avant de tituber. Autre effet de la maladie : les animaux contaminés pouvaient être totalement dénués de coordination motrice à un moment, et devenir hyperagressifs l'instant suivant. La main serrée sur mon canif, je glissai insensiblement vers la fenêtre brisée, le dos plaqué au mur.

La biche leva alors la tête, et poussa un cri comme je n'en avais jamais entendu chez un animal de son espèce. Je vis ses muscles se raidir pour charger, et me précipitai vers la fenêtre.

Dans un grondement sourd, elle s'élança au même moment à travers la pièce et l'un de ses sabots frappa ma cuisse ; l'impact fut bref, mais j'eus l'impression de recevoir un coup de marteau. L'animal vint percuter le mur du fond, renversant une étagère, pendant que je me jetais par l'ouverture sans demander mon reste.

Je courus aussi vite que possible vers une cabane en piteux état dans un coin de la cour. Son toit s'était effondré, et des plantes grimpantes avaient entièrement recouvert ses murs, mais sa porte était intacte. Je me glissai à l'intérieur, refermai soigneusement et me recroquevillai dans un coin, pantelante, guettant les bruits qui auraient pu m'indiquer qu'elle me poursuivait.

Mais tout paraissait calme. Lorsque mon cœur eut repris un rythme normal, je jetai un coup d'œil par une fente entre les planches. Je distinguai sa silhouette sombre ; elle était toujours dans la chambre. Elle se déplaçait d'un pas incertain, s'attaquant sporadiquement au matelas ou à l'armoire, aveuglée par la rage. Très bien… Je n'avais plus qu'à me faire toute petite jusqu'à ce qu'elle se calme et s'en aille. En espérant que ce soit avant le coucher du soleil.

En attendant, j'observai la cabane, dans l'espoir d'y dénicher quelque chose d'utile et en bon état. Mais je ne vis pas grand-chose d'intéressant : quelques étagères affaissées, une poignée de clous rouillés que j'embarquai illico, et une étrange petite machine avec quatre roues et un long manche qu'on s'imaginait en train de pousser. Mais à quelle fin ? Mystère.

En m'approchant pour mieux voir l'engin, je remarquai alors dessous le couvercle d'une trappe…

Verrouillé à l'aide d'un cadenas tellement rouillé que la clé aurait été parfaitement inutile, mais les planches qui le composaient étaient de toute évidence rongées par les bêtes et la pourriture. Il suffisait de tirer un peu fort dessus pour qu'elles se démantèlent. Ce que je fis, révélant bientôt une volée de marches s'enfonçant dans l'obscurité.

Mon couteau toujours en main, je descendis.

Il faisait très sombre, malgré les rais de lumière qui passaient par l'ouverture et les fissures du plancher. Je découvris une petite pièce fraîche, aux murs et au sol bétonnés. Une ampoule pendait au bout d'un fil, au-dessus de ma tête. Les murs étaient couverts d'étagères de bois, et sur ces étagères, des dizaines et des dizaines de boîtes de conserve me faisaient de l'œil dans la pénombre.

Jackpot !

Je me ruai sur la première boîte qui me tomba sous la main, en envoyant trois autres voler à terre dans ma précipitation. Une étiquette aux couleurs passées était collée dessus, mais je ne m'embêtai pas à tenter de la lire. Je transperçai d'un coup sec de la pointe de mon canif le couvercle, puis entrepris de scier le métal de mes mains tremblantes.

Un délicieux parfum sucré s'échappa alors de son contenu. J'en avais presque le tournis.

De la nourriture ! De la vraie nourriture !

Je soulevai le couvercle dès que j'eus assez scié pour le faire et pris à peine le temps de regarder de quoi il s'agissait — des fruits en bouillie, dans un liquide visqueux mais odorant lui aussi. J'en engouffrai une énorme bouchée, et ce fut le choc. Ce goût sucré, cette consistance pulpeuse et fondante ne ressemblaient à rien de ce que j'avais mangé auparavant. Dans la Bordure, les fruits et les légumes étaient quasiment inexistants. J'avalai goulument tout le contenu de la boîte, la sentant avec délectation combler mon estomac vide, puis j'attrapai une autre boîte.

Des haricots en sauce, comme je le lus sur l'étiquette, que je dévorai jusqu'au dernier, sans oublier l'épais liquide que je récoltai du bout de mes doigts. Je m'attaquai ensuite à une autre boîte de purée de fruits, puis à une de maïs, enfin à une dernière, qui contenait des « saucisses cocktail ». Après quoi, l'estomac gonflé car j'avais mangé sans presque prendre le temps de mâcher, je commençai à réfléchir à ce que j'allais faire de cette découverte.

J'étais tombée sur une véritable mine d'or ! Le genre de trésor caché dont naissent les légendes ; et moi, je me trouvais au beau milieu de l'un d'entre eux ! L'estomac plein, tendu même — sensation rare —, j'examinai puis inventoriai ce que j'avais là.

Presque un mur entier de boîtes de conserve, avec une variété de produits impressionnante, à en croire les étiquettes. La plupart étaient trop passées ou déchirées pour être lisibles, mais je pus tout de même repérer nombre de soupes, légumes, fruits et féculents différents. Il y avait aussi des boîtes contenant des aliments étranges dont je n'avais jamais entendu parler, comme des *Spa Gai Ti*, ou des *Rat Vit Au Lit*, et autres trucs bizarres. Tout près des conserves se trouvaient des boîtes en plastique contenant des choses enveloppées d'un papier brillant et argenté. Je n'avais aucune idée de ce que cela pouvait être, mais si ça se mangeait, je n'allais pas m'en plaindre !

Les étagères du mur d'en face abritaient des dizaines

de bombonnes d'eau claire, quelques bouteilles de propane, un réchaud portatif comme j'avais vu Hurley en utiliser, et une lampe à pétrole.

De toute évidence, celui qui avait rassemblé toutes ces provisions était une personne prévoyante, quelle que soit la fin qu'il ait eue.

Merci à toi, l'inconnu… On peut dire que tu vas sacrément me faciliter la vie !

Différentes possibilités se présentaient à moi. Je pouvais tenir cet endroit secret, mais il y avait là suffisamment de denrées pour nourrir toute ma bande pendant des mois. Je n'allais pas garder toute cette nourriture pour moi seule…

Je passai une nouvelle fois la pièce en revue, me demandant comment j'allais procéder. Si j'en parlais à Lucas, nous pourrions revenir tous les quatre — Rat, Lucas, Stick et moi — et tout rafler en une fois. L'entreprise serait risquée, mais cela en valait le coup, vu la quantité de vivres.

Je regrettais de n'avoir rien avec moi pour en rapporter d'ores et déjà une petite réserve. D'habitude, quand je partais dans les ruines, je prenais toujours un des sacs à dos que nous stockions dans les casiers, mais cette fois, je n'avais pas voulu risquer de recroiser Rat. Il allait pourtant bien falloir que je rapporte quelques petites choses en guise de preuve, si je voulais convaincre Lucas de se risquer en dehors de la ville !

Deux sacs poubelle ventrus reposaient sur l'étagère la plus haute. On aurait dit qu'ils contenaient des couvertures, des vêtements ou d'autres choses usuelles. Mais c'était la nourriture qui m'intéressait, pour le moment.

— Ça fera l'affaire, murmurai-je en me dirigeant vers les étagères.

En l'absence d'échelle, de tabouret ou de toute autre pièce de mobilier sur quoi monter, j'allais devoir grimper.

Je posai un pied prudent entre les boîtes de conserve et me hissai. La planche grinça affreusement sous mon poids, mais elle tint bon. Cramponnée au bois brut, je soulevai mon autre pied, puis répétai l'opération jusqu'à pouvoir toucher les sacs. J'agrippai alors le coin de l'un d'entre eux avec deux doigts, et tirai vers moi.

Craquement retentissant. Sentiment de flottement. Avant que j'aie le temps de réaliser ce qui m'arrivait, l'étagère entière commença à basculer. Je voulus sauter pour me protéger, mais des dizaines de boîtes de conserve me tombèrent dessus d'un coup, et je perdis prise. Je percutai le sol de ciment au milieu du fracas des boîtes métalliques. Les étagères remplirent mon champ de vision pendant une fraction de seconde. Puis, tout devint noir.

3

Ce fut une douleur lancinante à la tête qui me ramena à moi. Mes oreilles sifflaient, et lorsque j'ouvris les yeux, je ne vis que du noir. L'espace d'un instant, je fus incapable de me souvenir de l'endroit où j'étais ni de ce qui s'était passé. Quelque chose de lourd pesait contre ma poitrine et sur mes jambes. Lorsque j'essayai de bouger, plusieurs objets métalliques tombèrent et roulèrent sur le sol.

— Bon Dieu ! murmurai-je en recouvrant subitement la mémoire.

Je me dégageai alors frénétiquement et claudiquai jusqu'aux marches pour jeter un coup d'œil dehors. L'ouverture dans le toit de la cabane me révéla un ciel nocturne brumeux et sans étoiles, où une lune jaunâtre lorgnait à peine entre les nuages, tel un œil gonflé.

Bravo ! Bien joué, Allie !

Je gravis les marches et sondai l'obscurité et les ombres alentour. Mon cœur cognait à m'en faire mal dans la poitrine au point qu'il semblait crever le silence de la nuit à peine dérangé par le bruit léger et métallique des boîtes qui roulaient sur le sol, en bas. Mais l'heure n'était plus à me préoccuper des richesses que je laissais derrière moi. Je devais rentrer à la Cité. Je ne pouvais pas rester ici. On disait que les enragés étaient capables de défoncer les murs ou les sols pour atteindre leur proie et qu'ils ne renonçaient jamais, une fois qu'ils l'avaient sentie. C'est pourquoi je devais tout laisser derrière moi : je ne pouvais pas me permettre d'être ralentie par quoi que ce soit dans ma fuite.

Je sortis prudemment de la cave et avançai jusqu'à la porte de la cabane pour l'ouvrir. Puis je me figeai.

A l'extérieur, quelque chose bougeait le long du mur.

Un froufroutement dans les hautes herbes, comme un bruit de pas étouffé. Un grondement sourd, peut-être celui d'un animal, me parvint entre les lattes de bois. Sans un bruit, je reculai de la porte pour me glisser dans un coin et me coller le dos à la cloison. Je serrai très fort le manche de mon canif pour empêcher mes mains de trembler. Il faisait très sombre à l'extérieur de la cabane, mais je pus tout de même distinguer, entre les fentes du bois, une silhouette pâle et émaciée. Elle longea tout le mur par l'extérieur… et s'arrêta devant la porte.

Je retins mon souffle et me mis à compter, comme si j'égrenais les secondes, les battements frénétiques de mon cœur. Je me mordais les joues pour m'empêcher de respirer trop bruyamment.

La porte grinça et s'ouvrit lentement.

Je ne bougeai pas. J'arrêtai même de respirer. Je sentais le bois brut dans mon dos, à travers mes vêtements, et je m'imaginais faire partie intégrante de ce mur, partie intégrante des ombres qui m'enveloppaient, me dissimulant de tout.

Vers la porte, les râles se firent plus forts, plus rauques, tandis que l'ombre tournait la tête d'un côté puis de l'autre, scrutant les murs.

Une éternité passa.

Enfin, le battant se referma en grinçant, et l'ombre

fit demi-tour pour disparaître dans les herbes folles. J'écoutai le bruit de ses pas à mesure qu'elle s'éloignait, jusqu'à ce que je n'entende plus que le bourdonnement des insectes dans la nuit.

Il me fallut un moment avant de pouvoir bouger ou même respirer normalement. Lorsque je cessai de trembler, je rassemblai tout mon courage, considérablement éprouvé par cet épisode, et sortis de la cabane. Je me hâtai de suivre le même chemin que celui emprunté à l'aller. Je notai avec horreur que ma trace n'était plus la seule à avoir foulé les herbes. La cour du pavillon était traversée de plusieurs autres chemins, témoignant que je n'avais pas été seule sur les lieux pendant le temps que j'avais passé dans l'abri souterrain. Si les escaliers avaient été découverts…

Une sueur glacée me coula le long du dos en y pensant. Pressant plus encore le pas, trébuchant dans les rues désertes, j'aurais voulu être invisible, un esprit, un courant d'air… Sous le clair de lune, les ruines avaient un aspect encore plus lugubre, plus inquiétant. C'était un terrain clairement hostile à tout intrus. Dans la Cité, lorsque la nuit tombait, les humains désertaient les rues pour céder le champ aux vampires, mais les ombres y étaient familières, l'obscurité rassurante. Ici, l'obscurité était étrangère, et les ombres semblaient chercher à vous piéger.

Soudain, un terrible cri de furie animale retentit dans la nuit. Je pris mes jambes à mon cou. Je ne savais pas que j'étais capable de courir aussi vite.

Quelques minutes d'une course démente, les plus longues de ma vie, et je parvins saine et sauve aux tunnels. En me glissant dans le tuyau d'évacuation, j'étais convaincue que quelque chose me talonnait, et que des griffes acérées allaient se refermer sur mes chevilles pour me tirer en arrière. Par bonheur, ce ne fut pas le cas. A bout de souffle, je m'appuyai alors contre la paroi, jusqu'à ce que mon cœur ralentisse ses soubresauts dans ma poitrine.

Le tunnel était si noir que je ne pouvais même pas voir ma main devant mon nez. Je fouillai donc dans ma poche et en sortis le briquet, dont jaillit bientôt une petite flamme rassurante. Elle éclairait à peine le sol sous mes pieds, mais c'était mieux que rien.

La petite lueur vacillante devant moi, j'entamai ma redescente.

C'est fou comme quelques heures peuvent suffire à modifier votre perception du monde. Les galeries, de nombreuses fois parcourues, me paraissaient maintenant menaçantes, et l'obscurité une entité vivante qui m'oppressait de tous côtés. Mes pas me semblaient dangereusement bruyants dans le silence, et à plusieurs reprises, je retins mon souffle pour écouter les bruits fantômes que je croyais entendre par-dessus ma respiration.

Mais en dépit de mes craintes, rien ne surgit devant moi. Je touchais presque au but, à un tournant seulement et quelques dizaines de mètres de l'échelle menant à l'extérieur, quand un bruit d'éclaboussure résonna dans le noir.

Il n'était pas très fort ; en pleine journée, avec la lumière du soleil filtrant par les grilles, je l'aurais attribué à un rat ou à quelque bestiole de ce genre et n'en aurais pas fait grand cas. Mais dans ce silence et ce noir oppressants, mon cœur se figea, et mon sang se glaça. J'éteignis mon briquet et me réfugiai dans un coin en tendant l'oreille au maximum. Je n'eus pas à attendre longtemps.

Le faisceau d'une lampe balaya bientôt le sol devant moi, et des voix graves et gutturales résonnèrent contre les parois.

— Qu'est-ce qui se cache donc là ? Un rat ? Un gros rat, qui se planque dans le noir ? Tu as mal choisi ta nuit pour te balader dans les souterrains, l'ami…

Le souffle court, je risquai un coup d'œil rapide. Quatre hommes bloquaient la sortie du tunnel. Maigres, en loques, la chevelure crasseuse. Ils se tenaient légèrement courbés, comme s'ils passaient leur vie dans de petits espaces confinés et qu'ils avaient perdu l'habitude de se tenir droits. Leurs doigts étaient refermés sur des lames dentelées et rouillées. Un sourire sadique aux lèvres, ils fixaient avec excitation une silhouette isolée au milieu du tunnel.

Je me plaquai de nouveau contre la paroi, dans le coude du tunnel, m'enfonçant autant que possible dans son ombre protectrice.

Ce n'est pas possible ! Ce n'est vraiment pas mon soir ! Une biche folle, des enragés, et maintenant ces affreux hommes-taupes ! Personne ne voudra me croire.

Je secouai la tête et me recroquevillai en refermant la main sur mon canif.

Il ne manquerait plus qu'un vampire débarque, et ce serait le pompon !

Les hommes-taupes ricanèrent, et je les entendis avancer, probablement pour encercler le malheureux qui était tombé dans leur embuscade. *Mais cours donc, abruti !* pensai-je en me demandant pourquoi je n'entendais pas déjà un bruit de pas précipités. *Tu ne sais donc pas ce qu'ils vont te faire ? Si tu ne veux pas te retrouver embroché au-dessus du feu, tu ferais mieux de déguerpir !*

— Je ne cherche pas les ennuis, déclara alors une voix grave et assurée.

J'avais beau ne pas voir l'homme à qui cette voix appartenait, ne souhaitant pas prendre le risque de regarder de nouveau et de trahir ma présence, j'eus en l'entendant un frisson dans le dos.

— Laissez-moi passer. Ce sera mieux pour vous.

— Ah oui ? répliqua un des hommes-taupes d'une voix mielleuse que j'imaginais assortie d'un rictus mauvais. Eh bien, ce n'est pas mon av…

Brusquement, sa voix se mua en un gargouillis, et l'odeur âcre du sang se répandit dans l'air confiné. Des cris enragés s'élevèrent alors, assortis de bruits de lutte, de lames s'enfonçant dans la chair, de hurlements d'agonie. Je m'accroupis dans mon recoin en retenant ma respiration jusqu'à ce que le dernier cri s'éteigne, que le dernier corps s'écroule et que le silence retombe dans le tunnel.

Je comptai ensuite trente secondes de silence. Puis soixante. Une minute et demie. Toujours pas un son. Aucun bruit de pas, de mouvement, aucun râle, aucun halètement. Aussi calme que l'intérieur d'une tombe.

Prudemment, j'avançai pour regarder la scène.

Les quatre hommes-taupes gisaient à terre, leurs armes éparpillées autour d'eux. Un peu plus loin, la lampe torche brillait faiblement contre un mur. Son faisceau éclairait une flaque d'un rouge vif en provenance d'un corps immobile. Je scrutai de nouveau le tunnel, cherchant un cinquième corps, mais il n'y avait que ceux des hommes-taupes. Le mystérieux étranger avait disparu.

Je m'approchai encore. Je ne voulais pas toucher les corps, mais la lampe torche était une trouvaille de valeur. Si je dénichais le bon client, sa vente pouvait me rapporter plusieurs jours de provisions. Je contournai un bras pâle et sale, et ramassai mon trophée… dont la lumière éclaira subitement le visage du cinquième protagoniste. Il ne broncha pas. Pas même un clignement d'œil. Je reculai précipitamment, marchant presque sur le bras que j'avais auparavant contourné, et brandis mon couteau devant moi. L'étranger ne bougea pas, mais ses yeux noirs ne me quittaient pas une seconde. Je maintins ma lampe et ma lame braquées sur lui jusqu'à ce que j'atteigne enfin l'extrémité du tunnel, prête à détaler dans le noir.

— Si tu cours, tu seras morte avant d'avoir fait trois pas !

Je me figeai, serrant plus encore mon couteau si c'était possible et me retournai pour le regarder par-dessus les cadavres.

Cela ne faisait aucun doute. Je savais à qui j'avais affaire, quelle créature me fixait dans ce tunnel, aussi immobile qu'une statue. J'étais seule avec un vampire, sans personne pour m'aider.

— Qu'est-ce que tu veux ?

Ma voix tremblait légèrement, mais mes pieds étaient fermement ancrés dans le sol. Je le dévisageai résolument. Surtout ne pas montrer sa peur. Telle était la règle primordiale. Les vampires la sentaient, du moins était-ce ce que l'on prétendait. Si vous croisiez leur route au beau milieu de la nuit, ne pas avoir l'air d'une proie pouvait, dit-on, vous aider à survivre à cette rencontre.

Personnellement, je n'en croyais pas un mot. Pour

moi, un vampire mordrait de toute façon. Mais je ne comptais pas pour autant lui donner facilement satisfaction.

Il hocha faiblement la tête, en un mouvement si infime que je ne l'aurais pas remarqué s'il ne s'était tenu aussi parfaitement immobile.

— J'essaie de savoir, me répondit-il d'un ton calme et assuré, si tu es une simple éboueuse qui épie les conversations, ou si tu comptes te débiner pour aller raconter à ton clan que je suis là.

— Est-ce que j'ai l'air de vouloir me débiner ?

— Non. Alors, tu es une éboueuse. Qui préfère attendre que sa proie soit morte plutôt que de la tuer elle-même.

Son intonation n'avait pas changé. Elle était toujours aussi posée et détachée, mais je me sentis bouillir à ces paroles. Pour qui se prenait ce salopard de suceur de sang, à me faire ainsi la leçon ? J'eus l'envie brutale et stupide de le frapper.

— Oui, eh bien, c'est ce qui arrive quand on laisse le bétail crever de faim ! Les bêtes commencent à se bouffer entre elles, au cas où tu ne serais pas au courant.

Je fis un geste explicite en direction des hommes-taupes qui gisaient à mes pieds.

— Mais moi, je ne fais pas partie du lot. Je ne mange pas les gens. Ça, c'est plutôt *votre* truc, pas vrai ?

Le vampire se contenta de me fixer. Suffisamment longtemps pour que je commence à regretter de l'avoir provoqué. C'était vraiment idiot de ma part ! Pourtant, je m'en moquais presque. Je n'allais pas ramper devant lui ni le supplier, si c'était ce qu'il cherchait. Cette engeance était dénuée d'âme, d'émotions et de la moindre empathie. Si ce buveur de sang voulait me vider de ma substance et me laisser pourrir sur place, rien de ce que je pourrais dire ne l'en empêcherait.

Seulement, je comptais bien lui donner une bonne dose de fil à retordre avant ça !

— Intéressant…, commenta-t-il presque en aparté. J'oublie parfois la complexité de la race humaine. Nous avons réduit un si grand nombre d'entre vous à l'état d'animaux — brutaux, lâches, prêts à s'entretuer pour survivre… Cependant, dans les endroits les plus sombres, il m'arrive encore de tomber sur quelques spécimens pas encore trop dénaturés.

J'étais fatiguée de cette discussion absurde et de surveiller chacun de ses mouvements.

— Bon, qu'est-ce que tu veux ? répétai-je. Pourquoi sommes-nous en train de discuter ? Si tu as l'intention de me mordre, vas-y.

Mais n'espère pas me voir gentiment me coucher pour te laisser faire ta sale besogne ! Tu auras un canif enfoncé dans l'œil avant de m'avoir vidée de mon sang, je peux te le jurer.

A ma grande surprise, il se mit à sourire. Ses lèvres pâles n'esquissèrent qu'une légère courbe, mais dans ce visage granitique, c'était déjà tout à fait remarquable.

— J'ai déjà dîné, annonça-t-il posément en reculant d'un pas dans l'ombre. Et je présume que tu as des griffes dont tu n'hésiterais pas à te servir, petit chat sauvage. Je ne suis pas d'humeur à me lancer dans une autre bagarre, tu as de la chance. Tu as croisé le chemin d'un suceur de sang sans âme, sans cœur, et tu as survécu. La prochaine fois, les choses seront sûrement très différentes.

Il tourna alors les talons et disparut dans l'obscurité. Ses derniers mots résonnèrent dans le noir.

— Merci pour cette conversation !

J'en restai complètement décontenancée. Quel genre de vampire pouvait donc tuer quatre personnes, discuter de façon énigmatique avec une « éboueuse », puis la remercier d'avoir parlé avec lui et prendre le large ?

Je balayai le tunnel du faisceau de la lampe, me demandant s'il ne s'agissait pas d'une ruse pour me faire baisser ma garde, et si cette sangsue ne se tenait pas en embuscade, riant sous cape. Ce qui ne m'aurait pas étonnée de la part d'un vampire. Mais le tunnel était vide et silencieux. Quelques instants plus tard, je me décidai donc à enjamber les corps sanguinolents et me hâtai vers l'échelle pour remonter à la surface aussi vite que possible.

Rien ne bougeait dans les rues ; les maisons, les appartements et les magasins étaient plongés dans la pénombre. Seules les tours des vampires, dominant tout le paysage, brillaient dans la nuit, aussi froides et impassibles que leurs occupants. C'était encore l'heure des prédateurs, peu de temps avant l'aube. Enregistrés et non-enregistrés avaient fui les rues pour se calfeutrer derrière portes et fenêtres barrées.

Un vent froid soufflait, faisant voler la poussière et rouler une canette vide sur le sol. Je pensai du coup à ce que j'avais laissé derrière moi, de l'autre côté du Mur, et une énorme frustration monta en moi, annihilant ce qu'il me restait de frayeur. Tant de nourriture ! Tant de vivres, que j'avais dû abandonner… J'en avais les tripes nouées de colère.

Je *devais* y retourner ! Je ne pourrais plus jamais me contenter de manger des cafards, en sachant que j'avais laissé des tonnes de vraie nourriture pourrir dans une cave abandonnée ! D'une manière ou d'une autre, il fallait que j'y retourne... Que je récupère ce qui m'avait échappé.

Mais pour l'heure, j'avais le ventre plein, mal partout, et je tombais de fatigue. J'éteignis la lampe pour ne pas gaspiller sa précieuse énergie. De toute façon, je n'avais pas besoin de lumière artificielle pour me déplacer dans la Bordure. Je glissai mon unique trophée de la journée dans ma poche, et rentrai chez moi.

— Tu es vivante !

Bouche bée, vautré sur mon matelas, Stick me fixait comme si j'étais une hallucination.

— Pourquoi est-ce que tu me regardes comme ça ? Evidemment que je suis vivante ! Et d'abord, qu'est-ce que tu fais là ? Ne me dis pas que tu m'as attendue toute la nuit ?

— Tu n'es pas au courant ?

Ses yeux roulèrent de droite à gauche, comme s'il cherchait à débusquer un intrus tapi dans la pénombre à nous écouter.

— Lucas ne t'a pas dit ?

— Stick...

Je m'écroulai sur le matelas à côté de lui dans un énorme soupir.

— Je rentre juste d'une nuit horrible. Je suis crevée, de mauvaise humeur, et à moins que quelqu'un ne soit à l'article de la mort ou les vampires à nos portes, je veux dormir. Ça ne peut pas attendre demain ? Il faudra que je parle à Lucas, de toute façon.

— Les vampires étaient là, cette nuit, poursuivit Stick comme si je n'avais rien dit.

Je m'assis brusquement pour lui faire face, tandis

qu'un frisson me parcourait le dos. Son visage était blême de peur. Ce n'était pas une mauvaise blague.

— Je les ai vus. Ils allaient de secteur en secteur avec leurs gardes, leurs larbins et tout le reste. Ils défonçaient les portes pour rentrer chez les gens. Ils ne sont pas venus jusqu'ici, mais, par mesure de précaution, Lucas nous a fait descendre au sous-sol jusqu'à ce qu'il soit sûr qu'ils soient partis. J'ai entendu dire que quelqu'un était mort… en essayant de s'enfuir…

— Quelqu'un a-t-il été emmené ?

Stick haussa ses maigres épaules.

— Je ne crois pas. Ils ont juste débarqué et pénétré dans plusieurs bâtiments avant de repartir. Lucas dit qu'ils cherchaient quelque chose, mais personne ne sait ce que c'est.

Quelque chose… ou *quelqu'un*. Je repensai au vampire du tunnel. Faisait-il partie de l'expédition ? Fouillait-il le boyau en quête de cette chose ? Ou bien *était-il lui-même* cette chose mystérieuse ? Cela n'avait guère de sens pourtant. Pourquoi les vampires traqueraient-ils l'un des leurs ?

Et si tel était le cas, pourquoi ce genre de poursuite ne se produisait-il pas plus souvent ?

— Des rumeurs circulent… On parle de confiner toute la Cité, continua Stick d'une voix où tremblait la peur. Couvre-feu, gardes, zones de restrictions… La totale.

Je poussai un juron. Les confinements étaient toujours de très mauvaises nouvelles, et pas seulement pour les non-enregistrés. Il y en avait eu deux par le passé : le premier lorsqu'une guerre des gangs avait éclaté dans la Bordure, jonchant les rues de cadavres, et le second quand une infestation de rats enragés avait créé un mouvement de panique dans toute la ville. Les confinements étaient le derniers recours des vampires lorsque les choses échappaient à leur contrôle. Si vous étiez surpris dehors durant ces moments, ils vous abattaient sans autre forme de procès.

— Allie, qu'est-ce qu'on va faire ?

— Rien. Rien cette nuit, en tout cas. Il fera jour dans quelques heures. Les sangsues vont rentrer dans leurs tours ; elles ne mettront rien en place avant ce soir. Alors pas la peine de s'en soucier avant.

— Mais…

— Stick. Je suis fa-ti-guée !

Je me levai et le pris par le bras pour l'accompagner jusqu'à la porte.

— Si Lucas n'est pas encore couché, dis-lui que je dois lui parler. C'est important. *Très* important.

Il commença à protester, mais je le mis dehors avec fermeté.

— Ecoute, Stick… Si tu as vraiment envie de rester réveillé et de te faire du mouron au sujet des vampires, fais-le pour deux, O.K. ? Moi, je vais dormir. Réveille-moi quand le jour sera levé, d'accord ?

Sur ce, je lui claquai la porte au nez sans lui laisser le temps de répondre.

Puis je m'écroulai sur mon lit et fermai les yeux. Les nouvelles étaient inquiétantes, c'était sûr, mais j'avais appris qu'il était vain de s'en faire pour des choses auxquelles on ne pouvait rien changer. Dans quelques heures, je parlerais à Lucas de la réserve de vivres, et il convaincrait les autres de s'y rendre avec moi. Avant que la Cité ne soit confinée. Ensemble, nous pourrions probablement vider tout le local en deux ou trois tours, ce qui nous mettrait à l'abri du besoin pour tout l'hiver à venir. Rat était peut-être un imbécile et une brute, mais il faisait partie de ma bande, et nous étions solidaires. Sans compter qu'il me faudrait une éternité si je m'y collais seule, et je ne tenais pas à passer plus de temps que nécessaire au milieu des ruines.

Mon plan bien en tête, je laissai filer tous les souvenirs de cette nuit — enragés, chasse à l'homme, vampire dans les égouts — et plongeai doucement dans l'oubli.

4

— Allison, viens là…

Elle tapota le coussin près d'elle,

— On va lire un peu toutes les deux.

Un livre était ouvert sur ses genoux, rempli d'animaux joyeux et colorés. Je me hissai sur le canapé usé aux relents de poussière et de lait renversé, et me blottis contre elle. Je l'écoutai me faire la lecture de sa voix douce et apaisante. Ses mains fines, qui tournaient les pages, m'évoquaient des ailes de papillon. Je ne voyais pas son visage. Tout était flou, comme à travers une vitre dégoulinant d'eau de pluie. Pourtant, je savais qu'elle me souriait. Maman me souriait tout le temps. Et ce sourire me donnait un indéfectible sentiment de chaleur et de sécurité.

— C'est important d'apprendre des choses, Allie.

J'étais maintenant plus grande, et nous étions assises à la table de la cuisine. Une feuille de papier était posée devant moi, pleine de lignes griffonnées.

— Les mots sont le propre de l'homme. Nous devons préserver notre culture et la transmettre dès que nous le pouvons. Nous devons enseigner aux autres à demeurer humains, pour le cas où nous aurions un jour l'occasion de reformer une société.

Et moi, pendant qu'elle me parlait, je m'échinais à rendre mes gribouillis aussi gracieux que son écriture.

— Maman…

Autre lieu encore. Assise près d'elle sur le lit, observant le lent mouvement de sa respiration sous la fine couverture.

— Maman, je t'ai apporté de la soupe... Essaie d'en manger, tu veux bien ?

Sa frêle silhouette, encadrée de longs cheveux noirs, bougea faiblement. Je ne voyais pas son visage, caché sous cette masse brune.

— Je ne me sens pas bien, Allison. Veux-tu... Veux-tu me faire la lecture ?

Toujours ce même sourire, je le devinais, malgré le flou persistant sur son visage. Pourquoi ne pouvais-je pas la voir ? Pourquoi ne m'en souvenais-je pas ?

— Maman... Il faut qu'on y aille. Ils arrivent !

— P comme pomme, murmura ma mère dont le corps paraissait s'éloigner de moi.

Je poussai un cri et tendis la main vers elle, mais elle disparut dans le noir.

— S comme sang...

On tambourinait à ma porte.

Je m'éveillai en sursaut, tandis que ma porte tremblait sous les coups. Le cœur battant, je bondis sur mes pieds. J'avais le sommeil très léger et pouvais sentir quiconque approchait de moi, même à pas de loup, dans mon sommeil ; le premier coup porté me fit donc sauter jusqu'au plafond. Au second, j'avais ouvert ma porte. Je découvris Lucas, le poing levé, s'apprêtant à frapper de nouveau.

Il cligna des yeux en me dévisageant. Ténébreux et musclé, il avait de grandes mains et un visage étrangement poupin, à l'exception de ses épais sourcils. Lorsque j'avais rejoint le groupe, il m'avait paru intimidant ; c'était un personnage sérieux et grave pour un gosse de douze ans. Au fil des ans, ma crainte avait diminué, mais pas mon respect pour lui. Quand notre ancien chef avait exigé de nous une taxe alimentaire — c'est-à-dire une portion de tout ce que nous collections dans les poubelles ou ailleurs — Lucas s'était insurgé, l'avait passé à tabac, et avait pris la tête de notre bande. Depuis lors, personne n'avait remis son autorité en question. Il se montrait juste. Sans doute était-ce en partie pour cela… La survie était sa priorité, quels que soient les sentiments. Tout comme moi, il avait vu des membres de notre groupe mourir de faim, de froid, de maladie, de blessures, ou simplement disparaître. Nous avions perdu plus d'« amis » que nul ne devrait en perdre dans une vie. Il devait parfois prendre des décisions difficiles, impopulaires — tâche que je ne lui enviais pas —, mais tout ce qu'il faisait visait à nous maintenir en vie.

Surtout maintenant que le groupe était très réduit. Moins de personnes signifiait certes moins de bouches à nourrir, mais aussi moins de monde pour partir en quête de nourriture et faire face aux gangs rivaux, s'ils envisageaient de nous disputer notre territoire. Nous n'étions plus que quatre — Rat, Lucas, Stick et moi —, nombre très insuffisant si la bande de Kyle décidait tout à coup que nous devions décamper de notre refuge. Et Lucas le savait bien.

Nous avions toujours été amis, tous les deux, mais depuis plusieurs mois, l'intérêt qu'il me portait avait changé de nature. Peut-être parce que j'étais la seule fille de la bande ; peut-être pour une autre raison. Je l'ignorais, et ne comptais pas lui poser de question. Nous nous étions embrassés durant l'été, plus par curiosité de ma part qu'autre chose. Il avait voulu aller plus loin, mais je lui avais signifié que je n'étais pas prête. Il n'avait pas insisté, mais depuis, le sujet flottait entre nous comme un grand drapeau signalant cette attente que je lui avais réclamée. Ce n'était pas que Lucas soit moche ou repoussant ; simplement, je ne savais pas si j'avais envie d'être aussi proche de quelqu'un. Que deviendrais-je s'il disparaissait, comme cela arrivait à tant d'entre nous ? Je n'en souffrirais que davantage.

Lucas était toujours immobile dans l'encadrement de la porte ; sa carrure en remplissait presque la largeur. Derrière lui, je voyais les rayons du soleil passer par une fenêtre brisée et projeter des éclats de lumière sur le ciment. A en juger par la couleur du ciel, nous devions approcher du milieu d'après-midi. Bon sang ! J'avais dormi beaucoup trop longtemps ! Où était Stick, et pourquoi ne m'avait-il pas réveillée ?

— Allison !

Sa voix était teintée de soulagement. Il avança, et me prit au dépourvu en me serrant fort dans ses bras. Je lui rendis son étreinte, sentis les muscles solides de son dos, son souffle contre ma peau. Je fermai les yeux et me détendis un instant dans ses bras. Comme il était agréable d'avoir quelqu'un sur qui je pouvais m'appuyer, pour une fois !

Nous nous écartâmes rapidement l'un de l'autre, ne voulant pas être vus des autres. Tout cela était encore nouveau pour nous deux.

— Allie... Stick m'a dit que tu étais rentrée. Tu es sortie toute la nuit ?

— Oui.

Je lui adressai un petit sourire en coin et ajoutai :

— Apparemment, il s'est passé plein de trucs pendant mon absence.

Il me fixa avec gravité.

— Rat a commencé à raconter à tout le monde que tu avais été emmenée. Stick était malade de trouille. J'ai dû leur dire à tous les deux de la fermer, sans quoi je leur mettais mon poing dans la figure.

Son regard se fit plus intense, presque désespéré.

— Mais *où* étais-tu donc fourrée toute la nuit ? Il y avait des sangsues à chaque coin de rue !

— Dans les ruines.

— Tu as passé le Mur ? De nuit ? Tu es folle ou quoi ? Tu as vraiment envie de te faire dévorer par un enragé ?

— Crois-moi, je n'avais pas l'intention de me retrouver piégée là-bas après la tombée de la nuit.

Je frémis en me remémorant ce qui avait failli se passer dans la cabane.

— Mais à part ça, enragés ou pas, j'ai trouvé quelque chose qui vaut vraiment le coup.

— Ah oui ?

Il leva un sourcil broussailleux.

— J'ai hâte de savoir quoi.

— Un sous-sol entier rempli de nourriture.

Cette fois, il releva les deux sourcils.

— Des boîtes de conserve, Luc, des trucs emballés, de l'eau en bouteille, et j'en passe ! D'un mur à l'autre, rien que des étagères pleines de vivres ! Et personne ne monte la garde. On serait tranquilles pour des mois, peut-être même pour tout l'hiver… Tout ce qu'il y a à faire, c'est d'aller prendre la marchandise avant que quelqu'un d'autre ne se serve.

Les yeux de Lucas brillèrent. Pour un peu, j'aurais

vu les engrenages tourner dans son crâne. La perspective de se rendre dans les ruines était effrayante, mais l'appel du ventre était plus fort.

— Où est-ce ? demanda-t-il.

— Juste après la zone de la mort. Tu vois le conduit d'évacuation qui débouche près du vieux… ?

Je haussai les épaules devant son regard perdu.

— Bon, bref, laisse tomber. Je vous guiderai. Mais il faudrait y aller maintenant, tant qu'il fait jour.

— Maintenant ?

— Tu préfères attendre le confinement ?

Il soupira et me fit un signe de tête en direction du couloir. Je le suivis vers la salle commune.

— Non, mais ça va être risqué. Il y a encore plein de patrouilles aujourd'hui. Les larbins et les gardes ratissent encore les rues. Il semble qu'ils n'aient pas trouvé ce qu'ils cherchent. En même temps, ce sera pire ce soir…

Nous entrâmes dans la salle commune. Rat était avachi dans un fauteuil moisi et jouait avec son couteau, les jambes pendant par-dessus l'accoudoir.

— Ça alors ! Le retour de la garce perdue, persifla-t-il.

Il parlait d'une voix nasillarde, comme si son nez était encore plein de sang.

— On était persuadés que tu avais été emmenée, ou que tu t'étais fait trancher la gorge au détour d'une ruelle. En tout cas, c'était bien tranquille ici, sans toi. Excepté les pleurnicheries de ta mauviette de copain, évidemment.

Il me lança un sourire mauvais.

— J'ai été obligé de coincer sa tronche de cake dans la porte pour qu'il arrête de braire.

Lucas fit semblant de l'ignorer, mais je vis sa mâchoire

se crisper. Nous avions gardé notre… histoire… secrète, ce qui impliquait que Lucas ne pouvait afficher de favoritisme en prenant trop ouvertement ma défense. Heureusement, je savais très bien me débrouiller toute seule.

J'adressai un sourire mielleux à Rat.

— Je n'en doute pas. Au fait, comment va ton nez ?

Ses joues creuses rougirent, et il dressa son couteau rouillé au creux de sa main.

— Pourquoi tu ne t'approches pas pour voir ?

Lucas décocha un coup de pied dans le dossier de son fauteuil.

— Rends-toi plutôt utile, va chercher les sacs à dos dans le placard de l'entrée, lui ordonna-t-il.

Alors que Rat se levait avec une mine contrite, il ajouta :

— Allie, essaie de trouver Stick pendant ce temps. Si on doit faire ça maintenant, on a besoin de toute l'aide possible.

— Faire quoi ? demanda Stick qui entrait justement dans la pièce.

— Ah, te voilà.

Ses yeux s'arrondirent en nous voyant tous les trois réunis. Il se rapprocha de moi.

— On va quelque part ?

Rat sourit à la façon d'un chien montrant les crocs.

— On était justement en train de dire qu'on n'avait pas assez à manger, et que celui qui en faisait le moins ici devait être jeté en pâture aux vampires. Et c'est toi le maillon faible, mon vieux. Sans rancune ?

— Ne l'écoute pas, dis-je en soutenant le regard de Rat. Il raconte des conneries, comme d'habitude.

Rat leva les deux mains comme pour se défendre.

— Hé, moi au moins, je suis honnête ! Personne d'autre n'a le courage de le dire, c'est tout.

— Tu n'avais pas un truc à faire, là ? lui rappela Lucas d'un ton sévère.

Rat quitta la pièce avec un sourire en coin et agita la langue en me regardant. Je pris note intérieurement de lui remettre mon poing dans le nez à la prochaine occasion.

Stick nous observa alternativement, l'air inquiet.

— Qu'est-ce qui se passe ? demanda-t-il. Vous n'allez quand même pas…

Il s'interrompit et plongea ses yeux dans les miens.

— Vous n'envisagez pas *sérieusement* de faire ce que Rat vient de dire ? Je ne suis pas minable à ce point… tout de même ?

Je soupirai, prête à le traiter d'imbécile, mais Lucas me dama le pion.

— Eh bien, tu vas justement avoir l'occasion de lui prouver qu'il a tort, dit-il. Lors de son expédition nocturne — totalement irresponsable, d'ailleurs —, Allison a découvert quelque chose d'important. Que nous allons chercher.

La mine déconfite, Stick regarda Rat revenir dans la salle muni de nos quatre sacs à dos crasseux.

— Où ça ?

— Dans les ruines, répondis-je.

Horrifié, Rat laissa soudain tomber les sacs.

— Nous allons dans les ruines ?

Nous nous divisâmes en deux équipes. En partie pour éviter de nous faire remarquer par les patrouilles qui quadrillaient toujours la Bordure, mais surtout pour éviter que je ne m'étrangle Rat si je l'entendais une fois encore rabâcher que nous allions tous nous faire tuer à cause de moi. Stick n'était pas plus enthousiaste, mais au moins il avait eu le bon goût de se taire après une première vague de protestations. Lucas demanda alors à Rat de choisir : soit il collaborait, soit il quittait la bande. Personnellement, j'espérais qu'il choisisse la seconde option, qu'il nous insulte copieusement et disparaisse de nos vies ; hélas, après m'avoir jeté un regard noir, il ramassa un sac par terre et se mura dans le silence.

Je donnai à Lucas toutes les indications pour trouver l'entrée du tunnel avant que nous ne nous séparions. Nous avions décidé aussi d'emprunter des chemins différents, au cas où nous tomberions sur une patrouille. Les gardes étaient sans pitié avec les « rats » comme nous. Et comme nous « n'existions pas », certains se croyaient même en droit de faire tout et n'importe quoi avec nous, comme nous passer à tabac, s'entraîner au tir et d'autres choses encore. J'en avais vu suffisamment de mes propres yeux pour savoir que c'était vrai. Il était presque préférable de se faire prendre par les vampires. Avec eux on savait à quoi s'attendre : ils se repaissaient de votre sang et vous laissaient mourir. Les humains, eux, étaient capables de bien pire.

Stick et moi arrivâmes au fossé les premiers, et descendîmes dans le tunnel. J'avais emporté la lampe torche, mais pour l'utiliser seulement en cas de nécessité. Je ne voulais pas être polluée par une lumière artificielle, et surtout ne pas user inutilement sa précieuse batterie. Le soleil qui perçait par les grilles était encore bien suffisant.

— J'espère que Rat et Lucas ne vont pas tarder. On

a beaucoup de choses à transporter, et il ne fera pas jour bien longtemps. Je ne compte pas revivre le même scénario qu'hier, je te le garantis !

— Allie ?

Stick était collé au mur et, accroché à ses maigres épaules, le sac paraissait énorme, disproportionné. Son visage était tout crispé d'anxiété, et ses mains agrippaient les bretelles du sac avec tant de tension que ses jointures en étaient blanches. Il essayait de se montrer courageux, et l'espace d'un instant, je me sentis légèrement coupable : le pauvre avait une peur bleue de l'obscurité.

— Tu crois vraiment que je ne suis bon à rien ?

— Quoi ? Tu ressasses encore les paroles de Rat ? Ignore-le. Ce n'est qu'un sale petit rongeur qui a un problème de sécurité. Lucas ne devrait pas tarder à le faire dégager.

— Mais il a vu juste.

Il baissa la tête et donna un coup de pied dans un petit bout de béton.

— Je suis le maillon faible de la bande. Je ne sais pas voler comme Rat, me battre comme Lucas, et je ne suis pas assez courageux pour partir seul en quête de nourriture derrière le Mur, comme toi. A quoi sert quelqu'un qui ne peut même pas subvenir à ses propres besoins ?

Je haussai les épaules, embarrassée par cette conversation.

— Que veux-tu que je te dise ? fis-je d'une voix plus tranchante que je ne l'aurais voulu.

Etait-ce ma dispute avec Rat, ou le stress de la nuit dernière ? J'étais tout à coup fatiguée d'entendre ses sempiternelles excuses, ses regrets que la situation ne soit pas différente. Dans le monde où nous évoluions, les choses étaient très simples : soit on était fort et on vivait, soit on crevait. J'arrivais déjà difficilement à m'occuper de moi, alors ce n'était pas pour endosser en plus les angoisses de quelqu'un d'autre !

— Tu n'aimes pas ce que tu es, Stick ? Très bien, alors deviens quelqu'un d'autre. Aie un peu de couilles, et dis à Rat d'aller se faire voir. Colle-lui ton poing dans la figure s'il recommence à te harceler. Fais quelque chose, ce que tu veux, mais ne reste pas les bras ballants !

Stick sembla s'effondrer intérieurement.

— Tu ne peux pas dépendre de moi éternellement, repris-je un ton plus bas. D'accord, on prend soin les uns des autres, autant qu'on peut. D'accord, Lucas aime bien cette idée de famille, le côté « un pour tous, tous pour un », et tout ça… Mais au fond, ce n'est que du blabla. Tu crois que l'un d'entre nous irait se colleter à un vampire pour te défendre ?

Je souris ironiquement à cette pensée.

— Lucas serait le premier à prendre la porte, suivi de Rat. Puis de moi.

Stick se détourna, les épaules voûtées. C'était sa tactique préférée : éviter le problème et espérer qu'il s'envole tout seul — ce qui m'exaspérait encore plus.

— Je sais que ce n'est pas ce que tu voudrais entendre, poursuivis-je impitoyablement, mais bon sang, Stick, réveille-toi un peu ! Regarde les choses en face ! Ici, c'est chacun pour soi, et la seule personne dont tu doives dépendre, c'est toi.

Il ne répondit pas et se contenta de continuer à fixer le sol. Je me détournai à mon tour de lui et m'appuyai contre le mur. Je n'étais pas inquiète. Dans quelques minutes, il serait de nouveau semblable à lui-même et discuterait comme si de rien n'était. S'il tenait à continuer à faire l'autruche, je ne l'en empêcherais pas. Seulement, qu'il ne compte plus sur moi pour lui tenir la main !

Quelques longues minutes passèrent, mais Rat et Lucas n'arrivaient pas… Je me tortillai sous l'ouverture à ciel ouvert espérant les apercevoir.

Allez, dépêchez-vous !

L'après-midi était bien avancé et ça me rendait nerveuse. Je savais ce que nous aurions à affronter, si nous nous laissions surprendre par la nuit. Mais je voulais cette nourriture. La faim était revenue, et l'idée de tout ce stock qui ne demandait qu'à être mangé me rendait dingue. J'avais presque oublié à quoi ressemblait la sensation de *ne pas être* affamée en permanence. De *ne pas sentir* son estomac se tordre jusqu'à en avoir envie de vomir — sauf qu'il n'y avait rien à vomir. De *ne pas être obligée* de manger cafards et araignées pour rester en vie. Ou de devoir partager même une miette de pain volé avec Stick, parce que si je ne m'occupais pas de lui, il se mettrait en boule dans un coin et se laisserait mourir. Si nous ramenions au refuge toute cette nourriture, je n'aurais plus à me soucier de cela pendant un bon moment. A condition que Rat et Lucas se ramènent maintenant sans trop tarder !

Une autre pensée me traversa alors l'esprit, toute nouvelle dans ma petite tête de rat. Si nous parvenions à prendre tous ces vivres, je n'aurais plus à me soucier autant de Stick. Lucas, lui, serait probablement moins stressé, et accepterait peut-être d'apprendre à lire. Rat lui-même serait peut-être intéressé — si je pouvais supporter de le faire pour lui. Une fois encore, je ne savais pas où cela pourrait nous mener, mais toutes les révolutions avaient bien un point de départ, non ?

Les vampires nous ont tout pris ? Eh bien, je vais faire en sorte que nous reprenions quelque chose.

Chaque chose en son temps, ceci dit. Et la première était de survivre.

Rat et Lucas arrivèrent enfin, haletant. Rat me fusilla du regard en sautant en bas de l'échelle, les yeux pleins de peur et de haine.

— Que s'est-il passé ? demandai-je comme Lucas arrivait à son tour en bas du conduit.

— On est tombés sur deux larbins près de la statue cassée, marmonna-t-il en essuyant la sueur qui perlait à son front. Ils nous ont suivis pendant un bon bout de temps avant qu'on réussisse à les semer dans le parc. Tout le monde est à cran, là-haut. J'aimerais bien savoir ce qui se passe.

— C'est complètement stupide, lança Rat en scrutant le conduit comme s'il risquait de se refermer sur lui. On ne devrait vraiment pas y aller…

— On fait demi-tour ? murmura Stick.

— Non ! Si on ne le fait pas maintenant, qui sait quand nous aurons une autre occasion de le faire ?

— Mais qu'est-ce qui nous prouve que tu dis la vérité ? reprit Rat en changeant de stratégie. Un sous-sol entier rempli de nourriture ? Laissez-moi rire !

Ses lèvres se tordirent en un rictus.

— Les gonzesses ne savent pas chercher correctement. Peut-être que tu as vu deux, trois boîtes vides et que tu en as tiré des conclusions un peu hâtives. Peut-être que tu as trop peur pour y aller toute seule, et que tu as juste besoin d'un mec bien costaud pour te rassurer.

— C'est ça, continue de parler, abruti, dis-je. J'adore quand tu emploies des grands mots !

— Vous allez la fermer, tous les deux ? s'énerva Lucas. Nous perdons du temps ! Allie, tu connais le chemin, je crois ?

Il m'invita d'un geste à avancer dans le tunnel.

— Alors après toi.

Le ciel était déjà beaucoup plus sombre lorsque nous sortîmes du conduit d'évacuation de l'autre côté du Mur, pour retrouver l'air libre. De gros nuages gris se pressaient les uns contre les autres, ne laissant passer qu'un filet de lumière.

— Il va y avoir un orage, chuchota Lucas tandis qu'un grondement sourd confirmait ses propos.

Je marmonnai un juron. A New Covington, la pluie allait certes remplir les puits et les citernes du secteur, mais elle allait aussi faire sortir d'autres choses au grand jour.

— Et le soleil décline. Il faut y aller tout de suite.

— Venez…

J'écartai les hautes herbes pour me frayer un chemin hors du fossé. Le groupe escalada la pente après moi, jusqu'à ce que nous ayons tous atteint son rebord ; devant nous s'étendaient les ruines désertes, muettes et menaçantes dans la lumière du couchant.

Rat jura et Stick se mit à respirer bruyamment, presque comme s'il était en hyperventilation.

— Je ne peux pas, murmura-t-il en se retournant vers le fossé. Je ne peux pas aller là-dedans. Il faut que je rentre. Laissez-moi rentrer.

— Je le savais ! triompha Rat. Pauvre trouillard de mes deux ! Totalement bon à rien ! Laissez-le donc rentrer, mais je vous jure qu'il n'aura pas une miette de *ma* part du butin.

Lucas attrapa Stick par le bras avant qu'il ne s'enfuie.

— Rat a raison. Si tu fais ça, ne compte pas sur nous pour partager ce qu'on rapportera.

— Je m'en fiche, répondit Stick, les yeux hagards. C'est de la folie. Le soleil va bientôt se coucher. Vous allez tous vous faire tuer.

— Stick, dis-je à mon tour. Tu ne connais pas le chemin du retour. Tu comptes traverser les tunnels dans le noir ? Tout seul ?

L'argument sembla faire mouche. Il cessa de se débattre contre Lucas et lança un regard craintif vers l'entrée des égouts. Ses épaules s'affaissèrent, et il me regarda, les yeux implorants :

— Rentrons... Allie, s'il te plaît. J'ai un mauvais pressentiment...

Rat émit un sifflement de dégoût ; quant à moi ma patience s'amenuisait.

— Non. On y va. Il fait encore jour. On ne reviendra pas sans ces provisions.

J'adressai un sourire d'encouragement à Stick.

— Attends un peu de voir tout ce qu'il y a. Ça vaut vraiment le coup.

L'air terrifié, il nous suivit sans mot dire. Nous courûmes à travers les rues délabrées, sautant par-dessus les racines, slalomant entre les voitures rouillées, pour distancer l'orage. Un petit groupe de daims se dispersa à notre approche, et une nuée de corbeaux s'envola en poussant des cris effarouchés. A part ces rencontres, le bruit de nos pas sur le bitume et celui de nos respirations était tout ce qui troublait le silence oppressant des ruines.

Les premières gouttes de pluie tombèrent alors que je les guidais dans la cour, à deux pas de la cabane. A peine étions-nous entrés dans le petit bâtiment qu'un déluge s'abattait sur son toit défoncé et se déversait par les trouées. J'allumai ma lampe torche et descendis l'échelle qui menait au sous-sol, redoutant brusquement de ne plus y trouver le stock de nourriture. Mais tout était tel que je l'avais laissé en partant : l'étagère cassée par terre, au milieu de dizaines de boîtes de conserve éparpillées.

— Nom de Dieu !

Rat déboula dans la pièce et passa devant moi. Sa mâchoire se décrocha de stupéfaction.

— Elle ne mentait pas. Regardez-moi ça !

— Tout ça... c'est de la nourriture ? demanda timidement Stick en ramassant une boîte.

Rat éclata d'un rire haut perché avant que j'aie le temps de répondre.

— Evidemment, pauvre couillon !

Il saisit la boîte des mains de Stick, en ouvrit le couvercle et la lui tendit de nouveau.

— Regarde donc ! Et dis-moi si ce n'est pas le truc le plus génial que tu aies jamais vu !

L'air complètement hébété, Stick faillit renverser la conserve ouverte, mais Rat ne parut pas le remarquer. Il ramassa deux autres boîtes, les ouvrit et commença à y piocher en y trempant ses longs doigts crasseux.

— On n'a pas vraiment le temps pour ça, Rat.

Peine perdue. Lucas lui-même ne m'écoutait plus, trop occupé qu'il était à faire céder le couvercle de sa boîte de conserve. Stick m'adressa un petit sourire désolé avant de plonger à son tour les mains dans des haricots cuisinés. Il les dévora avec le même appétit féroce que Rat, dont le visage était maintenant maculé de sauce.

Je tentai de nouveau ma chance.

— Ohé, les gars ! On ne peut pas rester là à se gaver toute la nuit. Je vous signale qu'on est déjà presque en retard.

Rien à faire. Ils restaient sourds à mes arguments, enivrés par l'abondance de nourriture et la perspective de remplir enfin leur estomac. Tous les non-enregistrés étaient comme ça ; quand on trouvait à manger, il fallait manger autant que possible, car on ne savait jamais quand aurait lieu le prochain repas. De mon côté, je ne pouvais m'empêcher de songer qu'ils étaient en train de s'engraisser pour ceux qui voulaient *nous* dévorer.

Dehors, la tempête s'était levée. Le vent hurlait contre les murs de la cabane, et l'eau commençait à s'infiltrer par la trappe. Il faisait très sombre à l'extérieur ; de lourds nuages dissimulaient le peu de soleil qui restait, anticipant la tombée de la nuit. Je gravis les marches et tentai de regarder entre les planches. Il était presque impossible de voir quoi que ce soit dans la pénombre, cependant, il me sembla voir bouger derrière le mur. Peut-être une branche d'arbre volant au vent ? Ou juste un effet de mon imagination ?

J'éteignis tout de même ma lampe par mesure de prudence. La pièce fut immédiatement plongée dans l'obscurité. Stick poussa un petit glapissement, puis le silence tomba comme chacun prenait conscience de la situation.

— Il y a quelque chose dehors, chuchotai-je tandis que mon cœur tambourinait bruyamment dans ma poitrine.

L'espace d'un instant, je me demandai comment

j'avais pu être assez bête pour entraîner toute ma bande ici. Stick avait raison. C'était une erreur. Là, dans le noir, sous cette pluie déferlante, les montagnes de nourriture me semblaient soudain ne plus valoir le coup de risquer sa vie.

— Il faut partir… Vite !

— Prenez les sacs !

Je coulai un regard réprobateur à Lucas. Malgré la pénombre, il dut saisir mon expression.

— On ne part pas les mains vides, ajouta-t-il, mais faisons aussi vite que possible. Prenez-en tant que vous pouvez, mais pas au point de trop vous ralentir. On n'y arrivera pas en un seul voyage, de toute manière.

J'ouvris la bouche pour dire quelque chose, mais il m'arrêta d'un geste.

— Allez, on s'y met !

Sans broncher pour une fois, Rat et Stick se mirent à genoux et commencèrent à remplir leur sac de boîtes en prenant garde de ne pas faire de bruit. Au bout de quelques instants, j'ouvris mon propre sac et me joignis à eux.

Pendant plusieurs minutes, il n'y eut que le mouvement de nos mains dans l'obscurité, le cliquetis du métal contre le métal, et la pluie qui s'abattait au-dessus de nous.

J'entendais aussi le souffle angoissé de Stick, et de temps en temps les jurons de Rat qui bourrait son sac précipitamment. Je n'adressai la parole à personne, et ne relevai les yeux que lorsque mon sac fut plein. Je le refermai alors et le chargeai sur mes épaules pour en évaluer le poids. Il me ralentirait sûrement un peu, mais nous n'avions pas fait tout ce chemin pour rentrer les mains vides !

— Tout le monde est prêt ? souffla Lucas à voix basse.

Rat et Stick finirent de fermer leurs sacs et se levèrent. Stick grogna légèrement sous le poids qu'il aurait à porter.

— Allie, tu passes devant…

Nous montâmes les marches. De l'eau s'écoulait à torrents des grosses brèches ouvertes dans ce qu'on pouvait difficilement appeler encore un toit. Quelque part dans l'obscurité, des gouttes tombaient dans un récipient de métal à un rythme régulier. Un peu comme celui de mon cœur — rapide, emballé.

Un coup de vent ouvrit brusquement la porte, la rabattant contre la paroi intérieure de la cabane. De l'autre côté, les ruines sombres et troubles nous attendaient.

Je pris mon courage à deux mains et sortis sous la pluie.

Je fus trempée en moins d'une seconde. L'eau glissait dans mon cou, m'aplatissant les cheveux au passage. Je frissonnai et secouai les épaules, avançant parmi les herbes détrempées. Derrière moi, j'entendis les autres m'emboîter le pas. Un éclair crépita dans le ciel et illumina le décor d'une lumière blanche pendant une fraction de seconde, révélant les rangées de maison décrépites, avant que tout ne soit de nouveau replongé dans le noir.

Le tonnerre gronda. Lorsque le roulement cessa, il me sembla entendre un autre bruit, quelque part sur ma gauche. Un léger bruissement qui ne provenait pas de mes amis, derrière moi.

Quelque chose toucha mon jean, quelque chose de dur et de pointu. Je fis un bond sur le côté et allumai ma lampe pour voir.

C'était un sabot, fendu et de petite taille, au bout

d'une patte arrière. Et à l'autre bout de la patte, la carcasse éventrée d'une biche couchée sur le flanc. Ses intestins dégoulinaient de l'ouverture béante comme des serpents violacés. Ses yeux sombres et vitreux fixaient vainement la pluie.

— Allie ? murmura Lucas en arrivant derrière moi. Qu'est-ce qui s… Oh ! Putain !

Je projetai la lueur de ma lampe autour de nous et m'apprêtai à crier aux autres de faire attention.

C'est alors qu'une créature livide surgit de l'herbe derrière Rat, toute en membres, griffes et dents étincelantes. Elle le faucha avant qu'il eut le temps de comprendre ce qui lui arrivait. Je n'eus même pas le temps de crier, qu'il avait déjà disparu.

Puis il se mit à hurler.

Autour de nous, la végétation commença à s'agiter de plus en plus, à mesure qu'*ils* se ruaient vers nous. Nous prîmes nos jambes à notre cou. Derrière nous, les cris d'agonie de Rat cessèrent brusquement ; nous ne jetâmes pas un regard en arrière.

J'atteignis le grillage qui entourait la cour de la maison et sautai d'un bond par-dessus. J'atterris maladroitement de l'autre côté, déséquilibrée par le poids de mon sac. Juste après moi, Lucas tenta de franchir l'obstacle en s'aidant de ses deux mains. Stick enjamba la barrière précipitamment et tomba par terre de l'autre côté. Il se remit instantanément sur ses pieds et me suivit dans ma course.

— Allie !

Lucas avait hurlé mon nom. Son sac à dos s'était pris dans les fils de fer du grillage, contre lesquels il se débattait comme un fou. Stick fonçait droit devant lui dans le noir, et moi, je jurai tout ce que je savais.

— Laisse tomber le sac ! criai-je en avançant vers Lucas.

Mais le son de ma voix se noya dans un roulement de tonnerre, tandis qu'il continuait de tirer sur les lanières, terrorisé.

— Lucas, oublie le sac et viens, vite !

Il sembla soudain comprendre. Mais juste comme il tentait de s'en débarrasser, un long bras blanc se déroula soudain au-dessus de lui, agrippa sa chemise et le plaqua contre la barrière. Il hurla de nouveau, se débattit frénétiquement pour se libérer, mais une autre patte griffue vint alors se planter dans son cou, transformant ses cris en gargouillis. Un terrible haut-le-cœur me saisit. Lucas cria et gesticula encore quelques secondes, puis disparut de l'autre côté de la grille, sous la masse pâle de ses assaillants. Ses cris résonnèrent moins longtemps que ceux de Rat ; le temps qu'ils cessent, j'étais déjà sur les traces de Stick, ignorant les soubresauts de mon ventre et n'osant pas me retourner.

Stick courait toujours, loin devant moi, slalomant entre les carcasses de voitures. Je me débarrassai de mon sac et le suivis avec l'affreuse impression d'être une cible sur pattes au milieu de la rue. La pluie se calmait peu à peu, se dirigeant maintenant vers la Cité. J'entendais le bruit des boîtes de conserve qui s'entrechoquaient à chacun des pas de Stick. Dans sa panique, il n'avait pas pensé à abandonner sa charge. Je courus derrière lui, consciente qu'il ne pourrait pas maintenir ainsi la cadence bien longtemps.

Deux pâtés de maisons plus loin, je le trouvai adossé à la carcasse rouillée d'une voiture retournée, près d'un arbre qui avait poussé à travers le trottoir. Hors d'haleine, il était incapable de parler.

Je m'accroupis près de lui, reprenant moi aussi mon souffle, tandis que la mort de Rat et de Lucas était imprimée dans toute son horreur sur l'envers de mes paupières. Le son de leurs hurlements résonnait encore à mes oreilles.

— Lucas ?

La voix de Stick était si faible que je l'entendis à peine.

— Mort.

Je reconnus à peine la mienne. Je n'arrivais pas à croire que j'avais perdu Lucas. Mon estomac menaçait de me remonter dans la gorge, et je fis de mon mieux pour me maîtriser.

— Il est mort, murmurai-je de nouveau. Les enragés…

— Oh ! Mon Dieu !

Stick porta ses mains à sa bouche.

— Oh ! mon Dieu, oh, mon Dieu, oh, mon Dieu !

— Hé !

Je le poussai de l'épaule pour interrompre son chapelet de lamentations avant qu'il ne devienne incontrôlable.

— Arrête ça tout de suite ! Il faut garder la tête froide si on veut sortir d'ici, O.K. ?

Nous aurions tout le temps, plus tard, pour pleurer leur perte. Mais pour l'instant, le plus important était de trouver le moyen de rester en vie.

Stick acquiesça, le regard hagard et terrifié.

— Où va-t-on ?

Je regardais autour de moi pour essayer de me repérer quand quelque chose attira mon attention.

— Stick, dis-je doucement, en baissant les yeux vers sa jambe, qu'est-ce que c'est que ça ?

Du sang coulait d'une blessure à son genou, imprégnant le fin tissu de son pantalon.

— Oh ! fit-il comme s'il venait juste de le remarquer. J'ai dû me couper en tombant de la barrière. Ce n'est pas très profond…

Il s'interrompit en croisant mon regard.

— Pourquoi ?

Je me relevai prudemment, la bouche soudain sèche.

— Le sang, murmurai-je en reculant. Les enragés le sentent quand ils ne sont pas trop loin. Il faut partir, tout de s…

Dans un cri, une créature sauta sur la voiture et décocha un violent coup de griffe à l'endroit où je me tenais l'instant précédent, entaillant le métal. Stick hurla et se réfugia derrière moi. Sur la voiture, la créature hurlait à la mort en nous dévisageant.

Le pire, c'est que cette chose avait autrefois été humaine. Elle possédait encore un visage et un corps émaciés, même si sa peau, d'un blanc presque pur et collée à ses os, évoquait davantage le squelette. Elle portait les restes déchiquetés d'anciens vêtements, et ses cheveux étaient tout emmêlés. Ses yeux livides n'étaient que des globes blancs sans iris ni pupille. Elle sauta de la voiture, crachant vers nous, révélant des dents pointues, dont deux crocs démesurés et saillants comme ceux d'un serpent.

Dans mon dos, Stick gémissait par-dessus le bruit incongru d'objets s'entrechoquant, et je perçus l'odeur âcre de l'urine. Je m'écartai de lui. Le regard vide de l'enragé me suivit, avant de revenir sur Stick. Ses narines humaient l'air, et une écume sanguinolente coulait de ses mâchoires. Il fit un pas en avant.

Telle une souris face à un serpent, Stick le regardait

tétanisé. J'ignore pourquoi je fis ce que je fis alors, mais ma main glissa dans ma poche pour y prendre mon couteau. J'ouvris la lame, refermai mon poing sur le manche, et me tranchai la paume.

— Hé !

L'enragé braqua son affreux regard sur moi, les narines frémissantes.

— Par ici, continuai-je en reculant, agitant ma main entaillée devant lui.

Il me suivit et sauta sur une autre voiture avec une agilité déconcertante.

J'interpellai ensuite Stick sans quitter l'enragé des yeux, attentive à maintenir une voiture entre lui et moi.

— Sauve-toi ! Vite ! Trouve le conduit, il te ramènera en ville. Tu m'entends, Stick ?

Pas de réponse. Je hasardai un bref coup d'œil sur le côté et le vis prostré dans la même position, incapable de détacher son regard de l'enragé.

— Stick !

Il ne bougeait toujours pas.

— Bon Dieu, espèce de couille molle ! Tu vas te barrer d'ici, maintenant !

Soudain, l'enragé attaqua.

Je détalai derrière un camion tandis que les griffes de la créature crissaient sur le métal rouillé derrière moi. J'esquivai, courus entre les véhicules qui encombraient la rue de part et d'autre, me faisant un rempart des voitures pour échapper à l'enragé, toujours sur mes talons.

Il me fallait une arme… Je cherchai frénétiquement autour de moi. Un tuyau, une branche dont je pourrais me servir comme massue, n'importe quoi… Un nouveau cri retentit derrière moi, terriblement proche.

J'attrapai alors un pavé tombé de la bordure du trottoir, je pivotai et abattis mon projectile de toutes mes forces.

La pierre heurta l'enragé en pleine tempe au moment même où il se jetait sur moi, les griffes tendues vers mon visage. J'entendis quelque chose craquer sous le choc et la créature bascula, percutant la portière d'une voiture. Elle s'effondra à terre, puis essaya de se relever. J'abattis une nouvelle fois la pierre sur elle, à l'arrière de son crâne. Puis une autre fois encore, et une autre. Une autre…

L'enragé hurlait, agitait ses membres convulsivement, puis finit par s'écrouler pour de bon sur le trottoir. Une flaque sombre se répandit dans la rue au départ de sa tête.

Pantelante, je lâchai le pavé. Mes mains tremblaient, mes genoux tremblaient, et mon cœur semblait vouloir sortir de ma poitrine. L'enragé paraissait plus petit mort que vivant, avec ses membres frêles et ses os protubérants. Mais son visage était toujours aussi glaçant, avec ses crocs figés en un rictus et ses yeux blancs ouverts, fixés sur moi.

Soudain, un nouveau crachement aigu retentit ; mon cœur cessa alors tout à fait de battre.

Je me retournai lentement. Un enragé venait de surgir de l'arrière d'une voiture, les bras et la bouche maculés de rouge écarlate. Il tenait une branche dans une de ses serres… sauf que cette branche avait cinq doigts, et que des bouts de chemise déchirée y étaient accrochés. Il lâcha son trophée en me voyant, puis avança vers moi.

Un autre le suivait. Un autre encore sauta sur le capot d'une voiture en crachant. Je fis volte-face et en vis encore deux sortir de sous un camion, leurs yeux livides braqués sur moi. Ça en faisait cinq. Venant de toutes les directions. Avec moi au milieu. Seule.

Un profond silence s'était installé. Je n'entendais plus que mon pouls, battant dans mes oreilles, et mon souffle précipité. Les cinq créatures étaient maintenant à moins de dix mètres de moi, et, l'espace d'un instant, je me sentis étrangement calme. C'était donc cela, quand on savait qu'on allait mourir, que personne ne pouvait vous aider, que tout sera fini dans quelques secondes…

Pendant ce bref instant entre la vie et la mort, j'aperçus une silhouette sombre se détacher entre les voitures. Quelque chose brillait dans sa main. Un enragé obstrua alors mon champ de vision, et je ne la vis plus.

Mon instinct de survie reprit brusquement le dessus, et je me mis à courir.

Quelque chose de dur me frappa par-derrière. Une chaleur tiède se répandit dans mon cou, puis dans mon dos, sans que je ressente de douleur pour autant. Le coup me fit trébucher en avant, et je tombai sur les genoux. Un poids me tomba alors sur les épaules ; des hurlements stridents ; la sensation aiguë d'une lacération, de bandes de feu se répandant sur ma peau. Dans un cri, je me retournai et tentai de me débarrasser de mon assaillant. Mais je me retrouvai alors face à une autre créature blême qui me fonçait dessus. A la force des bras, je parvins à repousser ses mâchoires de mon cou ; elle planta ses crocs dans mon poignet. Je ressentais à peine la douleur, étrangement. La seule chose qui m'importait, c'était de maintenir ses crocs loin de ma gorge, même si j'avais conscience que ses griffes étaient en train de me déchiqueter le torse.

Surtout pas la gorge, Allie !

C'est à ce moment-là que les autres se rapprochèrent, poussant toujours ces mêmes cris horribles et stridents. La dernière chose dont je me souvienne, avant que le brouillard rouge sang ne tourne finalement au noir total, c'est que je vis quelque chose briller comme un éclair, avant de sentir le corps de l'enragé s'écrouler sur ma poitrine, pendant qu'il continuait de me mordre le bras.

Puis, plus rien.

Lorsque je repris conscience, je sus que j'étais en enfer. Tout mon corps était en feu — du moins était-ce l'impression que j'avais, même si je ne voyais pas de flammes. Il faisait noir ; une pluie légère tombait du ciel.

Une silhouette sombre se dressa soudain devant moi. Des yeux noirs plongèrent dans les miens ; un regard que j'eus l'impression de reconnaître…

— Est-ce que tu m'entends ?

Une voix calme et grave, qui me parut également familière. J'ouvris la bouche pour répondre, mais seul un gargouillis étouffé en sortit. Qu'avais-je donc ? C'était comme si ma bouche et ma gorge étaient pleines d'une boue tiède.

— N'essaie pas de parler.

La voix apaisante perça les brumes de mon agonie.

— Ecoute-moi bien, humaine. Tu es en train de mourir. Les enragés ont endommagé ton corps de façon irrémédiable. Tu n'as plus que quelques secondes à vivre dans ce monde.

Il se pencha plus près de moi, le visage tendu, le regard intense.

— Comprends-tu ce que je te dis ?

A peine. J'avais la tête si lourde que tout était nébuleux et irréel autour de moi. La souffrance était à la fois présente et lointaine, comme si j'étais déconnectée de mon propre corps. Je tentai de redresser la tête pour constater l'étendue de mes blessures, mais l'étranger posa doucement une main sur mon épaule pour m'en empêcher.

— Non. Il vaut mieux que tu ne regardes pas. Sache juste que, quel que soit ton choix, tu vas mourir aujourd'hui. Seule peut varier la façon dont tu mourras.

— Co…

Je suffoquai, crachai un peu de cette matière tiède pour m'éclaircir la gorge.

— Comment ça ?

— Tu es suffisamment intelligente pour savoir ce que je suis, et ce que j'ai à t'offrir. Je t'ai regardée éloigner les enragés pour sauver ton ami. Je t'ai regardée te battre, te débattre pour vivre, quand beaucoup auraient déjà capitulé et péri sur place. Je vois en toi… du potentiel.

Il écarta une mèche de cheveux de mes yeux.

— Je peux mettre un terme à tes souffrances. Je peux te libérer de ton enveloppe humaine, et je te promets que tu ne passeras pas l'éternité comme ceux-là.

Il fit un signe de tête en direction d'un corps blême écroulé contre une roue, à quelques mètres de là.

— Je peux au moins t'assurer cette tranquillité.

— Ou alors ? murmurai-je.

Il soupira.

— Ou alors… je peux faire de toi l'une des nôtres. Je peux te vider de ton sang jusqu'à la mort, et te donner ensuite le mien, pour que tu reviennes à la vie en tant qu'immortelle. Ce sera une existence différente, qui ne te conviendra pas forcément. Peut-être préfères-tu mourir avec une âme intacte que vivre pour toujours sans âme. Quoi qu'il en soit, le choix est possible et il t'appartient.

Le corps inerte, j'essayais de recouvrer mon souffle et mes esprits. Je mourais. Je mourais, mais cet étranger — *ce vampire* — m'offrait une autre possibilité.

Devenir une suceuse de sang. Quel que soit mon choix, il équivalait à la mort, car les vampires étaient des morts ; ils avaient juste l'audace de continuer à vivre comme des cadavres ambulants qui dépendaient des humains pour survivre. Je les détestais ! Je haïssais tout ce qui les concernait — leur cité, leurs larbins, leur domination sur la race humaine. Ils m'avaient tout pris. Je ne leur pardonnerais jamais ce que j'avais perdu à cause d'eux.

Dire que j'avais été si près de pouvoir y changer quelque chose ! De pouvoir *peut-être* changer la donne dans ce monde absurde et chaotique ! J'aurais tant voulu savoir ce que cela faisait de ne pas vivre sous l'autorité des vampires, de ne pas être affamée en permanence, de ne pas devoir repousser tout le monde de peur de les voir mourir devant moi. Un tel monde avait un jour existé. Si seulement j'avais pu le faire comprendre à d'autres… Mais mon monde resterait tel qu'il l'avait toujours été : sombre, sanglant, et sans espoir. Les vampires régneraient toujours, et je ne pourrais plus rien y changer.

— Ton temps est compté, petite humaine !

J'aurais aimé être capable de dire que je préférais mourir plutôt que devenir une sangsue. J'aurais aimé avoir le courage, la force de m'en tenir à mes convictions. Seulement, confrontée à la mort et à tout l'inconnu qui allait avec, mon instinct de survie s'accrochait farouchement à la moindre perche tendue. Je ne voulais pas mourir ! Même si vivre encore impliquait devenir ce que j'exécrais.

L'étranger était toujours agenouillé à mon côté, attendant ma réponse. Je levai les yeux vers les siens et pris brusquement ma décision.

— Je veux… vivre…

Il hocha la tête. Il ne me demanda pas si j'étais sûre de moi. Il se rapprocha simplement et glissa une main sous mon corps.

— Tu vas avoir mal, me prévint-il en me prenant dans ses bras.

En dépit de sa délicatesse, je tressaillis sous la douleur qui me traversa. Il baissa la tête, et je pus voir distinctement sa peau d'albâtre et les cernes sous ses yeux.

— Sache que même si je te transforme maintenant, le risque existe que tu mutes en une enragée. Si cela se produisait, je te détruirais pour toujours. Mais je ne te laisserai pas tomber. Je resterai avec toi jusqu'à la fin de la transformation, quelle qu'elle soit.

Je ne pus qu'acquiescer.

Il écarta alors les lèvres et je vis ses canines grandir, s'allonger, pour devenir longues et acérées. Elles n'avaient rien à voir avec les dents des enragés, pointues et irrégulières comme du verre brisé. Non. Les canines du vampire étaient des instruments chirurgicaux précis et redoutables, presque élégants. J'en fus surprise. Malgré des années de voisinage avec les suceurs de sang, je n'avais encore jamais vu leurs instruments de mort.

Le cœur battant, je vis les narines du vampire frémir comme s'il sentait le sang courir dans mes veines, juste sous ma peau. Ses pupilles se dilatèrent. Et sans me laisser le temps de prendre peur ou de changer d'avis, il baissa la tête, et ses longues canines étincelantes s'enfoncèrent dans ma gorge.

J'ouvris la bouche et me cambrai, les mains agrippées à sa chemise. Je ne pouvais plus parler, ni bouger. Douleur, plaisir et chaleur envahirent mon corps simultanément. Quelqu'un m'avait un jour dit que les canines des vampires contenaient un genre de narcotique apaisant ; c'était la raison pour laquelle leur morsure ne représentait pas une souffrance aussi intolérable qu'on aurait pu le croire. Bien sûr, ce n'était là qu'une spéculation. Peut-être n'y avait-il aucune explication scientifique à cela. Peut-être la morsure d'un vampire était-elle simplement de cette nature : souffrance et plaisir à la fois.

Je le sentais maintenant boire, et prenais conscience de mon sang qui quittait mon corps à un rythme alarmant. J'étais engourdie et somnolente ; tout devenait flou autour de moi.

Puis le vampire me lâcha, porta une main à ses lèvres et se trancha les veines du poignet sur un de ses crocs. Sous mon regard hébété, presque indifférent, il pressa alors sa blessure ouverte contre ma bouche. Un sang chaud et épais se répandit sur ma langue ; je suffoquai et essayai de m'en écarter. Mais la main pressée contre ma bouche était aussi immuable qu'un mur.

— Bois ! commanda-t-il.

J'obtempérai. Je sentis le sang couler dans ma gorge en un filet brûlant, atteindre mon estomac. Le bras ne bougeait pas, et le liquide chaud continuait d'affluer dans ma bouche. Ce ne fut que lorsque j'eus avalé trois ou quatre fois que le vampire retira son poignet et me reposa par terre. Le sol était dur et froid contre mon dos.

— Je ne sais pas si je l'ai fait à temps, murmura-t-il, presque pour lui-même. Nous devons attendre de voir ce qu'il advient de toi.

— Il se passe quoi… maintenant ?

J'étais à peine assez consciente pour pouvoir articuler ces mots. La douleur se mua doucement en une pulsation lointaine qui semblait appartenir à quelqu'un d'autre. L'obscurité envahit les bordures de mon champ de vision comme des millions de fourmis en marche.

— Maintenant, petite humaine… Maintenant, tu vas mourir. Et avec un peu de chance, je te retrouverai de l'autre côté.

Mes paupières se refermèrent. Allongée sous la pluie, sous l'étreinte glacée d'un vampire anonyme, je quittai alors le monde des vivants.

VAMPIRE

5

Des bribes de cauchemars hantaient les ténèbres où j'étais plongée.

Des mains blanches avides attrapant Lucas et Rat. Les cris… Les cris de mes amis…

Le daim se relevant de l'herbe et me dévisageant, sa cage thoracique béante sous la lueur du clair de lune…

Des créatures livides sifflant et crachant, et moi courant pour leur échapper, entre les rangées de voitures rouillées…

Moi, soulevant avec urgence des couvercles de boîtes de conserve et buvant avec voracité un liquide rouge à l'intérieur…

Je me redressai en hurlant, ouvris les yeux ; une lumière intense m'aveugla. Autour de moi, des bruits qui assaillaient mes tympans. Des bruits familiers, mais considérablement amplifiés. Un cafard grimpant le long d'un mur. Un léger ruissellement d'eau au son proche de celui d'une cascade. Des sensations familières aussi, mais perçues différemment. L'air froid, humide contre ma peau, dont j'éprouvais la fraîcheur, sans pour autant avoir froid.

Je me sentais à la fois molle, raide, et comme une outre vide. Précautionneusement, je tournai la tête. Une douleur brûlante se répandit alors dans mes veines, me clouant sur place. Je poussai un cri, me cambrai sous l'effet de flammes qui s'étendaient à toutes les parties de mon corps en un flot de torture liquide. Ma mâchoire supérieure était à vif comme si quelque chose de pointu cherchait à percer sous mes gencives.

Tels des éclats de la vie de quelqu'un d'autre, des flashes d'émotion me traversèrent. Pitié. Empathie. Culpabilité. L'espace d'un instant, je vis mon propre corps se tordre sur le sol, griffant le ciment et les murs. Mais une vague de douleur me retourna l'estomac, me pliant en deux, et je perdis cette image.

La pression au niveau de ma mâchoire devenait intolérable. Je poussai un nouveau cri, proche d'un rugissement animal. Et soudain, soulagement : ce qui poussait si douloureusement venait de percer mes gencives. La chaleur intense qui courait dans mes veines diminua, et je m'effondrai sur le sol, tremblante, délivrée. Pas pour longtemps… Une nouvelle souffrance se logea bientôt en moi — creuse, lancinante, irradiant depuis le centre de mon être. Je me mis à quatre pattes en frémissant ; un grondement sourd enfla dans ma gorge. Faim. J'avais faim ! Je devais manger !

Quelque chose de froid et mouillé se colla alors à mon visage. Un sac en plastique ? Je l'écartai avec dégoût. Mais… ce sac sentait la nourriture. Il contenait de la nourriture ! Je me jetai dessus et plantai mes dents à travers pour le déchirer. Un liquide froid, épais et écœurant, me coula dans la bouche. Pas à la température que j'aurais souhaitée, mais c'était bien de la nourriture ! J'élargis le trou dans le plastique mou et aspirai goulûment son contenu.

Puis, lorsque cette terrible faim commença à s'apaiser en même temps que ma douleur intérieure, je pris brusquement conscience de ce que j'étais en train de faire.

— Oh ! Mon Dieu !

Je laissai tomber le sac éventré et regardai mes mains, couvertes de sang. Il y en avait aussi par terre, devant moi, formant des taches sombres. Je sentais que j'en avais autour de la bouche, sur les lèvres, sur le menton. Son odeur me remplissait les narines.

Je reculai, rencontrai un mur et contemplai avec horreur la scène que j'avais sous les yeux.

— Qu'est-ce que… qu'est-ce que j'ai fait ?

— Tu as fait un choix, répondit une voix grave sur ma droite.

Je levai les yeux. Grand, solennel, le vampire se tenait près de moi. Une bougie à la flamme vacillante était posée sur une petite table derrière lui — probablement la lumière qui m'avait aveuglée lorsque j'avais repris conscience. Sa lueur m'était encore d'une intensité pénible, et je me détournai.

— Tu as voulu survivre, devenir l'une des nôtres, tu te souviens ?

Il posa les yeux sur la poche de sang déchirée.

— Tu as fait ce choix…

Je portai une main tremblante à ma bouche, essayant de me remémorer ce que j'avais dit. Mais je ne voyais que ce sang, et ma furie pour y accéder. Mes doigts glissèrent alors sur mes lèvres pour tâter mes dents, là où j'avais eu si mal.

C'était bien ce que je pensais… Des crocs. Longs et très, très pointus.

Je retirai prestement ma main. J'avais donc réellement commis l'impensable. J'étais devenue ce que je haïssais le plus au monde. Un vampire. Un monstre.

Je me laissai glisser le long du mur, pantelante. Et là, nouvelle surprise : je ne portais plus mes anciens vêtements. Au lieu de mes habits usés et rapiécés, j'étais maintenant vêtue d'un jean et d'une chemise noire, sans l'ombre d'une déchirure. Un long manteau — noir également —, qui paraissait presque neuf, remplaçait ma vieille veste crasseuse et trouée.

— Où… où sont passés mes vêtements ? demandai-je en effleurant la manche de mon manteau, émerveillée par son épaisseur.

Puis je me renfrognai subitement, en proie à une brusque pudeur.

— C'est toi qui m'as habillée ?

— Les enragés avaient mis tes vêtements en lambeaux. Je t'en ai donc trouvé d'autres. Le noir est la meilleure couleur pour nous — il dissimule bien les taches de sang. Mais ne t'inquiète pas…

Un soupçon d'amusement perça dans le ton de sa voix grave et profonde.

— Je n'ai rien vu, poursuivit-il.

Je repris mes esprits.

— Je… je dois y aller, dis-je d'une voix tremblante en me remettant sur mes pieds. Il faut que je retrouve mes amis, et que je voie s'ils ont réussi à retourner à notre cachette. Stick est sûrement…

— Tes amis sont morts, m'annonça calmement le vampire. Alors à ta place, je renoncerais rapidement à tout attachement envers ta vie d'avant. Tu ne fais plus partie de ce monde. Mieux vaut simplement l'oublier.

Morts ! Des images défilèrent dans ma tête. De la pluie, du sang, des créatures pâles et sifflantes dont les mains tiraient quelqu'un par-dessus un grillage…

— Non ! Tu mens !

— Oublie-les, insista le vampire d'un ton toujours égal. Ils ne sont plus.

Je fus prise subitement d'une irrépressible envie de gronder, de lui montrer les dents. J'en suffoquai d'horreur sans quitter mon étrange interlocuteur des yeux, lequel me fixait toujours impassiblement.

— Tu ne peux pas me retenir ici.

— Non. Et si tu veux partir, vas-y…

Il ne bougea pas, excepté un petit signe de tête en direction de la porte, à l'autre bout de la pièce.

— Je ne t'en empêcherai pas. Mais je te donne vingt-quatre heures de survie, tout au plus. Tu ne sais pas encore ce que c'est qu'être vampire, comment te nourrir, comment éviter de te faire repérer ; si les vampires de cette ville te découvrent, il est fort probable qu'ils te tuent. L'autre option est de rester ici, avec moi, afin d'avoir une chance de t'adapter à cette nouvelle existence que tu as choisie.

Je le regardai fixement.

— Rester ici ? Avec toi ? Pourquoi ? Et d'abord, qu'est-ce que ça peut te faire ?

Il plissa les yeux pour m'observer à son tour avec une acuité étrange et ne répondit pas immédiatement.

— Faire naître un nouveau vampire n'est pas une chose anodine, dit-il enfin. Transformer un humain pour l'abandonner ensuite dans la nature sans les connaissances nécessaires à sa survie serait irresponsable et dangereux. Si tu restes ici, je t'apprendrai ce que tu dois savoir pour vivre comme nous. Mais…

Il se tourna légèrement et fit un geste vers la porte.

— Si tu veux absolument partir et essayer de survivre seule, tu le peux… Je me lave les mains de ce que tu deviendras, et de tout le sang qui sera ensuite versé.

Je m'adossai contre le mur, l'esprit en ébullition. Rat était mort. Lucas était mort. Je les avais vus de mes yeux se faire attraper et mettre en pièces par les enragés. Stick… Ma gorge se serra. Cette idée avait beau me révolter, il était fort probable que Stick soit mort, lui aussi. Il ne pouvait pas avoir survécu sans aide sur le trajet qui ramenait à la cité. J'étais donc seule. Toute seule. Et j'étais un vampire.

Oppressée, je me mordis les lèvres imaginant les regards accusateurs de mes amis posés sur moi. Je déglutis péniblement et réprimai mes larmes. Il serait toujours temps, plus tard, de pleurer la mort de Rat, de Lucas et Stick, la famille que j'avais perdue, de crier, de maudire le monde, les enragés et les vampires. Pour l'heure, je refusais de montrer le moindre signe de faiblesse à cet étranger, ce suceur de sang qui m'avait peut-être sauvée, mais dont je ne savais rien. Et puis, j'avais de plus gros problèmes à régler.

J'étais devenue un vampire. Et malgré le dégoût que m'inspirai cet état, je voulais encore vivre.

L'étranger attendait, toujours aussi immobile qu'une statue. Tout suceur de sang qu'il était, il constituait l'unique repère qu'il me restait.

— Alors…, commençai-je lentement sans relever la tête.

Je sentais bouillir en moi une vieille haine familière, mais je tentai de l'apaiser.

— Je dois t'appeler « maître », « professeur », ou quelque chose dans le genre ?

Il resta interdit quelques secondes, puis répondit :

— Tu peux m'appeler Kanin.

— Kanin ? C'est ton nom ?

— Je n'ai pas dit que c'était mon nom.

Il se tourna comme pour partir, mais traversa

seulement la pièce pour prendre place sur une chaise rouillée.

— J'ai dit que tu pouvais m'appeler comme ça.

Super ! Non seulement mon *mentor* était un vampire, mais il était de ceux qui aimaient communiquer par énigmes ! Je croisai les bras et l'observai avec méfiance.

— Où sommes-nous ?

— Avant que je te révèle quoi que ce soit à mon sujet, dit-il en se penchant pour poser ses coudes sur ses genoux, j'aimerais en savoir un peu plus sur toi. Je vais être ton professeur, après tout, ce qui signifie que nous allons passer beaucoup de temps ensemble. Je veux savoir à qui j'ai affaire.

Je haussai les épaules comme si tout m'était désormais égal.

— Que veux-tu savoir ?

— Ton nom, tout d'abord.

— Allie, répondis-je, avant de préciser : Allison Sekemoto.

— Intéressant.

Kanin se redressa et posa sur moi ses yeux noirs et intenses.

— Tu connais ton nom complet. Peu d'humains sont dans ce cas, de nos jours.

— Ma mère me l'a appris.

— Ta mère ?

Il s'adossa à sa chaise et croisa lui aussi les bras sur sa poitrine.

— T'a-t-elle appris d'autres choses ?

Je tressaillis. D'un coup, je ne voulais plus parler de ma mère à ce buveur de sang.

— Oui, dis-je évasivement.

— Quoi ?

— Pourquoi veux-tu le savoir ?

Il ignora ma question.

— Si tu veux que je t'aide, il faut me répondre.

— Lire, écrire, et un peu de maths. Une autre question ?

— Où est-elle maintenant ?

— Morte.

Il ne parut ni surpris ni choqué par mon franc-parler.

— Et ton père ?

— Je ne l'ai jamais connu.

— Des frères et sœurs ?

Je secouai la tête négativement.

— Tu n'as donc personne à retrouver de l'autre côté… Bien. Ça facilitera les choses. Comment est-elle morte ?

Cet interrogatoire commençait à me fatiguer.

— Ça, ça ne te regarde pas ! lançai-je, agressive, espérant voir une émotion traverser enfin son visage.

Mais à l'exception d'un sourcil qui se releva légèrement, son expression demeura identique.

— Qu'est-ce que ça peut bien te faire ? Pourquoi t'intéresserais-tu à la vie d'une famille humaine ?

— Ça ne m'intéresse pas, en effet, dit-il en haussant les épaules. Comme je te l'ai déjà dit, je cherche juste à évaluer mes chances de réussite avec toi. Les humains ont tendance à s'accrocher au passé, ce qui peut compliquer leur éducation. Plus une personne possède d'attaches, plus il lui est difficile de lâcher prise pour devenir véritablement un vampire.

Je serrai les poings pour endiguer la rage soudaine qui montait en moi. Tout ingrat que ce geste aurait été, j'avais une furieuse envie de lui sauter dessus et de lui mettre mon poing dans la figure. Seulement, je savais qu'il pouvait m'arracher la tête sans ciller, s'il le voulait.

— Oui, eh bien, je commence à regretter ma décision.

— C'est un peu tard, maintenant, commenta-t-il doucement tout en se levant et se dirigeant vers la porte. Prends ton temps… Fais le deuil de ton ancienne vie si tu le veux, car tu ne la retrouveras jamais. Lorsque tu seras prête à apprendre ce que signifie être un vampire, fais-moi signe.

Sur ces mots, il ouvrit la porte et sortit de la pièce sans un regard en arrière, me laissant seule.

Après le départ de Kanin, je m'assis sur la chaise, frottai le sang séché collé à mes mains et me mis à réfléchir à ce que j'allais faire.

Je suis un vampire, maintenant.

C'était effrayant et j'essayai de ne pas m'appesantir là-dessus. Kanin avait raison ; c'était mon choix, après tout. J'avais *choisi* de devenir une morte-vivante, de ne plus jamais revoir la lumière du soleil, et de boire le sang des vivants.

Un long frisson de dégoût me parcourut, et je donnai un coup de pied dans le sac plastique vide. Ce qui me dérangeait le plus, c'était cela, l'idée de boire du sang, sans oublier pour autant le côté mort-vivant, monstre sans âme et compagnie. Bon, les vampires étaient des prédateurs, c'était entendu. Mais peut-être existait-il un moyen de *ne pas* se nourrir de sang humain… Peut-être pourrais-je vivre en prélevant du sang animal, même si l'idée de mordre un rat vivant et gigotant ne me plaisait guère. Les vampires étaient-ils *obligés* de boire du sang humain, ou était-ce juste leur préférence ?

A quelle fréquence devaient-ils se nourrir ? Où et comment dormaient-ils pendant le jour ? Même après dix-sept années passées dans cette ville, je ne savais à peu près rien de ses plus illustres habitants, à part le fait qu'ils buvaient du sang et ne sortaient que la nuit.

Il y a une personne qui pourrait te dire tout ça, Allie…

Oui, mais… Kanin était un vampire… Pourtant, si je voulais survivre, j'allais devoir apprendre. Peut-être plus tard, lorsque j'aurais acquis tout ce qu'il y avait à savoir, pourrais-je venger ma mère, Stick, Lucas, et tous ceux que l'on m'avait enlevés. Pour le moment, cependant, je devais ravaler mon orgueil et apprendre à être une morte-vivante.

A contrecœur, je me levai et me mis donc en quête de mon nouveau mentor.

La porte donnait sur une autre pièce qui avait dû être un jour un bureau. Quelques chaises cassées avaient été négligemment poussées sur un côté, et plusieurs armoires métalliques étaient renversées à terre, répandant du papier partout. Dos au mur, Kanin était assis derrière un grand bureau de bois couvert de poussière et de dossiers. Il redressa la tête par-dessus une pile de classeurs en m'entendant et leva un sourcil interrogateur vers moi.

— J'ai quelques questions, déclarai-je tout en me demandant si ma démarche était inconvenante, avant de me dire que cela m'était égal. Au sujet des vampires, et de tout ce qui a trait au fait de boire du sang, en général.

Kanin referma le classeur qu'il était en train de consulter, le mit de côté et désigna d'un signe de tête l'une des chaises. Je la pris et m'y assis, reposant mes bras sur le dossier.

— Laisse-moi deviner... Tu te demandes si tu es obligée de boire du sang humain, ou si tu ne pourrais pas plutôt survivre avec du sang d'animaux. Tu espères ne pas avoir à tuer des gens pour vivre. J'ai raison ?

J'approuvai d'un signe de tête. Il eut un petit sourire amer.

— Non, ce n'est pas possible, dit-il d'une voix plate. Je vais te donner ta première et principale leçon, Allison Sekemoto : tu es un monstre. Un démon qui se nourrit des êtres humains pour rester en vie. Les vampires du centre-ville se donnent peut-être des airs de personnes civilisées, mais ne te laisse pas berner. Nous sommes des monstres, et rien ne pourra changer cette donnée. Ne crois pas que tu peux t'accrocher à ton humanité en buvant le sang des chiens, des rats ou des moutons. C'est une nourriture sans valeur pour nous. Ça te calera un moment, mais sans jamais rassasier la faim. Et bientôt, tu auras une telle envie de sang humain que tu sauteras sur le premier venu, qui mourra, parce que tu seras incapable de t'empêcher de le vider complètement. C'est la chose la plus importante que tu dois comprendre, avant d'aller plus loin. Tu n'es plus humaine. Tu es un prédateur, et plus vite tu l'accepteras, plus vite cette existence te deviendra facile.

Atterrée, je constatai que mes pires craintes se révélaient fondées. Cependant, je persistai :

— Je ne tuerai aucun humain pour me nourrir, que ce soit bien clair !

— On commence toujours comme ça, rétorqua Kanin d'une voix distante, comme plongé dans le souvenir. Nobles intentions, honneur entre nouveaux vampires... Vœux de ne pas faire de mal aux humains, de ne prendre que ce qui est nécessaire, de ne pas les chasser comme des brebis égarées dans la nuit.

Il sourit faiblement.

— Mais il devient vite de plus en plus dur de rester proche d'eux, de s'accrocher à son humanité, quand on ne les voit plus que comme de la nourriture.

— Ça m'est égal.

Je pensai à Stick, Lucas, et même à Rat. Ils avaient été des amis. Des personnes. Pas des sacs de sang ambulants !

— Je ne serai pas comme les autres. Je mets ma main à couper que je vais tout faire pour ça.

Kanin ne me contredit pas. Il se leva, fit le tour du bureau et me tendit une large main pâle.

— Viens par là.

Je me levai, méfiante, et avançai vers lui.

— Pour quoi faire ?

— Je t'ai dit que j'allais t'apprendre comment un vampire survit.

Il fit un pas en avant. Je me trouvais maintenant tout près de lui, les yeux braqués sous son menton. Il était sacrément grand. Sa présence était saisissante.

— Pour vivre, tu dois comprendre le corps du vampire, comment il fonctionne, comment il encaisse. Enlève ton manteau…

J'obtempérai et posai le vêtement sur la chaise derrière moi, me demandant où il voulait en venir. En un mouvement incroyablement vif, il saisit mon poignet, dénuda mon bras et l'entailla d'un geste à l'aide du long couteau qu'il avait tiré de sa ceinture. Le sang perla et se mit à couler de ma blessure avant que la douleur ne se fasse sentir.

— Aïe ! Mais qu'est-ce que tu fais ?

J'essayai de me dégager, mais c'était comme tenter de déraciner un arbre. Kanin ne cilla même pas.

— Lâche-moi, espèce de psychopathe ! A quel jeu, tu joues, là ?

— Attends, ordonna Kanin en secouant légèrement mon bras.

Je serrai les dents pendant qu'il maintenait mon poing en l'air.

— Regarde…

Mon bras était dans un état déplorable, recouvert de sang qui gouttait au niveau de mon coude. L'entaille était large et profonde, peut-être jusqu'à l'os.

Cinglé de vampire !

Mais alors que j'examinais ma blessure, la plaie se mit à cicatriser sous mes yeux, les chairs à se rapprocher, à passer du rouge au blanc jusqu'à ce qu'il ne reste plus qu'une pâle cicatrice, puis plus rien.

Kanin lâcha alors mon bras sous mes yeux ahuris.

— Nous sommes très difficiles à tuer, Allison. Plus forts que les humains, plus rapides, et capables de nous remettre de presque toutes les blessures. C'est pourquoi nous représentons le prédateur parfait. Mais attention ; nous ne sommes pas invincibles. Nous craignons le feu, ainsi que tout traumatisme important. Le plus fort des vampires ne se relèvera pas si une bombe explose sous ses pieds. Par contre, les fusils, les couteaux, les épées, les massues… toutes ces armes nous blessent et nous font mal, mais nous n'en mourons pas. Cela dit…

Il posa la main sur sa poitrine.

— Un pieu de bois enfoncé dans notre cœur ne nous tuera pas instantanément, mais nous paralysera et nous mettra en état d'hibernation. C'est là l'ultime stratégie de notre corps pour survivre. Il se ferme complètement et nous tombons dans un sommeil forcé, parfois pour des décennies, avant de pouvoir rejoindre le monde des vivants.

Il retira sa main.

— Pour détruire totalement un vampire, le seul moyen est de le décapiter ou de le réduire en cendres. Tu as bien compris ?

— Pour tuer un vampire, viser la tête, murmurai-je. Pigé.

Je n'avais plus du tout mal maintenant, mais mon ventre me tiraillait de nouveau ; seulement, je voulais en apprendre davantage.

— Pourquoi est-ce que je saigne ? demandai-je en relevant les yeux vers lui. Est-ce que mon cœur bat ? Je croyais… je croyais que j'étais morte.

— Tu *es* morte.

Je fis une moue ironique.

— Dans ce cas, je suppose que nous avons affaire à un cas de mort lente caractérisée.

Kanin demeura impavide.

— Tu penses encore comme une humaine. Ecoute-moi bien, et essaie d'avoir un esprit ouvert. Pour les mortels, la question de la mort, c'est tout noir ou tout blanc — on est mort, ou on ne l'est pas. Pourtant, il y a toute une zone de gris entre ces deux états, dont les humains n'ont aucune connaissance. C'est dans cette zone que nous nous trouvons, vampires, enragés et quelques autres créatures ineffables qui existent toujours en ce monde. Les humains ne peuvent pas nous comprendre, parce que nous vivons selon des règles toutes différentes.

— Je ne suis pas sûre de comprendre moi non plus…

— Nos cœurs ne battent pas. Du coup, tu te demandes comment le sang peut circuler dans nos veines, pas vrai ? Eh bien, il ne circule pas. Tu n'as pas de sang. Pas de sang à toi, en tout cas. Considère-le uniquement en termes de nourriture ; c'est d'ailleurs ainsi que notre corps l'assimile. Le sang est le cœur de notre puissance. C'est grâce à lui que nous vivons, que nous guérissons de nos blessures. Et moins nous en consommons, plus nous nous éloignons de l'humanité, jusqu'à ne plus ressembler qu'à ces cadavres vivants, froids et vides que les humains pensent que nous sommes.

Je l'observai alors plus attentivement, en quête d'un signe témoignant qu'il n'était pas humain. Sa peau était pâle, ses yeux cernés, mais il n'avait rien d'un cadavre. Il fallait vraiment savoir qu'on avait affaire à un vampire.

— Et que se passe-t-il si l'on ne boit pas de sang ? demandai-je en sentant mon ventre gargouiller. Est-ce qu'on peut mourir de faim ?

— Nous sommes déjà morts, répondit Kanin, avec le même détachement. Alors, non, on ne peut pas *mourir* de faim. Mais prive-toi de sang humain un certain temps, et tu ne tarderas pas à devenir folle. Ton corps se flétrira, et tu ne seras bientôt plus qu'une enveloppe vide et errante, très proche de ce que sont les enragés. Tu attaqueras la première créature que tu croiseras, parce que la faim sera la plus forte. En outre, étant donné que ton corps ne possédera pas de réserves dans lesquelles puiser, toute atteinte qui ne te tuera pas pourra te faire plonger dans l'hibernation pour une durée indéterminée.

— Tu n'aurais pas pu me dire tout ça sans avoir à m'ouvrir le bras en deux ?

— Si, j'aurais pu.

Il haussa les épaules, l'air sûr de son fait.

— Mais j'avais une autre leçon à l'esprit. Comment te sens-tu ?

— Je meurs de faim.

Le creux dans mon ventre devenait de plus en plus douloureux ; mon corps réclamait de la nourriture. Je songeai avec regret au sac rempli de sang, désormais vide sur le sol. Je me demandais si je ne pourrais pas en aspirer quelques dernières gouttes, avant d'être horrifiée par mes propres pensées.

Kanin hocha la tête.

— C'est le prix à payer pour une telle puissance. Ton corps se remettra de presque tout, mais ce processus mobilise toutes ses réserves. Regarde ton bras.

Ma peau, tout particulièrement là où Kanin m'avait coupée, était maintenant d'un blanc d'albâtre, nettement plus pâle qu'avant, et froide. De la chair morte. De la chair dépourvue de sang. Je frémis et détournai mon regard. J'eus cependant le temps de voir Kanin sourire.

— Si tu ne te nourris pas rapidement, tu vas sombrer dans une frénésie sanguinaire, et quelqu'un va mourir. Plus la blessure est importante, plus tu as besoin de sang pour qu'elle se répare. Même chose si tu te prives de nourriture trop longtemps. C'est la raison pour laquelle les vampires ne s'attachent pas aux humains, ni à qui que ce soit. A un moment ou un autre de ta vie, Allison Sekemoto, tu tueras un être humain. Soit accidentellement, soit de façon délibérée. C'est inévitable. La question n'est pas de savoir *si* cela va se produire, mais *quand*. Comprends-tu ?

— Moui, maugréai-je. J'ai compris.

Il me fixa de ses yeux noirs intenses.

— Je l'espère pour toi. Bien ; maintenant, tu dois

apprendre ce qui fait principalement de nous ce que nous sommes : comment te nourrir.

Je déglutis avec difficulté.

— Tu n'as pas un autre sac comme celui de tout à l'heure ?

Il gloussa.

— Je m'étais procuré celui-là auprès d'un garde lors de la saignée de cette semaine. Je n'ai pas l'habitude de faire ça, mais je savais que tu aurais besoin de sang dès ton réveil. Ce qu'il y a, c'est que ni toi ni moi ne sommes semblables aux vampires de la cité, avec leurs esclaves, leurs larbins et leurs caves à « vin ». Si tu veux manger, il va falloir le faire à l'ancienne. Viens, suis-moi. Tu vas comprendre ce que je veux dire.

— Où allons-nous ? demandai-je comme il ouvrait la porte.

Nous nous engageâmes dans un long couloir étroit. Une vieille peinture blanche s'écaillait sur les murs ; du verre craquait sous chacun de mes pas ou presque. Tous les deux ou trois mètres, une porte donnait sur une nouvelle pièce pleine de lits, de chaises et d'étranges machines inconnues, le tout cassé, éparpillé. Un drôle de fauteuil avec des roues était couché sur le côté dans l'encadrement d'une porte, couvert de poussière et de toiles d'araignées. Je pris soudain conscience que je voyais parfaitement bien dans l'obscurité du couloir, malgré l'absence totale de lumière.

Kanin se retourna et me sourit.

— Nous allons chasser.

Nous tournâmes au bout du couloir pour déboucher sur ce qui ressemblait à un ancien hall d'accueil, au milieu duquel trônait un autre grand bureau de bois. Au-dessus, des lettres dorées ternies étaient accrochées au mur ; la plupart étaient de travers ou cassées, à tel point qu'on ne pouvait lire ce qu'elles indiquaient. D'autres signes beaucoup plus petits étaient également apposés sur les murs et près des accès aux couloirs, tout aussi difficiles à décrypter. Du verre, des débris et des feuilles de papier jonchaient le sol carrelé, craquant sous nos pieds.

— C'est quoi, cet endroit ?

Ma voix résonna bizarrement dans ce grand espace au silence oppressant. Kanin prit son temps avant de me répondre.

— Il fut un temps où ceci était le sous-sol d'un hôpital. L'un des plus fréquentés et des plus réputés de toute la ville. On ne faisait pas qu'y soigner des patients ; il y avait aussi une équipe de scientifiques, des chercheurs qui travaillaient au moyen de mettre un terme aux maladies et de découvrir de nouveaux traitements. Bien entendu, lorsque le virus du Poumon Rouge apparut, l'hôpital fut vite débordé ; les soignants ne purent rapidement plus faire face au nombre de malades qui affluaient. Beaucoup de gens sont morts ici.

Il regarda vers le bureau central, les yeux perdus dans le vague.

— Mais dans le même temps, beaucoup de gens sont morts un peu partout.

— Si tu essaies de me ficher la trouille, c'est réussi ! Bon, comment on sort de là ?

Il s'arrêta en face d'un grand trou carré dans un mur et fit un geste devant l'ouverture. J'y jetai un coup d'œil, et découvris un long conduit vertical s'enfonçant dans le noir, au milieu duquel pendaient d'épais câbles métalliques, accrochés quelque part plus haut.

— Tu plaisantes, j'espère ?

Ma voix résonna dans le conduit.

— Les escaliers qui menaient au rez-de-chaussée se sont effondrés. Il n'y a pas d'autre issue. On doit passer par la cage d'ascenseur.

Cage d'ascenseur ?

Je me retournai et le regardai en fronçant des sourcils interrogateurs.

— Je suis incapable d'escalader ce truc.

— Tu n'es plus humaine, rappelle-toi... Tu es plus forte, maintenant. Tu possèdes une endurance sans borne, et tu peux faire des choses inaccessibles aux humains. Si ça peut te mettre à l'aise, je resterai juste derrière toi.

Je levai les yeux et frémis d'appréhension.

— D'accord, marmonnai-je finalement en saisissant les câbles. Mais si je tombe, je compte sur toi pour me rattraper.

Je raffermis ma prise, et me hissai.

A ma grande surprise, mon corps décolla du sol comme si je ne pesais rien du tout. Une main après l'autre, je grimpai le long du câble avec un frisson inconnu. Ma peau ne tirait pas, mes bras ne chauffaient pas, et je n'étais même pas hors d'haleine. J'aurais pu continuer pendant des heures.

Je m'arrêtai subitement. En fait, je ne respirais pas. Du tout. Mon pouls ne s'était pas accéléré, mon cœur ne battait pas... parce que je n'étais pas vivante. J'étais morte. Je ne vieillirai jamais. Je n'étais qu'un parasite qui se nourrissait du sang des autres pour survivre.

— Tu as un problème ?

La voix profonde et impatiente de Kanin s'éleva en dessous de moi.

Je me repris. Une cage d'ascenseur vide n'était pas le meilleur endroit pour s'adonner aux confidences.

— Non, ça va, répondis-je en reprenant mon ascension.

Je songerai à tout cela plus tard, à tête reposée. Pour l'instant, trop de questions encore me taraudaient et mon corps de morte criait famine. Il me paraissait étrange que mon cœur, mes poumons et mes autres organes aient cessé de fonctionner, alors que mon estomac et mon cerveau tournaient, eux, à plein régime. Mais peut-être n'était-ce pas le cas… Au fond je n'en savais rien. Tout ce qui concernait les vampires constituait encore un mystère pour moi.

Un vent frais vint caresser mon visage lorsque je m'extirpai du conduit. Je regardai prudemment autour de moi.

Un bâtiment avait dû se dresser ici autrefois. Des restes de poutres métalliques nous entouraient, entremêlés aux gravats de murs à demi écroulés. Par endroits, du plâtre roussi ou noirci de suie. Des restes carbonisés de lits, matelas ou fauteuils, disséminés dans les hautes herbes jaunes qui recouvraient le sol. Le conduit par lequel nous étions arrivés ne formait qu'un trou noir dans une portion de carrelage, masqué par les décombres et la végétation. Si l'on ne se postait pas juste au-dessus, on pouvait facilement ne pas le voir et se briser l'échine en tombant dans l'orifice.

— Qu'est-ce qui s'est passé, ici ? murmurai-je en contemplant ce décor dévasté.

— Un incendie, répondit Kanin en commençant à marcher.

Il avançait vite, et je dus presser le pas pour le suivre.

— Le feu a pris au rez-de-chaussée. Il est vite devenu incontrôlable, et a fini par détruire le bâtiment tout entier ainsi que presque tous ceux qui s'y trouvaient. Seuls les niveaux inférieurs ont été épargnés.

— Tu y étais quand ça s'est passé ?

Kanin ne répondit pas. Nous sortîmes des ruines de l'hôpital pour traverser un terrain vague où la nature avait enserré toute chose de ses bras ligneux. La végétation déformait les espaces de parking autrefois plats et dégagés ; des plantes grimpantes étranglaient plusieurs petites constructions annexes. Si l'on se retournait, une fois arrivé au bout du terrain vague, on distinguait à peine les ruines de l'hôpital au milieu de toute cette verdure.

Les rues de la Bordure étaient plongées dans le noir. Dans le ciel, d'épais nuages dissimulaient la lune et les étoiles. Cependant, je voyais tout très clairement ; plus surprenant encore, je savais exactement l'heure qu'il était, et combien de temps il nous restait avant l'aube. Je sentais même le sang dans l'air, la présence persistante de mammifères à sang chaud. Il était 1 heure du matin ; les humains les plus téméraires avaient depuis longtemps refermé leur porte sur la nuit ; et moi, j'avais faim.

— Par ici, chuchota Kanin en se faufilant dans l'ombre.

Je ne discutai pas et le suivis dans une longue allée sombre, vaguement consciente que quelque chose était différent, sans trop savoir de quoi il s'agissait.

D'un coup, je compris. *L'odeur…* Toute ma vie, j'avais grandi dans les odeurs fortes de la Bordure : les ordures, les déchets, les remugles de pourriture. Je ne sentais plus rien de tout cela maintenant. Peut-être parce que l'odorat et la respiration sont étroitement liés. Mes autres sens, eux, étaient décuplés : j'entendais le trottinement d'une souris se dirigeant vers son trou, à une dizaine de mètres de moi. Je sentais le vent froid et humide sur mes bras, sans que ma peau y réponde par la chair de poule habituelle. Et lorsque nous passâmes devant une vieille benne à ordures, je sentis que des mouches bourdonnaient à l'intérieur, j'entendis les vers grouiller dans de la chair en décomposition — celle d'un animal, espérai-je. Sans percevoir la moindre odeur que je devinais pourtant pestilentielle.

J'en fis part à Kanin, qui m'adressa un sourire sans joie.

— Tu peux tout à fait sentir, si tu le souhaites, répondit-il en contournant une pile d'ardoises qui avaient dû constituer autrefois un toit. Il faut juste que tu fasses un effort conscient pour inspirer. Ce n'est plus un réflexe, puisque nous n'en avons pas besoin. Mais il peut être utile de t'en rappeler, si jamais tu te retrouves dans une situation où tu veux te fondre dans la masse. Les humains ont beau être de piètres observateurs, ils remarqueront tout de suite que quelque chose cloche si tu ne sembles pas respirer.

Je pris une inspiration, et sentis alors l'odeur de pourriture qui se dégageait de la benne. Sous le vent, autre chose parvint aussi à mes narines : l'odeur du sang. Au même moment, je vis un crâne avec une paire d'ailes peint sur un mur délabré, et je sus où nous nous trouvions.

— Nous sommes sur le territoire d'un gang, dis-je, horrifiée. C'est le signe des Blood Angels.

— En effet, répondit Kanin avec calme.

Je luttai contre l'envie de prendre mes jambes à mon

cou en direction de mon refuge d'avant. Les vampires n'étaient pas les seuls prédateurs à écumer les rues de la cité. Et les éboueurs n'étaient pas les seuls groupes à délimiter leur territoire au sein de la Bordure. Certains non-enregistrés étaient — comme nous l'étions, Stick, Lucas, Rat et moi — de simples voleurs, des bandes de gamins cherchant juste à survivre ; mais il existait d'autres bandes, bien plus sinistres. Les Reapers, les Red Skulls, les Blood Angels constituaient quelques-unes de ces bandes particulières, qui s'étaient accaparé certaines zones de la Bordure. La seule loi qui valait, à New Covington, était l'obéissance aux Maîtres, et les Maîtres se moquaient bien que leur bétail s'entretue de temps en temps. Si vous croisiez le chemin d'un gang désœuvré et affamé, vous pouviez vous estimer heureux de vous faire simplement assassiner. J'avais entendu parler de certains gangs qui, après s'être « amusés » avec leur victime, l'avaient coupée en morceaux puis mangée. C'était une légende urbaine, bien sûr ; mais qui étais-je pour affirmer que ce n'était pas vrai ? S'aventurer en dehors de son territoire familier m'avait toujours semblé une très mauvaise idée, presque suicidaire. Je savais quelles parties de la Bordure étaient la propriété des gangs, et je les fuyais comme la peste.

Et voilà que nous étions en plein sur le territoire de l'un d'eux !

Je coulai un regard à Kanin.

— Tu es au courant qu'ils vont vouloir nous tuer, s'ils nous trouvent ici ?

Il opina du chef.

— J'y compte bien.

— Tu es aussi au courant qu'ils *mangent* les gens, n'est-ce pas ?

Kanin s'arrêta et plongea ses yeux noirs dans les miens.

— Absolument. Sauf que maintenant, toi aussi.

Un léger haut-le-cœur m'envahit. *Ah oui, c'est vrai…*

L'odeur de sang se fit plus forte, et j'entendis soudain les échos familiers d'une bagarre : cris, insultes, bruits de coups de poing et de pied.

Nous tournâmes à un angle et entrâmes sur le terrain par l'arrière, entre plusieurs bâtiments entourés de grillage, de voitures rouillées et de bouteilles brisées. Des tags recouvraient les murs, et plusieurs bidons de fer brûlaient autour du périmètre, dégageant une épaisse fumée noire.

Au centre de l'arène, un groupe de voyous débraillés, tous vêtus de la même manière, encerclait une silhouette écroulée à terre, repliée en position fœtale, les bras sur la tête pour tenter de se protéger des coups qu'à tour de rôle deux ou trois lascars sortis du cercle lui portaient. Non loin de là, un autre corps gisait, totalement immobile, le visage défiguré. La vue de son nez cassé et de ses yeux figés me révulsa d'abord ; mais très vite, l'odeur du sang vint chatouiller mes narines, plus puissante que jamais, et j'émis un grondement sourd sans même m'en rendre compte.

Les membres du gang étaient trop occupés à se livrer à leur sport favori pour nous remarquer, et Kanin continua d'avancer. Calmement, comme s'il effectuait une petite balade nocturne, il s'approcha du groupe sans faire de bruit. Nous aurions pu passer juste à côté d'eux et poursuivre notre route dans la nuit ; mais juste comme nous approchions du cercle, alors qu'ils ne nous avaient toujours pas remarqués, Kanin donna volontairement un coup de pied dans une bouteille, et l'envoya rouler sur le pavé avec fracas.

Les Blood Angels se retournèrent.

— Bonsoir, leur dit-il alors avec un hochement de tête cordial.

Il passa devant eux, ralentissant légèrement le pas. Je le suivis silencieusement, espérant devenir invisible et que la bande allait nous laisser passer sans encombre.

Cependant, une partie de moi, la partie étrangère et affamée, observait ces humains avec avidité en souhaitant une confrontation.

Ce vœu fut très vite exaucé. La bande entière vint nous bloquer le passage. Kanin fit halte et, impassible, regarda l'un d'eux s'approcher. Il avait une cicatrice au-dessus d'un œil.

— Regardez-moi ça..., dit le type avec un sourire en coin. On dirait qu'on a de la chance, ce soir, pas vrai les gars ?

Kanin se tint coi. Je me demandai s'il craignait de leur parler, de peur de leur révéler sa véritable nature et d'effrayer notre repas.

— Non mais regardez-le ! Il a tellement les jetons qu'il n'arrive même pas à parler.

Des ricanements moqueurs lui firent écho.

— T'aurais dû y penser avant de te pointer sur notre territoire, ma poule !

L'homme à la cicatrice s'avança vers Kanin tandis que ses acolytes nous crachaient des insultes.

— Alors tu vas baisser ton froc pour qu'on puisse s'occuper de ton joli petit cul. C'est bien ce que tu cherches, mon mignon ?

Son regard se tourna alors vers moi, et son rictus se fit encore plus horrible.

— A moins que je ne réserve ça à ta jolie petite poupée. On voit pas beaucoup de salopes courir les rues, dans le coin, hein les gars ?

Je me sentis gronder sourdement et mes lèvres se retroussèrent.

— Avise-toi d'approcher de moi et je te mets en pièces, espèce de fosse à merde !

La bande poussa des cris excités et se rapprocha davantage.

— Oh, mais c'est qu'elle est hargneuse, la punaise !

Le chef du gang afficha un large sourire.

— J'espère qu'il y en aura assez pour tout le monde. Ça ne te dérange pas de partager, ma poule ? demanda-t-il à Kanin.

Lequel s'éloigna quelque peu de moi.

— Mais je vous en prie…

Bouche bée, je le dévisageai tandis que tous explosaient de rire et d'excitation.

— Eh ! Poupoule a tellement les jetons qu'il a pissé dans son froc !

— Ça, c'est un vrai mec, à se planquer derrière une nana !

— Eh bien, merci, ma poule… Je suis tellement touché que je vais te laisser filer, pour cette fois, reprit le chef. Merci pour la poupée ! On va essayer de ne pas la casser *trop* vite.

— Mais qu'est-ce que tu fais ? demandai-je à Kanin paniquée et en proie à un horrible sentiment de trahison.

La bande avançait maintenant vers moi. Je reculai et regardai mon compagnon sans les perdre de vue pour autant.

— Que fais-tu de toutes ces histoires d'éducation, de préparation et tout le reste ? C'est ça, ton apprentissage ? Me jetter en pâture aux loups ?

— Ton sens du rapport proie-prédateur est inversé, me dit-il alors d'une voix si basse que je pouvais seule l'entendre.

J'avais envie de lui jeter quelque chose à la figure, mais les lascars qui approchaient constituaient un problème bien plus urgent. L'avidité que je lisais dans leurs yeux me souleva le cœur, et je sentis de nouveau un grondement monter dans ma gorge.

— Ça va te permettre de voir exactement où tu te situes dans la chaîne alimentaire.

— Kanin ! Bon Dieu, qu'est-ce que je dois faire ?

Il haussa les épaules et s'appuya contre un mur.

— Essaie de ne tuer personne…

Soudain, les voyous se jetèrent sur moi. L'un d'entre eux m'attrapa par la taille pour essayer de me soulever et de me faire tomber par terre. Je me tendis, crachai à son contact, ancrai mes pieds au sol et le repoussai de toutes mes forces.

Il vola en arrière comme un projectile et alla s'écraser contre le capot d'une voiture, six mètres plus loin. Eberluée, j'en vis un autre se ruer vers moi en hurlant, le poing brandi vers mon visage.

Instinctivement, je levai une main et sentis son poing massif s'arrêter dans ma paume, à notre surprise commune. Il essaya de le retirer, mais je le pressai jusqu'à sentir ses os craquer sous ma poigne, puis je lui tordis le poignet. Il y eut un bruit sec de craquement, puis un hurlement.

Deux autres Blood Angels se dirigeaient maintenant vers moi, depuis deux directions différentes. Ils avançaient doucement, comme s'ils progressaient dans l'eau, du moins était-ce l'impression que j'avais. J'esquivai facilement la première attaque en décochant un coup de pied dans le genou de mon assaillant — genou que je sentis céder sous mon talon. Son complice m'attaqua alors avec un tuyau de plomb. Je l'attrapai au vol, l'arrachai de ses mains et le lui retournai violemment dans la figure.

L'odeur du sang qui ruissela de sa joue satura l'atmosphère, et quelque chose en moi répondit à cet appel impérieux. Je me jetai sur lui en rugissant, sentant mes crocs sortir de mes gencives.

Un coup de feu retentit soudain dans la nuit, et quelque chose me frôla la tête. Je sentis le courant d'air d'un minuscule objet faire bouger mes cheveux, et je m'accroupis en crachant et en montrant les dents. Les yeux de l'homme à la cicatrice s'écarquillèrent et il lâcha un chapelet de jurons en pointant son pistolet fumant vers moi.

— Un vampire ! Oh merde, merde, merde ! T'approche pas de moi ! Casse-toi !

Il me mit en joue ; je l'ignorai et m'apprêtai à bondir sur lui pour enfoncer mes crocs dans sa gorge. Mais il se trouva hissé du sol, donnant de vains coups de pied dans les airs. Aussi facilement que s'il s'était agi d'un chat, Kanin le souleva, lui ôta son arme, puis le jeta contre un mur.

Le craquement de sa tête contre les briques mit un terme à ma rage sauvage, et remit tout en place brusquement. Je fis taire mon envie de sang, mon appétit dévorant, et contemplai la scène avec horreur et stupéfaction. Cinq corps gisaient à terre, sérieusement blessés. Par ma faute. Je regardai Kanin ; il jeta le pistolet presque avec dédain, et leva un sourcil à mon approche.

— Tu savais, dis-je tout bas avec un coup d'œil sur l'un des Blood Angels estourbis. Tu savais ce que j'allais faire, et c'est pour ça que tu les as laissés m'attaquer.

Il ne répondit pas. Je me rendis compte alors que je ne tremblais pas ; ni la peur ni l'adrénaline n'avaient d'effet sur moi. Mon cœur était calme et froid. Je fixai Kanin, furieuse de sa manipulation.

— J'aurais pu tous les tuer !

— Combien de fois faudra-t-il que je te le répète ? Tu es un *vampire* maintenant. Tu n'es plus humaine. Tu es comme un loup pour les moutons, plus fort, plus rapide, plus sauvage qu'ils ne le seront jamais. Ils sont de la *nourriture,* Allison Sekemoto. Et au fond de toi, ton démon les considérera toujours comme tels.

Je regardai l'homme à la cicatrice, affalé le long du mur. Son front était largement ouvert, et un gros hématome bleu commençait déjà à s'y former ; il grogna et essaya de se relever, sans y parvenir.

— Alors pourquoi ne l'as-tu pas tué ? demandai-je.

Le regard de Kanin se durcit. Il se tourna et marcha vers le chef du gang d'un pas raide. Il l'attrapa par le col et le tira pour le jeter à mes pieds.

— Bois ! m'ordonna-t-il d'une voix d'acier. Mais souviens-toi : prends-en trop, et tu le tues ; pas assez, et tu devras de nouveau te nourrir bientôt. Trouve le juste milieu, si toutefois tu te soucies de son existence. Normalement, cinq ou six gorgées suffisent.

J'eus un mouvement de recul en regardant l'homme à la cicatrice. Percer une poche de sang en plastique était une chose, mais mordre le cou d'une personne vivante en était une autre. J'avais beau en avoir crevé d'envie quelques minutes auparavant, lorsque ma faim et mon adrénaline étaient déchaînées, l'idée me donnait maintenant la nausée.

Kanin ne me quittait pas des yeux.

— Soit tu le fais, soit tu auras bientôt une telle faim que tu tueras quelqu'un. C'est ça, être un vampire ; c'est ça, notre besoin premier. Maintenant...

D'une main, il redressa le lascar, tandis que de l'autre, il le tirait par les cheveux pour faire basculer sa tête en arrière et m'offrir son cou.

— Bois !

J'avançai malgré ma réticence. L'autre grogna et tenta de me repousser, mais j'immobilisai ses bras sans difficulté et me penchai sur le creux à la base de son cou. Mes crocs s'agrandirent comme je sentais le sang chaud courir juste sous sa peau. Ce parfum de vie se fit incroyablement fort dans mon nez et dans ma gorge. Et avant même de réaliser ce que faisais, je fondis sur lui et mordis à pleines dents.

Il sursauta, suffoqua, mais ne se débattit pas. Une chaleur épaisse, riche coula alors dans ma bouche. Je poussai un grognement et mordis plus fort, arrachant un cri étouffé à ma proie. Je sentais la chaleur se répandre dans mon corps, me remplir de force, de puissance. La sensation était enivrante. Je n'aurais su la décrire. C'était le bonheur, pur et simple. Presque en transe, je laissai mes paupières se fermer, m'abandonnant à l'envie d'en prendre encore et encore...

Soudain, quelqu'un me saisit par les cheveux et m'écarta de ma proie, rompant la magie. Dans un grognement, j'essayai de revenir sur elle, mais un bras s'interposa et me repoussa en arrière. Le corps du voyou s'affaissa mollement sur le sol. Grondant avec fureur, je me débattis contre le bras qui m'empêchait de me jeter de nouveau sur lui.

— Ça suffit !

Kanin me secoua comme une poupée de chiffons. J'en restai étourdie pendant quelques instants.

— Ça suffit, Allison, répéta-t-il comme je recouvrais mes esprits. Tu vas le tuer si tu continues.

Je clignai des yeux et reculai d'un pas, cependant que ma faim déclinait lentement. Horrifiée, je contemplai le Blood Angel écroulé à terre. Il était livide, respirait à peine, et deux petits points sombres laissaient échapper de sa gorge un liquide écarlate. Je l'avais presque tué. Une nouvelle fois… Si Kanin ne m'avait pas arrêtée, je l'aurais vidé jusqu'à la dernière goutte. Un profond dégoût de moi-même m'envahit. Malgré toute ma haine des vampires et mes belles résolutions pour ne pas être comme eux, je ne valais pas mieux que la pire de ces sangsues.

— Referme la plaie, m'ordonna encore Kanin d'un ton glacial avec un geste vers le chef du gang. Finis ce que tu as commencé.

Je m'apprêtais à lui demander comment faire, quand je me rendis compte que je le savais. Je me penchai et pressai ma langue contre les deux petits trous, que je sentis se refermer. Même à ce moment, le sang qui palpitait faiblement sous la peau m'attira violemment, et je dus mobiliser toute ma volonté pour ne pas le mordre une seconde fois.

Puis je me redressai et me tournai vers Kanin qui approuva d'un hochement de tête en me regardant.

— Maintenant, dit-il d'une voix sombre, tu sais ce que c'est…

En effet, je savais… Je contemplai les corps disséminés

sur le terrain, la destruction que j'avais semée. J'étais véritablement devenue inhumaine. Mes semblables autrefois étaient maintenant pour moi des proies. Juste des proies. Je désirais leur sang comme le pire drogué qui soit. Ils étaient des moutons, du bétail, et j'étais le loup qui les traquait dans la nuit. Un monstre. Voilà ce que j'étais…

— A partir de maintenant, reprit Kanin, tu vas devoir décider quel genre de démon tu seras. Tous les repas ne viendront pas à toi aussi facilement, ignorants et cherchant à te faire du mal. Que feras-tu si ta proie t'invite chez elle, t'offre une place à sa table ? Que feras-tu si elle s'enfuit ou te supplie de l'épargner ? Tu dois réfléchir à la façon dont tu traqueras tes proies, sans quoi, cela te rendra vite folle. Et une fois franchi ce stade, tu ne pourras pas faire machine arrière.

— Comment fais-tu, toi ? murmurai-je.

Kanin secoua la tête avec un petit rire.

— Ma méthode ne te serait pas bien utile, fit-il alors que nous commencions à rebrousser chemin. Tu dois trouver ta propre façon de faire.

Nous passâmes devant l'un des voyous, qui recouvrait ses esprits ; il grommelait et titubait, essayant de se remettre debout. La douleur lui arrachait de petits cris. Ma faim avait beau être rassasiée, quelque chose en moi réagit brusquement à la vue de cette créature blessée et vulnérable. Je me tournai à demi vers lui et grondai tout en sentant mes crocs s'allonger. Kanin m'attrapa par le bras et m'entraîna dans l'obscurité.

6

A mon réveil, j'étais seule, allongée sur un lit de camp poussiéreux dans l'une des chambres de l'ancien hôpital. Il faisait nuit, et je savais que le soleil s'était couché environ une heure auparavant. Kanin était resté dehors avec moi jusqu'aux prémices de l'aube ; je devais, m'avait-il expliqué, apprendre à identifier le moment où le soleil allait se lever, et à évaluer le temps dont je disposais alors pour trouver un refuge. Contrairement à ce que racontaient les légendes, nous ne brûlerions pas instantanément sous ses rayons, mais la chimie de notre corps était différente maintenant que nous étions techniquement morts. Si nous nous trouvions piégés à l'extérieur et sans abri, les rayons directs du soleil brûleraient les parties exposées de notre peau, qui pourrait aller jusqu'à prendre feu. Un phénomène assez semblable à la maladie humaine appelée porphyrie, sous l'effet de laquelle des substances toxiques font noircir ou se rompre la peau en cas d'exposition aux ultraviolets. Cette mort était affreusement pénible et douloureuse, avait ajouté Kanin sous mes yeux horrifiés, et chacun cherchait bien sûr à l'éviter à tout prix.

En dépit de ce danger, nous rentrâmes juste à temps. Je me souviens avoir atteint les ruines de l'hôpital dans un état de somnolence avancé, alors que le ciel passait du noir au bleu marine. Cependant, même dans cette semi-léthargie, un sentiment de panique désespéré me pressait de trouver un abri. Voyant que je luttais tant bien que mal contre l'épuisement, Kanin m'avait portée dans ses bras pour finir le trajet.

Les événements de la nuit précédente me paraissaient encore irréels, comme si tout ce que je venais de vivre était arrivé à quelqu'un d'autre. Juste pour voir, j'essayai de faire grandir mes crocs ; je les sentis instantanément s'allonger, poussant de leurs pointes acérées à travers mes gencives. Pour autant, je n'avais pas faim — ce qui était à la fois un soulagement et une déception. Je me demandai à quelle fréquence je devrais me… *nourrir*. Dans combien de temps j'allais devoir replonger mes crocs dans la gorge de quelqu'un et sentir cet afflux de chaleur et de puissance m'envahir…

Je me repris, furieuse et dégoûtée de moi.

— Je ne suis pas comme eux ! Je *vais* surmonter cette attraction répugnante ! Je ne deviendrai pas un monstre sans âme. Je ne le *veux* pas !

Je sautai du lit et m'aventurai dans le couloir, à la recherche de Kanin.

Je le découvris assis derrière le bureau, furetant dans une grosse pile de papiers. Il me jeta un bref coup d'œil, puis se replongea dans son examen.

— Hum…

Je me perchai sur l'une des armoires renversées.

— Merci de ne pas m'avoir laissé brûler ce matin… J'imagine que c'est ce qui se produirait si je me retrouvais coincée sous le soleil, pas vrai ?

— C'est une fin que je ne souhaiterais pas même à mon pire ennemi, répondit Kanin sans relever les yeux.

Je le regardai en me rappelant la façon dont il m'avait portée pour m'aider sur la dernière portion de terrain.

— Pourquoi est-ce que tu n'as pas eu de mal à rester éveillé alors que je tombais de sommeil ?

— L'entraînement…

Il tourna une page et commença à en lire une autre.

— Tous les vampires ont besoin de dormir pendant la journée, poursuivit-il sans me regarder davantage. Nous sommes des créatures nocturnes, comme les hiboux, les chauves-souris, et quelque chose dans notre métabolisme nous rend fatigués et léthargiques lorsque le soleil monte dans le ciel. Avec de l'entraînement et beaucoup de volonté, on peut cependant combattre cette envie de dormir pendant un petit moment. Mais forcément, plus on reste éveillé, plus c'est difficile.

— Forcément… En tout cas, encore une fois, merci… Je me réjouis d'avoir eu affaire à quelqu'un d'aussi volontaire.

Il leva enfin les yeux vers moi.

— Je t'en prie, dit-il, l'air amusé. Comment te sens-tu, maintenant ?

— Pas mal.

Je ramassai une feuille de papier tombée de l'armoire. Personne ne m'avait jamais demandé comment je me sentais, du moins depuis ma plus tendre enfance.

— Je n'ai pas faim, en tout cas.

— C'est normal, commenta Kanin en s'attaquant à une autre pile de papiers. A part pour cicatriser ou en cas d'épuisement, on n'a besoin de sang que tous les quinze jours pour se sentir en forme et rassasié.

— Quinze jours ?

— Oui. Toutes les deux semaines.

— Ah…

— Il n'est cependant pas rare pour un vampire de se nourrir toutes les nuits s'il en a les moyens. Le Prince et ses conseillers, par exemple… Mais deux semaines représentent le meilleur délai. Si tu vas au-delà, tu auras de plus en plus faim, et rien ne te satisfera plus jusqu'à ta prochaine prise.

— Je sais, tu me l'as déjà dit.

Il me jeta un regard par-dessus sa feuille, la posa et fit le tour du bureau pour venir s'appuyer à l'avant du meuble.

— Tu veux que je continue à t'apprendre des choses, demanda-t-il, ou bien préfères-tu que je te laisse les découvrir par toi-même ?

— Pardon, marmonnai-je en détournant le regard. Je ne me suis pas encore faite à l'idée que j'étais morte. Qu'est-ce que je serai censée faire quand cette « formation » sera finie ?

— Tu continueras ta vie de vampire.

— Ce n'est pas ce que je veux dire, et tu le sais très bien, Kanin.

J'eus un geste vague vers le plafond.

— Aurai-je le droit d'entrer dans la Cité Intérieure ? Les autres vampires me laisseront-ils en franchir les grilles, maintenant que je suis l'une des leurs ?

« Maintenant que je suis l'une des leurs… » Quelle idée répugnante ! Je ne serai jamais l'une des leurs ! Pas totalement. Je ne suis pas comme eux. Je ne m'abaisserai pas à leur niveau, je ne considérerai pas les humains comme de simples animaux.

— Malheureusement, répondit Kanin, il en faut un peu plus que ça.

Apparemment, il était sur le point de me faire un nouveau discours. Je m'installai donc sur la chaise où j'avais pris place la veille et posai mon menton sur mes mains.

— Tu es un vampire maintenant, Allie, alors oui, tu auras le droit de franchir les portes de la Cité Intérieure. A condition toutefois que tu ne fasses pas état de notre collaboration. Tu dois cependant comprendre la politique de tes frères morts-vivants avant de t'aventurer seule sur leur territoire. Il y a une hiérarchie parmi les vampires de la cité, une chaîne de commandement que tu dois connaître si tu espères y être intégrée.

— Intégrée ? répétai-je en ricanant. J'ai été une Bordurienne non enregistrée et crève-la-faim toute ma vie. A mon avis, ce n'est pas demain la veille que je vais faire ami-ami avec les vampires de la Cité Intérieure !

— Peu importe…

La voix de Kanin demeurait impassible.

— C'est quand même toujours bon à savoir. Tous les vampires ne sont pas égaux. Que connais-tu exactement de l'organisation de la cité ?

Je fis la moue. Pour moi, tous les vampires étaient les mêmes ; ils avaient des crocs, ils étaient morts et buvaient du sang. Mais une telle réponse ne suffirait évidemment pas à Kanin, et je ne voulais pas qu'il me lâche maintenant.

— Je sais que la cité a un Prince, répondis-je. Salazar. Et que tous les autres vampires l'écoutent.

— C'est exact. Il y a un Prince dans toutes les cités, un Maître vampire, le plus fort, le plus puissant de tous. Il, ou elle, dirige le conseil, commande les vampires inférieurs et prend la plupart des décisions au sein de la Cité Intérieure. C'est ainsi que fonctionne la majorité des cités, à quelques exceptions près. J'ai entendu parler de territoires où un unique vampire dirige tout, bien que ce genre d'organisation soit extrêmement rare et ne perdure jamais très longtemps. Le Prince doit être très fort pour empêcher sa cité de tomber aux mains d'autres vampires, ou même de ses propres humains.

— Combien de cités de vampires existe-t-il ?

— Dans le monde ?

Kanin haussa les épaules.

— Personne ne le sait vraiment. Ça fluctue énormément, surtout dans les petites régions. Des cités se créent et disparaissent, certaines essaient de conquérir le territoire d'une autre, les maladies ou les enragés déciment des populations entières… Mais les plus grosses cités, comme New Covington, ont survécu depuis le grand fléau ; il doit y en avoir quelques douzaines dans le monde.

— Toutes gouvernées par un Maître.

— En général. Comme je te l'ai dit, il y a des exceptions, mais oui, la plupart des cités sont dirigées par un Maître.

Cela signifiait donc qu'il existait ailleurs plusieurs vampires très puissants, et probablement très anciens, même si la plupart d'entre eux restaient dans leur cité, comme Salazar, et ne s'aventuraient jamais au-delà du Mur.

— Immédiatement après le Prince, poursuivit Kanin, viennent les Type-2, des vampires engendrés par un Maître. Ils ne sont pas aussi puissants que lui, mais possèdent malgré tout un pouvoir redoutable ; ce sont eux, le plus souvent, qui constituent le conseil, la garde d'élite et sont les bras droits du Prince. Tu me suis ?

— Type-2 ?

Je réprimai un petit sourire.

— Je m'attendais à quelque chose d'un peu plus… exotique. Type-2, ça me fait penser aux symptômes d'une maladie.

Kanin me lança un regard agacé.

— Les lignées de certaines vieilles familles sont extrêmement longues et complexes, rétorqua-t-il d'un ton cassant. Je te fais donc la version simplifiée.

— Pardon. Continue…

— Sous ceux-là, se trouvent les Type-3, les bâtards, qui sont les plus nombreux et les moins puissants dans la hiérarchie. Ils ont été générés soit par un Type-2, soit par un autre bâtard. C'est le genre de vampire que tu croiseras le plus souvent dans les rues. Ils constituent l'immense majorité de la population, et ce sont les plus faibles d'entre nous — quoique beaucoup plus forts et plus rapides que n'importe quel humain, évidemment.

— Si je comprends bien, plus le vampire qui te génère est puissant, plus puissant tu deviens à ton tour…

— Jusqu'à un certain point.

Kanin s'inclina légèrement en arrière et posa ses mains sur le bureau.

— Avant le virus du Poumon Rouge, les vampires étaient disséminés dans le monde entier ; ils cachaient leur nature aux humains et se mêlaient à leur société. La plupart d'entre eux étaient des bâtards, des Type-3, et s'ils généraient un vampire de temps en temps, ils créaient toujours un autre bâtard. Les Maîtres et leurs covens étaient peu nombreux et se tenaient à l'écart du reste du monde… jusqu'au grand fléau. Les humains commencèrent à mourir en grand nombre du virus, et leur disparition entraîna par conséquent la famine, voire la folie, chez les vampires.

« Puis les enragés ont commencé à apparaître, et les choses sont devenues de plus en plus chaotiques. A ce stade, nous ne savions pas si les enragés étaient le dernier effet du virus du Poumon Rouge ou s'ils étaient une espèce nouvelle. En tout cas, ce fut la panique totale, aussi bien chez les humains que chez les vampires. Finalement, quelques Maîtres ingénieux trouvèrent le moyen de garder à proximité le peu d'humains non infectés qui restaient, créant ainsi un approvisionnement constant en nourriture, en échange de leur protection contre les menaces extérieures. C'est comme ça que les cités sont nées. Mais il ne reste que très peu de Maîtres, de nos jours.

Il se tut, et son regard se perdit dans le vague.

— Notre race est en voie de disparition, Allie, ce n'est plus qu'une question de temps.

La nouvelle ne semblait pas particulièrement l'attrister. Il paraissait plutôt résigné.

— Comment ça ? demandai-je, perplexe. Tu viens de me dire que les Type-2 ou les autres pouvaient créer des vampires… Dans ce cas, comment la race peut-elle s'éteindre ?

Il resta silencieux quelques minutes, les yeux dans le lointain. Puis il finit par les poser sur moi.

— Sais-tu comment les enragés ont été créés ? Sais-tu ce qu'ils sont ?

J'avalai ma salive, pressentant le pire.

— Tu veux dire, à part ce qui est évident ?

— Ce sont des vampires eux aussi. Du moins l'étaient-ils à l'origine. Aux tous premiers stades du grand fléau, un groupe de scientifiques a découvert que les vampires étaient immunisés contre le virus qui éradiquait la race humaine. Jusqu'alors, notre race était très méconnue, parce que cachée et éparpillée de par le monde. Nous étions heureux de n'être que des monstres d'Halloween ou de films d'horreur. C'était mieux comme ça.

— Et qu'est-ce qui s'est passé ?

— Un abruti de Maître est allé en personne voir des scientifiques, et leur expliquer qui nous étions, sous prétexte de « sauver la race humaine ». Il pensait — avec raison — que si le genre humain s'éteignait, les vampires ne tarderaient pas à en faire autant. Les scientifiques songèrent alors que le sang de vampire pourrait constituer la clé de la découverte d'un traitement, et qu'ils pourraient venir à bout du virus à condition d''avoir des échantillons vivants sur lesquels travailler. Ce Maître a alors capturé certains de ses semblables pour les livrer aux expériences des chercheurs, trahissant sa propre race pour un remède qui devait sauver le monde.

Il secoua la tête, me laissant deviner la suite.

— Malheureusement, ce qu'ils créèrent alors, ce que devinrent ces vampires, fut bien pire que ce que nul n'aurait pu imaginer.

— Les enragés…

Il approuva d'un signe de tête.

— Ils auraient dû tous les détruire tant qu'il en était encore temps. Au lieu de quoi, les enragés se sont enfuis, portant en eux le virus muté. Les agents pathogènes se sont répandus dans le monde, infectant à la fois humains et vampires. Sauf qu'à partir de ce moment, au lieu de mourir du Poumon Rouge, les humains contaminés se sont *modifiés*. Ils sont devenus comme les enragés originels : pervers, décérébrés, avides de sang, incapables de vivre en plein jour. Plus de cinq milliards de gens ont succombé et se sont transformés en enragés. Et dès qu'un vampire entrait en contact avec une personne porteuse du virus, il était infecté à son tour. La plupart d'entre nous n'ont pas subi de métamorphose, mais le virus s'est répandu dans nos rangs aussi vite que chez les humains. Et maintenant, six générations plus tard, tous les vampires sont porteurs de la rage. A cette différence que nos corps se sont adaptés, et que nous avons pu combattre le virus. D'une certaine manière en tout cas. Il n'empêche que notre race est sur le déclin.

— Pourquoi ?

— Parce que le virus empêche la génération de nouveaux vampires. Les Maîtres peuvent encore créer des Type-2, et, en de très, très rares occasions, d'autres Maîtres. Mais pour chaque nouveau vampire créé, un risque important existe qu'il n'en sorte pas un vampire, mais un enragé. Dans quatre-vingt-dix pour cent des cas, les Type-2 engendrent des enragés ; quant aux bâtards…

Kanin secoua la tête avec amertume.

— Les bâtards ne créent *que* des enragés. Ils sont incapables d'engendrer autre chose. La plupart des Maîtres ont renoncé à toute nouvelle progéniture. Le risque de rage au sein de la cité est trop grand, et ils protègent jalousement ce qu'il leur reste de source de nourriture.

Je songeai à la biche malade et errante, à la cruauté absolue des enragés, et je sentis un frisson me parcourir l'échine. Si tel était le monde par-delà les murs de la cité, c'était un miracle de pouvoir y survivre.

— Donc, dis-je en regardant Kanin droit dans les yeux, je suppose que je suis moi aussi porteuse de la rage, maintenant ?

— C'est exact.

— Alors, pourquoi ne me suis-je pas transformée en enragé ?

— Réfléchis, dit-il posément. Pense à ce que je viens de te dire. Tu es assez intelligente pour comprendre.

Je cogitai quelques instants.

— Je ne suis pas devenue une enragée, repris-je lentement, parce que tu es un Maître vampire.

Il m'adressa un sourire triste, et moi, soudain, je le regardai d'un nouvel œil. Kanin un Maître… Il pouvait donc être un Prince.

— Mais si tu es un Maître, pourquoi n'as-tu pas ta propre cité ?

— Assez parlé, Allison…

Il s'écarta brusquement du bureau contre lequel il était appuyé.

— On doit se rendre quelque part, cette nuit, et la route est longue par les souterrains. Alors partons…

— Où va-t-on, cette fois ?

Kanin pivota avec une telle fluidité que je ne me rendis même pas compte qu'il avait bougé, jusqu'au moment où il me plaqua contre la cloison, braquant son long couteau sous ma gorge. Je me figeai, mais, une fraction de seconde plus tard, la pression sur ma gorge avait disparu, et le couteau avait retrouvé sa place. Kanin me fit un petit sourire et s'écarta.

— Si j'étais un ennemi, tu serais morte maintenant, commenta-t-il en se dirigeant vers le couloir, comme si de rien n'était.

Je posai instinctivement une main sur ma poitrine… et me dis que si mon cœur pouvait encore battre, je le sentirais sûrement s'affoler.

— La cité peut être un endroit dangereux. Il va te falloir quelque chose de mieux que ton ridicule petit canif pour te défendre.

*
* *

En bon « rat des villes », j'avais longtemps considéré les tunnels sous la cité comme mon domaine, mes passages secrets, la route cachée qui me permettait de circuler d'un secteur à un autre sans me faire repérer. J'étais fière de ma connaissance de ce monde souterrain. Mais soit Kanin était doté d'une mémoire proche de la perfection, soit il était venu dans ces tunnels sombres et tortueux des centaines de fois. Toujours est-il que je le suivis dans des endroits que je n'avais encore jamais visités, dont je ne connaissais même pas l'existence. Il ne ralentissait jamais, ne semblait jamais perdu. Il ne m'était donc pas facile de garder le rythme.

— Allison !

Une pointe d'exaspération perça dans sa voix comme il se retournait une fois encore pour m'attendre.

— Le temps passe, et on a encore pas mal de chemin à faire avant d'atteindre notre destination. Tu veux bien accélérer un peu ? C'est la troisième fois que je dois t'attendre.

— Tu pourrais aussi ralentir un chouia.

Je sautai d'un wagon de métro abandonné et trottai jusqu'à lui en passant sous un tuyau tordu.

— Au cas où tu n'aurais pas remarqué, les gens petits ont des petites jambes. Je dois faire trois pas quand tu fais un, alors arrête de râler !

Il secoua la tête et reprit sa route dans le tunnel de béton, en marchant un peu moins vite. Petite victoire pour moi. Je me hâtai cependant pour ne pas me remettre en retard.

— Je ne savais pas du tout qu'il y avait une autre ligne de métro par ici, dis-je en contemplant la carcasse d'un vieux compartiment renversé sur la voie. Je connaissais celle qui passe sous les troisième et quatrième districts, mais elle a été bloquée quand un immeuble s'est écroulé en surface. Elle va où, celle-ci ?

— Celle-ci, répondit Kanin d'une voix qui résonna dans le tunnel, passe juste sous le centre de la Cité Intérieure, pile entre les tours. La station qui s'y trouve est fermée depuis longtemps, et les tunnels scellés, mais on ne va pas jusqu'aux tours.

— On est sous la Cité Intérieure, là ?

Je levai les yeux au plafond, comme si je pouvais voir les grands bâtiments à travers le ciment et le béton. Je me demandai à quoi ressemblait le décor, là-haut. Des tours de verre et des lumières étincelantes, des humains bien habillés, peut-être même des véhicules qui fonctionnaient encore. Bien loin de l'existence crasse et famélique qu'on menait dans la Bordure.

— Ne fantasme pas trop, m'avertit Kanin, comme s'il lisait dans mes pensées. Les humains de la Cité Intérieure sont peut-être mieux nourris et mieux vêtus, mais seulement parce qu'ils sont utiles. Que crois-tu qui leur arrivera lorsque leur maître sera lassé ou mécontent d'eux ?

— Je suppose qu'ils n'ont pas de plan retraite.

Kanin sourit.

— Et tu voudrais que je vive là-haut ?

Il me toisa, prenant une expression plus douce.

— Allison, c'est toi qui décideras de la façon dont tu souhaites vivre. Tout ce que je peux faire, c'est te donner les compétences utiles à ta survie ; mais au bout du compte, tu devras prendre tes propres décisions. Tu es certes un vampire, mais le choix du genre de monstre que tu deviendras t'appartient.

— Et si je ne veux pas vivre là-haut ?

Je lui lançai un regard de biais avant de revenir fixer les rails qui brillaient près de mes pieds.

— Si je voulais… rester avec toi ?

— Non !

Tranchante, sa voix résonna dans le tunnel, me faisant sursauter.

— Non, répéta-t-il, d'un ton un peu plus doux. Je ne laisserai personne endurer les difficultés de mon chemin. Je dois le parcourir seul.

Le sujet était clos.

Le tunnel continuait, mais Kanin me guida dans un autre, plus étroit, et nous empruntâmes une dizaine de virages et de tournants, jusqu'à ce que je sois totalement perdue. Nous passâmes sous des grilles et des bouches d'égout, par où je pus enfin jeter un coup d'œil sur la cité lumineuse en surface. Les rues en paraissaient vides, comme abandonnées. Je m'étais attendue à voir des foules de gens arpenter les trottoirs, sans crainte de la nuit ou des prédateurs alentour. Un véhicule passa au-dessus de nous et remplit le silence du grondement de son moteur, tout en faisant vibrer les plaques d'égout. Je restai un instant bouche bée : c'était la première vraie voiture en état de marche que je voyais ; mais à part ça, la cité demeurait aussi silencieuse que la Bordure.

Au fur et à mesure de notre progression sous les avenues désertes, les lumières nous révélèrent bientôt d'autres choses.

La Cité Intérieure était en fait en aussi mauvais état que les pires quartiers de la Bordure. On n'y voyait pas de rangées de belles demeures, pas de lieux débordant de nourriture, de vêtements ou d'autres biens de consommation, pas de voiture pour chaque famille. Mais quantité de bâtiments décrépits, à demi écroulés, à peine mieux entretenus que le reste de la ville. Des réverbères cassés, des voitures rouillées et des mauvaises herbes poussant à travers les murs et le bitume constellaient le paysage. Exception faite du trio de tours scintillant en son centre, la Cité Intérieure n'était rien de plus qu'une version bien éclairée de la Bordure.

— Ce n'est pas ce à quoi tu t'attendais, n'est-ce pas ? lança Kanin comme nous nous penchions pour pénétrer dans un autre conduit de béton.

Je le suivis, ne sachant trop si j'étais déçue ou confortée dans une intuition.

— Où sont tous les gens ? Et les vampires ?

— Les humains qui sont réveillés sont au travail. Ils assurent la maintenance du réseau électrique, du système d'assainissement, réparent les machines en panne. C'est pour ça que les vampires recherchent les personnes douées ou qualifiées et les emmènent en ville. Il faut bien faire tourner la machine. Ils ont aussi des humains dans les usines, pour nettoyer et réparer leurs locaux, produire la nourriture nécessaire au reste de la population. Les autres — gardes, esclaves, larbins et concubines — les servent de manière différente.

— Mais… *tout le monde* ne peut pas travailler !

— C'est vrai, acquiesça Kanin. Tous les autres restent derrière des portes verrouillées, loin des rues et de la vue autant que possible. Ils sont bien plus proches des monstres que les gens de la Bordure, et ont donc de bonnes raisons de s'inquiéter.

— Si je racontais ça à ma bande, ils seraient sacrément surpris…

Kanin ne répondit rien à cela, et nous marchâmes sans plus un mot pendant un moment.

Il finit par s'arrêter au pied d'une échelle de fer qui menait à une ouverture occultée par un couvercle métallique. Il le souleva et le poussa de côté avec une aisance toute vampirique, disparut par l'ouverture et m'invita à le suivre.

— Où est-on, maintenant ?

L'ouverture débouchait dans un nouveau couloir de ciment à l'extrémité duquel se trouvait une porte de métal rouillée et fermée.

Kanin prit son élan et la fit céder d'un coup d'épaule.

— Là…, répondit-il en reculant pour que je puisse regarder autour de nous, nous sommes dans le sous-sol de l'ancien musée municipal.

Je balayai les lieux du regard. Nous nous tenions à l'entrée de la plus vaste salle que j'aie vue de toute ma vie, un entrepôt de ciment et d'acier qui s'étendait au-delà de ce que mes yeux tout neufs de vampire pouvaient distinguer. Des étagères métalliques y créaient à perte de vue un dédale d'allées et de couloirs. Le contenu de ces étagères était recouvert de tissus ou stocké dans des caisses de bois de diverses tailles, le tout enveloppé d'une bonne épaisseur de toiles d'araignées et de poussière. Je pris une inspiration et sentis l'odeur suffocante des moisissures qui proliféraient un peu partout. Cependant, les étagères étaient en bon état.

— J'ai du mal à croire qu'il existe encore un lieu si… préservé, dis-je comme nous nous engagions dans une étroite allée.

Je crus apercevoir un os jauni qui dépassait sous un drap poussiéreux dont je soulevai un coin pour en avoir le cœur net : c'était le squelette d'une sorte de chat géant. Je le contemplai, médusée, me demandant pourquoi quelqu'un avait voulu conserver les ossements d'un animal. Sans peau ni fourrure, c'était plutôt désagréable à voir.

— Mais qu'est-ce que c'est que cet endroit, à la fin ?

— Un musée… Avant le grand fléau, les musées étaient des lieux d'histoire, m'expliqua Kanin.

Je m'éloignai prestement du gros chat pour lui emboîter le pas.

— Des lieux de partage des connaissances, où l'on stockait des objets, des souvenirs, des créations des autres cultures.

Je restai silencieuse à la vue d'un mannequin vêtu de fourrures et de peaux de bêtes. Des plumes sortaient de ses cheveux, et il tenait en main une sorte de hache de pierre.

— Pourquoi ?

— Pour se souvenir du passé, ne pas le laisser s'évanouir. L'histoire, les religions, les traditions et coutumes de centaines de cultures sont conservées ici. Il existe d'autres endroits similaires dans le monde, cachés et oubliés des hommes. Des lieux qui contiennent leurs secrets et n'attendent que d'être redécouverts.

— Je n'arrive pas à croire que les vampires n'aient pas fait table rase de tout ça !

— Ils ont essayé. Au-dessus de nous, le bâtiment a été détruit ; il n'en reste plus aucune trace. Mais les vampires de la ville s'intéressent surtout à ce qui se passe en surface. Ils s'aventurent rarement dans la zone des tunnels et des secrets souterrains. S'ils avaient eu connaissance de l'existence de cet endroit, tu peux être sûre qu'ils l'auraient entièrement brûlé.

Je fronçai les sourcils, sentant de nouveau monter en moi ma haine des suceurs de sang.

— Et les humains ne connaîtront jamais tout ça…, marmonnai-je avec tristesse en suivant Kanin dans une nouvelle allée. Tout ce savoir, juste sous leurs pieds, et ils n'en sauront jamais rien !

— Pas aujourd'hui, en tout cas.

Il fit halte devant une étagère portant une longue et étroite boîte de bois. Des lettres d'un rouge passé étaient imprimées sur le côté, sous les toiles d'araignées et la poussière, ce qui les rendait difficiles à lire.

— Mais le jour viendra où les hommes ne seront plus aliénés par l'urgence de leur survie, où ils redeviendront curieux de savoir qui était là avant eux, comment se déroulait la vie pendant les siècles précédents, et ils chercheront des réponses à ces questions. Peut-être cela prendra-t-il encore cent ans, mais leur curiosité a toujours poussé les hommes à trouver des réponses. Notre race ne pourra pas les maintenir éternellement dans les ténèbres.

Il força l'ouverture de la boîte et fouilla à l'intérieur. J'entendis le cliquetis caractéristique du métal, et le vis bientôt en sortir une épée.

Une lame longue à double tranchant avec une poignée de métal noir en forme de croix. Kanin la prit en main. La lame était immense, probablement pas loin d'un mètre cinquante de longueur. Et avec la poignée, elle était légèrement plus grande que moi.

— Epée de guerre allemande à deux mains, dit-il en comparant la taille de l'objet et la mienne. Probablement trop grande pour toi.

— Ah, tu crois ?

Il la reposa et ouvrit une autre boîte sur l'étagère du

dessus. Cette fois, il en sortit une grosse boule hérissée de pointes au bout d'une chaîne. L'objet semblait redoutable et m'intrigua beaucoup, mais Kanin le laissa aussitôt retomber dans la boîte.

— Et ça, c'était quoi ?

J'avançai et me hissai sur la pointe des pieds pour y jeter un coup d'œil, mais Kanin me repoussa de l'épaule.

— Allez ! J'ai envie de voir cette espèce de grosse boule pleine de pointes.

— Ce n'est *pas* un fléau d'armes qu'il te faut.

J'essayai de nouveau de jeter un coup d'œil dans la boîte, mais il me fusilla du regard. Je reculai alors et le fixai en retour.

— Très bien, ce n'est pas ce qu'il me faut... Mais du coup, qu'est-ce qu'on cherche, exactement ? De quoi ai-je donc besoin ?

Il sortit une autre arme, une lance à longue pointe de métal, et la reposa en secouant la tête.

— Je ne sais pas vraiment...

Je lorgnai sous un morceau de tissu, où un objet en forme de chien me regarda d'un œil vide.

— D'ailleurs, pourquoi cherche-t-on des armes anciennes ? Ce ne serait pas plus facile pour moi d'avoir, euh... je ne sais pas... un pistolet ?

— Les pistolets ont besoin de munitions, répliqua Kanin sans relever les yeux. Et les munitions sont difficiles à trouver, même si le Prince n'avait pas la mainmise sur les distributions d'armes automatiques dans la cité. Or un pistolet vide est à peu près aussi utile qu'un bon presse-papier. En plus, les armes à feu ne sont pas appropriées pour les combats avec ceux de notre race. A moins de nous couper la tête au préalable, les balles ne feront que nous ralentir, dans le meilleur des cas. Non, pour te protéger correctement contre un vampire, il te faut une arme blanche. Maintenant…

Il passa à la boîte suivante, en arracha le couvercle et les clous.

— Si tu te rendais un peu utile en cherchant aussi de ton côté ? Regarde si tu trouves quelque chose d'adéquat. Souviens-toi juste que tu cherches une *lame*. Pas une masse, une massette ou un énorme fléau d'armes avec lequel tu te blesserais en essayant de t'en servir.

— D'accord.

J'avançai dans l'allée et regardai des objets au hasard.

— Mais je maintiens que le fléau aurait pu arracher une tête de vampire assez efficacement.

— Allison…

— J'y vais, j'y vais.

De chaque côté de l'allée, des boîtes couvertes de poussière. J'écartai une couche de toiles d'araignées pour lire ce qui était encore lisible. *Epées longues : Europe médiévale, XIIe siècle. Rapière de mousquetai…*, ou quelque chose comme ça. Une caisse contenait visiblement une *armure entière de gladiateur* — quant à savoir ce qu'était un gladiateur…

J'entendis du remue-ménage dans la direction de Kanin, et le vis soulever une hachette à lame à double tranchant, qu'il mit de côté avant de passer à une autre étagère.

Une nouvelle boîte attira mon attention. Elle était longue et étroite, comme les autres ; mais au lieu de mots, d'étranges symboles étaient gravés sur sa tranche. Intriguée, je l'ouvris et fouillai entre des couches de plastique et de mousse, avant de refermer mes doigts sur quelque chose de long et doux.

Je sortis l'objet de la boîte. Le fourreau, long et

légèrement courbe, était noir et brillant ; il se terminait par une garde gravée de motifs noirs et rouges en forme de diamants. Je saisis la poignée et sortis l'arme de son fourreau dans un bruit métallique qui fendit l'air.

Dès que je l'eus en main, je sus que j'avais trouvé ce que Kanin cherchait pour moi.

La lame scintillait dans la pénombre, tel un ruban d'argent. Sans même la toucher, je sentis qu'elle était aussi tranchante qu'une lame de rasoir. Légère et élégante, l'épée se calait parfaitement dans ma paume, comme si elle avait été faite pour moi. Je la brandis et décrivis un arc devant moi : elle aurait pu trancher un enragé sans même en être ralentie !

Un petit rire m'interrompit. A quelques mètres de moi, Kanin m'observait, les bras croisés.

— J'aurais dû m'en douter… J'aurais dû me douter que tu serais attirée par ça. C'est un très bon choix…

— Elle est parfaite, dis-je en soulevant mon arme. Tu sais ce que c'est ?

Kanin me fixa, l'air amusé.

— Ce que tu as entre les mains s'appelle un *katana*. Il y a bien longtemps, une race de guerriers appelés samouraïs les utilisait. Ce sabre était plus qu'une arme ; pour un samouraï, son katana était le prolongement de son âme, le symbole de sa culture et son bien le plus cher.

La leçon d'histoire m'importait peu, mais l'idée que toute une race de guerriers ait un jour porté cette arme me plut beaucoup.

— Que leur est-il arrivé ? demandai-je en rengainant précautionneusement la lame. Sont-ils tous morts ?

Le sourire de Kanin s'élargit sur son visage, comme s'il savourait sa propre plaisanterie.

— Non, Allison Sekemoto, je ne crois pas.

Je fronçai les sourcils, attendant qu'il s'explique davantage. Mais il recula et me fit signe de le suivre.

— Si tu veux garder cette arme, dit-il comme nous circulions entre les allées d'étagères, il va falloir apprendre à t'en servir. Ce n'est pas un canif qu'on agite en rond devant soi en espérant qu'il trouve sa cible. Elle mérite beaucoup mieux que ça.

— Je ne sais pas… L'agiter en rond, ça me semble déjà pas mal, comme truc.

Il me lança un regard exaspéré.

— Avoir une arme dont on ne sait pas se servir est mieux que ne pas en avoir du tout, mais tout juste, dit-il en se penchant dans l'ouverture de la porte pour rejoindre l'étroit couloir. Surtout avec les vampires. Qui plus est avec les vampires plus *expérimentés*, qui savent déjà se battre et sont donc les plus dangereux. Ils auront tôt fait de te trancher la tête avec ta propre lame si tu n'y prends pas garde.

Nous arrivâmes à la plaque de métal par où nous avions pénétré dans la salle, et Kanin disparut de ma vue pour s'engouffrer dans les égouts. Je serrai ma nouvelle possession contre ma poitrine et lui emboîtai le pas.

— Alors, tu vas devoir m'apprendre ça aussi, je suppose ?

— J'ai bien peur qu'il ne t'apprenne plus grand-chose, ma petite, dit soudain une voix glaciale dans l'obscurité. A part, peut-être, à périr d'une mort lente et douloureuse.

Je me figeai. Deux silhouettes surgirent de l'ombre du

tunnel en souriant et vinrent se planter devant nous. Je sus immédiatement qu'il s'agissait de vampires. Mis à part leur peau blême et leurs yeux cernés, je sentais d'une manière indicible que nous étions semblables. Dans le genre mort-vivant suceur de sang, tout du moins. La femme avait de longs cheveux noirs bouclés qui lui tombaient avec grâce dans le dos ; elle portait des talons hauts et un tailleur moulant. L'homme était pâle et très maigre, mais il remplissait tout de même sa veste. Et il faisait presque deux mètres de hauteur.

Kanin se raidit. En un geste infime, son couteau apparut dans sa main.

— Tu es plutôt culotté de traîner par là, Kanin, dit la femme vampire sur le ton plaisant de la conversation, révélant des dents parfaitement blanches. Le Prince sait que tu es dans le coin, et il veut ta tête sur un plateau. Nous avons été envoyés pour exécuter sa requête.

Elle avança vers nous, ondulant comme un serpent. Ses lèvres rouge sang s'écartèrent en un sourire sans chaleur qui dévoila ses crocs. Puis elle braqua son regard prédateur sur moi.

— Mais qui est donc cette petite poulette ? Ta dernière protégée en date ? Comme c'est touchant de vouloir perpétuer ta lignée maudite ! Sait-elle qui tu es vraiment ?

— Ce n'est personne, déclara Kanin d'un ton impassible. Elle ne compte pas. La seule chose dont vous ayez à vous préoccuper, c'est moi.

Le sourire de la femme se fit plus sauvage.

— Je ne suis pas de cet avis, Kanin. Une fois qu'on t'aura décapité, on livrera ta petite progéniture au Prince, et on le regardera la mettre en pièces, morceau par morceau. Pas vrai, Richards ?

Son compagnon ne répondit pas, mais sourit, découvrant à son tour ses crocs.

— Qu'est-ce que tu en penses, poulette ? dit-elle sans se départir de son sourire. Ce n'est pas beau, ça ? Tu vas te faire arracher et dévorer le cœur par le Prince de la cité en personne.

— Il peut toujours essayer, rétorquai-je sentant mes crocs s'allonger.

Les deux vampires ricanèrent de concert.

— Oh ! Mais c'est qu'elle mordrait, dis donc !

La femme me jeta un regard méprisant.

— Encore une de ces répugnantes Borduriennes, je suppose ? Décidément, ton amour des causes perdues m'étonnera toujours ! D'ailleurs, c'est bien comme ça que tu as commencé à te mettre dans le pétrin, pas vrai ?

Son acolyte mit une main dans la poche de sa veste et en sortit un long couteau. C'était une arme délicate, fine et tranchante, faite pour le travail de précision. Je ne sais pourquoi, mais cela m'effraya beaucoup plus que s'il avait dégainé une hache ou même un fusil.

— Allison, murmura Kanin en faisant un pas devant moi. Reste derrière moi. N'engage pas le combat avec eux. Et n'essaie pas de m'aider, compris ?

Je grondai, la main serrée sur le fourreau de mon katana.

— Ils ne me font pas peur. Je peux t'aider.

— Promets-moi, insista Kanin d'une voix tendue, promets-moi de ne pas t'en mêler.

— Mais…

Il se retourna et me foudroya du regard. Ses yeux n'étaient plus que des billes d'un noir pur, infini, sans aucune lumière pour les animer.

— Donne ta parole ! m'intima-t-il sourdement.

Je déglutis avec difficulté.

— O.K. Promis.

Il saisit alors la poignée de mon katana et le brandit en un geste souple en se retournant face à ses attaquants.

— Va-t'en, maintenant !

Je reculai m'abriter derrière un pilier de ciment tandis qu'il faisait tournoyer le katana tout en avançant.

La femme vampire cracha comme un chat en colère et s'accroupit. Je vis alors ses ongles, longs, rouges et pointus, se planter dans le sol telles des griffes géantes. Plus proche d'une bête que de quoi que ce soit d'humain, elle cracha de nouveau et bondit soudain.

Le katana virevolta dans les airs. Ils bougeaient trop vite pour que je puisse tout suivre de leur combat, tournoyant, attaquant, sautant en arrière puis en avant. La femme vampire se mouvait comme un félin mutant ; elle bondissait sur Kanin les quatre membres en avant, malgré ses talons hauts, et essayait de le lacérer de ses griffes. Sa vitesse était stupéfiante ; elle évitait les coups du sabre, sautait par-dessus, les dents étincelantes, sans jamais cesser de crier et de s'agiter frénétiquement autour de lui.

Je me sentis frémir profondément en les regardant s'affronter de la sorte. J'avais vu des bagarres du temps que j'étais humaine ; j'avais même pris part à quelques-unes. Mais ce qui se déroulait devant moi n'avait rien d'une bagarre ; c'était un affrontement brutal entre deux monstres, où tous les coups étaient permis. Je me rendis vite compte que Kanin avait eu raison de m'ordonner de m'éloigner : je n'aurais jamais pu la battre. Cette prise de conscience me donna la nausée. Mon mentor, lui, se défendait bien. Il parait ses assauts et lui rendait des coups redoutables qui ne manquaient que de justesse cette tornade de mort. Moi, elle m'aurait mise en lambeaux en un rien de temps.

J'étais tellement captivée par ces prouesses que je perdis l'homme de vue jusqu'à ce qu'il surgisse derrière Kanin, brandissant sa fine lame dans le but évident de lui trancher la tête. Je commençai à crier pour le mettre en garde, me maudissant de ne pas avoir vu plus tôt l'autre assaillant : la femme avait opéré une diversion brillante et bruyante, pendant que son partenaire préparait silencieusement le coup fatal. La main de Kanin saisit alors la femme en furie par les cheveux et la projeta violemment sur son acolyte. Ils se heurtèrent avec un horrible craquement. L'homme vampire tituba en arrière tandis que la femme s'écroulait par terre.

Je crus que c'en était fini pour elle. La force générée par Kanin aurait pu défoncer un mur de brique. Pourtant, une demi-seconde plus tard, elle frémit et se releva en secouant la tête. Elle n'avait même pas l'air étourdi par le choc.

Une peur panique me saisit alors. J'avais devant moi la preuve de ce que Kanin avait essayé de m'expliquer en m'entaillant le bras. J'avais cru la partie presque terminée, je comprenais maintenant ce qu'elle aurait de long et de difficile. Les deux vampires se rapprochaient de nouveau de Kanin, qui les attendait patiemment, le sabre à son côté. Le sang coulait sur une de ses joues, là où la femme vampire l'avait griffé, mais il ne semblait pas le remarquer. Tout en approchant, les deux autres se séparèrent pour l'encercler. Il dressa le sabre, tournant avec eux, sans pouvoir toutefois les regarder tous deux en même temps.

Comme on pouvait s'y attendre, la femme attaqua la première. Elle bondit en rugissant, et Kanin pivota vers elle. Mais elle s'arrêta à mi-chemin puis recula ; l'homme se jeta alors sur le dos de Kanin.

Ce dernier fit volte-face et visa son second assaillant, lui portant un coup puissant, laissant de nouveau ses arrières sans protection. L'homme vampire esquiva, sourire aux lèvres, pendant que la femme pivotait sur ses talons pour se jeter une nouvelle fois sur Kanin, sans faire de bruit. Je lus le triomphe dans ses yeux comme elle bondissait, toutes griffes dehors, prête à les lui enfoncer dans le cou.

Kanin ne bougea pas. Mais je vis soudain la pointe de sa lame scintiller comme il la retournait *en arrière*, le long de son flanc ; l'élan de son attaquante la projeta directement sur la pointe, qui lui ressortit par le dos.

Elle hurla, autant de rage que de douleur, essayant de lui agripper les épaules. Au même moment, Kanin fit un pas en avant, et brandit son long couteau pour le planter dans la poitrine de l'homme qui lui fondait dessus. Puis il se retourna prestement, sortit le sabre du ventre de la femme et lui trancha le cou d'un geste net et puissant.

La tête rebondit deux fois puis roula et vint s'arrêter non loin de moi. Yeux ouverts dans une fixité glauque, rictus figé… Je ne m'attardai pas à contempler ce spectacle et tournai de nouveau le regard vers le combat. L'homme gronda, montrant les crocs, et attaqua, le couteau toujours planté dans la poitrine. Kanin fit un pas en arrière et effectua des mouvements de ciseaux de ses deux bras comme le vampire approchait. La tête se décrocha et le torse s'ouvrit ; le vampire s'effondra à terre, presque coupé en deux.

Je me mordis les joues et appuyai ma tête contre le pilier pour éviter de vomir. Je n'eus guère le temps de me remettre de mes émotions : Kanin venait déjà vers moi et me pressait de partir, tout en me redonnant mon sabre.

— Vite !

Cette fois, il n'eut pas besoin de me le dire deux fois. Nous courûmes à travers les conduits jusqu'à l'hôpital. Là, Kanin m'ordonna de ne pas bouger et surtout de ne pas quitter le sous-sol avant de le voir revenir.

— Où vas-tu ?

— Je dois y retourner pour me débarrasser des corps. Il faut que je les entrepose quelque part en surface, pour détourner l'attention du Prince des tunnels. Il va aussi falloir que je mange avant la fin de la nuit. Ce combat m'a pris des forces… Reste ici. Je serai de retour avant l'aube.

Il grimpa de nouveau prestement dans la cage d'ascenseur et disparut dans le noir, me laissant seule.

Je sortis mon sabre de son fourreau, contemplai le sang qui en maculait la lame et me demandai quels démons Kanin pouvait bien fuir de la sorte…

7

Dans les semaines qui suivirent, une certaine routine s'instaura. Je me réveillais au crépuscule, et, équipée de mon sabre que je ne quittais plus, je retrouvais Kanin dans le bureau. Là, pendant quelques heures, nous parlions. Il me racontait l'histoire des vampires, m'instruisait de leurs habitudes alimentaires, des forces et des faiblesses de la race. Il me posait des questions pour vérifier si j'avais retenu les enseignements de la veille, et se montrait satisfait lorsque c'était le cas. Il insista également pour m'enseigner les mathématiques. Il rédigeait des équations, simples d'abord puis complexes, m'expliquait patiemment les choses lorsque je n'y arrivais pas. Il élabora aussi des problèmes de logique que je devais résoudre, et me donna des documents à lire, que je devais ensuite synthétiser. Tout cela ne me plaisait guère, mais je m'efforçais de faire de mon mieux, me disant que ce savoir serait peut-être un jour l'instrument de ma vengeance, que je pourrais m'en servir contre les vampires. Et puis maman aurait voulu que j'étudie le maximum de choses — même si, pour le moment, je ne voyais pas bien à quoi pouvait servir de savoir faire de longues divisions.

Pendant que j'étudiais, Kanin lisait. Il parcourait inlassablement des piles de documents, certains qu'il examinait en détail et mettait méticuleusement de côté après avoir terminé. D'autres sur lesquels il se contentait de jeter un coup d'œil avant de les froisser impatiemment et de s'en débarrasser. Au fil des jours, je le voyais devenir de plus en plus irritable à chaque feuille qu'il chiffonnait, à chaque pile qu'il balançait par terre. Lorsque j'eus l'audace, une nuit, de lui demander ce qu'il cherchait, je ne reçus pour réponse qu'un regard noir et l'ordre de continuer à travailler. Je me demandais pourquoi il n'avait pas quitté la ville ; de toute évidence, là-haut, les vampires étaient à ses trousses. Que pouvait-il donc y avoir de si important pour qu'il prenne le risque de rester dans cette sombre ruine, à parcourir sans fin ces dossiers et ces documents à demi carbonisés ? Autant de questions sur lesquelles, pourtant, je ne m'arrêtais pas ; j'étais si occupée à apprendre tout ce que Kanin jugeait important que je n'avais guère le temps ou la disponibilité d'esprit pour réfléchir à d'autres choses.

Il avait ses secrets, et j'avais les miens. Je ne cherchais pas à fouiner dans sa vie privée, tout comme lui ne me posait aucune question sur mon passé. C'était une sorte d'accord tacite entre nous : je ne m'immisçais pas dans son histoire, et il continuait à m'instruire. Tout ce qui n'était pas lié à ma survie en tant que vampire n'avait au fond que peu d'importance.

Le moment que je préférais commençait après minuit. Après ces premières heures passées à me triturer les méninges, à m'ennuyer ou m'énerver, avec l'impression que ma tête allait exploser, Kanin m'annonçait enfin que je pouvais m'arrêter. Nous nous rendions alors à l'espace de réception de notre sous-sol, qu'il avait déblayé des débris et meubles cassés qui l'encombraient. Et là, il m'enseignait autre chose.

— Garde la tête haute, disait-il quand j'essayais de le viser de mon sabre.

Au début, j'eus peur de combattre avec lui à arme réelle. La facilité avec laquelle je pouvais bouger — si vite que parfois la pièce devenait floue autour de moi, et sans éprouver le poids de mon katana au bout de mon bras — m'emplissait d'un vertige grisant. Mais dès la première leçon, je compris que Kanin ne courait aucun danger avec moi : tout vampire que j'étais, je restai recroquevillée dans mon lit le reste de la nuit, épuisée et meurtrie de partout.

Ce jour-là, Kanin fit quelques pas sur le côté et me frappa soudain sur la tête avec un manche à balai, sans ménagement. Je me tournai vers lui en grondant.

— Tu es morte, annonça-t-il en agitant le manche devant moi.

Je montrai les dents, ce qui ne parut pas du tout l'impressionner.

— Arrête d'utiliser ta lame comme une hache, fit-il comme nous recommencions à tourner l'un autour de l'autre. Tu n'es pas un bûcheron en train d'essayer d'abattre un arbre. Tu es une danseuse, et le sabre est le prolongement de ton bras. Bouge avec la lame et garde les yeux rivés sur la moitié supérieure du corps de ton ennemi, pas sur son arme.

— Je ne sais pas ce qu'est un bûcheron…

Il me lança un regard las et avança de nouveau vers moi.

Je serrai la poignée de mon katana tout en relâchant mes muscles et me répétant ses conseils.

Ne te bats pas contre le sabre. Le sabre sait déjà comment trancher, comment tuer. Si tu es tendue, si tu n'utilises que la force brute, tes coups seront lents et maladroits. Détends-toi et bouge avec la lame, pas contre elle…

Cette fois, j'attaquai en laissant le katana me conduire, et plongeai en avant. Kanin m'évita d'un pas sur le côté et toucha de nouveau ma tête, mais je me tournai alors à demi et percutai son bâton avec mon arme, le faisant vaciller. Je revins à la charge et laissai le sabre glisser vers son cou. Kanin bascula prestement en arrière pour éviter de se faire trancher la gorge, puis se releva, l'air décontenancé. J'étais aussi surprise que lui.

Tout s'était passé très vite ; je n'avais même pas eu le temps de penser à ce que j'étais en train de faire.

— Bien !

Il hocha la tête en signe d'approbation.

— Alors, tu sens la différence, maintenant ? Laisse tes coups partir et couler d'eux-mêmes. Pas besoin de se jeter sur quelqu'un pour le tuer.

J'acquiesçai et regardai ma lame, consciente, pour la première fois depuis le début de mon entraînement, que nous venions de travailler ensemble, elle et moi, que je n'agitais pas seulement un bout de métal au hasard dans la pièce.

Kanin jeta le manche à balai dans un coin.

— Bon, sur ce, on arrête là pour ce soir, annonça-t-il.

— Déjà ? Mais pourquoi ? Je commençais juste à piger le truc, et il est encore tôt !

Je souris et brandis mon arme devant lui, le défiant du regard.

— Aurais-tu peur que je devienne trop forte pour toi ? L'élève dépasserait-elle déjà le maître ?

Il leva un sourcil dubitatif, mais à part ce détail, rien ne bougea sur son visage. Lui était-il déjà arrivé de rire, de rire vraiment, de toute sa non-vie ?

— Non, répondit-il en m'entraînant hors de la pièce. Ce soir, on va chasser.

Je glissai le katana dans son fourreau, et pressai le pas, tiraillée entre malaise et excitation. Depuis notre sinistre rencontre avec les deux vampires, trois semaines plus tôt, nous n'avions pas quitté le sous-sol de l'hôpital. Il était devenu trop dangereux de s'aventurer dans les tunnels désormais, et trop risqué de se promener en surface, où tout le monde pouvait nous voir. Deux semaines auparavant, Kanin m'avait donné une Thermos à moitié remplie de sang tiède à mon réveil. Il n'avait pas dit où ni comment il l'avait obtenu, mais j'avais trouvé le sang peu épais, avec un arrière-goût désagréable qui m'avait fait penser aux hommes-taupes.

J'avais hâte de quitter le sous-sol, ses salles humides, ses couloirs étouffants, et je devenais chaque nuit de plus en plus agitée. L'idée de partir chasser me réjouit donc intensément, tout en faisant naître en moi une angoisse sourde. J'avais peur de redevenir cette créature grondante et affamée de la nuit avec les Blood Angels. J'avais peur de ne pas être capable de me contrôler, et de vider quelqu'un jusqu'à le tuer.

Mais le pire, c'était qu'au fond, tout au fond de moi, je m'en moquais.

Nous passâmes par la cage d'ascenseur et traversâmes rapidement les ruines, guettant d'éventuels gardes ou vampires en maraude. A plusieurs reprises ensuite, Kanin bifurqua subitement de la rue que nous suivions pour nous diriger dans une ruelle ou un bâtiment où nous pouvions nous fondre dans l'ombre. Une fois, un trio de gardes passa si près de nous que je distinguai la peau grêlée de l'un d'entre eux. S'il avait tourné la tête et braqué sa lampe dans la ruelle, nous aurions été repérés. Une autre fois, un larbin escorté de deux soldats armés jusqu'aux dents s'arrêta et fixa l'entrée dans laquelle nous nous étions engouffrés deux secondes auparavant. Je vis ses yeux se plisser, essayant de percer l'obscurité, tandis qu'il épiait le moindre bruit, le moindre indice de mouvement. Mais s'il y a bien une chose que j'ai apprise, c'est qu'un vampire peut rester parfaitement immobile et silencieux aussi longtemps que nécessaire. Kanin m'avait entraînée à développer ce petit talent lors de nos séances à l'hôpital. Je devais rester dans un coin pendant des heures sans respirer, bouger, tousser ou cligner de l'œil. Même lorsqu'il lança son couteau vers moi, une fois, — couteau qui vint se planter dans le mur à quelques centimètres de ma tête —, je n'étais pas censée bouger un cil.

Après avoir passé la barrière de grillage qui séparait les secteurs, nous arrivâmes dans un environnement qui m'était douloureusement familier. Je reconnaissais tout, les rues, la forme des immeubles qui s'effondraient sur les trottoirs, le comptoir du vieux Hurley, le parc pour enfants envahi d'herbes folles, avec ses jeux rouillés que personne n'approchait jamais, et le terrain entre les entrepôts où les larbins avaient pendu les trois non-enregistrés. L'événement était récent, mais j'avais l'impression que des siècles s'étaient écoulés depuis ce jour. Je savais que si nous prenions tel raccourci en traversant l'avenue, et si nous franchissions ensuite un grillage rouillé, nous nous retrouverions à l'entrée d'un terrain vague au bout duquel se dressait une école abandonnée.

C'était le Secteur Quatre. J'étais de nouveau chez moi.

Je n'en parlai pas à Kanin. Peut-être déciderait-il de partir s'il savait ce que l'endroit représentait pour moi. Et moi, je voulais revoir mon ancien quartier, rafraîchir mes repères, au cas où j'aurais besoin d'y revenir un jour. Je le suivis donc sans mot dire dans ces rues, devant ces bâtiments qui furent mon paysage quotidien, laissant le terrain et l'école de plus en plus loin derrière nous. Je me demandai si ma chambre était toujours intacte et si tous mes petits trésors s'y trouvaient encore. Le livre de ma mère, en particulier, était-il toujours en sécurité dans sa cachette ? Ou bien l'école avait-elle été squattée par une autre bande, et mes affaires volées ou troquées ?

Notre destination s'avéra un entrepôt désaffecté en périphérie du quartier, un vieux bâtiment de brique aux fenêtres cassées et au toit en partie effondré à l'intérieur. Je connaissais cet endroit. C'était le domaine de nos rivaux, Kyle et sa bande. Nous nous affrontions pour la nourriture, le toit et le territoire, mais d'une manière relativement amicale, comme il était de mise entre éboueurs. Il existait un accord tacite entre non-enregistrés : la vie était déjà assez dure sans violence et affrontements sévères entre nous. Dehors, nous nous saluions d'un simple signe de tête ou d'un mot bref, et nous nous avertissions parfois des descentes de gardes ou de patrouilles ; mais dans l'ensemble, nous ne nous préoccupions pas les uns des autres.

— Pourquoi sommes-nous là ? demandai-je à Kanin tandis que nous avancions le long des murs en évitant les clous, le verre et autres débris qui auraient pu trahir notre présence. Pourquoi ne va-t-on pas plutôt du côté de chez les Blood Angels ou les Red Skulls ?

— Parce que les nouvelles vont vite, répondit Kanin

sans se retourner. Etant donné que nous avons laissé ces hommes en vie l'autre jour, les autres gangs vont être à l'affût d'une jeune fille et d'un type qui se trouvent être des vampires. Ils seront sur leurs gardes ; mais surtout, les gardes du Prince vont avoir à l'œil le territoire des gangs, maintenant. Toute action a ses conséquences. Et puis…

Il s'interrompit et se tourna brusquement vers moi.

— Comment sais-tu où nous sommes ?

Il y eut un instant de silence, puis il demanda encore :

— Tu es déjà venue là, n'est-ce pas ?

Bon sang ! Ce vampire captait tout !

— C'était mon secteur, avouai-je alors. Je vivais tout près d'ici, dans l'ancienne école.

Avec mes amis qui sont tous morts maintenant…

Une boule me serra la gorge. Je n'avais pas beaucoup repensé à eux avant ce jour, m'efforçant de juguler la douleur et la culpabilité qui me rongeaient encore. Que se serait-il passé si je n'avais pas trouvé cette cave pleine de provisions, et si je n'avais pas insisté pour que nous y allions ? Seraient-ils encore en vie ? Serais-je encore en vie, moi aussi ?

— Arrête ! m'intima soudain Kanin. Cette partie de ta vie est finie. Laisse-la derrière toi. Ne me fais pas regretter de t'avoir offert cette nouvelle existence, en te cramponnant à l'ancienne.

Je soutins son regard d'acier.

— Je ne me cramponnais à rien du tout. Je me souvenais, c'est tout. Se souvenir… Tu sais ? Ce truc que font les gens quand ils pensent à des choses du passé…

— Tu te cramponnais, Allie ! Tu pensais à ton ancienne vie, à tes anciens amis, et tu te demandais si tu n'aurais pas pu les sauver. Ce genre de souvenir est inutile. Tu ne pouvais rien faire d'autre.

— C'est faux, murmurai-je d'une voix qui s'étrangla subitement. C'est moi qui les ai conduits là-bas, qui leur ai parlé de cette cave. S'ils sont morts, c'est à cause de moi.

Les yeux se mirent à me piquer, ce qui me surprit. Je ne pensais pas que les vampires pouvaient pleurer. J'essuyai mes larmes d'un geste brusque, et vis que mes doigts portaient des traces rouges. Je pleurais *du sang*. Génial…

— Allez, vas-y ! lançai-je à Kanin tout en sentant mes crocs grandir. Dis-moi que je suis une idiote ! Dis-moi que je m'accroche au passé, parce que c'est vrai ! Chaque fois que je ferme les yeux, je vois leur visage. Et je me demande pourquoi je suis encore en vie, alors qu'ils sont tous morts !

De nouvelles larmes, rouges et chaudes, me montèrent aux yeux. Je jurai et me détournai, enfonçant mes ongles dans mes paumes, maudissant cette manifestation d'émotion. Cela faisait des années que je n'avais pas pleuré, depuis la mort de ma mère. Ma vision se teinta de rouge. Je serrai les paupières. Lorsque je les rouvris, ma vision était de nouveau claire, même si ma poitrine restait serrée dans un étau.

Sans dire un mot, aussi immobile qu'une statue aux yeux vides, Kanin me regardait. Il ne bougea que lorsque je levai enfin les yeux vers lui.

— Tu as fini ?

Sa voix était blanche, ses yeux d'un noir opaque.

J'acquiesçai froidement.

— Bien. Parce que la prochaine fois que tu me fais une scène pareille, je m'en irai. Ce n'est la faute de personne si tes amis sont morts. Si tu t'accroches à cette culpabilité absurde, elle te détruira, et tout mon travail ici n'aura servi à rien. Tu as compris ?

— Parfaitement, répondis-je en alignant mon ton sur le sien.

Il ignora ma froideur et fit un signe de tête vers l'une des fenêtres cassées du bâtiment.

— Un groupe de non-enregistrés vit ici, mais je suppose que tu le sais déjà. Pour répondre à ta précédente question, j'ai choisi cet endroit parce que les non-enregistrés sont en dehors du système. Personne ne remarquera si un ou deux d'entre eux manquent à l'appel.

Exact, songeai-je en le suivant parmi les hautes herbes. *Nous ne manquons jamais à personne, parce que nous n'existons pas. Personne ne se soucie que nous disparaissions, ni ne pleure notre mort.*

Nous nous glissâmes par une fenêtre cassée pour nous fondre dans l'obscurité de l'intérieur. Des monticules de gravats se dressaient un peu partout, créant un espace dégagé au centre du bâtiment, une espèce de petite vallée au centre de laquelle un feu crépitait, dans un trou creusé à même le sol. Il s'en échappait de lourds relents de fumée de bois et de plastique brûlé.

Ils étaient plus nombreux que je ne l'aurais imaginé. Autour du feu se dressait comme un village miniature : caisses en carton, tentes de tissu et appentis bricolés, construits à la hâte. Je distinguais des silhouettes recroquevillées à l'intérieur, ignorant dans leur sommeil que des prédateurs les guettaient à quelques mètres de distance seulement. Je sentais leur haleine et le sang chaud qui palpitait sous leur peau.

Je poussai un grondement et voulus avancer, mais Kanin me retint par le bras.

— Doucement, chuchota-t-il dans le noir. Les prises de nourriture n'ont pas forcément à être violentes et sanglantes. Si tu fais attention, tu peux te nourrir d'une victime endormie sans même la réveiller. Les anciens Maîtres utilisaient beaucoup cette technique, raison pour laquelle les tresses d'ail autour des lits et des fenêtres étaient si populaires dans certaines régions, malgré l'inefficacité de la méthode. Mais pour ça, il faut être patient, et faire bien attention. Si ta victime se réveille avant d'être mordue, les choses peuvent mal tourner.

— *Avant* d'être mordue ? Parce qu'elle ne va pas se réveiller en sentant… je ne sais pas, moi… comme deux longues dents plantées dans son cou ?

— Non. La morsure de vampire a un effet tranquillisant sur les humains lorsqu'ils dorment. Au mieux, ils s'en souviendront comme d'un rêve presque tangible.

— Mais… comment c'est possible ?

— C'est possible, c'est tout…

Il arborait de nouveau son air exaspéré.

— Alors ? Tu veux faire comme ça, ou bien on va ailleurs ?

— Non, murmurai-je en observant le campement. On fait comme ça.

Kanin lâcha mon bras et glissa entre mes mains un petit paquet enveloppé d'un papier gras.

— Quand tu auras terminé, laisse ça à un endroit où ta proie pourra le voir.

Perplexe, je soulevai un coin du papier et vis une paire de chaussures, robustes et presque neuves.

— Qu'est-ce que c'est ?

— Un échange, répondit Kanin en se détournant. Un dédommagement pour le mal que nous aurons fait ce soir.

Je restai interdite.

— Mais… ils ne sauront même pas que nous sommes venus !

— Peut-être, mais moi, je le saurai.

— Enfin…

— Tu n'as rien à dire là-dessus, Allison, s'impatienta Kanin. Vas-y, c'est tout.

— D'accord.

Je haussai les épaules.

— Si tu le dis.

Le paquet calé sous le bras, j'avançai en direction de ma proie endormie.

Je devais être à mi-parcours quand je perçus un mouvement à l'autre bout de la salle, alors même que l'odeur du sang, de la transpiration et de la crasse humaines me titillaient davantage à chaque inspiration. Je me cachai derrière un gros bidon métallique tandis que deux silhouettes dépenaillées se rapprochaient du campement, en échangeant des chuchotements. Je reconnus l'un des deux, Kyle, le chef de la bande rivale à la nôtre. J'entendis des bribes de leur conversation : il était question de nourriture, de patrouilles, et de s'organiser pour pouvoir faire les poubelles dans d'autres territoires. Du déjà-vu pour moi, fragments de ma vie d'avant…

Lorsqu'ils arrivèrent près des abris, l'un d'eux poussa un cri et se pencha tête la première dans une caisse en carton, dont il extirpa quelqu'un par la cheville. La silhouette geignit faiblement et essaya de revenir dans la caisse en rampant, mais elle se fit de nouveau rejeter.

— Encore toi ! Bon Dieu, je t'ai déjà dit que c'était *ma* piaule ! T'as qu'à t'en dégoter une !

— Regarde-moi ça, renchérit l'autre en jetant un coup d'œil à l'intérieur. Il a même tapé dans ton sac de bouffe, Kyle.

— Ah, le fils de pute !

Debout au-dessus du garçon, qui se traînait toujours à terre, Kyle lui décocha un violent coup de pied dans les côtes.

— Espèce de petite merde !

Un nouveau coup partit, arrachant un hurlement au squatter qui se roula en boule pour se protéger.

— Tu me fais encore un coup dans ce goût-là, et je ne me contenterai pas de te virer. La prochaine fois, je te tue, tu m'entends ?

Un dernier coup de pied bien senti, un dernier cri, et le plus costaud poussa le garçon du bout du pied.

— Allez, barre-toi, et va crever, marmonna-t-il avant de plonger dans son abri et d'en tirer le rideau derrière lui.

Réveillés par les cris, les autres membres du campement sortirent plus ou moins. Je restai sans bouger derrière mon bidon. Mais après avoir rapidement jaugé la situation, tous se désintéressèrent de la scène, et retournèrent à leurs lits. J'entendis maugréer ici et là, des plaintes dirigées contre le garçon couché par terre essentiellement, mais personne ne vint l'aider. Dans une bande comme celle-là, on s'assumait et on contribuait à la vie de la communauté — c'était la règle première —, sans quoi on était considéré comme un poids mort. Voler, squatter ou utiliser les affaires des autres était le meilleur moyen de recevoir une bonne raclée, ou pire, de se faire bannir du groupe. J'étais plutôt solitaire au sein de ma bande, mais je m'étais toujours débrouillée pour m'assumer. Et je n'avais *jamais* rien volé aux autres.

Soudain, le garçon se releva et épousseta ses vêtements ; je faillis tomber à la renverse en voyant son visage.

C'était Stick !

Il regarda autour de lui en reniflant, tandis que je me pinçais pour être sûre que je ne rêvais pas. Mais non, c'était bien lui. Maigre, sale et en haillons, mais vivant.

Il s'en était sorti ! Il avait réussi à revenir…

Sans réfléchir, j'avançai vers lui, mais une poigne formidable retint mon bras et me tira brusquement en arrière.

— Aïe ! Bon sang, Kanin, qu'est-ce que tu fais ? Lâche-moi !

Je tentai de me dégager, mais il était beaucoup plus fort que moi.

— On s'en va, dit-il d'un ton glacial tout en continuant de m'entraîner en arrière.

J'eus beau essayer de m'ancrer au sol et de me libérer de son étreinte, rien n'y fit. Ses doigts se resserrèrent encore plus douloureusement sur mon bras. Je finis par capituler et le laissai me traîner jusqu'à une fenêtre. Une fois dehors, ce n'est qu'à plusieurs mètres de l'entrepôt qu'il se décida à me lâcher.

— Mais enfin, qu'est-ce qui te prend ? Je commence à en avoir marre de me faire traîner, couper, frapper, et de recevoir des ordres quand ça te chante ! Je ne suis pas un de ces maudits larbins !

— Tu connaissais ce garçon ?

— Ça se pourrait. Et alors ?

— Tu étais sur le point de te montrer, pas vrai ?

J'aurais dû le craindre à ce moment-là, surtout en voyant ses yeux redevenir tout noirs et vitreux ; mais j'étais hors de moi, imperméable au risque et à la peur.

— C'était mon ami, si tu veux le savoir ! Je sais que c'est une chose impossible à comprendre pour toi, vu que tu n'en as aucun, mais je le connaissais très bien avant que tu ne débarques.

— Que comptais-tu faire une fois qu'il t'aurait vue ? demanda-t-il sur le même ton réfrigérant. Retrouver ton ancienne bande ? Te joindre à celle-ci ? Un vampire parmi les moutons ? Combien de temps crois-tu que tu tiendrais avant de tous les tuer ?

— Je voulais juste lui parler ! Voir s'il s'en sortait sans moi !

Ma colère retomba aussi soudainement qu'elle était montée, et je me laissai glisser le long d'un mur.

— Je l'ai laissé seul… Il n'a jamais été doué pour se débrouiller, tu sais. Je voulais juste savoir s'il allait bien.

— Allison…

La voix de Kanin était toujours sévère, mais elle avait perdu ses accents glaçants.

— C'est exactement la raison pour laquelle je t'ai demandé d'oublier ta vie d'humaine. Ces gens que tu connaissais avant ta transformation vont continuer à vivre, à survivre sans toi. Tu es un monstre pour eux, maintenant, et ils ne pourront jamais te reprendre dans leurs rangs. Ils ne peuvent pas t'accepter simplement en souvenir de ce que tu étais autrefois. Et puis un jour ou l'autre, ils mourront, que ce soit de vieillesse, de faim, de maladie ou sous la main d'un autre homme. Alors que toi tu continueras à vivre, à condition que tu ne décides pas de te mettre en plein soleil ou que tu ne te fasses pas décapiter par un autre vampire.

Il plongea ses yeux dans les miens, et son visage se radoucit, empreint d'une soudaine compassion.

— L'immortalité est un chemin de solitude, Allison, et il sera encore plus dur si tu ne romps pas tes liens affectifs avec ta vie d'avant. Pour ce garçon, tu es une ennemie désormais, le genre de monstre invisible qui hante ses pires cauchemars. Tu es la créature qu'il redoute le plus au monde de rencontrer. Et rien de ta vie précédente, ni l'amitié, ni la loyauté, ni l'amour, ne pourra jamais changer cela.

« Tu te trompes », avais-je envie de lui répondre. Je m'étais occupée de Stick quasiment la moitié de ma vie. Ce garçon était pour moi ce qui se rapprochait le plus d'une famille, d'un frère, maintenant que tous les autres étaient morts. Mais je savais qu'il était inutile de discuter davantage avec Kanin. Je me contentai donc de hausser les épaules, et me détournai de lui.

Ma réaction ne lui plut guère.

— Ne te mets pas à rechercher ce garçon, Allison, me prévint-il. Ce que tu penses avoir laissé derrière toi n'importe plus. Il faut l'oublier, lui et toute ton ancienne vie. Tu comprends ?

— Ouais, grommelai-je.

Il me fixa un moment en silence.

— Allons-y, dit-il enfin en s'éloignant. On doit trouver un autre endroit où se nourrir.

Je jetai un dernier regard vers l'entrepôt et me retournai. Mais avant de suivre Kanin, je déballai les chaussures et les posai bien en vue sur le sol, dans l'espoir que Stick tomberait dessus, le lendemain matin. Nous quittâmes ensuite le Secteur Quatre pour retourner sur le territoire des gangs. Là, nous fûmes pris en chasse par deux Red Skulls qui n'avaient visiblement pas entendu parler des deux vampires en maraude. Ce qui leur valut une très mauvaise nuit.

Nous revînmes à l'hôpital l'estomac plein, mais sans échanger un mot de tout le reste de la nuit. Monsieur le Ténébreux disparut illico dans son bureau, et je me rendis dans l'espace de réception pour manier mon katana devant des ennemis imaginaires qui arboraient tous le visage de Kanin.

Au moins ne me posa-t-il pas de question au sujet des chaussures. Et je ne lui en parlai pas non plus.

Les nuits suivantes, les choses reprirent leur cours. Je continuais à souffrir pendant mes leçons de maths, d'anglais et d'histoire des vampires, avant de passer à l'entraînement au combat. Au vu de mes progrès dans le maniement du katana, Kanin me donnait plusieurs figures à travailler, puis me laissait m'entraîner seule. Il ne me disait jamais où il allait pendant ce temps, mais je le soupçonnais d'avoir passé tout notre niveau au peigne fin, et de s'intéresser maintenant au dernier sous-sol du bâtiment, accessible par une grande porte rouge en bas d'une cage d'escalier. Celle-ci était estampillée d'un panneau délavé indiquant « Danger ! Réservé au personnel ». J'étais tombée sur cette porte par hasard une nuit où je me promenais dans l'hôpital, lors d'un de mes rares moments de détente. Mais j'avais dû rebrousser chemin en entendant Kanin m'appeler.

Bien sûr, je mourais d'envie de savoir ce qui se trouvait derrière cette porte, et ce que Kanin recherchait dans ce bâtiment, dans ces piles de documents qu'il compulsait. Une fois je le suivis dans la cage d'escalier, mais trouvai la porte de métal fermée. Je n'avais pas voulu risquer de rentrer et de me faire surprendre par lui.

Depuis la nuit dans le Secteur Quatre, un mur s'était dressé entre nous. Kanin ne reparla plus jamais de l'incident, mais nous étions devenus plus froids l'un envers l'autre. Nous ne nous adressions plus la parole que pour les besoins de mon éducation. Probablement n'aurait-il pas vu d'inconvénient à ce que je m'aventure moi aussi au dernier sous-sol. Cependant, je préférais faire profil bas quelques jours encore, le temps que les choses se tassent un peu.

Je ne voulais pas lui fournir la moindre raison de suspecter que je m'apprêtais à faire quelque chose d'irraisonnable.

8

Un soir, je m'éveillai et me rendis comme à l'accoutumée dans le bureau. Je le trouvai vide, mais Kanin m'avait laissé un mot rédigé d'une écriture nette et longiligne :

« Au dernier sous-sol. Entraîne-toi aux exercices 1 à 6 toute seule. Tu connais maintenant tout ce que je pouvais t'apprendre sur la société des vampires. K. »

Une drôle d'excitation me saisit. C'était l'occasion. Kanin était absent, je pouvais faire ce que je voulais de ma nuit. Et je n'allais pas m'en priver !

Je quittai le bureau et me rendis jusqu'à la réception avec mon katana, comme le message m'indiquait de le faire. Sauf que je ne m'y arrêtai pas. Sans prendre le temps de réfléchir, je me hâtai jusqu'à la cage d'ascenseur, empoignai les câbles et me hissai dans le conduit aussi vite que possible.

En surface, le soleil venait juste de quitter la ligne d'horizon ; le ciel était d'un bleu foncé, traversé de nuages rouge sang. Cela faisait longtemps maintenant que je n'avais rien vu d'autre que le noir et la nuit. Je pris quelques secondes pour admirer les taches de couleur qui illuminaient le ciel, m'étonnant de la vitesse à laquelle j'avais oublié ce qu'était un coucher de soleil.

Hé ! Oh ! Tu comptes rester là, à t'extasier comme une

idiote devant trois jolis nuages, jusqu'à ce que Kanin te tombe dessus ?

Je me ressaisis à regret, détachai mon regard de l'horizon et détalai sans me retourner.

J'éprouvai un étrange frisson à m'aventurer seule dans l'ombre des avenues, frisson proche de la sensation que j'avais eue lors de mes explorations derrière le Mur : un subtil mélange d'exaltation et de terreur. Je n'étais pas censée être dehors. Il ne faisait aucun doute que Kanin allait être furieux, mais il était déjà trop tard pour y penser. Cela faisait des jours que j'espérais saisir une pareille opportunité ; j'avais besoin de découvrir des choses par moi-même. Et puis, de toute façon, il ne pourrait pas me garder éternellement enfermée dans ce vieil hôpital, comme un gardien de prison. Avant notre rencontre, j'allais où je voulais quand je voulais, et personne ne pouvait m'en empêcher. Je n'allais pas commencer à me soumettre maintenant, juste parce qu'un vampire maussade et en cavale me demandait de tout oublier.

Je traversai les secteurs en me rappelant les chemins que Kanin avait empruntés ainsi qu'en piochant dans mes souvenirs de Bordurienne. Maintenant que j'étais morte, il était beaucoup plus aisé de me mouvoir comme un fantôme dans l'obscurité, de sauter sur le toit d'une maison à étage pour éviter des gardes, ou de me figer pour me fondre parmi les pierres et les ombres. Sans un bruit, presque invisible, j'avançai dans les rues, contournai des immeubles, jusqu'à arriver devant une clôture grillagée familière. Je me glissai par-dessous, traversai rapidement le terrain et entrai dans mon ancien refuge.

Silencieux, déserts, les lieux paraissaient encore plus

désolés qu'auparavant. Je trouvai mon vieux casier, l'ouvris dans un craquement et soupirai. Vide, comme je le craignais. Les éboueurs étaient déjà passés par là.

Presque à reculons, je marchai jusqu'à ma chambre, consciente que je risquais fort de la trouver mise à sac. Les éboueurs ne tardaient jamais à débarquer quelque part ; j'espérais seulement qu'ils aient laissé une certaine caisse à sa place, puisque son contenu ne pouvait que leur attirer des ennuis.

Je tournai la poignée, ouvris la porte et entrai, m'apercevant trop tard que quelqu'un était déjà dans la place.

Assise dans un coin, adossée au mur, une silhouette leva les yeux vers moi. Je portai immédiatement la main à mon sabre, croyant un instant qu'il s'agissait de Kanin. Ce n'était pas lui, mais un autre vampire, un homme grand et maigre à la peau blême et au crâne aussi chauve qu'un œuf. Il sourit, révélant une dentition parfaite.

— Bonsoir, petit oiseau…

Sa voix, basse et indescriptiblement mauvaise, me fit frémir.

— De sortie pour un vol de minuit, déployant ses ailes de sang et de douleur ? Telles des lames de rasoir fendant la lune, elles tranchent la nuit et font saigner de rouge les cieux…

Il gloussa. Un nouveau frisson me parcourut l'échine. Je reculai, la main serrée sur la poignée de mon sabre.

— Oh ! Ne fais pas attention, ma belle, continua l'étranger, me fixant, la tête penchée. Je suis d'humeur poétique, parfois. C'est la lune qui me fait cet effet.

Il s'ébroua, comme pour se débarrasser de sa folie, et se mit debout.

C'est alors que je remarquai le livre qu'il tenait entre ses longues mains osseuses. Je fis un pas en avant.

— Qu'est-ce que tu fais avec ça ? C'est à moi !

— Vraiment ?

Il s'éloigna du mur. Je me tendis, prête à faire usage de mon arme, mais il traversa simplement la pièce pour aller le poser sur une étagère.

— Alors peut-être aurais-tu dû en prendre davantage soin, ma belle, susurra-t-il en me fixant de ses yeux noirs et sans âme. Les rats s'en servaient pour chauffer leur misérable trou.

Il fit un signe de tête en direction d'un coin de la pièce où je n'avais pas encore posé les yeux. Deux corps humains décharnés étaient recroquevillés sur mon ancien matelas — les éboueurs qui avaient emménagé ici. A en juger par leur immobilité et l'odeur de vieux sang qui flottait dans la pièce, ils étaient morts depuis quelque temps déjà. En regardant mieux, je remarquai qu'ils n'avaient plus de gorge, juste des restes de peau sombre et maculée, comme si les chairs avaient été arrachées. Un sentiment d'horreur m'envahit, et je dus me contrôler pour ne pas m'enfuir séance tenante loin de ce vampire monstrueux.

Mais je repérai aussi un tas noirci, carbonisé, sur le sol ; je devais en avoir le cœur net. Je regardai mieux et discernai bientôt des restes de pages de livres parmi les cendres. Tout ce temps, tout ce travail, pour que ma collection finisse en chauffage !

Le vampire ricana.

— Ils n'ont plus besoin de mots, maintenant. Ni pour les lire, ni pour les brûler, ni pour les grignoter. Toujours en train de grignoter, ces fichus rats ! De se fourrer dans des coins obscurs pour se tenir chaud et faire des saletés. Plus de mots pour eux, fini. Plus rien.

Il gloussa de nouveau, me donnant la chair de poule.

Je luttai contre l'envie de dégainer mon arme. Il n'avait ébauché jusqu'à présent aucun geste menaçant, mais j'avais clairement l'impression d'être à côté d'un dangereux serpent venimeux.

— Qui es-tu ? demandai-je.

Son regard vide se braqua sur moi.

— Que fais-tu à New Covington ?

— Je cherche quelque chose, petit oiseau.

Cette fois, son sourire révéla la pointe de ses crocs.

— Et si tu veux connaître mon nom, il faudra me donner le tien. C'est la moindre des politesses, et nous sommes dans une société courtoise, me semble-t-il.

J'hésitai. Sans trop savoir pourquoi, je ne voulais pas que cet affreux suceur de sang sache qui j'étais. Non par crainte qu'il rapporte mon nom au Prince, lequel, selon Kanin, ne connaissait pas tous les vampires de la ville, surtout les Type-3. Salazar ne se souciait que de ceux qui formaient son cercle direct ; pas des vampires ordinaires.

Non. Ce que je ne voulais pas, c'était que *ce* vampire-*là* me connaisse, car quelque part, je savais qu'il se souviendrait de moi, et que ce serait une très mauvaise chose.

— Eh bien ?

Il avait l'air peu étonné.

— Tu ne veux pas me le dire ? Je ne peux pas t'en vouloir. Je suis un étranger, après tout. Tu me pardonneras donc de ne pas révéler mon identité, non plus. On n'est jamais trop prudent, de nos jours.

— Je veux que tu partes, dis-je, feignant une bravoure

que je n'éprouvais pas. C'est mon secteur, ici, mon terrain de chasse. Alors sors. Tout de suite !

Il me fixa longuement de son regard inquiétant, comme s'il me jaugeait. Malgré son immobilité, je sentais ses tendons se crisper sous sa peau blême, prêts à l'action. Je me sentais au fond terrorisée. Ses yeux étaient aussi noirs et dénués d'âme que ceux de Kanin. Mes mains se mirent à trembler ; je croisai immédiatement les bras pour les dissimuler, sachant qu'il remarquerait forcément ce détail. J'avais conscience d'être en face d'un tueur.

Il finit par sourire.

— D'accord, dit-il avec un hochement de tête.

Mes genoux cédèrent presque de soulagement sous mon poids.

— Vraiment désolé, ma belle. Je ne voulais pas déranger. J'y vais…

Il avança jusqu'à la porte puis s'arrêta pour me couler un regard pensif.

— Petit oiseau, ton chant est si différent du sien… Ne me déçois pas.

Je ne compris rien à ces paroles sibyllines et ne répondis pas. Je me contentai de soutenir son regard, espérant qu'il débarrasse le plancher. Il m'adressa alors un dernier sourire terrifiant, puis disparut. Je guettai le bruit de ses pas comme il s'éloignait, mais n'entendis rien.

Le monde sembla de nouveau respirer. J'attendis plusieurs minutes sans bouger, avant de me diriger vers la caisse ouverte, contre le mur. Je jetai un coup d'œil à l'intérieur.

Deux livres. C'était tout ce qu'il restait. Deux livres pour toute une vie d'efforts, et celui qui comptait le plus pour moi n'y était pas. Je tombai à genoux et sentis ma gorge se serrer. L'espace d'un instant, je regrettai que les deux éboueurs ne soient plus vivants, pour pouvoir leur infliger la même souffrance. Je n'avais plus rien, maintenant, pour me rappeler le passé. Les livres de ma mère, la seule chose que je possédais pour me souvenir d'elle, n'existaient plus.

Je ne pleurai pas. Ravalant ma colère et mon désespoir, je me remis debout et me détournai de la caisse. La perte n'était pas un sentiment nouveau pour moi. Ces deux éboueurs avaient fait ce que n'importe qui d'autre aurait fait pour survivre. Rien ne durait, en ce monde ; c'était chacun pour soi. Allie la Bordurienne le savait ; Allison le vampire avait juste besoin d'une piqûre de rappel.

Je quittai l'école sans un regard derrière moi. Il n'y restait plus rien qui me concernait, et je commençais déjà à l'effacer de mon esprit pour l'enfouir profondément. On ne s'attarde pas sur ce que l'on a perdu ; on avance. La nuit déclinait, et j'avais encore une chose à faire avant que Kanin ne s'aperçoive de mon escapade.

Je me glissai à l'intérieur du vieil entrepôt et passai le campement de fortune en revue, y cherchant un visage familier. La plupart des membres de la bande de Kyle étaient déjà rentrés, car une demi-douzaine de jeunes étaient rassemblés autour du feu, où ils discutaient gaiement. Je les examinai un par un, mais Stick n'était pas parmi eux.

C'est alors que je le vis, blotti sur un côté, tout recroquevillé sur lui-même. Il tremblait à faire pitié. Je sentis la colère et le mépris monter en moi. Colère contre ceux qui le rejetaient, qui ne s'occupaient même pas de l'un des leurs, et qui allaient lentement le laisser mourir de faim et de froid. Mépris envers Stick, qui n'avait toujours pas appris à se débrouiller, qui comptait encore sur les autres pour le sauver, alors qu'il était évident qu'ils se moquaient éperdument de lui.

A pas de loup, j'avançai dans l'ombre, entre les gravats, jusqu'à ce que Stick ne soit plus qu'à quelques mètres de moi. Il était devenu encore plus maigre ; on aurait dit un squelette aux cheveux gras et aux yeux hagards.

— Stick ! appelai-je en jetant un rapide coup d'œil vers le groupe autour du feu.

Ils me tournaient tous le dos — ou plutôt à Stick — et ne nous voyaient pas.

— Stick ! Psst ! Par ici !

Il tressaillit et releva la tête. Pendant quelques instants, il scruta avec perplexité le coin sombre où je me cachais. Je lui fis alors un signe de la main, et de stupéfaction, ses yeux sortirent presque de leurs orbites.

— Allie ?

— Chut !

Je reculai d'un pas pour me fondre dans l'obscurité tandis que plusieurs membres de la bande tournaient vaguement la tête dans ma direction. Je fis signe à Stick de me suivre, mais il demeura assis à me regarder comme si j'étais un fantôme.

Ce qui n'était pas tout à fait faux.

— Tu es vivante…, chuchota-t-il d'une voix dépourvue de la joie et du soulagement auxquels je m'attendais.

Son ton était au contraire maussade, presque accusateur, malgré l'expression hébétée de son visage.

— Tu ne devrais pas être en vie ! Les enragés… j'ai entendu…

Il frissonna violemment et se replia sur lui.

— Tu n'es pas revenue, dit-il d'un ton clairement accusateur, cette fois. Tu n'es pas revenue me chercher. Je croyais que tu étais morte, et toi, tu m'as laissé seul !

— Je n'ai pas eu le choix. Crois-moi, je serais venue plus tôt si j'avais pu, mais je ne savais pas non plus que tu étais vivant. Je croyais que les enragés t'avaient eu, comme Rat et Lucas.

Il secoua la tête.

— Je suis rentré chez nous et je t'ai attendue. J'y suis resté seul, pendant des jours et des jours… Où étais-tu, Allie ? Où étais-tu donc pendant tout ce temps ?

Il avait l'air d'un enfant perdu, ce qui ne fit qu'accroître mon agacement.

— Près d'un vieil hôpital, dans le Secteur Deux, répondis-je, mais peu importe. Je suis venue voir si tu allais bien, si tu arrivais à te débrouiller.

— Qu'est-ce que ça peut te faire ?

Son regard embué se posa sur mon manteau et devint plus sombre encore.

— De toute façon, tu ne t'es jamais vraiment souciée de ce qui m'arrivait. Tu as toujours voulu que je m'en aille. Toi comme les autres. C'est pour ça que tu n'es pas revenue.

Je réprimai de justesse un grondement sourd.

— Pourtant, je suis là maintenant, non ?

— Mais tu ne vas pas rester…

Les paupières tombantes, Stick me dévisagea.

— Tu vas encore partir, et me laisser seul avec ces gens. Ils me détestent. Comme Rat et Lucas, avant. Toi aussi, tu me détestais.

— Ce n'est pas vrai, mais là, tu es sur le point de me faire changer d'avis !

Jamais je ne l'avais vu dans un tel état, et je me demandais bien d'où pouvait lui venir une telle hargne.

— Bon sang, Stick, arrête de faire ton bébé ! Tu es capable de te débrouiller tout seul. Tu n'as pas besoin que je sois tout le temps auprès de toi, je te l'ai toujours dit.

— Donc… tu ne restes pas.

Sa voix se mit à trembler, et sa colère se mua bientôt en panique.

— Allie, je t'en prie ! Je suis désolé. C'est juste que j'ai tellement peur quand tu n'es pas là !

Il se traîna vers moi, implorant, et je jetai un regard inquiet du côté du feu.

— S'il te plaît, ne pars pas ! Reste avec nous. Cet endroit n'est pas si mal, honnêtement. Et Kyle ne verra pas de problème à accueillir une autre personne, surtout quelqu'un comme toi.

— Stick !

D'un geste, je lui ordonnai de faire moins de bruit. Il se tut sans cesser de m'implorer du regard.

— Je ne peux pas rester, lui dis-je. J'aimerais, mais ce n'est pas possible. Je suis… différente, maintenant. On ne doit pas me voir en surface. Tu vas donc devoir apprendre à survivre sans moi.

— Pourquoi ?

Il avança vers moi. Son menton tremblait ; il était au bord des larmes.

— Pourquoi tu ne pourrais pas rester ? Tu me détestes à ce point ? Je suis tellement minable que ça ne te pose aucun problème de me laisser crever tout seul ?

— Arrête ton cinéma, tu veux ?

Je tournai la tête, gênée et en colère, à la fois contre

lui et contre moi. Kanin avait raison. Je n'aurais jamais dû revenir ici.

— Tu n'es pas un être sans défense, Stick. Tu es non-enregistré depuis aussi longtemps que moi. Il est temps que tu apprennes à te débrouiller seul. Je ne peux plus t'aider.

— Non, ce n'est pas ça, la raison… Il y a autre chose, que tu ne me dis pas.

— Ça ne te regarde pas.

— Pourquoi ces cachotteries ? Tu ne me fais pas confiance ? On ne s'est pourtant jamais rien caché, avant.

— Stick, laisse tomber.

— Je croyais qu'on était amis, insista-t-il en se penchant vers moi. Personne ne m'apprécie, ici, personne ne me comprend comme toi… J'ai cru que tu étais morte, Allie ! Et maintenant, tu reviens, et tu ne veux pas me dire ce qui se passe ?

— Très bien !

Je le regardai droit dans les yeux.

— Tu veux vraiment savoir pourquoi ?

Et avant même qu'il puisse répondre, avant de réfléchir à la totale stupidité de mon acte, j'ouvris la bouche et dévoilai mes crocs.

Stick devint si pâle que je crus qu'il allait s'évanouir.

— Ne crie pas ! lui intimai-je précipitamment en rétractant mes crocs.

J'étais consciente de la bêtise que je venais de faire.

— Je ne te ferai pas de mal. Je suis toujours moi. Juste… différente, maintenant.

— Tu es un vampire, murmura Stick comme s'il venait juste de comprendre. Un *vampire* !

— Oui. Les enragés m'ont attrapée ; j'étais proche de la mort, mais un vampire se trouvait sur les lieux et m'a transformée. Le problème, c'est que les autres vampires sont à nos trousses, c'est pour ça que je ne peux pas rester. Je ne voudrais pas qu'ils te recherchent aussi, du coup.

Mais Stick reculait déjà lentement, crispé de la tête aux pieds.

— Stick…

Je lui tendis la main.

— C'est toujours moi. Viens, je ne vais pas te mordre, ne t'en fais pas.

— Ne t'approche pas de moi !

Son cri affolé attira l'attention de tous ceux qui étaient groupés autour du feu. Ils se levèrent brusquement en regardant dans notre direction. Je sentis mes lèvres se retrousser et mes crocs grandir. J'adressai cependant un dernier regard pressant à mon ami.

— Stick, ne fais pas ça.

— Un vampire ! hurla-t-il alors en bondissant en arrière avant de trébucher dans les gravats. Un vampire, là ! Au secours ! Aidez-moi ! Au secours !

Je reculai en grondant pendant que la panique s'emparait du reste de la bande. Stick courut vers le feu en criant, pointant le doigt dans ma direction, achevant de semer le chaos dans le campement. Le petit groupe s'éparpilla dans tous les sens, plongea par les fenêtres, chacun bousculant l'autre sans vergogne pour être le premier à s'enfuir. Stick poussa un dernier cri et disparut dans l'obscurité.

Cette cohue assourdissante, cette panique éveillèrent alors quelque chose de primaire en moi, une sorte d'instinct de chasse qui m'intimait de m'élancer parmi eux et de commencer à trancher des gorges. Pendant un instant, je les regardai se démener pour échapper à un prédateur qu'ils n'avaient même pas vu, et qui pouvait les tuer sans qu'ils aient le temps de se rendre compte de quoi que ce soit. Je sentais leur terreur, l'odeur du sang chaud, de la transpiration et de la peur. Je dus mobiliser toute ma volonté pour me retenir et faire demi-tour dans l'ombre. Je me glissai à mon tour par une fenêtre et m'éloignai sans me retourner. Bientôt, leurs cris de panique s'évanouirent dans la nuit.

Lorsque je revins à l'hôpital, Kanin travaillait à son bureau. Ne le voyant tout d'abord ni à la réception ni dans les couloirs, je crus que j'étais encore seule à l'étage et j'avançai discrètement jusqu'à ma chambre, passant forcément devant la porte de son bureau.

— Alors, tu t'es bien amusée avec ton ami ?

Je me figeai sur place. Une pile de dossiers devant lui, Kanin examinait un document. Il ne releva pas les yeux à mon entrée dans la pièce.

— Je devais y aller, dis-je doucement. Il fallait que je sache comment il allait.

— Et comment ça s'est passé ?

J'avalai ma salive avec difficulté. Kanin posa enfin sa feuille et me fixa de son regard noir indéchiffrable.

— A-t-il hurlé ? demanda-t-il posément. T'a-t-il maudite avant de détaler en courant ? Ou s'est-il montré compréhensif, te promettant que rien ne changerait entre vous, malgré la terreur que tu pouvais lire sur son visage ?

Je ne répondis pas. Il eut un petit sourire sans joie.

— Je suppose que ça a plutôt été la panique générale.

— Tu le savais ! Tu savais que j'irais le voir !

— Tu n'es pas l'élève la plus malléable qui soit.

Il ne semblait ni ironique, ni en colère, ni résigné. Son intonation était celle du simple constat.

— Je savais que tu finirais par rechercher les vestiges de ton ancienne vie. Tout le monde le fait. Tu n'es pas du genre à écouter les conseils, il faut que tu te rendes compte par toi-même. Ceci étant dit…

Sa voix se fit plus froide, et son regard se durcit.

— Sache que notre temps ensemble touche à sa fin. Si tu me désobéis encore, je le prendrai comme le signe que tu n'as plus besoin de moi. Est-ce bien compris ?

J'approuvai d'un signe de tête. L'expression de son visage se radoucit, mais pas sa voix.

— Alors, qu'a dit ce garçon ?

— Rien, fis-je d'un ton dépité. Il a juste crié « Un vampire ! », et il est parti en courant. Après tout ce que j'ai fait pour cet ingrat…

Je m'interrompis, ne voulant plus y penser. Mais Kanin m'encouragea d'un geste à continuer.

— Je le connaissais depuis des années. Je partageais ma nourriture avec lui, je m'occupais de lui, et je prenais sa défense. Et après tout ça…

Je me tus, ne sachant trop si j'avais envie de pleurer ou d'arracher une porte de ses gonds pour la balancer à travers la pièce.

— Après tout ça…, essayai-je de nouveau.

— Il ne t'a vue que comme un monstre, termina Kanin.

Avec un grondement furieux, je me tournai pour frapper le mur de mon poing. Le plâtre craqua, laissant apparaître un trou d'une dizaine de centimètres. Je frappai encore, satisfaite de le sentir céder avec fracas sous mes coups.

— J'étais son amie ! C'est uniquement grâce à moi

qu'il est resté en vie, pendant toutes ces années où je l'ai assisté comme un gosse, où j'ai eu faim juste pour qu'il ne crève pas !

Je décochai un nouveau coup de poing dans le mur, puis posai mon front contre le plâtre. Les yeux me piquaient. Je les fermai avec force pour lutter contre la douleur.

— Il aurait dû comprendre. Il aurait dû mieux me connaître.

Kanin n'avait pas bougé, me laissant défoncer le mur sans faire de commentaire. Après quoi, il se leva et vint se poster juste derrière moi.

— Lui as-tu dit où nous étions ? demanda-t-il d'une voix caverneuse.

— Non.

Je secouai la tête contre le mur avant de m'en écarter.

— Enfin, si, peut-être… Je crois que j'ai parlé de l'hôpital. Mais il ne sait pas où c'est.

Je me tournai et levai les yeux vers lui ; il me dévisageait avec gravité.

— Il ne risque pas de le chercher, en tout cas, dis-je d'un ton amer. Il est trop trouillard pour quitter ne serait-ce que sa cachette, alors de là à s'aventurer dans un autre secteur !

— Tu es encore bien naïve.

Il se passa une main sur les yeux et recula.

— Reste ici. Ne sors pas de l'hôpital. Je reviens bientôt.

— Où vas-tu ? demandai-je, soudain inquiète.

Une idée venait de me traverser l'esprit, qui me glaça littéralement.

— Tu ne vas pas… le chasser, dis-moi ?

— Non. Mais je dois installer des alarmes dans

le coin. Les quelques-unes déjà en place ne suffiront pas, je le crains.

— Pourquoi ?

Je le suivis dans le couloir, attendant une réponse qui ne vint pas. Quand soudain, je compris.

— Tu crois que Stick va le dire à quelqu'un ? demandai-je en essayant de suivre le rythme de ses longues enjambées. Ça n'arrivera pas. Je te le promets, Kanin, tu n'as pas à t'inquiéter pour ça. Il est trop lâche pour aller voir qui que ce soit.

— Peut-être.

Nous étions arrivés à la réception.

Kanin m'arrêta devant le bureau.

— Mais peut-être qu'il te surprendra. Attends ici. Entraîne-toi… Et surtout, ne quitte pas l'hôpital, compris ? A partir de cette nuit, tu ne pourras aller nulle part sans déclencher une alarme, sauf si je suis avec toi.

— Je persiste à penser que ça ne sert à rien, Kanin.

Il me lança un regard plein de pitié.

— J'ai vécu bien trop longtemps pour laisser quoi que ce soit entre les mains du hasard, Allie, surtout quand il s'agit d'humains et de trahison. S'il n'y a rien à perdre, et un tout petit peu à gagner, tu peux parier que ça arrivera. Maintenant, donne-moi ta parole que tu n'essaieras pas de partir.

— Et si j'ai besoin de sortir ?

— Soit tu restes ici, soit tu pars maintenant, mais alors tu ne reviens pas. A toi de choisir.

— D'accord, dis-je en le fixant. Je n'essaierai pas de partir.

— Pardonne-moi d'insister, dit Kanin froidement,

mais c'est une vraie promesse que je veux. Peux-tu me le jurer ?

— Oui ! Je le jure, voilà !

Il hocha légèrement la tête et tourna les talons. Je le regardai s'engouffrer dans la cage d'ascenseur, sentant bouillir en moi un flot d'émotions : colère, frustration, déception, souffrance. Un instant, je détestais Stick, et celui d'après, je comprenais sa panique totale. Son attitude me semblait méprisable et me rendait folle, surtout après ce que j'avais fait pour lui, mais je pouvais malgré tout la comprendre. Finalement, il n'avait fait que réagir à l'apparition soudaine d'un vampire chez lui. S'il avait disparu subitement et était revenu sous forme d'un suceur de sang, peut-être aurais-je réagi de la même manière. Ou alors, j'aurais tenté de maîtriser ma réaction instinctive pour essayer de lui parler, au nom de notre amitié. Je ne savais pas. Cependant, j'étais persuadée que Kanin en faisait beaucoup trop en posant des alarmes partout et en m'interdisant de quitter l'hôpital.

Ce n'est que lorsqu'il fut parti que je me rappelai l'étrange vampire que j'avais rencontré dans mon ancienne chambre — celui au regard glauque et au sourire redoutable. Je songeai à escalader le conduit pour rattraper Kanin afin de l'en informer, mais je venais juste de lui promettre que je ne quitterais pas les lieux. De plus, Kanin était un vampire imposant et expérimenté. Il était capable de se débrouiller seul.

Je fis quelques exercices d'escrime, pensai à Stick et à d'autres façons dont j'aurais pu agir, puis j'arpentai les couloirs en attendant le retour de mon mentor.

Mais cette nuit-là, Kanin ne rentra pas.

9

Je m'éveillai en sursaut, montrant les dents dans le vide, tandis que mon cauchemar s'évanouissait peu à peu. Pour la première fois depuis que j'étais devenue vampire, je venais de rêver : des tunnels sombres, des couloirs tournant dans tous les sens, et quelque chose de terrible qui me traquait, caché dans ce dédale. Ma peur était palpable ; je sentais le danger inconnu se rapprocher, puis la douleur intolérable lorsque la créature me bondit dessus — sans que je ne voie jamais son visage. Ç'en fut assez pour me réveiller, en tout cas. Comment les morts rêvaient-ils, habituellement ? Une question à poser à Kanin.

Kanin… Je me levai d'un bond, attrapai mon sabre et me hâtai vers son bureau, espérant voir sa silhouette calme et assurée assise devant une pile de documents, comme d'habitude.

Mais le bureau était vide. Aucune note n'avait été laissée pour me donner les instructions du jour. Je parcourus les couloirs, jetant un coup d'œil dans chaque pièce, dans chaque recoin que j'aurais négligé. Rien. Aucun signe de lui, nulle part.

Pendant un instant, je me demandai s'il était parti délibérément, sans intention de revenir. Etait-il fatigué de son élève têtue, imprévisible, indomptable, et avait-il décidé qu'il était temps pour lui de s'en libérer ? Je secouai la tête. Non, ce n'était pas le genre de Kanin. Il était froid, antipathique, blasé, parfois même effrayant, mais ce n'était pas un menteur. S'il n'était pas là, c'est qu'il était quelque part, ailleurs. Dehors peut-être. Blessé… Capturé…

Ou mort.

Arrête ça tout de suite !

Le fait que Kanin ne soit pas dans l'hôpital n'était pas une raison pour paniquer. Peut-être se trouvait-il dans les tunnels, en train de poser des pièges ou des alarmes. Peut-être se trouvait-il à l'intérieur du bâtiment souterrain, dans un endroit que je n'avais pas vérifié.

Oui… Il y avait encore *un* endroit où je pouvais chercher.

En bas des marches, la porte rouge en métal grinça et s'ouvrit péniblement sous ma poussée, révélant un long couloir. J'aperçus une caméra de surveillance au-dessus de son encadrement, ainsi qu'une autre à l'autre bout du corridor. J'avais à peine fait quelques pas que la porte se referma derrière moi avec un claquement sinistre, plongeant l'étroit espace dans l'obscurité.

Mais je pouvais à présent voir même dans un noir profond ; j'avançai donc jusqu'au bout du couloir, où une autre porte était encastrée dans le mur. C'était une porte blindée, verrouillée de l'extérieur et assez solide pour arrêter un train en marche. Elle ne possédait pas de poignée normale, mais une roue fixée en son centre, rouillée par le temps.

Qu'est-ce qu'ils pouvaient bien garder là-dedans ? me demandai-je en essayant de tourner la roue qui finit par m'ouvrir le passage, dans un léger crissement.

De l'autre côté, un nouveau couloir noir et oppressant.

Seulement, cette fois, de grandes fenêtres donnant sur des chambres isolées découpaient le mur. Bien que plusieurs d'entre elles soient brisées, le verre qui les constituait était d'une épaisseur considérable. Je me rapprochai, et sentis un frisson me parcourir le dos.

D'épaisses tiges de métal verticales barraient les fenêtres, tels les barreaux d'une cage. Les portes des chambres étaient également en métal, très épaisses, fermant toutes de l'extérieur. Dans chaque pièce, les murs étaient blancs et en mauvais état, mais je remarquai à un endroit des crevasses dans la faïence, comme si quelqu'un avait griffé, creusé jusqu'à la couche de métal cachée derrière.

— Bon sang, mais qu'est-ce que c'est que ça ? murmurai-je.

Ma voix résonna dans la pièce, étrangement forte dans le silence. L'ombre semblait essayer de se refermer sur moi, de m'absorber. Je sentais l'odeur du sang, de la souffrance et de la mort incrustés jusque dans les murs, suintant des joints du carrelage. Du coin de l'œil, je crus discerner un mouvement, comme si des visages regardaient par la vitre, visions fantomatiques autant qu'irréelles.

J'en eus la chair de poule. Quoi qu'il se soit passé ici, quels que soient les secrets cachés derrière ces portes, je n'avais pas envie de savoir.

Soudain, j'entendis du bruit dans l'escalier, puis des pas avancer doucement dans le couloir.

Un frisson de soulagement m'envahit.

— Kanin ? appelai-je en revenant vers la porte de métal.

Elle n'était qu'à moitié ouverte, et je l'ouvris complètement.

— Où étais-tu fourré, tout ce temps ?

C'est là que m'accueillit le vampire au sourire terrifiant.

— Salut, ma belle…

Je reculai et dégainai mon sabre tandis qu'il entrait.

— Quelle surprise de te retrouver là ! Le petit oiseau m'aurait donc menti ?

Je brandis ma lame. Ses yeux n'étaient pas posés sur moi, mais semblaient plutôt fixés sur les cloisons et les fenêtres de verre du couloir.

— Qu'est-ce que tu fais là ? Comment as-tu trouvé cet endroit ?

— Aaaaah…

Il inspira dans un bruit de vieux tuyau encrassé.

— Voilà une bonne question, petit oiseau.

Il tendit une main pour la poser contre une vitre, avant d'y coller sa joue. Je remarquai alors une tache de sang séché sur son cou, comme s'il avait reçu une éclaboussure récemment.

— Sais-tu que ces murs peuvent parler ? Il suffit de leur demander. Ils te diront leurs secrets, même s'il faut parfois leur forcer un peu la main. Il fut un temps où c'était d'ailleurs nécessaire.

Il se raidit soudain et se tourna vers moi ; ses yeux étaient comme deux trous noirs dans sa face souriante.

— Où est Kanin ? demanda-t-il d'une voix patiente, pleine de compréhension. Dis-le moi tout de suite, et épargne-moi d'avoir à t'arracher les doigts.

— Il n'est pas là, dis-je.

Le vampire ne parut pas surpris.

— Pas encore rentré ? J'ai dû le frapper plus fort que je ne le croyais, alors. Bien, nous allons l'attendre. J'ai tout le temps devant moi.

— Qu'est-ce que tu lui as fait ?

Il se mordilla un ongle, passa la langue sur ses lèvres et me sourit.

— As-tu déjà préparé un poisson ?

— Quoi ?

Bon sang, ce monstre me fichait vraiment une trouille bleue !

— De quoi est-ce que tu me parles ?

— Non ? C'est assez simple pourtant.

Il y eut un éclair de métal. Une fine lame entre ses doigts. Il était si rapide que je n'avais même pas vu sa main bouger.

— L'astuce, c'est de commencer à l'écailler dès qu'on le sort de l'eau, avant qu'il meure. Il suffit de glisser le couteau sous la peau et de tirer…

Il fit une démonstration avec sa lame en décrivant un long et lent mouvement dans l'air.

— Et hop, la peau se décolle toute seule…

Il me regarda dans les yeux, et son sourire se fit plus large, découvrant ses crocs.

— C'est ce que j'ai fait au dernier petit poisson de Kanin. Il a crié, oh, ce qu'il a crié ! C'était fabuleux.

Il pointa le couteau vers moi.

— Je me demande si tu me feras ce plaisir…

Mes bras furent pris d'un tremblement ; je serrai plus fort la poignée de mon sabre pour y mettre un terme. J'étais presque pétrifiée, paralysée par une frayeur comme j'en avais rarement éprouvé. Une image me vint à l'esprit : celle d'un corps pendu au plafond, écorché vif, se tortillant et hurlant dans son agonie. J'étais au bord de l'évanouissement.

— Pourquoi… pourquoi le hais-tu à ce point ? demandai-je pour le faire parler et gagner un peu de temps.

Ma voix défaillit, et je me maudis de cette faiblesse. Je ne pouvais me permettre de montrer ma peur à ce malade. Je me mordis la joue, ce qui me ragaillardit un peu, et je pus ainsi reprendre la parole d'un ton plus assuré.

— Pourquoi veux-tu le tuer ?

— Mais je ne veux pas le tuer, répondit le vampire, l'air étonné. Ce serait trop gentil pour lui. Il t'a sûrement dit ce qu'il était, ce qu'il a fait ? Non ?

Il gloussa et secoua son crâne d'œuf.

— Toujours aussi cachottier avec ta progéniture, hein, mon vieux Kanin ? Ils ne savent même pas pourquoi ils doivent souffrir pour toi.

Il avança vers moi. Je bondis en arrière, les muscles bandés, mais il se contenta de traverser la pièce en effleurant une porte de métal. Il ne souriait plus ; son visage était aussi vide qu'une feuille blanche, ce qui le rendait encore plus terrifiant.

— Je me souviens, dit-il d'un ton songeur et glacial à la fois. Je ne peux m'ôter ça de la tête. Les cris. Le sang sur les murs. Tous ces gens autour de moi en train de se transformer en ces *choses*…

Il frémit, retroussa les lèvres, et soudain, sa ressemblance avec les créatures des ruines me sembla frappante.

— Ils m'ont piqué avec les mêmes seringues, pour m'inoculer la même maladie. Seulement, je ne me suis jamais transformé. Je me suis toujours demandé pourquoi. Pourquoi je ne me suis pas transformé en enragé.

Je jetai un bref coup d'œil vers la sortie afin d'évaluer la distance entre la lourde porte et moi. Je n'aurais pas le temps. Il était certainement aussi rapide que Kanin, ce qui voulait dire bien plus que moi. Il me fallait gagner encore du temps, quelques secondes au moins.

Gardant une main sur mon arme, je glissai lentement l'autre dans la poche de mon jean et refermai mes doigts sur le manche de mon bon vieux canif. Je l'en sortis doucement, en dépliai la lame et le calai discrètement dans ma paume.

— Mais maintenant, je sais.

Il se retourna à demi, affichant de nouveau son sourire démoniaque.

— Je sais pourquoi j'ai été épargné. Pour punir celui qui est responsable de notre calvaire. Chaque hurlement, chaque goutte de sang, chaque morceau de chair et d'os, je les lui ferai payer au centuple ! Il connaîtra la souffrance, la peur et le désespoir de toutes les vies passées entre ces murs. Je nettoierai la terre de son sang, j'exterminerai l'intégralité de sa descendance. Et ce n'est que lorsque ses cris et ceux de sa progéniture remplaceront ceux qui résonnent à mes oreilles, lorsque je ne verrai plus leurs visages ni n'entendrai leurs cris d'angoisse et de douleur, *alors seulement*, que je lui permettrai de quitter ce monde.

— Tu es complètement malade !

Il eut un ricanement désabusé.

— Je n'espérais pas que tu me comprennes, petit oiseau.

Il se tourna pour me faire complètement face et sourit en tapotant son poignard.

— J'espère juste t'entendre chanter. Chanter pour moi, pour Kanin, et que ce chant soit somptueux.

Il plongea alors vers moi, à une vitesse telle qu'il me prit de court, alors même que je m'y attendais. D'une main, j'élançai mon katana vers lui, visant son cou, mais il esquiva par le côté et me fit un croche-pied qui m'envoya percuter le mur. Ma tête heurta une vitre. Je sentis quelque chose craquer sous le choc, sans savoir s'il s'agissait de ma tête ou du verre. Avant de pouvoir me retourner, une main froide agrippa le bras qui tenait mon arme, menaçant de le briser, et la pointe d'une lame me perforait la mâchoire.

— Maintenant, petit oiseau…, murmura le vampire en pressant son corps contre le mien.

J'essayai de le repousser, mais c'était comme si des câbles de fer me retenaient au mur.

— Chante pour moi.

— Chante toi-même ! sifflai-je en sortant ma main libre de ma poche pour venir lui planter mon canif dans un œil.

Il me lâcha dans un hurlement et porta la main à son visage. Je me ruai vers la porte ; à peine avais-je fait trois pas que son cri se mua en un rugissement de fureur qui me fit dresser les cheveux sur la tête. La peur me donna des ailes. J'atteignis la sortie et me précipitai dans l'ouverture en laissant tomber mon couteau derrière moi, avant de faire demi-tour pour pousser la porte. Je vis alors le vampire psychopathe se ruer vers moi, crocs en avant, les yeux injectés de sang, et j'appuyai de toutes mes forces sur la porte. Elle grinça sous mon effort en se refermant, et je tournai la roue vers la gauche pour la verrouiller à fond, tandis qu'un gros *boum* résonnait de l'autre côté.

Les bras tremblants, je serrai mon katana et m'éloignai. Comme c'était étrange… J'avais l'impression d'être hors d'haleine et que mon cœur battait à tout rompre, alors que, bien sûr, il n'en était rien. Seul le léger tremblement de mes bras et de mes jambes témoignait du fait que j'avais de peu échappé à la mort, une fois encore.

Un bruit sourd contre la porte métallique me fit tressaillir. Dans combien de temps ce fou allait-il sortir de là ? Pouvait-il seulement en sortir ? Si tel était le cas, il se mettrait immédiatement à mes trousses, c'était évident.

Je me retournai pour prendre mes jambes à mon cou, et percutai alors quelqu'un de plein fouet dans le couloir.

— Kanin !

Je me sentis presque défaillir de soulagement. Kanin chancela et s'adossa lourdement au mur. Il était encore plus pâle qu'à l'accoutumée, et sa chemise était tachée de sang séché. Son propre sang ?

— Tu es blessé ?

— Ça va…

Il me repoussa d'un geste.

— C'est bon. Je me suis nourri depuis, pas la peine de t'inquiéter.

Ses yeux scrutèrent le couloir, se plissant jusqu'à ne plus former que deux fentes.

— Est-ce que Sarren est venu ici ?

— Sarren ? Tu veux dire le vampire complètement cinglé avec une tronche ravagée ? Oui, il est venu.

Je désignai du pouce la porte blindée au moment où un nouveau bruit sourd résonnait, suivi d'un hurlement de rage.

— C'est un pote à toi ? Il avait l'air super-emballé à l'idée de m'écorcher vive.

— Tu as de la chance d'être encore en vie, marmonna Kanin.

Je crus déceler une légère note d'admiration dans son intonation.

— Il m'a surpris la nuit dernière. Je ne pensais pas qu'il me trouverait si rapidement.

— Est-ce que tu vas bien ?

Il se redressa et s'écarta du mur.

— Il faut partir d'ici, continua-t-il en se mettant en marche d'un pas mal assuré. Vite. On n'a pas beaucoup de temps.

— Tu crois que Barjo peut sortir de là ? Vraiment ? Il y a au moins cinquante centimètres d'acier trempé entre nous.

— Non, Allison. Ce n'est pas ça...

Kanin se retourna vers le moi, le regard sombre.

— Ton ami est allé voir les autorités ce soir. Il leur a dit que deux vampires non autorisés traînaient aux alentours de l'hôpital. Les hommes du Prince arrivent. On doit filer, tout de suite.

Je le dévisageai avec horreur, ayant du mal à croire ce que je venais d'entendre.

— Non, dis-je. Tu te trompes. Stick ne me ferait pas ça. C'est la seule règle que tout le monde respecte : entre nous, on ne se vend pas aux vampires.

— Je te rappelle que tu *es* un vampire, maintenant.

La voix lasse de Kanin résonna entre les murs.

— Peu importe qui c'est, Allie... Quelqu'un les a tuyautés, et ils sont en route. S'ils nous trouvent ici, ils vont nous tuer. On doit sortir de la ville.

— On part ?

Je trottai derrière lui et sentis mon ventre se serrer.

— Pour aller où ?

— Je ne sais pas.

Soudain, il frappa du poing dans un mur, me faisant sursauter.

— Bon sang ! J'étais si près du but ! Si j'avais eu un peu plus de temps…

Il frappa de nouveau le mur de son poing, y laissant un beau trou. Mal à l'aise, je songeai que quelle que soit la chose qu'il cherchait depuis tout ce temps, la partie était perdue. Soit il ne l'avait pas encore trouvée, soit elle n'était pas là, depuis le début. Toutes ces semaines de recherches, à lire ces innombrables dossiers et documents, pour rien.

Et soudain, tout s'éclaira dans ma tête — cette recherche, les chambres d'hôpital, le vampire fou voulant se venger de lui.

— C'était toi !

Mon regard s'arrêta sur sa silhouette voûtée appuyée contre le mur. Il me sembla voir ses épaules tressaillir légèrement.

— C'était toi le Maître qui a livré les autres vampires pour trouver un remède au Poumon Rouge ! Toi qui travaillais avec les chercheurs. Et cet endroit…

Je jetai un bref coup d'œil du côté de la porte d'acier.

— C'est là que tout s'est passé. C'est de ça que parlait Barjo. Les expériences, les cris. C'est à cause de toi que les enragés existent !

Kanin se raidit, toujours sans me regarder.

— Ce vampire-là n'est plus, dit-il du ton le plus glacial que je lui avais jamais entendu. C'était un idéaliste stupide, et sa foi en l'espèce humaine était affreusement déplacée. Il aurait mieux valu qu'il laisse le virus faire son chemin. Certains humains auraient survécu ; il en survit toujours dans ces cas-là. Et même si notre espèce avait connu la famine, jusqu'à l'extinction, cela aurait peut-être été préférable à ce qui s'est passé.

Je restai muette, ne sachant que dire. Je pensais que j'allais le détester : après tout, j'avais en face de moi le vampire responsable de la propagation de la rage, celui dont l'inadvertance avait entraîné l'esclavage de tout le genre humain. Pourtant, même au cœur de la tourmente et de la colère, j'étais loin d'atteindre toute la haine que je sentais dans la voix de Kanin, la haine qu'il éprouvait pour le vampire qui avait condamné les deux espèces à la fois et son besoin désespéré de réparer.

— Partons, dit-il enfin, en se redressant. On doit y aller maintenant. Ne prends rien d'inutile, il faudra voyager léger, et nous n'avons que quelques heures pour passer le Mur et sortir des ruines.

— Je suis prête, dis-je en montrant mon sabre. Je n'ai rien d'autre que ça.

Triste réalité. J'avais vécu dans un endroit pendant dix-sept ans et ne possédais rien en souvenir de tout ce temps. Je n'avais plus que ce sabre, et les vêtements que je portais. Qui n'étaient d'ailleurs même pas à moi. L'espace d'un instant, je regrettai de n'avoir aucun objet en souvenir de ma mère ; mais même cela, les vampires me l'avaient pris.

Soudain, je pris conscience de la situation. Je partais. Je quittais l'unique endroit que je connaissais, celui où j'avais passé toute ma vie. Je n'avais aucune idée de ce qui m'attendait derrière le Mur, au-delà des ruines. D'après ce que Kanin m'avait dit, il existait d'autres cités, disséminées dans la nature. Mais j'ignorais totalement où elles pouvaient se trouver.

Kanin paraissait toujours réticent à évoquer ses

voyages, le monde extérieur, et nous n'avions quasiment pas abordé le sujet. Y avait-il des humains, ailleurs, rejetant la protection des vampires pour vivre libres ? Ou bien ce monde n'était-il partout qu'une terre désolée aux bâtiments abandonnés et aux forêts grouillant d'enragés ?

Kanin ne me laissa guère le temps d'y réfléchir.

— Dépêche-toi, lança-t-il comme nous courions en direction de la cage d'ascenseur.

C'était certainement la dernière fois que nous y passions.

— Monte vite. Ils sont sûrement déjà presque arrivés.

Je me hissai dans l'obscur conduit et débouchai bientôt dans les ruines de l'hôpital, où Kanin ne tarda pas à me rejoindre. Autour de nous, les vestiges carbonisés étaient calmes ; mais de l'autre côté du terrain vague, glissant comme le vent entre les herbes, je distinguai des bruits de pas. De nombreux bruits de pas. Qui venaient vers nous.

Et soudain, par-dessus la végétation, je les vis. Des vampires. Leur peau blême ressortait sous les rayons de la lune. Il y en avait tout un groupe ; ils avançaient en tandem sur le terrain, flanqués de plusieurs gardes humains équipés de fusils d'assaut. Eux-mêmes semblaient ne pas être armés. Mais leur nombre, tandis qu'ils glissaient sans bruit entre les herbes comme une armée de cadavres, était impressionnant.

Kanin mit une main sur mon épaule ; je le regardai en essayant de masquer ma peur. Il posa un doigt sur ses lèvres et me fit un signe désignant la ville. Nous nous éclipsâmes dans la pénombre cependant que des voix et des pas décidés se rapprochaient de notre tanière.

⁂

Je n'avais jamais couru aussi vite de toute ma vie — ou de toute ma mort, en l'occurrence.

Implacable, Kanin m'entraîna dans la cité, dans des ruelles, des avenues, au travers ou sous de vieux immeubles prêts à s'écrouler. C'était une bonne chose que de ne plus me retrouver essoufflée ou épuisée par l'effort, vu la course effrénée que j'effectuai derrière Kanin pour échapper à nos poursuivants. Malheureusement, ces derniers ne se fatiguaient pas non plus, et voyant que nous avions pris la fuite, ils avaient demandé du renfort. Des véhicules et des camions blindés se mirent bientôt à sillonner les rues normalement désertes ; l'obscurité était transpercée par le faisceau de nombreux projecteurs, et des hommes en armes semblaient prêts à ouvrir le feu sur tout ce qui bougeait. Tous les humains s'étaient prudemment réfugiés derrière leurs portes. Cette nuit-là, les gangs eux-mêmes s'étaient mis aux abris. Les pires voyous ne se seraient pas risqués dehors un soir de chasse.

Les rues devinrent rapidement trop dangereuses à traverser, mais Kanin ne prévoyait pas de nous laisser courir bien longtemps en surface. A la première occasion, nous passâmes dans la partie souterraine de la cité. Il souleva une bouche d'égout et m'aida à descendre dans le trou. Je me glissai dans le ventre de la ville sans l'ombre d'une hésitation.

— On ne doit pas ralentir, me prévint-il après avoir atterri sans bruit à mon côté. Ils vont aussi fouiller les tunnels. Peut-être même avec plus de soin que les rues. Mais au moins, ici, on ne craint pas les camions.

J'acquiesçai.

— Par où, maintenant ?

— On va vers les ruines. Ils ne nous suivront probablement pas au-delà des limites de la cité.

Je sentis mon estomac se nouer à l'idée des enragés qui attendaient là-bas, à l'endroit où j'étais morte. Mais je réprimai ma peur. C'était soit affronter la menace des enragés qui *pouvaient* nous tuer, soit rester ici et attendre les hommes du Prince, qui le *feraient* à coup sûr. A choisir, je préférais l'option qui me laissait une chance.

— Il va bientôt faire jour, Kanin, dis-je en sentant le temps nous échapper.

— Alors on accélère encore un peu…

Nous nous lançâmes dans une course folle parmi les tunnels. Partout, autour et au-dessus de nous, résonnaient les voix de nos poursuivants.

Ils nous attendaient à la limite de la vieille ville.

Les ruines grouillaient de soldats et de gardes. Je n'en avais jamais vu autant de rassemblés. A peine avions-nous posé un pied hors du tunnel qu'une rafale de coups de feu vola autour de nous, criblant de balles les murs et le sol. Nous prîmes la fuite en nous faufilant sur des terrains envahis de végétation et entre des immeubles, mais l'alerte était donnée ; ils savaient que nous étions là. Trois chiens furent lancés à nos trousses ; Kanin dut les égorger pour que nous puissions poursuivre notre cavale.

— Par ici, chuchota-t-il en se réfugiant derrière un vieil immeuble en brique à moitié recouvert de lierre. On n'est pas loin des limites de la cité, maintenant. Tu vois ces arbres ?

Par-delà les toits, il me désigna un rideau de feuilles qui occultait l'horizon.

— Si on arrive jusqu'à la forêt, on pourra les sem…

Soudain, une salve retentissante partit d'une rangée de voitures en face de nous, et de petits geysers de sang surgirent de la poitrine de Kanin. Un cri de terreur m'échappa. Kanin tituba et plongea par la fenêtre du bâtiment pour disparaître de ma vue dans un fracas de verre brisé. Je me jetai derrière lui en esquivant les balles.

— Kanin !

L'intérieur du bâtiment sentait l'essence, la graisse et la rouille. Je distinguai plusieurs carcasses de voitures abandonnées sur le sol de béton, et cherchai Kanin du regard. Il était allongé non loin de la fenêtre, entouré d'éclats de vitre. Je le rejoignis. Il essaya de se mettre à genoux. Les mâchoires serrées, il grimaçait sous l'effort, révélant ses crocs tachés de sang. Il y avait aussi du sang sur ses vêtements, des taches fraîches et d'autres plus anciennes, du sang qui coulait des trous dans sa poitrine, là où les balles l'avaient touché de plein fouet. Sous mon regard à la fois horrifié et fasciné, il plongea son pouce et deux doigts dans les plaies en serrant les dents, et en retira trois balles de plomb qu'il jeta par terre dans un bruit métallique. Les blessures commencèrent alors à se refermer, ne laissant plus de sang visible que sur sa poitrine, sur sa chemise et sur ses mains.

Il frissonna et se laissa retomber contre le mur. Autour de nous, des voix appelaient des renforts. Par la fenêtre, le ciel était d'un bleu profond où perçait déjà une infime pointe d'orangé, annonçant le soleil.

— Allison…

La voix de Kanin était si basse que je l'entendis à peine au milieu des cris et des coups de feu qui continuaient.

— Notre chemin ensemble est terminé. Il va falloir nous séparer.

— Quoi ? Tu es fou ! Pas question ! Je ne te quitte pas.

— Je t'ai amenée aussi loin que j'ai pu.

Ses yeux devenaient vitreux. Je compris qu'il devait être affamé, après ces coups pris à la poitrine. Cependant, il essaya de parler avec calme, malgré tout le chaos ambiant.

— Tu sais presque tout ce dont tu as besoin pour survivre. Je dois juste te dire une dernière chose.

Une balle ricocha sur une voiture et étincela dans la pénombre, me faisant sursauter. Kanin ne parut pas le remarquer.

— Une dernière chose que tout vampire doit savoir, poursuivit-il dans un murmure. Lorsque tu es piégée à l'extérieur, sans abri où te réfugier, tu peux t'enfouir profondément dans la terre pour échapper aux rayons du soleil. C'est quelque chose que l'on fait instinctivement. C'est également de cette manière que dorment les enragés pendant la journée, alors fais attention, car il est fréquent de les voir surgir sous tes pieds. Tu dois trouver de la terre naturelle, pas des cailloux ou du ciment, et il faut être au moins à six pieds sous terre. Tu as compris ? Tu auras peut-être besoin de le faire, très, très bientôt.

Je secouai la tête, l'écoutant à peine, tandis que les cris et les aboiements se rapprochaient dangereusement.

— Kanin, je ne peux pas ! Je ne peux pas te laisser mourir ici !

— Ne me sous-estime pas, jeune fille, répondit-il

avec un faible sourire. Je vis depuis fort, fort longtemps. Tu crois que c'est la pire situation dans laquelle je me sois retrouvé ?

Son sourire se fit plus franc et plus féroce, puis il redevint grave.

— Mais toi... Tu ne survivrais pas. Pas maintenant, pas telle que tu es. Alors pars, vis, et deviens plus forte. Un jour, nos chemins se recroiseront peut-être.

Un hurlement triomphal s'éleva soudain, et une salve meurtrière cribla le mur au-dessus de nous. Kanin gronda, ses crocs scintillèrent et son regard se fit plus inhumain.

— Pars ! Pars vers la forêt. Je vais les occuper encore un moment.

Une nouvelle balle se logea dans le mur, nous aspergeant de poussière. Il gronda plus fort.

— Va-t'en, Allie ! Laisse-moi !

— Kanin...

Il poussa alors un rugissement et son visage devint démoniaque. C'était mon premier aperçu de ce qu'il pouvait devenir dans ce genre de situation, et je reculai, effarée.

— Pars ! Ou je te préviens, si tu cherches à m'aider, je t'arracherai le cœur moi-même !

Je ravalai un sanglot, puis me détournai pour me diriger vers une fenêtre cassée de l'autre côté de la pièce, m'attendant à recevoir une balle à chaque seconde. Je ne regardai pas derrière moi. Le hurlement de Kanin s'éleva soudain dans les airs, plein de défiance et de rage, bientôt suivi d'une violente rafale de coups de feu et d'un cri désespéré.

J'atteignis le bord du terrain et me lançai à corps

perdu dans les ruines ; de chaudes larmes de sang coulaient sur mes joues et me brouillaient la vue.

Je courus jusqu'à ce que les bruits de la bataille s'estompent derrière moi, jusqu'à ce que j'aie quitté les ruines pour entrer dans la forêt, jusqu'à ce que les lueurs du ciel réduisent mes membres à une insupportable mollesse.

Je finis par m'écrouler sur les racines d'un vieil arbre, grondant et pleurant à la fois. L'aube n'était qu'à quelques secondes de se répandre sur la terre, et de me transformer en brasier infernal. A demi-aveuglée par les larmes, j'enfouis mes doigts dans le sol frais et humide et commençai à gratter la terre et les feuilles, tout en me demandant si je parviendrais à m'enterrer à temps. Il faisait déjà chaud, si chaud… Je grattai plus vite, avec frénésie, sans trop savoir si de la fumée se dégageait vraiment de ma peau.

Bientôt, la terre ondula et sembla fondre sous moi pour m'avaler. Je me glissai dans un trou noir ; la terre m'enveloppa comme un cocon, et la chaleur disparut instantanément. Une fraîcheur bienfaisante m'envahit, puis il n'y eut plus rien.

Lorsque je m'éveillai, tout était calme autour de moi, et j'étais seule.

Je me débarrassai de la terre collée à mes vêtements et à mes cheveux, et guettai tout bruit suspect ou signe de vie dans l'obscurité. Mais à part les feuilles bruissant dans les arbres, rien ne bougeait. Entre les branches, le ciel était constellé d'étoiles.

Je revins sur mes pas sans trop de conviction, sachant au fond que je ne trouverais pas Kanin. S'il était mort, il ne resterait de lui que des cendres. Je ne trouvai que les corps sans vie de quelques humains, vraisemblablement mis en pièces par une créature bestiale et sans pitié. L'un d'entre eux tenait encore un fusil d'assaut d'une main ensanglantée. Je l'examinai, mais le fusil était vide, les munitions épuisées ; il aurait été inutile de m'encombrer de cette arme.

Ce n'est que lorsque je fus certaine d'être seule que je me posai pour me demander ce que j'allais faire.

Maudit Kanin...

Où pouvais-je aller, maintenant ? Qu'allais-je faire ? Je n'osais revenir dans la cité. Le Prince voudrait certainement ma peau, en tant que *progéniture* du vampire le plus recherché au monde. Seulement, ce qui se trouvait au-delà des ruines représentait un total mystère pour moi. Que pouvait-il bien y avoir ? Une autre cité vampire, peut-être. Ou peut-être pas. Peut-être n'y avait-il que des terres sauvages, à perte de vue. Peut-être n'y trouvait-on rien d'autre que des enragés, qui écrasaient toute autre forme de vie et tuaient tous les humains qu'ils rencontraient.

Mais je n'étais plus humaine. Et je n'avais plus autant peur d'eux qu'autrefois. Je faisais partie de *leur* monde désormais, du monde des ténèbres.

Je détestais l'idée de quitter mon territoire et la relative sécurité de la cité. Cependant, quelque part au fond de moi pointait aussi une once d'excitation. Peut-être que tout, dans ma courte vie, devait m'amener à cette situation. J'étais en dehors des murs. J'étais loin de l'influence des vampires. Certes, j'étais morte ; mais il y avait une étrange et grisante liberté à cette condition. Tout ce qui constituait mon ancienne vie avait disparu. Je n'avais rien vers quoi revenir.

Pars, vis, et deviens plus forte…

— Très bien, Kanin, murmurai-je. Je vais aller voir à quoi ça ressemble, là-bas.

Je me tournai pour jeter un coup d'œil entre les arbres, en direction des ruines et de la cité, et contemplai une dernière fois les lumières de l'endroit où j'avais vécu.

Puis, sans rien de plus que mon sabre et les vêtements que je portais, je laissai New Covington derrière moi, m'en éloignant à grands pas. Je ne m'arrêtai que lorsque j'eus l'assurance de ne rien voir d'autre que des arbres si je me retournais.

MONSTRE

10

Cette première nuit, seule dans la forêt, je la passai à marcher au milieu des arbres, des buissons et des taillis. Le réseau d'arbres était si étendu, si dense, que je me demandais s'il finirait un jour. Il n'y avait aucun sentier à suivre, du moins pas à l'endroit où je me trouvais. Après une vie entière passée entre les murs de la cité, cet environnement nouveau, tout de vert et de brun, me paraissait hostile et dangereux ; j'avais l'impression qu'il essayait de m'aspirer pour m'avaler. Je tombai çà et là sur quelques vestiges de civilisation humaine — de vieilles maisons affaissées sous le poids des herbes et des mousses, des carcasses de voitures envahies de plantes grimpantes —, mais plus je marchais, plus la forêt devenait sauvage. Je n'avais jamais imaginé qu'elle puisse être si grande, que les arbres puissent s'étendre sur de telles distances. Je songeai à New Covington, déjà bien gagnée par la végétation, et je me demandai combien de temps il lui restait encore avant de se faire totalement engloutir.

A la différence de la ville désertée, de ses rues figées et silencieuses, la nature était vivante. Tout bougeait autour de moi. Les branches soupiraient sous le vent. Des insectes bourdonnaient dans l'air. Des créatures invisibles se faufilaient dans les fourrés. Les premiers jours, ce mouvement incessant me stressa beaucoup ;

j'avais grandi dans un environnement où tout bruit, toute agitation soudaine, constituaient une forme de signal d'alarme. Mais après quelques nuits dans les bois, à force d'entendre des bêtes *me* fuir, j'en vins à la conclusion que rien en dehors de la ville ne pouvait me menacer. Après tout, j'étais un vampire. C'était moi, la créature la plus redoutable en ces lieux.

Sauf que je me trompais…

Un soir, juste après le crépuscule, je découvris un ruisseau au courant paisible et décidai de le suivre un moment, afin de voir s'il menait quelque part. Chemin faisant, j'aperçus quelques daims et un raton laveur sur ses berges, et me dis que d'autres animaux encore devaient être attirés par l'eau. Mais j'étais déjà si habituée au spectacle de la vie sauvage que je n'y réfléchis pas davantage.

Soudain, un grondement sourd s'échappa de l'obscurité devant moi. Une forme sombre et massive surgit des arbres et s'arrêta au bord de l'eau, à quelques mètres de moi. C'était le plus gros animal que j'aie jamais vu ; il avait une fourrure brune tout ébouriffée, des épaules colossales, d'énormes griffes jaunes. Il renifla dans ma direction et retroussa ses babines, révélant deux rangées de dents monstrueuses, dont certaines faisaient la taille de mes doigts.

Mes tripes se nouèrent. Des récits circulaient, en ville, à propos de l'existence de bêtes sauvages qui proliféraient de l'autre côté des murs. D'*autres* créatures que les enragés, mais tout aussi terrifiantes. Mais le mot « ours » ne rendait pas justice à l'animal que j'avais maintenant en face de moi. Il aurait pu déchiqueter un enragé d'un simple coup de patte, et avait de quoi inquiéter sérieusement n'importe quel vampire.

L'ours me fixait de ses yeux noirs et perçants et grondait tout en secouant son énorme tête. Je me raidis, essayant de me rappeler ce qu'on était censé faire si l'on tombait nez à nez avec un ours dans les bois. S'aplatir au sol ? Faire le mort ? Non, ça ne me semblait pas une bonne idée. Lentement, je bougeai le bras jusqu'à refermer la main sur la poignée de mon sabre, prête à dégainer au cas où l'animal chargerait. Si j'arrivais à lui porter un bon coup sur la nuque, peut-être cela suffirait-il à le tuer. Ou au moins à le ralentir. Et si ça ne marchait pas, je pourrais toujours grimper dans un arbre…

Les narines frétillantes, l'ours se balançait maintenant d'avant en arrière et grattait le sol d'une patte, sans cesser de gronder. J'eus la nette impression qu'il était désorienté. Peut-être n'avais-je pas l'odeur habituelle de ses proies ? Peut-être n'avais-je d'ailleurs pas l'odeur de quoi que ce soit de vivant. Finalement, il se retourna et, après un dernier grognement à mon intention, disparut au milieu des arbres. J'attendis de ne plus l'entendre fouler les taillis, puis me hâtai de partir en sens inverse.

Bien… Il y avait donc des créatures plus grosses et plus effrayantes que les enragés dans les parages. C'était bon à savoir. Je me demandai pourquoi l'ours ne m'avait pas attaquée. Avait-il senti qu'il était en face d'un autre prédateur, comme lui, et décidé de chercher une proie plus facile ? Je l'ignorais. Toutefois, il me paraissait évident que son instinct m'avait jugée comme quelque chose de non naturel, quelque chose qui n'appartenait pas à ce monde plein de sève et d'écorce. Ici, les bêtes sauvages ne devaient pas croiser beaucoup de vampires. Je me demandai comment réagirait la population de New Covington si un ours déboulait dans les rues de la ville. Cette idée me fit sourire. Probablement feraient-ils tous dans leurs pantalons. Quant à Stick, nul doute qu'il s'évanouirait sur-le-champ !

Mon sourire me quitta aussitôt à son évocation. Où était-il, maintenant ? Vivait-il encore dans l'entrepôt avec la bande de Kyle ? M'avait-il vendue pour se faire une place dans les tours des vampires comme larbin, contre la promesse d'être logé, nourri, blanchi, incapable qu'il était de survivre sans la protection de quelqu'un ?

Je jurai et brisai une branche de colère. Il ne pouvait pas m'avoir fait ça ! Ça ne pouvait pas être lui ! Je lui avais sauvé la vie tant de fois. J'avais veillé sur lui. Il ne pouvait pas avoir balayé tout ça d'un seul coup, comme si toutes ces années passées ensemble ne représentaient rien pour lui, comme si j'étais morte à ses yeux.

Arrête de te raconter des histoires, Allie. Qui d'autre aurait pu te dénoncer ? Qui d'autre savait, pour le vieil hôpital ?

Je soupirai et donnai un coup de pied dans une pierre, l'envoyant voler dans un buisson. La façon dont Stick m'avait regardée ce soir-là, dans l'entrepôt, c'était de l'horreur à l'état brut. Je l'avais vu dans ses yeux : Allison Sekemoto, la fille qui s'était occupée de lui pendant toutes ces années était morte. A sa place se tenait un monstre, un vampire. C'était tout ce qu'il avait vu…

Bêtement, je ne pouvais m'empêcher d'espérer que les humains demeurent loyaux, qu'ils puissent résister à la tentation d'une vie plus facile. Mais au fond, je savais qu'enregistrés ou non, si on leur offrait la possibilité de ne plus avoir faim ou froid, de ne plus être exclus, la majeure partie d'entre eux la saisirait sans hésiter. Stick aussi. Stick le premier, peut-être même. Telle était la nature humaine.

Durant plusieurs nuits, je marchai, sans savoir où j'allais ni m'en soucier. Lorsque l'aube teintait le ciel de rose, je m'enfouissais dans la terre, et n'en sortais que le soir suivant, pour me retrouver, avançant inlassablement entre les arbres, toujours aussi déboussolée. Je ne croisai ni humain ni vampire ; les bois regorgeaient pourtant de vie, me donnant l'occasion de voir des animaux que je ne connaissais que de nom, croisés dans des livres ou des histoires : renards, putois, lapins, écureuils, serpents, ratons laveurs et de nombreuses hardes de daims. Je vis également des prédateurs assez impressionnants : une meute de loups avançant silencieusement entre les arbres, une nuit, et la forme fauve d'un énorme chat aux yeux scintillant dans la pénombre. Aucun d'entre eux ne fit attention à moi cependant, et je leur rendis bien volontiers leur indifférence.

La sixième nuit, je sortis de mon trou de terre avec plus de hâte que les fois précédentes, mes crocs appuyant sur ma lèvre inférieure. J'avais faim. Je devais chasser.

La petite harde de daims qui broutait dans une étroite clairière s'éparpilla à mon approche, mais je fus plus rapide. Je bondis sur un mâle et le plaquai à terre tandis qu'il se débattait de toutes ses pattes. Le sang qui inonda bientôt ma bouche était chaud et fort en goût ; je le sentis descendre avec soulagement dans mon estomac ; pourtant, la douleur sourdait toujours au creux de mon ventre. J'attrapai un autre daim et me gavai de son sang, sans pour autant apaiser ma faim.

Les autres animaux ne parvinrent pas plus à me

rassasier. C'est donc affamée que je partis me coucher ; et les soirs suivants, en sortant de terre, je repartais chasser pour vider de leur sang toutes les créatures que je rencontrais. Mais rien à faire : mon estomac avait beau être plein — parfois même trop —, la faim ne faisait que croître.

Et puis un soir où, affamée et désespérée, je poursuivais une biche dans les fourrés, je tombais sur un bout de bitume. J'étais au milieu d'une route, ou de ce qui en avait été une. La plus grande partie était recouverte d'herbes et de brindilles, et la végétation poussait à travers les nombreuses fissures de son revêtement. La forêt l'encadrait des deux côtés, menaçant de l'envahir totalement, mais elle était toujours là : une étroite bande grise entre les arbres, et qui s'évanouissait de part et d'autre dans le noir.

Je réprimai mon enthousiasme. Il n'était nullement garanti que cette route mène encore quelque part. Cependant, la suivre était certainement bien plus judicieux que d'errer sans but dans la forêt.

Je choisis donc une direction, et commençai à marcher.

Une fois encore, je dormis en m'enterrant au bord de la route, et m'éveillai le soir suivant avec une faim terrible. Mes crocs sortaient constamment tout seuls, et je me surprenais à guetter nerveusement le moindre mouvement et le moindre bruit dans l'obscurité. Mon besoin de chasser était presque irrépressible ; il me faisait perdre du temps et de l'énergie, sans pourtant que je puisse apaiser la faim atroce qui me tordait les entrailles. Je continuai donc à marcher sur la route, la bouche pâteuse et le ventre prêt à se grignoter lui-même.

Quelques heures avant l'aurore, cette nuit-là, les bois se firent plus clairsemés, puis se transformèrent en prairies. Je me sentis soulagée, car je commençais vraiment à me demander si la forêt aurait une fin ou bien si j'étais condamnée à y errer pour l'éternité.

La route devint bientôt plus large. Tout était calme autour de moi, à la différence de la forêt où l'on entendait toujours un bruissement dans les feuilles, les fourrés. A part le bruit de mes pas sur la chaussée, tout était parfaitement paisible ; au-dessus de ma tête, les étoiles brillaient à l'infini.

Le grondement d'un moteur me parvint soudain, mais de très loin, probablement à des kilomètres. Tout d'abord, je crus que c'était un effet de mon imagination et de ma trop longue solitude. Puis je m'arrêtai au beau milieu de la route et regardai, fascinée, la lumière de phares qui apparurent dans le bruit croissant.

Je distinguai bientôt deux petites machines. Ce n'étaient pas des voitures, des camions, ni aucune sorte de véhicule que j'aie déjà vu. Elles avaient deux roues seulement et avançaient plus vite qu'une voiture, mais j'avais du mal à voir autre chose d'elles que l'éclat éblouissant de leur phare avant. Une vague d'excitation m'envahit. Si de tels véhicules circulaient sur les routes, alors peut-être des humains vivaient-ils pas très loin.

Les phares se rapprochèrent, m'aveuglant presque. L'ancienne Allison, le petit rat craintif et méfiant, m'intima alors de quitter immédiatement la route, de me cacher, et de les laisser passer sans me faire voir. Mais mon instinct, lui, me disait que des humains devaient être aux manettes de ces étranges machines. Et j'étais curieuse. Je voulais savoir si des humains pouvaient vivre hors de la cité, loin de l'influence des vampires.

Et puis… j'avais faim…

Les véhicules firent halte quelques mètres devant moi et le ronronnement des moteurs cessa, sans que les lumières des phares ne s'éteignent pour autant. Une main en visière au-dessus de mes yeux pour les protéger, j'entendis un grincement, puis quelqu'un descendit de l'une des machines.

— Tiens, tiens…

La voix était grave et railleuse. Je distinguai alors la silhouette d'un homme costaud, à l'allure fruste, qui avança dans le halo de lumière. Des tatouages recouvraient ses bras comme des manches. Un autre couvrait la moitié de son visage — l'image d'un chien, d'un loup ou d'un coyote qui montrait les dents.

— Regardez-moi ça, dit-il. Alors, on est perdue, jeune fille ? Ce n'est pourtant pas un endroit pour se retrouver paumée toute seule, en pleine nuit.

Un deuxième homme le rejoignit, plus petit et plus maigre, mais non moins menaçant. Il paraissait plus vicieux. Le même chien — ou loup, ou coyote — était tatoué sur son épaule, et ses yeux brillaient d'excitation.

— On manque un peu de gonzesses, dans le coin, fit-il en se passant la langue sur les lèvres. Tu vas bien nous tenir compagnie un moment ?

Je frémis et fis un pas en arrière en me retenant de leur montrer les dents. J'avais fait une erreur en n'allant pas me cacher, comme l'ancienne Allie en moi me l'ordonnait. Je savais ce qu'ils voulaient. J'aurais dû me dissimuler et les laisser passer leur chemin. Maintenant, il était trop tard. Je sentais la dépravation, la sueur et le sang qui palpitaient sous leur peau, et déjà la violence flottait dans l'air, la faim se réveillant dans mon ventre.

Dans un petit cliquetis métallique, le premier homme brandit un pistolet et le pointa vers mon visage.

— Ne pense même pas à t'enfuir, crut-il bon de me prévenir avec un sourire qui révéla des dents jaunes et mal rangées. Viens plutôt par là et laisse-toi faire.

Voyant que je ne bougeais pas, il fit un signe de tête à son compagnon, qui avança pour m'attraper par le bras.

A l'instant même où sa main toucha ma peau, quelque chose bascula brutalement en moi.

Proie ! Manger !

Je me tournai alors vers l'homme en poussant un cri perçant, tous crocs dehors. Il recula brusquement en jurant. Ce fut moi qui le saisis cette fois, galvanisée par la chaleur des fluides qui couraient sous sa peau. Je sentais l'odeur de son sang, j'entendais les battements affolés de son cœur, et ma vision se teinta de rouge sous l'effet de la faim.

Il y eut un beuglement dans mon dos. Puis le parfum pénétrant du sang frais tandis que l'homme se débattait contre moi. Je me retournai. L'autre homme se tenait à contrejour dans la lumière de sa machine, exhalant une odeur de peur et de sang, son arme pointée vers ma poitrine.

Dans un rugissement, je laissai tomber celui que je tenais et plongeai sur l'autre. Le pistolet claqua deux fois, me manquant, et je percutai le poitrail de ma proie pour la plaquer à terre. L'homme gesticula, tentant de repousser ma tête, mais je le maîtrisai rapidement et le redressai pour enfoncer mes crocs dans son cou.

Il se raidit sous ma morsure ; j'enfonçai mes crocs plus profondément, et perçai la veine pour que le sang se déverse en abondance. Une douce chaleur emplit alors ma bouche et ma gorge pour rejoindre mon estomac, soulageant enfin l'affreuse douleur qui s'y logeait depuis trop longtemps. Je poussai un râle de plaisir et mordis frénétiquement les chairs alentour, ce qui augmenta l'afflux de sang. J'aspirai goulûment cette énergie fraîche et sentis ma faim s'apaiser. Le reste du monde s'évanouit autour de moi, tous les bruits s'effacèrent, et toutes mes sensations se réduisirent à cet acte unique, ce moment parfait et enivrant où rien d'autre ne comptait plus que ma puissance.

Soudain, l'homme poussa un gémissement étouffé, et je pris brusquement conscience de ce que j'étais en train de faire.

Tremblante, je le lâchai. Pendant ces quelques minutes de folie, il s'était réduit à une simple proie pour moi. Son cou ensanglanté était un véritable carnage ; dans mon délire, je ne m'étais pas contentée de mordre sa gorge : je l'avais déchiquetée. Mais la blessure ne répandait plus de sang. Je lui secouai l'épaule, prise de doute.

Sa tête bascula sur le côté, les yeux figés, vides et grands ouverts.

Il était mort.

Oh ! Non !

Je portai mes deux mains à ma bouche et me mis à trembler si fort que je crus que j'allais vomir. La prédiction de Kanin s'était réalisée. Je venais de tuer quelqu'un. J'avais assassiné un être humain. A l'instant où j'avais goûté le sang, le démon m'avait submergée, j'avais perdu la tête. Perdu le contrôle sur la faim. Et, pis encore, j'avais adoré chaque seconde de ce moment de folie.

Je contemplai, hébétée, ce corps encore vivant quelques minutes auparavant.

Je l'avais tué. *Tué !*

Un gémissement d'agonie me tira de ma stupeur. Je regardai avec frayeur du côté de l'autre homme allongé sur la chaussée, les yeux levés vers le ciel. Son souffle était court et rapide, et ses yeux paniqués s'exorbitèrent en me voyant me relever et marcher vers lui.

Il remua les jambes pour essayer de se redresser, sans succès. Du sang coulait de sa poitrine, où il avait reçu l'une des deux balles qui m'étaient destinées. Il n'en avait plus pour longtemps, c'était évident. Mais il ne semblait pas s'en rendre compte, et me regardait fixement de ses yeux vitreux.

— Je n'aurais jamais cru que tu étais un vampire.

Il suffoqua et cracha du sang qui se répandit sur l'asphalte. Son regard fixe me transperça comme la pointe d'un couteau.

— Je suis désolée, murmurai-je, ne sachant quoi dire d'autre.

Ce devait en être trop pour lui.

— Désolée ? ricana-t-il. Un vampire tue mon pote, avant de dire qu'il est désolé !

Il partit dans un rire incontrôlable, s'étouffant à moitié dans son sang, les yeux révulsés.

— C'est… une blague, non ? Une blague… de vampire ? Jackal… aurait… bien rigolé.

Puis il ne bougea plus.

Je serais sûrement restée là un moment, agenouillée dans l'herbe, avec l'odeur du sang imprégnant mon nez et ma bouche, si le ciel ne s'éclaircissait pas déjà au-dessus des collines, et si mon horloge interne n'avait pas tiré la sonnette d'alarme. L'espace d'un instant, je me demandai ce que cela ferait si je me contentais de rester en surface. De m'exposer au soleil, comme Kanin l'avait évoqué. Serais-je réduite en cendres ?

Le processus serait-il long, douloureux ? Y aurait-il quelque chose après ? Je n'avais jamais été croyante, mais j'avais toujours cru que les vampires ne possédaient pas d'âme, et personne ne savait ce qui leur arrivait lorsqu'ils quittaient vraiment ce monde. Il était peu probable qu'un monstre, un démon comme moi, ait jamais accès au paradis ou à ce qui attendait les humains qui mouraient. Si toutefois une telle chose existait.

Mais si le paradis existait… alors *l'autre lieu* existait aussi.

Je me traînai sur l'herbe et creusai pour m'ensevelir profondément. La terre se referma sur moi comme une tombe. J'étais peut-être un démon, je méritais peut-être le bûcher, mais je ne voulais pas mourir. Quand bien même cela me vouerait aux flammes de l'enfer, je choisirais toujours de vivre.

Même si, pour la première fois depuis cette nuit terrible dans les ruines, je regrettais que Kanin m'ait sauvée.

11

Les corps étaient toujours là, raides et blêmes, lorsque je sortis de mon antre le soir suivant. Ils avaient déjà attiré une nuée de corbeaux et autres oiseaux charognards. Je les repoussai à grands cris et traînai les cadavres de la route jusqu'aux hautes herbes pour les abandonner à la nature. C'était le moins que je puisse faire. Les véhicules qu'ils conduisaient devaient être à court d'énergie car leurs phares étaient éteints, et tout semblait à l'arrêt. Je me demandai si j'aurais pu en conduire un. Vaine question. Je n'avais jamais rien conduit de ma vie, et ces machines paraissaient assez compliquées d'utilisation, en admettant qu'elles fonctionnent encore. Je les laissai donc sur le bord de la route et poursuivis mon chemin.

Une ou deux autres nuits passèrent, sans rien de particulier. Je traversai des villes et des villages morts, vides et désertés. Je tombai sur plusieurs carrefours ; différentes routes partaient dans différentes directions jusqu'à perte de vue, mais je demeurai sur celle que j'empruntais depuis le début. Je m'habituai bientôt au silence et à l'étendue sans fin du ciel au-dessus de moi. Les étoiles constituaient mes seules et fidèles compagnes, malgré la présence occasionnelle dans la plaine de daims, de petits animaux et de bêtes à cornes hirsutes. Lorsque le soleil pointait à l'horizon, je m'enfouissais sous terre pour dormir, et me levais la nuit suivante pour ensuite faire de même avant le jour.

Je pris mes petites habitudes : sortir de terre, secouer la terre de mes habits, reprendre la direction de la veille et marcher. Je ne pensais plus à la cité. Ni à Kanin. Ni à quoi que ce soit derrière moi sur cette route. Je préférais me distraire en imaginant ce que j'allais trouver derrière la prochaine colline. J'imaginais parfois une ville étincelante de lumière, ou les feux d'un véhicule venant vers moi. Ou encore la silhouette d'un autre voyageur à pied approchant de moi dans la pénombre. Bien entendu, je ne vis rien de tout cela. Ni lumière, ni véhicule, ni être humain. Seulement la plaine désolée et les vestiges de ce qui avait dû être des fermes ou des maisons. La rencontre avec les deux hommes ne me paraissait plus être qu'une sorte de rêve un peu flou, quelque chose qui ne m'était pas vraiment arrivé, tant j'avais le sentiment d'être seule au monde.

La bonne surprise, c'est que je ne rencontrais aucun enragé. Je m'étais attendue à en croiser quelques-uns, depuis le temps que je marchais. Mais peut-être les enragés ne vivaient-ils qu'à proximité des villes habitées par leurs proies humaines. A moins que, comme les ours, ils ne chassent pas les vampires. Peut-être une proie devait-elle être vivante et respirer pour attirer leur attention.

Ou peut-être croyaient-ils que les vampires faisaient partie de leur espèce.

La route me mena dans une nouvelle ville déserte. Elle était très semblable aux quelques autres que j'avais vues, déserte et envahie de végétation, des bâtiments à moitié écroulés, des restes de voitures à l'abandon dans les rues. En passant devant les ruines d'une station-service, je me demandai si elle avait été dévalisée de tout son approvisionnement en nourriture. Question absurde qui m'arracha un petit rire amer. L'ancienne Allie aurait considéré un tel endroit comme une caverne d'Ali Baba potentielle. Vieux immeubles, magasins abandonnés, stations-service désertées ; il y avait là des tonnes d'occasion de faire une bonne récolte. Seulement, je n'avais plus besoin ni d'eau ni de nourriture. Et la seule chose qu'il me fallait ne se trouvait pas dans ces lieux abandonnés des hommes.

Je poussai un long soupir, pour la forme, et continuai ma route.

Soudain, alors que je venais de dépasser un arbre sortant du toit d'une voiture, j'entendis un bruissement dans l'herbe et un faible gémissement. Ce n'était pas le bruit d'un animal. On aurait dit que c'était humain.

Je m'arrêtai. Quatre jours s'étaient écoulés depuis… *l'incident…* avec les deux hommes. Représentais-je à ce stade un danger pour les humains ? Serais-je capable de me contrôler en présence de proies éventuelles ? La faim semblait calmée pour le moment, et sous contrôle, mais je devais tout de même me montrer prudente.

J'entendis de nouveau le bruit. Redoutant de tomber sur un animal enragé, je sortis mon sabre et fis lentement le tour de la voiture, prête à trancher tout ce qui pourrait surgir des hautes herbes. Mais je me détendis en voyant ce qui se cachait derrière l'arbre.

Un petit visage effrayé leva sur moi deux yeux ronds, pleins de larmes. L'enfant avait des cheveux bruns, la peau sale, et probablement pas plus de six ans.

Que fabrique un gamin, seul, ici ?

Je baissai mon sabre, tout en restant sur le qui-vive. Le petit garçon renifla. Je scrutai des traces de morsure ou des blessures sur son corps, mais ne vis rien. Pas de sang, même s'il était affreusement maigre, comme beaucoup de ceux que j'avais connus dans mon ancienne vie.

— T'es… t'es qui ? demanda-t-il en se pressant contre le tronc. Je te connais pas. T'es une étrangère.

— Ne t'inquiète pas. Je ne vais pas te faire de mal.

Je rengainai ma lame et m'agenouillai près de lui en lui tendant la main, ébahie que quelqu'un ait laissé un enfant dans ces rues obscures.

— Où habites-tu ?

Voulait-on qu'il se fasse dévorer par des enragés ?

— Où sont ton papa et ta maman ?

— J'ha-j'habite pas ici, chuchota-t-il dans un hoquet, essayant de ne pas pleurer. J'ai p-pas de papa ni de maman. J'habite avec t-tout le monde, mais j'arrive plus à les ret-trouver !

Cela ne m'aidait pas beaucoup, d'autant que sa dernière phrase se termina en un hurlement de panique qui me vrilla les tympans. Nous n'irions pas bien loin de la sorte ; sans compter que ce cri pouvait rameuter des animaux enragés, ou même pire. Ils m'ignoreraient peut-être, mais probablement pas ce gosse.

— Ça va aller, le rassurai-je tandis qu'il mettait son petit poing dans sa bouche pour réprimer un nouveau cri. Ne t'en fais pas, on va les retrouver. Il y a d'autres gens ici, alors ? Ils sont en ville ?

Il acquiesça.

— Ils cherchaient à manger, et aussi d'autres trucs, dit-il en tendant le doigt dans une direction indéterminée. Par là, je crois. J'ai été faire pipi, et quand je suis revenu, ils étaient plus là.

On pouvait donc espérer qu'ils ne se trouvent pas

loin. Qui qu'*ils* soient. Probablement un proche ou une connaissance, puisque le garçonnet n'avait pas de parents. Sa lèvre inférieure tremblait ; et moi, je me sentais nerveuse.

— Allez…, dis-je en me relevant. Viens, on y va. Je suis sûre qu'ils te cherchent, eux aussi.

La Bordurienne individualiste se réveilla en moi, atterrée. *Qu'est-ce que tu fiches, Allison ? Tu ne connais pas ce gamin. Pourquoi te mêles-tu de ça ?*

Mais que pouvais-je faire d'autre ? Certainement pas laisser un enfant seul dans cet endroit, en tout cas. Même moi, je ne pouvais pas faire ça. Je le remettrais à sa famille, et puis…

Je réprimai un frisson. Quand aurais-je de nouveau l'occasion de croiser des humains ? Si je ramenais cet enfant aux gens qui s'occupaient de lui, ils m'en seraient probablement reconnaissants. Peut-être m'inviteraient-ils à passer la nuit chez eux. Il serait alors facile, pendant leur sommeil, de me glisser près d'eux et de…

Je repoussai cette pensée avec horreur. Mais comment lutter ? J'étais un vampire, et si je ne gardais pas la faim sous contrôle, je redeviendrais cette créature cruelle qui avait sévi sur la route. Or je ne voulais plus me nourrir que selon mes propres critères.

— Eh bien ? demandai-je au garçon en lui tendant la main. Tu viens ou pas ?

Son visage s'illumina. Il se leva et referma ses petits doigts sur les miens. Il ne pleura ni ne broncha tandis que nous marchions dans les rues noires, entre des bâtiments en ruines et des véhicules délabrés. Soit il avait trop peur pour dire quoi que ce soit, soit il avait l'habitude d'arpenter des lieux sinistres au beau milieu de la nuit.

— Comment tu t'appelles ? me demanda-t-il comme nous empruntions un nouveau trottoir encombré de réverbères cassés.

Il semblait calme, maintenant, soulagé d'être accompagné d'une adulte, même si celle-ci était une inconnue.

— Allison, lui répondis-je en scrutant l'obscurité pour y déceler tout signe de mouvement.

Un renard gris releva la tête des décombres où il fouinait et détala dans l'herbe ; mais à part ça, rien ne troublait la nuit.

— Moi, c'est Caleb.

Je fis un signe de tête et tournai pour déboucher sur ce qui avait dû être une place. De la mousse recouvrait des restes de bancs alignés en bordure des trottoirs ; au centre, une fontaine de pierre asséchée finissait de s'écrouler. Des feuilles craquaient sous nos pieds.

Comme nous passions devant un belvédère au toit effondré, je m'arrêtai subitement, et retins Caleb. Derrière nous, parmi les éboulis de la toiture, j'entendais le battement régulier d'un cœur.

— Pourquoi on s'arrête ? chuchota Caleb.

— Retourne-toi ! lança soudain une voix dans mon dos. Doucement.

Tenant fermement la main de Caleb, je me retournai.

Un humain se tenait derrière nous, à quelques mètres du belvédère. Il était mince, un peu plus grand que moi, les cheveux blonds, et ses yeux d'un bleu perçant ne me lâchaient pas d'un millimètre.

Pas plus que le canon du pistolet qu'il avait braqué en direction de ma tête.

— Zee ! s'écria Caleb en se précipitant vers lui.

Je le laissai partir et le vis se jeter sur l'inconnu ;

l'homme se pencha et serra l'enfant contre lui sans me quitter des yeux.

— Eh bien, rase-moquette, dit-il à Caleb sans cesser de me fixer, tu vas te faire souffler dans les bronches ! On te cherchait partout, ta sœur et moi.

Ses yeux se plissèrent, comme si cela devait lui permettre de mieux percer mes intentions.

— Qui est ton amie ?

— Caleb !

Un cri l'interrompit, et une jeune fille d'environ seize ans, brune, élancée, se rua vers nous en tendant les bras.

— Dieu merci ! Tu l'as retrouvé !

Elle arracha l'enfant des bras du nommé Zee, le serra très fort, puis le reposa à terre.

— Où étais-tu passé ? Tu nous as fait une peur bleue, à disparaître, comme ça ! Ne refais *jamais* ça, compris ?

— Ruth, dit calmement le garçon blond, qui ne me quittait toujours pas des yeux. Nous avons de la compagnie.

La fille releva brusquement la tête et sursauta en me voyant.

— Qui… ?

— C'est Allison ! dit gaiement Caleb en me souriant.

Je lui rendis son sourire, mais continuai moi aussi à fixer le garçon et son arme.

— Elle m'a aidé à vous retrouver quand j'étais perdu.

— Vraiment ?

Le garçon fronça les sourcils et s'avança pour s'interposer entre ses protégés et moi.

— Et qu'est-ce qu'elle fait dans le coin, à se balader seule, en pleine nuit ?

— J'aimerais bien le savoir aussi, renchérit Ruth en me regardant par-dessus l'épaule du garçon. Qu'est-ce que tu comptais faire avec mon frère ? me demanda-t-elle alors, avec le courage de quelqu'un protégé par un bras armé. Qui es-tu, d'abord ?

Je l'ignorai, consciente que je devais convaincre le garçon en priorité. Il me regardait calmement de ses yeux bleus, calculant cependant le moindre de mes mouvements. Maintenant que je le voyais distinctement, je me rendis compte qu'il ne devait guère être plus vieux que moi, avec son jean poussiéreux, sa veste trouée et ses cheveux emmêlés qui lui tombaient dans les yeux. Il me retourna mon sourire avec une assurance presque insolente — peut-être due au fait qu'il portait des armes. En plus du pistolet, toujours pointé sur moi, il avait une hachette d'un côté de sa ceinture, un poignard de l'autre, et une sangle en travers de la poitrine, qui devait certainement soutenir la machette dont je voyais le manche dépasser de son dos. J'étais certaine qu'il devait en avoir d'autres encore cachées ailleurs, comme un couteau dans sa botte ou dans sa manche. Je le suspectais aussi de savoir se servir de chacune d'entre elles. Autour de son cou, une petite croix en argent scintillait au bout d'une chaîne.

Ses yeux se posèrent brièvement sur la poignée de mon katana, qui dépassait de mon épaule, puis sur ma taille, y cherchant d'autres armes. Je demeurai impassible, tout en me demandant si je pourrais l'atteindre et faire valser le pistolet sans me faire éclater la tête au passage. Si l'on devait en venir là. Pour l'instant, il se montrait circonspect sans être ouvertement hostile. Probablement ne cherchait-il pas la bagarre, et moi non plus. Pas après…

J'écartai ce souvenir dérangeant et me concentrai

sur ces inconnus qui me dévisageaient toujours avec suspicion.

— Bon alors, vous me tirez dessus ? lançai-je, ou bien on passe la nuit à se regarder dans le blanc des yeux ?

— Ça dépend, répondit le garçon en souriant, sans toutefois baisser son arme. Qui es-tu ? Peu de gens se promènent la nuit à cause des enragés. Et tu n'es pas d'ici… D'où viens-tu ?

— De New Covington.

Il fronça les sourcils, visiblement peu avancé.

— Une cité de vampires, précisai-je sans réfléchir.

Ruth se décomposa immédiatement.

— Une cité de vampires ! Zeke, viens, dit-elle en lui tirant la manche. On doit rentrer prévenir les autres !

Elle me fusilla de son regard noir tout en s'agrippant à l'épaule du garçon.

— Si ça se trouve, c'est l'un de ces larbins dont Jeb nous a parlé ! Elle est peut-être en train de chasser de nouveaux esclaves de sang !

— Je ne suis pas un larbin ! répliquai-je avec hargne. D'ailleurs, les larbins ne s'embêtent pas à chasser eux-mêmes des esclaves. Ils laissent les forces armées s'en charger. Vous voyez du monde autour de moi ?

Zeke hésita, puis se débarrassa du bras de Ruth.

— Si tu viens d'une cité vampire, qu'est-ce que tu fais là ? demanda-t-il sur un ton plus posé que sa compagne.

— Je me suis enfuie.

Je haussai le menton et le dévisageai d'un air défiant.

— J'en avais assez d'être pourchassée, de regarder les vampires faire ce qu'ils veulent de nous, juste parce qu'ils nous considèrent comme des animaux. Autant tenter ma chance de l'autre côté du Mur en étant libre que de rester en ville comme esclave d'un suceur de sang. Alors je suis partie. Et je n'y retournerai jamais. Si tu veux me tuer pour ça, vas-y. Ce sera toujours mieux que ce que j'ai quitté.

Le garçon semblait sur le point de dire quelque chose quand Caleb se jeta dans ses jambes et se mit à pleurer.

— Ne la tue pas, Zee ! Elle est gentille ! Elle m'a aidé à vous retrouver.

Il lui martela les tibias de ses petits poings.

— Si tu la tues, je serai en colère contre toi toute ma vie !

— Bon. D'accord, d'accord… Je ne vais pas la tuer.

Zeke fit une grimace et abaissa son arme, tandis que Ruth attrapait l'enfant par le bras pour l'écarter de lui.

— Ce n'est pas ce que je comptais faire, de toute façon, fit-il dans un soupir, se tournant vers moi avec un haussement d'épaules résigné. Désolé pour l'accueil… Mais on a tous eu tellement peur d'avoir perdu Caleb, et on ne croise pas beaucoup de monde, dans le coin. Je ne voulais pas te faire peur.

— Pas de problème, dis-je soulagée, sentant la tension redescendre.

Ruth me fixait toujours. Dans ses bras, Caleb se tortillait pour descendre.

Zeke sourit, ce qui le rajeunit instantanément et lui donna l'air bien plus sympathique.

— Bon, et si on recommençait les présentations ? proposa-t-il avec un regard malicieux. Merci d'avoir pris soin de Caleb. Je m'appelle Zeke Crosse. Voici Ruth, ajouta-t-il avec un signe de tête vers la fille, qui continuait à me regarder de travers. Et tu connais déjà Caleb.

— Je m'appelle Allison. Ou plutôt Allie…

Je balayai les alentours du regard, y cherchant d'autres humains. Je n'en vis aucun.

— Et vous, qu'est-ce que vous faites là ? Vous êtes juste tous les trois ?

Il secoua la tête, écartant des mèches de ses yeux.

— On est de passage, comme toi. On s'est arrêtés là pour chercher des vivres avant de poursuivre notre route.

— Combien êtes-vous ?

— Une douzaine.

Il me regarda avec attention. Je haussai un sourcil interrogatif et lui rendis son regard.

— Tu viens vraiment d'une cité vampire ? demanda-t-il sincèrement étonné. Et tu voyages seule depuis ton départ ? Est-ce que tu es consciente du danger que tu cours, par ici ?

— Oui.

Je tendis le bras dans mon dos pour toucher la poignée de mon katana.

— Mais je sais très bien me défendre.

Zeke poussa un petit sifflement admiratif.

— Je n'en doute pas, murmura-t-il.

Je perçus un certain respect dans sa voix. Il respira un bon coup et me sourit de nouveau.

— Ecoute, je dois ramener Ruth et Caleb auprès des autres, avant que Jeb ne pète les plombs. Tu as besoin de quelque chose ? Nous n'avons pas grand-chose, mais je suis sûr qu'on peut te donner un paquet de chips ou une boîte de haricots. Tu n'as pas l'air d'avoir mangé à ta faim, ces derniers temps…

Je restai interdite sous le coup de la surprise. Son offre paraissait sincère, ce qui me déstabilisa et me rendit de nouveau méfiante. Les humains ne donnaient jamais de nourriture à des inconnus. Mais avant que j'aie eu le temps de répondre, Ruth posa Caleb par terre et avança d'un pas vif, les yeux brillants.

— Zeke ! dit-elle sèchement en le tirant par la manche et en se haussant sur la pointe des pieds pour lui parler à l'oreille. Nous ne savons rien d'elle.

Elle avait beau chuchoter, mon ouïe de vampire me permettait de l'entendre distinctement.

— Cette fille est peut-être une voleuse, un larbin ou une kidnappeuse, on n'en sait rien. Que va dire Jeb si on revient avec une inconnue ? Surtout si c'est quelqu'un qui a vécu avec les *vampires*.

— Elle est venue en aide à Caleb, rétorqua Zeke d'un air agacé. Je ne crois pas qu'elle s'apprêtait à l'embarquer à New Covington, ou ailleurs. Tu ne t'es pas posé autant de questions quand Darren nous a rejoints, alors qu'il venait d'un camp de bandits. De quoi as-tu peur ?

— Je veux qu'elle vienne ! déclara Caleb en tirant sur le pantalon de Zeke. Lui dites pas de partir !

Bon… Tout cela était fort distrayant, songeais-je, mais il était probablement temps que je m'en aille. Je ne pouvais évidemment pas voyager de jour avec un groupe. Cependant, je pouvais me retirer et attendre qu'ils aillent dormir…

— Je n'ai besoin de rien, annonçai-je sobrement. Merci quand même. Je dois y aller, maintenant

Caleb fit la moue. Zeke regarda Ruth, qui rougit et recula.

— Comme tu veux, Allison, déclara Zeke en reposant les yeux sur moi. Mais franchement, ça ne nous dérange pas. On a l'habitude de recueillir les bêtes perdues, pas vrai, rase-moquette ?

Il ébouriffa les cheveux du garçonnet, ce qui le fit rire, avant de redevenir sérieux.

— Sache que tu es la bienvenue pour te joindre à nous, au moins pour cette nuit. Jeb ne refuse jamais quelqu'un qui en a besoin. En fait, si tu veux, poursuivit-il en penchant la tête, l'air pensif, tu peux même voyager avec nous pendant un moment. Apparemment, on va dans la même direction. Il faudra juste que tu t'habitues à nos horaires un peu bizarres : on dort le jour, et on sort la nuit.

J'ouvris des yeux ronds, n'en croyant pas mes oreilles.

— Vous voyagez *la nuit* ? demandai-je afin d'en être sûre.

Il opina du chef.

— Pourquoi ?

Le visage de Zeke se rembrunit tandis que Ruth pâlissait et braquait les yeux sur Caleb.

— C'est… une longue histoire, marmonna Zeke au bout de quelques secondes, l'air mal à l'aise. On en reparlera plus tard.

Il fit en direction de l'enfant accroché à sa jambe un signe de tête discret qui sous-entendait : « Je te le dirai quand Caleb ne sera plus auprès de nous. »

Il y avait à coup sûr une histoire intéressante là-dessous. L'expression sinistre de son visage était plus éloquente que des mots, et piquait ma curiosité. Qu'avait-il donc pu se produire de si terrible que Caleb ne devait pas l'entendre ?

— L'offre tient toujours, Allison, continua Zeke sous le regard maussade de Ruth. Alors, tu viens ou pas ?

Ce n'était pas raisonnable. Le mieux était que je tourne les talons et reprenne ma route sans me retourner. D'après les dires de Zeke, une bonne douzaine d'humains se trouvait dans les parages, ignorant la présence d'un vampire si proche de leur petite communauté. Si j'acceptais cette offre, combien de temps mettraient-ils à comprendre que je n'étais pas humaine, surtout avec cette Ruth qui m'observait comme un vautour soupçonneux, attendant de fondre sur moi ? Et moi, combien de temps tiendrais-je, dans l'odeur de leur sang frais, sans vouloir tous les dévorer ?

En même temps, si je restais loin des humains, seule et affamée, je finirais de nouveau par perdre mon self-control. Et c'est alors que je tuerais quelqu'un. Peut-être un enfant, comme celui accroché à la jambe de Zeke. Que se serait-il passé si je l'avais trouvé, *lui*, à la place des deux hommes, quand j'avais tant besoin de me nourrir ? Cette simple pensée me rendait malade. Je ne pouvais pas refaire une chose pareille. C'était inconcevable.

Mais peut-être… peut-être que si je prélevais juste un peu de sang chaque fois, je pourrais tenir mon démon sous cloche. Il devait bien y avoir un moyen. Personne ne devrait le découvrir, évidemment ; je devrais être très, très prudente, mais ce plan me semblait préférable à l'idée de les abandonner dans la nuit, en attendant que la faim me rende folle une fois encore.

— S'il te plaît, Allie !

Caleb leva vers moi ses grands yeux implorants.

— Viens avec nous. S'il te plaaaît !

— Tu l'as entendu ?

Zeke sourit. Je le trouvai beau et charmant sous le clair de lune.

— Tu es obligée de venir maintenant, sinon tu vas le faire pleurer.

Ruth me décocha un regard noir, mais son avis

m'était bien égal. Je poussai un soupir, à la fois parce que j'en avais envie et pour leur donner l'impression que je respirais.

— D'accord, dis-je en haussant les épaules. Tu as gagné. Je vous suis.

Caleb sauta à mon côté, un large sourire aux lèvres, et prit ma main. Ruth fit entendre un petit bruit dégoûté et s'éloigna à grands pas en marmonnant. Zeke secoua la tête comme pour s'en excuser auprès de moi, puis nous ouvrit le chemin.

Je leur emboîtai le pas, main dans la main avec l'enfant, et quelque peu mal à l'aise. C'était probablement une très mauvaise idée de ma part, mais je ne pouvais plus faire marche arrière. Les cartes étaient jetées et j'allais devoir me lancer dans une belle partie de bluff !

En outre, parler me manquait beaucoup, même si j'avais du mal à l'admettre. Ces longues nuits de silence dans la nature m'avaient permis de prendre conscience d'à quel point j'étais une créature sociale. La conversation avec Zeke était facile, et je ne me sentais pas prête à retrouver tout de suite ma solitude.

Mais après quelques minutes de marche seulement, les questions délicates commencèrent à surgir.

— Alors, dis-moi, Allison…, commença-t-il comme nous cheminions sur une allée jonchée de clous, de planches et d'éclats de verre.

Caleb était agrippé à son cou et Ruth traînait les pieds quelques pas derrière nous, le regard hostile et probablement braqué sur mon dos.

— Combien de temps as-tu vécu dans cette cité vampire ?

— Toute ma vie, murmurai-je. C'est là que je suis née.

— Comment était-ce ?

— Qu'est-ce que tu veux dire ?

— Je ne sais pas, je n'en ai jamais vu, répondit Zeke en passant Caleb sur son autre bras. Je n'imagine pas à quoi ressemble l'intérieur d'une cité de vampires. J'ai juste entendu des histoires, des rumeurs. Il n'y en a pas deux pareilles, n'est-ce pas ?

— Je ne sais pas.

Je détournai le regard, me demandant comment j'allais pouvoir changer de sujet.

— Qu'est-ce que tu as entendu exactement ? Quel genre d'histoires ?

Il me coula un regard complice.

— Je crois que raconter ça maintenant ne serait pas très adapté pour certaines petites oreilles… Disons seulement que certaines parlent de congélateurs géants et de crocs de boucher accrochés au plafond.

— Non, ce n'est pas comme ça, répondis-je, capitulant. Du moins pas à New Covington. En gros, c'est une grande ville avec plein d'immeubles en plus ou moins bon état. Un haut mur tient les enragés à l'écart, un autre encercle la Cité Intérieure, où vivent les vampires. Entre les deux, il y a les humains. Du moins ceux qui n'ont pas été emmenés dans la Cité Intérieure afin de travailler pour les sangsues.

Je m'interrompis et donnai un coup de pied dans une bouteille cassée, qui roula avec bruit sur la chaussée avant d'échouer dans l'herbe.

— Bref, rien de bien spécial.

— Tu as déjà vu un vampire ?

Je n'avais pas plus envie de répondre à cette question et préférai rester évasive.

— Tu sais, ils ne sortent pas très souvent de la Cité Intérieure. Et toi, tu en as vu ?

— Non, reconnut Zeke. Des enragés, oui par contre, et des paquets ! Mais un vrai vampire, jamais. Jeb en a vu, lui. Il dit que ce sont des démons cruels et sans âme qui peuvent couper un homme en deux et défoncer des murs d'acier. Si tu en croises un, la seule chose à faire est de prier en espérant qu'il ne te remarque pas.

Mon appréhension s'accrut à ces paroles.

— Tu parles tout le temps de ce Jeb. C'est votre chef ?

— C'est mon père, répondit Zeke.

— Ah. Pardon…

— Enfin, pas mon vrai père.

Zeke sourit pour me mettre à l'aise.

— Le vrai est mort quand j'avais trois ans. Ma mère aussi. Tués par des enragés.

Il haussa les épaules, comme pour me signifier que cela faisait longtemps, et que je n'avais pas besoin de me montrer compatissante.

— Jeb m'a adopté. Et d'une certaine manière, il est aussi notre chef. C'était le pasteur de notre Eglise avant que nous décidions tous de partir pour trouver Eden.

— Quoi ?

Je faillis trébucher contre une vieille caisse de bois. L'espace d'un instant, je crus avoir mal entendu. Venait-il de dire qu'ils cherchaient l'Eden ? Je n'étais pas croyante, mais je savais ce qu'était l'Eden. Ou ce que c'était censé être.

Je regardai le garçon qui marchait tranquillement à mon côté en me demandant si ce type d'illusion pouvait concerner quelqu'un de si jeune et de si beau.

— Oui, je sais…

Il me regarda en biais, un sourcil froncé.

— Ça a l'air dément. Une bande de fanatiques qui

cherchent la Terre promise… Pas la peine d'en remettre une couche !

— De toute façon, ça ne te regarde pas, ajouta brusquement Ruth. On n'a pas besoin que tu nous dises que tu trouves ça stupide.

— Je n'allais pas dire ça.

— En fait, nous ne cherchons pas le lieu biblique, poursuivit Zeke. Eden est une ville. Une immense ville avec la technologie des temps d'avant le grand fléau. Elle est gérée entièrement par des humains. Il n'y a pas de vampires à Eden.

Je m'arrêtai pour le regarder dans les yeux.

— Tu plaisantes !

Il secoua la tête.

— Non. D'après les rumeurs, Eden se trouve quelque part sur une très grande île, entourée d'un immense lac. Le lac est si vaste qu'aucun enragé n'oserait essayer de le traverser, et les vampires ne connaissent pas son existence.

— Une île magique sans enragés ni vampires ?

J'eus une petite moue de dédain.

— Ça m'a tout l'air d'un conte de fées, ton histoire.

Je pris conscience de mon ton amer, sans trop savoir d'où il me venait. Peut-être de ce que la nouvelle de l'existence d'une ville totalement humaine, exempte de toute influence vampirique et de menace d'enragés, arrivait trop tard pour moi. Si j'avais eu vent de cette rumeur plus tôt, lorsque j'étais encore vivante, je me serais peut-être moi aussi lancée à sa découverte. Ou pas. Peut-être m'en serais-je moqué comme d'un simple rêve et aurais-je continué ma vie étriquée de non-enregistrée. Mais au moins en aurais-je entendu parler. J'aurais eu l'occasion de décider moi-même que faire. Alors que désormais, l'annonce de l'existence d'Eden ne me servait plus à rien, n'était génératrice pour moi d'aucun espoir…

— Si tu ne le crois pas, tu n'as qu'à partir, lança Ruth en venant se poster à côté de Zeke pour me dévisager d'un air mauvais. Personne ne te retient.

Je résistai à la tentation de la gifler, et me concentrai sur Zeke.

— Tu crois vraiment qu'elle existe ? demandai-je en essayant d'accorder le bénéfice du doute à l'idée de cette utopie sans vampires ni enragés. Et que vous allez la trouver ?

Zeke haussa les épaules avec désinvolture, comme s'il était habitué à cette question.

— Qui sait ? Si ça se trouve, elle n'existe pas. Ou peut-être qu'elle existe bel et bien, mais que nous ne la trouverons jamais. En tout cas, on la cherche.

— Et on la trouvera ! gazouilla Caleb avec un hochement de tête convaincu. On la trouvera bientôt, c'est Jeb qui l'a dit.

Je ne répondis rien, ne souhaitant pas piétiner ses illusions.

Quelques minutes plus tard, nous passâmes devant un portail de fer rouillé et entrâmes dans la cour d'un petit ensemble d'appartements. Un garçon aux cheveux noirs, maigre comme un clou, un peu plus âgé que moi, montait la garde près de l'entrée. Il hocha la tête et sourit à Zeke, mais ses yeux s'écarquillèrent lorsqu'il me vit.

— Zeke ! Tu as retrouvé Caleb ! Mais… qui est-ce ?

— Une nouvelle personne perdue dans la nature, répondit Zeke avec un petit sourire désabusé vers moi. Allison, voici Darren, qui était perdu comme toi. Vous aurez sûrement plein de choses à vous raconter.

— Ezekiel !

Un homme arrivait à grands pas, l'air très déterminé, vêtu de noir. Il était tout en angles, de son visage taillé à la serpe à ses épaules osseuses, en passant par la cicatrice qui courait en zigzag d'une de ses tempes à son menton. Ses longs cheveux avaient dû être noir corbeau, mais ils étaient désormais de la couleur de l'acier, noués en une queue-de-cheval soignée. Ses yeux, de la même couleur que sa chevelure, nous parcoururent tous en un éclair avant de se poser sur Zeke.

— Vous l'avez retrouvé.

Ce n'était pas une question. Et sa voix était à son image : tranchante.

— Oui, monsieur. En fait…

Zeke fit un signe de tête vers moi.

— C'est elle qui l'a trouvé. J'ai pensé que nous pourrions… l'accueillir un moment avec nous.

Les yeux gris et perçants se braquèrent sur moi.

— Encore une personne égarée ? Tu lui as donc parlé, Ezekiel ?

— Oui, monsieur.

— Est-elle au courant de notre situation ? De ce que nous cherchons ?

— Oui, je le lui ai dit.

Je m'attendais à ce que Ruth intervienne et fasse part de ses doutes à celui qui était de toute évidence le chef de ce groupe et exerçait sur eux une très forte autorité. Mais elle ne pipa mot, se contentant de regarder le sol. Caleb, lui aussi, demeurait silencieux, lui tenant la main. Seul Zeke paraissait vraiment à l'aise, malgré sa posture droite et ses mains croisées dans le dos, tel un soldat attendant de recevoir les ordres.

Où viens-tu de te fourrer, Allison ?

L'homme continua de m'observer sans trahir la moindre émotion.

— Ton nom ? demanda-t-il comme un larbin aboyant ses ordres à ses subordonnés.

Je réprimai un grondement et soutins son regard perçant, la tête bien droite.

— Allison, répondis-je avec un sourire affecté. Et vous, vous devez être Jeb.

— Je suis Jebbadiah Crosse, rectifia l'homme. Ezekiel sait que je n'écarte nulle personne dans le besoin, tu es donc la bienvenue ici. Cependant, si tu décides de rester dans notre groupe, il y a des règles que tu devras respecter, comme chacun de nous. Nous voyageons de nuit, et nous marchons vite. Ceux qui ne peuvent pas suivre seront lâchés. Tout le monde participe aux tâches du quotidien ; il te faudra donc travailler : chasser, cueillir, cuisiner si besoin. Le vol n'est pas toléré. Si tu penses pouvoir suivre ces règles, tu es la bienvenue parmi nous.

— Merci mille fois pour votre chaleureux accueil, ironisai-je.

Je ne pus m'en empêcher. Je n'avais jamais bien supporté de me faire envoyer une liste de règles à la figure, surtout si j'étais censée les suivre juste parce qu'une personne l'avait décrété. Ruth et Darren me regardèrent avec des yeux ronds comme des billes, mais Jebbadiah ne sourcilla pas.

— Ezekiel est mon second. Si tu as le moindre problème, vois avec lui, poursuivit-il en se tournant vers

Zeke pour lui faire un signe de tête. Bon boulot pour le petit, mon garçon.

— Merci, monsieur.

Un fugace sourire de fierté se dessina sur les lèvres de Jebbadiah, qui se tourna ensuite brusquement vers Ruth, laquelle se fit toute petite.

— A l'avenir, tâche de mieux veiller sur Caleb, lui dit-il. Une telle négligence est impardonnable ! Si Ezekiel ne l'avait pas retrouvé cette nuit, il aurait été perdu pour nous. Est-ce bien compris ?

Les lèvres tremblantes, Ruth acquiesça.

— Bien…

Jeb recula et hocha la tête en me regardant avec une expression indéchiffrable.

— Bienvenue dans la communauté, Allison, déclara-t-il avant de se retirer, les mains croisées derrière lui.

Je fus tentée de lui faire une grimace dans le dos, mais Zeke me regardait ; je préférai donc m'abstenir.

Darren donna une tape légère sur l'épaule de Zeke et retourna à son poste. Caleb nous adressa un sourire rayonnant, mais Ruth lui prit la main et l'entraîna avec elle.

— Ezekiel ? fis-je alors en glissant un regard moqueur au titulaire de ce prénom pour le moins inattendu.

Il fit la moue.

— Oui. C'est le nom d'un archange, mais seul Jeb m'appelle encore comme ça.

Il se passa une main dans les cheveux et se détourna.

— Viens, je vais te présenter aux autres…

Je rencontrai donc les membres de la petite congrégation, dont j'oubliai presque tous les noms juste après les avoir entendus. La moitié d'entre eux étaient des adultes ; le reste était des jeunes de mon âge ou plus petits. Tous aussi maigres et affamés les uns que les autres. A en juger par le nombre d'enfants sans parents parmi eux, je soupçonnai que le groupe avait dû être plus important autrefois. Depuis combien de temps erraient-ils ainsi en suivant un vieil homme fanatique, en quête d'une cité mythique qui n'existait probablement pas ? Combien d'entre eux avaient déjà perdu la vie, chemin faisant ?

Tout d'abord, les adultes me réservèrent un accueil assez froid. J'étais une étrangère, une inconnue, et surtout, une bouche de plus à nourrir. Même schéma qu'en Bordure. Mais une fois que Zeke leur eut raconté mon histoire, en y ajoutant plus de haine et de colère contre les vampires que je ne l'avais fait moi-même, ils me considérèrent avec une sympathie nouvelle, et un certain respect mêlé de crainte. J'étais soulagée ; en un clin d'œil, je venais de m'intégrer à eux sans avoir rien à dire ou à prouver. En réalité, c'était Zeke qui m'avait intégrée, mais je n'allais pas m'en plaindre. Mon séjour parmi ces humains serait déjà bien assez dur, par certains aspects, sans que j'aie à gérer méfiance et suspicion de leur part.

— Bien, écoutez-moi tous, s'il vous plaît ! lança alors Zeke à la cantonade, une fois les présentations faites. Le jour va se lever dans deux heures ; il est trop tard pour continuer aujourd'hui. On installe donc le campement ici. Il me faut deux tours de garde d'ici le lever du soleil. Darren et moi n'avons pas vu d'enragés, mais je ne veux prendre aucun risque. Allison…

A ma surprise, il se tourna vers moi.

— As-tu vu des enragés quand tu es arrivée par ici ?

— Non, répondis-je, estomaquée qu'il m'inclue ainsi au reste du groupe. La route était dégagée.

— Bien.

Zeke s'adressa de nouveau aux autres.

— La plupart des pièces de l'immeuble sont à peu près propres et elles ont des sols de béton. On sera donc en sécurité ici. Que chacun en profite pour se reposer. Jeb veut que nous démarrions de bonne heure demain soir.

Le groupe se divisa en un chaos organisé pour se répartir tranquillement dans le bâtiment. Je restai près de Zeke, et reçus quelques regards curieux, surtout de la part des plus jeunes. Ruth, quant à elle, me foudroya du regard avant d'emmener Caleb dans les couloirs ; je lui rendis mon plus beau sourire ironique.

— Ezekiel !

Comme surgi de nulle part, Jeb apparut soudain devant nous.

— Monsieur ?

Jeb posa une main sur son épaule.

— Je veux que tu prennes le premier tour de garde avec les autres. Au moins jusqu'à l'aube. Ce n'est pas que je ne fasse pas confiance à Jake et Darren, mais il faut quelqu'un de plus expérimenté dans une ville comme celle-ci. Que l'on soit certains que les démons ne nous sautent pas dessus pendant notre sommeil.

— Bien, monsieur.

Le regard de Jeb se posa brièvement sur moi.

— Prends Allison avec toi. Explique-lui comment les choses se passent. Elle doit commencer à participer à la vie du groupe dès maintenant.

Ah, super ! J'espère qu'ils ne vont pas me demander de tenir la garde pendant le jour. Comment vais-je pouvoir me dépêtrer de tout ça ?

Jeb me regarda droit dans les yeux, et quelque chose dans son regard me donna envie de reculer en grondant.

— Ça ne te dérange pas, jeune fille ?

— Pas du tout, répondis-je en soutenant son regard. Du moment qu'on me le demande gentiment.

Il tiqua devant ma réponse.

— Ezekiel, tu veux bien nous excuser un moment ? demanda-t-il d'un ton qui n'avait rien d'une requête.

Zeke me lança un regard impuissant mais hocha la tête et s'éloigna immédiatement en direction du portail.

Je haussai le menton et regardai Jebbadiah Crosse en face, un sourire de défiance sur les lèvres. Si ce vieux fou avait l'intention de me sermonner, il allait avoir une sacrée surprise ! Je n'avais pas peur de lui. Je ne faisais pas partie de ses ouailles, et me sentais tout à fait prête à lui dire ce qu'il pouvait faire de son sermon.

Il me fixait sans la moindre expression.

— Crois-tu en Dieu, Allison ?

— Non. Et maintenant, vous allez me dire d'aller en enfer ?

— Nous sommes déjà en enfer, répondit-il avec un geste désignant la ville autour de nous. C'est notre punition, notre malédiction. Dieu a abandonné ce monde. Les fidèles ont déjà reçu leur récompense, et Il a laissé les autres ici, à la merci des démons et des diables. Les péchés de nos pères ont été transmis à leurs enfants, et aux enfants de leurs enfants, et cela continuera jusqu'à ce que ce monde soit totalement détruit. Il importe donc peu que tu croies en Dieu en non, parce qu'Il n'est pas là.

Je le regardai, sans voix.

— Ce n'est…

— Pas ce à quoi tu t'attendais ?

Il eut un petit sourire amer.

— Il est vain d'offrir des mots d'espoir lorsqu'on n'en possède pas soi-même. Et j'ai vu assez de choses en ce bas-monde pour être certain que Dieu ne nous regarde plus. Je ne suis pas là pour prêcher Son message ou convertir la Terre entière. Il est bien trop tard pour ça.

« Cependant, poursuivit-il en durcissant le regard, ces personnes attendent de moi que je les mène à destination. Ezekiel t'a parlé d'Eden. Alors sache bien ceci : je ne permettrai à rien ni personne de nous détourner de notre but. Je ferai ce qu'il faut pour l'atteindre, même si cela implique d'en laisser quelques-uns en chemin. Ceux qui causeront des problèmes seront rejetés. Je préfère t'avertir tout de suite. Fais-en ce que tu veux.

— Vous espérez trouver votre Terre promise alors que vous n'y croyez même pas ?

— Eden est réel, répondit Jeb avec assurance. C'est une cité, rien de plus. Je n'ai pas l'illusion d'une Terre promise ou d'un paradis. Mais il existe *bel et bien* une cité humaine sans vampires ni enragés, et c'est assez pour motiver notre recherche. Je ne peux leur offrir Dieu. J'aimerais, mais Il est si loin de nous désormais ! Malgré tout, je peux leur donner l'espoir de jours meilleurs.

Son expression se durcit.

— Et peut-être, quand nous atteindrons Eden, pourrai-je offrir quelque chose de plus.

Ses yeux revinrent sur moi, toujours aussi froids et tranchants.

— Ce monde est hanté par le mal, reprit-il en m'observant avec acuité, comme pour essayer de lire mes pensées. Dieu l'a abandonné, mais cela ne signifie pas pour autant que nous devions nous soumettre aux diables qui y règnent. J'ignore ce qui nous attend par-delà cet enfer. Peut-être tout cela est-il un test. Peut-être qu'un jour, nous chasserons définitivement les démons. Mais tout d'abord, nous devons gagner Eden. C'est la seule chose qui compte pour le moment.

L'homme n'était peut-être pas un vrai fanatique religieux, mais il n'en était pas moins impressionnant, avec cette flamme de détermination obsessionnelle qui brillait dans ses yeux.

— Eh bien, vous pouvez être rassuré, lui dis-je. Poursuivez votre recherche… Je ne compte pas vous mettre des bâtons dans les roues.

— J'y compte bien !

Il recula comme pour signifier que le sujet était clos.

— Va voir Ezekiel maintenant, ajouta-t-il en me congédiant d'un geste de la main. Dis-lui de te trouver une tente et un sac à dos — il nous en reste quelques-uns de nos disparus. Et tiens-toi prête à te mettre en route dès le coucher du soleil. Nous avons une longue distance à parcourir.

Dès qu'il fut parti, je songeai sérieusement à m'éclipser discrètement, à quitter ce groupe, sa quête absurde, et ce chef fanatique qui m'avait déjà à l'œil. Comment allais-je pouvoir me nourrir s'il guettait le moindre de mes mouvements ? Quelque chose me disait qu'il n'était pas du genre compréhensif. Si jamais il découvrait ce que j'étais en réalité, je pouvais m'attendre aux torches et aux pieux.

L'espace d'un instant, je songeais sérieusement à disparaître simplement dans la nuit. De toute façon, c'était risqué et stupide de ma part de côtoyer autant d'humains.

Zeke surgit soudain, un sac à dos sur une épaule, et je sentis mes convictions s'évanouir.

— Bonne nouvelle, dit-il en me tendant le sac. Voici une tente et quelques provisions pour toi.

Je saisis le sac, qui me parut étonnamment léger.

— Elle n'est pas grande, mais elle te protégera au moins de la pluie quand on campera dehors. Tu sais monter une tente ?

— Pas vraiment.

— Je te montrerai. Demain, promis. Mais pour l'instant, je dois monter la garde jusqu'à l'aube. Viens t'asseoir quelques minutes avec moi, puis je te laisserai dormir — tu en as sûrement besoin, après cette journée.

Je lui rendis son sourire et le suivis à son poste, en me disant que ce garçon — cet être humain si gentil, serviable et amical — risquait fort de me mener à ma propre perte.

12

Le soir suivant, je m'éveillai groggy et un peu désorientée. Je n'étais pas lovée dans la terre fraîche et rassurante comme à l'accoutumée. J'avais pris refuge dans une chambre en haut du vieil immeuble, à bonne distance du groupe. Il m'avait fallu monter des volées de marches délabrées, et j'avais passé les heures du jour dans une pièce sans fenêtre, allongée sur le béton. Le sacrifice était nécessaire ; je ne voulais pas que quelqu'un trébuche sur moi pendant la journée et se rende compte que je dormais sans respirer.

Je descendis aux niveaux inférieurs et trouvai une bonne partie du groupe déjà réveillée. Au centre de la pièce, Ruth et une femme plus âgée aux cheveux grisonnants déballaient de la nourriture, ouvraient des boîtes de conserve de fruits et les versaient dans des tasses et des bols de métal. Leurs gestes étaient bien rôdés, et chacun des enfants eut bientôt un récipient entre les mains. Après avoir reçu sa part, Caleb s'éloigna avec le sien pour en sortir des tranches jaunes avec ses doigts.

Il s'arrêta net en me voyant.

— Bonjour Allie !

Puis il me montra sa tasse, rayonnant.

— Regarde ce que Zeke et Darren ont trouvé, hier ! C'est sucré. Tu vas en prendre ?

— Euh…

Je jetai un coup d'œil vers les deux femmes et vis que Ruth me fixait une fois encore d'un air suspicieux. Quel problème avait-elle donc avec moi, celle-là ?

— Pas maintenant. Je n'ai pas tellement faim.

Ses yeux s'écarquillèrent de stupéfaction, comme s'il ne pouvait croire ce que je venais de dire.

— Ah bon ? C'est qu'on n'a pas souvent des trucs comme ça à manger ! Tu devrais goûter, au moins.

Je souris intérieurement en me rappelant le plaisir que j'avais eu à manger la conserve de fruits, dans la cave de ce pavillon délabré, avant que tous les ennuis ne surviennent. J'aurais aimé pouvoir en prendre un peu, à la fois pour ne pas décevoir Caleb et donner le change, mais Kanin m'avait prévenue que la nourriture normale me rendrait malade, et que mon corps la rejetterait presque immédiatement. Dit sans euphémisme, que je me mettrais à vomir, chose que je n'avais pas l'intention de faire devant un groupe d'étrangers.

— Tiens…

Caleb me tendit une tranche de fruit jaune et juteuse, dont l'odeur me donna une vague nausée.

— Prends-en une des miennes.

— Plus tard, peut-être.

Je reculai, embarrassée, sous le regard persistant de Ruth.

— Est-ce que tu as vu Zeke ? demandai-je à l'enfant.

— Il est toujours avec Jeb quand on se lève.

Caleb fourra toute la tranche dans sa bouche, puis m'adressa un sourire jaune-orangé.

— D'habitude, on le voit seulement après le petit déjeuner.

— Tiens, voilà pour toi, ma belle…

La femme s'approcha de moi en claudiquant, me tendant un bol à moitié rempli de morceaux de fruits colorés ; mon estomac se contracta rien qu'à les regarder.

— On n'a pas eu l'occasion de te remercier pour Caleb. Je sais que tu dois avoir faim, alors vas-y, mange. On ne dira pas aux autres que tu as eu un petit passe-droit !

Je retins un soupir, pris le bol et lui dédiai un sourire forcé.

— Merci.

— Tu es des nôtres, maintenant, ajouta-t-elle.

Je tentai de me remémorer son prénom, mais n'y parvins pas. Le bol entre les mains, je sortis à l'extérieur de l'immeuble et me mis en quête de Zeke.

Je le trouvai près du portail cassé, en train de parler avec Darren du programme de la nuit. Physiquement, tous deux avaient le même type : minces, secs et musclés, à ceci près que Darren était brun au teint mat, quand Zeke était blond et pâle. A eux deux, ils devaient probablement effectuer la plupart des tâches physiques, car le groupe était essentiellement constitué de femmes, d'enfants et de personnes âgées. Il y avait bien un homme noir entre deux âges — qui s'appelait Jake, me semblait-il —, mais il avait une épaule blessée, et les travaux les plus pénibles incombaient donc aux deux garçons.

— Je crois aussi qu'on devrait passer plus de temps à fouiller, était en train de dire Zeke lorsque j'approchai, mais Jeb veut que tout le monde se mette en route dès qu'on aura fini de manger. Il pense que nous avons perdu trop de temps ici. Si tu veux essayer de le convaincre, je te laisse t'y coller. Oh ! Salut, Allison !

Il hocha gentiment la tête, mais Darren se renfrogna et s'éloigna.

— Qu'est-ce qu'il a ?

— Darren ?

Zeke haussa les épaules.

— Il est juste de mauvaise humeur, ne t'en fais pas. Il pense qu'on devrait attendre une nuit de plus avant de nous remettre en route, pour voir si on ne peut pas dénicher plus de vivres dans la ville. On a eu de la chance hier. On a trouvé une petite épicerie qui n'avait pas été pillée, et Dare pense qu'il y en a peut-être d'autres dans les environs. Ce n'est pas idiot. Malheureusement, quand Jeb dit qu'il faut y aller, il faut y aller.

— C'est dingue. Tiens…

Je lui tendis mon bol. Il parut surpris mais le prit avec un murmure de remerciement.

— Il ne s'arrête même pas pour que vous trouviez de la nourriture ? A quoi bon se presser ?

— Il a toujours été comme ça, répondit Zeke avec résignation, tout en mangeant un morceau de fruit blanc. Pas la peine de me regarder de cette manière, ce n'est pas moi qui décide. Je me contente de faire appliquer ses décisions. Mais Jeb se soucie avant tout de notre intérêt, alors ne t'inquiète pas. A propos, tu as mangé ? On ne s'arrêtera pas avant plusieurs heures, alors mieux vaut partir le ventre plein.

— Ça va, lui dis-je en évitant son regard. J'ai déjà mangé.

— Ezekiel !

Jeb sortit du bâtiment et avança vers nous.

— Serons-nous bientôt prêts à partir ?

— Oui, monsieur.

Zeke donna le bol à un vieil homme assis sur les ruines de la fontaine avant de s'avancer à son tour.

— On sera prêts dès que tout le monde aura pris son petit déjeuner.

Ils s'éloignèrent en discutant. Je tournai les talons, et me retrouvai brusquement face à Ruth.

Elle planta ses yeux dans les miens. Nous étions à peu près de la même taille, ce qui me permit de soutenir son regard. Un regard sans aucune aménité. Ce n'était pas juste qu'elle ne m'aimait pas : elle me *détestait*. Ce qui témoignait chez elle d'une sacrée dose d'ingratitude, étant donné que c'était moi qui avais sauvé son petit frère. Et je n'avais pas la moindre idée de la raison de cette haine.

— Oui ? fis-je avec un haussement de sourcils. Je peux faire quelque chose pour toi ?

Elle rougit.

— Je sais pourquoi tu es ici ; pourquoi tu te promènes dans le coin…

Un peu tendue, je la fixai plus intensément, tout en me demandant si elle avait conscience du danger qu'elle courait.

— Vraiment ?

— Oui. Et je suis venue te dire de ne pas y penser. Zeke n'est pas intéressé.

Ah ! C'était donc ça ! Je lui ris presque au nez.

— Ecoute, Ruth, tu n'as pas à t'inquiéter. Ça ne m'intéresse pas non plus.

— Très bien. Parce qu'il y a quelque chose en toi qui… ne m'inspire pas.

Mon amusement retomba d'un coup, et mes sens allumèrent un signal d'alarme. Le vampire en moi me pressait de passer à l'attaque, de la réduire au silence avant qu'elle ne devienne un problème. Je le fis taire de toutes mes forces.

— Tu ne crois pas que tu y vas un peu fort, dans le genre « Il ne faut pas parler aux inconnus » ?

— Tu caches quelque chose, dit-elle en reculant d'un pas. Je ne sais pas ce que c'est et peu m'importe, mais Zeke est quelqu'un de trop bon pour se faire détruire par une personne comme toi. Il a la mauvaise habitude de voir le bien en chaque individu, et il est trop gentil pour se rendre compte qu'on profite de lui. Alors je te préviens, reste à distance. Sinon, tu regretteras d'être venue !

Sans me laisser le temps de répondre, elle fit demi-tour et s'éloigna à grands pas en faisant valser ses boucles brunes.

— Et tiens-toi aussi à bonne distance de Caleb ! lança-t-elle par-dessus son épaule.

— Charmant, murmurai-je en sentant mes crocs pointer sous mes gencives. Bon, eh bien maintenant, on sait au moins qui se fera mordre en premier, c'est l'avantage.

Peu de temps après, les onze personnes du groupe se rassemblèrent autour de la fontaine en me jetant des regards curieux. Puis, comme mus par un signal invisible, nous nous mîmes soudain en route ; trois ados, cinq adultes, trois enfants et un vampire entamèrent alors une marche silencieuse dans les rues de la ville. Ils marchaient d'un bon pas — même les petits et les deux personnes âgées suivaient sans problème le rythme —, et la ville ne tarda pas à disparaître derrière eux.

— Alors, Allison, c'est vrai ? Tu viens d'une cité de vampires. Tu as en vu beaucoup ?

Je réprimai un soupir. Apparemment, c'était *la* question du jour. Elle m'avait déjà été posée par Teresa, la vieille femme qui boitait ; par Matthew, un petit rouquin d'une dizaine d'années ; et par Ruth, qui me demanda, droite dans ses bottes, si j'avais été une putain pour vampires. Bien entendu, Caleb demanda aussitôt ce qu'était une putain. Ruth lui donna une explication vague et édulcorée sans cesser de me narguer par-dessus sa petite tête. Si Zeke et Jeb ne s'étaient pas trouvés à proximité, je pense que je lui aurais collé mon poing dans la figure sans hésiter, à cette sale petite garce…

C'était Dorothy, une femme blonde d'âge moyen au regard vert absent et au sourire permanent, qui me posait maintenant la question. Elle marchait souvent un peu en retrait du groupe, en fixant la route ou l'horizon sans se départir de son sourire. Elle faisait parfois des signes de la main comme si elle s'adressait à quelqu'un dans le lointain. A d'autres moments, elle se mettait à chanter à tue-tête, jusqu'à ce qu'on lui demande gentiment de se taire.

Je la soupçonnais d'avoir un peu perdu la tête. Mais il lui arrivait aussi de se montrer parfaitement lucide et cohérente. Comme en cet instant, par exemple, à mon grand dam.

— Non, murmurai-je en continuant de scruter la route devant moi.

Ne croise pas les yeux de cette foldingue ; ne la regarde pas, et peut-être finira-t-elle par s'en aller.

— Je n'ai pas vu beaucoup de vampires.

— Comment tu pourrais le savoir ? fit-elle.

Je lui jetai un regard soupçonneux, oubliant mes résolutions. Elle souriait dans le vague.

— Les vampires sont maîtres dans l'art du camouflage. Les gens pensent que ce sont des monstres ignobles, reconnaissables à leurs crocs et leurs yeux rouges, mais ils peuvent avoir l'apparence de n'importe qui.

Sa voix baissa d'un ton.

— C'est même pour ça qu'ils sont si dangereux. Ils peuvent paraître parfaitement humains. Ils peuvent ressembler à Teresa. A moi. A toi.

Je refoulai la vague de panique que je sentis m'envahir.

— J'ai vu beaucoup de monde dans la cité, répondis-je alors avec un détachement que j'espérais crédible. Peut-être y avait-il des vampires parmi ces gens, je n'en sais rien.

— Heureusement, il y a des moyens de savoir si l'on a affaire à l'un de ces diables, continua Dorothy, très sérieuse. Ils détestent le soleil et prennent feu à la lumière. Ils ne peuvent pas résister à la vue du sang, et ne respirent pas comme nous. Mais surtout…

Elle se pencha vers moi, et je sentis mes crocs monter en pression dans mes gencives, avides de la mordre et de la réduire au silence.

— Surtout, chuchota-t-elle, les diables sont entourés d'une lueur rougeâtre, une aura démoniaque que seules certaines personnes peuvent distinguer. Pour ça, il faut savoir ce que l'on cherche, et c'est difficile à voir de loin, mais c'est de cette façon que l'on peut discerner le diable dans une personne d'apparence normale. Exactement comme on peut reconnaître les anges qui marchent parfois sur la route à la lueur blanche qui en émane.

Elle se tut et contempla rêveusement l'horizon.

— Oh ! En voilà un ! Tu le vois ?

Il n'y avait personne sur la route. Absolument rien

devant nous, excepté un grand oiseau brun perché sur le piquet d'une clôture. Je lui jetai un regard inquiet et m'éloignai tandis qu'elle agitait les deux bras en l'air ; effrayé, l'oiseau s'envola dans un bruit de battements d'ailes.

— Est-ce Gabriel ? Ou peut-être Uriel ?

Elle fit des signes frénétiques dans sa direction, puis arbora une moue déçue.

— Oh ! Il a disparu ! Ils sont si timides. Je crois bien que c'était Gabriel.

— Dorothy…

Zeke arriva vers nous en souriant, et je lui coulai un regard ahuri par-dessus l'épaule de la folle.

— Allison ne nous connaît pas encore très bien. Et tes histoires d'anges pourraient la rendre nerveuse. Tout le monde ne les voit pas aussi bien que toi, tu sais…

— Bien sûr ! Désolée.

Dorothy lui pressa l'épaule, l'air béat. Il se contenta de lui sourire en retour.

— J'oublie, parfois. Tu es un ange, toi-même, Zeke. Ezekiel. L'ange de la mort.

Zeke semblait maintenant un peu gêné, et m'adressa un sourire désolé.

— Il croit qu'il peut me duper, dit-elle en se tournant vers moi, et suffisamment fort pour que tout le monde l'entende, mais je sais bien qu'il est un ange déguisé. Ça ne fait aucun doute. Quand on a vu autant d'anges que moi, la question ne se pose même pas.

Elle essaya de me toucher le bras, mais j'esquivai subtilement son contact. Sans se formaliser, elle s'éloigna au bord de la route et marmonna quelque chose, guettant probablement l'un de ses anges timides.

— Désolé, dit Zeke avec un petit sourire contrit. J'ai

oublié de te prévenir, pour Dorothy : elle débloque un peu, au cas où tu ne l'aurais pas remarqué. Elle voit des anges tous les jours.

Je me détendis, soulagée. Pendant un instant, je m'étais vraiment crue en danger d'être découverte.

— Quelqu'un parmi vous a-t-il déjà vu un vampire ? demandai-je alors pour repérer de qui je devrais éventuellement me méfier. Laissons tomber les crocs, les griffes, les yeux injectés de sang et tout le folklore. Quelqu'un sait-il vraiment à quoi ils ressemblent ?

— Eh bien, Dorothy jure ses grands dieux qu'elle en a vu un, même si elle ne se souvient pas bien quand ni où. Sinon… Jeb. Toute sa famille a été assassinée par un vampire quand il était petit, et il n'a jamais oublié la scène. Il dit qu'il tuera ce vampire si jamais il croise de nouveau son chemin.

Je regardai Jebbadiah, qui marchait d'un pas décidé à la tête du groupe, et ne se retourna pas à la mention de son nom. Quelles conséquences une vie de colère et de haine pouvait-elle avoir sur une personne comme lui ?

Quelques heures plus tard, mon horloge interne me donnait le signal des deux heures précédant l'aurore, quand Jeb leva une main et ordonna au groupe de s'arrêter. Zeke le rejoignit prestement et se pencha pour lui parler, puis il se retourna pour nous faire face.

— On installe le campement ici ! lança-t-il en tendant un bras d'un côté.

Immédiatement, le groupe quitta la route pour rejoindre la zone d'herbe sèche qu'il désignait.

— Jake, Silas, vous prenez le premier tour de garde. Teresa…, dit-il ensuite avec un signe de tête vers la vieille femme, Darren aidera Ruth à préparer le dîner. Toi, repose-toi…

Darren maugréa quelque chose, et Zeke leva les yeux au ciel.

— Pauvre Darren ! Obligé de cuisiner, de nettoyer et de faire toutes ces tâches inhumaines ! La prochaine fois, on lui mettra un tablier et on lui demandera de pouponner.

Je me tins en retrait durant cet échange, et regardai Zeke dégager un coin de sol, dresser une tente sur l'herbe et allumer un feu. Rapide. Efficace. Comme s'il avait fait cela toute sa vie. Je me demandai depuis combien de temps le groupe voyageait.

Ruth s'écarta soudain de sa tente pour venir me toiser.

— Eh bien, la petite citadine ? commença-t-elle avec un sourire mielleux. On ne sait pas monter une tente ? Un enfant de trois ans saurait pourtant le faire. Tu veux que je demande à Caleb de te montrer ?

Je me retins de l'étrangler, Zeke n'étant pas très loin.

— Ça va aller, merci.

Je soulevai le sac de mon épaule et m'éloignai du cercle des tentes dressées autour du feu pour m'installer à une cinquantaine de mètres. Je dépliai ma tente par terre et l'examinai attentivement.

Bon… Ça ne doit pas être bien compliqué…

Je m'agenouillai et louchai sur une longue tige de métal. *Qu'est-ce que c'est que ce truc ? Un pic pour poignarder quelqu'un ? Les tentes sont livrées avec des kits de défense contre les vampires, maintenant ?*

Finalement, une fois l'astuce trouvée, c'était assez simple. Les tiges de métal servaient à fixer les coins de la tente dans le sol, et quelques tubes de plastique la maintenaient en hauteur à l'intérieur. J'étais assez fière d'avoir réussi à monter une tente du premier coup, quand tout s'écroula brusquement sur ma tête.

Plié de rire, Zeke se glissa alors sous le tissu contre lequel je me débattais en jurant comme un charretier. Il attrapa l'armature de plastique et la remit en place avec l'aisance de l'habitude, redressant toute la tente d'un coup.

— Voilà ! dit-il riant encore. Ça devrait aller. Malheureusement, tu as écopé d'une des moins solides. Mais tu t'es tout de même bien débrouillée, pour une première fois. Tu aurais dû voir Ruth les premiers jours où elle essayait de monter la sienne ! Je n'avais jamais entendu un tel langage dans la bouche de cette délicate créature.

Je souris à cette idée, tout en secouant doucement l'armature de plastique.

— En effet, cette tente n'a pas l'air bien résistante.

Zeke rit de nouveau, et je me dis que son rire était très agréable à entendre, qu'il me soit destiné ou non.

— Evite juste de taper dans la structure, et tout ira bien. Sauf s'il y a une grosse tempête dehors. Ou si quelqu'un se prend les pieds dedans par accident. Ou si une fourmi monte dessus. En fait, on a tous l'habitude que les tentes nous tombent sur la tête. La plupart du temps, on ne se réveille même plus quand ça arrive.

— Mais si une grosse tempête se lève…

— Tu rouleras dans l'herbe en restant sèche !

J'éclatai de rire à mon tour. J'éprouvais une sensation bizarre, que je n'avais pas ressentie depuis fort longtemps. D'un coup, je me rendis compte que nous étions très proches l'un de l'autre, courbés tous les deux sous ce minuscule dôme de toile. Malgré l'obscurité, je distinguais clairement les détails de son visage : les petites rides autour de ses yeux et de sa bouche, la légère cicatrice sur son front, presque dissimulée sous ses cheveux clairs. J'entendais les battements de son cœur, je sentais le sang courir dans ses veines, juste sous sa peau. L'espace d'un instant, je me demandai quel goût pouvait avoir Zeke, et ce que cela ferait de l'attirer vers moi pour plonger dans ce délicieux oubli.

Effarée par mes propres pensées, j'eus un mouvement de recul. Si j'avais eu ne serait-ce qu'un peu faim…

Zeke rougit et se passa une main nerveuse dans les cheveux ; je pris alors conscience que je le regardais fixement.

— Je dois y aller, murmura-t-il en se tournant pour sortir de la tente. Les autres… il faut que j'aille les aider.

Il s'accroupit dans l'ouverture.

— Dis-moi si tu as besoin de quoi que ce soit. Le dîner devrait bientôt être prêt. Ah, oui : tiens, c'est pour toi…

Il attrapa quelque chose et le lança dans la tente. C'était une épaisse couette bleu et blanc, avec juste un tout petit trou dans un coin.

Je le regardai, ébahie. Une couverture comme celle-ci pouvait être échangée contre un mois de tickets-repas dans la Bordure… et il me la *donnait* ? Ce n'était pas possible.

— Je… je ne peux pas la prendre, marmonnai-je en la lui redonnant. Je n'ai rien à te proposer en échange.

— Arrête tes bêtises !

Il sourit, quelque peu décontenancé par ma réaction.

— Tu n'as rien à me donner. Elle est à toi, c'est tout…

Quelqu'un l'appela depuis le campement. Il tourna la tête.

— J'arrive ! lança-t-il en retour, avant de me faire un petit signe de tête. Il faut que j'y aille. A tout à l'heure.

— Zeke…

Il s'arrêta.

— Merci !

Un coin de sa bouche se releva en un demi-sourire.

— Pas de quoi. On est tous solidaires, ici.

Il testa légèrement la résistance de la toile.

— Et comme je te l'ai dit, ne panique pas si la tente te tombe dessus pendant que tu dors. Tu t'y feras. Parfois, Darren ne prend même pas la peine de dresser son machin.

Je haussai les sourcils, et Zeke devint rouge comme une tomate.

— Hum… Euh, bon… Faut vraiment que j'y aille, maintenant.

Il disparut avec une grimace. J'attendis qu'il soit à une bonne distance avant de me lover dans ma couette.

Une fois les fermetures Eclair tirées, j'observai ma nouvelle tanière. Je n'aimais pas sa fragilité, ni le fait que quelqu'un pouvait y pénétrer si facilement. Je me demandais également si la toile occulterait suffisamment les rayons du soleil quand il serait au zénith. Je ne savais pas si je m'éveillerais, au cas où je commencerais à rôtir, ou si je quitterais tranquillement ce monde pendant que mon corps se réduirait en cendres. Et je n'avais pas envie de le savoir.

Je sortis ma lame de son fourreau et fis une longue entaille dans le sol plastifié de la tente, révélant l'herbe et la terre sous moi. De cette façon, au moins, j'aurais une issue de secours si jamais le soleil s'infiltrait trop. Ou si un imprévu surgissait et que j'aie besoin de déguerpir rapidement. Toujours se ménager une porte de sortie ; c'était la règle numéro un dans la Bordure. Cette petite communauté de rêveurs avait beau être sympathique et accueillante, on n'était jamais trop prudent. Surtout avec des gens comme Jebbadiah Crosse et Ruth.

Je m'allongeai et tirai la couette par-dessus ma tête, en espérant que personne ne viendrait troubler mon sommeil. Tandis que la pénombre se refermait sur moi et que mes pensées devenaient brumeuses, je pris conscience de deux choses. Une : je ne pourrai pas continuer comme ça bien longtemps. Deux : Ezekiel Crosse était bien trop parfait pour survivre très longtemps dans ce monde.

Une semaine passa, qui fut une succession instructive de cas limites pour moi.

Dieu merci, je ne pris pas feu en dormant sous ma fine toile de tente, même si je m'éveillais gênée par la chaleur, avec l'envie folle de m'enfouir dans la terre fraîche. Pour régler le problème des tours de garde, je parlai à Zeke la deuxième nuit et réussis à le convaincre de me laisser systématiquement prendre le premier tour. Cela impliquait de rester éveillée durant les heures de l'aube, ce qui fut tout d'abord une torture. Heureusement, mon long manteau me protégeait presque intégralement des premières lueurs du jour, et je me débrouillai pour rester dans des endroits ombragés lorsque c'était possible, en tournant toujours le dos à l'est. Le plus difficile, en fait, était de rester éveillée alors que mon instinct de vampire me suppliait de fuir la lumière pour aller dormir. Je finis par le prendre comme un exercice que Kanin m'aurait fait faire : renforcer mon endurance à demeurer vigilante et active aussi longtemps que possible.

Mes compagnons de voyage constituaient un autre

type de problème. A l'exception de Ruth, toujours aussi pénible, qui me jetait des regards noirs dès que je posais un œil sur Zeke, et de Jeb qui me traitait avec la même réserve qu'il avait pour tous les autres, le groupe était assez amical. Ce qui ne m'aurait pas gênée, s'ils ne se montraient aussi curieux. Or ils m'abreuvaient de questions auxquelles je n'avais pas envie de répondre. Comment était la cité ? Comment y vivait-on ? Comment m'étais-je enfuie ? Ça n'arrêtait pas ! J'y répondais aussi vaguement que possible, et réussis finalement à convaincre les adultes que ces souvenirs étaient très douloureux pour moi. A mon grand soulagement, les questionnements cessèrent alors, et tout le monde se montra très compréhensif, compatissant même, imaginant un malheur qui aurait bouleversé ma jeune vie ou je ne sais quoi d'autre. Ce qui m'allait très bien. Qu'ils pensent donc que j'avais été affreusement traumatisée par ma vie à New Covington ; cela me facilitait les choses pour justifier mon malaise, chaque fois que quelqu'un prononçait le mot « vampire ».

Mais il y avait encore un autre écueil. Et de taille.

Les repas — ou plutôt leur absence, pour moi — constituaient une difficulté récurrente et jamais résolue. Le groupe s'arrêtait pour manger deux fois par jour. Une fois au réveil, et une autre peu avant l'aube, quand nous établissions le campement. Les rations étaient simples : une demi-boîte de légumes ou quelques lanières de viande séchée, en fonction de ce qu'ils avaient récolté ou chassé. Les repas représentaient pour tous le moment le plus attendu de la journée, car après une nuit entière de marche sans pause, tout le monde était affamé.

Sauf moi. Et je devais me montrer inventive pour jeter ma nourriture sans me faire remarquer. Pour la viande ou la nourriture sèche, c'était plutôt facile ; je la cachais dans mes poches ou dans mes manches en attendant de pouvoir m'en débarrasser plus tard. Pour les fruits, les légumes en boîte ou les plats préparés, la mission était beaucoup plus ardue. Lorsque je le pouvais, je les jetais ou les mettais discrètement dans les assiettes des autres et avec parcimonie, afin d'éviter d'éveiller leurs soupçons. Parfois, je prétendais que j'avais déjà assez mangé, et une fois, je mangeai même quelques cuillérées de soupe à la tomate devant Zeke et Jeb, en parvenant à la garder assez longtemps dans mon estomac, avant de marcher tranquillement derrière un arbre pour tout vomir.

Je me sentais coupable de gâcher ainsi de la nourriture quand elle était si précieuse et si rare pour les autres. La crève-la-faim bordurienne en moi n'était pas fière au moment de jeter une ration de viande dans les buissons, ou de verser une demi-boîte de maïs dans un trou de terre. Mais que pouvais-je faire d'autre ? Si je n'agissais pas comme une humaine, ils auraient des doutes. Comme Ruth, qui m'avait déjà à l'œil. Je l'entendais parfois parler de moi aux autres membres du groupe, répandant la suspicion. Teresa, Silas et Dorothy ne lui prêtaient guère attention. Ils avaient mieux à faire que de se préoccuper des accusations d'une adolescente jalouse. Mais Matthew, Bethany, et même Jake commençaient à me regarder avec méfiance.

Mais celui qui m'inquiétait le plus, c'était Jeb. Rien n'échappait à ce juge silencieux au regard d'acier. En dépit de son rôle de chef, il semblait à part du reste du groupe. Il adressait rarement la parole à qui que ce soit, et tout le monde paraissait craindre de l'approcher. D'une certaine manière, ce n'était pas plus mal ; il se souciait peu de ce que les autres faisaient ou disaient, du moment qu'ils se pliaient à ses ordres. A part avec Zeke, qui relayait ses instructions et les mettait en œuvre, Jeb n'avait quasiment aucun échange avec le groupe.

J'aurais même parié en savoir plus que lui sur les membres de sa congrégation. Je savais que Caleb adorait les bonbons et que Ruth avait une peur panique des serpents — ce qui me procura un grand plaisir lorsque je trouvai une couleuvre sur la route et la glissai dans sa tente. Le souvenir de ses hurlements me fit jubiler tout le reste de la soirée. Je savais aussi que Teresa et Silas, son mari, étaient mariés depuis trente-neuf ans et s'apprêtaient à célébrer leur anniversaire de mariage à l'automne prochain. Je savais que Jake avait perdu sa femme lors d'une attaque d'enragés trois ans auparavant, et qu'il n'avait plus prononcé un mot depuis. Tous ces faits, souvenirs et bribes de leurs vies m'accompagnaient, même si je faisais de mon mieux pour garder mes distances. Je ne voulais pas les connaître trop intimement, développer de l'affection pour eux, parce que je savais que le moment viendrait où je devrais en choisir un pour me nourrir.

Mais Zeke, lui, continuait à me fasciner et à me déstabiliser. Il était clair que tout le monde l'aimait. Malgré son statut de second de Jeb, il se montrait toujours serviable, aux petits soins pour chacun. Tout cela sans jamais rien demander en retour. Il respectait les adultes, se montrait très patient avec les enfants, à se demander comment Jeb et lui pouvaient être si différents. Ou peut-être Jeb était-il ainsi *à cause* de Zeke ?

Il ne semblait pas très juste de faire reposer autant de responsabilités sur les épaules de Zeke simplement parce que Jeb ne voulait pas s'impliquer… mais après tout, qui étais-je pour en juger ?

Un jour que nous avions établi le campement un peu plus tôt qu'à l'accoutumée, je fus sidérée de trouver Zeke près du feu en train de faire la lecture à Caleb et Bethany. Je m'approchai d'eux, n'en croyant pas mes yeux. Un enfant sous chaque bras, il était bien en train de leur lire des passages d'un grand livre noir posé sur ses genoux.

— « Moïse tendit sa main sur la mer… Vers le matin, la mer reprit sa place. Les Egyptiens prirent la fuite à son approche, mais l'Eternel les précipita au milieu de la mer. L'eau revint et couvrit les chars, les cavaliers et toute l'armée du pharaon qui avaient pénétré dans la mer après les Israélites. Il n'y eut pas un seul rescapé.

« Quant aux Israélites, ils marchèrent à pied sec au milieu de la mer et l'eau formait comme une muraille à leur droite et à leur gauche. Ce jour-là, l'Eternel sauva Israël de la main des Egyptiens. Israël vit les Egyptiens morts sur le rivage de la mer, et il vit la main puissante que l'Eternel avait dirigée contre les Egyptiens. Le peuple craignit l'Eternel et il eut confiance en l'Eternel et en son serviteur Moïse. »

Une vague de nostalgie douloureuse m'envahit. Je me revis avec Stick, lorsque nous étions assis tous les deux dans ma petite chambre, un livre ouvert devant nous.

Zeke ne leva pas les yeux, ne me remarqua pas, et j'écoutai sa voix douce et grave faire la lecture, pendant que Bethany et Caleb restaient pendus à ses lèvres.

— Ezekiel !

La voix de Jebbadiah résonna sur le campement, et Zeke leva la tête. Constatant que le vieil homme l'attendait à plusieurs mètres de là, il referma le livre et le mit entre les mains de Caleb.

— Garde-le un instant, l'entendis-je murmurer tout en passant une main dans les cheveux de l'enfant. Je reviens tout de suite.

Zeke parti, la curiosité me poussa à m'approcher pour voir le livre, le tenir entre mes mains et en lire le titre. Bethany releva brusquement la tête et se mit debout en me voyant, puis courut derrière Zeke, laissant Caleb seul près du feu en compagnie d'un vampire.

Le petit garçon se retourna pour me regarder et me sourit.

— Coucou, Allie ! Si tu cherches Zee, il vient juste de partir. Mais il va pas tarder à revenir.

— Je peux voir ? demandai-je en désignant le volume relié de cuir entre ses mains.

Caleb hésita.

— C'est le livre de Zee, répondit-il en le tenant plus fortement. Il m'a dit de le surveiller.

— J'y ferai bien attention, promis-je en m'agenouillant dans l'herbe fraîche.

Il hésita encore une seconde, puis se ragaillardit.

— D'accord, mais à condition que tu me lises une histoire.

Le souvenir des leçons que je donnais à Stick, et de la façon dont il m'avait poignardée dans le dos me retint un instant. Mais j'avais vraiment envie de voir ce livre, et si c'était la seule façon de le faire sans avoir à l'arracher des mains de Caleb…

— Avec plaisir, lui dis-je.

Son visage s'illumina. Il me tendit l'ouvrage et vint

s'appuyer contre ma jambe, tout ouïes. Je m'installai et contemplai le premier véritable livre que je voyais depuis ma fuite de New Covington. Il n'avait pas de titre, juste une croix dorée gravée au centre de sa couverture de cuir, une croix très semblable à celle que Zeke portait autour du cou. Je regardai la tranche de l'ouvrage et vis que les pages étaient dorées, elles aussi.

— Lis quelque chose, Allie ! insista Caleb en s'impatientant à côté de moi.

J'ouvris alors le livre dans un craquement, là où un ruban en marquait le milieu. Je lus lentement, car les lettres étaient petites et étranges, d'un style que je n'avais jamais vu.

— « J'ai examiné ensuite toutes les oppressions qui se commettent sous le soleil : les opprimés sont dans les larmes et personne ne les console ! La force est du côté de leurs oppresseurs et personne ne les console ! »

Ces mots me touchèrent. A quelle époque ce passage avait-il été écrit ?

Les larmes des opprimés, la force des oppresseurs, et aucun réconfort de chaque côté.

Il semblait parler du monde entier. Je déglutis avec difficulté et poursuivis :

— « J'ai alors déclaré que les morts sont plus heureux d'être déjà morts plutôt que les vivants d'être encore en vie, et j'ai déclaré plus heureux encore que les uns et les autres… celui qui n'a pas encore vécu, puisqu'il n'a pas vu le mal qui se commet sous le soleil. »

Je frémis et refermai le livre. Caleb me regarda, l'air confus.

— Qu'est-ce que ça veut dire ?

— Que *ce* passage-là, dit soudain une voix derrière nous, n'est pas fait pour les petites oreilles !

Embarrassée, je me levai précipitamment et vis Zeke, qui arborait une expression mi-amusée, mi-soucieuse.

— Allez, va manger, rase-moquette, dit-il à Caleb, qui sourit et se rua en direction de Ruth et des autres.

Puis il me regarda, le front plissé, apparemment plus intrigué que mécontent.

— J'ignorais que tu savais lire, dit-il tout bas.

Je haussai les épaules et soulevai le livre.

— Cette histoire est plutôt déprimante, commentai-je, ne voulant pas révéler à quel point elle me remuait.

Zeke sourit et reprit le volume.

— Certains passages, oui. Mais d'autres peuvent être très réconfortants, si on sait les chercher.

— Par exemple ?

Il rouvrit le livre et le feuilleta pour retrouver un endroit qu'il semblait avoir à la mémoire.

— Tiens, celui-ci…

Il me rendit le livre ouvert, le doigt posé sur une ligne en particulier.

— C'est ma phrase préférée.

— Zeke ! appela soudain la voix tonitruante de Ruth. C'est vrai que tu as dit à Darren qu'il pouvait avoir ta part de bœuf séché ?

— Quoi ? Mais non ! Pas du tout !

Zeke se retourna et vit Darren détaler en riant. Il se mit à courir à ses trousses pendant que Darren criait qu'il avait intérêt à le rattraper avant qu'il n'ait mangé sa part. J'en profitai pour me pencher sur le passage qu'il m'avait désigné.

Je déchiffrai lentement ces mots d'un autre temps :

— « Même quand je marche dans la sombre vallée de la mort je ne redoute aucun mal, car tu es avec moi. »

Une belle pensée, songeai-je en regardant les garçons

se pourchasser à travers le campement. Pourtant, je restais convaincue que Jeb avait raison : personne n'était là pour veiller sur nous. Et plus tôt Zeke en prendrait conscience, plus longtemps il survivrait dans cet enfer.

Le soir suivant, en sortant de ma tente, je trouvai Zeke et Darren accroupis en bordure du camp, en train de parler à voix basse. Ils essayaient visiblement de se faire discrets, ce qui piqua naturellement ma curiosité.

— Je savais que ça arriverait, murmurait Darren. On aurait dû faire des stocks quand on en a eu l'occasion. Qui sait quand nous tomberons sur une autre ville, maintenant ?

— Que se passe-t-il ? demandai-je en m'installant près d'eux.

Zeke me regarda et soupira

— Nos provisions s'amenuisent. On n'en a plus que pour quelques jours, et encore en diminuant les rations.

Il repoussa d'une main nerveuse une mèche de cheveux qui lui tombait sur les yeux.

— Darren et moi pensions aller chasser, mais Jeb n'aime pas que le groupe se sépare. Pas quand il existe un risque de tomber sur des enragés. En plus, on n'a que ça, ajouta-t-il en brandissant un arc et quelques flèches. Ça n'aide pas ! Il est presque impossible d'avoir un daim avec ce matériel, mais le crépuscule est tout de même le meilleur moment pour essayer.

En face de lui, Darren m'adressa un sourire bref et inattendu. Je le lui rendis, me réjouissant qu'apparemment les deux garçons semblent ignorer les médisances qu'une certaine personne colportait sur moi.

— Pourquoi ne pas se servir de vos pistolets ?

demandai-je, me rappelant l'arme avec laquelle Zeke m'avait mise en joue, le jour de notre rencontre, et celle de Jeb.

Mais Zeke secoua la tête.

— On est quasiment à court de munitions. Les armes à feu ne doivent servir qu'à notre défense, ou en cas d'urgence. Et comme on n'en est pas encore là, il nous faudra nous contenter des arcs et des flèches.

Je baissai les yeux. Un second arc était posé à terre, dépassant de la toile dans laquelle il était enveloppé. Zeke suivit mon regard et poussa un nouveau soupir.

— D'habitude, Jake vient avec nous. Mais depuis quelque temps, son épaule lui fait trop mal, il n'a plus la force de tendre la corde comme il faudrait.

— Je viens avec vous.

Les deux garçons se concertèrent en silence.

— J'apprends vite, ajoutai-je, ignorant l'expression de surprise de Darren. Je suis discrète et plus forte que je n'en ai l'air. Je suis sûre de pouvoir me débrouiller.

— Ce n'est pas ça, dit Zeke d'un ton hésitant. C'est juste que… je ne voudrais pas te mettre en délicatesse avec Jeb. Il ne veut pas que qui que ce soit s'éloigne du groupe…

Il désigna son compagnon du pouce.

— Sauf Dare qui me suit partout comme un petit chien, mais toi, tu es nouvelle, et il n'appréciera pas. Il vaut mieux que tu restes là, pour l'instant, Allie. Je suis désolé.

Ma fierté de vampire se révolta.

Si seulement vous saviez… Je pourrais terrasser un cerf adulte avant même que vous ne vous rendiez compte de sa présence !

Mais je gardai mes réflexions pour moi et affichai une attitude désinvolte.

— Si tu le dis.

— Peut-être la prochaine fois ? suggéra Darren avec un clin d'œil. Je te montrerai comment faire.

Je tiquai, mais Zeke saisit son arc et se mit debout.

— Allez, on y va, dit-il en s'étirant. Jeb ne partira pas sans moi — du moins, je l'espère — et s'il veut absolument punir quelqu'un, j'en prends la responsabilité. Il faut bien qu'on mange, que ça lui plaise ou non. Allison, ajouta-t-il comme je me levais également, tu voudras bien lui dire que nous sommes partis chasser ?

Il eut un petit sourire un coin et continua :

— Une fois que nous serons déjà à bonne distance, bien entendu. Tu es prêt, Dare ?

— Prêt.

Darren soupira et accrocha arc et flèches dans son dos.

— Commençons les réjouissances.

Zeke leva les yeux au ciel et donna une tape dans le dos de son compagnon, qui lui rendit une bourrade amicale avant de le suivre en souriant.

Je regardai leurs silhouettes se fondre dans l'obscurité, de plus en plus petites, jusqu'à ce qu'ils disparaissent tous deux derrière une colline.

Je me penchai alors pour ramasser l'arc resté à terre.

— Qu'est-ce que tu fabriques ?

Je retins un long soupir d'exaspération. Ruth, l'air toujours aussi aimable, se tenait derrière moi, deux bols du repas du soir fumant entre ses mains.

— Encore en train de fouiner, hein ? Jeb ne va pas aimer ça. Où allais-tu, comme ça ?

— Pourquoi n'inventerais-tu pas quelque chose ?

répliquai-je en avançant d'un pas résolu, ce qui la fit reculer. C'est bien ce que tu fais à mon sujet depuis le début, non ?

Elle rougit, ce qui me fit sourire.

— C'est étrange que tu ne t'adresses jamais à Zeke ni à Jeb quand tu répands tes mensonges. Tu as peur qu'ils voient ta langue de vipère ?

Elle eut l'air d'avoir une envie folle de me gifler, et une partie de moi espéra qu'elle le fasse. Sûr qu'elle serait un peu moins arrogante avec une dent en moins ! Elle luttait visiblement pour se contrôler, serrant les bols si fort que ses jointures délicates en devinrent blanches.

— Je ne comprends pas de quoi tu parles, dit-elle enfin.

Je fis entendre un gloussement délibérément incrédule. Elle jeta un coup d'œil sur l'arc que j'avais en main et me toisa, le menton relevé.

— Tu penses que tu vas nous rapporter quelque chose à manger ? Qu'est-ce que tu connais à la chasse ? Si tu crois que Zeke remarquera cette tentative ridicule, tu te trompes complètement !

— Tuer un daim pour vous éviter de crever de faim à cause de la parano délirante d'un vieux cinglé a tout d'une tentative ridicule, en effet. Pourquoi ne vas-tu pas en faire part à Jeb ?

— Ne fais pas ta maline, persifla-t-elle, renonçant à toute subtilité. Tu te crois supérieure aux autres, juste parce que tu viens d'une cité de vampires. Tu crois que je ne le vois pas ? Ta façon de dormir loin de nous. Ta façon de rester mystérieuse, de ne rien dire sur l'endroit d'où tu viens ?

Elle fit une moue de dégoût et de haine.

— Tout ce que tu veux, c'est attirer l'attention — la

nôtre, et celle de Zeke. Je déchiffre parfaitement tes actes, tu sais…

Cette fois, je lui ris carrément au nez.

— Est-ce que Zeke se rend compte à quel point tu peux être une sacrée garce ?

Ses joues devinrent écarlates.

— Tu sais quoi, Ruth ? Je n'ai pas de temps à perdre avec toi. Alors amuse-toi bien avec tes théories fumeuses, et répands ton poison comme il te plaira. Moi, je vais essayer de faire quelque chose d'utile pour la communauté, et maintenant. Tu devrais peut-être essayer aussi, pour voir !

— Tu n'es pas *normale*, j'en suis sûre ! cria-t-elle alors que je lui tournais le dos. Tu caches quelque chose, et je finirai bien par savoir quoi !

Je fis en sorte de ne pas la laisser m'approcher et m'éloignai rapidement du camp, les yeux scrutant déjà l'horizon en quête d'une proie. Je pris sur moi pour ne pas me retourner et l'entraîner de force dans la nuit afin de lui ouvrir la gorge. Ce n'était pas parce qu'elle était insupportable — ce qu'elle était, indubitablement. Non, c'était parce qu'elle représentait une menace, et mon instinct de vampire m'intimait de la réduire au silence avant qu'elle ne me dénonce.

Je tentai de détourner la violence qu'elle avait allumée en moi au profit de ma tâche du moment, avide de reprendre la chasse. Je trouvai très vite une harde de gibier rassemblée dans une cuvette, mais les animaux — des cerfs — étaient trop gros. Non que je ne puisse, seule, en venir à bout, mais si je revenais au campement avec une de ces créatures géantes sur le dos, cela risquait de susciter des doutes.

Je poursuivis donc mon chemin et tombai bientôt

sur un groupe de petits daims qui broutaient sur une arête herbeuse. Je posai l'arc et me faufilai dans l'herbe, contre le vent, jusqu'à pouvoir distinguer le mouvement de respiration de leurs flancs et sentir le sang chaud courir dans leurs veines.

Tout alla très vite. Le petit mâle que je pris pour cible ne comprit même pas qu'il lui arrivait quelque chose jusqu'à ce que son sort en soit jeté. Le reste du groupe s'éparpilla lorsque je bondis parmi eux ; mais je parvins à saisir les bois de l'animal que je visais. Il se cabra comme un fou ; je lui tordis le cou, le tuant instantanément.

Lorsqu'il s'écroula à terre, je résistai à l'envie de lui plonger mes crocs dans la gorge, sachant que son sang ne me ferait aucun bien. Je le hissai donc sur mes épaules et retournai à l'endroit où j'avais laissé mon arc et mon carquois. Je laissai tomber le corps, pris une flèche du carquois et la plantai dans le corps de ma proie, entre les côtes. Il aurait été malaisé, sinon, d'expliquer pourquoi ce daim avait le cou brisé et aucune blessure apparente.

Je l'attrapai alors par les cornes et commençais à le traîner quand un bruit faible mais qu'il me sembla reconnaître m'arriva depuis la route la plus proche. Je me figeai, tendant l'oreille, me demandant où je l'avais déjà entendu, quand la lumière de deux phares surgit en haut d'une colline. Mon sang ne fit qu'un tour.

Je me tapis dans l'herbe et regardai les étranges machines ralentir, puis s'arrêter sur le bord de la route. Un barbu costaud descendit de son véhicule, éteignit le moteur et cracha dans l'herbe. Son compagnon, plus petit, arrêta également son engin.

Stupéfaite, je fus prise pendant quelques instants

d'une envie folle de m'enfuir dans le noir sans me retourner.

Non. C'est impossible. Je les ai tués !

— Attends une seconde, marmonna le plus grand des deux en se balançant au bord de la route.

L'autre soupira.

— Qu'est-ce que tu fous, Ed ?

— Je pisse un coup. J'ai le droit ?

Quelques instants plus tard, j'entendis un bruit de liquide atterrissant dans l'herbe.

Non… Ce n'étaient pas les mêmes hommes. Celui que je voyais le mieux avait une barbe châtaine, pas jaune, et il était un peu plus large d'épaules. Pourtant, le tatouage sur son bras gauche représentait le même motif que ceux des deux hommes que j'avais laissés morts sur le bord de la route : un chien — ou un loup, ou un coyote — aux crocs acérés.

Le moins grand maugréa quelques mots, puis descendit de son véhicule en fouillant dans une de ses poches. Il en sortit une petite boîte blanche, en tira une cigarette avec la bouche, l'alluma et s'appuya contre sa machine en fumant tranquillement. Ledit Ed se reboutonna et revint vers son acolyte qui lui lança la boîte.

— Il reste de la bière ? demanda-t-il en prenant une cigarette.

— Une canette.

— On se la boit à deux ?

— Va te faire foutre !

Mon esprit était en ébullition. L'expérience m'avait appris que ces hommes étaient dangereux : violents, armés et sans scrupules. S'ils trouvaient le reste du groupe…

Je frémis rien que d'y penser.

Je devais les arrêter. Ou au moins rentrer pour prévenir les autres. En les regardant s'échanger la canette de bière, je savais pourtant que même en courant à toute vitesse, je n'en aurais pas le temps. J'avais vu la vitesse à laquelle allaient ces véhicules. Ils atteindraient le groupe bien avant que je m'en approche. Il me fallait trouver autre chose.

Le seul autre choix possible… Le plus évident… L'option que je ne pouvais m'empêcher d'envisager, malgré toute ma réticence…

Devais-je les tuer ? Je sentais déjà mes crocs s'allonger en réponse à cette possibilité. Je pourrais les tuer, me nourrir de leur sang, dissimuler leurs corps et leurs véhicules, et personne n'en saurait rien. Qui se souciait de deux types paumés en ces lieux, en pleine nuit ? Toutefois, j'avais encore très bien en tête ce qui s'était passé avec les deux autres. Je me souvenais parfaitement de leurs cris, de leur terreur, de la panique sur leur visage. Je me souvenais de leurs yeux vitreux, de leurs corps inertes. Non. Je ne pouvais pas faire ça. J'essayais justement de ne pas être un tel monstre. Chaque mort, chaque vie prise par la faim m'éloignait davantage de ce qui me restait encore de mon humanité. Si je commençais à tuer sans discrimination, qu'est-ce qui m'empêcherait alors d'attaquer Caleb ou Zeke dans leur sommeil pour les égorger ?

Peut-être pourrais-je m'approcher suffisamment pour endommager leurs véhicules ; crever leurs roues, par exemple. Mais pour ce faire, je devrais arriver terriblement près, et même avec mes talents de vampire, je risquais d'être vue. Et si je réussissais mon coup, ils comprendraient que quelqu'un rôdait dans les parages.

Ils se mettraient peut-être à mes trousses. Ce qui ne serait pas bon pour le groupe.

Bon sang, je devais pourtant bien pouvoir faire quelque chose ! Quelque chose pour les ralentir, juste le temps que je retrouve les autres et les avertisse. Je regardai des deux côtés de la route, cherchant une idée, et remarquai, un peu plus loin, un grand arbre en bordure de la chaussée.

Son tronc épais et noueux paraissait avoir été touché plusieurs fois par la foudre. Ses branches étaient tordues, sans aucune feuille, et l'ensemble semblait plus mort que vivant.

Le rugissement des moteurs déchira de nouveau le silence. Les hommes avaient repris leurs engins et avançaient, éclairant la route de la lumière de leurs phares. Je collai alors mon épaule contre le tronc et poussai de toutes mes forces, enfonçant mes pieds dans l'herbe glissante et dans la terre. L'arbre résista un moment, puis, dans un craquement sec, son tronc se rompit et il se coucha lentement à terre, barrant à moitié la route.

Le grondement des véhicules se rapprocha. S'ils passaient l'obstacle, ils tomberaient probablement sur le campement, et je n'aurais le temps de prévenir personne. Jurant tout ce que je savais, j'empoignai les branches et tirai l'arbre plus avant sur la chaussée. Les hommes n'allaient pas tarder à franchir la dernière côte.

Des lumières vives fendirent l'obscurité, illuminant l'arbre, et je plongeai dans l'herbe.

— Oh ! Merde !

Les véhicules stoppèrent net. Les deux hommes en descendirent, l'air dégoûté.

— Bon Dieu… Tu crois qu'on peut faire le tour ? demanda le premier.

— Moi, je pousse pas ma bécane là-dedans ! répondit l'autre en montrant du doigt les hautes herbes qui bordaient le bitume, tout près de l'endroit où je me tenais. La dernière fois que j'ai fait ça, j'ai crevé un pneu, et ça a été un vrai merdier à réparer. En plus, les autres vont pas tarder à passer.

— Bon, alors ferme-la et aide-moi à bouger ce machin…

Je les laissai se débattre avec l'obstacle, me retirai à pas feutrés et pris le large entre les hautes herbes.

Je courus jusqu'au campement, où tout le monde était sur le départ. Darren et Zeke étaient en conversation animée avec Jebbadiah et Ruth. Quelques maigres lapins dans une main, Darren paraissait mal à l'aise, tandis que Zeke semblait se disputer avec la fille. Ils étaient encore trop loin pour m'avoir remarquée, mais le vent me porta des bribes de leur discussion.

— Je me moque que sa tente soit vide, disait Zeke. Jeb, on ne peut pas abandonner quelqu'un comme ça ! Je vous jure que je l'ai vue juste avant que Darren et moi ne partions chasser. Ruth, tu es sûre qu'elle n'est pas partie sur nos traces ?

— Certaine, confirma-t-elle d'une voix presque aussi inquiète que celle de Zeke. Comme je l'ai dit, personne ne l'a vue ce soir, et quand je m'en suis rendu compte, je suis allée regarder dans sa tente. Elle était vide, et ses affaires n'étaient plus là. Tu ne crois quand même pas qu'elle est partie pour de bon ?

— Peu importe, trancha froidement Jebbadiah. Nous ne pouvons pas l'attendre. J'ai mis les choses au clair dès le début. Si elle nous a quittés, tant pis. Si elle préfère contourner les règles, comme vous l'avez fait tous deux ce soir, c'est son choix. Elle en subira les conséquences, morte ou vive.

— Eh bien, comme ça, je sais à quoi m'en tenir, dis-je en intégrant leur cercle.

Ils sursautèrent et se tournèrent vers moi.

— Allison ! s'exclama Zeke avec soulagement.

Ruth, elle, me dévisagea comme si je venais d'avaler une araignée.

— Tu es revenue ! Où étais-tu ? Nous étions sur le point de partir…

— Et de m'abandonner, je sais…

Je regardai Jebbadiah, qui soutint mon regard sans afficher la moindre émotion. S'il se sentait coupable ou fâché que j'aie entendu leur conversation, il n'en montra rien. Mais pour l'heure, j'avais d'autres choses en tête.

— Jeb, j'ai vu des hommes sur la route… Ils viennent vers nous. Ils conduisent d'étranges machines à deux roues et sont armés.

— Des machines à deux roues ? répéta Ruth en interrogeant Zeke du regard.

Mais Jeb comprit immédiatement ce que ça voulait dire.

— Des pillards en moto, fit-il, l'air grave.

Ruth prit une expression horrifiée. Jeb se tourna vers Zeke et moi.

— Que tout le monde quitte immédiatement la route, ordonna-t-il en montrant le groupe du doigt. Il faut se cacher. Vite !

A peine avait-il fini de parler que le son lointain des moteurs se fit entendre, tandis qu'apparaissait la lueur des phares. Tout le monde s'affola, et l'un des enfants poussa un cri.

Sans perdre un instant, Ruth, Zeke et moi fîmes évacuer tout le groupe de la chaussée pour les rabattre dans les champs. Je ramassai à la hâte les canettes oubliées, les emballages et les récipients restés à terre et les jetai dans les hautes herbes, faisant de mon mieux pour dissimuler les traces laissées par le passage d'une douzaine de personnes.

Les pillards se rapprochaient, et le bruit des moteurs rugissait maintenant à nos oreilles. Je plongeai derrière une souche d'arbre et m'aplatis au sol tandis que les phares perçaient l'emplacement occupé par le groupe quelques minutes à peine auparavant. Une demi-seconde plus tard, Zeke me rejoignit et se mit à plat ventre.

Nous jetâmes un coup d'œil prudent par-dessus la souche pour regarder passer les deux hommes sur leurs étranges machines. Une fois encore, je fus frappée par leur ressemblance avec les deux autres. L'un passa sans ralentir, mais le second arrêta son engin le long de la route et coupa le moteur. Le premier fit alors demi-tour pour le rejoindre avant de couper lui aussi son moteur.

— Qu'est-ce que tu regardes ?

Même à cette distance, mes oreilles distinguaient parfaitement leurs paroles.

— J'sais pas. J'ai cru entendre un truc. Un cri, ou quelque chose, par là…

— Sûrement un lapin. Ou un coyote.

L'homme cracha par terre, puis tira un imposant fusil d'une sacoche latérale.

— Tu veux balancer quelques coups pour être sûr ?

Je sentis Zeke se crisper près de moi, et porter la main au pistolet accroché à sa ceinture. Je le dissuadai d'un geste.

— Non, ne gaspille pas tes munitions. Ça devrait aller…

Le pillard ralluma alors son moteur pétaradant, et je saisis ses dernières phrases par-dessus le bruit.

— Jackal va être furax si on les trouve pas. Il était pourtant sûr qu'ils étaient quelque part, dans le coin.

Jackal ? J'avais déjà entendu ce nom, mais où ? Brusquement, la mémoire me revint : les autres hommes rencontrés sur la route. L'un d'entre eux avait prononcé son nom juste avant de mourir.

« Jackal… aurait bien rigolé. »

Un frisson me parcourut l'échine. Ça ne pouvait pas être une coïncidence. Les tatouages, les motos, les deux pillards que j'avais déjà croisés. De toute évidence, il s'agissait d'une bande. Mais il y avait quelque chose qui m'échappait encore.

— C'est quand même pas d'notre faute s'ils sont pas là ! Y a que dalle, par ici. Et puis j'en ai marre, à la fin, de faire la chasse aux fantômes.

— Derrek et Royce sont sûrement tombés sur quelque chose, eux. A moins que tu croies qu'ils aient pu s'envoler sans leurs bécanes.

L'autre lui répondit, mais ses mots furent engloutis dans un grondement mécanique. Ils se remirent en route et je les regardai s'éloigner jusqu'à ce que le vrombissement des moteurs s'évanouisse dans le lointain, que les lueurs des phares disparaissent, et que tout redevienne parfaitement calme.

Un à un et lentement, les membres de la communauté sortirent de leur cachette, craignant encore de faire du bruit.

— Bien…

La voix de Jeb mit un terme aux hésitations de chacun.

— Ecoutez-moi ! Nous ne sommes plus en sécurité sur la route. A partir de maintenant, nous allons éviter les axes principaux. Et je veux double garde à chaque tour ! Zeke, tu t'en occupes.

— Oui, monsieur.

— Nous avons encore une longue distance à parcourir cette nuit, alors en route !

Jeb s'élança alors parmi les hautes herbes, suivi en file indienne par tous les autres. Je remontai la file pour le rejoindre. Il avançait sans me regarder.

— De quoi s'agissait-il ? lui demandai-je.

Il continua de m'ignorer, mais je ne lâchai pas le morceau.

— Vous connaissez ces hommes… Qui sont-ils ? Pourquoi vous cherchent-ils ?

— Tu te mêles de choses dont tu ne sais rien.

— C'est vrai, et c'est bien pour ça que je m'informe ! Si je dois vous aider, je veux savoir contre qui je me bats.

— Nous n'avons pas besoin de ton aide, décréta Jeb d'un ton glacial. Nous ne t'avons rien demandé. Ce groupe a connu l'enfer et s'il a survécu malgré tout c'est parce personne n'a jamais remis en question ceux qui sont responsables de sa sécurité.

— Eh bien peut-être le devraient-ils, répliquai-je.

Jeb me fixa alors avec sévérité.

— Ne joue pas à ce jeu-là, Allison, me prévint-il en dressant un doigt maigre et menaçant sous mon nez.

Je me demandai un instant ce qui se passerait si je le lui brisais comme une brindille.

— Tu es ici parce que je le veux bien, parce que je ne rejette personne qui se trouve dans le besoin, mais tu ne fais pas partie de cette famille. J'ai vu trop de choses, nous en avons traversé trop, pour que quelqu'un comme toi mette tout en péril. Tu as déjà montré ton total mépris pour notre mode de vie. Mais il est hors de question que tu remettes mon autorité en cause !

Il regarda de nouveau devant lui et accéléra le pas de façon à me devancer.

— Si notre façon de faire ne te convient pas, tu es libre de partir, ajouta-t-il sans se retourner. Mais si tu veux rester avec ce groupe, tu dois obéir aux règles, comme tout le monde.

Les règles ! J'avais déjà entendu ce discours… Ne pose pas de questions. N'attire pas l'attention. Garde la tête basse et tais-toi. Sauf que je n'avais pas un tempérament de petit soldat, surtout quand le règlement était absurde. Si ce borné de Jebbadiah ne voulait pas me donner de réponses, je les trouverais ailleurs.

Je laissai les autres me dépasser et retrouvai Zeke qui fermait la marche. Il me jeta un regard inquiet, comme s'il devinait que j'allais lui poser des questions gênantes.

— Coucou, fis-je en le rejoignant.

Il me fit un petit signe de tête mais ne dit rien, semblant se préparer à affronter mes inévitables questions. Probablement m'avait-il vue parler avec Jeb, et savait-il déjà que je n'avais pas obtenu satisfaction.

— Ecoute…, commençai-je en regardant dans le vague. Je, euh… je voulais te parler… Je n'en ai pas eu l'occasion avant que les pillards ne débarquent, mais je voulais te remercier.

Je sentis qu'il était perplexe.

— Pour quoi ?

— Pour avoir refusé de me laisser en rade.

Je gardai les yeux rivés sur l'horizon, où une harde de cervidés avançait lentement.

— J'ai entendu ce que tu as dit à Jeb et Ruth, juste avant que je revienne. Merci d'avoir pris ma défense. Personne n'avait jamais fait ça pour moi jusqu'ici.

Je me tus, embarrassée, et Zeke soupira.

— Jeb n'est pas une personne très facile à comprendre, reconnut-il.

J'eus envie de m'esclaffer.

— Il veut protéger tout le monde, tout en sachant qu'il nous emmène dans des territoires très dangereux, et que nous n'en reviendrons pas tous. Plusieurs d'entre nous sont déjà morts en essayant d'atteindre Eden.

Il hésita, et prit une courte inspiration avant de poursuivre. Combien d'amis avait-il vus périr en chemin ?

— La seule préoccupation de Jeb, maintenant, est d'arriver à Eden avec le maximum d'entre nous. Si ça implique d'en abandonner un pour sauver le reste de la troupe, c'est un sacrifice qu'il est prêt à faire. Ses convictions sont bien plus fortes que les miennes, et j'ai parfois tendance à l'oublier.

— Tu le défends alors qu'il est prêt à laisser des gens mourir, à les abandonner en route ?

— Il faut parfois accepter d'en sacrifier quelques-uns pour pouvoir sauver le plus grand nombre.

Il détourna le regard, un sourire amer sur les lèvres.

— Jeb me dit que je suis trop mou et que mon entêtement m'empêche de devenir un véritable chef. C'est vrai que je ne veux pas que quiconque meure ou soit abandonné en chemin mais cette faiblesse pourrait entraîner tout le groupe à sa perte.

— Zeke…

J'avais envie de lui dire que c'était n'importe quoi, que Jebbadiah Crosse n'était qu'un salaud déraisonnable et sans cœur, mais je ne le pouvais pas. Parce que malheureusement, d'une certaine manière, il avait raison. Grandir en Bordure m'avait appris à accepter les réalités les plus dures. Il n'y avait pas de justice. Le monde était dur, froid, et les gens mouraient. C'était comme ça. Même si je n'aimais pas cet homme, je devais pourtant admettre que son raisonnement n'était pas injustifié.

— En tout cas, reprit Zeke avec un petit sourire gêné, je suis heureux que tu sois revenue. C'était aussi une très bonne chose que tu nous aies prévenus de quitter la route. Merci à *toi* pour ça.

— C'est sûr…

Je me mordis la lèvre, ne sachant si je pouvais poursuivre. Je sentais que c'était le bon moment, mais je ne savais comment aborder les choses. J'optai finalement pour mon style direct habituel.

— Zeke… Qui est Jackal ?

Il trébucha, puis me regarda intensément. Je compris que je tenais quelque chose.

— Les hommes ont dit que Jackal cherchait quelqu'un. Qui ? Qui cherchent-ils ? Toi ? Jeb ? Ou tout le monde ? Qui c'est, cet homme ?

Zeke prit une lente et profonde respiration. Il ralentit le pas pour augmenter la distance entre le groupe et nous, puis fit un signe de tête dans leur direction.

— Aucun d'entre eux ne doit être au courant, murmura-t-il comme je calais mon pas sur le sien. Ils ignorent qui est Jackal, et mieux vaut que ça dure. A part Jeb, je suis le seul à connaître son existence, alors ne prononce jamais son nom devant les autres, d'accord ?

J'acquiesçai.

— Mais pourquoi tout ce mystère ? C'est qui, ce Jackal, à la fin ?

— C'est un vampire, répondit Zeke, me nouant d'un coup l'estomac. Un vampire très puissant. Il est à la tête d'un gang de motards qui sillonnent le pays pour nous retrouver. Les autres croient juste que nous tombons par hasard sur des pillards qui nous voudraient du mal. Ils sont déjà terrifiés sans savoir de quoi il s'agit vraiment. Mais Jackal est leur chef, et il est à nos trousses depuis quelques années, maintenant.

— Pourquoi ?

— Il déteste Jeb. Jeb a failli le tuer, et il ne l'a jamais oublié. Il le pourchasse pour se venger, mais il nous tuera tous s'il nous trouve avec lui.

Tout cela me paraissait insensé.

— Tu es en train de me dire que ce vampire envoie son armée de motards à travers tout le pays, en quête d'une personne qui pourrait se trouver n'importe où, tout ça pour une vielle histoire de revanche ?

Zeke regarda dans le lointain, puis tourna les yeux vers moi, l'air suppliant.

— J'ai promis à Jeb de n'en parler à personne. Je ne peux t'en dire plus. Je suis désolé…

Je n'avais jamais rencontré une personne qu'on ne puisse pas acheter ou soudoyer, mais Zeke semblait bien du genre à emmener ses secrets dans la tombe une fois qu'il en avait fait le serment. Malgré tout, il était très frustrant pour moi de rester ainsi dans le flou. Surtout si ce flou dissimulait un puissant vampire rôdant dans les parages et nous menaçant tous.

Je cherchais déjà un autre moyen de lui arracher plus de confidences, quand un détail me revint à l'esprit.

— Attends…, murmurai-je en fronçant les sourcils. Vous marchez comme ça, en quête d'Eden, depuis *plusieurs années* ?

Zeke eut l'air de réfléchir.

— Je crois… je crois bien que ça fera trois ans l'été prochain. Ou quatre peut-être…

Il haussa les épaules.

— C'est dur de se souvenir, au bout d'un moment.

— Et tu crois toujours qu'Eden existe ?

— Il le faut, répondit-il avec ferveur. Sinon, toutes les vies qu'on a perdues, toute la confiance que les gens nous ont accordée, tout cela n'aurait servi à rien.

Son visage s'assombrit, mais il se reprit aussitôt.

— Chaque année, nous nous rapprochons. Chaque nouveau site que nous découvrons nous rapproche de notre but. Oui, Jackal et sa bande sont à nos trousses. Mais ils ne nous trouveront pas. Nous sommes allés trop loin pour qu'on puisse nous arrêter, maintenant. On doit donc garder intacte la foi de chacun. S'ils apprenaient qu'un vampire nous poursuit, ils perdraient l'espoir. Et la plupart du temps, l'espoir est vraiment la seule chose qui nous fasse avancer.

Il semblait très fatigué tout à coup, et je pris soudain conscience du terrible fardeau qu'il portait, du poids de ses responsabilités. Un poids bien trop lourd pour son âge. Je me souvins alors de son expression lorsque je lui avais demandé pourquoi le groupe voyageait de nuit, comme s'il se remémorait quelque atroce souvenir. La mort l'avait marqué, les vies perdues lui pesaient. J'aurais juré qu'il se souvenait parfaitement de chacune d'entre elles.

— Que s'est-il passé exactement, Zeke ? Tu as dit que vous voyagiez de nuit pour une certaine raison. Laquelle ?

Il ferma les yeux. Lorsqu'il les rouvrit, il était presque

devenu quelqu'un d'autre : sa gravité lui donnait l'air beaucoup plus vieux.

— Au début, j'étais le seul orphelin du groupe. Nous étions beaucoup plus nombreux, et tous certains que nous aurions trouvé Eden avant que l'hiver ne s'installe. Jeb était sûr que la ville se situait sur la côte ouest. Lorsque nous sommes partis, personne n'aurait pu croire que nous marcherions plus d'un an. Les premiers temps, on voyageait de jour, lorsque les monstres dormaient. Le soir, on attendait quelques heures après le coucher du soleil pour dresser le campement, afin d'être sûrs qu'il n'y avait pas d'enragés dans le coin. On pensait que les enragés sortaient dès la tombée de la nuit, et que si on patientait une heure ou deux, on serait en sécurité.

Sa voix vacilla.

— C'était une erreur. Les enragés… les enragés sortent quand ils en ont envie.

Il fit une pause et inspira doucement, sans doute pour tenter de juguler l'émotion qui devait l'étreindre.

— Un soir, poursuivit-il tout bas, nous avons installé le camp comme d'habitude, environ une heure après le coucher du soleil. C'était au sommet d'une colline sans arbres, sans buissons, sans endroit où les enragés pouvaient se tenir cachés ou nous tendre une embuscade. Nous avons posté des sentinelles autour du périmètre, comme chaque fois, et sommes allés dormir. Des hurlements m'ont réveillé. Ils venaient directement du sol, de la terre sous nos tentes. Aucun avertissement. Juste, d'un coup, ils étaient là. Nous n'avions pas une chance d'en réchapper.

Je frémis en l'écoutant. Je voyais des enragés surgir du sol, au beau milieu d'un campement de dormeurs impuissants, et je savais, pour les avoir entendus moi aussi lorsque j'étais encore humaine, ce que leurs cris avaient de terrifiant.

— Je suis désolée, hasardai-je, consciente que mon commentaire était dérisoire.

— Ce soir-là, on a perdu plus de la moitié du groupe, continua Zeke comme s'il ne m'avait pas entendue. Dans ce chaos, Jeb est parvenu à rassembler tous ceux qu'il restait pour organiser notre fuite. Mais nous en avons laissé tellement derrière nous. Le mari de Dorothy… Les parents de Ruth et Caleb…

Il s'interrompit, les traits tirés.

— J'ai juré de ne plus jamais perdre quelqu'un de la sorte. Plus jamais !

— Tu n'étais qu'un gamin.

Sans nous en rendre compte, nous nous étions rapprochés, et nos épaules se touchaient presque comme nous marchions côte à côte.

— Jeb ne pouvait pas te demander de les affronter tout seul.

— Peut-être.

L'air peu convaincu cependant, il continua de marcher tête baissée, en regardant ses pieds.

— Mais c'est pour ça qu'on ne peut pas s'arrêter. Même s'il y a un vampire qui veut notre peau. Même… s'il n'y a pas d'Eden…

Il frissonna.

— Nous devons continuer à avancer. Tout le monde compte sur nous pour les mener à destination, et je ne leur enlèverai pas cet espoir. Tout ce qu'il nous reste, c'est notre foi en l'existence de cette ville.

Sa voix baissa encore d'un ton pendant que son regard se perdait vers l'horizon.

— Mais parfois, je me demande si ça suffira.

— Zeke !

Un grand sourire aux lèvres, Ruth sautilla jusqu'à nous, une petite tasse au creux de la main.

— Tiens, dit-elle en se glissant entre nous et en lui tendant la tasse. Je t'ai gardé un peu de café. Il n'y en a pas beaucoup, mais au moins, il est chaud.

— Merci.

Zeke lui adressa un petit sourire las et prit la tasse tandis qu'elle m'ignorait superbement. Je regardai la ligne blanche de son cou et me mis à rêver d'y planter mes crocs.

— Au fait, continua-t-elle en se tournant vers moi avec de grands yeux faussement innocents, pourquoi y a-t-il une grande déchirure au fond de ta tente ? On dirait que ça a été coupé avec un couteau. Qu'est-ce que tu fabriques là-dedans ? Tu égorges des animaux ou quoi ?

Zeke leva un sourcil interrogateur vers moi. Un signal d'alarme s'alluma immédiatement dans ma tête, mais je m'efforçai de garder mon calme.

— Il devait déjà y avoir un trou, répondis-je en cogitant à toute vitesse. Je fais souvent des cauchemars et je m'agite en dormant… Le trou a dû s'élargir sous mes mouvements.

Zeke hocha la tête, satisfait de mon explication, et sirota son café, mais Ruth arbora une moue dubitative. Elle ne me croyait pas. Je sentis un grondement s'élever dans ma gorge et le réprimai, avant de passer à l'offensive.

— D'ailleurs, comment peux-tu savoir qu'il y a un trou dans ma tente ? De quel droit mets-tu ton nez dans mes affaires ? Tu cherches quelque chose de spécial ? Je ne possède rien que tu puisses voler !

Son visage délicat rougit d'indignation.

— Voler ? Je ne suis pas une voleuse !

— C'est une bonne chose, continuai-je avec un sourire narquois. Parce que figure-toi que parfois, je tue des gens dans mon sommeil. Surtout s'ils viennent rôder autour de ma tente sans s'être annoncés, en plein milieu du jour. Que veux-tu, c'est comme ça quand on a vécu dans une cité vampire : on frappe d'abord, on questionne après.

Elle blêmit et se retrancha derrière Zeke qui me coula un regard embarrassé, ne sachant trop s'il devait intervenir ou non, au milieu de cette querelle de filles.

— Espèce de cinglée, murmura-t-elle enfin avant de me tourner le dos et de m'ignorer. Zeke, je voulais te parler des rations de nourriture. On est presque à court. Que veux-tu que je fasse cette nuit et demain ?

Il me regarda, l'air désolé. Je levai les yeux au ciel et m'éloignai, les laissant discuter, puisque de toute évidence Ruth ne me laisserait plus parler tranquillement avec lui. Ce n'était pas qu'elle ait le pouvoir de m'en empêcher ; je n'aurais eu aucun problème à rester là où j'étais, juste pour le plaisir de la contrarier. Mais en la regardant parler avec Zeke, alors que son cœur battait plus fort du fait de se trouver près de lui, et que le sang palpitait follement dans son cou, je sentis, pour la première fois depuis cette nuit funeste sur la route, les premiers assauts de la faim.

13

— Elle a quelque chose de louche...

C'était la voix étouffée de Ruth qui me parvenait à travers ma toile de tente. D'après mon horloge interne, le soleil venait juste de décliner, malgré la lueur persistante dans le ciel. J'entendais des allées et venues dans le campement, prêt à attaquer la « journée » ; mais je décidai de rester là encore un moment pour épier la conversation.

— Tu ne trouves pas ça bizarre, toi, poursuivait Ruth d'un ton de conspiratrice, qu'elle ait surgi en pleine nuit pour tomber pile sur Caleb et Zeke ? Qu'est-ce qu'on sait d'elle, finalement ? Et pourquoi était-elle dehors en pleine nuit, toute seule ? Zeke n'a jamais rien dit à ce sujet. Comment a-t-elle pu survivre, tout ce temps, si elle s'est vraiment enfuie de cette ville de vampires ?

La garce était de nouveau à pied d'œuvre ! Un grondement me monta dans la gorge, et je fis un effort pour cesser de m'imaginer en train de l'entraîner dans les bois.

— Je crois qu'elle nous cache quelque chose. Pire, je crois qu'elle est dangereuse. Si elle vient véritablement d'une cité vampire, elle peut être n'importe quoi : une voleuse, une tueuse. Je ne serais pas étonnée qu'elle ait déjà tué quelqu'un, d'ailleurs...

Je me redressai vivement et sortis de ma tente pour

couper court à ses supputations vénéneuses. Ruth cessa en effet de parler à mon apparition, mais je la vis me regarder par-dessus la tête de Teresa. Occupée à verser de la soupe dans les bols, la vieille femme ne paraissait pas troublée, mais Matthew et Bethany se retournèrent vers moi, l'air suspicieux et inquiet.

Ravalant ma colère, je repérai Zeke et Darren à quelques mètres de là, en train de parler avec Silas. Le vieil homme levait une main parcheminée vers le ciel, et les garçons acquiesçaient solennellement, comme si ce qu'il leur disait allait de soi. Intriguée, je me dirigeai vers eux, essayant d'ignorer les chuchotements dans mon dos.

— Tu es bien sûr de ce que tu dis, l'ancien ? demandait Darren.

Zeke me sourit et m'accueillit d'un petit signe de la tête, ce qui me donna instantanément des picotements dans le ventre. Silas grogna dans sa barbe blanche et fixa Darren.

— Mon coude ne se trompe jamais, mon garçon ! Il ne me fait mal que lorsqu'une tempête arrive. Et vu que j'ai l'impression qu'il est sur le point de se décrocher, je dirais qu'il y en a une grosse qui se prépare.

L'horizon était pourtant clair. Les premières étoiles scintillaient par-dessus les arbres, et le ciel tournait au bleu marine profond. Je comprenais pourquoi Darren était sceptique, mais Zeke examinait le ciel comme s'il voyait déjà la tempête approcher.

— Bien, murmura-t-il alors qu'un coup de vent ébouriffait soudain ses cheveux. Ça fait déjà quelques jours qu'on a traversé ce ruisseau. On sera bientôt à court d'eau, alors ça tombe bien.

— Est-ce qu'on va s'arrêter ? demandai-je.

— Non, répondit Zeke. A moins que ça ne devienne vraiment dangereux, Jeb voudra qu'on se presse de traverser la tempête. Les enragés aiment chasser par mauvais temps. On ne les entend pas venir, et d'un coup, ils sont là. Il n'est pas prudent de rester sur place pendant les tempêtes.

Je me souvins d'un autre orage lors duquel des enragés avaient en effet surgi de toutes parts, et je frémis.

— Si toutefois il pleut, tempéra Darren, au mécontentement manifeste de Silas. Mais je suppose qu'il vaut mieux mourir foudroyé qu'entre les mains des enragés. Au moins, on ne voit pas la mort venir.

— En tout cas, ça te fera toujours une bonne douche ! ironisa Zeke. Pas étonnant qu'on n'attrape pas de gibier : ils doivent te sentir arriver à un kilomètre de distance !

Darren donna une chiquenaude à Zeke, qui se mit à rire.

Conformément à la prédiction de Silas, des nuages noirs s'accumulèrent bientôt à l'horizon, occultant la lune et les étoiles, et le vent se leva rapidement. Des éclairs zébrèrent le ciel, suivis de grondements orageux.

Puis une pluie torrentielle s'abattit d'un coup sur nous, tel un rideau liquide fouettant les visages et détrempant tout. Les membres de la petite communauté avançaient difficilement sous les trombes d'eau, têtes penchées, épaules voûtées contre le vent. Je restai en arrière avec les retardataires, espérant surtout dissimuler le fait que la pluie battante ne me dérangeait pas, que le froid ne me donnait pas la chair de poule et que le vent ne me faisait pas frissonner.

Le sol se transforma bientôt en un véritable marécage,

et Zeke portait alternativement Caleb et Bethany sur son dos lorsque la boue était trop profonde pour leurs petites jambes. Les enfants tremblaient, et Bethany tomba dans une flaque qui l'engloutit presque entièrement. Jeb n'en ralentit pas la cadence pour autant.

Quelques heures avant l'aurore, un grondement sourd, d'abord ténu puis allant crescendo, s'immisça dans le bruissement continu de la pluie. Nous arrivâmes bientôt sur les bords d'une rivière sombre et déchaînée. Les bras croisés, Jebbadiah contempla le cours d'eau en pinçant les lèvres, visiblement ennuyé. Il se tourna ensuite vers Zeke et j'avançai un peu afin de distinguer leurs voix par-dessus le grondement de l'eau.

— Sors la corde, lui ordonna-t-il avec un geste vers le sac.

— Pardon, monsieur ?

Jeb fronça les sourcils et se retourna pour observer de nouveau les flots tumultueux.

— Que tout le monde se tienne prêt à franchir la rivière !

— Vous ne croyez pas que nous devrions plutôt nous arrêter pour cette nuit ? demanda Zeke, inquiet. Peut-être serait-il bon d'attendre que l'eau redescende un peu ? Le courant est probablement trop fort pour les enfants.

— Alors que quelqu'un les aide.

La voix de Jeb était calme mais inflexible.

— Nous devons atteindre l'autre rive cette nuit.

— Monsieur…

— Ezekiel ! Ne me force pas à me répéter !

Zeke soutint son regard quelques instants, puis baissa les yeux.

— Assure-toi que tout le monde sera bientôt prêt,

continua Jebbadiah. Une fois arrivés sur l'autre rive, nous pourrons nous reposer. Mais je veux que nous soyons en sécurité avant de nous détendre.

Zeke acquiesça à contrecœur.

— Bien, monsieur.

Il ôta son sac de ses épaules pendant que Jeb scrutait la rivière. Son regard s'attarda sur un point que je ne pouvais voir, en contrebas de la berge, et sa fine bouche se pinça plus encore.

J'attendis qu'il revienne vers le groupe et Zeke et Darren qui déroulaient des mètres de cordage, puis m'approchai de la berge pour y jeter un coup d'œil.

L'eau, noire et déchaînée, déferlait avec une puissance ahurissante. Où Jeb avait-il la tête ? Etait-il vraiment borné et insensible au point de nous infliger une pareille épreuve, surtout considérant qu'il y avait des enfants dans le groupe ?

Soudain, la lumière d'un éclair se réfléchit dans deux yeux blancs et morts. C'étaient ceux d'une de ces énormes bêtes à cornes qui arpentaient les plaines en immenses troupeaux. Elle était couchée sur le flanc, la tête tournée vers moi, les lèvres retroussées en un rictus horrible, ses gros yeux exorbités, probablement victime des enragés. De loin, elle pouvait passer pour un rocher. Le vent tourna subitement, et je sentis l'odeur caractéristique de la pourriture et du *mal* au-dessus des flots.

Je courus aider Darren et Zeke à dénouer les cordes. Jeb n'était donc pas qu'une simple ordure, finalement. C'était bon à savoir. Je me demandai cependant pourquoi il n'avait pas au moins prévenu Zeke de la nature de la menace. Il aurait pu s'avérer utile que son second soit au courant. Peut-être ne souhaitait-il pas répandre la panique dans le reste du groupe. Ou peut-être cet homme irritable pensait-il que ses ordres n'avaient pas à être expliqués. En tout cas, sa décision de passer de l'autre côté de la rivière me paraissait désormais compréhensible.

« Les enragés ont peur des eaux profondes ou rapides, m'avait expliqué Kanin. Personne ne sait pourquoi, puisqu'ils ne peuvent pas se noyer. Peut-être ne comprennent-ils pas pourquoi le sol ne les soutient plus. A moins qu'ils ne craignent quelque chose de plus puissant qu'eux. Le fait est qu'ils n'approchent pas les courants rapides. Souviens-t'en, Allison, cela pourrait un jour te sauver la vie. »

Je regardai Zeke, corde à l'épaule, avancer dans la boue jusqu'à un gros arbre près de la berge, et courus le rejoindre.

— Comment va-t-on traverser ? lui demandai-je pendant qu'il enroulait la corde autour du tronc, avant d'y faire un nœud serré.

Un sourire contrit aux lèvres, il brandit le reste du cordage.

— On va devoir s'accrocher.

— Mais comment ? La corde est de ce côté-ci de la rivière. Elle ne sert à rien tant qu'elle ne nous relie pas à l'autre rive.

— Tout à fait…

Zeke accrocha l'autre extrémité autour de sa taille. Je le regardai faire d'un œil, l'autre fixé sur les eaux déchaînées.

— Ce n'est pas un peu… dangereux, quand même ?

— Si.

Zeke me regarda dans les yeux.

— Jake ne sait pas nager, et je ne demanderai pas

à Darren de prendre ce risque. Ni à personne, en l'occurrence. Ça ne peut être que moi.

Sans me laisser le temps de répondre, il retira ses bottes et sa veste et les déposa en haut de la pente. Puis, sous les yeux attentifs de tout le groupe, il descendit la berge, glissant un peu dans la boue, et arriva au bord de l'eau écumante. Là, il s'arrêta brièvement pour évaluer le courant, puis plongea.

Il fut immédiatement emporté vers l'aval, mais lutta frénétiquement en direction de la rive opposée. Je ne quittai pas des yeux sa silhouette pâle ballottée en surface, parfois complètement happée par les eaux. Chaque fois qu'il disparaissait, je serrais les poings d'angoisse jusqu'à ce que sa tête réapparaisse à la surface. Tout bon nageur qu'il était, il lui fallut un certain temps pour émerger, trempé et pantelant, de l'autre côté.

Tandis que le reste du groupe poussait des hourras, Zeke chancela jusqu'à un arbre, noua la corde autour du tronc, puis s'assit lourdement dans la boue, visiblement à bout de forces.

Il se releva malgré tout et se posta au bord de l'eau pour aider ceux qui commençaient à traverser. Ruth s'engagea en premier, probablement impatiente de le retrouver. Après elle, Silas et Teresa progressèrent lentement et difficilement dans le courant, s'agrippant à la corde de toute la force de leurs vieilles mains ridées.

Puis Darren se tourna vers moi.

— A ton tour, Allison, dit-il en me tendant la main.

Je jetai un coup d'œil vers Caleb, Bethany et Matthew, pelotonnés et frémissants sur la berge.

— Et les enfants ?

— Zeke reviendra nous aider, répondit Darren. Il

prendra Bethany ou Caleb, moi l'autre, et Jake se chargera de Matthew. Ne t'en fais pas, ce n'est pas notre première traversée. Je serai juste derrière toi.

Il me fit signe d'avancer en souriant.

— Si tu as besoin d'aide, je serais heureux de te porter sur mon dos jusqu'à l'autre rive.

— Non, merci.

J'ignorai sa main tendue et descendis en me tenant à la corde.

— Je crois que je peux me débrouiller.

Le contact de l'eau fut un vrai choc. Pas en raison de sa température — le froid glacial ne me dérangeait pas —, mais la force du courant était très impressionnante. Si j'avais encore été humaine, et donc piètre nageuse, j'aurais eu de quoi m'inquiéter.

L'eau n'était cependant pas très profonde ; elle m'arrivait seulement à la poitrine, mais le courant me faisait dévier à chaque pas. Quelque part derrière moi, dans le tumulte du cours d'eau, Darren me cria de continuer à avancer. Je me retournai. La petite Bethany était sur son dos, les bras verrouillés autour de son cou, fermant les yeux dans une mimique terrifiée.

Au moment précis où je les regardais, une masse imposante se rua vers nous, portée par les eaux : un tronc d'arbre, bondissant sur les vagues. Je criai à Darren de faire attention, mais trop tard. Le tronc le percuta, lui faisant perdre sa prise sur la corde, et il disparut dans les flots. Bethany poussa un cri avant de se faire avaler à son tour.

Je ne réfléchis pas un seul instant, lâchai la corde, et plongeai sous l'eau. Le courant m'aspira et m'entraîna comme une poupée de chiffons. Il m'empêcha de remonter à la surface et me traîna au fond jusqu'à ce que je ne sache plus dans quel sens j'étais. Une fraction de seconde, je paniquai. Puis, je me rendis compte que la rivière ne pouvait pas me menacer. Je ne respirais pas ; je ne risquais donc pas la noyade.

Une fois que je cessai de lutter contre le courant, les choses devinrent plus aisées. Les flots me ramenèrent en surface, et je scrutai la crête des vagues en quête de Darren et Bethany. J'aperçus brièvement un bout de robe bleue et plongeai dans cette direction.

Il me fallut plusieurs longues minutes avant de pouvoir empoigner le corps inerte de la petite fille. Je la pressai alors contre moi tout en luttant pour maintenir son visage blême hors de l'eau. Je campai fermement mes pieds au fond de la rivière et rassemblais mes forces pour atteindre la berge.

Je sortis de l'eau en titubant et allongeai Bethany sur le dos en guettant avec inquiétude un signe de vie sur son visage. L'enfant avait tout l'air d'être noyée ; ses yeux étaient clos, sa bouche légèrement ouverte, et ses cheveux blonds emmêlés collés à son front. Elle ne semblait plus respirer. Je posai une oreille sur sa poitrine pour voir si son cœur battait, me préparant à n'y entendre qu'un vide sidéral.

Il battait. Faiblement, mais il battait. Elle était vivante.

Je me redressai, indécise, en contemplant la fillette immobile. J'avais une petite idée de ce que j'étais censée faire. Dans la Bordure, j'avais vu un garçon se faire extirper du courant suite à une inondation. Son sauveur avait tenté de le ranimer en respirant dans sa bouche et en appuyant sur sa poitrine, sous les yeux consternés de la foule. Malheureusement, le jeune garçon n'était pas revenu à lui, et sa mère était rentrée avec un corps inerte dans les bras. Je ne pus m'empêcher de me demander si Bethany allait subir le même sort.

— Bon sang ! murmurai-je en lui ouvrant délicatement la bouche avant de lui pincer le nez. Je ne sais vraiment pas ce que je suis en train de faire !

Je me penchai au-dessus d'elle, et me rappelai qu'il fallait que j'inspire moi-même profondément avant de pouvoir lui insuffler lentement cet air.

Je répétai ce geste cinq ou six fois, respirant pour elle, regardant son ventre se soulever puis s'abaisser à chaque souffle. Mais Bethany demeurait inerte. Devais-je appuyer sur sa poitrine, comme j'avais vu l'homme le faire avec le jeune garçon ? Je décidai que non, car je n'étais pas encore bien consciente de ma force, et je ne voulais pas lui briser les côtes. Rien que d'y penser, mon ventre se serra.

A la septième respiration, je m'apprêtais à capituler quand Bethany suffoqua et se mit à tousser, recrachant de l'eau par le nez et la bouche. Soulagée, je m'écartai tandis qu'elle se redressait pour vomir dans l'herbe un mélange d'eau et de vase.

Elle leva ensuite les yeux vers moi, toute tremblante.

— Ne t'inquiète pas, lui dis-je en me rappelant les regards effrayés qu'elle avait dès que je m'approchais d'elle — l'œuvre de Ruth, certainement. Tu es tombée dans la rivière, mais tout va bien, maintenant. Quand tu te sentiras prête, on ira rejoindre les autres…

Elle jeta alors ses bras autour de mon cou et enfouit son visage au creux de mon épaule. Surprise et mal à l'aise, je me figeai un instant, ne sachant que faire.

Elle renifla en murmurant quelque chose d'inintelligible et se serra encore plus fort contre moi. Je pris conscience alors que son cou ne se trouvait qu'à quelques centimètres de ma joue. Nous étions seules ; pas de Zeke, de Ruth ou de Jebbadiah en vue. Ce serait si facile…

Arrête !

Je refermai ma bouche et mes crocs se retirèrent dans mes gencives.

— Allons retrouver le groupe, dis-je en détachant doucement des bras de la petite fille et en me levant. Ils doivent nous chercher.

Du moins l'espérais-je. Ou Jebbadiah nous tenait-il déjà pour mortes, et avait-il repris la route ?

Je jetai un regard vers la rivière, soucieuse.

J'espère que Darren a réussi à s'en sortir. Je ne peux plus rien faire pour lui, maintenant.

Le chemin sur la berge était long et boueux. Le courant nous avait entraînées plus loin que je ne l'avais imaginé. Derrière moi, Bethany geignait, surtout lorsque nous devions traverser des zones où la boue était profonde ; mais je refusai de la porter sur mon dos, et elle finit par se faire une raison et me suivre sans rechigner.

La pluie avait cessé, et l'aube approchait lorsque je repérai enfin une silhouette marchant vers nous sur la rive. Elle approchait avec détermination tout en scrutant la berge et la surface de l'eau, et nous nous vîmes au même instant. Stupéfaite, je constatai que ce n'était pas Zeke, comme je m'y attendais, ni Darren, ni Ruth.

C'était Jeb.

Bethany me lâcha subitement et se mit à courir maladroitement vers lui, lequel, à ma grande surprise, se pencha pour l'accueillir dans ses bras. Je le regardai lui murmurer des mots apaisants tout en caressant doucement ses cheveux détrempés. Jeb avait-il un jumeau caché ? Un frère qui aurait du cœur ?

Bethany se détourna brusquement pour me montrer du doigt, et je me tendis en sentant le regard aigu de Jeb sur moi. Il posa l'enfant à terre et s'approcha de moi sans laisser transparaître le moindre sentiment.

— Je te félicite pour ta bravoure, Allison, dit-il. J'ignore comment et pourquoi tu as fait cela, mais tu as sauvé l'un des nôtres, et je ne l'oublierai pas. Merci.

Il se tut un instant, puis ajouta, l'air grave :

— Peut-être me suis-je trompé à ton sujet…

— Et Darren ? demandai-je, ne sachant trop si je devais me fier à ce brusque changement de disposition. Est-ce qu'il va bien ?

— Darren va bien, confirma Jeb sans modifier son expression. Il a réussi à s'agripper au tronc en remontant à la surface, et nous avons pu le tirer sur la berge quand il s'est bloqué entre deux rochers, un peu plus bas. Nous avions presque perdu espoir pour toi et Bethany.

Il s'arrêta et regarda la petite fille avec une sorte de douceur, presque à la façon d'un grand-père bienveillant.

— Vous avez vraiment eu de la chance, toutes les deux !

Brusquement, il se redressa et reprit son attitude habituelle.

— Venez ! nous ordonna-t-il. L'aube est proche, nous devons retourner au camp. Ce retard n'était pas prévu, et je compte démarrer de bonne heure demain soir. Allons-y, vite…

Nous le suivîmes jusqu'au campement, où Bethany fut accueillie et embrassée dans des larmes de soulagement, et où je reçus quelques sourires et hochements de tête approbateurs. Teresa me serra même la main avec émotion, en murmurant que j'étais une envoyée de Dieu et qu'ils étaient tous heureux que j'aie rejoint leur famille. Embarrassée, je m'excusai et me retirai en bordure du camp pour y dresser ma tente, comme à l'accoutumée. Lorsque j'eus terminé, je me retournai et faillis percuter Zeke qui se tenait derrière moi.

— Oups !

Il tendit les bras pour nous empêcher tous deux de chanceler. Pendant un quart de seconde, nous nous retrouvâmes face à face, si près que je vis les anneaux argentés au bord de ses pupilles et entendis le pouls qui battait dans son cou.

La faim s'éveilla soudain, et je la réprimai avec force.

— Pardon, s'excusa-t-il en reculant d'un pas.

Ses vêtements et ses cheveux étaient encore humides, et il sentait la rivière.

— Je… Je voulais juste m'assurer que tu allais bien, Allie. Rien de cassé, pas de mal ? Pas de poisson dans tes poumons ?

Je lui fis un petit sourire fatigué.

— Peut-être un peu de menu fretin, mais je devrais avoir recraché tout ça d'ici demain, répondis-je sous son sourire amusé.

Je sentis mon ventre se serrer étrangement en le voyant rire.

— En tout cas, j'en ai fait assez pour cette nuit.

Je simulai un bâillement en me couvrant la bouche, au cas où mes crocs se verraient.

— Allez, à demain, Zeke…

Il tendit la main vers moi avant que j'aie le temps de me détourner, et attrapa une mèche de mes cheveux mouillés qu'il fit tourner délicatement entre ses doigts.

Je me figeai, perturbée, tandis que la faim réagissait curieusement à ce nouveau développement.

— Allison…

Son sourire m'envoya une vague de chaleur à travers tout le corps, et je dus lutter contre une envie folle de le toucher, peau contre peau, juste pour sentir cette chaleur. Mes crocs palpitaient douloureusement sous mes gencives, prêts à sortir, et je m'efforçai de ne pas bouger, de ne pas avancer pour me pencher sur sa gorge.

— Je suis heureux que tu sois là, murmura-t-il sans une once de gêne ou de malice. C'est bon d'avoir quelqu'un sur qui compter. J'espère que tu resteras, et qu'on verra Eden ensemble.

Il me fit une dernière caresse sur les cheveux et se détourna. Je le regardai partir, envahie par la faim, l'envie et cette étrange sensation qui me tordait les tripes.

Je me glissai sous ma tente prestement, tirai la couette par-dessus ma tête, bien décidée à m'endormir et à oublier Ezekiel Crosse. Son contact. Sa chaleur. Et mon envie folle de plonger mes crocs dans sa gorge pour qu'il soit vraiment à moi.

14

Les plaines ne pouvaient pas s'étendre à l'infini. La nuit suivante, des arbres apparurent à l'horizon, de plus en plus nombreux, jusqu'à constituer bientôt une épaisse forêt. Au milieu de cette végétation foisonnante, notre progression se fit encore plus lente. Des murmures s'élevaient dans les rangs ; la forêt était plus dangereuse que la plaine, et plus difficile à traverser étant donné que nous ne suivions pas de chemin tracé. Sans compter que les fourrés pouvaient dissimuler des prédateurs comme des ours ou des loups et, bien sûr, pis encore, des enragés.

Comme on pouvait s'y attendre, Jeb ne prêta nulle attention à ces craintes et ces plaintes, menant le petit groupe opiniâtrement, ne s'arrêtant que pour laisser les plus petits se reposer et pour procéder au rationnement du peu de provisions qu'il nous restait.

Lorsque, quelques heures avant l'aurore, nous installâmes enfin notre campement pour nous reposer, Zeke et Darren reprirent leurs arcs pour partir chasser ; cette fois, je me joignis à eux.

— Alors, comme ça, tu sais tirer ? me demanda Darren tandis que je les suivais dans les fourrés.

Il semblait tout à fait remis de sa mésaventure dans la rivière, à part une petite entaille et un bleu violacé sur le front. Zeke l'avait taquiné sur la dureté de sa tête, ce à quoi Darren avait rétorqué que les femmes aimaient les hommes portant des cicatrices.

Peut-être que les femmes préfèrent les hommes avec des cicatrices, pensais-je en souriant, mais elles préfèrent sans doute aussi les hommes discrets ! Or, avec tout le bruit que Darren faisait en se déplaçant, nous ne risquions pas de lever la moindre proie. Il avait beau parler à voix basse, je ne pouvais m'empêcher de faire une grimace de contrariété chaque fois qu'il marchait sur une brindille ou faisait bruisser les feuillages.

— Je crois que j'ai pigé le principe de la flèche, lui répondis-je. On vise la cible avec le côté pointu et on tire la corde, c'est ça ?

— C'est un peu plus subtil que ça, fit-il, dubitatif. Il faut une certaine force pour tirer la corde efficacement, et il faut aussi savoir viser. Tu es sûre que tu ne veux pas que je te montre ? Ça me ferait plaisir de te l'apprendre.

— Tu sais quoi ? lui dis-je agacée, en brandissant mon arc. On va faire un pari. Si tu tires quelque chose avant moi, je vous laisse faire tous les deux. Si je tue une proie en premier, vous me laisserez venir chasser avec vous chaque fois que je le voudrai. Marché conclu ?

— Euh…

Il haussa les sourcils, l'air de réfléchir.

— O.K., ça marche.

Soudain, un petit caillou vola dans les airs, venant du côté de Zeke. Je l'évitai, mais il vint heurter la poitrine de Darren. Zeke le regarda en fronçant les sourcils et posa un doigt sur ses lèvres avant de nous désigner un massif de buissons droit devant nous.

Je fus immédiatement sur le qui-vive. Quelque chose bougeait dans les taillis, à moins de cinquante mètres, une grande silhouette sombre qui soufflait presque à ras du sol. D'un geste souple, Zeke prit une flèche dans son carquois, l'ajusta à la corde et leva son arc. Je pris une lente inspiration pour tenter de discerner l'odeur de la bête.

Des relents de sang, de pourriture et de quelque chose de *néfaste* me parvinrent subitement.

— Zeke, non ! murmurai-je en tendant le bras vers lui pour l'arrêter.

Trop tard. Il relâcha la corde, et la flèche vola dans les broussailles, où elle atteignit sa cible avec un bruit mat.

Un cri furieux s'éleva alors dans les airs. Les buissons s'écartèrent, et un énorme sanglier déboula dans la petite clairière, écumant. Ses yeux étaient blancs, dénués de pupilles ou d'iris ; du sang coulait de ses orbites sur sa fourrure hirsute. Deux défenses jaunes acérées sortaient de sa mâchoire. Dans un nouveau cri, l'animal chargea droit sur Zeke.

Pendant que je m'élançais vers lui, Zeke lâcha son arc, attrapa simultanément son pistolet et sa machette, puis tira plusieurs coups sur la bête enragée. Je vis du sang gicler de sa tête et de son épaule, mais elle ne ralentit pas sa course pour autant. Au dernier moment, Zeke se jeta sur le côté pour lui échapper et abattit sa machette dans son flanc.

L'animal fit volte-face à une vitesse effarante, mais entre-temps, j'avais dégainé mon sabre ; je lui portai un coup profond en plein sur le dos, entamant la chair et l'os. Il poussa un cri strident et se retourna pour tenter de m'embrocher sur ses redoutables défenses. Mais sa colonne vertébrale avait été atteinte, et ses pattes le lâchèrent avant qu'il ne m'atteigne. Zeke avança et le frappa en plein derrière la tête, ouvrant une large entaille dans son cou. Le sanglier vacilla. Je levai alors ma lame et l'abattis de toutes mes forces sur la blessure béante. Le katana acheva de trancher le cou massif, séparant ainsi la tête des épaules. Le corps tomba à terre et roula les quatre fers en l'air, tandis que la tête claquait rageusement des mâchoires, un peu plus loin. Puis les deux parties cessèrent brusquement de bouger.

Je me laissai glisser le long d'un arbre et relâchai enfin la tension de mon bras armé, tout en regardant Zeke s'asseoir par terre, haletant. Je voyais ses muscles vibrer sous l'effet de l'adrénaline, la sueur ruisseler sur son front et ses joues. Et j'entendais son cœur battre à deux cents à l'heure dans sa poitrine.

— Oh ! Mon Dieu !

Darren avança vers nous, tremblant de la tête aux pieds. Une flèche était en position sur son arc, mais tout s'était passé si vite qu'il n'avait pas eu le temps de tirer.

— Vous n'avez rien ? Je suis désolé, je n'ai pas pu… il a surgi tellement vite.

Zeke fit un geste pour dédramatiser et se leva gauchement en s'agrippant à une branche.

— C'est bon, dit-il en rengainant son pistolet. C'est fini, et tout le monde va bien. Allie ?

Il me regarda.

— Ça va ? Il ne t'a pas blessée, au moins ?

Je secouai la tête.

— Non, non, ça va.

— Ça va même carrément bien pour toi !

La voix de Darren était à la fois jalouse et impressionnée.

— Bon sang, tu lui as tranché la tête tout net, d'un

coup ! Je me retire du pari : tu viens chasser avec nous quand tu veux.

Je lui souris et me rendis soudain compte que Zeke me dévisageait avec une drôle d'expression.

— Tu as été incroyable, dit-il doucement avant de paraître se ressaisir. Je veux dire… cette épée doit être hyper tranchante pour pouvoir couper la tête d'un sanglier adulte. Et tu n'es même pas essoufflée !

Un signal d'alarme s'alluma en moi. Je fis exprès de prendre une profonde inspiration.

— Je n'en ai pas encore eu le temps, dis-je en essayant d'avoir l'air tremblante et haletante.

Zeke s'avança vers moi, légèrement inquiet, mais autre chose capta alors mon attention. En feignant de respirer ainsi, je perçus l'odeur de chair putride et nauséeuse du sanglier, mais je sentis aussi celle du sang. Du sang propre, pur. Du sang humain.

— Ohé ! lança alors une voix inconnue entre les arbres. Il y a quelqu'un ? Vous êtes encore vivants ?

Nous sursautâmes tous, pointant nos armes dans la pénombre.

— Où êtes-vous ? demanda Zeke en reculant pour s'aligner avec Darren et moi. Montrez-vous.

— Je ne peux pas, répondit la voix. Je suis blessé. J'ai besoin d'aide… s'il vous plaît.

Je scrutai l'obscurité pour essayer de localiser la voix.

— Là, murmurai-je à Zeke en désignant les branches d'un vieux sapin.

Une forme sombre et recroquevillée, perchée dans l'arbre, se cramponnait désespérément à son tronc. Malgré la distance, je sentais la peur et la douleur. Et le sang. Beaucoup de sang…

Nous approchâmes prudemment, nos armes brandies. La silhouette sombre devint plus claire : c'était un homme d'âge moyen, avec une petite barbe blonde et une combinaison bleue très sale. Il nous jeta un regard flou, les mâchoires serrées par la douleur.

— Le sanglier ? murmura-t-il.

— Il est mort, le rassura Zeke. Vous pouvez descendre. On ne vous fera aucun mal.

— Dieu soit loué !

L'homme poussa un soupir de soulagement et tomba à moitié de l'arbre, pour atterrir assez brutalement sur le tapis d'aiguilles qui parsemaient le sol. L'odeur du sang se fit soudain irrésistible et je dus me mordre violemment les lèvres pour contenir mes crocs.

L'homme s'adossa au tronc, tout en étendant sa jambe blessée avec une grimace de douleur.

— Ce satané cochon m'a eu par surprise !

La jambe de son pantalon était déchirée au niveau du genou, et maculée d'une tache sombre.

— J'ai réussi à lui échapper en grimpant dans cet arbre, mais il m'a eu malgré tout. Il faisait le piquet en bas, en attendant que je descende. Je serais mort si vous n'étiez pas arrivés.

— Avez-vous un lieu sûr où aller ? demanda Zeke en s'agenouillant à son côté.

L'homme acquiesça.

— On est plusieurs à vivre sur une petite exploitation, à deux, trois kilomètres à l'ouest d'ici.

Il pointa une main ensanglantée dans la direction, et Zeke se releva.

— Très bien, dit-il. Darren, va retrouver les autres. Dis-leur ce qui s'est passé. Préviens-les qu'il y a sûrement des enragés dans le coin. Allison, continua-t-il en montrant l'homme d'un signe de tête, aide-moi à le ramener chez lui.

Je fis la moue. Zeke remarqua mon hésitation et s'approcha de moi en baissant la voix.

— On ne peut pas le laisser là. Sa blessure semble profonde, et il a perdu beaucoup de sang.

— Exactement, rétorquai-je. Et il a sûrement déjà attiré tous les enragés à dix kilomètres à la ronde. Affronter une armée d'enragés pour sauver un étranger ne me paraît pas le meilleur des plans.

— Je ne l'abandonnerai pas, dit Zeke avec fermeté. Etranger ou non, je ne laisserai aucun autre humain mourir ici !

Son regard se durcit, et il baissa encore d'un ton.

— Je ne le laisserai *pas* se faire mettre en pièces par des démons sans âme. Alors soit tu m'aides, soit tu rentres avec Darren.

— Bon Dieu, grommelai-je tandis que Zeke me tournait le dos.

Les enragés ne constituaient pas la seule menace dans cette situation. L'homme pissait le sang, et au fond de moi la faim se faisait de plus en plus impérieuse. Mais Zeke se penchait déjà pour venir en aide au blessé et l'aider à se remettre sur ses pieds. L'homme souffla et s'appuya sur lui en maintenant sa jambe blessée en l'air ; Zeke chancela sous son poids.

Je jurai encore et avançai de l'autre côté de l'homme pour passer son bras par-dessus mon épaule. Peut-être que si je cessais de respirer et de rêver que j'enfonçais mes dents dans sa gorge, tout se passerait bien.

— Merci à vous, dit l'homme comme nous commencions notre lente progression dans les bois. Je m'appelle Archer, Joe Archer. Ces terres appartiennent à ma famille — du moins, elles lui appartenaient, avant le grand fléau.

— Que faisiez-vous si loin de chez vous, monsieur Archer ? demanda Zeke.

L'homme trébucha. Je mobilisai mes forces pour nous remettre d'aplomb.

— Surtout de nuit, avec tous ces enragés qui rôdent ?

L'homme eut un petit rire embarrassé.

— Une de nos chèvres s'est échappée de l'enclos. On les laisse sortir en journée, quand les enragés dorment. Mais l'une d'entre elles a décidé d'aller se balader en forêt, et si l'on perd une seule de ces petites bestioles, ça réduit de moitié notre ration de viande et de lait. Alors je suis allé la chercher. Je ne pensais pas rester dehors si tard, mais la nuit est tombée plus vite que je ne le pensais.

— Vous avez de la chance d'être en vie, marmonnai-je en pestant intérieurement contre sa lenteur. Si ce sanglier vous avait mordu plusieurs fois au lieu de simplement vous lacérer la jambe, vous auriez maintenant d'autres soucis que de retrouver une chèvre égarée.

Je le sentis se tendre sous mon bras, et son rythme cardiaque s'accéléra.

— C'est sûr, dit-il sans me regarder. J'ai eu de la veine.

Miraculeusement, malgré la forte odeur de sang frais que nous laissions dans notre sillage, nous n'attirâmes aucun enragé. Une fois sortis de la forêt, nous nous retrouvâmes à la lisière d'une vaste clairière entourée d'une clôture de fil barbelé. Dans son enceinte se trouvaicnt les vestiges d'une ancienne grange envahie d'herbes folles, ainsi qu'un vieux tracteur rouillé.

Au centre de la clairière, un mur de plaques de métal, de bois et de ciment encerclait une petite colline. Des feux avaient été allumés à quelques mètres du périmètre, illuminant les ténèbres, et je distinguai des lumières ainsi que d'autres bâtiments derrière le mur.

Nous fîmes passer Joe Archer entre les fils barbelés en faisant attention à sa jambe et commençâmes à traverser la clairière. Alors que nous étions à mi-chemin, un cri s'éleva quelque part devant nous, et depuis le mur quelqu'un braqua un faisceau lumineux sur mon visage, m'éblouissant. Joe agita les bras en criant, et la lumière s'éteignit aussitôt. Quelques minutes plus tard, un grincement se fit entendre comme les grilles s'ouvraient, et trois personnes, deux hommes et une femme, se ruèrent vers nous.

Je me crispai par réflexe, et parce que le plus jeune d'entre eux avait un fusil, même s'il n'était pas pointé vers nous. L'autre homme était décharné. Mais ce fut la femme qui retint le plus mon attention. Ses cheveux châtains étaient noués en queue de cheval, et bien qu'elle ne soit pas très vieille, des mèches grises parcouraient sa chevelure. Elle avait dû être belle autrefois, mais son visage était maintenant strié de rides, et son air était sévère. Son regard ne laissait aucun doute possible : ici, c'était elle le chef.

— Joe ! s'écria-t-elle en courant vers nous. Dieu merci ! On te croyait mort !

En dépit de ses paroles, son regard semblait plutôt dire qu'elle lui aurait bien donné une claque, s'il n'avait pas été blessé.

— Qu'est-ce que tu fichais tout seul dans la forêt, espèce d'imbécile ? Enfin, peu importe... Je suis soulagée que tu sois revenu.

Ses petits yeux noirs se braquèrent soudain sur moi.

— Apparemment, je dois remercier ces étrangers de t'avoir ramené.

— Sois gentille avec eux, Patricia, dit faiblement Joe en essayant de sourire. Ils m'ont sauvé la vie. Ils ont tué un sanglier enragé sans sourciller. J'ai jamais vu un truc pareil de ma vie !

— Vraiment ? s'étonna la femme pendant que Joe se faisait épauler par les deux hommes pour avancer jusqu'à la maison. Les voies du Seigneur sont décidément impénétrables…

Son regard vif et pragmatique nous enveloppa.

— Je m'appelle Patricia Archer. Je ne sais pas qui vous êtes, vous, mais tous ceux qui rendent service à ma famille sont les bienvenus ici.

— Merci, répondit Zeke avec solennité. Je m'appelle Zeke, et voici Allison.

— Ravie de vous rencontrer, répondit-elle en plissant les yeux et en se rapprochant. Attendez, que je vous voie un peu mieux. Mes yeux ne sont plus ce qu'ils étaient. Dieu merci, vous êtes jeunes. Quel âge as-tu, mon garçon ? Dix-sept, dix-huit ans ?

— Dix-sept, précisa Zeke. Enfin, je crois.

— Eh bien, tu es sacrément chanceux d'avoir traversé la forêt sans croiser un seul enragé ! On peut dire que c'est une sacrée plaie dans le coin.

Une plaie ? Au même titre que des rongeurs ou de la vermine ? Un sanglier enragé venait presque d'arracher la jambe d'un homme !

— Et qu'est-ce que vous faites donc par ici ? poursuivit-elle d'un ton simplement curieux, où ne perçait pas la moindre trace de suspicion. Vous pourriez être mes petits-enfants, tous les deux. Oh ! Et puis laissez tomber…

Elle agita sa main devant son visage.

— Allez, j'arrête de faire ma curieuse. Venez donc à l'intérieur avant qu'on attire les enragés. J'insiste pour que vous preniez un bon repas et fassiez un petit somme. On a plein de chambres libres. On peut même faire chauffer quelques seaux d'eau pour que vous preniez un bain chaud. A vous voir, je crois bien que ça vous ferait pas de mal.

Un bain chaud était un luxe dont je rêvais quand je vivais dans la Bordure. J'avais entendu dire qu'il existait des machines qui chauffaient l'eau afin qu'elle sorte à la température que l'on voulait. En ce qui me concernait, je n'en avais jamais vu.

Mais Zeke secoua la tête.

— Merci pour votre gentillesse, dit-il poliment, mais nous devons y aller. On nous attend, dans la forêt.

— Quoi, vous êtes plusieurs ?

Patricia regarda vers les arbres, la mine soucieuse.

— Mais il ne faut pas qu'ils restent là-bas, mon garçon ! David, Larry ! lança-t-elle aux deux hommes restés près des grilles. Y a d'autres personnes dans les bois, leur annonça-t-elle d'un air grave comme ils approchaient, fusils en main. Dès que le jour se lèvera, trouve-les et ramène-les ici. Réveille donc Adam et Virgil, tant que tu y seras, et dis-leur de venir vous aider aussi.

— Vraiment, ce n'est pas la peine de…, commença Zeke.

Mais elle ne le laissa pas terminer.

— T-t-t, mon garçon. Pas de ça entre nous. Tu as aidé quelqu'un de ma famille, c'est à mon tour de te rendre service. Et puis, ce n'est pas comme si on croisait des humains tous les jours, dans le coin. Où dis-tu qu'ils se trouvent ?

Zeke paraissait toujours réticent à lui répondre. Visiblement, il hésitait à indiquer la localisation du groupe et à accepter l'aide d'une parfaite inconnue. Mais un coup d'œil par-dessus la cime des arbres me confirma que l'aube approchait à grands pas, et l'alarme habituelle s'alluma en moi. Les étoiles s'éteignaient peu à peu dans un ciel de moins en moins noir.

— A trois, quatre kilomètres au sud-est d'ici, répondis-je alors.

Zeke fronça les sourcils. Je l'ignorai et croisai le regard inquiet de Patricia.

— Il y en a une dizaine ; des enfants, pour la moitié. Cela dit, il faudra réussir à convaincre le pasteur, qui est plutôt du genre obtus.

— Un pasteur ?

Les yeux de Patricia s'illuminèrent.

— Oh ! C'est formidable. Il pourrait venir prier pour Joe. Et tu dis qu'il y a aussi des enfants ? Dieu tout-puissant ! Eh bien, vous deux, qu'est-ce que vous attendez ?

Elle rabroua énergiquement les deux hommes, qui murmurèrent un « Pardon, m'dame » précipité avant de se hâter vers le bâtiment.

— Bon !

Patricia sourit ; en la voyant, j'eus l'impression que son visage n'avait pas fait cela depuis bien longtemps.

— Je suis sûre que vous devez être épuisés, tous les deux. Je vais vous montrer où vous pourrez vous reposer, et si vous pouvez attendre une heure ou deux, vous aurez un bon petit déjeuner.

Ses yeux clignèrent soudain comme si elle venait de se rappeler quelque chose d'important.

— Bon sang ! Je devrais tout de suite aller aider Martha à préparer le repas, moi ! C'est qu'on va avoir plein d'invités ! Par ici, venez donc.

— Pourquoi est-ce que tu as fait ça ? chuchota Zeke comme nous suivions la grande femme à travers le terrain. Ces gens n'ont pas besoin de toutes ces bouches en plus à nourrir. Ça doit déjà être assez dur pour eux.

— Zeke, je suis fatiguée, lui dis-je sans le regarder. Il fera bientôt jour. J'ai faim, je suis couverte du sang de quelqu'un, je n'ai pas envie de retraverser cette maudite forêt bourrée d'enragés probablement, et pour une fois, j'aimerais dormir dans un lit plutôt que de me geler sur le sol !

Ce dernier argument était un mensonge, mais il n'avait pas à le savoir.

— Détends-toi donc un peu. Je ne crois pas que ces gens soient des cannibales ou des adorateurs de vampires. A moins que tu ne croies que la vieille dame puisse être un diable déguisé ?

Il me jeta un regard contrit puis soupira et se passa la main dans les cheveux.

— Jeb ne va pas aimer ça, marmonna-t-il en secouant la tête.

— Le contraire m'aurait étonnée.

15

Le lendemain soir, en m'éveillant, je me sentis… différente. Pas d'une façon désagréable ou inquiétante, non. Mais quelque chose avait changé. Soudain, je compris : j'étais propre !

Je repoussai la couverture et me redressai pour étirer mes bras au-dessus de ma tête, me remémorant la fin de la nuit précédente. Tremper dans une baignoire remplie d'eau chaude et pure, avec de la vapeur plein la pièce, avait été une expérience fantastique, un moment de pur bonheur ! Les torrents de pluie de la veille et la plongée dans la rivière boueuse étaient déjà oubliés. En plus, il y avait du savon, chose dont j'avais seulement entendu parler en Bordure, sans jamais en voir, encore moins en utiliser. Les Archer le fabriquaient eux-mêmes avec de la lessive, du sable et du lait de chèvre, m'avait expliqué Patricia ; j'avais frotté cet étrange pain jaune sur mon corps pour en décoller les couches de crasse et de sang séché, jusqu'à voir enfin réapparaître la couleur blanche de ma peau. Malheureusement, j'avais dû abréger ce moment divin en raison de l'imminence de l'aurore. J'étais cependant restée dans la baignoire aussi longtemps que possible, jusqu'à ce que le soleil levant me force à quitter la salle de bains pour rejoindre le lit qui m'était réservé.

Je me levai, et observai la chambre, ce que je n'avais

pas eu le temps de faire avant de m'endormir. A en juger par les petits soleils de la couette et le papier peint aux motifs de nuages, elle avait dû appartenir à un enfant. L'espace d'un instant, je me demandai ce qu'était devenu cet enfant, mais j'écartai rapidement cette réflexion. Il y avait des choses qu'il valait mieux ne pas chercher à savoir…

J'entendis un grincement dans le couloir, puis perçus du mouvement sur le plancher, juste derrière ma porte. Y avait-il quelqu'un ? Je tendis l'oreille, tendue, et crus percevoir des bruits de pas s'éloignant rapidement pour descendre l'escalier.

Légèrement inquiète, je regardai mieux autour de moi et vis que mes vêtements étaient propres et bien pliés sur une commode. Troublée, je repensai à la veille. Avais-je verrouillé ma porte en me couchant ? J'étais sûre en tout cas d'avoir laissé mes vêtements en une pile désordonnée. Quelqu'un était donc entré, au moins pour prendre et laver mon linge, ce qui me stressa davantage. Et si cette personne avait vainement essayé de me réveiller ? Et si elle avait remarqué que je ne respirais pas ? Mon katana était posé au-dessus de la pile, bien plus loin du lit que là où je l'avais laissé ; on l'avait donc touché, déplacé… On aurait même pu me le prendre sans que je m'en aperçoive. Mon stress monta encore d'un cran.

J'enfilai mes vêtements et passai le fourreau de mon sabre dans mon dos, ne voulant plus m'en séparer. Je ne pouvais me permettre la moindre négligence, surtout en étant entourée d'autant d'humains inconnus.

Je mis mon manteau sur mes épaules et m'apprêtais à sortir quand on frappa à ma porte.

— Allie ? appela une voix depuis l'autre côté. Tu es levée ? C'est Zeke.

— C'est ouvert…

La porte grinça sur ses gonds, révélant un Zeke tout propre et souriant, une bougie à la main. Il portait une chemise blanche et un pantalon un peu large ; ses cheveux blonds lui tombaient sur les yeux et dans le cou, et semblaient doux et soyeux. Son pistolet, sa hachette, sa machette et ses autres armes étaient à leur place, mais il arborait un air juvénile et détendu que je ne lui avais encore jamais vu.

En dépit de mes efforts pour l'éviter, j'entendais son cœur battre dans sa poitrine avec contentement. Je sentais aussi son pouls battre en écho dans sa gorge, et le sang chaud et puissant qui coulait dans ses veines.

Je tentai de refouler tout cela. Peut-être était-ce la conséquence de la nuit dernière, le fait d'avoir vu une blessure et le sang couler partout. Le fait de me trouver aussi près de la gorge d'un homme sans pouvoir y plonger mes crocs, comme j'avais voulu le faire toute la nuit, avait exacerbé mon envie. J'en arrivais maintenant au stade où il me faudrait vite me nourrir, sans quoi je risquais de devenir folle.

Ou peut-être était-ce Zeke qui me faisait cet effet ? Auquel cas, ça allait être un *énorme* problème.

— Waouh ! dit-il doucement, ses yeux bleus brillant de malice à la lueur de la bougie. Voyez-vous ça… Il y avait donc bien une fille de cachée sous toute cette crasse ! Bien que je te trouve un peu plus pâle que je ne le pensais.

Je gloussai pour dissimuler mon anxiété.

— Et toi, tu t'es vu ?

Il eut le rire débonnaire que j'aimais tant.

— Allez, viens ! Je me lève juste, mais je crois que Jeb et les autres sont dans la grange. Ils sont arrivés quelques heures après qu'on se soit endormis. Du moins, c'est ce que Martha m'a dit, après m'avoir confié qu'elle lavait mes sous-vêtements, et que je pourrai les récupérer demain. Je crois bien que cette grand-mère essaie de me draguer !

— Ouh, je vais tout de suite effacer cette image choquante de mon cerveau ! dis-je avec une grimace horrifiée comme nous empruntions le couloir. Pour information, sache que les mots « grand-mère » et « sous-vêtements » ne doivent jamais être associés dans une même phrase.

Nous descendîmes l'escalier en souriant et traversâmes les vestibules obscurs de l'ancienne ferme. C'était un immense bâtiment de deux étages, avec de hautes fenêtres, du parquet dans presque toutes les pièces et un toit rafistolé en de nombreux endroits. Au fil des ans, il avait été agrandi et surélevé, et ses différentes parties ne se ressemblaient guère, mais il devait remplir parfaitement son rôle en abritant le clan des Archer.

— Où sont-ils passés, tous ? demandai-je en voyant que nous étions arrivés au rez-de-chaussée sans rencontrer personne.

La nuit précédente, Patricia nous avait annoncé avec fierté que trois générations de Archer vivaient sous ce toit : frères, sœurs, tantes, oncles, cousins, belle-famille, grand-mères, grands-pères, tout l'arbre généalogique… J'avais vu une demi-douzaine de personnes s'occuper de Joe, lorsque nous avions suivi Patricia dans la maison, et m'étais doutée que d'autres encore dormaient dans les chambres. Mais où étaient-ils, maintenant ? A part des bruits en provenance de la cuisine, la ferme était silencieuse.

Zeke haussa les épaules.

— A mon avis, ils doivent être dehors à s'occuper des animaux, faire le travail des champs et s'assurer que la clôture est bien en place. Martha m'a dit qu'ils laissent les chèvres et les moutons dans les prés en journée, mais qu'ils les rentrent la nuit à cause des enragés.

— Zeke ?

Une voix frêle et haut perchée s'éleva de la cuisine.

— C'est toi ?

Zeke fit la grimace et s'aplatit contre un mur en soufflant sa bougie. Une vieille femme aux cheveux blancs sortit, une poêle à la main. Elle tressaillit en me voyant ; ses épaisses lunettes et ses gencives édentées la faisaient vaguement ressembler à un lézard.

— Oh ! fit-elle, incapable de dissimuler sa déception. C'est toi…

— Allison, précisai-je.

— Oui, bien sûr.

Elle ne me regardait déjà plus. Ses yeux fatigués scrutaient le couloir.

— Je croyais avoir entendu Zeke. Est-il avec toi ?

— Non, dis-je avec assurance sans un regard vers le coin où Zeke se tenait caché. Je ne l'ai pas vu.

— Ah. Dommage…

Elle soupira.

— Il doit être dans la grange avec les autres. Qu'est-ce qu'il est beau, ce gosse !

Elle renifla et me fixa en plissant les yeux derrière ses lunettes.

— Je vois que tu as trouvé tes vêtements… Je voulais

te dire que je les prenais pour les laver, mais tu dormais si profondément que je n'ai pas pu te réveiller. Un vrai sommeil de mort !

Je me tortillai, mal à l'aise.

La prochaine fois, je verrouillerai bien ma porte — avec des clous, s'il le faut !

— Je devais être épuisée. Avec notre groupe, on dort le jour et on marche la nuit. Je n'ai pas l'habitude d'être éveillée l'après-midi.

— Dormir, c'est une chose.

Martha hocha lentement sa face ridée.

— Mais toi, ma fille, tu étais comme une marmotte en hibernation.

Je m'apprêtais à répliquer, quand elle sembla se désintéresser subitement de la conversation, puisque Zeke n'était pas là.

— En tout cas, si tu le vois, dis-lui que je prépare une tarte rien que pour lui. Les garçons adorent les tartes. Le dîner sera prêt dans une heure. Passe bien le mot aux autres.

— J'y vais, maugréai-je tandis qu'elle repartait dans la cuisine.

Je coulai un regard à Zeke, espérant qu'il n'avait pas remarqué ma gêne. Si ce fut le cas, il n'en laissa rien transparaître.

— Bravo, le grand chasseur ! raillai-je tandis que nous nous glissions par la porte de derrière pour nous enfuir dans la cour. On garde son sang-froid devant une bande d'enragés ou un sanglier féroce, et on se débine devant une vieille dame !

— Une *terrible* vieille dame, corrigea-t-il, visiblement soulagé d'être sorti. Tu n'as pas entendu ce qu'elle m'a dit quand je me suis levé : « Tu es tellement mignon que je pourrais te mettre dans une de mes tartes. » Tu as déjà entendu un truc plus effarant, toi ?

Sa voix monta de plusieurs octaves et se fit chevrotante :

— Aujourd'hui, pour le dessert, nous avons de la tarte aux pommes, de la tarte aux myrtilles, et de la tarte à l'Ezekiel.

Nos rires résonnèrent contre les murs de la ferme. Dehors, l'air du crépuscule était frais et brumeux. Je pris une inspiration et sentis l'odeur mêlée de la fumée, de la terre, du bétail et du fumier. C'était une odeur saine, bien plus que celle qui régnait dans les rues de la Bordure. Des poules se promenaient dans la cour, s'écartant en caquetant à notre passage, et un chien noir et blanc ébouriffé nous regarda depuis un tracteur rouillé. Il gronda et retroussa les babines lorsque je croisai son regard, mais Zeke ne le remarqua pas.

— A mon tour, maintenant, dit Zeke en faisant attention à l'endroit où il mettait les pieds pour éviter les flaques de boue.

Je le regardai, intriguée ; il donna un coup de pied dans un caillou et l'envoya voler dans l'herbe.

— De te remercier, Allie. Pour m'avoir aidé avec Joe, et d'avoir tué ce sanglier… En gros, de nous avoir sauvé la vie. Je ne crois pas… enfin, si tu n'avais pas été là…

Je haussai les épaules.

— Il n'y a pas de quoi, dis-je, un peu mal à l'aise. Tu aurais fait la même chose, tout comme Darren. Je crois qu'on a tous eu de la chance. Personne n'a été blessé, le chapitre est clos.

— Il m'a presque eu, murmura Zeke. J'ai senti ses dents m'attraper la jambe en passant. Dieu merci, ma peau a tenu bon. Si Jeb l'apprenait…

— Eh bien, quoi ?

Il frissonna.

— Rien. Laisse tomber. C'est juste que... je me ferais tirer les oreilles, voilà tout.

Je le fixai avec intensité, mais il refusa de croiser mon regard.

— Bref, je voulais te remercier. Et te dire que tu es la bienvenue pour nous suivre, Darren et moi, quand tu veux.

— Vous suivre ?

— Tu comprends ce que je veux dire.

Nous étions arrivés à la grange, un bâtiment gris qui sentait fort la paille et la crotte de chèvre. Une lumière jaune émanait de l'intérieur, ainsi que les murmures de plusieurs personnes et le bêlement du bétail.

Nous nous glissâmes entre les grandes doubles portes et découvrîmes Jeb en train de parler avec Patricia, le reste du groupe assis autour d'eux sur des meules de foin ou accoudé aux barrières. Dans un coin, Matthew donnait un biberon à un jeune chevreau couché sur ses genoux, sous les yeux ravis de Caleb et Bethany.

— Merci pour votre hospitalité, disait Jeb lorsque nous entrâmes. Nous apprécions votre offre d'hébergement, mais nous ne voulons pas vous déranger.

— Jebbadiah, arrêtez un peu ! répliqua Patricia, lui clouant le bec. Vous ne nous dérangez pas du tout. Vous êtes tous les bienvenus ici, aussi longtemps que vous en aurez besoin. On a assez de nourriture, et si ça ne vous embête pas de dormir dans la grange, il y a largement la place pour tout le monde. C'est vrai que je trouve un peu bizarre votre façon de dormir pendant la journée, tous, mais après tout, je ne suis pas là pour vous juger.

Elle couva le reste du groupe du regard et s'attarda en souriant sur Matthew et Caleb.

— Je sais qu'il est trop tôt pour prendre une décision, continua-t-elle d'une voix presque mélancolique, mais si jamais vous vouliez vous installer ici, on pourra toujours agrandir la maison. On l'a déjà fait, ça peut se refaire.

— Nous ne pouvons pas rester très longtemps, répondit Jeb avec fermeté. Et je tiens à ce que nos périodes de sommeil ne soient pas interrompues. Mais peut-être pouvons-nous trouver d'autres moyens de vous remercier de votre hospitalité.

— Priez pour notre Joe, ce sera suffisant, monsieur le pasteur, répondit Patricia, le visage sombre. Et si vous voulez vraiment donner un coup de main, peut-être qu'un ou deux de vos gars pourraient aider les nôtres à monter la garde, la nuit, à entretenir les feux et à garder un œil sur les bêtes. Puisque vous vivez la nuit, tous autant que vous êtes…

— D'accord.

Jebbadiah hocha la tête et nous aperçut soudain, Zeke et moi, devant les grandes portes.

— Oui, nous pouvons faire ça, continua-t-il avec un geste vers Zeke.

Il lui donna une petite tape sur l'épaule pour l'accueillir.

— Vous connaissez déjà mon fils, dit-il avec un semblant de fierté. Ezekiel sera responsable des gardes nocturnes et de tout ce que vous pourrez nous demander.

— Ça va être bien d'avoir plus de monde pour surveiller, commenta Patricia avec un petit sourire. Très bien, monsieur le pasteur… David et Larry vont montrer à vos gars comment ça se passe, ici, la nuit.

Tous deux, en chefs de clan pragmatiques, opinèrent alors du bonnet, mutuellement satisfaits de trouver en l'autre des qualités qu'ils appréciaient. Pendant un instant, j'eus l'idée absurde qu'ils feraient un joli petit couple — quoique terrifiant —, et je pouffai de rire à cette pensée.

Trois paires d'yeux se braquèrent alors vers moi.

— Et voici Allison, reprit Jeb d'une voix qui n'avait plus rien de la fierté affichée pour Zeke. C'est la dernière arrivée dans notre petite famille, mais Ezekiel m'affirme qu'elle peut être redoutable au maniement du sabre. Apparemment, elle est venue à bout du sanglier en furie presque toute seule.

Ses mots étaient froids et creux. Il ne me condamnait évidemment pas, mais le moins qu'on puisse dire, c'est qu'il ne faisait pas non plus mon éloge.

— Nous avons déjà fait connaissance, répondit Patricia avec un sourire amical à mon intention. Joe dit qu'il vous a regardés vous battre, depuis son arbre. Et qu'il n'a jamais vu quelqu'un bouger aussi vite que toi.

Embarrassée, j'arborai une petite moue de modestie, mais par chance, Zeke enchaîna d'un ton sincèrement préoccupé :

— Comment va-t-il ?

Le visage de Patricia se rembrunit.

— Il est vivant, dit-elle, c'est déjà ça.

Sa voix se réduisit à un murmure.

— Maintenant, il est entre les mains du Seigneur.

David et Larry, les deux ouvriers agricoles les plus âgés, vinrent un peu plus tard nous expliquer ce qu'il fallait faire. Le plus urgent et le plus important était de surveiller le mur, la barrière qui encerclait l'exploitation et tenait les enragés à distance. Des plates-formes et des chemins de ronde donnaient aux sentinelles une vue dégagée sur tout ce qui pouvait sortir des bois. Les feux allumés derrière les murs devaient être continuellement alimentés. Enfin, quelqu'un devait rester dans la grange avec les animaux pour les calmer, s'ils venaient à sentir à l'extérieur la présence d'un enragé.

Zeke, Darren, Jake et moi fûmes mandatés pour les gardes nocturnes. Ruth se porta également volontaire, espérant sans doute ainsi partager un peu plus de temps avec Zeke, mais la mission nécessitait de savoir se servir d'une arme, or elle avait peur des fusils. On lui confia donc la surveillance des animaux, pendant qu'on m'expliquait comment me servir d'un fusil de chasse. Je tentai de ne pas triompher trop ouvertement devant elle lorsqu'on me confia un fusil sans hésiter, mais ce fut difficile.

— Joli…, murmura Zeke en examinant le canon de l'arme qu'on lui avait attribuée, avant de le pointer sur le pré, en contrebas.

Nous avions pris place sur la plate-forme la plus proche de la forêt, là où nous étions arrivés avec Joe la veille.

— J'avais un fusil comme celui-là, avant. Avec une lunette. Ça facilitait pas mal le tir, jusqu'à ce que je le fasse tomber d'un arbre et que j'en pète la crosse. Jeb n'a pas été très… content après ça !

— Combien de temps crois-tu qu'on va passer ici ? demandai-je tout en m'appuyant à la rambarde, que j'espérais assez solide pour supporter mon poids. Ça ne ressemble pas trop à Jeb d'accepter qu'on s'arrête quelque part et pour plusieurs nuits encore…

— Il m'a dit qu'il voulait rester jusqu'à ce que « le cas de Joe » soit résolu. Patricia lui a demandé de prier pour lui, mais à mon avis, il y a autre chose. Je crois que Jeb veut être sûr qu'on ne laissera pas un démon derrière nous.

Un démon ? songeai-je, et au même moment, du mouvement attira mon attention dans le pré.

— Zeke, chuchotai-je en pointant le doigt vers les arbres. Regarde… Des enragés !

Zeke se redressa et positionna son fusil pendant que je regardais les monstres approcher lentement. Leur odeur infâme empestait l'atmosphère. Ils étaient trois, blêmes et émaciés, avançant dans le champ, droit vers le mur. Ils se déplaçaient bizarrement, parfois à quatre pattes, parfois debout et courbés, d'une démarche saccadée qui me donna la chair de poule. Deux d'entre eux étaient complètement nus, mais le troisième portait encore les lambeaux d'une robe accrochés à son corps, traînant dans la boue.

— Des enragés ! cria Zeke en se retournant vers l'exploitation.

Immédiatement, Darren et Larry se ruèrent vers nous depuis les plates-formes opposées. Les planches craquèrent sous leur poids, et je reculai pour leur faire de la place. Zeke posa un genou à terre et pointa son fusil vers les enragés, mais Larry l'arrêta.

— Non, ne gaspille pas de munitions, dit-il les yeux plissés par-dessus la fumée du feu. Ils sont encore trop loin, et il est presque impossible de les tuer d'un seul coup. Laisse-les approcher et vise-les bien avant d'ouvrir le feu. Mais si ça se trouve, on n'aura pas besoin de tirer.

Les enragés firent subitement halte et contemplèrent le mur, l'air affamés. Zeke et Darren gardaient leurs armes braquées sur eux, mais apparemment, ces créatures savaient à quelle distance ils pouvaient se tenir sans se faire canarder. Ils longèrent le pré en restant hors d'atteinte, s'abritant derrière les arbres et les taillis, sans jamais se rapprocher suffisamment pour que l'on puisse tirer.

Près de moi, Zeke fit entendre un son proche du grondement. Je le fixai avec stupéfaction. Ses épaules étaient tendues, ses yeux étincelant de haine.

— Allez…, murmura-t-il d'une voix froide et rageuse. Approchez un peu, juste de quelques pas…

— Du calme, mon garçon, le refréna Larry. Et de la patience. Le but n'est pas d'en attirer d'autres avec le bruit des détonations.

Totalement concentré sur sa cible, Zeke ne répondit pas. Il me semblait très différent, en cet instant. Ce n'était plus le garçon souriant et gentil que je connaissais. A sa place, je voyais un étranger au regard implacable, au visage figé en un masque de fer. Une montée d'angoisse me prit en le voyant ainsi : il ressemblait subitement beaucoup à Jeb.

— Ils se tiennent un peu plus à carreau, maintenant, dit Larry en scrutant l'obscurité au-delà des flammes. Il y en avait beaucoup plus, il y a quelques années. Ils se précipitaient sur les murs pour essayer de trouver un passage, et ça pendant toute la nuit. On en a zigouillé quelques-uns avant d'avoir l'idée des feux. Ces saletés sont sacrément difficiles à tuer !

Il fit un signe en direction de la forêt.

— Ils traînent toujours dans les parages, mais ils ne s'approchent plus que rarement, maintenant. En général, ils regardent s'il y a des feux d'allumés, puis ils partent. Tenez, regardez, ils s'en vont !

En effet, les trois créatures rebroussèrent chemin pour se fondre bientôt entre les arbres. Zeke et Darren se redressèrent en abaissant leurs fusils, et je notai comme un air de déception sur le visage de Zeke.

— Ils vont revenir, continua Larry.

Il n'y avait ni inquiétude ni résignation dans sa voix. C'était un simple constat.

— Ils reviennent toujours.

Il donna une bourrade amicale sur l'épaule de Darren.

— Allez… Darren… c'est bien ça ? Retournons à notre poste. Parfois, elles font le tour pour tenter leur chance de l'autre côté, ces espèces de saletés.

Tous deux descendirent de notre plate-forme pour rejoindre la leur, et j'entendis Larry poursuivre son cours sur les « stratégies » des enragés, si l'on pouvait appeler cela ainsi. Zeke posa son fusil et s'appuya à mon côté contre la rambarde. Nos épaules se touchaient presque, et nos regards balayaient les prés devant nous.

— Ils ont l'air d'avoir une vie sympa, ici, dit-il d'un ton qui n'avait rien de moqueur ou de sarcastique.

Il semblait même presque envieux. Je croisai les bras, essayant de masquer la gêne que j'avais éprouvée quelques minutes auparavant.

— Comment ça ? Tu veux dire cloîtrés derrière ce mur comme du bétail, avec la menace permanente d'une attaque d'enragés ? C'est presque un New Covington en miniature, à part qu'il n'y a pas de vampires.

Sauf un…

— Ils ont une maison, dit Zeke en me regardant de biais. Et une famille. Ils se sont construit une vie à eux, qui n'est certes pas parfaite ni totalement sécurisante, mais au moins, ils ont quelque chose qui leur appartient.

Il soupira.

— Pas comme nous, qui sommes tout le temps sur la route sans jamais savoir sur quoi l'on va tomber ou ce qui va nous arriver. Et qui n'avons pas de maison où revenir.

Une mélancolie palpable perçait dans sa voix. Je sentais son épaule contre la mienne, nos bras se frôler, la chaleur qui se dégageait de son corps. Sans doute sentait-il tout cela, lui aussi, mais nous restâmes sans bouger, nos regards braqués sur la forêt.

— C'était comment, chez toi ? demandai-je doucement. Avant tout ça, avant que vous ne vous mettiez à chercher Eden… Où vivais-tu ?

— Dans une petite maison jaune, murmura Zeke d'un ton lointain. Avec un pneu balançoire dans le jardin.

Il me lança un regard embarrassé.

— Bref, rien de spécial, ni de très intéressant.

Toute ma vie, j'avais cru qu'il n'existait rien d'autre que la nature sauvage et les enragés par-delà les cités de vampires. Le fait de savoir que d'autres villes, d'autres formes d'habitations subsistaient, me donnait de l'espoir. Peut-être le monde n'était-il pas aussi vide que j'avais pu le croire.

Je ne lui fis pas part de cette réflexion. Je me contentai de hausser les épaules, et l'encourageai à poursuivre :

— Mais si. Vas-y, raconte…

Il hocha la tête et resta un moment silencieux, comme pour rassembler ses souvenirs.

— Je ne me souviens pas de grand-chose. Il y avait une communauté au pied d'une chaîne de montagnes.

Assez petite, si bien que tout le monde se connaissait. Nous étions si isolés que nous ne pensions même pas aux enragés, ni aux vampires, ni à tout ce qui se passait ailleurs. Alors quand les enragés ont un jour attaqué, personne n'était préparé à ça. Sauf Jeb.

Il se tut pour inspirer profondément, le regard sombre.

— Ils s'en sont pris à notre maison en premier, reprit-il. Je me souviens de la façon dont ils ont griffé les fenêtres avant de s'en prendre aux murs pour rentrer. Ma mère ou mon père, je ne sais plus, m'a caché dans un placard ; j'ai écouté leurs cris d'agonie à travers la porte.

Il frémit, mais sa voix resta calme et détachée, comme si les faits étaient arrivés à quelqu'un d'autre.

— Après, je me souviens seulement que la porte s'est ouverte et que Jeb était là, debout, à me regarder. Il m'a adopté, et on a vécu là-bas pendant plusieurs années encore.

— C'est de là que vient aussi le reste du groupe ?

— Pour la plupart, oui.

Il me regarda furtivement.

— Nous étions bien plus nombreux, au début ; certains, comme Darren, se sont greffés en chemin. Mais oui, la majorité d'entre nous vient de cet endroit. Après l'attaque des enragés, les gens avaient peur. Ils ont donc commencé à écouter Jeb, à venir solliciter son aide, son conseil. A la longue, le rendez-vous est devenu collectif et hebdomadaire : on se retrouvait dans l'ancienne église pendant environ une heure, et on l'écoutait parler. Il disait à tout le monde qu'il ne voulait pas redevenir pasteur. Mais les gens continuaient de venir. Au bout d'un moment, il s'est en quelque sorte… fait des disciples.

Je regardai Zeke avec perplexité.

— Mais… Jeb croit que Dieu a abandonné le monde, qu'Il n'est plus présent. J'ai du mal à imaginer que ce genre de discours soit bien passé.

— Détrompe-toi… Les gens avaient un besoin désespéré d'être guidés, et tout ça n'était pas aussi lugubre que tu peux l'imaginer. Jeb pense que même si Dieu ne nous regarde plus, nous devons continuer notre lutte contre le mal. Que nous ne devons pas nous laisser contaminer par les démons. Que c'est la seule façon de pouvoir prétendre à l'éternité lorsque nous mourrons.

— Très gai !

Il sourit faiblement.

— Certains se sont opposés assez fortement à lui, mais cela n'a pas semblé le toucher. Il n'a jamais vraiment été attaché à cette ville, comme je l'étais, moi. Maintenant que j'y pense, je ne crois pas qu'il ait jamais eu l'intention d'y rester longtemps. Pas avec ce qu'il m'enseignait.

— Et qu'est-ce qu'il t'enseignait ?

— Tout ce que je sais maintenant. Comment tirer, comment me battre… On partait dans les collines derrière la ville, le jour, bien sûr, et il me montrait comment survivre en pleine nature. J'ai tiré mon premier lapin à l'âge de six ans. Et j'ai pleuré tout ce que je savais en le dépeçant. Mais ce soir-là, notre voisine a pris la petite carcasse et en a fait un civet dont nous nous sommes tous régalés. Et Jeb était très fier de moi.

Il rit doucement, un peu mal à l'aise, et secoua la tête.

— C'était ça, chez moi, si bête que ça puisse paraître. Pas cette errance perpétuelle. Pas cette cité sans visage que nous ne trouverons peut-être jamais.

Il poussa un gros soupir et jeta un coup d'œil en direction de la grange, l'air oppressé soudain.

— Bref, voilà pourquoi je trouve que les Archer sont bien, ici. Avec leurs enragés, leurs murs, leurs feux et tout le reste.

Il croisa enfin mon regard, avec un petit sourire défiant.

— Tu peux me dire que je ne suis qu'un idiot sentimental, si c'est ce que tu penses. Mais c'est mon histoire, et je ne la renie pas.

— Non, répondis-je. Je crois juste que tu es trop dur avec toi-même, et que Jeb ne devrait pas compter uniquement sur toi pour satisfaire et protéger tout le monde. Je ne pense pas que tu sois un idiot.

Il me fit cette fois un vrai sourire, même si sa voix restait encore un peu tendue.

— Alors, je suis *quoi*, d'après toi ?

Naïf, Zeke… Naïf, courageux, dévoué, incroyable — et beaucoup trop gentil pour survivre dans ce monde. Il finira par te broyer. Les bonnes choses ne durent pas.

Naturellement, je ne lui dis rien de tout cela. Je marmonnai simplement :

— Ce que je pense n'a pas d'importance.

Sa voix se réduisit à un murmure.

— Ça en a pour moi, Allie…

Je le regardai. Ses yeux étaient d'un bleu profond sous le clair de lune, et ses cheveux d'un blond argenté. Contre sa poitrine, la croix scintillait comme un signal d'avertissement, mais je ne pus détacher mes yeux de son visage.

Doucement, il s'écarta de la rambarde pour se pencher vers moi et écarter une mèche de cheveux de ma joue. Ses doigts effleurèrent ma peau, et la chaleur déferla en moi comme une décharge électrique. J'entendais son cœur battre dans sa poitrine, son pouls palpiter sous sa mâchoire. Son odeur était omniprésente, irrésistible ; la chaleur, le sang et la vie, ainsi qu'un certain parfum de terre qui n'appartenait qu'à lui. Je m'imaginai l'embrasser puis faire glisser mes lèvres sur son cou jusqu'à ce qu'un sang chaud afflue dans ma bouche.

Je me penchai vers lui sentant déjà mes crocs s'allonger.

— Zeke !

La voix de Ruth rompit le silence. Nous nous écartâmes en sursautant l'un de l'autre, et je recouvrai brusquement mes esprits. Horrifiée de ce qui avait bien failli arriver, j'avançai face au vent, au bord de la plate-forme. Mais qu'est-ce qui me prenait, à jouer ainsi avec le feu ? Mordre le fils du pasteur était le meilleur moyen de me faire virer et même pourchasser ! Jeb possédait une capacité stupéfiante à passer à autre chose, mais j'avais le sentiment qu'il ferait une exception pour moi. Pis encore, Zeke saurait alors ce que j'étais réellement, et il me haïrait pour cela.

Ce n'est pas tout, Allison. Et si tu l'avais mordu sans pouvoir t'arrêter ? Si tu avais aspiré la moindre goutte de lumière et de chaleur disponibles en lui pour ne plus rien en laisser, une fois rassasiée ?

Je frémis à cette perspective et forçai mes crocs à se rétracter, tout en étouffant le désir et la faim qui me tenaillaient. L'aurais-je juste embrassé, ou aurais-je véritablement parcouru quelques centimètres de plus pour lui ouvrir la gorge ?

— J'y vais, dis-je précipitamment tandis que Zeke

se penchait par-dessus la rambarde pour répondre à Ruth.

Il stoppa un instant son mouvement et me lança un regard interrogateur, mais je me dirigeai vers l'échelle avant qu'il ait pu dire quoi que ce soit. Si Ruth voulait passer du temps seule avec lui, la place était libre. Qu'elle tente donc sa chance ! Pour l'instant, je devais m'éloigner de lui, avant que nous ne fassions quelque chose que nous regretterions tous deux.

— Allison…, chuchota-t-il.

Je levai les yeux vers lui depuis l'échelle, et lus la tristesse et la confusion sur son visage.

— Je suis désolé, murmura-t-il. Je n'aurais pas dû… je croyais…

Il soupira.

— Ne pars pas, s'il te plaît. Je saurai me tenir, promis.

Je ne peux pas faire autrement, Zeke. Si seulement tu savais…

Je secouai la tête et descendis en laissant mon fusil debout contre la rambarde. Je sentais son regard sur moi, mais ne voulais pas relever les yeux.

Ruth, elle, me fixa pendant ma descente, une expression de satisfaction mauvaise sur le visage. Je l'ignorai, et avançai jusqu'à la citerne d'eau de l'autre côté du terrain. J'entendis le bruit de ses chaussures comme elle montait rejoindre Zeke, mais ne me retournai pas davantage. L'adoration qu'elle avait pour lui allait l'empêcher de me suivre ; c'était mieux comme ça, même si une partie de moi aurait aimé qu'il le fasse.

Des murmures et des bêlements paisibles s'échappaient de l'intérieur de la grange. Le reste du groupe profitait de cette pause inattendue, probablement soulagés de ne plus avoir, pour un temps au moins, à crapahuter dans une forêt infestée d'enragés.

Tu étais à un cheveu du drame, Allie… Qu'aurais-tu fait si Zeke avait découvert le pot aux roses ? Tu crois vraiment qu'il pourrait t'aimer, s'il savait ce que tu es ? Tu l'as pourtant bien vu, face aux enragés ! Il te ficherait un pieu dans le cœur ou une balle dans le crâne sans hésiter un instant. Ou encore il te vendrait, comme Stick l'a fait.

J'arrivai devant un minuscule appentis dressé dans l'ombre de la citerne, constitué de trois planches et d'un toit de tôle. Il était rempli de bûches fendues ; j'étais en train d'en remplir une brouette pour l'alimentation des feux, quand un faible gémissement parvint à mes oreilles.

Je mis une main sur mon sabre et attendis sans bouger. Le son ténu et plaintif d'un humain souffrant se fit de nouveau entendre. Il venait de l'autre côté de l'appentis.

J'en fis le tour, mon sabre à portée de main. Mais quand je vis d'où provenait le bruit, je baissai ma garde, bien inutile.

Une grande cage de fer se dressait derrière la remise. Ses épais barreaux permettaient de voir facilement à l'intérieur. La porte en était barrée à deux endroits à l'aide de verrous et de chaînes. Même le sol de la cage était fait de barreaux. Une fine couche de paille avait été étendue au sol, absorbant partiellement l'odeur d'urine, d'iode et de sang.

Recroquevillée sous une couverture, dans l'angle le plus proche des planches de bois de l'abri, une silhouette au visage barbu et familier leva alors la tête vers moi.

— Joe ? Mais qu'est-ce que tu fais là ?

Je sentais l'odeur de son sang, de sa chair corrompue

sous les bandages. Il était gravement blessé et avait besoin d'un lit, dans une pièce propre, où l'on pourrait prendre soin de lui.

— Qui t'a mis là-dedans ? demandai-je en empoignant les barreaux.

Il me dévisagea d'un regard trouble, et je me détournai, furieuse.

— Je vais chercher Patricia ! Elle va te sortir de là…

— Non, souffla Joe.

Il se mit à tousser, tremblant sous sa couverture.

— Non, c'est normal, reprit-il quand sa quinte eut cessé. Le sanglier m'a bien amoché la jambe. Je dois rester enfermé jusqu'à ce qu'on soit sûr que je ne me transforme pas.

— Tu veux dire qu'ils t'ont mis là *délibérément* ?

Je revins m'agripper aux barreaux.

— Et tu les as laissés faire ? Dans quel état est ta jambe ?

— On s'en est occupé aussi bien que possible, répondit Joe dans un frisson. Quelqu'un viendra refaire mon bandage demain matin. Ce n'est peut-être pas aussi méchant que ça en a l'air. Je devrais m'en sortir.

Je contemplai son visage cireux, couvert de sueur, son regard dolent, et secouai la tête, choquée.

— Je n'arrive pas à croire qu'ils te laissent là-dedans, comme un animal ! A ta place, je hurlerais, j'essaierais de tout péter pour sortir de là !

— Mais je *veux* rester là, Allison… Imagine que je meure dans la maison et que je me transforme pendant que les autres dorment. Je pourrais tuer ma propre famille. Non…

Il s'adossa aux barreaux et ramena sa couverture autour de lui.

— On ne peut pas faire autrement. Ici, je ne suis un danger pour personne, et ma famille est en sécurité. C'est tout ce qui m'importe.

— Brave homme, dit soudain une voix par-dessus mon épaule.

Je fis demi-tour. Jeb se tenait à l'angle de la remise, le visage impassible, comme toujours. Cet homme se déplaçait comme un vampire ; je ne l'avais même pas entendu approcher.

— Tu vois, Allison, commenta-t-il sans même me regarder. Voici un homme plus préoccupé par la sécurité de sa famille que par sa propre existence. Tout le monde, ici, comprend très bien ce qui doit être fait pour protéger le plus grand nombre, plutôt que les individus. C'est la raison pour laquelle ils ont survécu si longtemps en ces lieux.

— Vous croyez vraiment qu'enfermer comme un chien méchant un homme blessé, sans traitement, sans aide, sans médicament, est la meilleure chose pour lui ?

Les yeux d'acier de Jeb se tournèrent vers moi.

— Si l'âme de cet homme risque d'être corrompue, si son corps risque de basculer dans les ténèbres, alors il n'est plus un homme mais un démon. Et lorsque le démon émerge, mieux vaut qu'il soit contenu. Pour la sécurité de tous les autres, oui, je crois que c'est la meilleure chose.

J'ouvris la bouche pour protester, mais il me devança.

— Que ferais-tu, *toi* ?

— Je…

Il leva les sourcils, attendant ma réponse qui tardait à venir.

— Je ne sais pas.

— Ezekiel et toi, vous refusez tous deux de voir le

monde tel qu'il est. Mais ce n'est pas mon problème. Si tu veux bien m'excuser, je dois prier pour le salut de l'âme de cet homme. Peut-être n'est-il pas encore trop tard pour la sauver.

Il se détourna de moi et pencha la tête en marmonnant dans sa barbe. A l'intérieur de la cage, Joe en fit de même.

Je repartis alors de l'autre côté de l'appentis et me remis à remplir la brouette de bûches en les jetant violemment afin qu'elles fassent le maximum de bruit.

Au fond, je savais bien que Jeb avait raison. N'importe quel humain mordu par une créature enragée, que ce soit un chien, un putois ou une personne, était menacé de transformation. Un processus différent de la mutation en vampire, qui n'est, elle, accomplie que lorsqu'on a bu le sang de l'autre. Dans mon cas, le sang de Kanin m'avait rendue suffisamment forte pour surmonter mes blessures, et il était venu à moi juste après que j'aie été attaquée. Malgré tout, j'avais été très chanceuse ; j'avais eu affaire à un Maître vampire, alors que la plupart de nos congénères engendraient des enragés en essayant de créer une nouvelle progéniture.

Mais pour Joe, la rage restait cependant l'issue la plus probable. Comme Kanin me l'avait expliqué, chaque cas était bien entendu différent ; tout dépendait de la sévérité de la blessure, ainsi que de la force et de la volonté de la victime à combattre l'infection. Le virus se répandait rapidement, accompagné d'une forte fièvre et de douleurs intenses, avant de finir par tuer son hôte. Si on le laissait en l'état, le corps se ranimait alors, complètement métamorphosé, pour donner vie à un enragé, porteur du même virus mortel qui l'avait transformé.

Je savais donc que les précautions prises par les Archer étaient nécessaires. Même avec l'un des leurs, ils ne pouvaient prendre le risque de le laisser devenir enragé. Pourtant, l'idée de cet homme enfermé dans une cage, seul, attendant une mort probable, me rendait folle. Je me demandai ce que Zeke en penserait. Serait-il aussi choqué que moi ? Ou bien se rallierait-il sans état d'âme à l'avis de Jeb, certain que c'était la meilleure chose à faire ?

Zeke… Je repoussai son image de mon esprit et lançai la bûche que je tenais à la main avec une telle force qu'elle y rebondit et alla percuter le mur de l'appentis. Le moment que nous avions partagé sur la plate-forme ne devait pas se reproduire, malgré toute l'envie que j'en avais. Je ne pouvais pas le laisser m'approcher autant, plus jamais. Dans notre intérêt mutuel.

Ruth et lui se trouvaient toujours sur la plate-forme, assis côte à côte, lorsque je revins avec la brouette pleine de bois. Je ne retournai pas à la tour, mais écoutai Larry m'expliquer comment nourrir le feu sans quitter la sécurité de l'exploitation, en faisant tomber le bois par plusieurs conduits qui débouchaient pile dans les flammes. Je fus impressionnée. Plutôt que de s'exposer en quittant le camp, et de prendre le risque de susciter la convoitise des enragés, ils avaient mis en place un ingénieux système. Leur créativité forçait l'admiration.

Une fois les feux alimentés, je retournai du côté de la grange, préférant éviter Zeke et Ruth. Peut-être pourrait-il lui montrer comment se servir de mon fusil — elle adorerait sûrement ce petit cours particulier —, et moi, je pourrais la remplacer pour surveiller le bétail. N'importe quoi, du moment que je restais à distance de lui.

Lorsque j'ouvris la porte de la grange, je sentis toute la chaleur et la moiteur des animaux qui sommeillaient paisiblement. La plupart des membres du groupe étaient à l'extérieur ou dans le corps de ferme, en train d'effectuer la garde ou occupés à diverses tâches. Seuls Teresa, Silas et les plus jeunes enfants étaient restés avec les animaux. Le vieux Silas dormait dans un coin, sous des couvertures, ronflant la bouche ouverte. Teresa était assise près de lui ; elle réparait une couette en fredonnant doucement. Elle sourit en me voyant approcher.

— Allison !

Caleb surgit d'un box, la petite Bethany sur ses talons, serrant une bouteille dans sa main potelée. Le garçonnet tenait maladroitement dans ses bras un chevreau tacheté qui bêlait en se débattant faiblement. Je me mis vite à genoux pour lui prendre l'animal des bras et le serrer contre moi. Le chevreau parut se calmer un peu, mais continua de pousser des petits cris plaintifs.

— Il a pas de maman…

Au bord des larmes, Caleb se frotta le visage, laissant une belle trace de boue sur sa joue.

— Il faut lui donner à manger, mais il veut pas boire son biberon ! Il arrête pas de pleurer, mais il veut pas de lait… Je sais pas ce qu'il veut.

— Je vais essayer, dis-je en tendant le bras vers Bethany, qui me donna la bouteille.

Assise le dos au mur, j'installai le chevreau sur mes genoux sous le regard anxieux des deux enfants. Pendant un instant, je me sentis agacée à l'idée que

Ruth aurait dû se trouver ici pour le faire, puis je me concentrai sur ma tâche. N'ayant jamais vu ni touché de chèvre auparavant, je n'avais qu'une vague idée de la façon de procéder ; mais je devais faire de mon mieux.

Je fis venir un peu de lait dans la tétine et attendis que le chevreau cesse de bêler avant de la glisser dans sa bouche. Les deux premières fois, le petit entêté secoua la tête en braillant plus fort que jamais, mais à la troisième tentative, il comprit enfin ce que je lui offrais. Il commença alors à téter avec avidité, et mes jeunes spectateurs applaudirent, soulagés.

Puis, avant que je réalise ce qui se passait, ils vinrent se coller à moi, chacun appuyé contre un de mes bras. Je me crispai instantanément à leur contact, mais ils ne parurent pas remarquer ma gêne. Le chevreau poussait des cris dès que j'avais le malheur de mal tenir la bouteille. Je m'adossai alors de nouveau au mur avec résignation et regardai les trois petits êtres blottis contre moi en essayant de ne pas humer leur odeur ou écouter leur cœur battre. De son coin, Teresa me lança un regard attendri.

— Vous savez, dis-je pour essayer de détourner mon attention de ma faim et de mes tentations sanguinaires, je crois qu'il aurait besoin d'un nom, s'il n'en a pas déjà un. Qu'est-ce que vous en pensez ?

Caleb et Bethany approuvèrent.

— Pourquoi pas Princesse ? suggéra Bethany.

— N'importe quoi ! commenta Caleb. C'est un nom de fille.

Elle lui tira la langue ; il lui rendit sa grimace. Je regardai le chevreau téter son biberon, du lait plein le menton. Il était presque tout blanc, à l'exception de quelques taches noires sur ses pattes arrière et d'une grande sur l'un de ses yeux, qui lui donnait l'air d'un bandit ou d'un pirate.

— Pourquoi pas Tatache ? proposai-je.

Ils approuvèrent bruyamment. Tous deux trouvaient ce nom parfait, et Bethany embrassa Tatache sur la tête. Il se laissa faire avec indifférence. Après l'avoir regardé pendant un moment ingurgiter son lait, Caleb poussa soudain un profond soupir et se pelotonna plus étroitement contre moi.

— Je veux pas repartir, marmonna-t-il, l'air las et trop éprouvé pour un enfant de son âge. Je veux plus continuer à chercher Eden. J'aimerais mieux rester ici.

— Moi pareil..., murmura Bethany, presque endormie contre moi.

Caleb caressa l'épaule de Tatache, dont la peau frémit comme pour éloigner une mouche.

— Allie, tu crois qu'il y aura des chèvres, à Eden ? demanda-t-il, rêveur.

— Je suis sûre que oui, répondis-je en relevant la bouteille au maximum pour que le chevreau puisse boire les dernières gouttes. Peut-être même que vous pourriez en avoir quelques-unes à vous.

— J'aimerais bien. J'espère qu'on y sera bientôt, alors...

Quelques secondes plus tard, le biberon était vide et les trois petits dormaient, en boule sur mes genoux ou blottis contre mes flancs. Teresa s'était elle aussi assoupie, tête baissée, et la couette avait glissé à côté d'elle. La grange était calme ; je n'entendais plus que le léger mouvement du bétail endormi et les trois cœurs qui palpitaient près de moi.

Bethany bougea soudain dans son sommeil, et sa tête tomba sur ma jambe. Sa chevelure dorée s'étala sur ma cuisse. Je la regardai fixement. La lumière vacillante de la lampe à huile dansait sur son cou tendre et pâle. Dans un soupir, elle se pressa contre moi tout en murmurant dans ses rêves.

Mes crocs surgirent. D'un coup. Les battements de son cœur emplissaient mes oreilles. Je les entendais, palpitant dans ses poignets, dans sa gorge. Mon ventre était vide et creux, sa peau chaude contre ma jambe…

J'écartai ses cheveux et me penchai lentement sur elle.

16

Allison, non !

Je fermai les yeux pour échapper à la tentation, et me redressai vivement, me cognant la tête contre le mur au pasage. Le petit chevreau poussa un bêlement de surprise, puis enfouit son museau sous ses pattes avec un soupir. Caleb et Bethany ne moufetèrent pas, inconscients dans leur sommeil d'anges d'avoir failli se transformer en repas pour vampire.

Horrifiée, je cherchai une voie de sortie du regard. Je ne pouvais pas continuer comme ça. La faim prenait peu à peu le dessus, et je ne tarderais pas à céder à la tentation, avec l'excès dont j'avais malheureusement déjà fait l'expérience. Je *devais* me nourrir, avant que mes pulsions ne deviennent incontrôlables de nouveau.

Tout doucement, je m'extirpai de l'étreinte des enfants et ramenai le fraîchement baptisé Tatache dans son box, où il se rendormit sans tarder. Après quoi, je me glissai dehors et m'adossai au mur de la grange pour affronter l'inévitable question. L'heure était venue. J'avais frôlé la catastrophe. De *qui* allais-je me nourrir ?

Pas des enfants. Jamais ! Je n'étais pas devenue inhumaine au point de prélever le sang d'un enfant dans son sommeil. Teresa et Silas étaient trop âgés pour supporter un prélèvement ; il était de toute façon hors de question que je les morde devant deux gosses, même endormis. Jake et Darren effectuaient leur tour de garde, et Ruth était avec Zeke.

Quant à Zeke, ce n'était même pas la peine d'en parler.

Il restait Dorothy, la folle, qui se trouvait dans la maison à bavarder avec Martha, laquelle n'allait jamais se coucher avant minuit, et Jebbadiah Crosse.

Autant me tirer tout de suite une balle dans la tête que de tenter d'approcher Jeb !

Je grondai de frustration. Tout ça ne me menait nulle part ! Pourquoi diable m'étais-je attachée à des gens qui allaient constituer, à un moment ou un autre, ma nourriture ?

« Ça commence toujours comme ça, m'avait prévenue Kanin d'un ton blasé. Nobles intentions, honneur entre nouveaux vampires. Vœux de ne pas faire de mal aux humains, de ne prendre que le strict nécessaire, de ne pas les chasser comme des moutons dans la nuit. Mais il devient de plus en plus difficile de demeurer à leur niveau, de s'accrocher à son humanité, quand on ne les considère plus que comme de la nourriture. »

— Bon Dieu ! maugréai-je en posant une main sur mes yeux.

Comment Kanin faisait-il ? J'essayai de me remémorer la période que nous avions passée ensemble dans la Bordure. Il avait une sorte de code d'honneur, qu'il utilisait lorsqu'il s'en prenait à des victimes innocentes. Il leur laissait quelque chose — comme les chaussures, par exemple — en dédommagement.

Seulement, je ne pouvais pas faire ça. Je n'avais rien à offrir en échange. Certes, je donnais un coup de main avec les tours de garde, mais il s'agissait plutôt d'un effort collectif. Nous faisions tous quelque chose pour nous rendre utiles.

Cependant, j'avais sauvé la vie d'un homme…

Le dégoût et la culpabilité m'assaillirent. Comment pouvais-je envisager de m'en prendre à un homme affaibli, enfermé dans une cage ? J'avais été outrée de le découvrir parqué comme une bête, et maintenant je songeais à lui prendre son sang ? Peut-être Kanin avait-il raison. Peut-être étais-je définitivement un monstre et rien d'autre, comme il l'avait dit.

Je l'entendais aussi clairement que s'il avait été devant moi. « Fais ton choix, Allison. T'en prendras-tu à ceux que tu considères comme des amis et des compagnons, ou à un étranger qui te doit déjà la vie ? Sache que toute option sera nuisible ; tu dois juste décider laquelle le sera le moins. »

— Va te faire voir, Kanin ! bougonnai-je dans le vide.

Mon mentor imaginaire ne répondit pas et s'évanouit dans les airs. Il savait déjà quelle option j'allais choisir.

J'observai Jebbadiah finir de prier pour le blessé, puis marcher jusqu'au corps de ferme en fendant l'obscurité de sa silhouette anguleuse. Je regardai ensuite l'homme dans sa cage et attendis qu'il cesse de tousser, de bouger, et que son souffle rauque devienne plus calme et plus profond.

Lorsqu'il se mit à ronfler, je me faufilai le long du mur pour rejoindre l'appentis et attrapai la clé accrochée à un clou. Sans un bruit, je retirai la barre de protection, ouvris le verrou et enlevai les chaînes, en prenant bien garde de ne pas les faire cliqueter contre les barreaux. Puis, attentive à ce que les gonds ne grincent pas, j'ouvris la porte.

Joe dormait recroquevillé dans un coin, sous ses

couvertures. Sa jambe couverte de bandages dégageait une forte odeur de sang et d'alcool.

Es-tu vraiment prête à faire ça ?

J'ignorai ma petite voix intérieure et refoulai la culpabilité et le dégoût qui m'assaillaient. Je n'avais pas envie de faire ce que je m'apprêtais à faire, mais j'y étais obligée.

C'est un moindre mal, Allie…

Je n'osais pas rentrer dans la maison ; avec tant de monde à l'intérieur, je ne voulais pas m'introduire dans une chambre et risquer de me faire surprendre par quelqu'un au sommeil léger, ou qui se lèverait pour se rendre aux toilettes. Je pensai à Caleb et Bethany, à Zeke et Darren. Si je ne le faisais pas maintenant, si je ne me nourrissais pas rapidement, je pourrais m'en prendre à eux et les tuer.

La cage était isolée, en retrait, et personne ne viendrait voir Joe avant un moment. Mieux valait que ce soit un étranger plutôt que quelqu'un que je connaissais, et que j'appréciais.

Et puis, cet homme me devait déjà la vie.

Si ça peut te faire du bien de le penser… alors finissons-en.

Joe frémit et toussa dans son sommeil, interrompant ses ronflements. Très vite, sans me laisser le temps de cogiter davantage, je m'agenouillai près de lui et écartai le col de son cou. Sous la lueur du clair de lune, sa gorge palpitait doucement. Mes crocs s'allongèrent tandis que la faim montait en moi comme un raz de marée. Il grommela en battant vaguement des paupières. Je me penchai pour planter mes crocs dans son cou, juste sous sa mâchoire.

Il tressaillit mais se détendit immédiatement après, succombant à l'emprise de la morsure vampirique. Le sang commença à affluer dans ma bouche, et la faim l'avalait avec avidité, en demandant encore et encore. Mais cette fois, je restai vigilante et luttai pour ne pas me laisser emporter par le flot de chaleur et d'énergie qui m'envahissait.

Trois gorgées. Voilà tout ce que je m'autorisai à prendre, même si la faim m'enjoignait d'en prélever davantage. A contrecœur, je retirai mes crocs de la peau de l'homme et refermai ses cicatrices avant de m'écarter de lui. Il poussa un grognement tandis que je me coulais hors de la cage et replaçais verrous et chaînes aussi vite que possible.

— Allison ?

A l'instant où je venais de remettre la dernière barre en place, des pas se firent entendre derrière moi, et la voix de Zeke parvint à mes oreilles.

Je me retournai. Il se tenait à quelques mètres de moi, une bouteille Thermos dans une main et une tasse dans l'autre.

— Tu es là, dit-il sans une ombre d'accusation dans la voix, malgré son air troublé. Tu n'es pas revenue quand Ruth est partie. Toujours fâchée ?

— Qu'est-ce que tu fais là ? demandai-je, ignorant sa question.

Je n'étais pas fâchée, bien sûr, mais ce n'était peut-être pas plus mal qu'il le pense. Il eut un hochement de tête, comme s'il s'attendait à ma réaction.

— Le dîner va être prêt, dans la grange, continua-t-il en soulevant la tasse. Si tu veux avoir quelque chose, je te conseille de ne pas tarder, avant que Caleb et Matthew ne mangent toute la soupe.

J'acquiesçai et me tournai pour regarder Joe dormir entre les barreaux de la cage.

— Tu étais au courant ? demandai-je.

— Jeb m'en a parlé.

Zeke s'agenouilla près des barreaux et tendit la main pour secouer l'homme inconscient. Joe sursauta et ouvrit des yeux troubles. Zeke lui montra la Thermos.

— Joe…, murmura-t-il en dévissant le couvercle pour verser un liquide sombre et fumant dans la tasse. Tiens, c'est pour toi. Il est noir, mais c'est toujours mieux que rien.

— Merci, mon garçon, fit Joe en attrapant la tasse.

Sa main tremblait tellement qu'il faillit la renverser.

— Bon sang, ça ne va pas mieux, moi… Encore combien de temps avant le lever du jour ?

— Quelques heures, répondit Zeke avec douceur. Ce sera bientôt fini. Comment te sens-tu ?

— Oh ! Je vais survivre.

Joe avala une gorgée de café et sourit.

— Au moins un jour de plus.

Zeke lui rendit son sourire, comme s'il le croyait vraiment. Soudain, je ne voulus plus voir ça. Je tournai les talons et m'enfuis loin de la cage, loin du pauvre homme qui venait d'être ma proie. Loin du garçon qui venait de me montrer à quel point j'étais monstrueuse.

— Hé, Allison ! Attends !

J'entendis Zeke courir derrière moi ; je me retournai vers lui, pleine d'une rage subite.

— Va-t'en ! criai-je en parvenant de justesse à dissimuler mes crocs. Pourquoi tu me tournes autour, comme ça ? Qu'est-ce que tu essaies de prouver, espèce de petit pasteur en culottes courtes ? Tu crois que tu vas pouvoir me sauver, moi aussi ?

Il cligna des yeux, l'air totalement ahuri.

— Quoi ?

— Pourquoi tous ces efforts ? Tu passes ton temps à donner aux autres, à te mettre en danger, à t'assurer que tout le monde est heureux. C'est idiot et dangereux ! Les gens ne valent pas la peine d'être sauvés, Ezekiel. Un jour, celui que tu aides te plantera un couteau dans le dos ou te tranchera la gorge par-derrière, et tu ne le verras même pas venir !

Ses yeux bleus scintillèrent de colère.

— Tu crois que je suis naïf à ce point ? demanda-t-il. Oui, le monde est atroce, rempli de gens qui me planteraient un couteau dans le dos juste après m'avoir serré la main. Oui, je pourrais prendre des risques pour eux, et eux me jeter aux enragés sans l'ombre d'un scrupule. Ne crois pas que je n'aie jamais connu ça, Allison. Je ne suis pas bête à ce point !

— Alors pourquoi continuer ? Si Jeb pense que nous sommes déjà en enfer, pourquoi se donner tout ce mal ?

— Parce qu'il *doit* y avoir autre chose !

Zeke se tut un instant, passa ses deux mains dans ses cheveux et me regarda avec tristesse.

— Jeb a baissé les bras. Il ne voit plus que la corruption, les vampires et les enragés, et il pense que ce monde est foutu. La seule chose qui le préoccupe, c'est de trouver Eden, et de sauver les quelques vies dont il se sent investi. Tous les autres l'indiffèrent.

Il haussa les épaules et désigna l'appentis d'un signe de tête.

— Même des gens comme Joe. Il prie pour lui, mais il reste distant, détaché.

— Mais toi, tu ne penses pas comme lui.

— Non, en effet. Jeb a perdu sa foi, pas moi. J'ai peut-être tort, mais je vais essayer de poursuivre dans cette voie. C'est ce qui fait de moi un être humain. C'est ce qui me différencie des autres, démons, enragés, vampires…

« Vampires. » Le mot me frappa bien plus douloureusement que je ne l'aurais cru.

— C'est super pour toi, dis-je avec amertume. Mais moi, je ne suis pas comme ça. Je ne crois pas en Dieu, et je ne crois pas que les humains aient un bon fond. Tu as peut-être une jolie petite famille avec toi, mais j'ai été seule trop longtemps pour pouvoir faire confiance à qui que ce soit.

L'expression de Zeke s'adoucit, ce qui ne faisait pas mon affaire. Je voulais le blesser, le mettre en colère ; mais il me regarda simplement de ses yeux bleus et solennels, avant de faire un pas vers moi.

— Je ne sais pas ce que tu as traversé, Allie, dit-il en soutenant mon regard, et je ne peux pas parler au nom de tous les autres, mais je te garantis que tu es en sécurité, ici. Je ne te ferai jamais de mal.

— Arrête ! sifflai-je en reculant. Tu ne me connais pas. Tu ne sais absolument rien de moi !

— Je pourrais, si tu le voulais bien, répondit-il.

Puis il fit deux pas pour me prendre par les bras. Sa prise n'avait rien de brutal. J'aurais pu m'en dégager si je l'avais voulu, mais je fus si surprise que je me figeai en le dévisageant.

— J'aimerais simplement que tu m'en donnes l'occasion… Et tu te trompes : je sais quelques petites choses sur toi. Je sais que tu ne t'entends pas avec Ruth, je sais que Caleb t'adore, et je sais que tu manies le sabre mieux que je n'ai jamais vu quiconque le faire.

Il sourit, terriblement beau, ses yeux d'azur plongés dans les miens.

— Tu es une guerrière, Allison, tu remets en cause

tout ce que tu n'approuves pas, et tu es probablement la seule à ne pas être terrifiée par Jeb. Je n'ai jamais rencontré quelqu'un comme toi. Jamais…

— Lâche-moi, murmurai-je.

J'entendais son cœur battre la chamade dans sa poitrine, et je craignis soudain qu'il ne remarque le silence de la mienne. Il obtempéra en faisant glisser ses mains le long de mes bras, pour toucher le bout de mes doigts avant de les lâcher. Sans me quitter un instant des yeux.

— Je sais que tu as peur, poursuivit-il d'une voix douce, assez près pour que je sente son souffle sur ma joue.

La faim grondait encore dans mon ventre, mais moins fort.

— Je sais que nous ne nous connaissons pas depuis longtemps, que nous sommes tous des étrangers pour toi, et que tu as tes propres raisons de vouloir rester à l'écart. Et je crois… j'espère… que tu ressens la même chose, parce que c'est très difficile à dire pour moi. Alors…

Il prit ma main.

— Je te demande de me faire confiance.

Je le voulais. Je le voulais de tout ce qui restait d'humain dans mon âme… Pour la deuxième fois cette nuit, j'eus envie de l'embrasser, en le voyant, là, sous le clair de lune, avec ses mèches folles dans les yeux. Il se pencha vers moi, et, l'espace d'un instant, je le laissai s'approcher et prendre ma tête entre ses mains, pendant que ses lèvres descendaient vers les miennes. Son pouls battait fort, son odeur flottait autour de moi, mais cette fois, je ne vis que son visage.

Non, je ne peux pas faire ça !

Je le repoussai brutalement. Il trébucha et tomba à la renverse, dans la boue. Je lus la douleur et l'incompréhension dans ses yeux, et je faillis m'enfuir.

Je ne le fis pas. Malgré moi, malgré tout ce qui me hurlait intérieurement de ne pas le faire, je sortis mon sabre et avançai pour le pointer sur sa poitrine. Ses yeux s'écarquillèrent devant la lame que j'arrêtai à quelques centimètres seulement de son cœur.

— Que les choses soient bien claires, lui dis-je en raffermissant ma prise pour que ma main ne tremble pas. Ne refais jamais ça ! Je ne te fais pas confiance. Je ne fais confiance à personne. J'ai été poignardée dans le dos trop de fois pour que ça change, c'est bien compris ?

Colère et chagrin se peignirent sur son visage ; il acquiesça cependant. Je rengainai mon arme et repartis vers la maison, sentant son regard dans mon dos.

Il ne me suivit pas.

L'aube était proche. Je retournai dans ma chambre et refermai la porte en m'assurant qu'elle était bien verrouillée. Les yeux me brûlaient. Je réprimai mes émotions jusqu'à ce qu'elles débordent sur mes joues.

Je me rendis dans la salle de bains pour asperger mon visage d'eau, et contemplai mon reflet dans le miroir. A l'inverse de ce que prétendait le folklore, nous avions bel un bien un reflet, et le mien était effarant : une fille pâle, aux cheveux bruns, du sang coulant de ses yeux, le sang d'un autre. Je découvris mes crocs, et l'image de la fille disparut, laissant place à celle d'un vampire féroce aux yeux cernés.

Si Zeke connaissait ma vraie nature…

— Je suis désolée, murmurai-je en me rappelant

son regard lorsque je l'avais repoussé, lorsque j'avais pointé mon arme sur lui.

Un regard où se lisaient le choc, la déception, le sentiment d'avoir été trahi.

C'est mieux ainsi, Zeke. Vraiment. Tu n'as aucune idée de là où tu mets les pieds.

La situation ne pouvait plus durer. C'était trop dur de le voir et de garder mes distances, de faire comme si je ne ressentais rien pour lui. Il devenait également de plus en plus compliqué pour moi de garder mon secret. Tôt ou tard, je ferais une gaffe, quelqu'un rassemblerait les morceaux du puzzle et découvrirait quelle créature se cachait parmi eux. Alors Jeb ou Zeke me planterait un pieu dans le cœur ou me trancherait la tête. Zeke avait vu des enragés tuer ses amis, sa famille, et il était le protégé de Jebbadiah. Je ne pouvais imaginer qu'il accepterait la présence d'un vampire au sein du groupe, quel que soit son beau discours sur la confiance.

Peut-être était-il temps que je parte. Pas cette nuit — l'aube était imminente —, mais très bientôt. Le moment où ils quitteraient l'exploitation pour reprendre leur errance serait adéquat. Et il était imminent. Je savais que Jeb avait hâte de reprendre la route. Je les suivrais entre les arbres pour les protéger des enragés qui pourraient rôder dans les parages, puis je m'éclipserais sans que personne ne le remarque.

Et où vas-tu aller ? sembla me demander mon reflet dans la glace.

J'avalai la boule coincée dans ma gorge et haussai les épaules.

— Je n'en sais rien, murmurai-je. Et qu'importe... Du moment que je m'éloigne de Zeke, Caleb, Darren et des autres, peu importe là où j'irai.

Tu vas leur manquer. Tu vas manquer à Zeke.

— Ils s'en remettront.

Je sortis de la salle de bains, en proie à des émotions contradictoires. Je ne voulais pas partir. Je m'étais attachée à Caleb, Bethany, Darren. Même Dorothy avait son charme à elle. Bien sûr, je ne serais pas fâchée de ne plus en revoir certains — notamment Ruth et Jebbadiah. Mais les autres allaient me manquer.

Surtout un certain garçon au regard étoilé et au sourire franc, qui ne voyait que du bon en moi. Qui ne savait pas ce que j'étais réellement.

Ce jour-là, je dormis mon sabre entre les mains, les couvertures rabattues par-dessus ma tête. Personne ne me dérangea, ou du moins, lorsque je m'éveillai le soir suivant, la pièce était telle que je l'avais laissée. Des éclairs illuminèrent brièvement le ciel, et un grondement de tonnerre se fit entendre. Si Jeb comptait partir ce soir, la marche serait longue et humide, une fois de plus.

Des voix résonnèrent bientôt dans la cage d'escalier, et je trouvai le groupe en bas des marches, réuni autour de l'immense table de bois qui remplissait tout un coin de la cuisine. Ruth et Martha remplissaient les assiettes de ragoût avant de les faire passer ; un grand récipient rempli de muffins au maïs était posé sur la table, à portée de toutes les mains. En dépit de ce festin, l'atmosphère était sinistre et pesante. Même les enfants mangeaient silencieusement, les yeux baissés. Que se passait-il ? Jeb n'était pas là, pas plus que Patricia.

Je levai les yeux et croisai le regard de Zeke à l'autre bout de la table. Dès que nos yeux se rencontrèrent, il se pencha pour attraper un muffin dans le récipient et sortit de la pièce sans se retourner.

Ma poitrine se serra. J'avais envie de le suivre, de m'excuser, mais je n'en fis rien. Il valait mieux qu'il me déteste. De toute façon, je ne tarderais pas à sortir totalement de sa vie.

J'avançai dans la pièce et rejoignit Darren, le nez penché sur son repas. Il me regarda, me fit un petit signe de tête et continua de manger. Son attitude n'avait rien d'hostile ; probablement n'avait-il pas parlé avec Zeke de ce qui s'était produit.

— Qu'est-ce qui se passe ? demandai-je en m'asseyant à son côté.

Il me regarda de biais et engouffra une bouchée de nourriture.

— On part bientôt, murmura-t-il avec un geste en direction de la porte où tous nos sacs étaient rassemblés. Probablement d'ici une heure ou deux, quand tout le monde aura mangé. Avec un peu de chance, on sera en route avant que l'orage n'éclate, et après, la pluie dissimulera nos bruits et notre odeur aux enragés. Jeb est en train de discuter avec Patricia. Elle essaie de le convaincre de rester encore un ou deux jours, mais ça m'étonnerait qu'elle y arrive. Jeb nous a déjà donné l'ordre d'être prêts.

— Maintenant ? Cette nuit ?

Darren confirma d'un hochement de tête.

— Je croyais qu'on restait jusqu'à ce que Joe aille mieux.

— Il est mort, m'annonça doucement Darren.

Ma gorge se noua d'un seul coup.

— Larry est allé le voir dans l'après-midi ; c'était fini.

Mort ?

— Non, murmurai-je tandis qu'un roulement de tonnerre couvrait ma voix.

Non, il ne peut pas être mort. Pas après…

Je quittai brusquement la table et sortis pour marcher jusqu'à l'appentis.

Quelques gouttes de pluie avaient commencé à tomber, claquant sur le toit de tôle. En passant devant la grange, j'entendis les cris plaintifs des animaux sentant l'orage, l'agitation de leurs corps se heurtant les uns les autres ou contre le mur, le bruit de leurs sabots sur le sol. L'appentis était sombre et silencieux dans le crépuscule. Des bûches avaient déjà été collectées pour alimenter les feux nocturnes, même si la pluie ne tarderait sûrement pas à les éteindre. Or les enragés étaient plus excités les soirs d'orage…

En contournant la remise, je vis enfin la cage et le corps de Joe recroquevillé dans un coin, tout tremblant. Le soulagement m'envahit. Darren s'était trompé. Il était toujours vivant.

— Salut, fis-je en m'approchant doucement jusqu'aux barreaux. Tu m'as fichu une sacrée trouille, tu sais… Tout le monde croyait que tu étais m…

Joe releva alors la tête et bondit vers moi en hurlant. Son corps à la peau exsangue frappa la cage ; il essaya de m'attraper, hurlant, secouant, mordant et griffant les barreaux, ses yeux fous rivés sur moi.

J'avais reculé hors de sa portée et, pétrifiée, je regardai cette chose qui avait été Joe Archer, ce visage autrefois familier, désormais décharné et ravagé. Sa barbe était couverte de sang et d'écume, ses yeux étaient luisants et vitreux à la fois, et l'on n'y distinguait plus rien d'autre que la faim. Mon ventre se contracta si fort que je crus que j'allais vomir.

C'est moi *qui ai fait ça ? C'est ma faute ?*

Je repensai à la nuit précédente : Joe m'avait parlé, il avait accepté le café proposé par Zeke, il avait même plaisanté. Il allait bien, à ce moment-là. Avais-je prélevé trop de sang, au point qu'il succombe à son infection ? L'avais-je à ce point affaibli ? Serait-il encore vivant si je ne l'avais pas mordu ?

J'entendis le crissement des graviers derrière moi et me retournai, espérant et redoutant à la fois que ce soit Zeke. Mais ce n'était que Larry, venu à la réserve de bois pour remplir sa brouette vide. Il la posa et regarda l'enragé quelques instants. Nulle surprise, nulle trace de choc, sur son visage ridé, juste une immense peine.

— Bon Dieu, murmura-t-il. Bon Dieu de bon Dieu de bon Dieu ! J'espérais tellement qu'il ne…

Il prit une longue inspiration et déglutit avec difficulté.

— Il faut que j'aille le dire à Patricia. Oh ! Joe ! Tu étais un sacré bonhomme. Tu ne méritais pas ça !

— Que va-t-il lui arriver, maintenant ?

— Joe n'existe plus, dit-il d'une voix plate, sans me regarder, les yeux fixés sur la créature qui l'avait remplacé. Nous aurions enterré son corps s'il ne s'était pas transformé, mais maintenant, il ne reste plus rien de lui. Le soleil se chargera du reste.

Il retourna au corps de ferme en traînant les pieds, me laissant seule et complètement ébranlée.

Les yeux me brûlèrent subitement ; je sentis quelque chose de chaud couler sur ma joue. Mais cette fois, je n'essuyai pas mes larmes ; d'autres suivirent, traçant des lignes brûlantes sur ma peau. L'enragé me fixait toujours, de son regard froid et calculateur. Il avait cessé de se jeter contre les barreaux et se tenait maintenant recroquevillé dans un angle, étonnamment calme, tel un ressort comprimé prêt à lâcher.

— Je suis désolée, lui chuchotai-je.

Il montra les dents en entendant le son de ma voix.

— C'est ma faute. Tu serais encore vivant si je ne t'avais pas mordu. Pardon, Joe, pardon…

— Je le savais ! triompha quelqu'un dans mon dos.

Je me retournai. Ruth m'épiait depuis le coin de l'appentis.

17

Nous nous regardâmes fixement, aussi paralysées de stupeur l'une que l'autre, tandis que mes sens enregistraient avec une acuité incroyable certains détails : les gouttes de salive de l'enragé qui tombaient au sol, les lignes de sang qui maculaient mes joues.

Ruth recula soudain et donna l'alarme dans un hurlement.

— Un vampire !

Son cri résonna contre l'appentis, couvrant le grondement sourd de l'orage. Derrière moi, l'enragé répondit par un cri strident, et ma nature de vampire se réveilla alors en un rugissement. Je fonçai droit sur elle, avant qu'elle n'ait eu le temps de faire demi-tour et de s'enfuir ; je la plaquai au mur en une seconde, mes crocs pleinement déployés. Elle se mit à hurler.

— Ferme-la ! grondai-je en me retenant de lui planter mes dents dans le cou.

Tremblante à force de me maîtriser, je la regardai dans les yeux, les lèvres retroussées.

— C'était toi devant ma chambre, la nuit dernière ? J'ai entendu quelqu'un. Tu m'espionnais depuis tout ce temps, en attendant que quelque chose se produise, pas vrai ?

— Je le *savais*, répéta alors Ruth tiraillée entre défiance et terreur, tout en essayant de se dérober à mon emprise. Je savais qu'il y avait quelque chose d'anormal chez toi. Personne ne voulait me croire, mais moi, je le savais. Zeke t'arrachera le cœur quand il l'apprendra !

Je crachai et approchai mes crocs de son visage.

— Tu es bien insolente pour quelqu'un qui est sur le point de mourir !

Elle blêmit.

— Tu ne peux pas faire ça !

Je souris, affichant mes dents, ne sachant trop si j'étais sérieuse ou non.

— Et pourquoi pas ?

— Zeke le saura !

Elle céda d'un coup à la panique et leva les bras devant elle pour se protéger.

— Et Jeb aussi ! Tu ne peux pas me tuer !

— Je suis un *vampire* ! Dis-moi pourquoi je ne le ferais pas ?

— Allison !

Je me figeai, et le monde cessa de tourner pendant une fraction de seconde. Dans cet intervalle, un torrent d'émotions déferla en moi, presque trop rapide pour que j'aie le temps de l'analyser. Horreur, colère, culpabilité, douleur, regret… Qu'étais-je en train de faire ? Quelle mouche m'avait donc piquée ? Sonnée, je regardai Ruth ; une seconde de plus, et je la tuais.

Mais pis que tout…

Je tournai la tête… A quelques mètres de moi, Zeke me tenait en joue, son pistolet braqué sur mon cœur.

Nous nous regardâmes sans mot dire. J'eus alors une impression de déjà-vu, un flash qui me ramena à notre première rencontre dans la ville abandonnée.

— Lâche-la, vampire !

Mes tripes se nouèrent en l'entendant prononcer ce mot avec autant de froideur, de mépris et de dureté.

— Pourquoi le ferais-je ? Tu me tireras dessus dès qu'elle aura décampé.

Il ne nia pas, et continua de me fixer, les yeux brillant sous la pluie. J'attendis encore un peu, puis me résignai.

— Allez, dégage, dis-je à Ruth sans la regarder.

Elle ne se le fit pas dire deux fois, et alla trouver refuge derrière Zeke, tout comme la première fois. Les voir ainsi me fit mal…

— Va chercher Jeb, lui ordonna Zeke d'un ton calme sans me quitter des yeux. Alerte tous les autres, mais ne reviens pas m'aider. Reste à l'intérieur, rassemble les enfants et verrouille toutes les portes, compris ?

Elle hocha la tête et courut vers la maison en commençant déjà à crier d'une voix stridente. Je ne donnai que quelques minutes à tous les hommes de l'exploitation pour se ruer sur moi armés de haches, de fourches et d'armes à feu. Je devais partir sans tarder, mais il y avait Zeke…

Je sortis mon sabre. Il se raidit et dégaina sa machette, tout en conservant son pistolet braqué sur ma poitrine. J'allais être obligée de me battre avec lui. Je tentai de résister au désespoir qui menaçait de m'écraser. Il n'allait certainement pas me laisser filer, pas après ce que j'avais fait à Ruth. *Je suis désolée,* avais-je envie de lui dire, consciente cependant que cela ne servirait à rien. *Je suis désolée que cette histoire se termine de cette façon. Je sais que tu ne vas pas me laisser partir, mais je ne compte pas rester plantée là et me faire tuer, même par toi.*

— Ce n'est pas ton pistolet qui m'arrêtera, lui dis-je en prenant une meilleure posture, afin d'être prête à m'enfuir. Je suis beaucoup plus rapide que toi. Même si tu décharges cette arme dans mon cœur, tu ne me tueras pas. Je suis déjà morte.

— Ça te ralentira, répondit Zeke en faisant tournoyer sa machette dans l'obscurité. Ce qui devrait me suffire.

Il commença alors à se déplacer latéralement, et je suivis son mouvement. Nous tournions l'un en face de l'autre, nos armes brandies, les yeux dans les yeux, pendant que l'enragé crachait et sifflait depuis sa cage.

— Combien ? demanda abruptement Zeke.

Je fronçai les sourcils, ne comprenant pas sa question.

— Combien d'entre nous as-tu mordu ? précisa-t-il d'un ton tranchant. Caleb ? Darren ? Dois-je m'attendre à ce qu'eux aussi se transforment en vampires ou en enragés ?

— Je n'ai jamais mordu aucun d'entre vous, rétorquai-je, blessée qu'il puisse m'en croire capable, même si c'était logique. Je n'ai pris le sang de personne. Et ça ne fonctionne pas de cette manière. Il faut tuer quelqu'un pour le transformer en enragé.

— Comme Joe ?

Mes tripes se nouèrent, mais j'essayai de garder un ton et une expression impassibles.

— Je ne voulais pas que ça se passe comme ça, dis-je en espérant qu'il me croie. Sans compter qu'il a aussi bien pu être contaminé par le sanglier.

L'excuse était faible ; moi-même, je n'y croyais pas vraiment, et je savais qu'il en était de même pour Zeke. Pour lui, j'étais seule responsable de la transformation de Joe.

— Tu n'as fait que nous utiliser, murmura-t-il d'un ton douloureux, comme si cette idée lui faisait mal. Pendant tout ce temps. Je comprends mieux, maintenant. Tu n'as jamais cru à Eden, tu n'as jamais cru à rien de tout ça. Tout ce que tu voulais, c'était une source de nourriture facile. Et je suis tombé dans le panneau ! Quand je pense que j'ai laissé Caleb et Bethany seuls avec un vampire !

J'eus l'impression de recevoir un coup de poing dans le ventre, et me sentis dévastée par un sentiment de trahison. Le Zeke qui se tenait devant moi n'était plus le jeune homme qui avait voulu m'embrasser, qui m'avait demandé en tremblant d'émotion si moi aussi, je ressentais ce qu'il ressentait ; non, c'était l'élève de Jebbadiah Crosse, un garçon formaté depuis l'enfance pour détester les vampires et tout ce qui les concernait. Son regard était devenu froid, son visage fermé, impitoyable. Je n'étais plus Allison à ses yeux, mais un démon anonyme, un ennemi, une créature à exterminer.

Bon, si c'est comme ça que tu vois les choses…

Je raffermis ma prise sur mon arme, et le vis en faire autant. Nous continuâmes à tourner lentement, chacun cherchant une ouverture pour attaquer. Il avait un avantage avec son pistolet, mais j'aurais parié qu'il ignorait à quelle vitesse un vampire pouvait se mouvoir. Une balle me ferait *mal*, certes, mais je pourrais le devancer dès l'étape suivante et…

Et… quoi ? Le tuer ? Comme je l'avais fait avec les pillards ou avec le sanglier enragé ? Je sentais déjà l'appel du sang dans mes veines, avide de violence. Même si je parvenais à le désarmer, je ne pouvais pas être sûre que mon démon intérieur ne me pousserait pas à lui sauter dessus et à l'égorger.

Zeke me suivait des yeux, sans ciller. Je me redressai brusquement et remis mon sabre au fourreau. La confusion envahit son visage.

— Je ne peux pas faire ça…

Je le regardai bien en face.

— Tire si tu penses que tu dois le faire, Zeke, mais je ne me battrai pas contre toi.

Il ne bougea pas. Un torrent d'émotions contradictoires se lut dans ses yeux, sans que le pistolet ne vacille pour autant. Près de la maison, des cris résonnèrent sous la pluie, et l'on entendit bientôt des pas précipités dans la boue.

Je reculai d'un pas, en direction du mur et de la forêt.

— Je m'en vais, déclarai-je calmement.

Zeke redressa son arme de quelques millimètres.

— Vous ne me reverrez pas, et je ne parlerai à personne de votre petite communauté. Si tu veux, tire-moi une balle dans le dos, mais d'une façon ou d'une autre, je pars d'ici.

M'armant alors de tout mon courage, je me retournai à demi et attendis la détonation puis l'explosion de douleur qui allait me frapper. Zeke garda son arme braquée sur moi quelques instants encore, puis baissa le pistolet en soupirant.

— Va-t'en, murmura-t-il sans me regarder. Pars d'ici, et ne reviens pas. Je ne veux plus jamais te revoir.

Je ne répondis pas, et marchai jusqu'au mur.

— Allison…

Je me retournai. Il était au même endroit, mais me tournait le dos, le pistolet au bout de son bras ballant.

— Nous sommes quittes, maintenant. Mais… c'est la dernière faveur que je t'accorde. Si jamais je te revois, je te tuerai.

Je poursuivis mon avancée vers le mur. J'avais la gorge en feu, mais je ravalai mes larmes et ma colère pour les recouvrir d'une couche d'indifférence. J'avais toujours su, au fond, que les choses se termineraient de cette manière.

Je pris mon élan et bondis sur le mur, m'aidant de petites brèches et d'aspérités pour escalader les cinq mètres de métal rouillé. Lorsque j'atterris de l'autre côté, une salve de coups de feu me fit sursauter. Je me retournai et vis plusieurs impacts de balle cribler l'un des panneaux métalliques, à plusieurs mètres de l'endroit où je me trouvais. Zeke ne m'avait pas visée. Il avait seulement fait en sorte que Jeb croie qu'il avait essayé. Qu'il n'avait pas laissé le vampire s'échapper sans tenter de le combattre.

Je n'avais plus qu'à traverser les prés pour rejoindre la forêt obscure, l'endroit où se tapissaient les créatures maudites : vampires, enragés, bêtes sauvages…

Derrière moi, Zeke resta sur place un bon moment ; puis je perçus le bruit de ses pas qui s'éloignaient.

Je m'éloignai moi aussi. Dévidai la distance entre ce mur, ces humains, ce havre de paix qui n'avait été qu'une illusion, et moi. Je pouvais presque visualiser le gouffre qui s'élargissait entre Zeke et moi, à mesure que nous partions tous deux rejoindre notre monde, un monde où l'autre n'avait pas sa place.

Lorsque j'atteignis l'orée de la forêt, le gouffre était devenu si grand que je n'en voyais même plus l'autre côté.

VAGABONDE

18

Ils attendaient à l'orée des bois, tapis entre les arbres et les broussailles. Leurs yeux blancs luisaient sous la pluie, me fixant avec l'immobilité de la mort. J'en comptais quatre, dont la femme à la robe déchirée que j'avais aperçue la veille. Nous nous faisions face, telles des statues dans la pénombre ; l'eau ruisselait sur nos peaux blêmes et gouttait à la pointe de ma lame sortie.

L'attente se prolongea. Cinq monstres dans la nuit, en train de se jauger. Autour de nous, la tempête faisait rage. Les éclairs se reflétaient dans les yeux des enragés, révélant leur morbidité, mais pas un seul d'entre nous ne bronchait.

Soudain, la femme en robe fit entendre un crachement sourd, comme si elle était dépitée, et se détourna pour s'éloigner dans l'obscurité. Au bout d'un moment, les autres l'imitèrent, battant en retraite, conscients qu'ils avaient affaire non pas à une proie potentielle mais à un prédateur.

Distante, détachée, je les observai me contourner pour sortir des bois et se diriger vers l'exploitation que je venais de quitter. J'étais comme eux, un cadavre ambulant, une créature dont le cœur ne battait pas, qui ne respirait pas, ne transpirait pas et ne ressentait pas la peur.

J'étais morte.

« Tu es un vampire, Allison Sekemoto, m'avait dit Kanin, une nuit qui me semblait déjà fort lointaine. Tu es un loup parmi les moutons — plus forte, plus rapide, plus sauvage qu'ils ne le seront jamais. Ils sont de la nourriture. Et au fond de toi, le démon les considèrera toujours comme telle. »

Des éclairs crépitaient entre les arbres. La ferme des Archer apparut derrière moi, balisée par les feux qui faiblissaient sous la pluie. Il devait y avoir moins de monde à monter la garde sur les plates-formes, et la pluie et la fumée ne devaient pas aider leur piètre vision humaine.

« Tu es un vampire, avait murmuré Stick, les yeux écarquillés d'horreur. Un vampire ! »

Les enragés arrivèrent à la lisière des bois et s'y arrêtèrent, le regard braqué sur l'exploitation. Combien de ces tueurs rôdaient encore dans le noir cernant les champs, à guetter leur proie avec une patience de mort ? Si Jebbadiah faisait sortir son groupe ce soir, ils tomberaient dans une embuscade. Même s'ils parvenaient à les tuer ou à les repousser, probablement y aurait-il des morts.

Et alors ? Je rengainai mon sabre et leur tournai le dos à tous. J'avais essayé de m'intégrer ; ils m'avaient rejetée. Ils pouvaient bien se faire trucider par des enragés, qu'est-ce que j'en avais à faire ? J'étais un vampire, et les humains n'étaient plus mon problème.

« C'est la dernière faveur que je t'accorde, Allison. Si je te revois, je te tuerai… »

Mon cœur se serra. De tout ce que j'avais eu à encaisser depuis ma fuite de New Covington, c'était le coup le plus rude. Rien à voir avec la trahison de Stick ; en dépit de notre longue amitié, j'avais toujours su, au fond, que Stick se servait de moi. Il était faible et de ce fait capable de vendre n'importe qui pour une meilleure situation. Même moi qui l'avais aidé à survivre tout ce temps... Mais Zeke, lui, était différent. Il faisait les choses parce qu'il y croyait sincèrement, non parce qu'il attendait quoi que ce soit en retour. Sa philosophie était si déroutante ! Dans les rues, en Bordure, c'était chacun pour soi. J'avais vite appris que rien n'était gratuit.

Sauf avec Zeke. Il m'avait traitée comme une humaine, comme une égale. Il m'avait aidée, défendue, donné des choses comme si c'était le geste le plus naturel du monde. Il se souciait réellement des autres, parce que telle était sa généreuse nature.

Ce qui rendait son mensonge d'autant plus douloureux ; car il avait menti en m'affirmant que je pouvais lui faire confiance. Dès qu'il avait su, ses yeux étaient devenus durs et froids ; il m'avait regardée comme un monstre.

La voix profonde de Kanin résonna de nouveau dans ma tête tandis que je me forçais à m'éloigner de cet endroit où l'on ne voulait plus de moi. « Tu seras toujours un monstre, tu ne peux pas faire marche arrière. Par contre, il t'appartient de décider quel genre de monstre tu seras. »

J'avais oublié cela. Cette petite phrase qui changeait tout... L'espace d'un instant, je restai plantée là, le cerveau en ébullition. Autour de moi, le vent faisait grincer les branches et fouettait mes cheveux, mes vêtements. Devant le mur, les feux perdaient de plus en plus de leur vigueur, tandis que les enragés attendaient leur heure.

Zeke t'a trahie, chuchotait une petite voix furieuse

et rancunière dans ma tête. *Il ne vaut pas mieux que Jebbadiah, pas mieux qu'eux tous. Tu n'es plus qu'un nouveau démon à abattre, pour lui. Pourquoi donc te préoccuper de savoir s'il trouvera son Eden ? Pourquoi te préoccuper d'aucun de ces gens ?*

Parce que…

Parce que cela avait de l'importance pour moi, réalisai-je soudain. J'avais envie que cette petite bande d'utopistes entêtés réussisse dans sa quête d'une vie meilleure. Ils seraient encore confrontés aux enragés, à la faim, à des conditions de vie terribles en poursuivant ce rêve, même si la plupart savaient, au fond, qu'il ne deviendrait jamais réalité pour eux. Je songeai à Caleb et à Bethany. Je leur avais dit qu'il y aurait des chèvres à Eden. Ils ne pouvaient pas mourir maintenant, dénutris ou déchiquetés par des enragés ! Je *voulais* qu'ils y arrivent, qu'ils accomplissent l'impossible ! Pouvais-je les abandonner aux monstres mêmes qui m'avaient tuée ?

— Non !

Les enragés se retournèrent et crachèrent en entendant le son de ma voix. Nous nous regardâmes de nouveau fixement dans le vent qui tourbillonnait autour de nous.

— Non ! répétai-je. Je ne suis pas comme vous ! Je ne suis pas comme les vampires de la cité ! Je suis peut-être un monstre, mais je peux aussi être humaine. Je peux *choisir* d'être humaine !

Je tendis le bras derrière moi pour reprendre en main mon sabre, dont l'acier brillant fendit la pénombre. Les enragés grondèrent, les yeux rivés sur ma lame.

J'avançai, découvrant mes crocs, et grondai en retour.

— Venez un peu par là, bande de saletés ! Si vous voulez leur peau, il faudra me passer dessus d'abord !

Sentant l'attaque venir, ils se mirent alors à pousser des hurlements en faisant claquer leurs mâchoires. Un cri de guerre me monta à la gorge, et je sentis en moi le démon s'éveiller à l'idée de la violence à venir ; cette fois, il était le bienvenu. Mon arme brandie, je me lançai sur eux.

J'avais à peine conscience de ce que je faisais. Il y eut un tourbillon de cris perçants, de crocs, de griffes fendant l'air ; ma lame virevoltait, tranchant les monstres autour de moi. Leur sang à l'odeur infecte éclaboussait les arbres, le sol. Attirés par les bruits de la bataille, d'autres enragés arrivèrent pour se joindre à la mêlée. Je les pourfendis avec la même hargne, rugissant de haine, de colère et de vengeance. Ils étaient trop lents et trop bêtes, se jetaient pratiquement sur ma lame avec une fureur animale. Je transperçai de mon sabre leurs corps livides avec une agilité presque déconcertante.

Quand tout fut fini, je me retrouvai au milieu d'une scène de carnage ; tout autour de moi des corps démembrés, sanguinolents, et c'était mon œuvre… La faim se faisait toujours sentir, mais je l'étouffai aussitôt. J'étais un vampire. Rien ne pourrait changer cet état. Mais je n'étais pas obligée de me comporter en monstre sanguinaire.

J'essuyai le sang de ma lame, la remis dans son fourreau et me tournai vers les champs. Sur sa colline, l'exploitation était plongée dans le silence ; de petits nuages de fumée s'élevaient encore sous la pluie. Je m'adossai contre le tronc d'un arbre et attendis que les grilles de métal s'ouvrent en grinçant sur leurs gonds.

Mais les heures passèrent, la tempête s'éloigna vers l'est, et les portes restèrent fermées.

J'imagine que Jeb ne veut pas quitter la sécurité de la ferme tant qu'un vampire rôde dans les parages…

Je scrutai le ciel avec anxiété. L'aube se lèverait d'ici une heure environ. Probablement ne se passerait-il rien de plus cette nuit.

Une quarantaine de minutes plus tard, les lueurs du jour pointèrent à l'horizon, les oiseaux commencèrent à chanter, et je me mis en quête d'un endroit où dormir. C'est alors que le grincement du métal se fit entendre.

Quoi, ils partent ? Maintenant ?

Abasourdie, je vis les grilles s'ouvrir et le groupe au complet sortir de l'enceinte. Jeb et Darren, portant tous deux des fusils pointés vers la forêt. Ruth et Dorothy. Caleb, Bethany et Matthew, regroupés au centre. Jake, une carabine à la main. Teresa et Silas. Et enfin, fermant la marche pour s'assurer que tout le monde était en sécurité, celui qui m'avait rejetée, qui avait tourné le dos au vampire en oubliant tout ce que l'humaine avait fait, le laissant pourtant s'échapper sans le combattre.

Jeb avait donc décidé de les faire voyager de jour ; de toute évidence, il comptait ainsi m'éviter, moi qui ne pouvais en faire autant. Assez malin, je devais le reconnaître… Je ne pourrais pas les suivre bien loin, pas avec les quelques minutes qui nous séparaient maintenant des premiers rayons du jour. Cependant, Jeb connaissait bien mal les vampires. Et moi en particulier. Il pouvait bien tous les emmener aussi loin, aussi vite qu'il le voulait, j'étais très, très obstinée.

Zeke balaya les prés de son arme, les yeux plissés par la concentration. Il guettait un vampire, mais n'en verrait pas. Il ne pouvait m'apercevoir, dissimulée comme je l'étais dans l'ombre des arbres. Une partie de moi se demandait toujours pourquoi je m'obstinais avec eux. S'il me trouvait, Jeb me tuerait, et Zeke lui prêterait main-forte sans état d'âme. Pourtant, en les voyant traverser les champs, regroupés en cette misérable petite phalange, je ne pus m'empêcher de songer à quel point ils étaient vulnérables, et avec quelle facilité les enragés pourraient les mettre en pièces, en dépit de la protection de Jeb et de Zeke. Je me souvins du regard de Zeke lorsqu'il avait évoqué les membres disparus de leur communauté, et le tourment coupable qui le hantait depuis lors. Je ne laisserais pas une telle chose arriver de nouveau. Pas à Caleb, Bethany, Darren ou Zeke. Je ne laisserais personne mourir.

Une fois le dernier passé, les grilles se refermèrent derrière eux dans un bruit retentissant. Jebbadiah en tête, Zeke en bout de procession, le groupe s'enfonça alors silencieusement dans les bois encore sombres, reprenant sa marche insensée à destination de leur cité mythique.

O.K., Zeke, pensai-je en me retirant dans les fourrés, prête à m'ensevelir sous terre. *Tu peux courir tant que tu veux. Mais je vous retrouverai tous bientôt, même si vous ne me voyez pas. Et je ferai en sorte que vous trouviez votre Eden, que ça vous plaise ou non. Essaie donc de m'en empêcher, pour voir !*

Le soir suivant, je m'éveillai pleine de détermination. La nuit était claire, la lune et les étoiles brillaient au firmament. Pour le vampire que j'étais, il ne fut pas difficile de retrouver la piste d'une douzaine de personnes marchant dans la forêt. Les empreintes de leurs pas étaient visibles dans la terre humide, et je pouvais aisément repérer chaque endroit où ils étaient passés, grâce aux brindilles brisées ou à l'herbe foulée sur leur passage.

Ils ne prennent même pas la peine de dissimuler leurs traces, songeai-je en empruntant un chemin devenu boueux sous leurs pas. Ce constat me rendit un peu nerveuse. Si mes sens de vampire pouvaient les repérer si facilement, il en était probablement de même pour les enragés ou les bêtes sauvages qui rôdaient dans les parages.

Je présume que la priorité de Jeb doit maintenant être la vitesse. Heureusement que les enragés ne sont pas assez malins pour pister leurs proies, sinon, ils seraient en très mauvaise posture.

Je suivis leur piste pendant une grande partie de la nuit, sans ressentir le besoin de me reposer ou de ralentir. La découverte de quelques canettes dans les buissons, grouillant de fourmis, me confirma que j'étais sur le bon chemin. Quand l'aube arriva, je m'enfouis dans la terre, frustrée de devoir m'arrêter, mais certaine d'avoir déjà rattrapé une bonne partie de mon retard.

La deuxième nuit, deux heures après minuit, j'entendis soudain des voix entre les arbres. Mon cœur fit un bond de joie dans ma poitrine. Avec d'infinies précautions, je m'approchai pour essayer de saisir des bribes de leur conversation, me dissimulant derrière un rocher. Je distinguai bientôt deux silhouettes familières, debout au bord d'une petite route qui serpentait dans l'obscurité.

Jebbadiah et Zeke observaient la chaussée. Jeb pinçait

ses fines lèvres avec sévérité, et Zeke paraissait sérieux et concentré.

— Nous ferions moins de bruit en marchant sur la route, disait Zeke, dont l'exaspération était palpable.

A quelques mètres d'eux, le reste du groupe était rassemblé sous les arbres.

— Ce serait plus facile pour Teresa et pour les enfants, et on avancerait plus vite, insista-t-il.

— Si Jackal et ses sbires déboulent sur cette route, on ne le saura que quand ils seront juste devant nous, objecta Jeb à voix basse. Tu as vu à quelle vitesse ils peuvent se déplacer ? Le temps qu'on les entende arriver, il sera trop tard. Veux-tu sacrifier la sécurité du groupe juste parce qu'il est un peu plus difficile de marcher dans la forêt ?

— Monsieur, reprit Zeke posément, je vous en prie… Nous ne pouvons pas continuer comme ça. Tout le monde est épuisé. Marcher ainsi, jour et nuit… Nous avons besoin de repos. Si nous ne prenons pas davantage soin des plus faibles, certains pourraient se retrouver à la traîne et commettre des erreurs. Et si quelqu'un nous suit, nous serons encore plus faciles à piéger. Par ailleurs, nous manquons de vivres. Et Larry m'a dit que cette route menait à une ville. Nous avons absolument besoin de nourriture, de munitions, et de repos. Je pense que nous devrions accepter l'éventualité d'affronter les pillards plutôt que de continuer dans les bois, en guettant constamment la présence de vampires ou d'enragés.

Jeb le fixa un moment sans répondre. Je crus qu'il allait refuser. Mais il poussa un petit soupir irrité et se tourna vers la route.

— Rassemble tout le monde. Que deux personnes se

tiennent à au moins dix mètres du reste du groupe et fassent les sentinelles. Si elles voient ou entendent quoi que ce soit, je veux en être immédiatement informé, c'est bien compris ?

— Oui, monsieur.

Jeb lui lança un dernier regard sinistre puis avança sur la chaussée d'un pas décidé. Zeke se tourna alors pour faire signe aux autres de le suivre. Ils se remirent en route, apparemment soulagés de sortir des ténèbres de la forêt. La route avait beau être en piteux état, il était tout de même plus facile d'y marcher que de crapahuter entre les broussailles et les rochers.

De mon côté, je demeurai dans l'ombre des arbres. En dépit de la nuit noire, Zeke aurait facilement pu repérer qu'une silhouette les suivait sur cette route dégagée. Malgré la distance prudente que je laissais entre nous, je pouvais encore les entendre, notamment Zeke et Darren qui se postèrent comme sentinelles à l'arrière du groupe.

Après un moment de silence, où l'on n'entendait que le bruit de leurs pas sur le bitume, la voix de Darren me parvint dans la pénombre.

— Ton vieux t'en fait vraiment baver, en ce moment, pas vrai ? C'est la première fois qu'il ne te parle pas comme à un chien depuis qu'on est partis de chez les Archer.

— Il était en colère.

Zeke haussa les épaules sans trop de conviction.

— J'ai mis tout le groupe en danger. Si quelque chose était arrivé, ça aurait été de ma faute.

— Tu ne dois pas tout te mettre sur les épaules, Zeke. On l'a tous vue, on lui a tous parlé. Elle nous a tous roulés, autant que nous sommes.

Mon ventre se noua. Le bruit du vent et des feuillages s'évanouit subitement comme je me concentrais sur la conversation des deux garçons devant moi. J'entendis Zeke soupirer, et je l'imaginai se passer la main dans les cheveux, un geste que j'avais commencé à aimer.

— J'aurais dû le voir !

Il y avait dans sa voix une colère sourde plus blessante qu'une arme.

— Maintenant que j'y pense, tant de signes, tant de petites choses auraient dû m'alerter ! Mais je n'ai pas percuté. Je n'aurais jamais cru... qu'elle puisse être un vampire.

Zeke donna un brusque coup de pied dans un bout de bitume, qui vola dans les broussailles.

— Bon sang, Dare ! Et si elle avait mordu quelqu'un ? Si elle s'était nourrie du sang des enfants pendant tout ce temps ? Si elle avait tué quelqu'un, si quelque chose était arrivé... juste parce que j'étais...

Sa voix s'éteignit dans un accent de dégoût. Puis il reprit :

— Je ne pourrais jamais me le pardonner.

Je serrai les poings pour juguler la colère et la douleur que je sentais monter en moi comme une tornade. Zeke aurait dû me connaître mieux que ça, et savoir que je n'aurais jamais...

Je relâchai mes poings. Il ne pouvait pas le savoir. J'étais un vampire, et ces gamins constituaient des proies idéales pour moi. A sa place, j'aurais pensé la même chose.

Malgré tout, ça me faisait mal d'entendre, une fois encore, qu'on me croyait un monstre capable de s'en prendre aux plus petits et aux plus faibles, sans discrimination. Je n'aurais pas cru que j'en serais aussi affectée. Je m'étais battue contre moi-même pour ne pas m'en prendre à eux, surtout à Caleb et Bethany, et tout ça pour rien.

Cependant, j'avais tout de même sacrifié quelqu'un d'autre, un étranger, afin de ne pas me nourrir du sang de ceux que je connaissais. Leurs peurs étaient donc en partie justifiées.

— Zeke…

La voix de Darren s'éleva de nouveau, hésitante, comme s'il craignait que quelqu'un d'autre ne l'entende.

— Tu sais que je n'ai aucune raison de mettre ta parole en doute. Si tu dis que cette fille était un vampire, je te crois. Pourtant… elle ne m'a pas semblé être… si mauvaise que ça. Tu vois ce que je veux dire ?

Il se tut un instant, comme embarrassé d'avoir pu formuler un tel propos, puis continua :

— Je sais ce que Jeb nous a dit. Il prétend que ce sont des démons et qu'il n'y a rien d'humain en eux, mais… je n'en avais jamais vu avant Allison. Et si on se trompait ?

— Arrête !

Le ton de Zeke était dur, glacial, semblable à celui qu'il avait employé, l'autre nuit, pour me chasser de sa vie.

— Si Jeb t'entendait, il te virerait du groupe sans que tu aies le temps de comprendre ce qui t'arrive, Dare ! Si on commence à remettre en cause ce qu'on sait, on est foutus… Cette fille était un vampire, c'est tout ce que j'ai besoin de savoir. Je ne vais pas mettre tout le monde en danger juste parce que tu t'es attaché à elle.

Ça te va bien de dire ça, pensai-je au moment où Darren marmonnait la même chose.

Zeke fronça les sourcils et le regarda.

— Quoi ?

— Ça te va bien de dire ça, répéta Darren plus fort et avec plus de colère. Je l'ai peut-être invitée à venir chasser avec nous, mais ce n'est pas moi qui allais lui faire la causette tous les soirs ! Tout le monde s'est bien rendu compte de la façon dont tu la regardais. Ruth était dans tous ses états chaque fois que tu faisais un truc avec elle. Alors épargne-moi tes leçons de morale sur le fait de s'attacher, s'il te plaît ! Tu t'es entiché d'elle, un point c'est tout, et on s'en est tous aperçu. Tu ferais d'ailleurs bien de vérifier ton propre cou avant de pointer celui des autres, parce qu'à mon avis, elle aurait pu te le mordre quand elle voul...

Zeke se tourna et lui envoya un coup de poing si brusque que Darren en tomba sur la chaussée. Je me figeai sous le choc. Darren se releva en chancelant, s'essuya la bouche et sauta sur Zeke. Des cris ne tardèrent pas à s'élever du groupe tandis que les deux garçons se battaient. Darren était plus vieux et légèrement plus grand que Zeke, mais Zeke était plus entraîné au combat et parvint à le plaquer au sol pour le frapper en pleine figure. L'odeur du sang se répandit bientôt dans l'air.

Ce fut fini en quelques secondes, même si le véritable combat avait duré plus longtemps. Jake et Silas les séparèrent avec poigne, les laissant ensuite se fusiller du regard en s'essuyant le visage. Du sang coulait du nez de Darren, et de la lèvre ouverte de Zeke s'échappaient des gouttes de sang qui tombaient sur la chaussée. Ils n'opposèrent aucune résistance aux deux hommes qui les maintenaient séparés, même s'ils semblaient prêts à se jeter de nouveau l'un sur l'autre.

— Qu'est-ce que ça veut dire ?

Force était d'admettre que Jeb possédait une sacrée autorité naturelle. Il ne cria pas, n'éleva même pas la voix, mais la tension entre les deux garçons retomba instantanément. D'un geste de la main, il écarta Jake et Silas et se posta entre les deux combattants.

Je les observai attentivement : Darren était pâle et terrifié, mais l'expression de Zeke était celle de la honte.

— Tu es très décevant, Ezekiel…

Le ton de Jeb aurait difficilement pu être plus plat, mais Zeke encaissa le commentaire comme si l'on venait de lui formuler son arrêt de mort.

— Je suis désolé, monsieur.

— Ce n'est pas à moi que tu dois présenter des excuses.

Jeb les regarda tous deux alternativement de ses yeux d'acier, puis recula de quelques pas.

— J'ignore la raison de cette rixe, et je m'en moque. Mais nous ne pouvons dresser le poing de la colère contre qui que ce soit au sein de cette communauté, vous le savez tous deux.

— Oui, monsieur, murmurèrent en chœur Zeke et Darren.

— Puisque vous avez suffisamment d'énergie pour vous battre, vous donnerez chacun vos rations de ce soir à quelqu'un qui en a plus besoin que vous.

— Bien, monsieur.

— Jake ? appela alors Jeb. Prends la garde arrière avec Darren.

Puis il se tourna vers Zeke, qui frémit légèrement.

— Toi, tu me rejoins à l'avant.

Les deux garçons échangèrent un regard plus amène, puis Zeke tourna les talons pour suivre Jebbadiah en tête du cortège. J'eus le temps de voir les excuses brèves qu'ils s'adressaient tacitement, et réalisai soudain que si Darren avait peur, ce n'était pas pour lui, mais pour Zeke.

Je compris pourquoi quelques heures plus tard, alors que nous arrivions dans la petite ville mentionnée par Larry. Elle avait la même allure vide et desséchée que toutes celles que j'avais déjà vues : des rues désertes, des carcasses de voitures, des bâtiments tombant en ruines et envahis de végétation. Une harde de daims s'éparpilla sur un parking, bondissant par-dessus des véhicules et des Caddie rouillés. Darren les regarda s'enfuir, l'air affamé et frustré, mais Zeke, qui marchait d'un pas raide au côté de Jebbadiah, ne leva même pas les yeux.

Je les suivis à travers les rues en rasant les murs et en me faufilant derrière les voitures, jusqu'à ce qu'ils arrivent devant un petit bâtiment. Il avait dû être blanc autrefois, et comportait un clocher noir pointu et des fenêtres de verre coloré. L'enduit de sa façade se décollait, révélant au-dessous les planches pourries de sa structure, et les fenêtres avaient été brisées en de nombreux fragments qui scintillaient sous les rayons de lune. Une croix de bois oscillait dangereusement en son sommet, menaçant de s'effondrer à tout instant.

Ce devait être une église. Je n'en avais jamais vu en vrai jusqu'ici ; les vampires avaient rasé toutes celles qu'ils avaient trouvées. Il n'était pas étonnant que le groupe ait choisi ce bâtiment pour une halte ; il les rassurait probablement.

Jebbadiah poussa la vieille porte pour les faire entrer, et je cherchai moi aussi un endroit où me cacher.

Une statue endommagée représentant un ange émergeait des herbes à l'entrée d'un terrain jouxtant l'église. Intriguée, j'approchai pour l'examiner, et découvris alors plusieurs pierres tombales cassées, à moitié recouvertes par la végétation.

Un cimetière, sûrement… Dans ma vie d'avant, j'avais entendu parler de ces endroits où les familles enterraient autrefois leurs morts. A New Covington, les corps étaient brûlés pour éviter la propagation de maladies. Ce lieu, comme l'église elle-même, était une relique d'un temps révolu.

L'aube arriverait d'ici une heure. Je m'accroupis et m'apprêtais à creuser le sol riche et meuble, quand des bruits de pas m'alertèrent soudain.

La silhouette élancée de Zeke traversa le terrain à quelques mètres de moi, Jebbadiah sur ses talons. En vrai vampire, je me figeai totalement, me faisant aussi immobile que les stèles qui m'entouraient. Ils passèrent tout près de moi, assez près pour que je distingue la croix qui brillait sur la poitrine de Zeke ainsi que la cicatrice sur le visage de Jebbadiah. Zeke marchait à grands pas devant son aîné, le regard fixe et résigné, tel un prisonnier montant à l'échafaud.

— Arrête-toi ! lui ordonna Jebbadiah.

Zeke obtempéra. Jeb tenait à la main quelque chose de long et de métallique, qu'il tapota contre sa jambe.

Une antenne de voiture.

— Finissons-en, Ezekiel…

Je regardai Zeke, qui demeura immobile un instant, les poings serrés le long du corps. Puis il se tourna et retira sa chemise pour la jeter au sol. Sa peau était un tissu de cicatrices pâles, anciennes, zébrant son dos et ses épaules. Il pivota pour poser ses mains contre une pierre tombale encore dressée et pencha la tête. Je vis ses épaules trembler, mais son visage resta impassible.

— Tu sais pourquoi je fais cela, dit doucement Jeb en se positionnant derrière lui.

— Oui, murmura Zeke.

Les jointures de ses mains étaient blanches, agrippées à la stèle.

Ne bouge pas, m'intimai-je en serrant les poings dans la terre, révoltée par ce que je venais de découvrir. *Ne fais pas un geste. Surtout, n'essaie pas de l'aider. Reste où tu es.*

— Tu es un chef, poursuivit Jebbadiah.

Et, sans plus d'avertissement, il fouetta le dos de Zeke avec la tige de métal. Je me crispai, réprimant un grondement. Un sang vif et écarlate se mit à couler sur le dos plein de cicatrices de Zeke.

— J'attends autre chose de toi…

Le ton était toujours aussi imperturbable.

— Si je ne suis plus là, c'est toi qui devras les guider à ma place.

Deux nouveaux coups rapides s'enchaînèrent successivement.

— Tu ne dois pas être faible. Tu ne dois pas succomber à l'émotion ou à la tentation de la chair. Si tu veux devenir un véritable chef, tu dois détruire tout ce qui te tente, tout ce qui te pousse à remettre en question ta morale ou ta foi. Pour survivre dans ce monde, pour sauver la race humaine, nous devons être d'une discipline sans faille. Si nous échouons, ceux qui sont tombés avant nous auront disparu en vain. Comprends-tu, Ezekiel ?

La dernière question tomba en même temps qu'un coup tellement violent que Zeke poussa un cri étouffé et trébucha contre la pierre tombale. Accroupie dans l'herbe, je tremblais de fureur, les crocs sortis ; je luttai de toutes mes forces contre l'envie de bondir sur Jebbadiah et de l'étriper sur place.

Jeb fit enfin un pas en arrière, le visage impavide.

— Comprends-tu ? répéta-t-il calmement.

— Oui, répondit Zeke d'une voix étonnamment assurée en se redressant.

Son dos était zébré de rouge. Le sang coulait sur sa peau et son pantalon.

— Je comprends. Je suis désolé, monsieur.

Jeb jeta l'antenne dans les hautes herbes.

— Est-ce que tu as présenté tes excuses à Darren ?

Voyant Zeke hocher la tête affirmativement, il avança et lui posa une main sur l'épaule. Zeke tressaillit.

— Alors viens… Allons te faire une petite toilette avant que ton sang n'attire des indésirables.

Les doigts toujours enfoncés dans la terre comme pour m'y enraciner plus sûrement, je regardai Zeke se pencher avec difficulté pour ramasser sa chemise, puis suivre Jebbadiah hors du cimetière. J'avais mal partout à force de me contenir. L'odeur du sang, la violence, ma rage contre Jeb… Zeke tituba et se retint à une stèle avec une grimace de douleur ; un grondement sourd s'échappa de ma gorge avant que je puisse le retenir.

Zeke se redressa alors brusquement et scruta le cimetière, sur le qui-vive. Je me maudis de cette brève perte de contrôle et tâchai de me noyer de nouveau dans le décor : j'étais un arbre, une pierre, un élément de la nuit. Immobile.

Zeke fouillait les lieux du regard, cherchant à percer l'ombre. A un moment, ses yeux croisèrent les miens dans le noir, mais ils dévièrent rapidement, sans me voir.

— Ezekiel ?

Jebbadiah se retourna avec impatience.

— Qu'est-ce que tu regardes ?

Zeke recula d'un pas.

— Rien, monsieur. J'ai cru entendre…

Il secoua la tête.

— Non, ce n'est rien. Sûrement un raton laveur.

— Alors, pourquoi restes-tu planté là ?

Zeke bredouilla quelques excuses et s'en alla. Ils disparurent tous deux bientôt à l'angle du bâtiment pour rentrer dans l'église, et je me laissai tomber tout entière sur le sol, terrassée par la colère et la faim.

L'odeur du sang de Zeke persistait dans l'air, bien qu'un peu moins forte. Je devais partir. Plus je resterais là, plus l'envie croîtrait. Et si quelqu'un s'aventurait de nouveau dans le cimetière, il était possible que je ne résiste pas davantage et que je passe à l'attaque.

Dans le ciel, une faible lueur rose commençait à pointer sous le ventre des nuages. Le soleil n'était plus très loin. Je m'enfouis dans la terre en essayant de ne pas penser à ce qui devait déjà être enseveli dans ce sol. La terre se referma autour de moi, sombre et réconfortante, et je basculai bientôt dans la douce obscurité du sommeil.

Pour la première fois depuis mon départ de New Covington, je fis un rêve.

Une cité sombre et vide.

Des gratte-ciel appuyés les uns contre les autres comme des arbres morts.

Des souvenirs teintés de colère. Je n'aurais pas dû baisser ma garde. J'aurais dû voir ce piège. J'étais inconséquente.

Des éclairs illuminant le monde de blanc une fraction de seconde. Et dans le calme entre l'éclair et le grondement de tonnerre qui allait suivre, je le vis.

Qui me souriait.

19

Le soir suivant, je m'éveillai en sursaut, dans la vague conscience qu'il se passait quelque chose d'anormal. Tout était noir autour de moi, mais j'entendais des bruits de choc étouffés au-dessus de moi, je sentais des vibrations dans la terre, comme si j'étais sous l'eau et qu'une tempête faisait rage en surface.

Je grattai pour m'extirper de mon refuge souterrain, mais une bouffée de chaleur me fouetta soudain le visage, me faisant prestement reculer dans mon trou.

L'église était en feu. Des flammes rouges et orange s'échappaient des fenêtres et léchaient les murs. En haut du clocher, la croix était la proie des flammes, tel un crucifié accueillant l'agonie qui le consumait.

Le vampire en moi m'intima de partir en courant ou de m'enfouir de nouveau sous terre, où le feu ne pourrait pas m'atteindre. Je combattis cet instinct de sauvegarde et sortis de mon antre, sondant les environs en quête de Zeke ou des autres.

Un rugissement de moteurs s'éleva alors par-dessus le crépitement du brasier, et des coups de feu retentirent ; quatre coups successifs. Je m'élançai par-dessus les tombes et dégainai mon sabre, dépassant l'église pour me précipiter dans une ruelle adjacente. Quelque chose étincela non loin de moi ; quelque chose qui rugissait, qui crachait de la fumée et scintillait d'un éclat métallique dans la lumière rougeâtre de l'incendie. Des motos, des hommes et des fusils.

Les pillards…

Mon sang ne fit qu'un tour.

Le gang de Jackal les avait rattrapés.

Je sortis immédiatement de la ruelle, brandissant mon arme et les crocs dehors, mais un homme juché sur un de ces engins diaboliques se ruait déjà vers moi. J'évitai ses roues de justesse en bondissant sur le côté. Je tentai de l'atteindre au passage avec mon sabre. La lame le manqua de peu, mais il fit une embardée qui l'emmena droit dans un mur. J'entendis le craquement de ses os et du métal, puis le motard tomba à terre, sous sa machine.

Un cri retentit derrière moi. Je fis volte-face. Au milieu d'un fatras de voitures déglinguées, trois humains me regardaient, les yeux écarquillés de stupeur. Deux d'entre eux tentaient de maintenir le troisième plaqué contre le capot d'une voiture. La clarté de ses cheveux ressortait dans l'obscurité, et son visage était tendu par la douleur. Il avait les mains ligotées dans le dos.

— Zeke !

Je courus vers lui.

Les deux pillards s'interrompirent, l'un pour s'emparer du fusil de chasse posé sur le toit de la voiture, l'autre pour entraîner leur prisonnier derrière une camionnette, hors de ma vue.

Je grondai en découvrant mes crocs et m'élançai sur l'homme au fusil. Il leva le long canon et me mit en joue, malgré la peur qui se lisait dans ses yeux. Il savait ce que j'étais, et ne perdit pas de temps pour viser et appuyer sur la détente.

Une pluie de balles vint cribler les carcasses de véhicules autour de moi. Je me faufilai entre elles, tandis que les vitres explosaient sous les rafales assourdissantes de l'arme automatique. Cependant, je sentais sa peur et son désespoir. Accroupie derrière une voiture rouillée, j'attendis que les salves cessent. Un juron… L'homme se démenait pour recharger son arme.

J'en profitai et bondis d'un toit à l'autre sous les yeux horrifiés du tireur. Il leva son arme dans la précipitation, tira trois coups désordonnés, et j'étais sur lui. Je le projetai contre une portière, dont la vitre se brisa. Un objet, que je vis trop tard, brilla au creux de sa main : un couteau qu'il me plongea dans le cou, juste au-dessus de la clavicule. La douleur me transperça comme une balle. Je poussai un cri, penchai sa tête au niveau de ma bouche, et enfonçai mes crocs dans sa gorge.

Mon cou me brûlait ; je sentais mon sang se répandre et me couler dans le dos. Mais la faim était un trou béant en moi. Le sang emplit ma bouche, inondant mes sens. Cette fois, je ne me retins pas.

Le pillard tressaillit et finit par s'affaisser entre mes bras. Je lâchai son corps, le laissant s'effondrer sur le bitume, et scrutai le terrain pour essayer de repérer Zeke et l'autre motard. Ils n'avaient pas pu aller bien loin, surtout si Zeke résistait. J'aperçus alors deux silhouettes s'enfuyant entre les immeubles ; la plus petite avait un fusil braqué dans le dos. Je partis ventre à terre.

Le pillard entraînait Zeke vers une camionnette grise garée sur le trottoir, portières ouvertes et moteur allumé. Le véhicule avait été transformé en véritable arme de guerre. Des pics de métal hérissaient les portières et le capot, et des grilles de fer protégeaient les fenêtres. Même les jantes étaient hérissées de pointes acérées.

L'homme se retourna et vit que je me dirigeais droit sur lui. Il blêmit. Zeke se débattait toujours, et faisait de son mieux pour échapper à son emprise. Je découvris mes crocs en grondant, et l'homme fit immédiatement son choix. Il poussa son captif vers moi, mais alors que Zeke trébuchait, il saisit son arme et la lui pointa dans le dos.

Deux coups de feu résonnèrent. Zeke tomba, se cognant lourdement la tête par terre. Je courus vers lui. L'homme sauta dans la camionnette, claqua la portière et le véhicule démarra en trombe.

— Zeke !

Je m'agenouillai à côté de lui, tranchai la corde qui entravait ses poignets et le fis rouler précautionneusement sur le côté. Il était pâle ; du sang coulait de son nez et de sa bouche, et ses yeux étaient clos. Je le secouai doucement, affolée de constater que sa tête ballottait sans résistance. Puis je m'efforçai de me calmer et de tendre l'oreille. Pour capter un pouls, un battement de cœur, quelque chose. Le soulagement ne tarda pas à m'envahir. Le souffle était là. Il était vivant !

— Zeke…

Je touchai son visage ; cette fois, il frémit et ouvrit les yeux. Ses yeux bleus remplis de souffrance croisèrent les miens.

— Toi ! s'exclama-t-il en tentant de s'écarter. Qu'est-ce que tu fais ici ? Comment…

Le souffle court, il se recroquevilla, dans un petit cri de douleur.

— Ne bouge pas. Tu es blessé. Il faut qu'on te sorte d'ici.

— Non !

Il essaya de se relever.

— Laisse-moi tranquille ! Les autres… Je dois aller les aider.

Sa jambe le lâcha, et il retomba lourdement par terre.

— Reste tranquille, pauvre idiot, sinon tu vas perdre tout ton sang et tu ne pourras plus aider qui que ce soit !

Il finit par capituler sous mon regard sévère.

— Où es-tu blessé ?

Il fit une grimace.

— Ma jambe, répondit-il en serrant les dents.

J'examinai rapidement la plaie. Un important morceau de chair avait été arraché de son mollet, mais par chance, l'os ne semblait pas touché. Néanmoins, la quantité de sang qui se déversait de sa blessure me tentait dangereusement et m'inquiétait à la fois.

Je déchirai mon manteau pour lui faire un bandage en essayant d'ignorer les effluves et la sensation du sang sur mes mains.

Zeke prit sur lui et ne broncha pas pendant la première partie de l'opération, mais au bout de quelques minutes, il arrêta ma main.

— Je peux faire le reste. Va aider les autres.

Il hésita un instant, puis ajouta :

— S'il te plaît, Allison…

Nos regards se rencontrèrent. Je voyais dans ses yeux que l'inquiétude et le désespoir l'emportaient sur la douleur physique.

— Ça va aller pour moi, dit-il en s'efforçant de parler normalement. Mais les autres… ils sont à leurs trousses. Tu dois les arrêter.

Je hochai la tête et tendis l'oreille, tout en scrutant la pénombre.

— Par où ?

Il me désigna le bas de la rue.

— La dernière chose que j'aie vue, c'est quand Jeb emmenait le groupe dans cette direction. On s'est séparés en les entendant venir, pour les repousser.

Son visage s'assombrit.

— Ils ont déjà Ruth et Jake. Il faut les empêcher d'en capturer d'autres.

Je l'empoignai sous les bras, ignorant ses protestations et ses gémissements de douleur, et l'entraînai à l'écart de la route.

— Reste là, dis-je en l'installant derrière un taillis plus haut que nos têtes. Je ne veux pas que tu te fasses prendre pendant que je cherche les autres. Je reviens dès que je peux ; surtout ne bouge pas.

Il acquiesça prudemment. Je repris mon arme sur le trottoir où je l'avais posée, et m'élançai à la recherche de ceux qui m'avaient rejetée.

Ce ne fut pas bien long. J'entendis bientôt les motos et de lointains coups de feu par-dessus les toits. La détonation du fusil de chasse de Jeb me parvint ensuite. Je me mis à courir, mais les bâtiments masquaient la direction des tirs, et les rues intriquées de la ville débouchaient soit sur des impasses, soit nulle part.

Je sautai par-dessus un mur couvert de mousse au moment même où deux camionnettes, hérissées comme la précédente, me dépassèrent en crachant un nuage de fumée. Je les vis s'éloigner tout en entendant les rires et les huées des pillards à bord.

Un visage apparut par la vitre arrière de l'une d'elles, pressé contre le verre. Pâle. Terrorisé. C'était Ruth. Ses yeux croisèrent les miens, avant que quelqu'un ne la repousse dans l'ombre. La camionnette disparut derrière un tournant.

A l'instant où je décidai de me lancer à leur poursuite, des phares percèrent l'obscurité, et un grondement assourdissant emplit la rue. Le reste du gang — soit une trentaine ou une quarantaine de motards —, empruntait la route qui venait droit dans ma direction.

Je plongeai derrière une voiture alors qu'ils passaient, riant et poussant des cris, certains tirant des coups de feu en l'air. Je serrai la poignée de mon sabre, tiraillée entre l'instinct de préservation et l'envie d'attaquer. J'aurais pu me lancer dans le tas et en pourfendre quelques-uns avant que quiconque ne comprenne ce qui était en train de se passer. Mais j'aurais dû ensuite affronter le reste du gang, qui aurait probablement fait demi-tour pour me cribler de balles. J'avais beau être un vampire, j'y n'aurais pas survécu. Mon corps était fort, mais pas invincible.

Je patientai donc jusqu'à ce que le son de leurs voix s'éteigne, que le rugissement des moteurs et les déflagrations s'évanouissent dans la nuit, que le silence retombe sur la ville.

Afin d'être totalement sûre qu'il ne restait personne à part Zeke, je fis tout de même le tour des environs. C'est derrière un entrepôt que s'était visiblement déroulée la bataille : des traces de dérapage marquaient le sol et des impacts de balles trouaient les murs, derrière une rangée de voitures. Le fusil de Jeb traînait dans une flaque près d'un camion renversé, et les corps sans vie de deux pillards gisaient dans les mauvaises herbes, prouvant que le patriarche ne s'était pas laissé faire. Seulement, d'autres n'avaient pas réchappé au chaos. Je trouvai Dorothy ramassée contre un muret de ciment, deux petits trous rouges sous la clavicule, ses yeux hagards définitivement perdus dans l'infini.

Je contemplai son corps sans vie, et me sentis vide et creuse. Je ne la connaissais pas depuis bien longtemps, mais malgré ses discours inquiétants sur les anges ou les vampires, elle avait toujours été gentille avec moi et j'éprouvai une forme de sympathie pour elle, pour sa folie douce.

Maintenant, elle était morte. Comme les autres.

Etourdie, je revins vers l'endroit où j'avais laissé Zeke. En arrivant dans la rue, je vis avec surprise une silhouette familière appuyée contre un panneau de signalisation, une machette dans une main pendant que l'autre s'agrippait au poteau pour essayer de se relever. Ou pour ne pas tomber. Une traînée de sang maculait le trottoir derrière lui.

— Zeke !

Je courus et voulus lui prendre le bras pour l'aider, mais il eut un sursaut de recul et brandit son arme devant moi. La colère et le doute emplirent un instant son regard, avant que la douleur n'y reprenne toute la place. Puis il s'effondra.

Je l'aidai à se redresser tout en essayant de ne pas humer son odeur et surtout celle du sang qui imprégnait ses vêtements.

— Qu'est-ce que tu fabriques, espèce d'imbécile ? Tu veux te faire tuer ? Je croyais t'avoir dit de ne pas bouger.

— J'ai entendu… des coups de feu, répondit-il avec difficulté, le visage trempé de sueur.

Il tremblait de la tête aux pieds, et sa peau était froide

et moite. Bon sang, il n'allait pas pouvoir continuer dans cet état ! Je cherchai un abri du regard et décidai que la maison de l'autre côté de la rue ferait l'affaire.

— Je voulais aider, continua Zeke en boitant. Je ne pouvais pas rester assis, sans rien faire. Il fallait que j'essaie. Pour voir… si quelqu'un s'en était sorti.

Je poussai le portail du pied et traversai la cour, le soutenant jusqu'aux marches du perron.

— Est-ce que… quelqu'un s'en est sorti ?

Je ne répondis pas, ouvris la porte et jetai un coup d'œil à l'intérieur. Cet endroit-là, au moins, ressemblait encore à peu près à une maison. Le plâtre des murs était fissuré et se détachait par endroits, encombrant le sol de gravats et de poussière. Il y avait quelques trous dans la toiture, des bouts d'ardoise jonchaient le salon, mais la structure paraissait malgré tout relativement saine. Un canapé en parfait état, mis à part quelques moisissures, était adossé à une cloison.

J'aidai Zeke à traverser la pièce. Il s'écroula sur le canapé avec un grognement à peine contenu, puis ferma les yeux un instant avant de les rouvrir brusquement, comme s'il redoutait de ne plus garder un œil sur moi. J'en fus blessée. Je venais de l'aider, une fois encore, et pourtant, il ne me faisait aucune confiance.

— Tu saignes, dis-je remarquant le sang frais qui imbibait le bandage de fortune.

Il se raidit, et je me retins de lui dire aigrement que si j'avais voulu le mordre, je l'aurais fait depuis longtemps.

— Reste là. Je vais essayer de trouver quelque chose pour nettoyer ta plaie.

Je me détournai pour cacher ma colère et sortis de la pièce. Il ne répondit rien ; ce fut donc dans le silence que je m'aventurai dans la maison pour trouver de quoi lui faire un vrai bandage, de la nourriture, ou quoi que ce soit qui puisse lui être utile. Excepté la poussière et les moisissures, les pièces étaient dans un état étonnamment intact, comme si les propriétaires étaient partis sans rien emporter.

La cuisine comportait une collection d'assiettes et de tasses ébréchées, et je trouvai ce qui devait être une brique de lait centenaire dans le haut du réfrigérateur.

Les chambres cependant étaient presque vides, dépourvues de draps et de vêtements ; une forte odeur d'excréments et d'urine me fit toutefois suspecter qu'une famille de renards ou de ratons laveurs avaient dû élire domicile sous un des lits.

J'avançai dans le couloir, et trouvai la salle de bains. Au-dessus du lavabo, le miroir était brisé, mais je dénichai rapidement une boîte de gaze et un vieux rouleau de bandage dans une petite armoire. J'y trouvai aussi un petit flacon de comprimés et une bouteille de verre brun, plus grande, à moitié remplie de liquide. Je me concentrai sur l'étiquette : c'était exactement le produit dont j'avais besoin. « Eau oxygénée : désinfectant local pour coupures et petites blessures. »

Plus méfiante envers les comprimés, je les laissai de côté mais pris le reste, ainsi qu'une serviette sale accrochée au radiateur, et j'apportai le tout à Zeke. Il s'était un peu redressé sur le canapé et tentait de retirer le bandage que j'avais improvisé autour de sa jambe. A en juger par son visage tendu et ruisselant de sueur, ça ne se passait pas très bien.

— Arrête…, fis-je en m'asseyant près de lui et en posant mes trouvailles par terre. Tu ne vas qu'aggraver les choses. Laisse-moi faire…

Il me jeta un regard inquiet, mais l'épuisement et la douleur eurent raison de sa méfiance, et il s'allongea de nouveau. Je dénouai le bandage, épongeai le sang avec la serviette, puis versai abondamment le désinfectant sur la plaie. Zeke souffla en serrant les dents comme le liquide atteignait les chairs en y créant une petite mousse effervescente.

— Désolée, murmurai-je tandis qu'il reprenait son souffle.

Je nettoyai les dernières traces de sang, appliquai la gaze sur la blessure, puis commençai à enrouler la bande de coton.

— Allison…

Je ne relevai pas les yeux de mon ouvrage, et ma voix sortit, plate et sèche.

— Quoi ?

Zeke hésita à poursuivre, percevant sûrement mon humeur, puis demanda très doucement :

— Les autres ? Est-ce que quelqu'un… ?

Je fis la moue, contrariée que la question arrive maintenant.

— Non. Ils ne sont plus là. Les hommes de Jackal les ont tous pris.

— Tous ?

Je me demandai un instant si je devais mentir, ou enjoliver la réalité ; puis je songeai que Zeke avait toujours été honnête avec moi. Je devais lui dire la vérité, même si elle ne lui plaisait pas.

— Pas tous, en fait. Dorothy est morte.

Il resta interdit. Je terminai de bander sa jambe, et vis qu'il avait la tête penchée, une main posée sur ses yeux. Je rassemblai le matériel de pharmacie et me levai, mal à l'aise. Il ne faisait aucun bruit, ne disait pas un mot, ne sanglotait pas, affrontant son chagrin en silence.

Quand il retira sa main, ses yeux étaient clairs et sa voix dure.

— Je pars à leur recherche.

— Pas seul, objectai-je en posant l'eau oxygénée et la gaze sur une table basse. A moins que tu ne te croies capable d'affronter quarante hommes à toit tout seul, dans l'état où tu es. Je viens avec toi.

Au-dessus de la croix qui scintillait sur sa poitrine, ses yeux bleus se braquèrent sur moi. J'y lus clairement le conflit qui l'animait : j'étais un vampire, donc une ennemie à qui l'on ne pouvait faire confiance ; mais en même temps, je venais de lui sauver la vie, et je constituais son meilleur espoir de secourir les autres. Je me remémorai les cicatrices de son dos, les croyances qui lui avaient été inculquées, et me demandai à quel niveau l'endoctrinement de Jeb était ancré en lui.

Avec un geste résigné, il finit par acquiescer.

— D'accord. J'accepte ton aide. Mais…

Il se redressa légèrement et ses yeux se plissèrent pour ne plus former que deux fentes bleues et froides, tels que je les avais vus le dernier jour chez les Archer.

— Si tu essaies de me mordre, ou de t'en prendre à quelqu'un du groupe, je jure que je te tuerai !

— C'est vrai que j'ai drôlement essayé de m'en prendre à toi depuis que je t'ai tiré des pattes de ces hommes ! Sans compter que tu es très menaçant, incapable que tu es de marcher ni même de tenir debout tout seul…

Son visage se rembrunit, et ses épaules s'affaissèrent.

— Pardon, marmonna-t-il. C'est juste que… non, laisse tomber… Je te suis reconnaissant d'avoir fait tout ça. Merci, Allie…

Il avait l'air gêné en prononçant ces mots. Je haussai les épaules.

— C'est bon...

Ce n'étaient pas véritablement des excuses, mais au moins ne comptait-il pas me planter sa machette dans le cou.

— Est-ce que tu as une idée d'où les pillards ont pu les emmener ?

Zeke se cala sur le canapé.

— Non, répondit-il d'une voix légèrement tremblante.

Il essayait visiblement de contenir son émotion.

— Je n'en ai aucune idée. Ni même *pourquoi* ils les ont emmenés, d'ailleurs. Jeb n'en a jamais beaucoup parlé. Il m'a seulement dit que Jackal et ses hommes le recherchaient, et que nous devions trouver Eden avant qu'ils ne nous rattrapent.

— Donc, on ne sait même pas dans quelle direction ils sont partis, murmurai-je en regardant vers la porte.

Zeke secoua la tête et frappa l'accoudoir d'un poing rageur. Dehors, une faible lueur rougeâtre illuminait les toits : l'église finissait de se consumer. Les rues étaient redevenues totalement silencieuses. Exception faite des dernières flammes, plus rien ne témoignait du passage des hommes de Jackal. L'attaque avait été rapide et efficace, et les malfaiteurs s'étaient évanouis dans la nuit sans laisser de trace.

Sauf que...

— Attends-moi ici, dis-je à Zeke. Je reviens tout de suite.

20

— Eh bien, heureusement que tu avais un casque, pas vrai ?

Coincé sous sa moto, l'homme leva vers moi des yeux pleins de peur et de douleur. J'entendais son cœur battre dans sa poitrine et sentais le sang qui devait goutter quelque part sous son véhicule. Il était finalement résistant, pour un humain. Etant donné la force avec laquelle il avait embouti le mur, je m'attendais à trouver un cadavre avec le cou brisé. Ce qui n'aurait pas arrangé mes affaires.

Je lui souris, découvrant férocement mes crocs.

— Quel dommage que ta jambe soit cassée. Ça risque de te compliquer les choses… J'avoue que je suis un peu déçue que ça se termine comme ça. La poursuite peut être aussi excitante que la mort, tu ne crois pas ?

— Et merde ! souffla le motard, livide et dégoulinant de sueur. Qu'est-ce que tu veux ?

Voilà qui était intéressant : il était terrifié à la vue d'un vampire, mais ne paraissait pas plus surpris que cela de cette apparition.

— Eh bien voilà…, poursuivis-je d'un ton anodin. J'ai ouï dire que ton chef n'est pas tout à fait humain. Plutôt du même genre que moi.

Je m'accroupis, approchai ma tête très près de la sienne et souris de nouveau.

— Je veux savoir où il est, où se trouve son repaire, à quoi ressemble son territoire. Je ne croise pas beaucoup de vampires dans les parages, en ce moment. Et ce « roi des pillards » m'intrigue. Alors tu vas me raconter tout ça.

— Pourquoi ?

Il me défia du regard avec un certain culot, je dois dire.

— Tu veux r'joindre nos rangs, petite sangsue ? Dev'nir la reine du roi ?

— Et pourquoi pas ?

— Jackal n'aime pas partager.

— Ça, ce n'est pas ton problème. Alors, où est-il ?

— Si j'te le dis, tu me tueras pas ?

— Non.

Je souris une fois encore, montrant bien mes dents.

— Si tu me le dis, je ne ferai pas de toi mon garde-manger privé jusqu'à ce qu'on arrive sur les terres de Jackal. Si tu me le dis, je ne te briserai pas les bras et les jambes comme des brindilles, je ne te traînerai pas par terre comme un sac à patates pour te larguer sur la route et te laisser en pâture aux enragés. Si tu me le dis, tout ce que je ferai, c'est te laisser crever ici comme il te plaira. Quoique… en y réfléchissant, j'ai quand même une petite faim…

— Le Vieux Chicago ! s'écria le pillard. Jackal s'est installé dans les ruines du Vieux Chicago.

Il tendit le doigt.

— Il faut partir en direction de l'est. La route débouche sur une cité au bord d'un grand lac. Tu peux pas la louper.

— A quelle distance ?

— Environ une journée. J'sais pas à quelle vitesse

vous marchez, vous autres vampires, mais t'y seras d'ici demain soir si tu fais le trajet de nuit.

— Merci, dis-je en me levant.

Un rapide coup d'œil sur sa moto me révéla que si la carrosserie était bien cabossée, l'engin semblait encore en état de fonctionner.

— Maintenant, je veux que tu me montres une dernière chose…

Lorsque je revins dans la maison, Zeke était endormi sur le canapé. Allongé ainsi, dans l'abandon du sommeil, un bras ballant dans le vide, il avait l'air plus jeune que d'habitude. La douleur avait quitté ses traits, totalement détendus. J'hésitai à le réveiller, mais il frémit dès mon entrée dans la pièce, et ouvrit brusquement les yeux.

— Je me suis endormi ? demanda-t-il en se redressant avec une grimace. Pourquoi tu ne m'as pas réveillé ? Combien de temps est-ce que j'ai dormi ?

— Il est un peu plus de minuit, répondis-je.

Je jetai un sac à dos sur le divan, soulevant un nuage de poussière.

— Tiens… C'est pour toi. Il y a des médicaments, à boire et à manger pour plusieurs jours. Comment va ta jambe ?

— Elle me fait toujours mal, dit-il les dents serrées tout en se levant lentement. Mais je devrais survivre. En tout cas, je peux sortir d'ici.

Il mit précautionneusement le sac sur ses épaules.

— Est-ce que tu as découvert où ils ont emmené les autres ?

— Oui.

Je ne pus retenir un petit sourire triomphant devant son regard plein d'espoir.

— Le territoire de Jackal se trouve dans les ruines d'une cité, à un ou deux jours d'ici, vers l'est. Le Vieux Chicago. C'est là qu'ils les ont emmenés.

— A deux jours d'ici, vers l'est, murmura Zeke pensif, en boitant vers la porte.

Je m'approchai pour l'aider, mais il se tendit en secouant la tête, et je le laissai faire.

— Alors il nous faudra sûrement plusieurs jours pour y arriver. Je ne crois pas que j'avancerai très vite.

— Pas forcément, dis-je en ouvrant la porte.

La moto ronronnait en bordure du trottoir, endommagée, mais toujours vaillante.

— Il m'a fallu un petit moment pour apprendre à m'en servir, expliquai-je comme nous descendions les marches du perron, mais je crois que j'ai à peu près pigé le truc. Nos copains motards ont été sympas de nous la prêter, tu ne trouves pas ?

Zeke me regarda, le visage illuminé soudain de gratitude et de soulagement. En cet instant, je retrouvai enfin le Zeke que je connaissais. Embarrassée, je pris le casque sur le siège et le lui tendis.

— Je n'en ai pas besoin, mais toi, ça pourrait être bien que tu le mettes. Je n'ai pas encore tout à fait le coup de main. J'espère quand même ne pas nous envoyer dans le prochain mur.

Je montai sur la moto, empoignai le guidon et sentis l'énergie qui bourdonnait dans la machine. Je n'allais pas tarder à m'y faire. Le casque à la main, Zeke hésitait, contemplant l'engin comme s'il risquait de le mordre. Soudain, je compris que ce n'était pas de la moto dont il avait peur.

C'était de moi.

Je serrai le levier de vitesse sur la poignée, et la moto vrombit, le faisant sursauter.

— Bon, on y va ou pas ? demandai-je tandis qu'il me regardait.

Il eut une dernière petite moue de réticence, puis leva maladroitement la jambe par-dessus le siège pour se glisser derrière moi. Malgré ses précautions pour ne pas trop me toucher, je sentis la chaleur de son corps et les battements frénétiques de son cœur dans sa poitrine. Je songeai que si j'en avais eu un, moi aussi, il aurait certainement battu au même rythme.

— Accroche-toi, murmurai-je pendant qu'il mettait son casque. Cette machine en a dans le ventre.

Je lançai le moteur, probablement un peu plus fort que j'aurais dû, et la moto fit un bond en avant. Zeke glapit et s'agrippa à mes épaules.

— Pardon, lançai-je tandis qu'il passait ses bras autour de ma taille, ce qui devait lui coûter. Il faut que je prenne le coup de main…

Je réessayai, un peu plus doucement, et la moto avança paisiblement à travers les rues. Lorsque nous parvînmes à la route principale, je m'arrêtai et regardai par-dessus mon épaule. Le visage de Zeke était crispé, le buste et les bras raides. Etait-ce de la douleur, de l'inconfort, de la répulsion ou les trois ? Je l'ignorais.

— Tu es prêt ? demandai-je.

Il acquiesça d'un hochement de tête.

— Alors tiens-toi bien. Je veux voir à quelle vitesse on peut avancer, avec ce truc.

Ses bras se resserrèrent autour de moi, et je sentis plus encore son cœur qui battait la chamade dans mon dos. Je lançai la moto vers l'est dans un rugissement. Nous prîmes rapidement de la vitesse. Le vent sifflait dans mes oreilles. Je sentais les bras de Zeke me serrer les côtes, collé contre mon dos, et levai mon visage pour l'offrir en vent en poussant un grand cri d'excitation.

La pleine lune scintillait sur les prairies environnantes, éclairant la route déserte, tandis que nous foncions vers l'est.

J'aurais pu conduire sans jamais m'arrêter. Le vent dans mes cheveux, la route se déroulant devant moi, cette vitesse grisante… Je ne m'en lassais pas. Malheureusement, l'imminence de l'aube et l'état de santé de Zeke nous forcèrent à nous arrêter quelques heures avant le lever du jour. Nous fîmes halte devant un corps de ferme abandonné pour nous reposer et refaire le bandage de Zeke.

Après avoir chassé la colonie de rats qui avaient fait leur nid dans la cuisine délabrée, j'installai Zeke devant la table pour examiner sa blessure. La plaie ne paraissait pas infectée, mais j'y versai néanmoins une dose conséquente d'eau oxygénée avant d'y replacer un pansement propre. L'odeur forte du produit mélangée à celle du sang de Zeke me donna une légère nausée ; une vraie bénédiction ! Je n'avais aucune envie de mordre quelqu'un qui sentait à ce point le désinfectant !

— Merci, murmura-t-il alors que je me levais pour aller enterrer la gaze usagée dehors.

Je ne pensais pas qu'il y ait des enragés dans le coin, mais on n'était jamais trop prudent. Eux n'auraient probablement aucun problème à boire du sang parfumé à l'eau oxygénée.

— Allison…

Je me retournai avec circonspection. Au ton de sa voix, je savais qu'il était plus mal à l'aise que moi. Il resta silencieux quelques instants, comme s'il hésitait à parler, puis il poussa un profond soupir.

— Pourquoi es-tu revenue ?

Je haussai les épaules.

— L'ennui… Le fait de n'avoir nulle part où aller… ou que ça m'ait paru une bonne idée… Choisis…

— Je t'aurais abattue, si je t'avais vue traîner autour de nous, poursuivit Zeke à voix basse en fixant le sol. J'aurais tout fait pour te tuer.

— Eh bien, tu ne l'as pas fait, dis-je d'un ton plus cassant que je ne le voulais. Et ça n'a plus d'importance, mais dis-moi quand même si tu ne veux pas que je te sauve la vie, la prochaine fois.

Je me détournai vers la porte, prête à sortir.

— Attends… Je… je ne voulais pas te vexer, dit-il en relevant enfin les yeux vers moi. Je fais de mon mieux, Allison, je t'assure. Seulement… tu es un *vampire*, et…

Il fit un geste de frustration et d'impuissance.

— Je ne m'attendais pas… à *ça*.

— Je n'ai mordu personne, répondis-je posément. C'est la vérité, Zeke. Je ne me suis nourrie de personne dans le groupe.

— Je sais. Je pensais juste que…

— Mais j'en ai eu envie.

Il me dévisagea sévèrement. Je soutins son regard avec calme.

— Il y a eu de nombreuses occasions où j'aurais pu m'en prendre à toi, à Caleb, Darren ou Bethany. J'ai eu du mal à me retenir de vous mordre, je l'avoue. La faim m'accompagne constamment. C'est ça, être un vampire. Il est impossible de passer du temps parmi des humains sans avoir envie de s'en nourrir.

— Pourquoi me racontes-tu ça ?

— Parce que tu dois le savoir. Parce que c'est ce que je suis, et que tu dois en avoir conscience, avant qu'on n'aille plus loin.

Sa voix redevint froide.

— Donc, si je comprends bien… aucun de nous ne sera jamais vraiment en sécurité à tes côtés.

— Je ne peux pas promettre que je ne vous mordrai jamais. La faim nous oblige à désirer le sang humain. Nous ne pouvons survivre sans cela. Peut-être as-tu eu raison de me rejeter, cette nuit-là. En tout cas, je peux te promettre une chose : je la combattrai toujours. C'est tout ce que je peux offrir. Et si ça ne suffit pas, eh bien…

Je haussai les épaules.

— On s'en préoccupera une fois qu'on aura secouru les autres.

Il ne répondit pas. Il semblait perdu dans ses pensées ; je quittai la pièce sans un mot de plus pour me débarrasser de la gaze ensanglantée.

Je l'ensevelis rapidement dans la cour, puis allai regarder la route. Le Vieux Chicago nous attendait au bout du chemin, avec une armée de pillards dirigée par un mystérieux roi vampire. Lequel régnait sur une cité vampire. J'y vis une certaine ironie du sort, comme retour forcé à ce que j'avais fui.

A l'est, le ciel s'éclaircissait. Je rentrai dans la maison et trouvai Zeke à la même place, son sac à dos ouvert près de lui, en train de picorer dans un paquet de bretzels. Il leva les yeux à mon entrée, mais ne cessa pas de manger, un réflexe qui me rappela ma période dans la Bordure. Peu importait la situation, peu importait que cela soit correct ou non, il fallait manger tant qu'on le pouvait. On ne savait jamais quand aurait lieu le prochain repas, ou si le repas actuel ne serait pas le dernier.

Je remarquai également qu'il avait posé son pistolet sur la table, à portée de main, et décidai de l'ignorer.

— L'aurore ne va pas tarder…

Il hocha la tête.

— Il y a des antidouleur là-dedans si tu en as besoin, et de l'eau, continuai-je. Les bandages et l'eau oxygénée sont dans la poche avant.

— Et les munitions ?

— Je n'ai pas réussi à en trouver ; je n'ai pas eu beaucoup de temps pour chercher.

J'évitai délibérément de regarder l'arme posée sur la table.

— Combien de balles te reste-t-il ?

— Deux.

— Alors il faudra les garder précieusement.

Je jetai un coup d'œil vers la fenêtre.

— Je dois aller dormir, maintenant. Fais doucement avec ta jambe, d'accord ? Si quelque chose se passe, je ne pourrai pas t'aider avant le coucher du soleil. A ce soir.

Il acquiesça sans relever la tête. Je partis dans le couloir en slalomant entre les toiles d'araignées et les débris, jusqu'à la chambre la plus éloignée. La porte tenait encore sur ses gonds. Je l'ouvris dans un grincement sinistre.

Un grand lit était disposé contre le mur, près d'une fenêtre aux carreaux brisés, dont les rideaux voletaient doucement sous la brise. Sur le matelas rongé par les vers, deux squelettes adultes étaient couchés côte à côte. Quelques lambeaux de tissu décomposé collaient encore à leurs os. Entre eux se trouvait un squelette beaucoup plus petit, pelotonné entre les bras de l'un des adultes.

Je les regardai, envahie par une étrange impression de surréalisme. Bien sûr, j'avais entendu des récits du grand fléau, et ma mère m'avait raconté des histoires sur la vie d'avant. Parfois, le virus frappait si vite, si soudainement, que des familles entières tombaient malades et mouraient en quelques jours. Ces ossements étaient d'un autre âge, d'une autre ère… Comment avait été la vie, ici, quand il n'y avait ni enragés, ni vampires dominateurs, ni cités désertées ?

J'essayai de ne plus y penser. Il ne servait à rien de se poser des questions sur le passé, ce n'était pas ça qui allait me faire du bien. Je sortis de la chambre et traversai le couloir pour ouvrir la porte d'en face. La pièce était plus petite, avec un lit simple poussé contre le mur ; mais elle était sombre, les fenêtres préservées du soleil par des volets, et elle ne comportait aucun squelette.

Je m'allongeai sur le dos en posant mon sabre à portée de main sur le matelas. Naturellement, si quelqu'un cherchait à s'en prendre à moi, je ferais une proie facile, allongée là comme une morte, incapable de m'éveiller.

Je jetai un coup d'œil vers la porte fermée, quand une pensée me glaça soudain. Zeke était tout près, valide et armé. Allait-il se glisser dans la chambre pendant mon sommeil pour me trancher la tête ? Profiterait-il de mon état de vulnérabilité pour me tuer, obéissant aux principes que Jeb lui avait inculqués ? Détestait-il les vampires au point de le faire ?

Ou bien se contenterait-il de prendre la moto pour aller affronter seul les pillards ?

Je pensai soudain que j'aurais été mieux inspirée de dormir dehors, ensevelie sous la terre. Mais des rais de lumière grise se glissaient déjà sous les volets, et je sentais mes membres se ramollir. Je devais compter sur l'intelligence de Zeke. J'espérai qu'il avait conscience de ne pouvoir sauver les autres tout seul, que ses principes n'étaient pas aussi rigides que ceux de son mentor, et que même si j'étais un vampire, il me voyait encore un peu comme la personne qu'il avait connue auparavant.

Mes yeux se fermèrent. Juste avant que je ne sombre dans l'inconscience, j'aurais pu parier que je venais d'entendre ma porte s'ouvrir en grinçant.

Le monde était sens dessus-dessous.

Je ne pouvais pas bouger mes bras, bloqués dans mon dos ; je ne pouvais pas bouger du tout. Un souffle frais parcourait mes épaules dénudées. Mes bras semblaient être cassés. Ou attachés. Ou les deux. Mais bizarrement, je n'avais pas mal.

Le sol était en béton. Tout comme les murs autour de moi. J'avais l'impression de me trouver loin sous terre, même si je ne me souvenais aucunement de la manière dont j'étais arrivée là. Je tournai la tête et vis, à l'envers, une table à moins d'un mètre de moi. Elle était couverte d'instruments qui scintillaient dans la pénombre.

Des bruits de pas. Puis une paire de bottes devant moi, et l'extrémité brûlante et rougeoyante d'un tisonnier brandie à quelques centimètres de mon visage. Je sursautai tandis qu'une voix s'élevait du brouillard au-dessus de moi.

« Bienvenue chez moi, mon vieil ami. J'espère que tu t'y plairas, car tu vas y passer un moment. Peut-être même l'éternité... quelle chance ! Oh ! Avant que tu dises quoi que ce soit, permets-moi de t'adresser mon message de bienvenue officiel en enfer. »

La pointe du tisonnier me transperça alors le ventre jusqu'à ressortir par mon dos, dans une odeur intense de sang et de chair brûlée.

Et la douleur commença.

Je m'éveillai en sursaut, me débattis en grondant contre les ombres inconnues autour de moi, et finis par tomber de mon lit. Encore affolée, je me remis sur les pieds et observai mon environnement pendant que la douleur fantôme de la barre d'acier dans mes entrailles s'évanouissait peu à peu.

Je me détendis, et rentrai mes crocs. Encore l'un de ces étranges cauchemars... Sauf que celui-ci était infiniment plus horrible que le précédent. Il m'avait paru si réel, comme si la scène s'était vraiment passée, comme si je m'étais vraiment fait transpercer par un tisonnier chauffé à blanc. Je frémis en me remémorant cette voix froide et mielleuse à la fois. Une voix que j'avais l'impression de connaître...

— Allison ?

On frappa à ma porte.

— Ça va ? J'ai cru entendre un cri.

— Oui, ça va, répondis-je soulagée de le voir, oubliant tout le reste.

Il est toujours là. Il n'est pas parti, et il ne m'a pas tranché la tête dans mon sommeil.

— J'arrive.

J'ouvris la porte, vaseuse et fatiguée, et sortis dans le couloir sous les yeux étonnés de Zeke.

— Un mauvais rêve ? demanda-t-il. Je ne pensais pas que les vampires pouvaient faire des cauchemars.

— Il y a beaucoup de choses que tu ignores à notre sujet, maugréai-je en traînant les pieds jusque dans la cuisine.

Une bougie était allumée sur une table, au milieu de boîtes de conserve et d'emballages vides. Il avait dû dénicher une réserve de nourriture.

— Viens par là, il vaudrait mieux refaire ton bandage avant de reprendre la route.

— En fait, j'ai réfléchi…, commença Zeke en claudiquant jusque dans le salon.

Il semblait en bien meilleure forme. Le repos, la nourriture et les antidouleur lui avaient fait du bien.

— A propos de ce que tu as dit, la nuit dernière. Je voudrais en savoir plus sur les vampires… que *tu* m'en dises plus. Tout ce que je sais sur eux, c'est Jeb qui me l'a dit.

Je me gaussai, ramassant le sac à dos tombé par terre.

— J'imagine le tableau qu'il a dû t'en faire ! Des démons pervers, sans âme, dont l'unique objectif est de boire du sang et de transformer les humains en monstres… C'est ça ?

Je farfouillai dans le sac pour y prendre de quoi refaire son pansement.

— Oui, répondit Zeke avec sérieux.

Je levai les yeux vers lui. Il haussa les épaules, comme pour s'en excuser.

— Tu as été honnête avec moi la nuit dernière, continua-t-il. Tu ne m'as pas dit ce que j'avais envie d'entendre, ce qui m'arrangeait. Alors, j'ai pensé que je pourrais… écouter ta version des faits, si tu veux bien m'en faire part. Pourquoi tu es devenue un vampire. Ce qui a motivé ta décision de…

Il se tut un instant.

— Devenir une morte-vivante ? Boire le sang des humains ?

Je sortis l'eau oxygénée, la bande et la gaze et les posai sur le sol, devant le canapé.

— Et ne plus me soucier des coups de soleil ? Ou juste une ultime fois ?

Il me jeta un regard agacé.

— Si tu n'as pas envie de m'en parler, il n'y a pas de problème.

Je fis un geste vers le divan, où il alla s'asseoir, appuyant ses coudes sur ses genoux. Je m'agenouillai et commençai à dérouler la bande de son mollet.

— Qu'est-ce que tu veux savoir ?

— Ton âge pour commencer… Enfin, je veux dire, depuis combien de temps es-tu… un vampire ?

— Pas longtemps. Quelques mois, tout au plus.

— Quelques mois ?

Il parut choqué. Je levai la tête et croisai son regard ébahi.

— Quel âge croyais-tu que j'avais ?

— Les vampires sont immortels, alors je pensais que… peut-être…

— Que quoi ? Que j'avais des centaines d'années ?

Je souris à cette idée et me repenchai sur sa jambe.

— Crois-le ou non, mais tout ça est très nouveau pour moi, Zeke. J'essaie encore de comprendre ce qui m'arrive.

— Je ne le savais pas…

Sa voix se fit très douce.

— Donc, tu as bien le même âge que moi…

Il s'arrêta le temps de digérer l'information, puis demanda :

— Que t'est-il arrivé ?

J'hésitai à lui répondre. Je n'aimais ni discuter ni me remémorer les souvenirs de ma vie d'avant ; le passé était le passé — pourquoi se focaliser sur quelque chose qu'on ne pouvait pas changer ? Cependant, Zeke tentait de me comprendre, et j'avais le sentiment de lui devoir au moins une petite explication.

— Je n'ai pas menti quand j'ai dit que j'étais née dans une cité vampire, commençai-je en me concentrant sur ma tâche pour ne pas avoir à le regarder. Ma mère et moi… on vivait dans une petite maison, dans un des secteurs. Elle était enregistrée, ce qui signifie que, deux fois par mois, elle devait se rendre à la clinique pour se faire « saigner ». Tout ça était très civilisé — du moins, c'est ce que les vampires voulaient que nous croyions. Pas de gavage imposé, pas de mort violente. Sauf que les gens continuaient de disparaître des rues. Les vampires sont des chasseurs. On ne pourra jamais leur enlever ça — *nous* enlever ça — quelle que soit la civilité avec laquelle se déroulent les choses.

Je sentis la gêne soudaine de Zeke en m'entendant admettre que tous les vampires étaient plus ou moins des tueurs. Il voulait la vérité ? Eh bien, il l'avait ! Fini les mensonges et les illusions. J'étais un vampire, point final. J'espérais simplement qu'il pourrait l'accepter.

— Enfin, bref…, repris-je en enlevant la gaze pour examiner la plaie.

Elle était profonde, mais ne paraissait toujours pas s'infecter.

— Un jour, ma mère est tombée malade, dans

l'incapacité de sortir de son lit. Elle a donc manqué la saignée habituelle. Deux jours plus tard, les larbins sont venus et lui ont prélevé de force la dose prévue, bien qu'elle fût encore trop faible pour bouger et même pour manger.

Je fis une pause, me rappelant la petite chambre froide, et ma mère couchée sous les fines couvertures, pâle comme la mort.

— Elle ne s'en est jamais remise. Elle n'a pas tardé à… s'éteindre.

— Je suis désolé, murmura Zeke, l'air sincère.

— Après ça, j'ai détesté les vampires.

J'imbibai un carré de gaze d'eau oxygénée et l'appliquai contre la blessure. Il se crispa et serra les dents.

— J'ai juré de ne jamais être enregistrée, qu'ils ne m'estampilleraient pas comme un morceau de viande, et que je ne leur donnerais pas une seule goutte de mon sang. Ensuite, j'ai rencontré d'autres personnes comme moi, des non-enregistrés, et nous avons fait de notre mieux pour survivre ensemble ; en volant, en faisant les poubelles, en mendiant. Nous étions toujours affamés, surtout en hiver, mais c'était mieux que d'être une vache à sang pour vampires.

— Et que s'est-il passé ?

Je pris le bandage et le déroulai sans le voir. Les souvenirs refaisaient surface, sombres et terrifiants. La pluie, le sang, les enragés, moi dans les bras de Kanin, pendant que le monde s'évanouissait autour de nous.

— J'ai été attaquée par des enragés, dis-je enfin. Ils ont tué mes amis et m'ont grièvement blessée, en dehors des murs de la cité. J'étais mourante. Un vampire m'a trouvée à ce moment-là, et m'a donné le choix entre la mort et la transformation probable en un enragé ou devenir l'un d'entre eux. Je haïssais vraiment les vampires, mais je savais aussi que je ne voulais pas mourir. Alors j'ai choisi cette option.

Zeke en resta coi plusieurs minutes.

— Est-ce que tu le regrettes ? demanda-t-il ensuite. D'être devenue un vampire, je veux dire... D'avoir choisi cette vie...

Je haussai les épaules.

— Parfois.

Je fixai la bande et levai les yeux vers lui, m'attendant à y lire du reproche.

— Mais si je devais de nouveau choisir entre la mort — la vraie mort — et rester vivante, je referais sûrement ce choix.

Zeke hocha la tête, l'air songeur.

— Et toi ? demandai-je. Si tu étais mourant et que quelqu'un t'offrait une telle possibilité, la saisirais-tu ?

Il secoua la tête.

— Je n'ai pas peur de mourir, répondit-il d'une voix dénuée d'arrogance ou de reproche, mais seulement confiante. Je crois que quelque chose de meilleur m'attend, une fois cette vie terminée. J'ai juste à faire de mon mieux jusqu'à ce que mon heure soit venue.

— C'est un noble sentiment, mais en ce qui me concerne, je compte vivre aussi longtemps que possible, c'est-à-dire éternellement, si j'ai de la chance.

Je rassemblai le matériel de soins et me levai.

— Alors, dis-moi, Zeke, qu'arrive-t-il aux vampires quand ils finissent par trépasser ? D'après Jeb, nous ne possédons plus d'âme. Que se passe-t-il quand nous mourons ?

— Je ne sais pas.

— Tu ne sais pas, ou tu ne veux pas le dire ?

— Je ne sais pas, répéta Zeke un peu plus fermement. Est-ce que tu veux que je te dise ce que Jeb penserait, ou veux-tu avoir ma propre opinion ?

— Je croyais que Jeb t'avait enseigné tout ce qu'il savait.

— C'est vrai, répondit Zeke en soutenant mon regard. Et il a fait tout ce qui était en son pouvoir pour faire de moi le chef qu'il veut que je sois.

Il soupira, l'air ennuyé et honteux à la fois.

— Mais au cas où tu ne l'aurais pas remarqué, nous ne sommes pas toujours d'accord. Jeb prétend que je suis borné et intraitable, mais c'est juste que j'ai mes propres opinions sur certaines choses, quoi qu'il en pense.

Je haussai un sourcil étonné.

— Ah bon ? Et à propos de quoi ?

— A propos de toi, par exemple. Il s'est trompé à ton sujet. Et… moi aussi, d'ailleurs.

J'en restai abasourdie. Brusquement, Zeke se redressa, le visage troublé, comme s'il regrettait d'avoir dit cela.

— On devrait y aller, maintenant, déclara-t-il en évitant mon regard. On ne doit plus être très loin du Vieux Chicago. Je veux retrouver les autres aussi vite que possible.

Dehors, les étoiles commençaient juste à illuminer le ciel. J'enfourchai la moto et attendis qu'il se glisse derrière moi. Cette fois, il passa ses bras autour de ma taille sans hésiter. Je démarrai alors, et nous nous élançâmes vers la cité vampire qui nous attendait au bout de la route.

*
* *

J'avais cru que New Covington était une grande ville ; elle n'était rien à côté du Vieux Chicago.

La cité dominait le paysage, surplombant légèrement un lac, la plus vaste étendue d'eau qu'il m'ait jamais été donné de voir. Il s'étendait à perte de vue, et ses vagues s'agitaient pour venir s'échouer contre les rochers.

A New Covington, les trois tours vampires constituaient le point culminant de la ville. Mais le ciel du Vieux Chicago était plein de gratte-ciel qui surpassaient largement les tours de verre que je connaissais, tant en nombre qu'en hauteur, même s'ils étaient délabrés.

Derrière moi, Zeke poussa une exclamation, et son souffle me chatouilla l'oreille.

— Waouh ! Mais c'est immense ! Comment va-t-on pouvoir s'y retrouver, là-dedans ?

— On y arrivera, fis-je en espérant que ce ne serait pas une vaine promesse. Contente-toi de chercher une immense bande de motards dirigée par un vampire. Ça doit être faisable, non ?

Je me rendis bientôt compte que j'avais parlé trop vite.

Le Vieux Chicago était encore plus étendu et imposant de près que de loin. On aurait dit que la cité s'étendait à l'infini, sur des dizaines de kilomètres de chaussée défoncée, entre les carcasses de voitures et les immeubles vides. En conduisant sous les buildings, au milieu des détritus, je me demandai à quoi la ville avait pu ressembler *avant*. Combien de gens avaient-ils vécu dans ce lieu pour justifier tant d'immeubles, si rapprochés, si hauts ? Cela défiait mon imagination.

Au détour d'une rue, nous trouvâmes la voie bloquée par les ruines d'un immense gratte-ciel. J'arrêtai la moto et contemplai les alentours pour tenter de me repérer.

— Laisse tomber, dit alors Zeke en regardant d'un

air consterné le bâtiment effondré. C'est trop grand. Il va nous falloir des semaines, voire des mois, pour fouiller cet endroit. Qui sait ce qu'ils leur auront fait, d'ici là ?

— On ne peut pas abandonner, Zeke, dis-je en manœuvrant la moto pour faire demi-tour. Ils sont là, quelque part. On doit juste…

Je m'interrompis : quelque chose venait de déboucher de l'angle de la rue. Deux motards sur de longues machines rutilantes, aux guidons retournés comme des cornes, surgis de l'ombre dans un rugissement, et qui braquèrent leurs phares sur nous… Les deux hommes s'arrêtèrent à quelques mètres de Zeke et moi, et nous dévisagèrent avec curiosité. Une femme aux cheveux crépus emmêlés par le vent était assise à l'arrière de l'une des motos.

L'un des conducteurs leva le menton vers nous.

— Z'allez à la Fosse Flottante ? Z'êtes au courant de la nouvelle ?

— Ben oui, répondis-je avec désinvolture. Vous y allez aussi ?

— Ouais.

Il cracha par terre.

— Ça d'vrait être sympa, ce soir.

Il nous fixa, fronçant les sourcils.

— J'vous ai jamais vus dans l'coin. Ce sera ta première fois à la Fosse, ma jolie ?

Je sentis les bras de Zeke se crisper autour de ma taille. Je m'apprêtais à dire avec le même aplomb que je venais juste de m'installer au Vieux Chicago, quand la femme donna une petite tape sur l'épaule de son conducteur.

— On va être en retard. Jackal nous a promis un

spectacle, et je n'ai pas envie de louper ça. Allez, on y va !

— Ferme-la, Irene !

L'homme se renfrogna, mais fit un signe de tête à celui qui nous avait parlé.

— Allez, Mike. Tu causeras aux p'tits bleus une autre fois. En route.

Il relança son moteur, engagea sa moto sur une rampe qui traversait le gratte-ciel squelettique et disparut.

— Ça ne vous dérange pas si on vous suit jusqu'à la Fosse ? demandai-je à l'autre motard.

Il me regarda avec surprise, puis haussa les épaules.

— J'en ai rien à battre, gamine. Va juste falloir suivre la cadence.

Comme je ne tardai pas à l'apprendre, la Fosse Flottante portait bien son nom.

Nous suivîmes les pillards dans les rues du Vieux Chicago, slalomant entre les tas d'ordures, les voitures rouillées et les gratte-ciel écroulés, probablement plus vite que nécessaire. Le grondement des moteurs résonnait contre les parois des immeubles, et nous rasions parfois un mur, un tunnel ou un véhicule renversé, de si près que je n'aurais eu qu'à tendre la main pour les toucher. J'adorais ça, mais Zeke ne paraissait pas partager mon enthousiasme. Il avait la joue pressée contre mon dos et ses bras étaient étroitement verrouillés autour de moi. Heureusement que je n'avais pas besoin de respirer !

Nous nous arrêtâmes enfin en haut d'une nouvelle montagne de gravats, pour contempler ce qui avait dû constituer le centre-ville de Chicago, autrefois. Là, tout croulants et délabrés qu'ils étaient, les gratte-ciel défiaient l'entendement. Une tour, penchée d'un côté, reposait dangereusement contre une autre, menaçant leurs deux existences. Plusieurs trouées dans la ligne d'horizon semblaient indiquer que des immeubles s'étaient effondrés ; l'ensemble demeurait très impressionnant malgré tout.

De là où nous nous trouvions, je distinguais une longue bande de pistes surélevées, tournant autour des bâtiments comme un grand serpent. Je me souvins que ma mère m'avait raconté qu'un certain type de véhicules circulait jadis sur ces pistes, faisant la navette à grande vitesse. Sous les pistes, une série de plateformes, de ponts et de passerelles avaient été érigés, et s'étendaient entre les constructions comme une toile d'araignée géante.

Des humains grouillaient comme des fourmis sur les étroites plates-formes et passerelles, progressant au-dessus des eaux sombres et agitées. Il y en avait des milliers, bien plus que je ne l'aurais imaginé. Cet endroit n'était pas seulement le repaire de Jackal et de sa bande ; c'était une cité, une vraie cité comme New Covington ou tout autre territoire vampire. Elle n'était pas ceinte de murs (je présumai que les eaux profondes du lac suffisaient à repousser les enragés), et les humains semblaient libres d'aller et venir à leur guise ; mais il était évident que nous mettions le pied sur le domaine d'un roi vampire. Le bon côté des choses, c'était qu'au vu du nombre d'humains qui circulaient, il serait assez facile de passer inaperçus.

Les motards que nous avions suivis ne s'arrêtèrent pas pour contempler la ville. Je vis leurs phares descendre une rampe, passer un pont délabré et embarquer sur une énorme barge amarrée au bord de l'eau. Des dizaines de motos y étaient garées dans tous les sens, ainsi que deux des camionnettes que j'avais vues la veille. Je supposai que les motards ne pouvaient pas faire passer leurs engins sur les étroites passerelles de la cité inondée.

Je sentis que Zeke regardait par-dessus mon épaule, la respiration légèrement altérée. Je lui coulai un regard interrogateur.

— Prêt à te lancer ?

Il acquiesça, l'air sombre.

— C'est parti.

Nous suivîmes le même chemin que les autres, la rampe, le pont, jusqu'à la barge. Ayant débusqué un coin libre, je coupai mon moteur et m'écartai à regret de la moto. Aurais-je seulement l'occasion de la reprendre ?

Probablement pas.

Je me tournai lentement pour embrasser du regard la vaste étendue liquide qui nous entourait. Quelle étrange sensation, que d'être sur l'eau… Le sol paraissait instable, comme s'il pouvait soudainement sombrer. Un vent frais s'engouffra entre les rangées de motos pendant que le bateau dansait doucement sur les flots. Zeke trébucha en s'approchant de moi.

Je l'attrapai par le coude pour le retenir.

— Comment va ta jambe ? demandai-je, inquiète, en remarquant qu'il ne s'appuyait pas sur elle. Tu es sûr que tu vas pouvoir y arriver ?

— Ça va aller.

Il retira son bras du mien pour se tenir droit tout seul. Mais son visage était pâle et perlait de sueur, malgré la brise.

— Ne t'en fais pas pour moi, Allie.

Un grondement de moteurs nous interrompit. Un nouveau groupe de motards arrivait, riant et criant par-dessus le bruit de leurs engins. Zeke et moi nous réfugiâmes derrière un tas de caisses et les observâmes rouler des mécaniques en se dirigeant vers un pont de l'autre côté, un doigt pointé vers la cité.

Nous nous regardâmes furtivement.

— Vraiment, tu ne préfères pas attendre ?

Il fronça les sourcils, et je lui rendis son regard désapprobateur.

— Tu es encore blessé, Zeke. Je peux les trouver toute seule, s'il le faut.

— Non. C'est ma famille. Je dois le faire. Ne me pose plus cette question.

— Très bien.

Je le fixai et secouai la tête. Quel entêté il faisait !

— Essaie au moins d'avoir l'air un peu plus mauvais garçon, O.K. ? Il ne faudrait pas qu'on attire l'attention.

Zeke pouffa doucement.

— Allie, tu es une belle vampire, exotique, et munie d'un katana. Crois-moi, si quelqu'un doit attirer l'attention, ça ne sera pas moi !

Je ne répondis pas, et nous restâmes tous deux silencieux pendant plusieurs minutes, tandis que nous traversions le pont branlant qui menait dans le repaire du roi vampire. Si Zeke me l'avait demandé, je lui aurais dit que je réfléchissais à la façon dont nous allions retrouver les autres, mais ce n'était pas tout à fait vrai. Certes, je me demandais comment nous allions pouvoir les sortir de là vivants… mais j'étais surtout troublée par le fait qu'il avait dit que j'étais belle.

*
* *

Nous abordâmes dans un véritable labyrinthe de passerelles et de ponts, tous reliés en un réseau inextricable. L'une de ces passerelles débouchait sur une plate-forme qui menait à un pont, qui menait au toit d'un immeuble en ruine, qui ramenait à la première passerelle empruntée. Après avoir ainsi tourné en rond plusieurs fois, je me dis que j'aurais probablement mieux fait de sauter dans l'eau pour tracer mon chemin à la nage. Des torches et des bidons de fer brûlaient le long des rampes et des passerelles ; leurs lumières vacillantes se reflétaient dans les eaux sombres, ajoutant encore à la confusion des lieux.

Les gens se bousculaient dans les étroits passages et nous poussaient, parfois volontairement. J'eus même droit à quelques jurons et insultes. Je gardai la tête basse et serrai les dents à chaque nouvelle bousculade, prenant sur moi pour ne pas riposter. De toute évidence, il n'y avait pas de loi ici, pas de larbins pour maintenir l'ordre, pas de gardes pour contenir un éclat de violence. A un moment, une bagarre éclata : deux pillards s'empoignèrent en haut d'une plate-forme. L'un des deux sortit un couteau et le planta dans le cou de l'autre. Suffoquant, l'homme bascula par-dessus la rambarde, et disparut dans l'eau. Après un rapide coup d'œil, chacun reprit ses affaires.

— C'est démentiel ! murmura Zeke en se rapprochant de moi.

Ses yeux parcoururent la foule avec nervosité.

— Jeb m'a déjà parlé de ce genre d'endroit. Il faut trouver les autres et les faire sortir rapidement, avant que quelqu'un ne nous tire dans le dos sans aucune raison.

J'approuvai d'un hochement de tête.

— Les motards ont parlé d'un « spectacle » organisé par Jackal à la Fosse Flottante, dis-je réfléchissant à haute voix. On doit se concentrer sur lui. Si on le trouve, on trouvera les autres du même coup.

— C'est vrai. Trouvons donc cette Fosse Flottante…

Zeke regarda autour de lui, et s'arrêta sur une femme brune à la chevelure hirsute qui marchait vers nous.

— Excusez-moi…, la héla-t-il. Pourriez-vous nous aider, s'il vous plaît ?

Elle sursauta, eut un mouvement de recul, et toisa Zeke de haut en bas avant de lui sourire, révélant une dentition pleine de trous.

— *Excusez-moi* ? contrefit-elle d'une voix criarde et nasillarde. Eh ben, en voilà un garçon bien poli et bien élevé ! J'ai l'impression de redevenir une dame, dis donc. Qu'est-ce que je peux faire pour t'aider, mon mignon ?

— Nous cherchons la Fosse Flottante, répondit Zeke avec calme, ignorant la façon dont elle le reluquait, passant sa langue dans les espaces entre ses dents. Pourriez-vous nous dire où ça se trouve ?

— Ouais, je pourrais.

Elle s'approcha de lui.

— Je pourrais même t'y accompagner. Je n'y allais pas — je ne suis pas fan des petits spectacles de Jackal — mais pour toi, je ferais une exception. Qu'est-ce que t'en dis ?

Je me postai à côté de Zeke en réprimant un grondement.

— La direction suffira, si ça ne vous dérange pas,

dis-je d'un ton aimable qui sous-entendait cependant : « Ecarte-toi de lui ou je te tranche la gorge ! »

La femme ricana, mais recula prudemment.

— O.K. Dommage… T'aurais pas été déçu du voyage, mon gars.

Elle nous désigna une passerelle où se massaient déjà beaucoup de monde.

— Suivez ce chemin jusqu'à la Fosse. Ce sera tout illuminé à cette heure de la nuit. Vous pouvez vraiment pas la louper.

— Merci, dit Zeke.

La femme gloussa, portant en main sur son cœur.

— Quelles bonnes manières, dit-elle en faisant semblant d'essuyer une larme. Si mon abruti de mec pouvait me sortir des poèmes pareils, peut-être bien que j'aurais envie de rester avec lui. Bon, allez, amusez-vous bien, tous les deux. C'est votre premier spectacle, pas vrai ?

Elle gloussa de nouveau et reprit son chemin avant de nous crier par-dessus son épaule :

— Ce serait peut-être une bonne idée d'apporter un truc pour vomir, alors !

Zeke et moi échangeâmes un regard inquiet.

— Eh bien… Ça promet, murmurai-je.

La femme avait raison. Il était impossible de manquer la Fosse Flottante. Un bâtiment carré en pierre, moins haut que les gratte-ciel environnants, se dressa bientôt devant nous. Il était orné d'une enseigne lumineuse près de l'entrée, dont les lettres CHI AGO ressortaient vivement dans l'obscurité. Malgré l'absence de la lettre C et son état peu reluisant, l'enseigne fonctionnait encore. Dans quel but ? Je n'en avais pas la moindre idée.

— Je suppose que c'est là ? chuchota Zeke en regardant la foule s'agglutiner devant la porte.

Le rez-de-chaussée étant immergé, une passerelle reliée à une plate-forme de bois menait à l'intérieur.

— Ça ne ressemble pas vraiment à une fosse. Et le panneau indique « Chicago ». On aurait pu s'attendre à une autre appellation.

— A mon avis, ce genre de détail n'est pas la priorité de ces gens, murmurai-je comme nous approchions du bâtiment, levant la tête pour contempler l'enseigne.

En contrebas, je vis un encorbellement briller sous l'eau, probablement à l'emplacement des portes d'origine. Une arche de pierre sans gonds ni porte constituait l'entrée actuelle de la construction, laissant présumer qu'il s'était autrefois agi d'une fenêtre.

D'autres ponts et passerelles menaient au hall d'entrée désormais inondé. Je ne voyais pas le premier niveau, mais des escaliers sortaient de l'eau pour mener aux balcons du premier étage, où la foule était massée.

Nous suivîmes le mouvement et passâmes les portes pour entrer dans une arène peu éclairée ; l'excitation du public était palpable et saturait déjà l'atmosphère.

— Voilà donc pourquoi ils appellent ça la Fosse, dis-je en contemplant les lieux, ébahie.

La pièce où nous venions de pénétrer était immense, surmontée d'un dôme monumental. Des balcons faisaient le tour de la salle, équipés de sièges rabattables visiblement frappés de moisissure. Du côté gauche, une partie du balcon s'était effondrée, laissant un trou béant dans le mur, mais il restait cependant assez de sièges pour accueillir toute la ville. D'étroites allées menaient au bord de l'encorbellement, qui s'enfonçait ensuite dans les eaux recouvrant le sol.

Un immense rideau rouge s'étendait le long du mur du fond, pour tomber sur une scène de bois flottante. Une cage d'environ six mètres de haut occupait la majeure partie de la plate-forme, couverte de grillage afin de retenir ce qui se trouvait à l'intérieur. La partie arrière de la scène était dissimulée par le rideau, et je me demandai ce qui pouvait bien s'y cacher.

Soudain, Zeke me toucha le bras en me désignant quelque chose à l'intérieur de la cage.

Une niche d'acier était collée contre l'une des parois de la cage, deux petites fentes en guise de fenêtres. De temps à autre, la niche bougeait, mais il faisait trop sombre pour voir ce qui remuait à l'intérieur par les minuscules ouvertures. Le sol était taché de sang séché.

— Des jeux sanguinaires, murmura Zeke tandis que nous nous dirigions vers le fond de la salle. Ce doit être la conception du *spectacle* de Jackal. Ils font des paris pour voir quel animal s'en sortira vivant.

Il balaya du regard la foule excitée et frémit.

— Je n'ai pas particulièrement envie de voir des chiens s'entretuer. On devrait plutôt repartir chercher les autres.

Avant que j'aie le temps de lui répondre, un projecteur s'alluma, éclairant l'arène. La scène était vide quelques secondes auparavant, j'en étais certaine. Un homme s'y tenait maintenant, souriant à l'assemblée. Il était grand, mince mais musclé ; je distinguais la forme de ses pectoraux sous sa chemise et son long manteau de cuir. Ses épais cheveux noirs étaient noués en queue de cheval, faisant ressortir son visage à la peau claire.

Il était jeune et beau. Ses yeux dorés parcoururent la foule avec assurance.

Il leva les bras comme pour nous accueillir, et le public s'enflamma immédiatement en hurlant, frappant le sol et tirant même quelques coups de feu en l'air. Brusquement, je compris. C'était Jackal. Nous l'avions trouvé.

— Bonsoir, mes sujets ! beugla-t-il dans un déchaînement de cris enthousiastes. Je suis d'excellente humeur, ce soir ! Et vous ?

Sa voix portait facilement par-dessus le bruit de la salle, claire, assurée et hypnotique. Même la brute la plus épaisse était maintenant suspendue à ses lèvres.

— Peu importe ! Je ne me soucie guère de savoir comment vous allez, mais merci à tous d'être venus à ce petit spectacle. Comme vous le savez peut-être, nous avons de bonnes nouvelles ! Depuis trois ans et demi, nous cherchions quelque chose, n'est-ce pas ? Quelque chose d'important ! Quelque chose susceptible de changer non seulement notre monde, mais le monde entier. Vous savez de quoi je parle, est-ce que je me trompe ?

Personnellement, je l'ignorais ; mais en l'entendant parler, j'eus une curieuse impression de familiarité. Comme si je le connaissais… sans savoir pour autant d'où provenait ce sentiment. J'aurais pourtant pu jurer que je ne l'avais jamais vu auparavant.

— Bref, poursuivit-il, je voulais vous dire à tous qu'il y a quelques nuits, nos recherches ont enfin abouti. Nous avons trouvé ce que nous cherchions depuis tout ce temps.

A côté de moi, Zeke se figea et j'entendis les battements de son cœur s'accélérer. Deux hommes derrière Jackal tirèrent alors le rideau et poussèrent quelqu'un sur la scène. Jackal pivota avec une grâce surnaturelle, saisit la personne par le col et la traîna sous les projecteurs.

Jebbadiah ! Ses poignets étaient ligotés ; des hématomes lui couvraient les yeux et le visage. Malgré tout, il se tint avec fierté près du vampire et fixa la foule d'un regard glacial et méprisant. Je posai une main sur le bras de Zeke, au cas où il aurait oublié où nous nous trouvions. A deux contre des centaines de brigands, ce n'était pas le moment de nous lancer dans une opération-suicide.

La foule se mit à huer et à siffler Jeb, qui la contemplait froidement. Jackal sourit et passa un bras autour de ses épaules avant de lui taper légèrement la poitrine.

— Allons, allons…, ironisa-t-il, soyez polis, s'il vous plaît. Vous allez lui faire croire que nous n'avons pas envie de le voir.

Il arbora un sourire animal.

— Après tout, vous êtes en face de l'homme qui détient les clés de votre immortalité. Celui qui nous donnera accès à la gloire. Celui qui va vaincre la rage pour nous !

Des clameurs délirantes s'élevèrent alors de l'assemblée, tandis que Zeke retenait son souffle. Je me tournai vers lui et découvris son visage blême. Il savait déjà ! Soudain, tout s'éclaira dans ma tête.

— C'est pour ça qu'il vous cherchait ! Il pense que Jeb peut venir à bout du virus… Voilà pourquoi il vous pourchassait depuis si longtemps ! *N'importe qui* en ferait autant.

Zeke détourna le regard, mais je saisis son bras avec fermeté, refusant son esquive.

— Est-ce que Jeb détient vraiment le remède ? C'est ça que tu essayais de me cacher, pendant tout ce temps ?

— Non, maugréa Zeke en me regardant enfin. Non, il n'a pas le remède. Il n'*existe* pas de remède. Mais…

Je retirai ma main pour lui signifier de se taire. La foule venait de se calmer. Jackal attendit que les dernières voix se taisent, puis il se tourna vers Jeb pour lui taper sur l'épaule.

— Malheureusement, reprit-il d'une voix affectée, notre bon ami ici présent est quelque peu réticent à l'idée de partager son savoir avec nous. Vous imaginez ça ? J'ai un merveilleux labo, tout installé, qui l'attend depuis trois ans, avec tout ce dont il a besoin ; et il ne semble pas apprécier le geste !

De nouvelles huées s'élevèrent, mêlées d'insultes.

Jackal leva de nouveau la main pour obtenir le silence.

— Je sais, je sais… Mais nous ne pouvons pas le forcer à travailler, n'est-ce pas ? Je veux dire, je ne peux pas me permettre de lui briser les doigts ou de le frapper à la tête pour lui faire faire ce que je veux.

Il rit de bon cœur, et son rire était terrifiant.

— Et c'est bien pour cette raison qu'il est là ce soir, continua-t-il. J'ai préparé quelques distractions pour notre invité d'honneur, mais j'espère que vous les apprécierez également. J'espère que ce ne sera pas fini *trop* vite, mais sachez que nous avons toute une autre troupe à jeter en pâture, si cela devenait ennuyeux…

Il se tourna vers Jeb et le regarda droit dans les yeux, les lèvres étirées en un sourire démoniaque, avant de refaire face à la foule.

— Bien, je crois n'avoir plus rien à ajouter, à part : que le spectacle commence !

Il quitta la scène sous les ovations délirantes du

public, entraînant Jebbadiah avec lui. Zeke prit alors ma main et la serra fort, comme pour mieux affronter ce qui allait suivre.

Les rideaux s'ouvrirent, et deux pillards avancèrent, escortant une silhouette dont la tête était recouverte d'un sac noir. Ils ouvrirent la cage, arrachèrent le sac, poussèrent l'homme dans la cage et en claquèrent la porte.

— Darren ! bredouilla Zeke en sursautant.

Je lui serrai la main et attrapai son bras avec poigne pour contenir son élan.

— Non, Zeke.

Il me jeta un regard désespéré, mais je tins bon.

— Si tu y vas, tu te feras capturer ou tuer, dis-je en soutenant son regard torturé. On ne peut rien faire pour lui pour le moment.

Un cri strident attira de nouveau mon attention vers la scène. Au centre de la cage, terrorisé, Darren regardait la niche accolée à sa prison. Une corde que je n'avais pas remarquée auparavant était attachée à la porte, et passait entre les barreaux de la cage ; elle se trouvait maintenant entre les mains d'un pillard, qui tira dessus. Et soudain, dans une horrible certitude, je sus ce qui se cachait dans cette niche.

Pendant une fraction de seconde, le silence total tomba sur toute la salle, chacun retenant son souffle. Seul dans l'arène, Darren cherchait désespérément une issue du regard, mais il ne pouvait s'échapper. Zeke était tétanisé. Je le sentais immobile sous mes mains, incapable de détourner son regard. Un court instant, Darren releva les yeux, et leurs regards se croisèrent…

Dans un fracas métallique, la porte de la niche s'ouvrit alors, résonnant sinistrement dans le silence.

Darren n'eut même pas le temps de se retourner : l'enragé se jeta sur lui et le plaqua à terre dans un hurlement strident.

La foule gronda et se leva de son siège comme un seul homme sous les cris atroces de Darren. Dans un sanglot silencieux, Zeke se détourna ; moi, je me forçai à regarder, afin de graver cette image dans ma mémoire. C'était le moins que je puisse faire pour Darren : me souvenir de ses derniers instants et me rappeler ce que je pouvais devenir. Pas un enragé, non. Une créature bien pire ; quelque chose de sauvage, d'impitoyable, avide de pouvoir, un véritable monstre, comme Jackal. Il avait peut-être abandonné son humanité depuis longtemps, mais moi, je refusais d'oublier la mienne. Je me souviendrais à jamais de ce moment, et Darren n'aurait pas perdu la vie pour rien.

Heureusement, tout fut vite terminé. Les membres de Darren tressaillaient encore quand le roi vampire sauta sur un banc et leva triomphalement les bras sous les acclamations la foule. Jeb était à son côté, livide, tremblant de chagrin et de fureur.

— Alors, qu'est-ce que vous dites de ça ? hurla Jackal, galvanisé par le délire qu'il déclenchait dans l'assistance.

Une clameur enthousiaste lui répondit. Moi, ce fut un élan de haine qui me submergea ; j'aurais aimé pouvoir leur tomber dessus et trancher leurs sales gueules hilares.

— Et, et… bonne nouvelle ! Il y en a plein d'autres qui attendent !

Jackal se tourna vers Jeb, les yeux brillants.

— Alors, qu'est-ce que tu en penses ? Je crois que le prochain à entrer dans la cage doit être cette jolie jeune fille. Ou peut-être l'un des enfants ? Moi, ça m'est bien égal. A moins que tu n'aies une autre idée ?

Le bruit de la foule m'empêcha d'entendre Jebbadiah, mais je vis ses lèvres bouger, dévasté par la peur et la haine.

— Je n'ai pas le choix, crus-je lire sur ses lèvres, sous le regard satisfait de Jackal. Je ferai ce que vous demandez.

— Eh bien, ce n'était pas si dur, finalement !

Jackal fit un geste vers ses sbires, qui emmenèrent Jeb. Il sourit alors à son public, révélant une paire de crocs acérés extrêmement longs.

— Mes sujets, je vous avais promis l'immortalité, je suis sur le point de tenir parole ! Maintenant, il ne reste plus qu'à choisir qui je vais transformer en premier une fois que nous posséderons le remède. Qui va bénéficier de cet honneur ?

Il claqua des doigts.

— Et si on organisait une grande journée « portes ouvertes », dont tous ceux qui ressortiraient vivants gagneraient l'immortalité ? Qu'est-ce que vous dites de ça ?

La foule rugit encore d'excitation, frappant sur les fauteuils, poings et armes dressés en l'air, scandant son nom. Jackal leva de nouveau les bras pour accueillir les applaudissements et toute cette adoration, pendant que derrière lui le sang de Darren coulait de la cage et gouttait dans l'eau.

Dans un bruit étranglé, Zeke s'éloigna en chancelant vers les portes, comme s'il était ivre. Personne ne le remarqua. Toute l'attention était focalisée sur Jackal et sur le spectacle offert au centre de la scène. Mais alors que je m'écartais pour rejoindre Zeke, Jackal leva soudain ses yeux jaunes sur la foule. Nos regards se croisèrent une fraction de seconde, et une expression perplexe parcourut brièvement son visage. Puis je sortis et suivis Zeke dans la pénombre du couloir.

21

— Zeke !

Je le rejoignis au moment où deux hommes à l'allure patibulaire déboulaient dans le couloir ; ils le bousculèrent en passant et l'acculèrent dans un coin, tout en ricanant et en s'adressant des bordées de jurons. Ils poursuivirent ensuite leur chemin et entrèrent dans la grande salle, d'où l'écho des clameurs de la foule nous parvint par l'ouverture des portes.

Zeke se laissa alors glisser le long du mur, le regard hagard. Il demeura prostré ainsi quelques instants. Puis un frisson le secoua ; il se pencha lentement en avant, la tête sur les genoux, et commença à sangloter dans ses mains.

Je le regardai sans rien dire, la gorge nouée. J'aurais aimé pouvoir trouver les mots justes pour le réconforter, mais la compassion n'avait jamais été mon fort. En outre, tout ce que j'aurais pu dire aurait probablement été dérisoire, étant donné l'horreur de la scène à laquelle nous venions d'assister.

Je devinai qu'il avait besoin de rester un peu seul. Je le laissai donc encaisser la mort de son ami, au bout de son couloir. Pour tout dire, j'avais moi aussi besoin de quelques minutes de solitude.

Les yeux me piquaient. Je laissai une larme de sang couler sur ma joue, avant de l'essuyer d'un revers de main. D'abord Dorothy, et maintenant Darren. Darren, qui m'avait fait rire, qui avait pris ma défense contre Zeke. Qui avait été un bon chasseur, peut-être même un ami. Je me rendis compte que sa compagnie me manquerait. Il n'avait pas mérité une telle mort ; il n'avait pas mérité de faire tout ce chemin, bercé par un rêve de paix et de félicité, pour finir déchiqueté par un enragé. Je serrai les poings et sentis mes ongles se planter dans mes paumes. Jackal paierait pour ça. Il paierait pour tous ses crimes !

Je revins vers Zeke en essayant d'imaginer un plan, espérant qu'il aurait suffisamment recouvré ses esprits pour m'y aider. Il était toujours assis dans son coin, en train de fixer le mur en face de lui, mais son regard était redevenu clair.

Je m'accroupis à côté de lui.

— Ça va ?

Ce n'était pas la question la plus pertinente ou la plus réconfortante qui soit, mais c'est tout ce qui me vint à l'esprit.

Il secoua la tête, comme pour signifier que son état n'avait pas d'importance.

— Il faut qu'on trouve les autres, murmura-t-il en se relevant maladroitement.

Il s'adossa au mur, prit une profonde inspiration et me regarda.

— Où crois-tu que Jackal garde le reste du groupe ?

— Je n'en ai aucune idée. Mais pas loin, je suppose. Avec toute cette eau, il ne doit pas être facile de transférer des prisonniers d'un point à l'autre. Il doit se les garder à portée de main.

— On devrait fouiller ce bâtiment, alors. Quand tout le monde sera parti de…

Une nouvelle acclamation frénétique attira notre attention depuis la grande salle. Soit Jackal se faisait applaudir, soit quelqu'un d'autre se faisait mettre en pièces. Je frissonnai et espérai qu'il ne s'agisse pas de la deuxième hypothèse.

Zeke et moi échangeâmes un regard, pensant tous deux la même chose. Il n'y avait pas de temps à perdre. Chaque minute d'attente pouvait entraîner la mort d'une nouvelle personne, mise en lambeaux pour le divertissement de la foule. Jackal n'avait aucun scrupule. J'étais certaine qu'il n'hésiterait pas à sacrifier Caleb ou Bethany pour mieux arriver à ses fins. Nous devions retrouver nos amis, maintenant.

— Dans les coulisses, murmura Zeke, le regard déterminé. Ils ont fait entrer Jeb et Darren par le rideau. Peut-être gardent-ils les autres derrière, également.

J'approuvai d'un signe de tête.

— Ça se tient. C'est un bon endroit pour commencer les recherches, en tout cas.

Seulement, il y avait deux cents pillards et dix mètres d'eau entre la scène et nous, sans parler de Jackal lui-même. Je n'avais aucune idée de la puissance du roi vampire, et je ne tenais pas à le savoir.

— Il doit forcément y avoir un autre accès, chuchotai-je. On doit pouvoir entrer par l'arrière.

— Il y a plein de fenêtres, fit remarquer Zeke.

— Oui, dis-je en tournant les talons. J'espère que tu es prêt à faire quelques brasses.

A l'ombre des murs extérieurs, nous avançâmes dans les eaux noires et stagnantes pour faire le tour du bâtiment. Je n'étais pas aussi bonne nageuse que

Zeke, mais de nombreuses prises nous permettaient de nous tenir au bord du mur. Je n'avais pas à redouter la noyade, cependant. De temps à autre, mes jambes touchaient quelque chose sous la surface de l'eau — une branche, une barre, le toit d'une voiture, que sais-je encore ? Heureusement, rien de vivant. Ou du moins, si c'était vivant, rien qui n'ait cherché à nous dévorer. J'imaginai d'énormes poissons enragés glissant silencieusement dans les eaux sombres, mais fus assez sage pour ne pas en parler à Zeke.

— Là…, dis-je en désignant une cage d'escalier rouillée accrochée au mur.

Les marches zigzaguaient le long de la paroi jusqu'à une plate-forme, au dernier étage. Je contournai les détritus, planches et bouts de tuyaux qui flottaient sur l'eau et nageai jusqu'à la marche la plus basse. Je m'y hissai et tendis le bras pour aider Zeke à me rejoindre. Il tremblait et claquait des dents, et je me rappelai alors qu'il n'était qu'humain. L'eau était encore plus froide que celle de la rivière, beaucoup plus froide. Cela ne me dérangeait pas, mais Zeke risquait l'hypothermie si nous ne faisions pas attention.

— Comment te sens-tu ? demandai-je alors qu'il croisait les bras en frissonnant sous le vent.

Ses cheveux étaient plaqués sur son front, ses traits tirés, et sa chemise, collée à son torse, accentuait sa minceur.

— Tu veux attendre ici ? Je peux y aller toute seule, si tu veux.

— Ça va aller, dit-il en serrant les dents. On continue…

Nous commençâmes à monter les marches. L'escalier de métal grinçait horriblement et oscillait sous notre poids. Mais il tint bon, et nous arrivâmes bientôt à la plate-forme.

— Je n'y vois rien, murmura Zeke en se pressant dans mon dos.

Moi, j'y voyais clair. Une fenêtre cassée nous permit d'entrer dans une pièce qui avait le même aspect délabré que la plupart des bâtiments des autres cités : un plafond craquelé, des murs endommagés, un sol couvert de débris et de gravats. Des humains au regard blanc me contemplaient dans la pénombre, certains vêtus de costumes miteux auxquels il manquait une manche ou une jambe. Il me fallut quelques secondes pour prendre conscience qu'ils n'étaient pas réels. Seulement des silhouettes de plastique façonnées.

Zeke sursauta, et posa une main sur son arme. Il venait lui aussi de les distinguer ; dans le noir, n'importe qui doté d'une vision humaine aurait été effrayé à leur vue.

— Du calme, lui dis-je. Ce ne sont pas des vrais. Juste des statues, ou quelque chose de ce genre.

Zeke retira sa main du pistolet.

— J'ai vu beaucoup de trucs bizarres, murmura-t-il en secouant la tête, mais ça, c'est le pompon ! Sortons d'ici avant que ça ne me fasse faire des cauchemars… ou avant qu'elles ne se mettent à bouger.

J'aperçus un bras de plastique sur le sol, et l'idée me vint de le saisir et de dire à Zeke qu'un coup de main pourrait nous être bien utile, mais l'heure n'était pas à la plaisanterie. Nous avançâmes prudemment, traversâmes la pièce et ouvrîmes la porte sur un étroit couloir d'un noir d'encre.

Dans cette obscurité totale, le monde m'apparaissait en nuances de gris. Mais au moins y voyais-je quelque chose. Zeke, lui, avançait à l'aveugle, une main tendue devant lui, l'autre suivant le mur.

— Donne-moi ta main, dis-je tout bas en la lui prenant d'office.

Il se crispa d'abord, puis se détendit.

— Et contente-toi de me suivre, lui indiquai-je en m'efforçant d'ignorer le pouls qui battait, plein de vie, à son poignet. Je ne te laisserai pas tomber.

Nous avançâmes dans le couloir, et passâmes devant des pièces remplies de boîtes poussiéreuses, de portants pleins de costumes pourris et de meubles couverts de bâches en plastique. De toute évidence, cette partie du bâtiment n'était pas utilisée. La poussière qui recouvrait tout n'avait pas été soulevée depuis des années — sauf par les innombrables rats et souris qui détalèrent à notre approche.

A un moment, je levai les yeux, et découvris alors que le plafond grouillait d'espèces de souris ailées. Je n'en fis pas part à Zeke, même si, pour une raison qui m'échappait, je ressentis une étrange familiarité avec ces petites créatures grotesques.

L'arrière du bâtiment était un véritable dédale, une succession de salles, de couloirs et de vestibules encombrés de débris. Certains murs s'étaient écroulés, et il nous fallut parfois escalader des gravats, ou raser les murs pour contourner un sol effondré. Zeke, toujours aveugle, cramponnait fermement ma main pendant notre progression dans ce labyrinthe. De temps en temps, sa jambe blessée le faisait trébucher, mais dans l'ensemble, il parvenait à me suivre sans encombre.

Soudain, alors que nous enjambions une poutre tombée par terre, un craquement assourdissant retentit et une portion du sol s'effondra sous nos pieds. Dans notre chute, je m'accrochai à la poutre d'une main, et retins fermement Zeke de l'autre. Mes doigts s'agrippèrent à la tranche de métal rouillée, pendant que le poids de Zeke menaçait de me déboiter le bras.

Nous restâmes ainsi suspendus dans le noir quelques instants. J'entendais Zeke haleter, et sentais son pouls se précipiter sous mes doigts. Au-dessus de nous, le plancher grinçait de façon inquiétante, m'aspergeant de poussière, mais la poutre ne bougeait pas.

Le poids suspendu au bout de mon bras poussa un gémissement, et raffermit sa prise sur mon poignet.

— Zeke, dis-je en serrant les mâchoires, il y a une poutre juste devant nous. Si je te hisse, tu penses que tu pourras l'attraper ?

— C'est que… je ne vois rien du tout, répondit-il d'une voix étranglée par la peur. Il faut que tu me guides. Tu me diras quand j'en serai proche.

Je commençai à le faire osciller et à le hisser près du bord du trou, malgré les protestations de mon épaule.

— Maintenant !

Il tendit alors son bras libre et attrapa la poutre du premier coup. Le poids qui me tirait vers le bas disparut immédiatement.

A mon tour, je me hissai hors du trou et roulai sur le dos près de Zeke. Il respirait fort, tremblant d'adrénaline, le cœur battant à tout rompre dans sa poitrine. Moi, je ne ressentais rien. Pas de palpitations, pas d'essoufflement, rien. Nous venions de frôler la mort, et je ne ressentais rien.

Quoique… Si. J'éprouvais du soulagement. J'étais soulagée que Zeke soit toujours en vie, et toujours avec moi. Et maintenant que la tension retombait, une pointe de peur authentique me piqua le ventre ;

pas pour moi, mais pour ce qui aurait pu se passer. J'avais failli le perdre. Si je l'avais laissé tomber, Zeke serait mort.

Il tressaillit et se redressa sur un coude, plissant les yeux pour essayer de me distinguer dans le noir.

— Allie ?

Sa voix était hésitante.

— Tu es toujours là ?

— Oui, murmurai-je.

Je le sentis se détendre.

— Toujours là.

Il se mit à genoux et tendit une main devant lui.

— Où es-tu ?

Dans l'obscurité, j'observai son visage, et vis son regard passer sur moi sans me voir.

— Tu es tellement silencieuse. C'est comme si tu n'étais pas là. Je ne t'entends même pas respirer.

Je fis exprès de soupirer pour qu'il puisse m'entendre.

— Eh oui, c'est comme ça quand on est mort, murmurai-je en me mettant à genoux en face de lui. La respiration n'a plus la même importance.

Je tendis la main vers la sienne, mais il se pencha au même moment, et ses doigts effleurèrent ma joue. Une chaleur brusque m'envahit, et je me figeai en attendant qu'il recule.

Il ne le fit pas. Le bout de ses doigts caressa ma joue encore un moment. Puis, très lentement, sa main entière vint frôler ma peau. Pétrifiée, je le regardai pendant que ses doigts passaient de ma joue à mon front, puis à mon menton, tel un aveugle touchant un visage pour essayer de se le représenter mentalement.

— Qu'est-ce que tu me fais ? murmura-t-il alors que sa main glissait de mon cou à ma clavicule.

J'aurais été incapable de répondre, quand bien même j'aurais su quoi lui dire.

— Tu fais vaciller toutes mes certitudes, tout ce que je sais. Les vérités auxquelles je crois depuis que je suis gamin.

Il soupira, et je sentis qu'un frisson le parcourait, mais il ne retira pas sa main.

— Qu'est-ce que j'ai ? marmonna-t-il d'une voix sourde où perçait l'angoisse. Je ne devrais pas ressentir tout ça. Pas pour un…

Il n'acheva pas sa phrase, mais le mot resta suspendu entre nous, brutal et douloureux. Je sentais qu'il luttait contre lui-même, qu'il essayait de trouver la volonté de s'émanciper, peut-être même de faire exactement le contraire de tout ce qu'on lui avait inculqué. Je crevais d'envie de me pencher pour répondre à son contact, mais je craignais qu'il ne recule alors, et que la magie du moment ne disparaisse. Je demeurai donc immobile, muette et passive, le laissant décider de la suite. Le silence s'installa entre nous, mais ses mains douces ne quittèrent pas mon visage.

— Dis quelque chose, fit-il enfin posant sa paume sur ma joue, comme s'il ne pouvait se résoudre à s'en écarter. Je ne peux pas te voir, alors… Je ne sais pas à quoi tu penses. Parle-moi.

— Pour dire quoi ?

— Je ne sais pas. Juste…

Il pencha la tête, et répondit d'un ton désabusé.

— Juste que je ne suis pas fou. Que tout ça n'est pas aussi dément que je le crois.

Les battements de son cœur s'accélérèrent. Et en moi, la faim se réveilla, toujours avide, mais curieusement, cette fois je pouvais l'ignorer. Je ne pensais pas au sang qui courait sous sa peau. Je ne pensais pas aux battements de son cœur, à son contact physique ou au pouls battant dans sa gorge. Je ne pensais qu'à lui.

— Je ne sais pas, dis-je tout bas tandis qu'il se rapprochait de moi.

La chaleur irradiait de son corps, même à travers ses vêtements mouillés. Je savais qu'il aurait été préférable de m'éloigner, mais à quoi bon ? J'étais lasse de lutter. Là, dans ce noir complet, sans personne pour nous voir ou nous juger, notre secret serait bien gardé.

— Peut-être sommes-nous un peu fous, tous les deux, dis-je.

— Je peux m'arranger de ça…

Il fit alors ce que j'avais à la fois redouté et espéré depuis le début. Son autre main vint encadrer mon visage, et il se pencha pour m'embrasser.

Ses lèvres étaient chaudes et douces, et son odeur flottait partout autour de moi. Je pris ses bras, lui rendis son baiser… et la faim revint, toujours aussi puissante, mais différente. Je n'avais pas juste envie de le mordre et de boire son sang ; je voulais l'aspirer lentement, pour qu'il devienne une partie de moi. Et je voulais lui donner une partie de moi en retour, pour que nous ne fassions qu'un.

Mes crocs pressaient douloureusement contre mes gencives, cherchant à sortir. Ils voulaient glisser vers le creux du cou de Zeke, et y plonger sous la surface. Je ressentis alors le besoin de basculer ma tête en arrière pour lui offrir mon cou, afin qu'il puisse en faire autant.

Cette idée m'effraya et me dégrisa immédiatement.

Je m'écartai, mettant fin à notre baiser, une seconde avant que mes crocs ne s'allongent. Zeke me regarda avec perplexité, mais dans le noir, il ne pouvait pas voir le monstre agenouillé à quinze centimètres de sa gorge.

— Zeke…, commençai-je une fois que j'eus repris mon self-control.

Avant que je puisse continuer, il arbora une expression coupable et se rassit sur ses talons.

— Pardon, dit-il.

Il se leva prestement, et j'en fis de même, presque soulagée de cette diversion.

— Où ai-je la tête ? Je suis désolé, Allie, je ne devrais pas nous faire perdre de temps, comme ça. Il faut trouver les autres.

Cette fois, je n'eus pas besoin de chercher son bras. Sa main trouva tout de suite la mienne et s'y agrippa, entrecroisant nos doigts. Nous reprîmes notre progression dans les ruines en prenant bien garde où nous mettions les pieds.

Après avoir traversé d'autres couloirs et descendu de nombreuses marches, je distinguai bientôt un panneau dont les lettres rouges indiquaient « Coulisses », avec une flèche pointée en direction d'un escalier. A mesure que nous en descendions les marches, nous entendions de nouveau le bruit en provenance de l'auditorium ; le remue-ménage de l'assemblée se poursuivait.

— J'espère qu'ils vont bien, murmura Zeke derrière moi. Et que personne n'a fini comme… comme Darren.

Sa gorge se serra. Je le regardai, et fis semblant de ne pas remarquer les larmes qui lui montaient aux yeux.

L'escalier débouchait sur une eau noire qui venait clapoter contre les marches de métal. Nous avions donc atteint le niveau de la scène. Contre le mur, une autre flèche marquée « Coulisses » était à demi submergée, pointée vers le bas.

— Je crois que nous allons encore devoir nager, chuchotai-je en lâchant la main de Zeke.

Il acquiesça courageusement. Au même moment, j'aperçus un furtif éclat de lumière quelque part sous la surface.

— Attends une seconde… J'ai l'impression qu'il y a une porte, là-dessous. Je vais voir…

— D'accord, dit Zeke. Je t'attends ici. Sois prudente.

Il s'assit sur une marche, les bras repliés autour des genoux, et se recroquevilla en tremblant. L'envie soudaine me prit de me pencher pour l'embrasser, et le rassurer. Je ne le fis pas. Je descendis les marches restantes pour me fondre dans l'eau.

Il y avait bien une porte. Elle était en métal et toute rouillée. Je la poussai, et constatai qu'elle était soit verrouillée, soit coincée. Il me semblait difficile de trouver un levier pour la forcer. Je misai donc sur ma force de vampire et sur l'avantage de ne pas avoir à respirer sous l'eau. Après de multiples coups d'épaule, elle finit par céder.

Une lumière orangée inonda alors toute la cage d'escalier. Je fis demi-tour et nageai jusqu'aux marches où Zeke m'attendait avec anxiété.

— Je l'ai ouverte, annonçai-je.

Il aurait pu le deviner : même s'il faisait encore sombre, Zeke pouvait de nouveau y voir. Il hocha la tête et regarda dans l'eau, derrière moi.

— Tu as vu quelqu'un ?

— Non. Mais il y a de la lumière dans cette pièce, comme tu peux le constater. A mon avis, on est juste derrière le rideau.

Je fis un geste et m'éclaboussai au passage.

— La porte est sous l'eau, mais elle n'est pas loin. Suis-moi, et tout ira bien.

Sans hésiter, Zeke descendit dans les eaux glacées. Nous nageâmes dans la cage d'escalier inondée en nous tenant à la rampe, franchîmes la porte et remontâmes prudemment à la surface. Je sortis la tête de l'eau et scrutai les alentours, essayant de me repérer.

Nous étions bien en coulisses. La scène flottante tanguait à la surface à une quinzaine de mètres de moi ; chaque coin en était éclairé par des lampes à pétrole à la flamme vacillante. L'immense rideau rouge était suspendu au milieu, moisi et déchiré en maints endroits, constituant tout de même une barrière efficace entre les coulisses et le reste de la salle. Une clameur s'éleva de l'autre côté ; l'assemblée des pillards était toujours là, et toujours aussi tapageuse.

Décontenancée, je regardai autour de moi, me demandant où étaient les autres. Des fauteuils flottaient ou dépassaient à moitié des eaux stagnantes, dont la surface était encombrée de câbles noirs et de morceaux de cordes. Un bras en plastique passa devant mon visage, et je distinguai les restes d'un canapé décomposé sous moi. Mais excepté la scène flottante et l'immense rideau rouge, l'endroit semblait vide.

C'est alors que j'entendis des voix au-dessus de moi. Je levai les yeux.

Un dédale de plates-formes et de passerelles s'étendait au-dessus de la pièce, à environ six mètres de hauteur. Elles s'enchevêtraient dans l'espace entre des cordes et des poulies, entourant deux cages suspendues aux poutres du toit. Ces cages, toutes d'acier et de fer rouillé, pendaient juste au-dessous du niveau des passerelles, chacune accrochée à une épaisse corde qui oscillait doucement en l'air. De légers sanglots s'en échappaient ; un groupe de personnes était pelotonné derrière les barreaux.

Zeke retint son souffle. Il venait lui aussi de les voir. Nous avançâmes vers eux, mais le faisceau d'un projecteur vint brusquement percer l'obscurité, et un pillard surgit de l'ombre, dirigeant la lumière dans l'une des cages.

— Hé, la ferme, là-dedans ! ordonna-t-il en braquant sa lampe sur le visage terrifié de Caleb, qui recula et s'agrippa à Ruth.

Je sentis la fureur de Zeke ; ses muscles frémirent sous sa chemise, et je posai une main sur son épaule pour l'aider à tenir bon.

— Vous devriez plutôt me dire merci, bande de petits merdeux, poursuivit l'homme pendant que deux autres gardes arpentaient la passerelle. C'est fini, le spectacle, du moins pour ce soir. Espérons que le vieux pourra faire ce que Jackal attend de lui, sinon, on sera peut-être obligés de vous donner à bouffer aux enragés pour le motiver à se surpasser…

Il cracha par-dessus la rambarde et alla rejoindre son acolyte sur une autre plate-forme. Je me tournai, et vis Zeke sortir son pistolet et viser le dos de l'homme. Je lui saisis le bras.

— Non, Zeke, non !

Je poussai de force son poignet sous l'eau.

— Tu vas alerter toute la salle ! Laisse-moi faire. Je peux les éliminer sans bruit. Et même s'ils me voient, ce n'est pas grave si je me prends une balle.

Il hésita, puis aquiesça. Nous avançâmes alors

silencieusement jusqu'à la scène flottante, et je montai à l'échelle pour rejoindre les passerelles aériennes.

Je m'accroupis en arrivant en haut des échelons, guettant mes cibles. J'entendais le bruit de leurs pas, et je sentais leur cœur battre. L'un d'entre eux était tout proche. Je me faufilai sur la passerelle en évitant les cordages, et le trouvai bientôt, accoudé à la rambarde, en train de fumer une cigarette.

Il ne me vit pas arriver. En moins d'une seconde, je lui mis un bras autour du cou, plaquai une main contre sa bouche et le poussai entre les cordages. Il poussa un cri étouffé, mais mes crocs se plantaient déjà dans sa gorge.

Trop facile, pensai-je en écartant ensuite les cordes pour m'éloigner en souriant. *Bon, où sont les deux autres, maintenant ?*

L'un était également en train de fumer, debout au bord d'une plate-forme. Son comparse s'éloignait en direction du mur du fond, le laissant seul. Il me tournait le dos, mais pour l'atteindre, j'allais devoir passer entre les cages. Et je devais le faire avant qu'il n'alerte son acolyte.

Je m'accroupis, et m'apprêtai à bondir. Il fallait juste faire vite…

— Allie !

Je sursautai, et le garde se retourna brusquement vers la cage. Caleb était collé aux barreaux, ses yeux affolés braqués sur moi, une main tendue dans ma direction. Les hommes suivirent son regard.

L'effet de surprise était fichu ! Je fis deux pas vers le bord de la plate-forme et me jetai dans le vide, tandis que les deux gardes s'emparaient de leurs armes. Je volai au-dessus des eaux, mon manteau claquant derrière moi, et atterris sur une autre passerelle sous les yeux médusés des pillards. A la dernière seconde, l'homme que je ciblais essaya de me viser de son arme, mais j'étais déjà sur lui, et lui envoyai mon genou dans la poitrine. Nous tombâmes sur la plate-forme avec fracas, et l'arrière de sa tête percuta la bordure métallique. Il bascula et atterrit dans l'eau dans un gros bruit d'éclaboussure.

Je fis alors demi-tour en grondant, les crocs découverts, prête à m'attaquer à l'autre garde, mais il s'enfuyait déjà dans le dédale des passerelles. Il s'arrêta un instant derrière les cages pour regarder en arrière et blêmit en me voyant fondre sur lui, mon sabre brandi.

Caleb poussa un nouveau cri ; le regard de l'homme se braqua furtivement vers lui, avec une expression maléfique. Il tira un grand couteau de sa ceinture, se pencha et trancha les cordes qui maintenaient les cages au-dessus de l'eau. La première céda, et la prison de Caleb, Ruth, Bethany et Teresa plongea dans l'eau glacée au milieu de cris terrorisés.

La seconde corde était sur le point de rompre ; l'homme leva le bras pour lui donner le coup de grâce, quand un coup de feu éclata derrière lui. Il eut un sursaut. Un mince filet de sang jaillit de son torse, et il tomba à la renverse. Le pistolet fumant à la main, Zeke se rua sur la plate-forme au moment même où la seconde corde lâchait, entraînant la seconde cage dans les eaux noires.

Je sautai par-dessus la rambarde et me jetai sans attendre dans l'eau écumante. Par miracle, la seconde cage était tombée de biais sur une table immergée, et un de ses angles dépassait de la surface. Jake, Silas et Matthew étaient cramponnés aux barreaux, luttant pour maintenir leur visage à l'air. Mais l'autre cage était entièrement submergée, et des bulles montaient à la surface de l'eau.

Je plongeai, en cherchant désespérément l'ouverture. A l'intérieur, les corps se débattaient en secouant les barreaux, les yeux écarquillés de terreur. Je trouvai enfin la porte verrouillée et la poussai de toutes mes forces. Elle ne bougea pas. Excédée, je frappai encore plus fort ; le métal se tordit, mais la porte ne céda pas.

Entre les barreaux, je vis alors le corps inerte de Teresa flotter vers le haut de la cage, et l'expression paniquée de Caleb qui essayait de passer entre les barres de fer.

Je frappai la porte une dernière fois ; elle s'ouvrit enfin. J'attrapai Ruth et Bethany pour les aider à passer plus vite par l'ouverture, puis allai chercher Caleb et Teresa. Caleb était si choqué qu'il refusait de lâcher les barreaux de fer, et je dus le tirer de force pour le faire sortir de la cage. Le corps de Teresa entre les bras, je remontai ensuite à la surface, en espérant qu'il ne soit pas trop tard.

En haut, c'était le chaos. Les enfants hurlaient. Ruth tentait désespérément de les emmener vers la scène, mais il était évident que Bethany ne savait pas nager et que Caleb était en pleine crise d'hystérie. A quelques mètres de là, Zeke essayait d'ouvrir l'autre cage. Je vis des clés scintiller entre ses mains — sûrement trouvées sur le garde mort —, une seconde avant qu'il ne parvienne à libérer les prisonniers.

Alors que je posais le corps de Teresa sur le sol, le rideau de scène s'écarta derrière moi, et un pillard déboula, probablement alerté par les cris des enfants, le coup de feu et les bruits des cages tombant à l'eau.

Pendant un instant, il nous regarda, interdit, accusant le choc, mais bien vite après il se retourna pour donner l'alerte. Cet instant me suffit pour plonger sur lui et lui planter ma lame entre les côtes. Son cri se réduisit à un gargouillis, et il s'effondra sur le plancher dans un bruit mat.

Cependant, d'autres ne tarderaient pas à arriver. Je les distinguais déjà par les trous du rideau, escaladant les sièges pour avancer vers la scène. Je jetai un coup d'œil derrière moi : Zeke sortait de l'eau, Bethany dans les bras, tremblante et hoquetant, et Caleb accroché sur son dos.

Ruth se hissa sur la plate-forme et se jeta dans ses bras dès qu'il eut posé les enfants à terre.

— Tu es vivant ! sanglota-t-elle contre sa poitrine.

Il la serra contre lui pendant que les enfants se collaient à ses jambes.

— Nous étions sûrs que tu étais mort ! Oh ! Mon Dieu, c'est horrible, tout ce qu'ils nous ont fait. Darren...

— Je sais, la coupa Zeke, le visage rembruni. Je n'ai pas pu... je suis si désolé...

Il ferma les yeux.

— Pardon, murmura-t-il. Ça ne se reproduira plus, je le jure.

— Zeke ! l'interrompis-je. On n'a pas de temps pour ça. Les hommes arrivent. Il faut sortir tout le monde de là.

Il hocha la tête, reprenant instantanément sa contenance. Mais Ruth se tourna vers moi, les yeux brillant de peur et de soupçon.

— Qu'est-ce qu'elle fait là, celle-là ? C'est un vampire ! Jeb nous a dit de la tuer si elle refaisait la moindre apparition.

— Arrête, Ruth !

Zeke parla d'une voix dure, qui nous laissa toutes deux interdites.

— Elle m'a sauvé la vie. Et à toi aussi, au cas où tu ne l'aurais pas remarqué. Je ne serais jamais arrivé ici sans elle.

— Mais… Jeb a dit…

— C'est bon, on a compris ! On n'est pas encore sortis de là, Ruth. Et puisque tu en parles, où est Jeb ? Pas ici, en tout cas. Où l'ont-ils emmené ?

— Je ne vais certainement pas te le dire ! vociféra Ruth, au bord de la crise de nerfs. Je ne te dirai rien du tout !

Je grondai, prête à lui envoyer une gifle, mais Zeke leva une main, stoppant mon élan.

— Ruth…

Il la secoua doucement, ramenant son attention sur lui.

— Où est Jeb ? Ont-ils dit où ils l'emmenaient, où il est détenu ?

Elle opina du chef tout en s'agrippant à sa chemise.

— La tour de Jackal… Ils ont dit qu'ils l'emmenaient à la tour de Jackal.

A peine avait-elle fini de parler que Bethany poussa un cri. Un pillard venait de surgir par le rideau, suivi d'un comparse. Je pivotai en brandissant ma lame et décapitai rapidement le premier, ce qui arracha de nouveaux cris à Ruth et Bethany ; mais l'autre appela à la rescousse avant que je le réduise au silence.

— Va-t'en ! Fais-les sortir de là, vite ! ordonnai-je alors à Zeke en lui montrant du doigt la porte sur la passerelle par laquelle les gardes étaient arrivés. Ne m'attends pas, je vous rattraperai quand je pourrai. Fais-les sortir de la cité et ne te retourne surtout pas !

— Nous rattraper ?

Zeke avait commencé à orienter le groupe vers l'échelle, mais il se retourna vers moi l'air éperdu.

— Tu ne viens pas avec nous ?

— Non.

Je jetai un rapide coup d'œil vers le rideau ; la foule semblait se ruer sur la scène, et des bruits de plongeon se faisaient entendre.

— Je pars chercher Jeb.

Il me dévisagea.

— Toi ? Non, Allie… C'est moi qui dois le faire. Il est de ma famille.

— Tu es encore blessé, Zeke. Et puis…

Je fis un signe de tête en direction du groupe dont les derniers finissaient d'escalader l'échelle.

— Il faut que tu les guides hors d'ici. Toi, ils te suivront. Pas moi. Prends les pistes les plus élevées de la cité, je crois que c'est le plus rapide. J'aurai davantage de chances de retrouver Jeb si je suis seule.

— Mais…

Il hésitait, tiraillé.

— Même si tu le trouves, il ne te suivra probablement pas. Il essaiera peut-être même… de te tuer.

— Je sais.

Je fis un pas vers le rideau. Les pillards se hissaient maintenant hors de l'eau pour envahir la scène.

— Mais si je ne le fais pas, je serai *bel et bien* le monstre qu'il croit que je suis.

Je me retournai et décochai un coup de sabre au premier assaillant qui se jetait sur moi par l'ouverture du rideau ; je le coupai en deux, sous les cris horrifiés des enfants. Je revins vers Zeke.

— Si Jeb est vivant, je jure que je le trouverai !

Mais il faut que tu les fasses sortir d'ici, Zeke ! Pars, maintenant ! Si je ne suis pas rentrée à l'aube, ne nous attends pas, ça voudra dire que nous sommes morts. Allez, vas-y !

Après un dernier regard torturé, Zeke se tourna et escalada l'échelle. Je fis tomber un autre pillard et m'emparai ensuite de la lampe à pétrole posée dans le coin de la scène. Alors que la foule des assaillants se rapprochait, je soulevai la lampe au-dessus de ma tête et la fracassai contre le sol. Le liquide enflammé ne tarda pas à atteindre le tissu rouge, qui prit feu instantanément.

Des flammes orangées s'élevèrent en rugissant et ne tardèrent pas à dévorer le vieux rideau et à se propager alentour. Deux pillards parvinrent cependant à passer et déboulèrent devant moi. Je m'emparai alors de la deuxième lanterne et fis le même geste de l'autre côté. Le combustible gicla partout, prenant les deux hommes au piège. Ils se mirent à hurler en battant leurs vêtements enflammés, et s'enfuirent là d'où ils venaient.

Le brasier dévora rapidement le rideau, et s'attaqua à la structure de bois qui l'encadrait. Je reculai jusqu'à la troisième lampe à pétrole, luttant contre mon instinct qui m'intimait de détaler devant les flammes. Pour la première fois, j'éprouvais une terreur presque primaire face à l'une des menaces les plus effrayantes pour un vampire. Le feu avait le pouvoir de me détruire. Le vent s'engouffra par le toit et les fenêtres brisées, faisant voler des nuages de cendres et des fragments de tissu enflammé dans les airs. Une braise atterrit sur la manche de mon manteau ; je poussai un cri et frappai sur mon bras pour l'éteindre.

Je projetai la dernière lanterne sur la scène, et

tournai les talons pour monter à l'échelle. La chaleur m'irradiait le dos. Des cris d'alarme retentissaient dans le rugissement des flammes. Les hommes de Jackal s'éparpillaient en tous sens, ne sachant que faire. Certains sautaient dans l'eau, d'autres essayaient d'étouffer les flammes avec ce qu'ils trouvaient, mais le brasier arrivait maintenant au niveau des murs et du plafond, sans aucun signe d'atténuation.

Du haut de l'échelle, je vis Zeke faire passer les derniers membres du groupe par une porte à l'extrémité de la passerelle. Il se retourna alors, et nos regards se croisèrent. Durant une demi-seconde, nous nous fixâmes, dans le vent et les flammes qui se déchaînaient autour de nous. Dans ses yeux, je lus son regret de ne pouvoir venir avec moi, une détermination farouche à faire sortir les autres vivants… et une confiance nouvelle. Je lui adressai un bref signe de tête, et il se retourna solennellement avant de disparaître.

Les flammes se répandaient plus vite que je ne l'aurais cru possible, ravageant les murs, et le vent charriait des braises incandescentes qui venaient mettre le feu aux fauteuils des balcons. J'étais maintenant en face du mur en partie écroulé ; de là, à travers la fumée, je pouvais distinguer la ligne crénelée des immeubles.

Je courus vers le bout de la passerelle et pris tout mon élan pour sauter par-dessus l'eau. Un morceau de mur s'effondra sous mes pieds lorsque j'atterris et je basculai dans l'eau, hors du bâtiment heureusement. Je trouvai rapidement des prises sur le mur, et escaladai la paroi externe jusqu'au toit pour observer la cité.

Des immeubles aux silhouettes squelettiques se dressaient tout autour de moi. Je les scrutai en quête d'un indice qui m'indiquerait le repaire de Jackal. Mais ils se ressemblaient tous, avec la même apparence délabrée et désertée. Je lâchai un juron. Comment diable allais-je pouvoir trouver Jeb dans un endroit aussi…

Je me figeai soudain. Une lumière venait de s'allumer, telle l'étoile polaire dans la nuit, au sommet d'une immense tour noire.

La tour du roi vampire… Avec un peu de chance, c'est là que je trouverai Jebbadiah, vivant. Avec un peu plus de chance encore, Jackal ne serait pas là pour m'accueillir. Et avec *beaucoup* plus de chance, je pourrai délivrer le vieil homme et le ramener sans me faire tuer par le vampire… ou par Jebbadiah Crosse lui-même.

22

Je ne rencontrai aucune résistance, aucun obstacle, jusqu'à la tour présumée de Jackal, probablement en raison de l'incendie du théâtre qui captait tous les efforts et toutes les attentions. J'espérais que la diversion serait suffisante pour permettre la fuite de Zeke, et qu'il pourrait évacuer tout le groupe sain et sauf.

Les lueurs du brasier me parvenaient encore lorsque j'atteignis la tour. Des nuages de cendres incandescentes étaient portés par le vent, et plusieurs départs de feu avaient pris dans les immeubles environnants. J'étais stupéfaite par la vitesse à laquelle le feu pouvait se propager, même avec la quantité d'eau qui baignait les pieds des bâtiments et avait inondé une partie de la ville.

Les marches et le rez-de-chaussée de la tour étaient eux aussi immergés, mais une série de ponts menaient des pistes aériennes jusqu'au hall d'entrée. Là, l'eau ne m'arrivait qu'à hauteur de taille ; elle clapota doucement contre les plates-formes et un comptoir de réception pourri lorsque je me glissai dans le vaste espace sombre. Je m'arrêtai sur une passerelle branlante au-dessus du comptoir, et regardai autour de moi. Comment faisait-on pour accéder aux étages ? Y avait-il des escaliers qui menaient jusqu'en haut ? Ou le roi vampire savait-il voler ?

Soudain, un bruit fort et bref attira mon attention vers un mur, où deux portes d'ascenseur pleines de rouille étaient à moitié ouvertes. Je descendis du comptoir pour me cacher derrière, m'immergeant presque totalement, en voyant une main apparaître entre les portes, et en pousser une sur le côté. Deux pillards armés sortirent de la cabine et empruntèrent les passerelles pour rejoindre la rue inondée. Je me hâtai de rejoindre l'ascenseur dès qu'ils eurent disparu.

Je repoussai les portes à la force des épaules et observai attentivement le conduit. De toute évidence, le système avait été bricolé par les hommes de Jackal ; si je ne l'avais pas vu en action juste avant, j'aurais fortement douté qu'il puisse décoller du sol. Une simple structure d'acier ceinte de rambardes de bois et entourée de grillage, suspendue à un gros câble. Le sol était constitué de quelques planches en décomposition, entre lesquelles on pouvait voir l'eau en dessous. Un genre de levier rongé par la rouille avait été installé dans un coin, tout près de fils électriques dénudés. Quelques étincelles en jaillirent, augmentant encore mon scepticisme.

Malgré tout, j'entrai. J'enjambai les trous entre les planches et actionnai le levier.

L'ascenseur se mit en branle dans une gerbe d'étincelles, puis la cabine commença sa lente mais régulière ascension dans l'obscurité. Je m'agrippai aux rebords de métal, suffisamment fort pour laisser mes empreintes dans la rouille, grinçant des dents à chaque secousse. Comment les gens pouvaient-ils supporter de se retrouver ainsi dans un minuscule espace suspendu dans les airs, à des dizaines de mètres de hauteur ?

Enfin, l'appareil s'arrêta dans un crissement, devant

deux portes coulissantes en meilleur état que celles du bas. Il fallait malgré tout les ouvrir manuellement, ce que je fis immédiatement, trop heureuse de retrouver un plancher solide sous mes pieds.

Quoique…

En sortant de l'ascenseur, la première chose qui m'apparut fut le ciel. A cinq ou six mètres des portes s'étendait un mur de baies vitrées, révélant la gloire sombre et déliquescente de la ville en contrebas. Une grande partie des vitres était brisées ; un vent vif aux relents d'eau croupie et de fumée s'engouffrait par les ouvertures et me balaya les cheveux.

La deuxième chose que je vis fut un garde, posté au bout du couloir. Debout le long des fenêtres, il contemplait les rues, mais il se tourna en m'entendant sortir de l'ascenseur. Il cligna des yeux, visiblement surpris de me voir.

Dommage pour lui. Je m'élançai et le frappai de toutes mes forces. Il tomba par terre sans un bruit. Je contournai son corps, et m'approchai de la porte qu'il gardait.

Un rai de lumière passait sous l'encadrement, et un léger bourdonnement, presque inaudible, provenait de l'autre côté. Tout en espérant ne pas tomber nez à nez avec Jackal, j'entrouvris la porte et regardai par l'entrebâillement.

Une lumière aveuglante me fit vivement reculer. Je protégeai mes yeux d'une main et réessayai. Une lumière douloureuse jaillissait de chaque angle, du moindre recoin, ne laissant aucune ombre se créer. Des plans de travail et des étagères couvraient les murs, certains pleins de livres, d'autres de machines étranges et de récipients de verre qui réfléchissaient la lumière. Comment l'endroit pouvait-il être aussi lumineux ? Même des centaines de lampes ou de projecteurs n'auraient pu éclairer une pièce de la sorte. J'ouvris un peu plus et scrutai prudemment l'espace.

Je découvris d'autres bizarreries. Un étrange panneau vert était accroché au mur, griffonné sur une moitié de lettres blanches et de numéros qui ne m'évoquaient rien du tout. L'autre moitié affichait une carte montrant les Etats-Unis d'Amérique tels qu'ils étaient avant le grand fléau. Là aussi, des signes avaient été griffonnés à l'encre rouge, des endroits marqués d'un cercle puis barrés comme sous l'effet de la colère.

Soudain, du mouvement attira mon attention. Dans l'angle, en face du mur de verre qui délimitait toute une largeur de la pièce, se trouvait un énorme bureau. Un écran y clignotait, affichant des listes de mots que je ne pouvais comprendre. Je le contemplai, fascinée. C'était un véritable ordinateur, datant d'un âge où ce genre de technologie était présent dans tous les foyers. Je n'en avais jamais vu en état de fonctionnement, même si, en Bordure, des rumeurs affirmaient qu'il en existait encore, à condition d'avoir une source d'énergie externe pour les faire fonctionner. Jackal avait dû investir beaucoup de temps et de réflexion pour créer cet endroit. Qu'espérait-il exactement y faire ?

Je continuai à observer la pièce, et tombai enfin sur ce que je cherchais.

Un homme contemplait la cité devant les baies vitrées. Une lueur rouge éclairait les traits anguleux de Jebbadiah Crosse. Peut-être était-ce le fuit de mon imagination, mais il me sembla distinguer l'éclat d'une larme sur l'une de ses joues. Son visage était dévasté ;

c'était celui d'un homme qui avait tout perdu, et qui n'avait plus aucune raison de vivre.

J'ouvris la porte en grand et entrai dans la pièce.

— Jebbadiah !

Il se retourna, et la surprise figea un instant ses traits.

— Toi ! Comment… Pourquoi es-tu là ?

Il eut un sourire amer.

— Ah, oui, c'est ça… Tu nous as suivis, n'est-ce pas ? Tu ne voulais pas nous laisser filer comme ça. Je comprends. La revanche est si facile pour ceux de ton espèce.

Sa voix changea et se fit glaciale, toute remplie de haine.

— C'est l'endroit idéal pour toi. Une cité perdue, grouillant de démons et de pécheurs, dirigée par un diable. Alors, tu es venue pour jubiler ? Assister au spectacle d'un vieil homme qui a tout perdu ?

— Je ne suis pas ici pour jubiler, dis-je en avançant vers lui. Je suis venue pour vous sortir de là.

— Mensonges ! Je n'irai nulle part avec toi, diablesse, même si je le pouvais. Mais cela n'a plus aucune importance…

Il se retourna vers la baie vitrée ; au-dehors, le vent emportait haut dans le ciel la fumée épaisse de l'incendie.

— Ils ne sont plus, maintenant. Ils sont libérés de ce monde. Et je les rejoindrai bientôt.

— Ils ne sont pas morts !

Je m'approchai de lui.

— Zeke et moi les avons délivrés. Ils nous attendent en dehors de la ville, mais il faut partir maintenant, avant que Jackal ne nous trouve.

— As-tu peur de la mort, vampire ? me demanda

posément Jeb, sans cesser de regarder par la fenêtre. Tu devrais savoir qu'il n'existe rien de plus dangereux qu'un homme qui ne craint pas la mort. J'ai tout perdu, et cela me rend libre. Jackal ne se servira pas de moi pour atteindre ses ignobles objectifs. Et toi… tu ne menaceras plus jamais personne.

— Jeb…

Je m'approchai encore, et tendis la main vers lui.

— Jackal peut arriver d'une seconde à l'autre. Nous devons partir d'ici, même si…

Jeb se retourna alors, fit un pas, et me donna un puissant coup de couteau dans le ventre.

La douleur me transperça. Dans un grondement, les crocs découverts, je reculai en titubant, sous son regard impassible.

Du sang coulait autour de la lame tranchante ; je la saisis et tentai de la retirer, serrant les dents pour m'empêcher de crier. Ce n'était pas un couteau, mais un éclat de verre de presque quinze centimètres de long. Dans une douleur atroce, je l'arrachai de mes entrailles et le jetai par terre avec un cri étouffé. Puis, mes jambes cédèrent et je tombai à genoux.

Jebbadiah se dirigea alors à grands pas vers une étagère, toujours aussi imperturbable. Je sentais que je commençais déjà à cicatriser, mais pas assez vite.

— Jeb…

Je tentai vainement de me remettre debout.

— Je vous jure… que je suis venue pour vous libérer. Les autres sont vivants, ils vous attendent…

Il ouvrit un tiroir, en sortit un scalpel et revint vers moi, l'instrument scintillant à la main, le regard dur comme de la pierre. Il ne semblait pas m'avoir entendue.

— Que cet acte soit mon ultime pénitence, murmura-t-il, presque absent, pendant que je me démenais pour me remettre sur pied. Eden est perdu. Ezekiel est perdu. Le remède pour la race humaine est perdu. J'ai échoué, mais au moins emmènerai-je un démon avec moi en enfer !

Je m'écartai en chancelant, les mains pressées sur le ventre. J'avais grande envie de dégainer mon sabre et d'en finir avec ce vieux fou borné, mais je me forçai à lui faire face.

— Le remède ? dis-je en m'abritant derrière une paillasse. Quel remède ?

Il ne répondit pas, continuant à s'approcher, le scalpel brandi devant lui.

— Alors Jackal avait raison. Vous connaissez bien le remède à la rage. Et vous vous l'êtes gardé pour vous tout seul, pendant tout ce temps.

— Ne parle pas des choses que tu ne comprends pas, répondit Jeb s'animant enfin un peu. Il n'existe pas de remède, pas encore. Tout ce qui existe, ce sont des fragments d'information, des résultats d'expériences non concluantes menées il y a des décennies.

— Vous étiez au courant des expériences des vampires ?

Il me fixa par-dessus les éprouvettes et les béchers, les bras ballants.

— Comment est-ce possible ? Vous y étiez ? Vous viviez à New Covington avant que la cité ne devienne un territoire vampire ? Vous n'êtes pas *si* vieux pourtant.

— Mon grand-père faisait partie de l'équipe scientifique qui a travaillé à l'élaboration d'un remède. C'est même lui qui la dirigeait. Un homme brillant dans son domaine… Il a découvert que le sang de vampire pourrait être la clé contre le Poumon Rouge. C'est lui qui a décidé qu'il leur fallait des spécimens vivants pour mener à bien les expériences. Et c'est encore lui qui a fini par convaincre les autres de laisser un vampire collaborer avec eux sur ce projet.

Je m'appuyai contre la paillasse, sentant ma douleur s'estomper peu à peu. Seulement, la faim commençait maintenant à se faire sentir. J'avais besoin de sang, et il n'y avait personne d'autre que Jeb. J'agrippai les bords du plan de travail et essayai de me concentrer sur ses paroles et non sur les battements de son cœur.

— Cette décision a causé leur perte, poursuivit Jeb, le regard vide. A cause de l'orgueil d'un seul homme, les enragés ont vu le jour. A cause de l'association d'un seul homme avec un démon… Rien de bon ne peut jamais sortir de l'incarnation du mal, et il a fini par revenir les hanter. Les démons qu'ils créèrent se sont échappés, ont tué tout le monde, et les étages du laboratoire ont brûlé. Mais avant de mourir, mon grand-père a pris soin de copier toutes ses recherches, tout ce qu'il avait appris, et de les passer à son fils.

— Votre père… Qui vous les a donc passées à son tour…

Le souvenir de Kanin, fouillant sans relâche dans les ruines de l'hôpital en quête de quelque chose qu'il ne trouverait pas, me revint brusquement à la mémoire. Jeb ne répondit pas, ce qui était éloquent, et je hochai doucement la tête.

— Et c'est pour cette raison que vous voulez trouver Eden. Vous cherchez un endroit où poursuivre ces recherches, pour trouver le remède.

— Si je mourais, elles seraient allées à Ezekiel, murmura Jeb, le visage traversé par une brève expression de souffrance. Mais il n'est plus ; il ne me reste personne. Mon secret partira avec moi. Je ne permettrai pas qu'il tombe entre les mains d'un diable.

— Jeb, *Zeke est toujours vivant*. Ils le sont tous !

Je le dévisageai, excédée, regrettant de ne pouvoir faire entrer la vérité de force dans son crâne.

— Ecoutez-moi, bon sang ! Zeke et moi avons suivi les hommes de Jackal jusqu'ici. Nous avons délivré les autres et mis le feu à un bâtiment pour semer la pagaille. A l'heure qu'il est, ils doivent déjà être sortis de la cité. Vous pouvez encore retrouver Eden, si vous arrêtez d'être borné à ce point et si vous écoutez ce que je vous dis !

L'expression figée de Jeb se fissura légèrement.

— Ezekiel est… vivant ? bredouilla-t-il.

Puis il secoua la tête, presque avec désespoir.

— Non, non, tu mens, démon ! Ezekiel était mon fils, même s'il n'était pas de mon sang. Il ne collaborerait pas avec ceux de ton espèce. Je l'ai mieux éduqué que ça.

Ma colère augmenta, et la faim du même coup, maintenant que ma blessure avait fini de cicatriser.

— Zeke se soucie bien davantage du groupe que vous, espèce d'hypocrite Père-la-Morale ! Il a tout fait pour les sauver, tout. Et il a réussi, *lui* ! Il a risqué sa vie et, oui, il s'est même associé avec un vampire, qui, je vous le fais remarquer, essaie en ce moment même de sauver votre satanée peau de tête de mule ! Je suis peut-être un démon, mais Zeke est bien plus humain que vous, ou qui que ce soit d'autre, et si vous ne le voyez pas, eh bien, c'est que vous ne le connaissez vraiment pas aussi bien que vous le devriez !

Jebbadiah me fixa un moment, puis baissa la tête et ferma les yeux.

— Comment lui faire confiance ? murmura-t-il

s'adressant à lui-même. Dois-je croire ce qu'elle dit, que mon fils est vivant, que les autres ont été épargnés ?

Il rouvrit les yeux, le visage tourmenté par le doute.

— Je suis trop vieux pour changer de chemin, dit-il, le regard perdu sur quelque chose derrière moi. Je ne peux pas croire qu'un démon ait une âme, qu'il puisse être sauvé. Je ne peux croire cela. Je serai perdu si je commence à douter…

Son regard se connecta au mien, et cette fois, il m'adressa directement la parole :

— Pourquoi es-tu venue, vampire ? Et pourquoi hésites-tu ? Je sais que tu as envie de me tuer, je le vois dans tes yeux. Qu'est-ce qui t'arrête ?

Je pris quelques secondes avant de lui répondre, afin que ma voix soit stable et assurée.

— J'ai promis à Zeke que je vous retrouverais. Croyez-le ou non, mais c'est la vérité.

Prudemment, je contournai la paillasse, tout en gardant un œil sur la main qui tenait toujours le scalpel.

— Je me suis engagée à vous ramener à lui sain et sauf, et je le ferai.

Je fis un geste en direction des fenêtres, puis reposai mon regard sur lui.

— Vous ne pouvez pas renoncer maintenant, Jeb… Si vous ne le faites pas pour moi, faites-le pour Zeke, Caleb et Bethany. Ils le méritent, vous ne croyez pas ? Trouvez ce maudit remède à Eden, qu'ils puissent au moins avoir l'espoir d'un avenir. Faites-le pour eux !

La couleur quitta son visage, et le scalpel tomba de sa main.

— Tes paroles me remplissent de honte, murmura-t-il si bas que j'eus du mal à l'entendre. J'ai été si préoccupé par l'idée d'emmener mes disciples à Eden que j'en ai oublié mon devoir de les protéger pendant le voyage. J'ai laissé Ezekiel gérer seul ce que j'aurais dû faire dès le départ. Et maintenant, regarde où nous en sommes…

Il se détourna et regarda une fois encore par la baie vitrée.

— J'ai tué Dorothy. Et Darren. Et tous les autres. C'est moi qui nous ai amenés ici. Je suis responsable de leur mort.

— Tout le monde n'est pas mort, lui rappelai-je en luttant contre la faim, qui se manifestait maintenant avec férocité.

J'avais une envie terrible de me jeter sur lui et de lui plonger mes crocs dans la gorge, mais je réprimai cette pulsion de toutes mes forces. J'avais eu faim toute ma vie, j'avais frôlé la famine de nombreuses fois dans la Bordure ; ce n'était pas maintenant qu'elle allait l'emporter.

— Zeke vous attend, ainsi que les autres. Vous pouvez encore sauver des vies, Jeb. Vous pouvez encore atteindre Eden. Il faut juste qu'on parte *maintenant*.

— Oui, acquiesça Jeb sans pour autant me regarder. Oui, je vais le faire pour eux. Quand bien même je devrais vendre mon âme à un démon, je les amènerai à bon port.

Un mol applaudissement retentit alors depuis la porte.

— Bravo… Bravo… Quelle scène émouvante… Je crois bien que j'ai versé une petite larme.

Jackal se tenait appuyé à l'encadrement de la porte.

23

— Regardez-moi ça…, susurra Jackal en entrant dans le labo, sourire aux lèvres, avant de refermer la porte derrière lui. Un nouveau vampire s'est glissé dans mon petit royaume, à ce que je vois… Il me semblait bien avoir senti quelque chose de bizarre, cette nuit. Et toute cette folie, dehors, s'explique enfin…

Il secoua la tête, me regardant avec désapprobation, comme si j'étais une enfant qui viendrait de faire une bêtise.

— C'est toi qui as brûlé mon théâtre ? Ce n'est pas très poli de ta part. Maintenant, je vais devoir trouver un autre endroit pour procéder aux démembrements rituels.

Il s'arrêta, croisa les bras et me jeta un regard condescendant — peut-être parce que je venais de dégainer mon sabre et de prendre une posture de défense. Cet étrange sentiment de familiarité, de déjà-vu en sa présence, refit alors surface.

— Comme c'est dommage, continua-t-il, pas le moins du monde impressionné par mon katana. Apparemment, nous n'avons pas la même idée de ce qui va se passer cette nuit. *Moi,* je ne cherche pas à me battre contre toi. Mais j'ai dû te fâcher par le passé, même si je ne me souviens pas en quelles circonstances, car j'ai le sentiment de te connaître, sans pouvoir me rappeler d'où ni quand.

— Je n'ai pas envie de me battre non plus, fis-je, avant de faire un signe de tête vers Jeb. Je suis juste venue pour lui. Laisse-le partir, et on s'en ira tout de suite de ta cité.

— Ça risque de poser un problème, soupira Jackal en se frottant le menton. Vois-tu, cela fait un bon bout de temps que je cherche cet homme. J'ai besoin qu'il développe le remède. Il prétend que l'information est incomplète, alors je lui fournis ici tout ce qu'il lui faut pour la compléter.

Un sourire illumina son beau visage.

— Tout ce que je veux, c'est mettre un terme à la malédiction de la rage. Ce n'est quand même pas un projet si horrible, n'est-ce pas ? Tu ne ferais pas la même chose, si tu en avais l'occasion ?

Toute l'explication ne pouvait pas être là. Il ne pouvait pas avoir une aussi bonne intention. Ou pas seulement…

— Où as-tu entendu parler du remède ? demandai-je.

Jackal haussa les épaules.

— Mon géniteur m'a informé de son existence.

— Ton *géniteur* ?

Mes jambes mollirent tout à coup. Non, ça ne pouvait pas être ce à quoi je pensais… Cette impression de familiarité, cette connexion immédiate, la certitude soudaine qu'il n'était pas un vampire comme les autres… Je fus certaine de ce qu'il allait dire, et voulus lui crier de se taire.

— Mon créateur, mon père vampirique, si tu préfères.

Il fit un geste désinvolte.

— Bref, celui qui m'a transformé. Il m'a trouvé dans

le désert, mourant de soif après une attaque de bandits qui venaient de tuer ma famille, et il a fait de moi ce que je suis. Je lui serai éternellement reconnaissant pour ça, mais malheureusement, nous n'avons jamais vu les choses de la même façon. Quelques mois après ma transformation, nous nous sommes séparés. Il s'appelait…

— Kanin, murmurai-je.

— Comment…

Il se tut et me fixa comme s'il me voyait pour la première fois. Puis, il éclata de rire, basculant sa tête en arrière.

— Oh ! Mais bien sûr ! Voilà le lien ! Kanin, enfoiré de menteur ! Qu'est devenue ta belle promesse de ne transformer personne d'autre après moi ?

Je le regardai, abasourdie, essayant de digérer l'information. Kanin était notre géniteur commun. Il avait transformé Jackal, tout comme moi, ce qui voulait dire que nous étions… quoi donc ? Frère et sœur ? Est-ce que ça fonctionnait ainsi, chez les vampires ? Kanin avait négligé de me l'apprendre.

— Quel choc, hein, *petite sœur* ? railla Jackal, qui se délectait visiblement de la situation.

Je sursautai en entendant ce mot. *Sœur*… Cela signifiait que nous étions liés. De la même famille.

— Eh bien, voilà qui est parfait ! Tu ne peux plus t'en prendre à moi, maintenant. Pas à ton cher grand frère.

— Tu n'es pas mon frère !

Jackal haussa les sourcils avec une surprise feinte.

— Je ne veux rien avoir à faire avec toi ! Nous n'avons rien en commun toi et moi !

Le visage de Darren implorant dans sa cage avant que l'enragé ne lui tombe dessus me revint à la mémoire.

Ainsi que le regard éteint de Dorothy, braqué pour toujours vers le ciel.

— Tu as tué mes amis, et je ne te le pardonnerai pas.

— Tes amis ?

Il se gaussa ouvertement et croisa les bras.

— Les humains ne sont pas des amis, petite sœur. Les humains sont des larbins. Des sujets. De la nourriture. Tout ce que tu voudras, mais pas des amis.

Puis il m'adressa un sourire indulgent.

— Oh ! Ils ont leur charme. Ils sont même parfois distrayants. Mais même eux reconnaissent la supériorité de la race des vampires. C'est pourquoi, au fond d'eux, ils veulent être comme nous. Tiens, prends mes sous-fifres, là-bas…

Il braqua son pouce vers la fenêtre.

— Je leur donne la liberté, je les laisse aller, venir et tuer comme ils l'entendent, mais partent-ils ?

Il secoua la tête.

— Non. Ils reviennent toujours, parce qu'ils espèrent qu'un jour, si la malédiction est levée, je récompenserai leurs bons services en les faisant tels que je suis.

— Et c'est pour cette raison que tu veux le remède, démon ? demanda Jebbadiah. Tu veux transformer tes propres hommes en vampires, pour te créer d'autres semblables. Une armée de démons, avec toi à leur tête.

— Et alors ?

Jackal haussa les épaules et répondit, s'adressant à moi :

— Quel est le problème, si je leur offre l'immortalité ? Je serais heureux de leur faire ce cadeau. Notre race a perdu autant de monde que la leur, peut-être même davantage.

Il fit un pas vers moi, ignorant Jeb.

— Allons, petite sœur, pourquoi te soucier autant d'un humain ? Ils ne sont que de la nourriture, des sacs de sang ! Nous avons été conçus pour les dominer, c'est pourquoi nous leur sommes supérieurs sous tous les aspects. Arrête de lutter. Si c'est vraiment Kanin qui t'a engendrée, alors tu possèdes le potentiel pour devenir un Maître, tout comme moi. Et je ne suis pas contre l'idée de partager mon pouvoir avec toi.

Sa voix baissa d'un ton et se fit plus mielleuse.

— Pense à tout ce que nous pourrions faire ensemble. Nous pourrions avoir notre petit paradis à nous, avec nos armées, nos servants, notre bétail humain. Nous pourrions offrir à nos fidèles le cadeau de l'immortalité, et nous régnerions sur ce monde jusqu'à la fin des temps. Notre propre Eden vampirique.

— Jamais ! s'écria Jeb en ramassant le scalpel sur le sol, le visage ulcéré. Jamais ! Blasphème ! Je mourrais plutôt que de laisser cela se produire !

Il se jeta alors sur Jackal, qui arrêta facilement son bras et lui tordit le poignet, faisant tomber la lame.

— Allons, allons, gronda-t-il en découvrant ses crocs. Ce n'est pas encore l'heure de mourir pour toi. Je veux que tu me finisses ce remède. Cela dit, je n'aurai aucun scrupule à te torturer un peu pour que tu t'y mettes.

Sur ce, il le repoussa violemment. Jeb alla s'écraser contre une paillasse, renversant nombre de récipients. Il s'écroula sous une pluie de verre brisé, et la douce odeur du sang jaillit comme un geyser.

La faim se déchaîna en moi. Je me ruai vers lui, ne sachant trop si je tentais de l'attaquer ou de l'aider. Du sang ruisselait sur ses bras et sur son visage, lui coulait dans les yeux. Sa tête retomba lourdement contre sa poitrine.

— Jeb…

Je m'accroupis devant lui en essayant d'ignorer le pouls de sa carotide et le rouge qui se répandait sur sa chemise. Il leva une main pour la glisser péniblement à l'intérieur de son manteau déchiré. Du coin de l'œil, je vis que Jackal était toujours au même endroit, les bras croisés sur la poitrine, un petit sourire supérieur aux lèvres.

— Tiens…, murmura Jeb entre ses mâchoires serrées.

Il me tendit discrètement la main ; je la pris, et quelque chose de minuscule, une toute petite barrette de plastique noir, passa de sa paume à la mienne. Elle faisait à peine la taille de mon petit doigt.

— Ezekiel, dit encore Jeb dans un souffle, en laissant retomber son bras. Dis-lui… de prendre bien soin des nôtres…

— Jeb…

— Bon, assez rigolé ! déclara alors Jackal en frappant dans ses mains. Ma patience a atteint ses limites pour cette nuit. Maintenant, chère petite sœur, j'ai besoin de ta réponse. Veux-tu te joindre à moi, oui ou non ? Veux-tu m'aider à trouver ce remède et à repeupler notre monde ? Songe à ce que les seigneurs vampires nous donneraient pour cette information. Nous pourrions tous les diriger, si nous le voulions. Qu'est-ce que tu en dis ?

Je regardai Jeb, effondré contre la paillasse. Je sentais l'odeur de son sang, j'entendais les battements de son cœur, je sentais son regard froid sur moi. Plein de jugement, de haine. Malgré son geste de confiance, je restai un démon pour lui. Il ne me considérerait jamais autrement.

Je me tournai vers Jackal.

— Je dis non.

Ses sourcils se relevèrent sous l'effet de la surprise. Je me dressai entre Jeb et lui et sortis mon sabre.

— J'emmène Jeb hors d'ici, que ça te plaise ou non. Alors écarte-toi de mon chemin !

Il prit un air attristé.

— Dommage, marmonna-t-il. Nous aurions pu faire des choses extraordinaires, toi et moi, tu sais. Un frère et une sœur, unis par le destin, joignant leurs forces pour changer le monde. Que veux-tu, je suis un romantique, au fond, même si ce rebondissement n'était pas prévu dans le scénario initial.

Il inspira et poussa un soupir exagéré tout en me souriant.

— Eh bien, je vais devoir te tuer, maintenant…

— Alors arrête de bavasser, le défiai-je en prenant une posture d'attaque, et allons-y ! Le soleil ne va pas tarder à se lever.

Jackal découvrit ses crocs, et ses yeux dorés étincelèrent.

— Oh ! Crois-moi, petite sœur, ça ne devrait pas prendre bien longtemps.

Il sortit alors de sous son manteau un long bâton de bois muni d'une pointe acérée à son extrémité. Une peur brute et primaire me noua le ventre ; je reculai.

— Je me suis dit que ça devrait te plaire, fit-il en arborant un sourire démoniaque, sans cesser d'avancer. C'est Kanin qui m'a appris à m'en servir. A maîtriser ma peur, à l'utiliser à mon avantage.

Il fit tourner le pieu entre ses doigts.

— Que se passe-t-il ? Il ne t'a pas appris la même chose ? Ou ton éduction a-t-elle été interrompue par cet autre parent, celui qui veut sa tête sur un plateau ?

Combien de temps de formation as-tu eu avec ce bon vieux Kanin, finalement ? Moins que moi, j'imagine.

— T'a-t-il appris à endormir d'ennui tes assaillants ? Parce que j'ai dû manquer cette leçon…

Jackal éclata de rire.

— Oh ! Elle me plaît, celle-là ! Quel dommage que je sois obligé de te tuer. Tu es sûre de ne pas vouloir changer d'avis ? Ces humains sont tellement minables.

— Non.

Je le regardai droit dans les yeux.

— Je ne te laisserai faire de mal à personne d'autre.

— Très bien.

Il haussa les épaules et fit tournoyer le pieu entre ses mains.

— Je t'ai donné ta chance. Tiens-toi prête, petite sœur. On ne rigole plus, maintenant.

Il s'élança vers moi à la vitesse de l'éclair. J'actionnai mon sabre du mieux que je pus, mais il esquiva sans problème et pénétra immédiatement ma garde. Sa main se referma sur mon cou et me souleva du sol. Avant que je comprenne ce qui m'arrivait, il me plaqua violemment sur une paillasse. Des éclats de verre volèrent de nouveau partout, et l'arrière de ma tête percuta le rebord de marbre. Etourdie, je restai sans réaction une demi-seconde. Ce fut largement suffisant à Jackal pour lever le poing et abattre le pieu dans mon ventre.

Je me cambrai et poussai un hurlement. Mon sabre tomba par terre avec fracas. La douleur dépassait tout ce que j'avais éprouvé jusque-là ; des vagues brûlantes déferlaient dans tout mon corps, irradiant du point où le bois était planté dans ma chair. Je le *sentais* en moi, comme un poing qui me tordait les entrailles. Je voulus le retirer, mais Jackal me saisit le poignet et le rabattit sur le plan de travail, me clouant sur place.

— Ça fait mal, hein ? murmura-t-il en se penchant au-dessus de moi, les yeux luisant de triomphe. C'est fou comme un simple morceau de bois planté dans les tripes peut faire à ce point mal. J'aimerais encore mieux me faire passer un tisonnier chauffé à blanc dans les yeux, jusqu'au cerveau.

Je serrai les mâchoires pour réprimer un autre cri. Jackal continuait de me maintenir, sans se départir de son sourire.

— Oh… Si jamais tu te demandes pourquoi il te devient de plus en plus difficile de bouger, laisse-moi éclairer ta lanterne. Ton corps est en état de choc ; il se referme, en essayant de se réparer. Encore quelques minutes comme ça, et tu me supplieras de te trancher la tête pour mettre un terme à tes souffrances.

Je luttais, mais mes membres se ramollissaient. Jackal me tenait un bras, mais bien que l'autre soit libre, la torture qui me déchirait le ventre m'enlevait toute capacité de le repousser. J'étais littéralement clouée sur cette paillasse, comme un animal avant dissection. Jackal me contemplait avec sadisme, tournant le pieu pour l'enfoncer plus profondément encore. Cette fois, je ne pus retenir un cri.

— Je parie que tu regrettes de ne pas avoir accepté mon offre, hein, petite sœur ?

J'arrivais à peine à comprendre ce qu'il disait.

— Quel gâchis ! Moi qui imaginais déjà tout ce qu'on aurait pu faire ensemble. Mais tu as préféré prendre le parti des sacs de sang… tout comme Kanin. Et maintenant, regarde où il en est : capturé et torturé par ce monstre psychotique de Sarren. Tu dois être bien fière d'avoir suivi le même chemin que notre géniteur !

Je tendis la main en arrière, cherchant désespérément quelque chose susceptible de m'aider. Je m'efforçai de parler, pour le distraire.

— Co-comment… as-tu…

— Su pour Kanin ?

Jackal pressa de nouveau le pieu, et je me tordis de douleur.

— Tu as fait les mêmes rêves, pas vrai ? Une intense émotion peut parfois parvenir à ceux dont nous partageons le sang. D'ailleurs, Kanin ressent peut-être ta souffrance en ce moment même. N'est-ce pas intéressant ?

Il se pencha en souriant.

— Hé, Kanin, tu m'entends ? Est-ce que tu vois ce que je suis en train de faire à ta dernière progéniture en date ? Comment ?

Il posa une main en coquille derrière son oreille.

— Lui donner une autre chance, dis-tu ? Ne pas la tuer, comme tu l'as fait avec tes frères ? Comme c'est intéressant ! Crois-tu que si je lui refaisais une offre, elle l'accepterait ?

Mes doigts trouvèrent le bord d'un bécher, miraculeusement intact, et se refermèrent sur lui. Je profitai de ce que Jackal était toujours penché pour abattre le récipient de toutes mes forces contre un côté de son visage. Le verre se brisa sous l'impact.

Jackal se redressa dans un rugissement, me tira de la paillasse et me fit tourner au-dessus de sa tête. Je fus projetée dans les airs et aperçus la vitre un quart de seconde avant de percuter le verre dans une cacophonie assourdissante. Le vent froid de Chicago me fouetta le visage. Je flottais un instant en l'air, puis commençai à tomber.

Je me contorsionnai désespérément, battant des bras et des jambes dans l'espoir d'agripper quelque chose de solide. Mes doigts s'éraflèrent contre le mur, je percutai le côté du building, et me rattrapai d'une main au rebord de la fenêtre.

Au-dessus de moi, Jackal se penchait par l'ouverture, la joue ensanglantée, me fixant de ses yeux dorés. Malgré le sang qui ruisselait dans sa bouche, colorant ses crocs en rouge, il ne s'était pas départi de son sourire.

— Ça, dit-il d'un ton badin, ce n'était pas très malin. Gonflé, mais pas malin. Surtout après la proposition que je venais de te faire. N'importe quel véritable vampire aurait sauté sur l'occasion. Mais pas toi. Non, tu persistes stupidement à t'accrocher aux humains !

J'avais du mal à l'écouter. Le pieu était toujours planté dans mon ventre, affaiblissant mes membres davantage à chaque seconde. Mes doigts commençaient à glisser du rebord, malgré tous mes efforts pour me retenir.

Jackal se pencha pour ramasser un gros morceau de béton, presque de la taille d'un crâne humain, et le fit sauter dans une de ses mains.

— Puisque tu aimes tellement ces sacs de sang, dit-il en levant la pierre au-dessus de sa tête, va donc les rejoindre en enfer !

Un grand calme m'envahit… Mon heure avait donc sonné. Mais soudain, j'entendis un bruit de pas derrière lui ; Jebbadiah se jeta sur lui, les précipitant tous deux dans le vide. Je les vis tomber, l'un dans un hurlement, l'autre sinistrement silencieux, puis ils s'évanouirent dans l'obscurité.

Je tentai de conserver mes esprits malgré le choc et l'étourdissement qui me gagnait. D'une main, je saisis le pieu et l'arrachai de mon ventre avec un cri. Il glissa de mes doigts et chuta, tourbillonnant sur lui-même, rebondissant sur le mur, avant de disparaître dans les eaux noires.

Tremblante et de plus en plus faible, je réussis cependant à me hisser et à regagner l'intérieur de la tour. Là, le peu de forces qui me restaient m'abandonnèrent tout à fait, et je m'affalai sur le carrelage devant la baie fracassée, les yeux rivés au plafond.

Je ne pouvais plus bouger. La douleur et la faim me dévastaient, mais je me sentais complètement vidée. Finie. Sans nourriture, rien ne pourrait réparer les dommages que mon corps venait de subir, et je me sentais déjà partir, glisser dans les ténèbres, dans cette hibernation dont Kanin m'avait parlé.

Combien de temps demeurai-je ainsi ? Au fond de moi, je savais que je devais bouger, trouver un abri. L'aube approchait ; dans peu de temps, les premiers rayons du soleil allaient brûler ma peau et me réduire en cendres. J'essayai de ramper, de faire fonctionner mes membres, mais ils étaient trop lourds, je n'en avais plus la force. La colère me prit alors, et je luttai pour rester éveillée, pleine de rage contre les ténèbres qui tentaient de m'aspirer. Mais à mesure que le jour approchait, ma fin m'apparut comme inéluctable.

Je renonçai d'un coup à lutter. Voilà, c'était fini… Dans moins d'une heure, le soleil me trouverait là, incapable de me soustraire à ses rayons destructeurs. C'était donc par le feu que j'allais quitter ce monde pour de bon…

— Allison !

La voix surgit de nulle part, fendant les ténèbres. Je frémis, incrédule. Peut-être étais-je en train de rêver. Peut-être étais-je déjà morte. Quelqu'un s'agenouilla près de moi et m'attira sur ses genoux avec des gestes doux. Je voulais me débattre, mais mon corps ne me répondait plus du tout, et j'abandonnai tout effort.

— Oh ! Mon Dieu ! murmura la voix avec inquiétude.

Son timbre m'était familier ; je sentis quelque chose effleurer le trou béant dans mon ventre.

— Allison, est-ce que tu m'entends ? Réveille-toi ! Allez, il faut qu'on sorte d'ici.

Zeke ? Non, ce n'était pas possible. Zeke était parti ; je lui avais dit de quitter la cité avec les autres. Il devait être loin, maintenant. Pourtant, c'était bien sa voix qui me poussait à ouvrir les yeux, à tenter de me redresser. J'en avais du moins la volonté, mais l'hibernation m'entraînait déjà, et sa voix s'éloignait de plus en plus. Je ne pouvais pas lui répondre. Il me serra dans ses bras, et j'entendis un gémissement de douleur juste avant que l'odeur du sang emplisse l'atmosphère.

— Prends ça, murmura-t-il en pressant quelque chose contre ma bouche.

Un liquide chaud goutta alors sur mes lèvres. Instinctivement, je mordis, et j'entendis un halètement quelque part au-dessus de moi. Je n'y prêtai guère d'attention. C'était la vie qu'on m'offrait là, et je l'accueillis avec avidité, sentant les forces me revenir peu à peu et mon épuisement disparaître. La faim se réveilla alors brusquement, comme dans une prise de conscience subite du fait que je venais de frôler la mort ; je mordis plus sauvagement, enfonçai mes crocs plus avant. Il y eut un cri étouffé ; la chair se tendit douloureusement sous ma morsure. Cela me rendit encore plus folle de désir. Le sang n'affluait pas assez rapidement. J'avais envie de déchiqueter ces chairs, d'ouvrir ces veines pour augmenter leur débit. Je sentais le pouls battre au niveau du poignet, au rythme du cœur, et je voulais boire encore et encore jusqu'à les faire tous deux défaillir.

Dans un rugissement, je lâchai alors le bras et me jetai vers la gorge, où le sang affluait plus généreusement, comme une promesse de vie. Je m'apprêtais à enfoncer mes crocs dans le cou pour libérer ce formidable stock de chaleur et d'énergie, quand le corps se raidit contre le mien. J'entendis alors les battements de son cœur s'affoler, et réalisai soudain ce qui se passait.

Zeke ! Non, je ne peux pas faire ça !

Tremblant d'envie, je m'arrêtai à quelques centimètres de sa gorge, si près que je sentais la chaleur qui émanait de sa peau. Zeke était figé, le souffle court, pétrifié par la peur. Une petite voix intérieure m'ordonna de reculer, mais je ne parvins pas à bouger. Pas avec ce pouls battant à trois centimètres de ma bouche, pas avec cette douce odeur de sang qui envahissait tous mes sens. Je me penchai. Mes lèvres effleurèrent sa peau avec douceur, et Zeke poussa un gémissement.

Puis, alors que j'essayais de rassembler assez de volonté pour me retirer, Zeke bougea. Juste un peu, un léger mouvement qui aurait pu passer inaperçu. Il bascula sa tête en arrière, exposant son cou. Il me l'offrait. Je ne pus pas me retenir.

J'enfonçai mes crocs dans sa gorge, profondément. Il retint un cri et agrippa mon bras. Son sang chaud et doux se répandit dans ma bouche, puis dans mon corps, tel un feu se déplaçant lentement. Il avait un goût de terre et de fumée, de chaleur, de passion, de force ; tout ce qui faisait Zeke. Il prononça mon nom dans un soupir de consentement et de désir, et j'eus l'impression de ne pouvoir me rapprocher suffisamment de lui, malgré cette proximité. Les battements de son cœur résonnaient à mes oreilles à un rythme effréné. Je m'abandonnai à ce moment, ivre d'extase, sentant l'essence de cet être remarquable tournoyer en moi.

Non ! La petite voix de la raison se réveilla soudain, horrifiée. *C'est Zeke ! Tu es en train de prélever le sang de Zeke, c'est son cœur que tu entends ! Son sang te sauve la vie, et tu vas le tuer si tu n'arrêtes pas tout de suite !*

La faim s'insurgea. Elle n'était pas satisfaite, pas encore rassasiée. J'avais frôlé la mort, j'avais besoin de beaucoup de sang pour guérir complètement. Seulement, je ne pouvais en prendre plus sans mettre Zeke en danger. Il n'était pas en position de me repousser ; c'était à moi de me contrôler.

Arrête ! Ça suffit, maintenant !

Dans un effort monumental, je me retirai et forçai mes crocs à se rétracter. Zeke frémit alors, et son corps s'affaissa lourdement contre le mien.

Pendant quelques instants, nous ne bougeâmes ni l'un ni l'autre, et je le regardai, horrifiée de ce qui venait de se passer. Sous mon assaut, il était tombé en arrière ; il se tenait maintenant sur les coudes, haletant, et j'étais penchée au-dessus de sa taille. Le sang coulait encore des deux petits trous dans son cou. Son expression demeurait confuse, mais lorsqu'il releva enfin la tête pour me regarder, ses yeux étaient clairs.

Il avait vu… Il m'avait vue dans mon pire état, celui de vampire en pleine crise de frénésie sanguinaire. Un monstre qui l'avait presque tué par instinct. Jusqu'alors, même s'il savait ce que j'étais, j'avais au moins réussi à garder devant lui une attitude humaine. Je n'osais imaginer ce qu'il pensait maintenant de moi.

Il me fixait sans rien dire. J'avais envie de me faire toute petite et de disparaître sous son regard intense ; mais aussi de lui sauter encore dessus, de le plaquer au sol et de finir ce que j'avais commencé. Je le sentais trembler sous moi, le cœur battant.

— Zeke… je…

Je ne savais pas quoi dire. Que *pouvais-je* dire ? « Désolée, j'ai failli te tuer… Je n'ai pas réussi à contrôler le démon. J'ai eu envie de continuer à boire jusqu'à ce que tu ne sois plus qu'un sac vide et sans vie. »

Je ne voulais pas que tu me voies comme ça, Zeke… Toi moins que quiconque… Je ne voulais pas que tu voies le monstre en moi.

— Juste…, commença-t-il.

Il s'interrompit pour expirer, comme si son corps venait de retrouver son souffle.

— Juste une question, reprit-il d'une voix tremblante. Est-ce que ça signifie que je… Je ne vais pas me transformer, n'est-ce pas ?

Je secouai la tête immédiatement.

— Non, murmurai-je, heureuse de le rassurer sur ce point. Pour te transformer, il faudrait que toi aussi tu prennes de mon sang.

Il soupira, libérant ainsi une partie de sa tension.

— Dans ce cas… je suis content d'être revenu.

Je me levai et m'écartai de lui. Il se redressa et me dévisagea ; le froid, la douleur et la perte de sang l'avaient rendu livide. Je me détournai vers la fenêtre brisée et regardai les braises de l'incendie danser dans le vent. Je sentais son regard dans mon dos. La honte me brûlait comme le brasier le plus ardent.

— Pourquoi es-tu revenu ? Je t'avais dit de tracer ton chemin. Tu n'aurais pas dû…

— Je ne pouvais pas te laisser, Allie. Pas après tout ce que tu as fait pour nous. Pour moi. Je devais revenir.

J'entendis le bruit de ses pas et sentis sa présence à mes côtés. Du coin de l'œil, je le vis contempler la ville en flammes.

— Les autres sont en sécurité. Ils sont à la frontière de la cité, ils nous attendent. On devrait y aller. Je suppose…

Sa voix vacilla, proche de se briser, et il déglutit avec difficulté.

— Je suppose que Jeb ne rentrera pas avec nous.

— Zeke, dis-je en me tournant vers lui. Jeb est…

— J'ai vu, murmura-t-il avec un geste en direction de la baie vitrée. J'ai vu… ce qu'il a fait. J'étais en train de monter quand les corps… sont tombés.

Mon ventre se serra.

— Est-ce que…

Il secoua la tête et ferma les yeux comme pour essayer d'effacer le souvenir.

— Je n'ai rien pu faire pour lui.

— Je suis vraiment désolée.

Les mots étaient sans valeur. Je regardai ses épaules tremblantes, ses poings serrés le long de son corps… J'aurais aimé avoir le courage de le serrer contre moi, juste un instant.

— J'ai fait de mon mieux.

— Ce n'est pas ta faute.

Sa voix se cassa.

— C'était sa décision. Il a choisi de finir de cette façon, même si cela signifiait sauver la vie d'un…

Il s'interrompit et se passa la main dans les cheveux.

— Tu as dû lui faire forte impression pour qu'il fasse ce choix, termina-t-il doucement. Je le connais depuis quatorze ans, et rien n'avait jamais pu le faire changer d'avis.

Tu te trompes, pensai-je. *Ce n'est pas à moi qu'il pensait en le faisant, c'est à toi.*

Je glissai la main dans ma poche et en sortis la petite barrette de plastique que Jebbadiah m'avait donnée.

— Il voulait que je te donne ça… Il a dit que tu saurais quoi en faire.

Zeke prit l'objet avec précaution, presque avec révérence, et le tint devant ses yeux.

— Tu sais ce que c'est ? demandai-je au bout d'un moment.

— Oui.

Il balaya la pièce du regard et se dirigea vers l'ordinateur posé sur le bureau. Là, il glissa la barrette dans une prise sur le côté. J'étais ébahie qu'il sache s'en servir, et le fus plus encore lorsqu'il pianota sur le clavier pour faire défiler plusieurs fichiers.

— Oui, répéta-t-il, ses yeux bleus braqués sur l'écran. Ce sont toutes leurs recherches. Toutes les informations disponibles sur le grand fléau, les enragés, le virus. Tout y est listé : leurs méthodes, les tests qu'ils ont menés sur les vampires, tout. Si on peut emmener ça à Eden, on a une vraie chance de trouver un remède.

Il soupira, retira la barrette de l'ordinateur, puis se passa de nouveau la main dans les cheveux.

— En admettant qu'on trouve un jour cette cité… On n'a toujours aucune idée de son emplacement.

Je regardai le tableau vert et la carte qui le jouxtait. Des villes avaient été entourées et barrées, avec des annotations en marge, probablement de la main de Jackal. Cependant, un endroit avait été entouré plusieurs fois, avec un grand point d'interrogation à côté.

— Je crois bien que si, Zeke…

24

Telle une énorme boule de feu dans la nuit, la Fosse Flottante était à l'apogée de son incendie lorsque Zeke et moi quittâmes la tour de Jackal. Plusieurs autres feux avaient pris aux alentours, allumés par les débris incandescents portés par le vent. Nous pûmes sortir sans embûche ; les rues inondées et les passerelles étaient quasiment vides, l'attention de tous étant focalisée sur le brasier infernal qui illuminait le ciel.

Zeke, sombre et tourmenté, ne prononça pas un seul mot pendant notre fuite. En une seule journée, il avait perdu son meilleur ami et son père ; il s'apprêtait maintenant à prendre la tête du petit groupe et à le conduire jusqu'au bout de son rêve. J'avais envie de lui parler, mais nous en aurions le temps plus tard. Lorsque nous aurions réussi. Pour l'instant, il fallait sortir de la cité et emmener tout le monde en lieu sûr. Si jamais un tel lieu existait pour eux…

La faim me tenaillait toujours, m'intimant de sauter sur l'humain qui marchait devant moi pour lui ouvrir la gorge. Le sang de Zeke m'avait permis de surmonter mes blessures, mais j'étais toujours affamée. Au-dessus des immeubles, le ciel s'éclaircissait. Le soleil n'allait pas tarder à se lever ; nous devions avoir quitté la ville avant le jour, sans quoi je finirais rôtie.

Alors que nous nous hâtions sur les ponts et passerelles, je me rendis compte que nous avions un autre problème. La Fosse Flottante se trouvait entre la sortie de la ville et nous, et elle était cernée par une troupe d'hommes de Jackal, sans parler des flammes déchaînées qui s'échappaient des bâtiments environnants.

— Où sont les autres ? demandai-je à Zeke comme nous nous faufilions dans un immeuble à demi écroulé en surveillant la progression des langues de feu avivées par le vent.

Mon instinct de vampire me dictait de courir dans la direction opposée, mais la seule issue possible se trouvait derrière cette tempête de feu.

La prochaine fois, essaie de brûler les ponts après *les avoir traversés, Allison !*

— Ils sont juste de l'autre côté du pont, répondit Zeke en observant les flammes avec inquiétude. En tout cas, c'est là que je les ai laissés. J'espère qu'ils vont toujours bien.

— Comment les as-tu fait sortir ?

Zeke désigna les pistes aériennes qui sillonnaient le quartier, et qui passaient, notai-je, tout près du théâtre.

— On les a suivies. Elles mènent hors de la cité. Une fois arrivés aux barges, on a… réquisitionné une camionnette…

Son visage se rembrunit un instant sous l'effet de la culpabilité.

— Ils nous attendent juste à l'extérieur de la cité, continua-t-il, cachés, en sécurité. Si on arrive à les rejoindre, on sera tranquilles.

— Eh bien, marmonnai-je en tournant le dos à la chaleur des flammes, il va falloir passer. Prêt à te remettre à l'eau ?

Zeke hocha la tête avec détermination.

— Je te suis.

Nous nous glissâmes dans l'eau et commençâmes à nager entre les bâtiments incendiés. L'air était saturé de fumée, et des débris enflammés chutaient tout autour de nous. Je me concentrai sur notre progression en tentant d'ignorer le feu, la faim qui me tordait l'estomac et le corps qui nageait près du mien.

Alors que nous passions sous une passerelle, des bruits de pas résonnèrent soudain au-dessus de nous, et un pillard se pencha par-dessus la rambarde.

— Hé, toi ! cria-t-il en dégainant son arme. Je t'ai vue dans la Fosse ! C'est toi la garce qui a foutu le feu !

Il y eut une détonation, et la douleur explosa dans ma poitrine. J'entendis Zeke pousser un cri avant que l'eau ne se referme sur ma tête.

La colère et la faim se déchaînèrent alors. J'en avais assez de me faire tirer dessus, éventrer, brûler et jeter par les fenêtres ! Dans un grondement, je refis brusquement surface, attrapai le pillard par la ceinture et l'entraînai par-dessus la rambarde. Nous atterrîmes dans l'eau dans une gerbe éclatante et coulâmes à pic. L'homme se débattait frénétiquement pour se dégager de mon emprise. Il se raidit lorsque je plongeai mes crocs dans sa gorge et cessa de bouger lorsque nous eûmes atteint le fond.

Je terminai de prendre tout le sang dont j'avais besoin, puis hésitai sur ce que j'allais faire de lui, bien tentée de le laisser en pâture aux poissons et aux vers. Mais Zeke m'attendait en surface, et il m'avait vue l'entraîner dans l'eau. J'attrapai donc le corps inerte et le remontai avec moi. Peut-être succomberait-il à l'hypothermie ou à une trop grande perte de sang, mais au moins ne l'aurais-je pas laissé se noyer.

— Tu es vivante ! s'exclama Zeke, claquant des dents, comme je m'ébrouais en réapparaissant à l'air libre. Mais… et ta blessure ? J'étais là, j'ai vu…

— Il en faut plus que ça pour me tuer, maugréai-je. Non, je dirais plutôt qu'il en faut beaucoup plus que ça pour me tuer *de nouveau*. Je suis déjà morte, tu te rappelles ?

Je nageai sous la passerelle et hissai le corps de l'homme sur le bord de la plate-forme où je l'abandonnai. Sa tête se renversa sur le côté, révélant sur son cou deux traces de morsure que je n'avais pas refermées. Le regard de Zeke suivit le mien et son visage se crispa, mais il ne fit pas de commentaire.

Cependant, je sentis qu'il cogitait tandis que nous continuions de nager, traversant ainsi dans les rues inondées ; nous arrivâmes enfin au niveau des pistes qui permettaient de quitter le territoire de Jackal.

Gouttant et tremblant, Zeke me suivit vers les structures aériennes, et saisit ma main pour que je l'aide à grimper sur les planches. Un vent glacé soufflait, et je fus frappée une fois encore par sa vulnérabilité : il était trempé, blessé et frissonnant, ses cheveux et ses vêtements collés à sa peau. Malgré tout, ses yeux brillaient d'une volonté de fer et regardaient de l'autre côté du pont, vers l'avant. Contrairement à moi, qui me retournai alors pour jeter un dernier regard vers la cité et les incendies qui y faisaient rage.

Tant de vies perdues… Des gens que j'avais connus, à qui j'avais parlé. Dorothy, Darren, Jeb… Je n'avais pu les sauver. Quand avais-je commencé à m'attacher à eux de la sorte ? Avant que Kanin ne me transforme, la mort était une chose que j'affrontais chaque jour, dans la Bordure. Des gens mouraient, souvent ; ainsi allait le monde. Après la mort de mes anciens amis et la trahison de Stick, j'avais cru que je ne me soucierais plus jamais de personne. Et voilà que j'étais maintenant un vampire désolé de n'avoir pu sauver la personne qui me détestait le plus !

— Allison ?

La voix de Zeke me tira de mes pensées.

— Le jour se lève, dit-il avec un signe de tête vers le sommet des buildings. Il nous faut trouver un abri, pour toi et pour les autres. Viens…

Je hochai la tête et lui emboîtai le pas sans mot dire. Nous courûmes sur les pistes, passâmes le pont et entrâmes dans les ruines du Vieux Chicago, laissant brûler derrière nous le territoire de Jackal.

— Salut, vieille branche…

Le visage de Sarren s'approcha si près que je vis toute la folie qui dansait dans ses yeux.

— J'ai bien peur que tu ne puisses pas encore aller dormir. Quel intérêt, d'ailleurs ? J'ai des projets pour toute la nuit.

Il ricana et recula pour me regarder, suspendu au bout de mes chaînes. Au moins n'avais-je plus la tête en bas, même s'il me semblait qu'un de mes bras était toujours cassé. C'était difficile à dire. Mon corps avait été brisé, avait guéri, puis été de nouveau systématiquement brisé ; et la seule chose dont j'avais vraiment conscience, c'était la faim.

Sarren sourit.

— Tu as faim, n'est-ce pas ? Je n'ose imaginer, depuis quatre jours. Quoique… Si, je peux imaginer. On nous affamait toujours avant les expériences, pour qu'on attaque n'importe quelle bête qu'ils balançaient dans nos cellules. Tu savais ça ?

Je ne répondis pas. Je n'avais pas prononcé un mot de toute ma captivité, et ça ne changerait pas maintenant. De toute façon, rien de ce que je pourrais dire n'influencerait ce fou ; il ne faisait que chercher de nouvelles manières de me torturer, de me briser. Et je ne lui ferais pas ce cadeau, pas tant que je serais en possession de mes esprits.

Ce soir, en tout cas, il pouvait bien me torturer autant qu'il le voulait. Rien n'égalerait la souffrance que je venais d'endurer en ayant la vision de ma progéniture en train de s'entretuer. Deux enfants dont j'avais raté l'éducation.

Allison, pardonne-moi. J'aurais aimé t'offrir une meilleure préparation. Quelles chances y avait-il que tu rencontres ton frère de sang, si loin de tes origines ?

— Eh bien, on a l'air distrait, ce soir, mon ami.

Sarren sourit et saisit un scalpel, qu'il brandit devant son visage. Il tira la langue et lécha la surface de la lame.

— Voyons un peu si l'on peut te ramener à la raison. Il paraît que le sang est encore meilleur quand il coule juste de la lame. Si on vérifiait ça ?

Je fermai les yeux, me préparant à affronter l'inévitable. Je ne survivrai plus très longtemps. Je sentais déjà ma raison m'échapper, succombant à la souffrance et à la folie. Mon seul réconfort était que Sarren m'ait trouvé en premier ; c'était moi la cible de sa haine, et non ma progéniture, loin de ses machinations démentielles.

Puis la lame pénétra ma peau, et toute pensée s'évanouit sous l'assaut de la douleur.

— Kanin !

Le sable envahit ma bouche, mon nez et le fond de ma gorge. Suffocant, je repoussai frénétiquement la terre pour venir cracher à l'air libre.

Zeke se leva immédiatement des rails à demi enfouis où il était assis. Hagarde, je regardai autour de moi en essayant de me rappeler où nous étions. A quelques mètres de distance, des vagues clapotaient contre une bande de sable blanc, dans un bruit régulier de ressac. Derrière nous, les gratte-ciel décrépits du Vieux Chicago encombraient l'horizon, menaçant de s'effondrer dans le sable.

Zeke et moi avions trouvé les autres au bout du pont, exactement à l'endroit où il les avait laissés, assis dans l'une des camionnettes qui les avaient enlevés. Il ne restait plus que quelques minutes avant le lever du jour ; nous étions alors partis pour mettre autant de distance que possible entre les pillards et nous, et nous avions roulé jusqu'à la côte. Sans penser à rien d'autre que m'abriter du soleil, je m'étais ensevelie dans le sable quelques minutes avant que la lumière ne se répande sur l'eau, et m'étais immédiatement endormie.

— Ça va ? me demanda Zeke, les cheveux au vent.

Il paraissait en meilleure forme, moins pâle, et portait une veste plus épaisse par-dessus ses vêtements déchirés.

— Encore un cauchemar ?

— Oui, marmonnai-je, même si je savais que ça n'en était pas véritablement un.

— Où sont les autres ? demandai-je. Ils vont bien ?

Zeke fit un geste vers un bâtiment derrière nous. De temps à autre, le vent balayait la couche de sable, révélant des taches de bitume sur la chaussée.

— Caleb est malade et Teresa s'est foulé la cheville. Mais à part ça, ça va. Niveau santé, en tout cas. C'est vraiment fou, quand j'y pense. Que personne d'autre n'ait été plus gravement blessé.

Une silhouette élancée apparut dans l'encadrement de la porte. C'était Ruth. Elle nous observa. Lorsqu'elle vit que je la regardais, elle fit rapidement demi-tour et disparut à l'intérieur.

— Ils ont peur de moi, c'est ça ?

Zeke soupira.

— Toute leur vie, on leur a répété que les vampires sont des prédateurs et des démons, dit-il d'un ton qui n'était ni celui de la défensive ni celui de l'excuse. Alors forcément, ils ont peur de toi, malgré tout ce que j'ai pu leur dire. Et Ruth…

— Me déteste, terminai-je en haussant les épaules. Rien de bien neuf à ce niveau-là.

— En fait, elle a insisté pour que je te tue pendant ton sommeil. Elle a même essayé de convaincre Jake de le faire, voyant que je ne voulais pas. On a dû avoir… une bonne discussion tous les deux…

Son visage s'assombrit, et il détourna le regard.

— Elle a peur. Ils ont tous peur. Après tout ce qu'ils ont traversé, je ne peux pas leur en vouloir. Mais elle ne s'en prendra pas à toi, et ne te mettra pas de bâtons dans les roues, poursuivit-il d'un ton ferme. Et les autres ont accepté que tu voyages avec nous pour le moment. Tu viens toujours, n'est-ce pas ? Tu nous accompagnes là-bas ?

— A Eden ?

Je laissai mon regard se perdre au-dessus du lac, pour ne plus voir son visage. Les choses auraient été encore plus dures si je l'avais regardé.

— Je ne sais pas, Zeke, répondis-je. Je ne crois pas qu'Eden soit le genre d'endroit où l'on accueille à bras ouverts une personne de mon genre.

Le visage torturé de Kanin me revint à la mémoire.

— Et puis… J'ai quelque chose à faire. Je dois retrouver quelqu'un.

Je lui dois bien ça.

— Ils sont en sécurité avec toi, maintenant.

Je lui coulai un regard oblique.

— Tu peux les emmener là-bas. D'après la carte de Jackal, Eden n'est pas très loin.

Zeke fit un pas et se planta devant moi, tout près, sans pour autant me toucher.

— Je te le demande, Allie… Veux-tu faire cette dernière étape avec nous ? S'il te plaît…

Je regardai son visage pâle, ses yeux bleus qui m'imploraient avec retenue, et sentis mes résolutions s'écrouler. Kanin avait besoin de moi, mais… Zeke aussi. Je voulais rester avec lui, tout en sachant que notre histoire — quelle que soit la forme qu'elle pourrait prendre — n'aurait d'autre issue que la tragédie. J'étais un vampire, et lui était un humain. En dépit de mes beaux sentiments, rester auprès de Zeke le mettait en danger, et cependant j'avais envie de prendre ce risque, de risquer sa vie, rien que pour être près de lui.

Cette dépendance m'effrayait pourtant plus que tout ce que j'avais connu. Allie la Bordurienne ne le savait que trop bien : plus on était proche de quelqu'un, plus la douleur et le manque seraient intenses au moment de l'inévitable séparation.

Mais nous étions déjà allés si loin. Il ne me semblait pas juste de ne pas mener cette aventure à son terme.

— D'accord…, murmurai-je en espérant que Kanin tiendrait le coup encore un moment.

Je serai bientôt là, Kanin, je le jure…

— Finissons ce que nous avons commencé.

Zeke me sourit, et je lui rendis son sourire. Ensemble,

nous quittâmes la plage pour rejoindre le bâtiment où le groupe nous attendait dans l'ombre.

A l'arrière de la camionnette, sept personnes pelotonnées, terrifiées, immobiles et muettes… Deux jeunes adultes, deux plus âgés, et trois enfants, dont un qui toussait et reniflait sans cesse. Zeke conduisait, et j'avais pris place à côté de lui. J'avais proposé une fois de changer de place, et de laisser quelqu'un s'asseoir à l'avant, mais je ne reçus qu'un silence oppressé en guise de réponse. Aucun d'entre eux ne voulait d'un vampire à son côté. Zeke et moi restâmes donc à l'avant, avec tout le poids du non-dit planant entre nous.

Nous prîmes la direction de l'est, longeant les rives interminables du lac, suivant les indications de la carte de Jackal, tout en gardant un œil prudent sur le rétroviseur où la ville disparaissait peu à peu derrière nous. Je m'attendais à chaque instant à voir des phares surgir sur la route et foncer à nos trousses. Mais la chaussée demeurait sombre et déserte. Seul le clapotis des vagues nous accompagnait, comme si nous étions seuls au monde.

— Le niveau d'essence baisse, marmonna Zeke après plusieurs heures de route.

Il tapota le tableau de bord, l'air soucieux, puis soupira.

— A quelle distance d'Eden crois-tu que nous sommes, Allie ?

— Je ne sais pas, répondis-je en consultant la carte. Tout ce que je sais, c'est qu'il faut suivre la route vers l'est, jusqu'à y arriver.

— J'espère que c'est bien par là…, murmura Zeke en serrant le volant. Pitié, faites que ce soit là, cette fois !

Nous traversâmes une cité en bordure d'un lac, elle aussi, pleine de gratte-ciel délabrés, d'immeubles en ruines et d'innombrables carcasses de voitures. Comme nous slalomions dans une mer de véhicules rouillés, je me demandai comment les gens avaient pu, autrefois, se déplacer dans un tel chaos sans se rentrer les uns dans les autres.

Soudain, Zeke arrêta la camionnette le long d'un camion rouge et coupa le moteur. Je le dévisageai avec surprise.

— Pourquoi t'arrêtes-tu ?

— On est presque à court de carburant. J'ai vu qu'il y avait un tuyau et un bidon d'essence à l'arrière. Je pense qu'on devrait pouvoir siphonner quelques véhicules, en espérant qu'il reste de l'essence dans leur réservoir. Tu fais le guet ?

Je hochai la tête. Zeke se tourna vers l'arrière, où les passagers commençaient à s'agiter en marmonnant.

— Personne ne sort. On s'arrête juste pour l'essence, et on repart, d'accord ?

— J'ai faim, ronchonna Caleb en reniflant.

Zeke lui sourit.

— On fera bientôt une vraie pause, promis. Mais on doit d'abord sortir de cette ville.

Je vis bientôt Zeke ouvrir une trappe sur le bord d'un véhicule, y plonger le tuyau et aspirer par l'autre bout. Les deux premières voitures ne donnèrent rien, mais au troisième essai, Zeke suffoqua subitement et se pencha pour recracher un liquide clair avant d'insérer le tuyau dans le bidon de plastique. Il s'essuya la bouche et s'appuya contre une autre voiture en regardant le carburant passer dans le récipient.

Je m'approchai et vins m'appuyer contre le véhicule à mon tour, tout près de lui.

— Comment tu te sens ?

Il haussa les épaules.

— Je crois que ça va.

Il soupira, et se frotta le bras.

— Je n'ai pas encore vraiment réalisé, en fait. Je m'attends toujours à recevoir les instructions de Jeb, à ce qu'il me dise quoi faire, où aller, où s'arrêter.

Il poussa un nouveau soupir et regarda la ville autour de nous.

— Mais il est mort. Et c'est à moi de décider, maintenant.

J'hésitai, puis pris sa main pour entrecroiser légèrement nos doigts. Il la serra avec reconnaissance.

— Merci, murmura-t-il, si bas que je l'entendis à peine. Je pense que… je ne m'en sortirais pas aussi bien si tu n'étais pas là.

— On est presque arrivés. Encore quelques kilomètres, je pense, et tu pourras te détendre. Plus de vampires, plus d'enragés, plus de roi des pillards à tes trousses… Tu vas enfin pouvoir respirer.

— Si Eden existe vraiment…

— Non mais, qu'est-ce que ça veut dire ? demandai-je avec un sourire provocateur. Ne me dis pas que tu es en train de perdre la foi, Ezekiel Crosse ?

Il eut un petit sourire.

— Tu as raison, dit-il en s'écartant de la voiture. On ne peut pas abandonner maintenant. Allons d'abord voir, et nous aviserons après.

Il se pencha et souleva le bidon pour jauger son contenu.

— Ça nous fait… quoi ? Douze litres ? Dix ? Tu crois qu'on peut en prendre un peu plus avant de repartir ?

— Zeke…, fis-je soudain en fixant la route.

Son regard suivit le mien.

Une créature émaciée à la peau pâle était accroupie sur le toit d'une voiture, à une centaine de mètres de nous. Elle ne nous avait pas encore vus, mais j'aperçus un autre enragé se faufiler derrière un camion ; celui qui était perché sur la voiture grogna alors et le poursuivit pour disparaître dans le flot de véhicules.

— Partons vite d'ici, murmura Zeke.

Nous nous hâtâmes vers la camionnette. Zeke versa l'essence dans le réservoir pendant que je scrutais l'obscurité et l'océan de véhicules. Rien ne bougeait, mais j'entendais des petits bruits entre les voitures : ils étaient là. Et ils n'allaient pas tarder à remarquer notre présence.

— C'est bon, murmura-t-il en refermant la trappe.

Il me tendit le bidon et nous avançâmes jusqu'à nos portières. Soudain, la porte coulissante s'ouvrit et Caleb sortit en se frottant les yeux.

— J'en ai marre d'être assis ! Quand est-ce qu'on mange ?

— Caleb, rentre tout de suite ! lui ordonna Zeke.

Au même instant, un cri perçant retentit, et un enragé se rua vers l'enfant en sautant sur une voiture voisine.

Je m'élançai, attrapai Caleb par la taille et fis volte-face en le serrant contre moi. L'enragé me percuta de plein fouet ; il commença à me lacérer de ses griffes et à plonger ses dents dans mon cou. Je criai de douleur, recroquevillée sur Caleb pour le protéger, tandis que l'enragé s'acharnait sur mon dos.

Ruth déboula alors de la camionnette comme une

furie en brandissant un démonte-pneu. Elle le fit tournoyer et frappa l'enragé au bras ; le monstre se tourna vers elle en crachant.

— Touche pas à mon frère ! hurla-t-elle en lui frappant la joue qui fit entendre un craquement prometteur.

L'enragé tituba, rugit et lui adressa un coup de griffes redoutable qui l'atteignit à l'abdomen. Le sang gicla jusque sur la camionnette. Ruth tomba à genoux en suffoquant, puis s'effondra. Zeke s'élança alors par-dessus le capot et enfonça sa machette dans le cou de l'enragé.

Le monstre s'écroula en claquant des mâchoires, cependant que des hurlements et des sifflements commençaient à s'élever tout autour de nous. Je poussai Caleb dans le véhicule, ignorant ses cris hystériques, tandis que Zeke ramassait Ruth et se ruait à l'intérieur avec elle. Je claquai la portière latérale, bondis par-dessus le capot et me précipitai à la place du conducteur ; je claquai la portière derrière moi au moment où un enragé sautait contre la vitre, qui se craquela sous l'impact.

Un autre enragé sauta sur le capot en crachant ; je tournai d'une main tremblante les clés que Zeke avait laissées sur le contact. La camionnette démarra, projetant le monstre contre le pare-brise, puis par terre ; je vis alors clairement la route devant moi, et appuyai à fond sur la pédale. Dans un crissement de pneus, le véhicule descendit du trottoir et percuta plusieurs enragés avant de nous emmener hors de la ville.

Nous enterrâmes Ruth juste avant l'aurore, sur une petite bande de terre agricole. Elle resta consciente jusqu'à la fin, entourée des siens, recroquevillée dans les bras de Zeke. De mon côté, je me concentrai sur ma conduite, essayant d'ignorer l'odeur du sang qui emplissait l'habitacle, ainsi que les sanglots que j'entendais derrière moi. Peu de temps avant la fin, je l'entendis murmurer à Zeke qu'elle l'aimait, et j'écoutai son cœur ralentir peu à peu jusqu'à s'éteindre totalement.

— Allison, m'interpella Zeke quelques minutes plus tard, par-dessus les pleurs et les implorations de Caleb. Il va bientôt faire jour. Cherche un endroit où nous arrêter.

Je fis halte devant une ferme abandonnée. Malgré l'imminence de l'aurore, j'aidai Zeke à creuser une tombe dans le sol argileux derrière le bâtiment. Une fois que tout le monde fut rassemblé, ce dernier prononça quelques mots pour tous ceux que nous avions perdus : Ruth et Dorothy, Darren et Jeb. Sa voix se brisa à plusieurs reprises, mais il resta calme et posé, en dépit des larmes qui inondaient son visage.

Je ne pus rester tout le temps de la cérémonie ; le soleil pointait déjà à l'horizon. Je croisai le regard de Zeke par-dessus le monticule de terre, et il me fit discrètement signe d'y aller. Je me retirai alors du groupe, trouvai un coin de terre derrière la bâtisse où je m'enfouis, tandis que la voix grave et posée de Zeke me suivait dans l'obscurité.

25

Par chance, mon sommeil fut cette fois dénué de cauchemar. Ce qui ne m'empêcha pas de m'éveiller remplie d'un sentiment d'urgence, le soir suivant. Quelque part, Kanin était toujours en danger. Peut-être ne pouvait-il plus être sauvé. Peut-être le silence inquiétant de mon sommeil signifiait-il qu'il était déjà mort. Dans le doute, je ne pouvais cependant pas le laisser tomber. Je devais au moins essayer de le retrouver.

Et sans tarder.

J'enlevai une motte de terre de mes cheveux, me retournai, et vis alors que Caleb me regardait fixement.

Il avait les yeux rouges et gonflés ; son petit visage était sale et zébré de larmes mal essuyées. Mais il restait planté là, à me fixer de ses yeux secs et fatigués, d'un air solennel.

— Ils ont mis Ruth dans la terre, dit-il enfin, alors qu'un léger grondement de tonnerre résonnait dans le lointain.

Derrière lui, des éclairs annonçaient l'arrivée prochaine d'un orage. Je hochai la tête, me demandant où il voulait en venir.

— Mais toi, tu en es sortie…

Il se tortillait en me faisant face, les yeux remplis d'espoir.

— Tu es sortie, alors peut-être… que Ruth va revenir,

elle aussi ? On pourrait attendre qu'elle revienne, comme toi…

— Non, Caleb.

Je secouai la tête avec tristesse.

— Je suis différente. Je peux sortir de terre parce que je suis un vampire.

Je marquai une pause pour voir si cela l'effrayait. Visiblement, non. Je m'agenouillai, lui pris la main et contemplai ses petits doigts.

— Ruth était humaine, murmurai-je. Comme toi. Comme Zeke et tous les autres. C'est pourquoi elle ne reviendra pas.

Sa lèvre inférieure trembla, puis il se jeta sur moi, éclatant en gros sanglots convulsifs, et se mit à marteler mes épaules de ses petits poings.

— Alors transforme-la en vampire !

Je tressaillis sous la surprise, ne sachant que faire.

— Fais-la revenir ! Ramène-la tout de suite !

— Allons, allons ! Caleb !

Zeke, que je n'avais pas entendu approcher, saisit les poignets du garçonnet puis le hissa dans ses bras. Caleb geignit et enfouit son visage au creux de son épaule, tout en lui décochant des coups de poing de moins en moins forts.

Zeke le tint contre lui jusqu'à ce que la crise passe, puis il lui chuchota quelque chose à l'oreille. Caleb renifla.

— J'ai pas faim, marmonna-t-il.

— Tu devrais aller manger quelque chose pourtant, insista Zeke en lui caressant les cheveux.

Lui-même avait les yeux rouges et cernés, comme s'il n'avait pas du tout dormi. Caleb secoua la tête avec une moue boudeuse.

— Non ? demanda Zeke avec un petit sourire. Tu

sais, Teresa a trouvé de la gelée de pomme dans le sous-sol. Et de la confiture de pêche. C'est vraiment délicieux !

Une lueur d'intérêt s'alluma dans les yeux de l'enfant.

— C'est quoi, de la gelée de pomme ?

— Va lui demander de t'en donner, répondit Zeke en le reposant à terre. Tout le monde est dans la cuisine. Dépêche-toi, ou Matthew va tout manger !

Caleb détala. Zeke le suivit du regard jusqu'à l'angle de la maison, puis soupira en se passant une main sur les yeux.

— Tu as dormi ? demandai-je.

— Peut-être une heure.

Il laissa retomber son bras, le regard perdu dans les champs à l'abandon derrière la clôture.

— J'ai trouvé de l'essence dans le garage, dit-il. Et il y a une bonne douzaine de boîtes de conserve dans la cave, alors on devrait pouvoir tenir une nuit de plus. Tu as dit à Caleb que Ruth ne reviendrait pas ?

Je me raidis, puis opinai du chef.

— Il avait besoin de l'entendre. Je n'ai pas voulu lui donner de faux espoir, le laisser croire que sa sœur était encore vivante. Ce serait cruel.

— Je sais.

Zeke se tourna alors vers moi, et l'accablement que je lus sur son visage me heurta brusquement. Il avait l'air soudain beaucoup plus vieux, avec des rides et des cernes que je ne lui connaissais pas.

— J'ai essayé de lui dire, avant, mais…

Il haussa les épaules.

— J'imagine qu'il avait besoin de l'entendre de ta bouche.

— Ce n'était pas ta faute, Zeke…

— C'est ce que tout le monde me dit.

Il se voûta sous le vent qui se levait.

— J'aimerais pouvoir le croire. J'aimerais aussi pouvoir croire qu'on va y arriver. Qu'Eden existe bien. Qu'au moins un endroit sûr nous attend, enfin, sur cette maudite terre.

Il se tourna et donna un coup de pied dans une bouteille couchée dans l'herbe, l'envoyant se fracasser contre la maison. Des éclats de verre volèrent dans tous les sens, et je le regardai avec tristesse.

Il bascula la tête en arrière et contempla les nuages.

— Faites-moi un signe, murmura-t-il, les yeux clos. Même minuscule. N'importe quoi, du moment que cela m'indique que je suis sur la bonne voie. Que je ne dois pas abandonner et arrêter de chercher l'impossible, avant que tout le monde ne meure autour de moi !

Comme je m'y attendais, il n'y eut d'autre réponse que le vent et l'orage qui approchait. Il poussa un profond soupir, baissa la tête, puis se tourna vers moi avec des yeux complètements vides.

— Allons-y, marmonna-t-il. Il faut se mettre en route avant que l'orage éclate.

Je regardai le mur de nuages noirs roulant sur le lac derrière moi. Quelque chose scintilla furtivement dans ce paysage ombrageux ; je plissai les yeux, attendant que cela réapparaisse.

— Zeke, chuchotai-je sans quitter l'endroit des yeux. Regarde…

Il suivit mon regard. Nous restâmes là un moment, en plein vent, pendant que des éclairs déchiraient l'horizon. Le tonnerre se faisait de plus en plus menaçant, et les premières gouttes de pluie tombèrent.

Soudain, la lumière fendit de nouveau l'obscurité et

les nuages. Elle s'évanouit, pour réapparaître quelques secondes plus tard, son faisceau tourné vers le ciel.

Zeke cligna des yeux.

— Qu'est-ce que c'est que ça ?

— Je ne sais pas, murmurai-je en faisant un pas en arrière. Je peux me tromper, mais… On dirait que ça vient de l'est.

— Là où Eden est censée se trouver, compléta Zeke à demi voix.

Il tourna les talons vers la maison sans se retourner. Je l'entendis appeler les autres et les rejoignis pour boucler les préparatifs avec nervosité. De tout mon cœur, j'espérais qu'au bout de cette route ils trouveraient enfin ce qu'ils cherchaient depuis si longtemps.

Nous suivîmes les bords du lac, les yeux braqués sur le faible rayon de lumière qui brillait par intermittence au-dessus des arbres. Personne ne parlait, mais l'excitation de tous ces cœurs palpitant d'espoir était facile à entendre. Zeke faisait de son mieux pour distinguer sa route sous la pluie battante. La lumière le guidait, telle une promesse d'avenir scintillant sans faiblir sous les trombes d'eau.

Bientôt, la chaussée se fit plus étroite et commença à serpenter au milieu de bois, où la terre et la végétation empiétaient de plus en plus sur le bitume. Des carcasses de véhicules apparurent entre les arbres, abandonnées sur le bord de la route ou tombées dans le fossé. Un sentiment de malaise m'envahit, et mon instinct activa un signal d'alarme. J'avais l'impression que ces voitures avaient pu appartenir à d'autres personnes attirées par cette lumière, qui avaient suivi la même promesse d'espoir et de sécurité. Sauf qu'elles n'y étaient pas arrivées. Quelque chose les avait arrêtées avant qu'elles n'atteignent leur Eden. Quelque chose qui nous attendait probablement, nous aussi.

« Les enragés sont toujours attirés par les endroits où il y a beaucoup de monde, m'avait enseigné Kanin. C'est la raison pour laquelle les ruines situées juste à l'extérieur des grandes cités sont si dangereuses. Ils savent où se trouvent leurs proies, et même s'ils ne peuvent franchir les murs, ils essaient sans cesse. Bien sûr, ils ne sont pas assez malins pour élaborer des pièges sophistiqués, mais il est arrivé qu'ils tendent des embuscades à des gens ou à des véhicules, s'ils savent où leur proie se rend. »

Soudain, Zeke fit crisser les freins. Caleb et Bethany poussèrent un cri tandis que la voiture dérapait sur quelques mètres, avant de s'arrêter au beau milieu de la route. Je regardai par le pare-brise, et mon sang se glaça.

Un arbre énorme était couché en travers de la route, bien trop gros pour être poussé ou contourné. Avec la tempête qui sévissait, il n'était pas impossible qu'il soit tombé tout seul. Peut-être s'était-il déraciné sous la force du vent.

Et pourtant... quelque chose au fond de moi me disait que ce n'était pas le cas.

Zeke me regarda, soudain blême.

— Ils sont là, n'est-ce pas ?

Je hochai la tête.

— Combien de temps avant le lever du soleil ?

J'interrogeai mon horloge interne.

— Il n'est même pas minuit.

Il déglutit avec anxiété.

— Si nous restons là...

— Ils vont fracasser la camionnette.

Je cherchai la lumière du regard. Elle brillait au-dessus des branches, cruellement proche.

— Il va falloir prendre nos jambes à notre cou.

Zeke ferma les yeux. Je vis qu'il tremblait. Il les rouvrit, et jeta un rapide coup d'œil à Caleb, Bethany, Silas, Teresa, Matthew et Jake à l'arrière. Nos seuls rescapés.

Il se pencha alors vers moi et chuchota :

— Ils n'y arriveront jamais. Teresa a une jambe malade, et les enfants… ils ne pourront pas distancer ces créatures. Je ne peux pas les laisser.

Je regardai par la vitre. Au-delà des phares, je ne distinguais que la pluie et l'obscurité ; mais je savais qu'ils étaient là, en train de nous observer. *Va-t'en,* me souffla mon instinct de survie. *Laisse-les, ils sont foutus. Tire Zeke de là et oublie les autres ; tu ne pourras pas les sauver tous, pas cette fois.*

Un grondement sourd de révolte monta dans ma gorge. Nous étions arrivés jusque-là… Eden était si près…

— Ne t'occupe pas des enragés, murmurai-je en posant la main sur la poignée de la portière. Contente-toi de veiller sur les autres. Emmène-les en sécurité le plus vite possible, et ne regarde pas en arrière.

— Allison…

Je mis ma main sur la sienne, et la sentis trembler sous mes doigts.

— Fais-moi confiance, Zeke.

Nos regards se croisèrent. Et soudain, sans se soucier des autres et des exclamations qui s'élevaient de la banquette arrière, il se pencha pour m'embrasser. C'était un baiser désespéré, plein de chagrin et de frustration, comme s'il me disait au revoir.

— Sois prudente, murmura-t-il en s'écartant.

Brusquement, je regrettai que nous n'ayons pas eu davantage de temps. Comme j'aurais aimé que le monde ne consume pas ainsi la moindre parcelle de lumière et de bonté ! Comme j'aurais aimé que des gens comme Zeke et moi puissent trouver leur Eden à eux !

Je me détournai, ouvris la portière et sortis sous la pluie.

J'enjambai l'arbre et dégainai mon sabre. Mon ombre s'étirait devant moi, dans la lumière des phares.

O.K., les monstres. Je sais que vous êtes là. Allons-y, maintenant.

Autour de moi, l'orage faisait rage. La pluie me trempa immédiatement, fouettant mon manteau et mes cheveux. Un éclair illumina tout de blanc, ne révélant rien d'autre que les bois et leurs ombres alentour.

Il y eut un nouvel éclair, et soudain, ils étaient partout : les arbres scintillaient de l'éclat de centaines d'yeux blancs braqués sur moi. On aurait dit une colonie de fourmis sortant de son nid, dans une cacophonie de gémissements lugubres.

Je serrai mon arme et avançai d'un pas décidé.

Leurs cris se firent subitement stridents, et les enragés se jetèrent sur moi en un essaim blême et chaotique. Je poussai un cri de guerre et plongeai au bord de la route pour accueillir la première vague d'assaillants de ma lame acérée, qui ne tarda pas à trancher des membres et à couper les corps en deux. Je reçus en retour de violents coups de griffes lacérant mon manteau et ma peau. L'odeur du sang se répandit dans l'air humide, le mien et celui des monstres, mais je ne ressentais pas de douleur. Je découvris mes crocs en rugissant et m'élançai parmi eux pour continuer à les faucher. Tout se fondit alors dans une masse chaotique de sang, de griffes, de dents et de membres coupés, et je m'abandonnai sans retenue à mon instinct le plus destructeur.

Soudain, un cri attira mon attention vers la camionnette. Zeke était en train de faire sortir Caleb par la portière latérale, quand un enragé surgit de terre près du van et se jeta sur eux, toutes griffes dehors. D'un bras, Zeke mit Caleb hors de sa portée, de l'autre, il brandit sa machette. La lame toucha la tête du monstre, où elle s'enfonça profondément, et l'enragé recula en titubant. La terre se retourna brusquement entre les arbres, et une nouvelle vague de monstres surgit du sol, se précipitant vers la camionnette.

— Zeke ! Fais-les sortir de là, tout de suite !

— Sortez ! cria Zeke.

La petite troupe escalada alors l'arbre de son mieux et tous se mirent à courir sur la route. Jake ouvrait la course, brandissant une hache qu'il avait trouvée à notre dernier arrêt, mais les autres étaient trop vieux ou trop jeunes pour porter des armes. Zeke attendit que tout le monde ait quitté la camionnette avant de se tourner pour prendre la fuite à son tour.

Mais un enragé surgit soudain et le percuta de plein fouet pour le plaquer contre le capot du véhicule. Claquant des mâchoires, il chercha sa gorge. Zeke le serra alors par le cou pour maintenir sa gueule avide à distance. L'enragé cracha avec fureur et commença à lui labourer la poitrine à coups de griffes ; je revis avec horreur la nuit où j'étais morte sous la pluie, en tenant le monstre loin de ma gorge pendant que ses griffes me déchiquetaient mortellement.

— Zeke !

Je m'éloignai de la horde pour m'élancer vers lui. Il frappa l'enragé d'un coup de pied en plein torse et le repoussa efficacement. Ses yeux bleus croisèrent les miens entre les gouttes de pluie.

— Va aider les autres ! cria-t-il alors que l'enragé se remettait debout en crachant et lui sautait de nouveau dessus.

Je vis la lame de la machette lacérer le visage du monstre, qui recula en beuglant tandis que le sang lui coulait dans les yeux.

— Allison ! Oublie-moi et va aider les autres ! répéta Zeke. Je t'en supplie !

Je le regardai brandir son arme, la chemise maculée de sang, alors que l'enragé se rapprochait de lui, et pris ma décision.

Je fis demi-tour et me précipitai vers le reste du groupe. Je les rattrapai juste au moment ou deux enragés s'élançaient sur Bethany. Je les mis en pièces avant qu'ils ne puissent la toucher. Mais le cercle se refermait sur nous ; ils arrivaient de toutes parts, bondissant entre les arbres ou surgissant de terre. Plusieurs d'entre eux attaquèrent frontalement, mais je parvins à les liquider avant qu'ils n'atteignent le groupe. Malgré tout, ce n'était qu'une question de temps avant que nous ne soyons dépassés par leur nombre.

Du coin de l'œil, je vis que Teresa et Silas avaient rassemblé les enfants terrorisés entre eux, et que Jake se tenait derrière moi avec sa hache, lugubre et muet. Zeke n'était plus là. Les enragés déferlaient par vagues entières. Il n'y avait plus nulle part où se réfugier.

Cours, Allison ! Ce n'est pas après toi que les enragés en ont. Ils veulent les humains. Tu peux encore t'en sortir vivante. Eloigne-toi, maintenant !

Le cercle se resserra. Je lançai un regard au petit

groupe tremblant qui se tenait derrière moi, puis fis face à la marée mortelle.

Zeke, c'est pour toi que je fais ça…

Découvrant mes crocs, je poussai alors un cri meurtrier et me lançai à corps perdu dans la bataille.

Soudain, une lumière aveuglante perça l'obscurité. Les enragés se figèrent, puis se retournèrent, tandis qu'un énorme véhicule vrombissait dans la masse, écrasant leurs corps ou les renversant. Il fit halte à quelques mètres de nous, et plusieurs humains en uniformes surgirent du toit pour mitrailler la foule des monstres.

Cris stridents. Rafales de balles criblant les chairs et faisant voler le bitume, la terre ou l'écorce des arbres… Je rejoignis le groupe et m'approchai aussi près que possible du camion, en espérant qu'une balle perdue ne vienne pas frapper l'un des nôtres. De leur côté, les enragés ne cessaient d'avancer vers le véhicule, mais ils étaient abattus avant d'atteindre les énormes pneus. Il y eut un cri ; un petit objet vola dans les airs, lancé par un des humains. Quelques secondes plus tard, une explosion ébranla le sol, projetant une poignée d'enragés à la ronde.

Le reste tourna alors les talons en grondant, et s'enfuit dans la forêt ou s'ensevelit sous terre. En quelques instants, toute la horde avait disparu, et excepté le bruit de la pluie, la forêt avait retrouvé son calme.

Un humain sauta du haut du camion et vint vers nous. Il était grand, musclé, vêtu d'un uniforme noir et vert, et portait à deux mains un fusil monumental.

— On a vu vos phares sur la route, dit-il d'un ton factuel. Désolés de ne pas être arrivés plus vite. Est-ce que quelqu'un est blessé ?

Je le dévisageai, médusée. D'autres soldats sautaient

maintenant du véhicule et enveloppaient les membres du groupe dans des couvertures avant de les conduire à l'arrière du camion. L'un d'entre eux prit Bethany dans ses bras, bien emmitouflée dans sa couverture, un autre aida Teresa à avancer doucement. Leur chef les suivit des yeux un moment, puis se tourna vers moi.

— Tout le monde est là ? demanda-t-il. Parce qu'une fois qu'on sera partis, on aimerait mieux ne pas avoir à revenir.

— Non ! m'exclamai-je en me retournant vers la route derrière nous. Non, il reste quelqu'un. On l'a laissé près de la camionnette, il doit être encore vivant.

Je voulus y aller, mais l'homme me saisit par le bras.

— Il est mort, jeune fille.

Je me retournai, indignée, et croisai son regard compatissant.

— S'il est resté là-bas, avec les enragés, il est mort, maintenant. Je suis désolé. Nous devrions plutôt emmener le plus vite possible les vivants à Eden.

— Je ne le laisserai pas !

La gorge me brûlait de colère et d'injustice. Que Zeke ait fait tout ce chemin, qu'il soit arrivé si près du but, pour tomber juste à l'arrivée ! Sans compter les précieuses données qu'il transportait, ces informations susceptibles de sauver la race humaine.

— Vous ne le connaissez pas. Il peut tout à fait être encore vivant. Et s'il est mort…

Je serrai les poings, et ma voix vacilla légèrement.

— Je dois en avoir le cœur net. Je ne l'abandonnerai pas s'il reste le moindre doute. Nous avons fait trop de chemin pour ça.

— Je sais que c'est dur, commença le soldat, avant d'être interrompu.

— Sergent ?

L'un des soldats se pencha du camion.

— Sergent Keller, regardez donc par là…

Sur la route, une silhouette avançait vers nous, une main sur une épaule, l'autre refermée sur une machette. Le sang maculait ses vêtements en lambeaux, et le moindre de ses pas semblait le faire souffrir, mais il était vivant.

Le soulagement m'envahit. Je courus vers lui et le rattrapai au moment où il chancelait. Il tremblait, sa peau était froide, il sentait le sang — à la fois le sien et celui des enragés. J'entendis son cœur battre frénétiquement dans sa poitrine ; c'était le plus beau bruit que j'aie jamais entendu.

Il passa un bras autour de moi pour me serrer contre lui, et appuya son front contre le mien.

— Zeke, murmurai-je en sentant son souffle frémissant contre ma peau.

Il ne dit rien, se contentant de me serrer plus fort. Je m'écartai légèrement pour le regarder.

— Bon sang, ne me refais jamais ce coup-là !

— Je suis désolé, Allie. Et… les autres ? Est-ce que tout le monde va bien ?

Je pris son visage entre mes mains, tiraillée entre l'envie de rire, de pleurer et de lui mettre une claque.

— Oui, tout le monde va bien.

Je le sentis se détendre.

— On a réussi, Zeke ! Eden est à deux pas d'ici.

Il poussa un soupir et s'affaissa contre moi.

— Merci, murmura-t-il alors que les soldats nous rejoignaient.

Nous étions en sécurité, maintenant. Je le lâchai et laissai les hommes poser une couverture sur ses épaules, braquer leurs lampes torches sur ses blessures et lui poser dix mille questions.

— Ce ne sont que des égratignures, entendis-je Zeke dire au sergent Keller qui s'inquiétait de ses plaies. Je n'ai pas été mordu.

— Emmenez-le dans le camion, ordonna alors ledit Keller avec un geste du bras. On examinera tout ça une fois qu'on sera de l'autre côté du mur. En route !

Peu après, je me retrouvai assise près de Zeke à l'arrière de l'énorme camion. Nous étions tous deux enveloppés dans des couvertures, nos mains blotties l'une dans l'autre. La faim se réveillait à mesure que les griffures cicatrisaient sous mes vêtements, mais je l'ignorai. Pelotonnés contre les adultes du groupe, Caleb et Bethany observaient les soldats d'un œil inquiet, mais les autres semblaient abrutis de soulagement. A travers la pluie qui se calmait, je vis que nous approchions de deux immenses portes de fer. Une barrière s'étendait, comme à New Covington, de part et d'autre de cette ouverture. Sombre et massive, elle était hérissée de fils barbelés à son sommet. Le rayon blanc d'un projecteur tournait lentement à un coin du mur, perçant le ciel et la nuit comme la lueur d'un phare.

Il y eut des cris depuis l'intérieur, des ordres brefs lancés, et les énormes portes pivotèrent doucement pour s'ouvrir et laisser passer le camion. D'autres humains armés et en uniforme étaient postés dans le passage. Ils suivirent le véhicule en courant comme nous entrions dans une petite enceinte au sol boueux, flanquée de longs bâtiments de béton. Tous les trente mètres environ, des miradors s'élevaient le long du mur ; tous les humains présents semblaient être des militaires.

Caleb regarda par le pare-brise avec des yeux ronds de stupéfaction.

— C'est ça, Eden ? demanda-t-il d'un ton plaintif.

L'un des soldats rit.

— Non, mon petit bonhomme, pas encore. Regarde…

Il tendit le doigt vers un quai qui bordait les eaux sombres de l'immense lac.

— Eden se trouve sur une île, au milieu du lac Erié. Un bateau vous y emmènera, demain matin.

Jeb avait donc raison. Eden se trouvait bel et bien sur une île. Cet endroit n'était qu'un poste de contrôle, la dernière étape avant de parvenir à la cité préservée.

— C'est encore loin ? murmura Zeke d'une voix dolente, appuyé sur mon épaule.

Le sergent Keller le regarda en fronçant les sourcils.

— Non, plus très loin. A environ une heure de bateau. Mais d'abord, nous devons nous assurer que vous n'êtes pas contaminés. Vous avez tous été en contact avec les enragés. Tout le monde va passer un examen approfondi ici, avant de pouvoir entrer en ville.

Oh-oh… Ça n'était pas bon pour moi ! La main de Zeke serra la mienne, témoignant qu'il avait pensé la même chose. Le camion traversa le camp et finit par s'arrêter devant l'un des bâtiments de béton, non loin des bords du lac.

Un homme chauve en blouse blanche nous attendait devant la porte de service et vint parler au sergent Keller alors que nous descendions du camion. Je vis le sergent nous montrer du doigt, Zeke et moi, et le chauve nous jeta un regard inquiet.

On apporta une sorte de lit sur roulettes, poussé par deux autres hommes en blouse blanche, où Zeke fut installé en dépit de ses protestations. Il finit par capituler, mais garda ma main serrée dans la sienne pendant le trajet jusqu'à une chambre blanche et stérile. Des lits de camp étaient disposés le long des murs, et des hommes et des femmes en blanc nous répartirent dans différents endroits de la pièce, au fur et à mesure que nous entrions. Accroché à Jake, Caleb fit un peu de résistance ; résistance qui fut vaincue quand l'homme tira quelque chose de brillant et coloré de sa poche. Cela ressemblait à un bouton vert sur un bâton blanc, mais quand Caleb le mit dans sa bouche, ses yeux s'écarquillèrent, et il y mordit avec un grand sourire. L'homme lui tendit la main, et le petit garçon se laissa alors accompagner de bonne grâce.

— Excusez-moi…

Je levai les yeux. Nous étions arrivés devant une double porte, et le petit homme chauve me regardait d'un air confus.

— Je suis désolé, dit-il, mais nous devons l'emmener en chirurgie. Certaines de ses blessures sont graves, et nous ne savons pas encore s'il a été mordu. Il faut le laisser, maintenant.

J'ignorais ce que signifiait « chirurgie », mais je ne voulais pas quitter Zeke. Je craignis soudain de ne jamais le revoir s'il franchissait ces portes sans moi.

— Je ne peux pas y aller avec lui ?

— Désolé, répéta l'homme en clignant des yeux derrière ses lunettes. Je crains bien que non. C'est trop dangereux, à la fois pour vous et pour le patient. Mais je vous promets que nous ferons tout notre possible pour lui. Il sera entre de bonnes mains, je vous l'assure.

Je regardai de nouveau Zeke. Il avait les yeux clos, pâle et sanguinolent sous le feu cru des lumières. Une femme avait planté une aiguille dans son bras immobilisé, ce qui l'avait complètement assommé. Ses doigts étaient lâches autour des miens.

— Vous pouvez attendre devant la salle, si vous voulez.

L'homme chauve m'adressa un sourire compréhensif.

— Nous vous dirons comment il va dès que ce sera terminé. Mais pour ça, il faut le lâcher, maintenant.

Gentiment, il prit mon poignet pour l'écarter de la main de Zeke. Je résistai un instant, puis abandonnai. L'homme me sourit de nouveau et me tapota amicalement le bras.

Ils firent passer Zeke entre les portes, et je les suivis dans un étroit couloir peu éclairé jusqu'à ce qu'ils disparaissent derrière d'autres battants sans fenêtres, marqués d'un vif « Accès interdit » en lettres rouges sur métal. Je perçus un relent de vieux sang lorsqu'elles se refermèrent devant moi, et mon ventre se serra à la fois de peur et de faim.

Je restai dans le couloir, le regard braqué sur les portes, pendant que les heures s'écoulaient. Comment allaient les autres ? Et Zeke, allait-il s'en sortir ? Tant de sang avait été versé ! Et s'il avait été mordu… s'il se transformait en l'un de ces monstres ?

Je secouai la tête pour repousser cette idée. Adossée contre le mur, je regardai le plafond et laissai mes yeux se fermer.

Je ne sais pas si tu peux m'entendre, pensai-je en m'adressant au ciel, *ou même si tu m'écoutes. Mais si tu as le moindre sens de la justice, tu ne laisseras pas Zeke mourir ici. Pas si près du but. Pas après tous les sacrifices qu'il a consentis pour amener les autres ici, vivants. Je sais que tu as probablement hâte de le reprendre, mais on a encore besoin de lui, ici-bas. Laisse-lui encore un peu de temps parmi nous.*

Le couloir était toujours aussi désert et silencieux. Je penchai la tête et laissai mes pensées dériver. Je me demandai où était Kanin, s'il était encore vivant. S'il pouvait encore me sentir, sentir où je me trouvais, ou même s'il s'en souciait encore. S'il possédait encore assez de raison pour s'en soucier.

Et d'un coup, je sentis quelque chose. Un éclat de rage et de haine si puissant que je relevai brusquement la tête et me cognai contre le mur. Je tressaillis, scrutant le couloir tandis que mes crocs perçaient mes gencives. L'espace d'un instant, je l'avais senti, j'avais vu son visage. Je sentais maintenant sa rage, dirigée contre moi. Pas celle de Kanin. Ni celle du vampire psychopathe.

Celle de Jackal.

Il était vivant.

Les portes s'ouvrirent au bout du couloir. Je me redressai vivement tandis que l'homme chauve approchait, les traits tirés, la blouse tachée de sang.

— Votre ami va s'en sortir, m'annonça-t-il en souriant.

Je me laissai tomber contre le mur, soulagée.

— Il a perdu beaucoup de sang, il a une légère commotion cérébrale, et on a trouvé une vieille blessure par balle sur sa jambe, mais il n'est pas contaminé. Je pense qu'il sera bientôt rétabli.

— Est-ce que je peux le voir ?

— Il dort, pour le moment.

L'homme me regarda plus sévèrement.

— Vous pourrez le voir bientôt, mais il me semble que vous aussi avez besoin de quelques points de suture, jeune fille. A en juger par ces trous dans vos vêtements, je suis surpris de ne pas vous trouver en pire forme. Quelqu'un vous a-t-il examinée ? Attendez un instant…

Il prit un drôle d'instrument autour de son cou et plaça les extrémités dans ses oreilles.

— Ça ne fera pas mal, promit-il en soulevant le petit rond métallique au bout du tube. Je vais juste écouter votre cœur et votre respiration…

Il avança l'objet en direction de ma poitrine… et en un clin d'œil, ma main se referma sur son poignet.

Il sursauta, surpris par ma célérité, et me regarda avec des yeux effarés derrière ses lunettes.

Je le dévisageai avec tristesse.

— Vous ne trouverez rien ici, déclarai-je.

Il pâlit, comprenant subitement. J'entendis son rythme cardiaque s'accélérer, et une goutte de sueur perla à son front.

— Oh ! murmura-t-il dans un souffle ténu. Vous êtes un… S'il vous plaît, ne me tuez pas !

Je lâchai son poignet.

— Allez…, marmonnai-je en me détournant. Allez faire ce que vous avez à faire.

Il hésita, redoutant peut-être une feinte, et que je lui saute dessus dès qu'il aurait le dos tourné. J'entendis ensuite le bruit de ses pas précipités dans le couloir : il courait donner l'alerte. Je ne disposais pas de beaucoup de temps. Je me dirigeai donc sans tarder vers la salle de chirurgie.

La pièce était plongée dans l'obscurité, à l'exception d'une lumière éclairant un lit entouré de machines qui bipaient et d'étagères pleines d'instruments métalliques. Zeke était allongé sur le dos, un bandage propre autour de son torse et un bras en écharpe. Il respirait paisiblement. Ses cheveux clairs brillaient sous la lumière.

J'approchai du lit et me penchai pour écarter doucement les cheveux de ses yeux, tout en écoutant les battements de son cœur.

— Coucou, murmurai-je, tout en sachant qu'il ne pouvait probablement pas m'entendre. Ecoute, Zeke, je dois y aller. J'ai quelqu'un à retrouver. Je lui dois beaucoup, et il a de gros ennuis en ce moment. Je voulais juste te dire au revoir.

Zeke dormait toujours. Je posai ma main sur son bras sain et le pressai doucement, ignorant le picotement qui me montait aux yeux.

— Tu ne me reverras sûrement pas, chuchotai-je alors qu'un liquide chaud coulait sur ma joue. Je t'ai accompagné ici, comme je te l'avais promis. J'aurais aimé… j'aurais aimé pouvoir voir ton Eden, y vivre avec toi, mais cet endroit n'est pas fait pour moi. Je dois me trouver un lieu plus adapté.

Je me penchai pour effleurer ses lèvres des miennes.

— Au revoir, Ezekiel. Prends bien soin des autres. C'est toi qu'ils écouteront, maintenant.

Il frémit dans son sommeil, mais ne se réveilla pas. Lorsque les portes se refermèrent derrière moi, je crus l'entendre murmurer mon prénom, mais je ne me retournai pas.

Le trajet retour par le couloir fut beaucoup plus hostile que l'aller. Le personnel en blanc s'écarta vivement à mon approche, chacun se plaquant contre le mur en jetant à mon passage des regards terrifiés. Aucun des membres du groupe n'était plus présent dans la grande pièce lorsque je la retraversai. Il n'y aurait pas d'au revoir. Probablement était-ce mieux ainsi. Caleb aurait fait une crise ; les autres auraient voulu savoir où je me rendais. Ce que j'ignorais moi-même. Tout ce que je savais, c'était que je devais retrouver mon géniteur et l'aider, si la chose était encore possible. Je le lui devais bien. Quant à Jackal, mon « frère de sang », j'étais pratiquement sûre qu'il finirait par me retrouver. Et je ne voulais pas me trouver parmi ceux que j'aimais à ce moment-là.

Dehors, l'orage était passé ; les étoiles illuminaient le ciel. Une brise fraîche me caressa le visage, une brise avec un parfum de sable, de poisson, d'eau du lac, et de nouveau départ. Pas seulement pour moi.

Un groupe de soldats se rua dans ma direction, mené par le sergent Keller. Je levai les mains en l'air alors qu'ils m'encerclaient, leurs canons braqués sur ma poitrine, le visage durci par la peur et la suspicion.

Le sergent fit un pas en avant.

— Est-ce vrai ? demanda-t-il. Es-tu une de ces sangsues, comme le prétend le docteur ?

Son visage se ferma devant mon absence de réponse.

— Réponds-moi avant que nous ne te criblions de balles pour voir si tu meurs ou non !

— Je ne veux pas d'ennuis, déclarai-je alors calmement en laissant mes mains bien visibles. J'étais en train de partir. Laissez-moi m'en aller, et vous ne me reverrez jamais.

Il hésita. Les autres soldats maintenaient leurs armes braquées sur mon cœur. Du coin de l'œil, je distinguai un mouvement sur les eaux du lac : un ferry blanc s'approchait du quai. Le bateau qui les emmènerait tous à Eden… sauf moi.

— Sergent, grogna un des hommes. On devrait la tuer. Maintenant…, avant que quelqu'un apprenne qu'on a laissé un vampire franchir nos portes. Si le maire l'apprend, ça va semer la panique dans toute la ville.

Je regardai Keller dans les yeux en conservant une expression de calme malgré la tension qui montait dans mon corps, me préparant à une explosion de violence si nécessaire. Je ne voulais pas m'en prendre à ces hommes, mais s'ils ouvraient le feu, je serais obligée de les tuer. En espérant qu'ils ne m'aient pas transpercée comme une passoire avant que j'aie pu prendre la fuite.

— Tu partiras ? demanda Keller avec gravité. Tu t'en iras et tu ne reviendras pas ?

— Vous avez ma parole.

Il soupira et baissa son fusil.

— Très bien, dit-il en ignorant les protestations de ses hommes. Nous allons t'escorter jusqu'aux portes.

— Sergent !

— Suffit, Jenkins !

Il toisa l'homme qui venait de parler.

— Elle n'a fait de mal à personne, et je n'ai aucune envie de me lancer dans une bataille contre un vampire si ce n'est pas nécessaire. Alors on la laisse passer...

Les soldats obtempérèrent, mais je sentis leurs regards dans mon dos comme ils traversaient la cour boueuse avec moi, jusqu'aux immenses portes de fer gardant l'entrée. Keller aboya un ordre, et l'un des battants s'ouvrit en grinçant, juste assez pour laisser passer une personne.

— Voilà, dit Keller avec un signe de tête.

J'entendis le cliquetis de la demi-douzaine de canons braqués derrière moi.

— Nous y sommes. Va-t'en et ne reviens pas.

Je ne répondis pas. Je ne me retournai pas. J'avançai jusqu'à la porte et me faufilai dans l'entrebâillement avec la sensation qu'en la refermant derrière moi, on me coupait cette fois définitivement de mon humanité, d'Eden et de Zeke.

« Nous sommes des vampires, m'avait dit Kanin lors de l'une de nos dernières nuits ensemble. Peu importe qui nous sommes ou d'où nous venons. Princes, Maîtres ou enragés, nous sommes tous des monstres, coupés de l'humanité. Ils ne nous feront jamais confiance. Ils ne nous accepteront jamais. Nous nous cachons parmi eux, nous évoluons parmi eux, mais nous en sommes séparés pour toujours. Maudits. Seuls. Tu ne comprends pas pour le moment, mais cela viendra. Le moment viendra où la route se divisera devant toi, et tu devras choisir ton chemin. Choisiras-tu de devenir un démon à visage humain, ou combattras-tu ton démon jusqu'à la fin des temps, sachant que tu lutteras éternellement seule ? »

Une route silencieuse s'étendait devant moi, mouillée par la pluie et encombrée de voitures. Des silhouettes pâles commencèrent à émerger des arbres ou à surgir du sol. Les enragés envahirent bientôt la route, et l'atmosphère s'emplit du bruit de leurs grondements et de leurs crachements. Ils commencèrent à avancer, les yeux luisant de folie et de faim.

J'attrapai mon katana dans mon dos et brandis vers eux ma lame étincelante dans un bruit métallique.

Puis je les regardai approcher, et je souris.

La légende continue…

La suite de *Je suis une Immortelle*
dans la collection DARKISS en 2013.

Remerciements

Lorsque j'ai commencé ma carrière d'écrivain, je me souviens m'être dit que je n'écrirai pas de livre sur les vampires. Il existait déjà tant d'ouvrages sur nos buveurs de sang préférés que je n'avais rien de nouveau à ajouter à cette littérature. De toute évidence, j'ai rapidement abandonné cette idée, et j'avoue que je m'en félicite. J'ai adoré écrire ce livre, et je dois en remercier de nombreuses personnes. Tout d'abord, mon merveilleux agent, Laurie McLean, qui m'a convaincue de m'engager dans ce projet ; mon éditrice, Natashya Wilson, pour tous ses encouragements, son travail acharné et ses petits smileys devant les passages qu'elle apprécie particulièrement. Je vis pour ces smileys ! Je remercie aussi la fabuleuse équipe de Harlequin pour la magnifique couverture, le soutien inconditionnel et l'enthousiasme.

Enfin, comme toujours, je renouvelle ma gratitude à ma famille, et particulièrement à mon mari, Nick, qui m'aide sans faillir à améliorer les défauts de logique de l'intrigue malgré mon entêtement légendaire.

Déjà parus dans la collection DARKISS
par ordre alphabétique d'auteurs

Aimée Carter	Le Manoir des Immortels
P.C. Cast	La prophétie maudite Chamane
Kady Cross	L'étrange secret de Finley Jayne* L'étrange pouvoir de Finley Jayne
Melissa Darnell	Le baiser interdit
Laura Anne Gilman	Noire magie
Julie Kagawa	La princesse maudite Le passage interdit* La captive de l'Hiver Le serment d'une reine Dangereuse Faerie* Le prince exilé Je suis une Immortelle
Caren Lissner	La vie (pas) très cool de Carrie Pilby
Katie McGarry	Hors limites
Gena Showalter	Dark attirance Les fiancés de l'ombre Le pacte de sang
Cara Lynn Shultz	Envoûtement
Rachel Vincent	De toute mon âme La voleuse d'âmes Sauve mon âme ! La rose et l'ombre Le Faucheur d'âmes* Survivante N'ouvre pas les yeux
Allison van Diepen	Les secrets d'une blogueuse amoureuse La blogueuse amoureuse se reconnecte !
Maria V. Snyder	Le poison écarlate Le souffle d'émeraude Les secrets d'opale Inside Out : Enfermée

* *exclusivement en e-book*

14,10 €

L'étrange pouvoir de Finley Jayne

de Kady Cross 448 pages

Londres, 1897. Finley Jayne, seize ans, vit une étrange période. Depuis quelques mois, deux personnalités opposées cohabitent à l'intérieur d'elle. Un problème qui s'aggrave à mesure que son côté sombre, en pleine expansion, l'effraie et lui joue des tours. Elle ne se comprend plus, ne sait d'où lui vient cette force extraordinaire qui est en train de la transformer. Mais une nuit, elle découvre qu'elle n'est pas seule dans son cas : quelque part dans Londres, Griffin, jeune duc de Greythorne, et ses amis, détiennent comme elle d'étranges pouvoirs… Et ils ont une mission

Tome 1 de la série *Steampunk Chronicles*

Composé et édité par les

éditions HARLEQUIN

Achevé d'imprimer en Allemagne
par GGP Media GmbH, Pößneck
en novembre 2012

Dépôt légal en décembre 2012